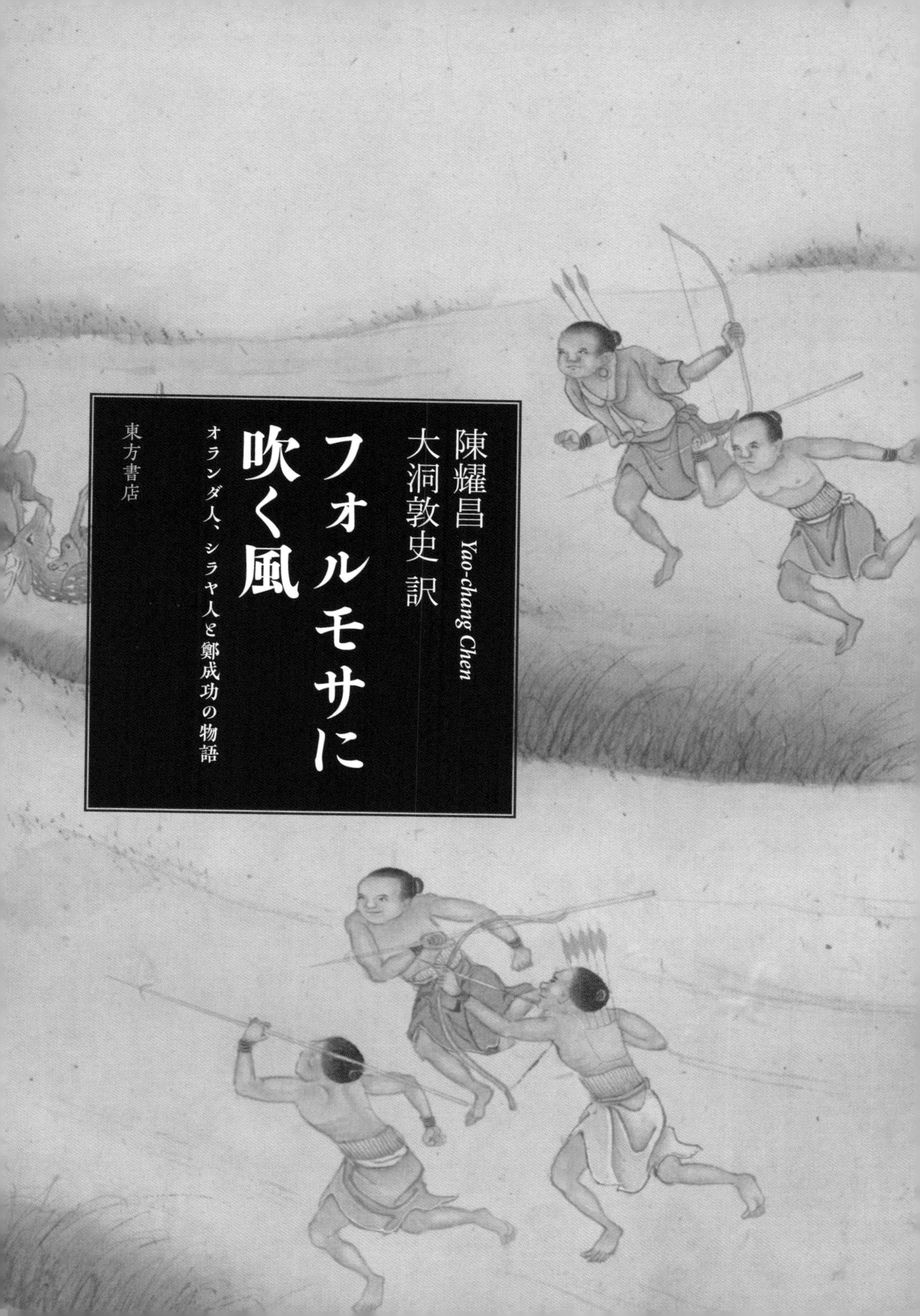

陳耀昌 *Yao-chang Chen*

大洞敦史 訳

# フォルモサに吹く風

## オランダ人、シラヤ人と鄭成功の物語

東方書店

鄭成功の活動領域

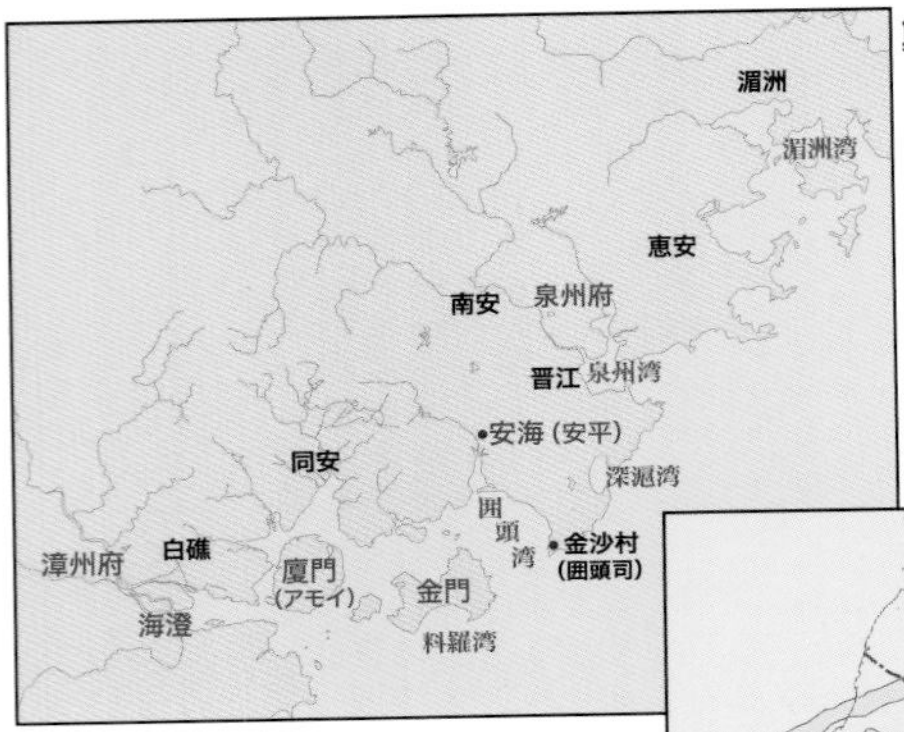


オランダ統治時代の四大社（集落）

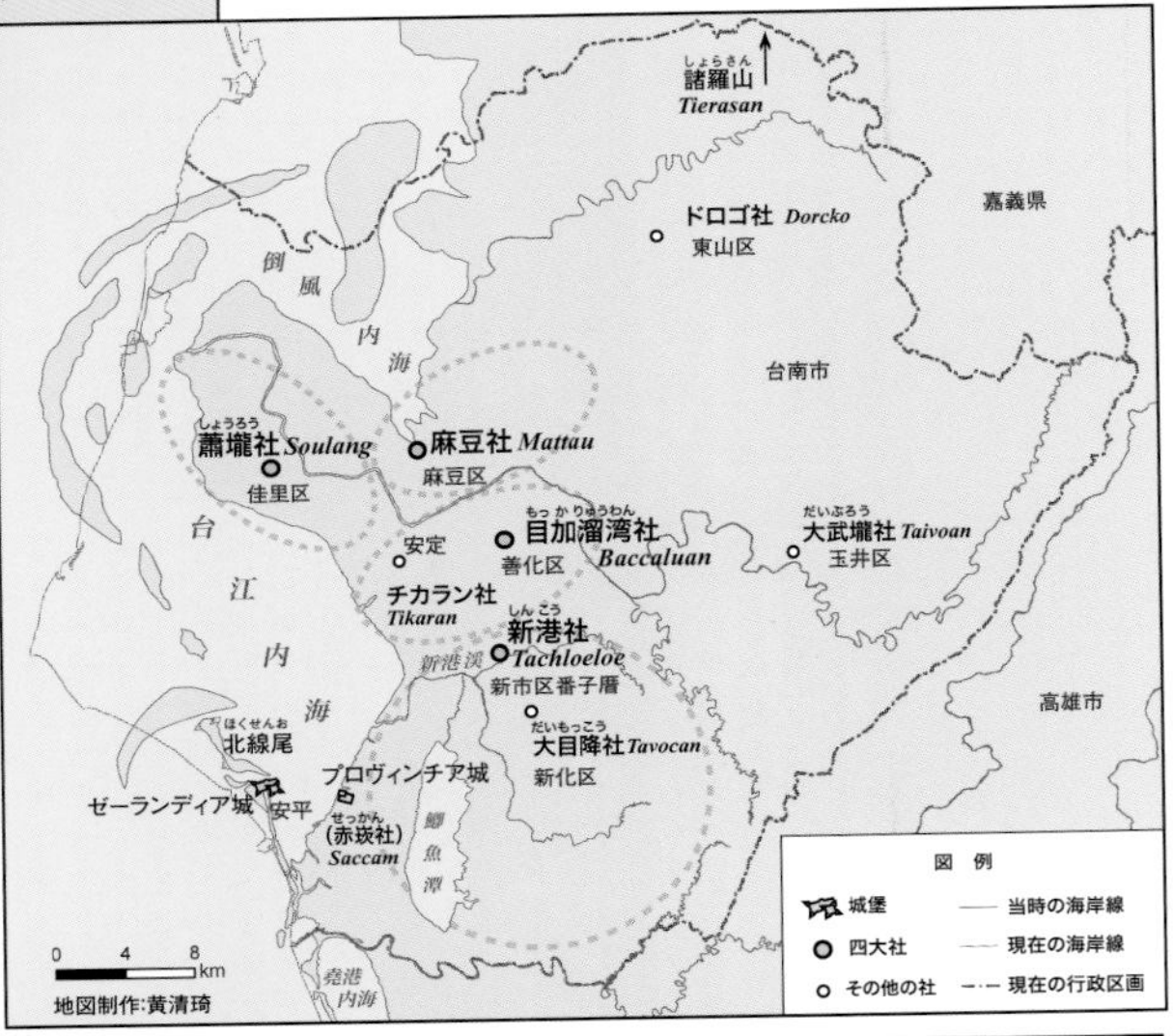


鄭成功の進軍ルート

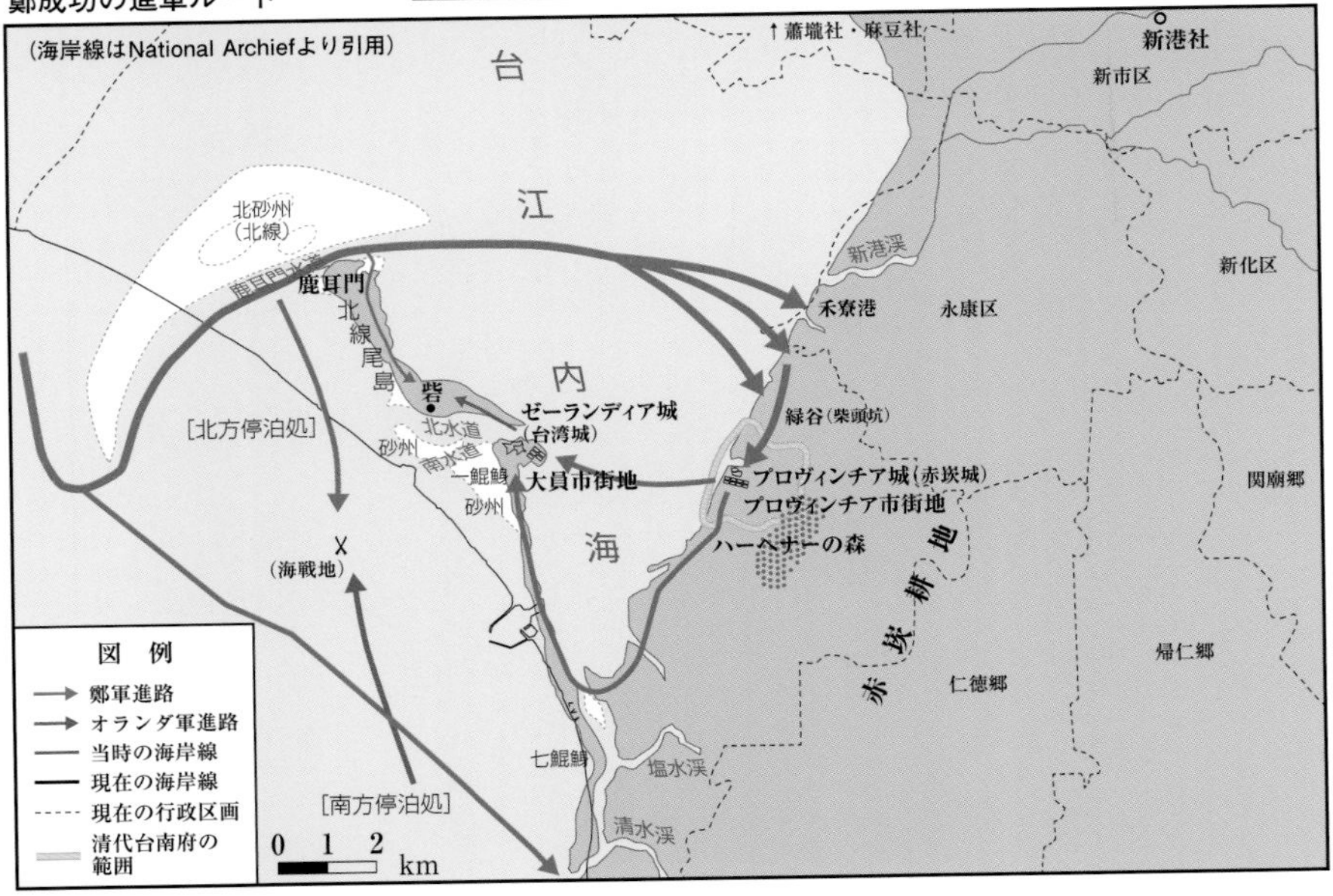

# 序　日本の読者へ

陳　耀昌

日本の読者のみな様が、この四百年前の台湾開拓物語を気に入ってくだされば幸いです。きわめて奇特で曲折に満ちている台湾の歴史に、きっと驚かれることでしょう。

台湾の島に現れた最初の「政府」は、明帝国でも清帝国でもなく、オランダでした。オランダ人はそれに先立つ一六〇九年、長崎の平戸に商館を設けています。一六二四年、台湾海峡に位置する澎湖《ぼうこ》島に要塞を築こうとしましたが、明帝国との談判の末、台湾（現在の台南市）へ移り、ゼーランディア城を建造しました。こうして、台湾開拓史が幕を開けました。オランダ統治時代、「フォルモサ」（美しい島）と呼ばれていた台湾には主に三つの民族が暮らしていました。台湾原住民族（フォルモサ人）、オランダ人（主としてオランダ東インド会社）、そして対岸の福建地方から移住した漢民族です。

一六六一年、国姓爺《こくせんや》とも称される鄭成功が、約二万五千の兵を引き連れて渡来し、オランダ勢力を打ち破って以後、フォルモサは漢民族の統治する社会へと変わります。オランダ人がこの島を去っていったのは一六六二年二月九日ですが、それからわずか四か月の後に鄭成功もこの世を去りました。

本小説は、この一六二四年から一六六二年までの物語を描いたものです。

福建地方の漢民族のなかには、十七世紀に入る頃からフォルモサに渡る人々が現れましたが、一時的な滞在である場合が大半で、定住者はわずかでした。海賊（顔思斉《がんしさい》や鄭芝龍《ていしりゅう》の部下たち）や、からすみを作るため冬にボラを獲りに来る漁民などです。漢人の数が急速に増えていくのは、オランダ東インド会社が福建で労働者を大量募集するようになる一六四〇年以後のことです。移民労働者たちはこの島を「大員《タイオワン》」或いは「台湾《タイオワン》」と呼びました。彼らの母語である閩南語《びんなんご》では、この二つの発音は似通っています。

一六八三年、清帝国が鄭成功の打ち立てた東寧王国を征服し、台湾を版図に組み入れました。とはいえ、島全体のおよそ三分の二を占める原住民の居住地域には、その後も統治の手が及ばずにいました。時代が下り、太平洋戦争の時期になっても、アメリカやヨーロッパの報道や地図においては、Formosa の呼称が日常的に用いられていました。

オランダ人は台湾を去りこそしましたが、「歩いた所には必ず足跡が残る」といわれるように、今もなお多方面にその痕跡を留めています。現代台湾人の内、実に約百万人に上る人々が、オランダ人を先祖の一人に持っていると考えられるのです。(※) オランダの文献によると鄭成功の台湾攻略後、オランダ人女性の一部は将軍たちの側室や召使いにされ、ある者は鄭成功自身の側室となりました。台湾の平野部に居住する一部の漢人が、オランダ人或いは北ヨーロッパ人の遺伝子を受け継いでいるのはこのためです。またその頃、少なからぬ数のオランダ兵が山地へ逃れ、現地の女性と通婚しました。相手は主として阿里山周辺に居住するツォウ族、および屏東県三地門周辺に居住するパイワン族とルカイ族の人々でした。このため台湾原住民のなかにもオランダ人を先祖に持つ人々がいます。

一方、鄭成功に付き従ってきた二万五千の兵士の大半は独身者で、後に平埔族《へいほぞく》(平地に居住する原住民)と通婚しました。このため、多くの現代台湾人が原住民族の女性を先祖に持ち、オーストロネシア人の遺伝子を体内に持っています。台湾の漢人から「開台聖王」と尊称される鄭成功は、日本人の血を半分受け継ぎ、平戸で生まれ育ちました。台南市にある鄭成功祖廟には、平戸市中野観光協会から寄贈を受けた「児誕石」や、母親である田川マツとの親子像が展示されています。「国性爺合戦」など、鄭成功は日本でも古来から芝居の題材とされてきました。

鄭成功の打ち立てた東寧王国が、鄭成功を明朝に与する逆臣と見なす清帝国によって滅ぼされた後も、台湾の人々はずっと彼を慕い続け、公の目に触れぬ形で祭祀を捧げてきました。一八七四年、琉球島民遭難事件に端を発する日本政府の「台湾出兵」を受けて台湾に派遣された欽差《きんさ》大臣・沈葆楨《しんほてい》は、鄭成功を祀る「延平郡王祠《えんぺいぐんおうし》」を建立すべく皇帝に上奏文を書き送りました。これは台湾住民の支持を取り付けるため、沈が台湾到着後に行った最初の仕事です。これを境に鄭成功の清朝における立ち位置は一転し、模範的英雄と見なされることになります。なお日本統治初期の一八九七年に延平郡王祠は「開山神社」と改称され、台湾に設けられた最初の神社となっています。

上述のように、台湾四百年の歴史は、その幕開けからして多民族が混淆する移民社会でした。その後も時代が変わる度、民族も文化も異にする外来者がやってきて、今日に至っています。異なる民族同士が手を携えながら、共にこの島の上で栄えていく。それこそが台湾人の、共通の理想です。

※……台湾で刊行された著書『島嶼ＤＮＡ』（印刻文学生活雑誌出版、二〇一五年）に詳述。

# 目次

〔凡例〕

○フォルモサ〔FORMOSA〕とはヨーロッパ人による台湾本島の呼称であり、「美しい」という意味を持つ。十六世紀に近くを通過したポルトガル船の乗組員が「美しい島だ」と感嘆したのが由来とされる。漢人の民間では、明末から台湾という呼称が用いられていた。本書では主として「フォルモサ」と表記し、漢人の台詞など場合に応じて「台湾」と表記した。

○台詞中の「国姓爺《こくせんや》」は、鄭成功の敬称である。明の皇帝から国姓である「朱」を賜ったことに由来する。当時のオランダ側の史料にもCoxinjaあるいはKocxinjaなどと記載されている。

○当時のオランダ人は台湾原住民族を「フォルモサ人」と呼んでいた。本書もそれに従い、漢人の台詞など一部のみ「原住民」とした。なお台湾における「原住民族」は、原住民族の人々が勝ち取り、一九九四年に憲法に記載された正式名称である。

○本書における「フォルモサ人」は、主として台湾西南部の平野地帯を主な居住地としてきたシラヤ（Siraya／西拉雅）族を指している。他にルカイ族、パンソ族、プユマ族、大肚王国なども一部に登場する。

○台湾原住民族の村は「社」と呼ばれていた。現代台湾では「部落」、日本では「番社」と表す場合も多いが、本書では固有名詞を除き「集落」とした。

○当時の台湾の地域や共同体は、原住民、オランダ人、漢人でそれぞれ異なる呼称を持つが、読者の理解しやすさを鑑み、漢字での表記、すなわち漢人側の呼称を優先した。ただし一部の地名は状況によりオランダ語と併用している（プロヴィンチアと赤崁など）。

○オランダ側の人名や地名は、オランダ語の発音に近づけた。

○「漢語」は、話し言葉の場合、移民たちの母語である閩南語《びんなんご》を指す。閩は福建省の略称で、大部分の移民は閩南地方（福建省南部）の出身だった。

○移民たちは故郷を「唐山《ダンソア》」と呼び、自らを「唐山人《ダンソアラン》」と称した。本書では場合に応じて唐山人または漢人と表記している。

○原注は物語の理解に必要な記述に限って訳出し、適宜訳注も加えた。本編中、原注は（　）、訳注は〔　〕で示している。長いものは本編の後にまとめた。

○原書のまくら（「楔子」）は、「エピローグ」として「あとがき」と共に本編の後に掲載している。

〔主要登場人物〕

アントニウス・ハンブルク（Antonius Hambroek）……オランダ改革派教会の牧師。高い志を抱き、家族を連れて古都デルフトを離れ、フォルモサへ渡る。

マリア（Maria）……ハンブルク牧師の次女。十六歳の時フォルモサへ旅立つ。

ウーマ……麻豆社の長老サンプタオの娘。キリスト教の影響を深く受け、シラヤの伝統的な観念との間で苦悩する。

陳澤《ちんたく》……漳州《しょうしゅう》月港人。若い頃は鄭芝龍の海上貿易組織に所属し、船乗りとして諸国を巡った。のち芝龍の子・鄭成功の配下となり知謀を発揮する。

鄭成功（国姓爺）……鄭芝龍と、医師であり平戸藩士であった田川七左衛門の娘・マツの長男として肥前国平戸に生まれる。幼少期を母親の下で送り、七歳の時父親の拠点であった福建安海に移る。清の勃興後は清に降った父と袂を分かち、「反清復明」の兵を挙げ、大規模な海上貿易を営みながら十余年にわたり清軍と攻防を繰り広げた。一六六一年四月、大船団を率いて台湾海峡を渡り、オランダ東インド会社統治下のフォルモサに攻め入る。

〔その他の登場人物〕

ユニウス牧師（Robertus Junius）……オランダ統治初期からフォルモサ人への布教を行い、カンディディウス牧師と共にラテン文字によるシラヤ語表記法を考案する。フォルモサへの愛と熱意により、ハンブルクに渡航を決意させた。

アンナ（Anna Vincentamoy）……ハンブルク夫人。

ヘレーナ（Helena）……マリアの姉。

ヘニカ（Henica）……マリアの上の妹。

クリスティーナ（Christina）……マリアの下の妹。

ピーテル（Pieter）……マリアの弟。

ヤン・ファン・プライセン（Jan van Pruyssen）……デルフトに暮らすマリアの恋人。音楽の才能に長けている。

ニコラス・フェルブルフ（Nicolas Verburg）……第十代フォルモサ行政長官。任期一六四九年～五四年。

フレデリック・コイエット（Frederick Coyet）……スウェーデン人。一六五六年に第十二代フォルモサ行政長官に就任し、一六六二年に鄭成功に降伏、フォルモサを離れる。ゆえに最後の行政長官でもある。

ヤコブス・ファレンティン（Jacobus Valentijn）……プロヴィンチア省長。

ドリュフェンダール（Johannes Druyvendaal）……シラヤ族の集落・大目降社（現・台南市新市区）の学校教師。フォルモサ人の妻と双子の息子がおり、生涯フォルモサで暮らすと決めている。

マイ・ファン・マイエンステーン（Philippus Daniel Meij van Meijensteen）……オランダ東インド会社によりフォルモサへ派遣された測量士。プロヴィンチア城開城後、鄭成功の下に留まり通訳や測量に従事する。その日記には鄭成功のフォルモサ上陸から、一六六二年に彼がフォルモサを去る日までの出来事が詳しく記録されている。

リカ……麻豆社長老の一人であるサンプタオの弟。サンプタオ死後、その地位を継ぐ。後にオランダ東インド会社から麻豆社の頭人（指導者）に任じられ、腹に一物抱きながらも引き受ける。

チカラン……麻豆社長老の一人であるティダロの息子で、ウーマの夫。チカラン区と呼ばれる広大な田地を、多数の漢人を雇って経営する。

トンエン……麻豆社のイニブス（女祭司）で、チカランの母。

アリン……ウーマの弟。

郭懐一《かくかいいち》……かつて鄭芝龍の配下として四海を巡り、ファイエット（Fayet）という洗礼名を持つ。オランダ東インド会社から与えられた田地を経営していたが、オランダの圧政に耐えかねた漢人たちの指導者として反乱を企てる。

黒ひげ（宋老人）……麻豆社の近くに居を構え、フォルモサ人の妻や子供たちとつつましく暮らす漢人。

何斌《かひん》……大貿易商であり、オランダ東インド会社の通事も務める。

阿珠《アズー》……何斌夫人の侍女。世話焼きで、片言のオランダ語が話せる。

# フォルモサに吹く風

## オランダ人、シラヤ人と鄭成功の物語

# 第一部

## 一六四六年

# 生

# 第一章

## デルフト

十六歳のマリアは、納得がいかなかった。

——お父様は、一体どうしてデルフト[1]を離れ、「フォルモサ」と呼ばれる、オランダとは何もかも異なる未開の地などへ行こうとしているのかしら。

マリアの家族はデルフトの新しい教会の側にある、さほど大きくはないが居心地のいい家に暮らしていた。三階建てで五つの部屋があり、窓の下には運河が流れていた。大型の船と小型の船を一艘ずつ所有していて、マリアは姉や妹と一緒に小船を漕いでデルフトの運河を周遊するのが大好きだった。彼女の父親アントニウス・ハンブルク牧師はロッテルダムに生まれ、ライデン神学院を卒業後、牧師としてデルフトに遣わされて今日に至る。アンナという女性と結婚し、子供たちもみなこの町で生まれた。彼ら一家はデルフトの人々から特別に敬われ、平穏で楽しい日々を送っていた。

父がフォルモサ行きを決心するきっかけとなったのは、ライデン大学神学院の先輩にあたるロベルトゥス・ユニウス牧師から、フォルモサにまつわる話を聞いたことだった。ユニウスはフォルモサに十四年間も滞在した後、一六四三年にそこを後にし、デルフトに戻ってきていた。

帰国後、ユニウスはことあるごとにフォルモサの人々との思い出話を口にしていた。そしてこの年の春の、ある雨の降る午後、彼はハンブルクの家を訪問した。

あの日、リビングのドアの裏で偶然耳にした父とユニウスの会話を、マリアは忘れることができない。

「かの島の住民には首狩りの悪習があるというのに、貴殿はなぜそんなにも彼らを好いておられるのですか」

と父が訊ねた。ちょうどクッキーを客人に出そうとしていたマリアは、不意に「首狩り」という言葉を聞いて、息を飲み、耳を澄ませた。

「言葉にすればまことに矛盾しておるのじゃが、彼らは確かに首狩りの風習を持っているものの、決して食人族ではなく、凶暴でもない」

ユニウスはフォルモサ人の生活と習俗について語り出した。

「貴公はきっと奇怪に思うじゃろうが、実際のところフォルモサ人は、善良とさえいえる民族なのじゃよ。首狩りは一つの不幸な慣わしに過ぎず、彼らはこれをもって自らが勇敢な狩猟者であることを証する。それに、彼らは食うに困らない。大草原の至るところに鹿が棲んでいるからな。フォルモサの人々は、まことに賢い。鹿を捕らえるにあたっても、あらかじめ数が定められており、それを超えることは絶対にない。そうやって人間と鹿の群れとのバランスを保ってきた。それにしても、フォルモサ人はなんと恵まれていることじゃろう！　大地には鹿と美しい鳥類がいるだけで、虎やライオンのような獰猛な動物はいない。人を怪我させ得るのはせいぜいイノシシくらいじゃ。聞くところによれば、山奥には黒熊や、小型の豹も棲んでいるそうじゃがの。

かくも居心地よい環境におるがゆえ、フォルモサの人々はいまだ農耕社会に入っておらん。そんなことをすべき理由がない。容易に食物が得られるのに、わざわざ苦労して作物を育てる必要があろうか。しかしいくら居心地よい環境の下でも、男たちは自らが勇士のなかの勇士であることを証明せねばならず、そのためにイノシシを狩りに行く。また時には集落間での衝突が避けられず、それはたちまち武器を手にしての闘争に発展する。そこで相手の首を斬り取ることが、勇士の象徴となっているわけじゃ」

続いてユニウスは、フォルモサで布教を行う上での心得について語りはじめた。

「それゆえキリストの教えを広め、彼らに文明の観念を植えつけ、互いに平和的に付き合い、互いを愛し合うようにし、殺し合いや、首狩りを勇士の象徴と見なすことを止めさせさえすればよいのじゃ。それは一面において大勢の人命を救うことになり、一面において我々改革派教会がフォルモサで最善の信徒を得るという結果をもたらすじゃろう。

バタヴィア[2]の土着民の数はフォルモサよりずっと多いが、大半がイスラム教徒で、キリストの教義を受け入れる余地はない。フォルモサ人は違う。彼らは信仰を持たず、いわば白紙の状態にあり、その上なかなか聡明だ。わしは前任のカンディディウス牧師[3]と協力して、彼らのためにラテン文字を使った表記法を考案し、それを使って母語で聖書を読めるようにしてやった。またわしがフォルモサに遣わされておった十数年間に、一千人を超えるフォルモサ人に洗礼を授けた。フォルモサでの布教は、貴公にとっても大いにやり甲斐のある仕事となるはずじゃ！」

ユニウスは自信に満ちた語気で話を切った。彼はハンブルクとその日の午後いっぱい語り明かし、そのまま夕食もとっていった。食事の席で、彼は一枚のインド東方地域の地図を開いてみなに見せた。それはマリアがいまだ目にしたことのない世界の果てだった。もともと彼女にとって東方といえば、美しい絹織物や青白の磁器を産する明国のことであり、最近はデルフトでも明の様式の青白磁器を製造することが流行し出している。そんな東方に、今なお首狩りを行う土着民のいる大きな島があろうとは、思いも寄らなかった。しかもその島が「フォルモサ」、麗しの島と呼ばれているなんて。首狩りをする土着民といかにかけ離れていることか！

　この日から、父はしばしばユニウスと連れ立って出かけるようになった。母は彼らがデルフト市内の東インド会社支所へ行って何事か相談をしているらしいと言った。マリアはその会社の名に聞き覚えがあった。デルフトにも巨大な倉庫を置いていたから。ひと月後、父は家族全員の前で告げた。

「みんなで、フォルモサに行こうと思う」

## 第二章

## マリア

母親のアンナは当初同意しかね、父にあれこれ意見を述べた。

「ユニウス様はお一人でフォルモサへいらっしゃったのに、あなたは家族を連れていこうというのですか。末娘のクリスティーナはまだ四歳にもならないのですよ！　私たちではなくて、若い牧師を連れていくべきではありませんか」

　マリアもひどく気落ちした。というのも彼女はつい最近、ヤン・ファン・プライセンという名の青年を愛するようになったばかりだったから。ファン・プライセンの家はハンブルク邸の近くにあり、両家には前々から往来があった。ファン・プライセン家の次女アガサは、マリアやマリアの姉ヘレーナと歳が近く、よく一緒に遊んでいた。ヤンはアガサの叔父にあたる。叔父とはいえど、実際にはアガサと六、七歳しか離れていないのだが、年齢にそぐわぬ落ち着きを具えていた。兄の営む楽器店を徒弟として手伝っているヤンは、将来いくらかの蓄えができたら、ロッテルダムに楽器店を開きたいとマリアに語ったことがある。しかしそれには多額の金が要るので、一層仕事に励まなければならないとも。ヤンは元々マリアのいとこにあたる女性と婚約していたが、相手が突然病で世を去ってしまい、それから長い間、彼は悲痛の底にあった。

商売柄か、ヤン自身も木製の笛を吹くことができた。月灯りが差す夏の夜などに、マリアが窓辺に腰かけていると、不意に抑揚のついた笛の音が運河の向こうから流れてくることがあり、彼女の心を揺さぶるのだった。マリアも音楽が好きだったが、多くの楽器は彼女にとって大きすぎ、かつ高価で、複雑そうだった。木の笛ならば簡単だし安い。笛の音には容易に抑揚がつけられて、情感を込めることができる。マリアはヤンから木笛を習えたらと強く願っていたが、同時に少女の恥じらいとたしなみが彼女を押しとどめていた。加えて半年前にヤンの婚約相手が亡くなって以来、運河に沿って伝わる笛の音は、のどかで軽快だったものが、憂いと傷みをたたえた調子に変わり、マリアはこらえきれずヤンの元へ駆けつけて、彼を慰めることもあった。そうしていつしか二人の間に、秘かな往来が始まったのだった。一、二か月ほど前からマリアはヤンに木笛の吹き方を習いはじめ、二人はレッスンの名目で定期的に顔を合わせるようになった。お互いに想い合っていることは両者とも感じ取っていたが、いまだ口に出す勇気を持てずにいた。

マリアの情熱的で奔放な性格は、厳粛な父親とまるで異なり、母親にいくらか似ていた。アンナは小さな動物を愛し、絵を描くのを好み、また友人や隣人を自宅に招いては手製のクッキーをふるまったりするのが好きだった。ハンブルクの教育方針は厳格で、マリアはヤンとの交際の件を両親に知らせる勇気が出なかった。みなを仰天させるに違いない出来事だし、いわんや彼女は牧師の家庭に生まれ育ち、一つ上の姉もいるのだから。

しかしデルフトを発つ日まで残りひと月ほどになったある日、マリアはとうとう胸にしまっておくことができなくなり、泣きながら両親に向かって、ヤンを好きになったと告げた。夫婦共、この早熟で奔放な次女に対して不満に思うところがある一方、愛おしくもあった。厳しくものの道理を説こうかとも考えたが、思い直した。すでに一家全員でのフォルモサ行きが決まっているのだ。この点、父は娘たちに対して一抹の負い目を感じずにいられなかったし、将来の結婚を憂いもした。夫婦は以前からヤンの両親を知っており、よい印象を持っていた。そこでヤンを自宅に客として招こうと提案した。予期せぬ展開に、マリアは喜びに打ち震えた。

マリアがいまだ十七に満たぬ若さで、その上ヤンの婚約者の死去からやっと一年が経ったばかりでもあり、今から結婚を談義するのは唐突すぎ、尚早にすぎるように思えた。しかし一旦離ればなれになった後、次に会えるまで何年何か月かかることか誰にも知れず、誰もが心のなかに、いくばくかの恐れを抱いていた。

マリアは笑顔を見せることもあれば泣き出すこともあったが、ヤンの方は常に品のよさと落ち着きを保っていた。ハンブルクが東インド会社と交わした契約期間は、十年だった。ヤンはマリアに「これから五年から七年かけてお金を貯めて、フォルモサへ君を迎えに行くよ」と言った。兄の下で楽器を売るだけでそんな大金を稼ぐのは困難だったが、彼は最近人に頼まれて作詞と作曲をすることがあり、それが多少収入の足しになった。彼は自分がこの方面にいささかの才能があることに気づいた。

ヤンは少々はにかみながらマリアに言った。

「昨日の夜、月を眺めながら、君に贈る詞を書いた。けど、メロディーをつけるのは間に合わなかった。じっくり作曲して、将来フォルモサに手紙で楽譜を送るよ」

その日の夜、マリアは遠くの橋のたもとに立つ風車を眺めながら、この数か月の間、あの風車の下でヤンと過ごした幸せな時間を思い出していた。さきほどヤンから贈られた歌詞が、思わず口をついて出た。

運河の水が静かに流れ
たわんだ月が空にかかる
わが瞳に永遠に焼きつきし君の面影
かの遙かなるフォルモサよ……

大教会の鐘が鳴り響き
暖かな太陽が空にかかる
わが心に永遠に住まう君の微笑み
かの遙かなるフォルモサよ……

橋のたもとの風車がゆるやかに回り
きらめく星々が空にかかる
わが耳に永遠にこだまする君の笛の音
かの遙かなるフォルモサよ……

一六四六年のクリスマスと翌年の正月が過ぎてから、ハンブルクは妻アンナ、十七歳のヘレーナ、十六歳のマリア、十歳のヘニカ、そして三歳の末娘クリスティーナを連れてロッテルダムを発ち、遙かなるフォルモサへの航路に就いた。

# 第三章　麻豆社

この日はウーマにとって、格別めでたい日であった。今日を境に、彼女は晴れてチカランと、お互いを「連れ合い」と呼び合えるようになるのだ。

ウーマは一番美しい衣裳に身を包み、頭には檳榔《びんろう》の花とケイトウの花を編み込んだ冠を戴いていた。口元に微笑みを浮かべながら、恥じらいに勝てない様子でうつむいていた。右手はチカランの左手をしっかりと握っている。ウーマの母親メヨンは、嬉しさのあまり口を閉じる暇さえないといった風に、ずっとチカランの母親トンエンと談笑していた。ウーマの実父であるサンプタオはすでに世を去っており、メヨンはその後サンプタオの弟リカと夫婦になっていた。リカもまた、込み上げてくる喜びを抑えきれずにいたものの、一貫して威厳を保ち、腰をまっすぐ立てて座り、檳榔の実を嚙みながら、チカランの父親ティダロと、無理に話題を作ってはいささかぎこちない言葉を交わしていた。

麻豆社《まとう》で最も敬愛されていた先代長老サンプタオの一人娘として、また集落が認める一番の美女として、ウーマは自然、集落中の男衆の憧れの的となっていた。しかしあのサンプタオの娘であるがゆえに、男たちは心中恋しく思いながらも、一歩を踏み出すことができずにいた。

サンプタオは麻豆社においてすでに伝説の存在となっているが、同時に半ばタブー視されている人物でもあった。十七年前、彼は麻豆社の男たちを率い、六十三人ものオランダ兵を、一気呵成に殺害したのである。それはオランダ人がフォルモサにやってきてから五年目のことだった。実は麻豆社人のオランダ人に対する怨恨の種は、それ以前にすでに蒔かれていた。オランダ人が正式にこの島へやってきたのは一六二三年のことだが、それよりも前、エリー・リポン大尉がオランダ兵と奴隷を帯同してこの土地へ踏査に訪れた折、フォルモサ人と衝突が発生し、双方とも死傷者を出した。その後オランダ人がこの土地に腰を据えてから、フォルモサの人々は彼らに税を納めねばならなくなり、このことが麻豆社の人々をいっそう不愉快にさせた。その上当時のフォルモサ行政長官ピーテル・ノイツ(4)は若く、傲慢な性格で、一度は浜田弥兵衛《やひょうえ》(5)という名の日本人に捕縛され、長い交渉の末釈放されたが、悔い改めることをしなかった。麻豆社の住民に対しても、人を顎で使うばかりか女色を好み、時に麻豆社の女に夜とぎを所望したりもしたので、住民たちはかねてから彼に対する怒りをたぎらせていた。後日、ノイツは離職の日まで残りわずか九日という時期に、武装部隊六十三人を率いて麻豆社へやってきた。来訪には「漢人の海賊」を捜索して逮捕するためという名目をかかげていたが、真の目的は、オランダ人と明国の漢人がこの土地で開墾をし、サトウキビや稲を植えたり、鹿や魚を獲ることを承認させることにあった。

　当時、長年にわたり長老を務めていたのがサンプタオである。彼は考えた。オランダ人がここに来たのは今回が初めてではないが、このような局面はかつてなかった。これはまったくの武力に物をいわせた脅迫に違いないと。彼の見解は、ほか十一名の長老からも同意を得た。そこで表面上は逆らわず、逃亡犯の捜索を手伝う姿勢を示し、さらに樽二、三個の酒を運んで来させて、オランダ兵たちと心ゆくまで飲みあかした。部隊が立ち去ろうとする際、住民たちは礼儀正しく彼らを護送して集落を出た。一行が半時間ほど南へ進んだ頃、広い河に出た。住民たちは規定と慣例に従って兵士たちの武器を担ぎ、さらに彼らを背におぶって渡河を始めた。河の中央にさしかかった時、合図が出され、住民たちは一斉に背中のオランダ兵を投げ飛ばし、またそれまで川岸の叢林に身を隠していた麻豆社の男たちも次々に姿を現した。オランダ兵たちは、頭を川底へ押し付けられて溺れ死ぬか、さもなくば一刀の下に斬り捨てられた。漢人の通訳と奴隷一名ずつを除き、生き残った者は一人としていなかった。やがてこの事件は、大員に滞在するすべてのオランダ人を震撼させた。

　九日後、新任のフォルモサ行政長官ハンス・プットマンスが大員へ来て、仕事にあたった。状況が不明瞭なことから、彼はこの事件の報復を行おうとはしなかった。麻豆社の住民は大いに喜び勇み、彼らは一時シラヤ族全体のなかで強い存在感を放ち、サンプタオもまた英雄視されるようになった。

　しかしそれから六年が経ったある冬の夜、新港社（現在の台南市新市区にあったシラヤ族四大集落の一つ）の住民が、なんとオランダ人の手先となって、麻豆社を急襲したのだった。

あの年、ウーマは九歳だった。あの戦慄すべき一夜を彼女ははっきり憶えている。軍馬に跨がったオランダ兵が突如集落に闖入してきて、彼らの放つ銃声が闇夜の静寂を切り裂いた。犬の群れが馬の後方でけたたましく吠えている。オランダ兵は太鼓を打ち鳴らしながら前進し、新港社住民もまた大きな声を上げながら家々に火をつけて回り、麻豆社にある家屋のほとんどが焼き払われてしまった。十一月の夜は本来であればもううすら寒いが、燃え上がる火炎が人々を炙らんばかりに熱し、四方八方に舞い散る火花が人々を恐怖に陥れた。幼いウーマは集落の人々と共に海辺の小さな林に逃げ込んだ。涙を流しながらも泣き声を押しつぶし、一心に母の身体に身を寄せて縮こまっていた。母は弟のアリンを強く抱きしめていた。銃声がとどろくたび、みなが反射的に瞼を閉じた。それはウーマが初めて聴いた銃声であり、初めて聴いた太鼓の音であり、初めて目にした馬であった。オランダ人の背丈はさして高くないが、馬上では凶暴さをむき出しにして風のように駆け回り、彼らの銃は遙か遠くにいる人間をも撃ち殺した。彼らは人間じゃない、鬼だ、とウーマは思った。

麻豆社で最も敏捷な勇士が飛び出していき、刃を交えようとしたが、敵に近づくことさえできずに、銃声と共に大地に倒れ込んだ。それを見ていた者たちはみな､呆気にとられた。サンプタオと長老たちは人々に抵抗を止めるよう命じ、無意味な犠牲を避けようとした。幸い敵はそれ以上の殺戮をすることなく、集落に侵入してからはもっぱら家々に火を放つだけだった。幾人かの勇士たちが新港社の人間と刃を交えたが、不幸にして首を斬り取られてしまった。陣の後方で仲間たちを援護していたサンプタオも、新港社の者に生け捕りにされた。麻豆社住民が小さく集結して集落から逃れた時、オランダ人たちは新港社住民が彼らを追撃して殺すのを阻止し、おかげで麻豆社の人々は多くが生き延びて海辺へと逃れられたのだった。

焼き討ちから三日後、オランダ人たちは先に赤崁《せっかん》(6)へ戻っていった。麻豆社の長老たちは新港社の人々の前に出向き、財物と引き替えにサンプタオの釈放を願ったが、新港社の人々は承知せず、サンプタオの首を斬ってしまい、しかもその頭部を高い竹竿の上にさらすという暴挙に出た。妻メヨンは気を失うほどに泣き狂い、ウーマも声を上げて泣いた。弟リカと麻豆社の人々は歯を食いしばり、少なくとも三つの新港社人の首をもって復讐すべし、との誓いを立てた。

麻豆社の長老たちが犠牲者の数を数えると、殺された勇士は全部で二十六名だとわかった。リカはいささか安堵したように息を吐き、同胞たちに言った。

「六年前、わしらは六十三人ものオランダ人を殺した。聞くところではそれは大員にいる軍隊の十分の一の数だったそうだ。今回はオランダ人が五百近く、さらに新港社の人間が一千二百ほどもやってきた。しかし殺された同胞は二十六人だけで済んだ」

それを聞いた人々は、オランダ人もそこまで凶悪ではないかもしれないと感じた。もしもオランダ人が、新港社の者たちに我々を殺すがままにさせ、十人に一人の同胞が殺されたとしたら、どれほど悲惨なことになっていたろうか。そこで長老たちは、宋先生に、彼らの代理として和睦の交渉に赴いてもらいたいと頼んだ。宋先生とは長くこの土地に暮らしている明国の漢人で、通称を「黒ひげ」といった。黒ひげは長年オランダ人に税金を納め、麻豆社周辺での鹿猟の許可や鹿皮交易の独占権を手にしてきた商人だった。シラヤ語もオランダ語も解し、オランダ人たちとも良好な関係を築いていた。

ウーマは憶えている。オランダ人から出された講和の条件を受け取った時、麻豆社の長老たちが、肩の荷が下りたように安堵の表情を浮かべたのを。オランダ側は誰一人の処罰も求めてこず、要求する財物も多くなかった。彼らが求めたものは、六年前に麻豆社がオランダ兵たちから巻き上げた物品の返還と、いくらかの豚、牛、檳榔などを差し出すことだけだった。オランダ人はまた、麻豆社の人々に以下のことを誓わせた。二度とオランダ人を殺害しないこと。漢人の活動を阻害しないこと。ほかの社の人間が大員へ会議に赴く際は、麻豆社からも代表者を遣わすこと。将来もしオランダ側から求めがあれば、麻豆社は彼らの戦闘に必ず協力すること。オランダの代表者が麻豆社を訪問する際はこれをもてなすべきこと……。長老たちにとって、これらはどれも受け入れられるものだったが、ただ一点の条件をめぐって長老の間で意見が分かれ、激しい議論がなされた。それは麻豆社住民がオランダに対して「所有権の譲渡」を行うよう求めるものだ。また檳榔あるいは椰子の苗木を大員にあるオランダ人の城まで送り届け、記録することも求められていた。

「所有権」なる言葉は、麻豆社の間に論争を呼び起こした。六年前、サンプタオがオランダ人の殺害を謀ったのは、ひとえにオランダ人らがたびたび彼に断りもなく、漢人に麻豆社を通って鹿猟をさせたり、魍港《もうこう》〔漢人により築かれた港町で、現在の台南市と嘉義県の境目あたりにあったとされる〕でボラを捕ったりさせていたことが主な理由だった。麻豆社の人はボラを食さないが、サンプタオの考えでは、あれらの漢人どもは先に我々の許しを得るべきであって、オランダではない。同様に漢人が鹿を捕らえるにあたっても、我々の許しを得なければならないし、いくらかの金を我々に対して納めるべきだ。それなのに漢人どもは、オランダ人と契約を結びさえすればよいと考えている。ボラはまだしも、鹿の群れは我々の生命線だ。さらにいまいましいことに、漢人どもは鹿を捕るべきでない季節に頻繁に猟にやってくる。仕掛ける罠も大がかりで、子鹿さえもが殺されてしまう。

サンプタオの死後、長老の任に就いているリカが黒ひげに訊ねた。

「もしもオランダ人の条件通り『所有権』を彼らに譲渡するとして、それは恐らく、単に魚や鹿を捕る権利を渡す、という意味であろう。それともまさか、将来わしらが育てる穀物や檳榔や養った豚までも、すべてオランダ人に分け与えねばならなくなるのか?」

黒ひげはこれに答えて、

「オランダ人が求めているのはただ『漁労権』と『鹿猟権』の譲渡のみであります。こと住民が産したものに関しては、麻豆社から毎年一定の量の鹿皮、豚、檳榔、椰子を租税として納めることだけを求めておりまする」

続けて彼が語ったところでは、オランダ人が彼ら漢人に対して課している税金には、項目別の独占権に関わる税のほかに「人頭税」がある。一方、麻豆社の人々は元々この土地を所有していたので人頭税を課す必要はない、とオランダ人は考えているそうであった。これは麻豆社の人々が初めて触れた「主権」と「税」の概念で、彼らにとってきわめて斬新なものだった。

「新港社、蕭壠社《しょうろう》、それに大目降社《だいもっこう》は、すでにいずれもオランダの条件を呑みました。もし麻豆社も承諾なされば、みな様が今後どの社へ出向いたとしても、友好的なもてなしが受けられることでございましょう」

黒ひげの話を聞きながら、一同は不思議な気がしていた。異なる部族、異なる集落が、一つの「政府」の「法律」なるものに従うことで、互いに仲よくつきあうことができる。これを「秩序」と呼ぶのだろうか。

「拙者どもは唐山からやって参りましたが、かの地においても同様であります」

リカは再び黒ひげに訊ねた。

「ならば、唐山の政府は良いか悪いか。そなたはなにゆえ故郷で暮らさず、わざわざこの土地に来たのか。なぜに故郷と親族の下を去った？」

黒ひげはため息を一つ吐いてから答えた。

「これは話せば長くなることです。まず、ここ数年来唐山では内乱が起こっており、穏やかならぬ状況にあります。その上、拙者どもが唐山で暮らしていた土地は、このように肥沃ではございません。この土地のサトウキビは、なんと生長が早く、なんと甘く、なんと豊かに茂っていることでしょうか！　また唐山の海にも魚が多く棲んでいますが、ここのボラの数はそれにも勝ります。唐山の人間はボラの卵をめっぽう好みます。拙者どもはこれを『烏魚子《オヒジ》』〔からすみ〕と呼んでおりまして、酒のつまみにぴったりです。拙者は毎年冬が来るたびにここでひと月かけてボラを捕り、唐山に運んで売っております。そこそこに儲かり、故郷の両親や妻子によい新年を迎えさせてやれるのです」

話題が役人に及ぶと、黒ひげは次のように言った。

「唐山の制度もオランダのそれも、それぞれに良し悪しがあります。しかし拙者の見立てでは、オランダの役人は比較的公正といえます。それにオランダ人宣教師の精神には、感嘆させられるものがあります」

続けて語る。

「オランダ人がこの島に来たのには二つの目的がありました。一つはここの港を占有して貿易の中継点と成し、彼らの本国で好まれる物品を収集し、送り出していくことです。彼らは大金を稼げさえすればよいのです。ですが幸いにして唐山人を奴隷にして売ったりすることはありませんでした。ここでの拙者らの生活はまことに苦しく、さながら労務に服する奴隷のようでさえありますが、しかしながらあくまでも志願してきておるのです」

黒ひげは苦笑いしながら話を続けた。

「聞くところでは、南洋のある地域では島の人間が拉致され、奴隷として連行されているそうです。拙者も大員の町で黒い肌をした奴隷を何人か見かけたことがあり、その者らは南洋のバンダ[7]なる島から連れてこられたとのことでした。しかもオランダだけでなく、イスパニヤ〔スペイン帝国〕やポルトガルなど、ほかの国々も同様の行為をしています。噂ではイスパニヤ人はまことに凶暴で、ルソン〔現在のフィリピン首都マニラ。当時スペイン帝国の植民地〕では瞬く間に万を超す唐山人を殺戮したこともあるそうです。

オランダ人のなかには、中継貿易にたずさわる商人とは別に、熱心な牧師たちの一団がおります。彼らがやってきた目的は、彼らの宗教を広めることです。イスパニヤ人とポルトガル人も布教をしておりますが、この両国の宗教はカトリックと申し、一方オランダ人の宗教は『改革派』とか申すそうです」

そして「そう遠からぬ内に、オランダの牧師がここにもやってきて、彼らの崇める神を信じるよう、みな様に求めるであろうと存じます」とも黒ひげは言った。

リカはオランダが求めてきた「主権譲渡」という条件に対して反対したが、ほかの長老たちは大半が賛成だった。受け入れないわけにはいかないことはリカも承知だった。オランダ人とまともに戦っても勝ち目がないのは明らかだったから。オランダ人の神を崇めるのも、受け入れ難いことだった。彼が信じるのは麻豆社の祖先が代々祀ってきた阿立祖《アリッドゥ》である。そこでリカは長老職から退く決心をし、それにより和議が順調に進むことを願った。会議の後、麻豆社の人々はまず、生きた豚九匹と最も大型の投げ槍六丁を新港社の人間に差し出し、和平を求めた。

ウーマは憶えている。後に開かれた和解の儀式で、一人の黒いマントを羽織ったオランダ人がオランダ語とシラヤ語の両方で条項を読み上げるると、黒ひげも唐山の言葉でそれを読み上げ、かつ細やかに説明を付け加えた。その時彼女は不思議に思ったものだった。そろって軍服に身を包んでいるオランダ人に混じって、あの人だけが黒衣を着ている。それにあの人は、どうしてこんなにも上手に私たちの言葉を話せるのだろう！　後になってウーマは、彼がユニウスという名の牧師だと知った。ユニウスはシラヤ語で次のように述べた。

「おのおの方、とくとご注意なされよ。第二条には、そなたらの主権をオランダ国王に譲渡する旨、そして大員に駐在するフォルモサ長官について記されておる。もしも合点がいかぬようなら、後でそれがしからあらためてご説明さしあげるが、どなたもご了解なされたか」

「うむ」

という返事が麻豆社人の群衆からまばらに聞こえた。ユニウスはそれを確かめてから、みなに告げた。

「ほかの社の方々よ、麻豆社の人々の返事を聞かれたであろう。彼らはすでに自らを我々オランダに帰属させた。今日ただいまより、我々は彼らを友人として迎え、過去の衝突のことは忘れるべし！」

儀式のさなか、麻豆社の長老の一人であるティダロは公廨《クワ》〔阿立祖を祀る祠〕の前の広場に立った。オランダ人の武官が彼に紫色のマント一着とオレンジ色の旗一本を手渡し、述べた。

「旗は指揮官の象徴なり。オレンジ色はオランダ王国の象徴なり。而《しこう》してマントは地位の高さを、紫色は高貴さを表すものなり」

ユニウスが言葉を継いで、以後はティダロを含む三人が麻豆社の頭人となるべきこと、みなは頭人の言葉に従うべきこと、そして各頭人はそれぞれの社を代表し、フォルモサ行政長官が一年に一度召集する地方会議に出席すべきことなどを伝えた。

# 第四章

## ウーマ

ウーマの夫となったチカランは、ティダロの長男である。チカランはおおよそ二十四歳だ。昨秋に催された夜祭で、彼はウーマの踊る姿に目を奪われ、一輪の檳榔の花を彼女に捧げた。それからというものほぼ毎日、黄昏時になるとウーマの家の窓辺に来て歌を歌うようになった。彼の奏でる鼻笛と口琴〔薄い木の板を口元にあて、紐で振動を起こして音を出す楽器〕の調べもすばらしかった。

麻豆社の人々は家庭制度を持たず、同性で年齢の近い者同士が共同生活を営んでいた。ウーマはほかの若い女たちと一緒に大きな家に暮らし、ウーマの弟アリンとチカランも十数人の若い男たちと、「集会所」と呼ばれる竹を組んで造られた大きな家に暮らしていた。シラヤ人はみなこのような風習を持っている。

チカランは黒い肌の精悍な体つきをし、一人でイノシシを仕留めることもでき、ウーマは前々から彼に好ましい印象を抱いていた。しかしオランダ人との関係により、リカはティダロを嫌っており、チカランのことも嫌っていた。けれどもウーマの母親メヨンや、ウーマと同居する実の姉妹にも等しい女たちはみなチカランが好きだったし、おまけにウーマの弟アリンはチカランの親友だった。ウーマとチカランは意気投合し、ひと月ほど前の満月の夜、チカランはこっそりウーマの住み家に忍び込んで一夜を過ごした。そして今日、正式に両家の間で結納を行うことになったのだ。

　チカランの父ティダロはオランダ人から任命された麻豆社の頭人として、母トンエンも祭祀を司る巫女として、両者共に集落内できわめて高い地位にあった。二人はウーマの両親に敬意を表するため、仲人を一人雇ったほか、自らもウーマの両親の家に出向いて結納品を贈った。その内容もとびきり豪華なものだった。最も重要な物とされている檳榔の実はもちろんのこと、巨大な豚一匹、腰巻き五着、うち三着は鹿の皮で作られていた。さらに衣服が五着、竹のブレスレット百個、指輪十。指輪のうち五つは金属で、残りの五つは鹿の角で作られたきわめて精巧な代物だった。このほかにも麻縄の腰帯五本、犬の毛皮のコート五着、漢服二着、稲わらと犬の毛を丁寧に編んで作られた冠などがあり、なかでもリカを大喜びさせたのは、カンガン布[8]と呼ばれる舶来物の布生地だった。そしてウーマ本人とメヨンを最も喜ばせたのが、厚い鹿皮で作られ、足に結びつける靴紐もついている五足のブーツだった。「こんなに豪華な結納品はここ数十年、見たことがない」と集落の人々は口々に言ったものだ。

　チカランの両親であるメヨンもリカも、充分すぎるほどメンツを立てられ、喜んでこれらの結納品をもらい受け、すべてが円満に運んだ。それはすなわち、この日からウーマとチカランが、晴れて衆人の認める夫婦になったことを意味していた。夜になればチカランは堂々とウーマが血のつながらない姉妹たちと暮らす家に来て、彼女と同衾できたが、翌朝は早々にそこを出て、彼が暮らす集会所に戻らねばならないしきたりになっていた。後に年を重ね子供が生まれてから、ようやく引っ越しが許され、彼らは草原のなかに藁葺きの小屋を建てて、初めて一緒に暮らすことになる。

## 第五章
## 海澄

　待ちに待った陸地がついに現れ、陳澤《ちんたく》は上機嫌で船べりにもたれていた。なだらかな海風に頬を撫でられ、冬のうららかな日差しを浴びながら、もうすぐ月港の家に帰れるのだ。数年前にこの町は海澄《かいちょう》（福建地方の歴史ある四大商業港の一つ。現在の竜海市九竜江河口付近）と改称されていたが、世間ではなお慣例的に月港と呼ばれていた。

――八か月の苦労と倦怠感もすっかり吹き飛んだ。こんなに晴れがましい気持ちを味わうのは、生まれて初めてだ。

彼は決めていた。月港に上陸したら、まっすぐに故郷の霞《か》寮《りょう》へ帰ろう。年を越す前に妻子の下に戻れることが、彼は何にもまして嬉しかった。そのまま数か月は家でゆっくり過ごすつもりでいた。結婚してすでに八年になるが。妻子と共に正月を迎えたのは、今回を入れてやっと三度目だった。

この年の三月、彼の商船はルソンへ移住する百名近い漳州人と、生糸と磁器を一杯に載せて廈門《アモイ》〔月港に隣接する港湾都市〕を出港した。マニラで貨物の三分の二をイスパニヤ人に売ってからブルネイへ赴き、残りの貨物を現地のスルタン〔イスラム教国の君主〕に売った。そして貨物と交換した大量の銀貨をたずさえて今度はバタヴィアへ行き、それを使ってオランダ人から香辛料やタイマイ、真珠、花柄の織物といった地元の特産を購った。数日間の逗留の後、マカオに赴いてこれらの特産品をポルトガル人に売り、最後にポルトガル人、日本人、明国人などの旅客を乗せて、廈門へ帰港しようとしているところだった。イスパニヤ、オランダ、ポルトガルの領地を横断する、八か月近くにも及ぶ航程であった。

陳澤はふと親分である鄭芝龍《ていしりゅう》に思いを馳せ、自分が彼に心服しているのをあらためて感じた。三つの西洋国家が南洋一帯でせめぎ合いを繰り広げるなか、芝龍は各国の領地を端から端まで自在に行き来し、西洋人たちから大金を稼いでいる大商人であった。平素は物腰の穏やかな人物だが、時に別の一面を見せることもあった。陳澤は憶えている。もう十何年か前の話だが、オランダ人が強硬な態度に出た際、鄭芝龍は決して彼らに頭を下げず、毅然とした態度を貫いた。その後攻めてきたオランダ艦隊を、金門島付近の料羅湾にて正面から迎え撃った。その結果、当時のフォルモサ行政長官であったプットマンが自ら指揮を執った艦隊は大敗を喫し、鼠のごとく潰走した。この一戦を境に、鄭芝龍はオランダ人に対して圧倒的に優位な立場を保ってきたのだった。

南洋に展開するオランダ人、ポルトガル人、イスパニヤ人の勢力がどれも国家を後ろ盾にしている一方、鄭芝龍はただ自らの力だけを頼みとしてのし上がり、今や千五百隻を超える大船団を擁し、日本からフォルモサ、さらに南洋全域にかけて威勢を張り、故郷である閩南《びんなん》[9]地方の同胞たちに仕事と財貨をもたらしてきた。単に商売をするだけでなく、明国の官職に就き、爵位も授与されており、占い師が人を評する時によく言う「財官兼美」を地で行くものだった。陳澤はずっと鄭芝龍という人間に心酔してきた。たとえ彼が泉州人で、自分が漳州人であり、両者はずっと水と油の関係であったにしても。

　鄭芝龍は商才に長けているばかりか、官僚の職責もこなし、勇敢であり、おまけに――これが陳澤により深く敬意を抱かせている点だったが――外国の言葉を極めて巧みに話すことができた。陳澤は今や泉漳地方で知らない者のない鄭芝龍の伝奇を思い起こした。十八歳の時マカオに出て苦労を重ね、のちに移住したルソンではイスパニヤ人に殺されかけて、決死の思いで逃げたこともあった。やがて三仏斉〔現在のインドネシア・スマトラ島の巨港〕、バンテンを経て肥前国平戸に移り住み、その地で武士であり医者でもあった田川七左衛門の娘・マツを娶った。鄭芝龍の長男・鄭成功は、このマツの子である。鄭芝龍はオランダ語が話せたことから、澎湖《ぼうこ》諸島に侵入したオランダ艦隊の司令官コーネリス・ライヤースの顧問兼通訳も務めた。その後フォルモサにしばらく滞在したのち廈門に戻り、明朝の官職に就くと共に、西洋諸国との中継貿易を営んでいた。相手がポルトガル人であれ、イスパニヤ人であれ、オランダ人であれ、鄭芝龍は直接商談を交わすことができ、キリスト教の洗礼を受けてニコラスという洗礼名まで持っていた。日本語が達者であることは言うまでもない。陳澤もそんな彼に倣って、バタヴィアではオランダ語を、ブルネイでは回教徒の話すアラビア語を、マカオではポルトガル語を少々かじった。ことイスパニヤ語に関しては、子供の頃からカタコトが話せ、のちにマニラでも学んだので、今やそこそこの使い手になっていた。

　船は小さな島々を縫うようにして進んでいく。鼓浪嶼《ころうしょ》や大《だい》嶝島《とうとう》が見えたら、廈門はもう目と鼻の先だ。陳澤の船は標準型のジャンク船[10]ではなく、高々とマストがそびえる大型帆船で、幅三丈五尺〔約十・五メートル〕、全長十三丈〔約三十九メートル〕もあった。それゆえ南洋に散らばるバンテン、バタヴィア、あるいはスマトラといった歴史ある港町の間を、難なく往来することができたのだ。むろん貨物の積載量も秀でていた。

　仮に船がこのまま廈門に行かず、左に舵を切って九竜江の方へ進めば、そこには陳澤の故郷・月港がある。彼が幼いころにはまだ月港こそが地域最大の港で、廈門は小さな港に過ぎなかったが、ここ十数年の間で月港はすっかり下り坂に入ってしまった。

　思いかえせば隆慶・万暦年間〔一五六七年～一六二〇年〕、海禁政策が初めて解かれ、明国の朝廷は国民に海外との貿易を許可した。ただし出入りする外国の商船に対しては厳しい検査が課された。出国するすべての商船は必ず月港から出航することとされ、月港から廈門に至る九竜江下流の河筋で、繰り返し検分がなされた。管理をスムーズにするため、朝廷は月港を含む周辺地域に「海澄県」という行政区域を設置した。この名称は「海疆澄清《かいきょうちょうせい》」すなわち海疆〔沿海域〕を清く澄みわたらせる、という意味の言葉に由来する。

　この隆慶・万暦年間はまた、イスパニヤ人とポルトガル人が競って東洋へ進出した時期にもあたる。明国では国際貿易が興隆をきわめ、国庫は潤い、特に福建東南部を繁栄させた。そのなかでも大きな恩恵をこうむったのが月港で、イスパニヤの銀貨までも出回り、町の人々はこれを珍重した。陳澤は幼少の頃から九竜江で泳ぐのが大好きで、港で遊んでいる時イスパニヤ人の船乗りや商人に出会うこともよくあった。それで簡単なイスパニヤ語も身に付けたのだ。漳州・海澄県の月港は、唐山全体でも最も繁栄を誇る港湾都市になった。

　海外貿易の興隆は、福建東南部の沿海地域に住む農民や漁民たちを、船乗り、ひいては商人へと変えていった。生活のスタイルが大きく変貌し、少なからぬ人々が南洋へと移住していった。陳澤もまた、そのなかの一人だった。

# 第六章

## 陳澤

　一六一八年、明の万暦四十六年戊午《つちのえうま》の年、月港郊外の霞寮に陳澤は生まれた。長男であり、父の陳有績は村の読書人〔有識者〕だったので、おのずから彼も父と同様、科挙試験で名を挙げることが期待されていた。陳澤はかしこく、勉強もできる方だったが、幼い頃から西洋人と接触を持ってきたことで、将来外国をあちこち見て回りたいという強い欲求が芽生えていた。背が高く、たくましい体つきで、好んで武術を習い、また暇を見つけて九竜江を遊泳しては、「おれは鴨元帥だ」などと言って笑っていた。科挙の地方試験である郷試は落第続きで、そのためいっそう、くにを出て四海を駆け巡りたいと欲するようになった。陳有績は、息子がもう自分の手に負えないと悟り、それを許したが、唯一の条件として、先に結婚するように求めた。陳澤は父の命を受け、同じ村に住む郭という姓の娘と夫婦になった。

当時鄭芝龍の船団は拡充を続けており、たびたび船員募集の布告があった。陳澤もそれに応募し、一員となった。彼の水上における敏捷さ、勤勉さ、苦労を養分と見なす積極的な姿勢は、周囲と比べて際立っていた。彼が仕事をまかされる船は次第に大きくなり、それに伴い職位も上がり、より遠くの港へ出向するようになっていった。

陳澤が初めて船の上で仕事をしたのは崇禎《すうてい》十一年〔一六三八年〕。彼が数え年二十一の頃だった。外国の港でしばらく仕事をしたことで、陰暦に基づく明国の年号と陽暦に基づく西洋暦を併用するのにもだんだん慣れた。初めての航海は、鄭芝龍が営む海上貿易集団の本部がある安海〔現・福建省晋江市南部。鄭芝龍は後に安平と改名した。後に鄭成功が大員を安平と改名したのはこれに由来する〕からフォルモサの大員に至る航路だった。彼が乗るジャンク船には大員のオランダ人が愛してやまない生糸が、山のように積まれていた。オランダ人たちがこれを前にした時、瞳をらんらんと輝かせたのを陳澤は憶えている。彼らはその後、これをまたヨーロッパに送り、買値の何倍にもなる利益を得た。

それから三年の間に、陳澤が大員へ出向いた数は十度を超える。往路は生糸や磁器を積んで行き、帰路にはオランダ人が南洋から運んできた香辛料やフォルモサで産した砂糖、樟脳などを積んで福建へ戻った。それにも増して重要な任務は、人を輸送することだった。

鄭芝龍が頭角をあらわした天啓年間〔一六二〇年～一六二七年〕以来、泉州人である彼はほとんどの船舶を泉州の安海に停泊させ、廈門を出入り口にしていた。このため安海と廈門はめざましい発展をとげており、逆に漳州に属する月港はかつての輝きを失いつつあった。

船はもうじき港に着く。郭氏は優しくて聡明な妻で、夫婦仲は上々だった。妻を思うと、陳澤の心はいっそう弾んだ。彼は晩婚の方で、かつ仕事上離ればなれで過ごすことが多く、二人の間にはまだ子供がなかった。五年前父がこの世を去ろうとする時、孫をその手に抱けなかったことを嘆いていた。陳澤は心のなかで算盤を弾いた。

――船上での生活も、もう八年になる。孔子曰く「三十にして立つ」。俺ももう三十だ。短ければあと三年で、長くとも五年あれば、十分な蓄えができるだろう。そうしたら海の暮らしにけりをつけ、商売を営むための勉強をしながら、子供を生み、育てることに専念したいものだ。

　鄭芝龍の旗下に入ってから、陳澤はそれまで想像もしたことのなかった外国の都市を数限りなく訪れ、その度に見聞を広め、少なからぬ外国の言葉を学んできた。これらはどれも、故郷の大人たちには想像もつかないような異世界の出来事だった。

　鄭芝龍は部下に対して飴と鞭をもって接した。管理は厳格だったが、俸給はすこぶるよかった。ここ数年、鄭芝龍は好運に恵まれ、船の災難も少なく、とんとん拍子に勢力を増していき、莫大な富を得ていた。陳澤もまたわずか数年の内にそこそこの蓄えができ、弟たちにも妻を娶らせてやった。郷里の人々は羨望し、なかには彼に続けとばかりに鄭芝龍の船団に加わる青年たちもあった。

　漳州人と泉州人は、昔から互いを嫌っていた。漳州が発展の端緒についた時期は泉州に遅れること数百年で、泉州人は昔から漳州人を下に見ていたが、運勢には変わり目がある。三、四百年前の、南宋から元朝にかけての時代、泉州の港には諸国の船が雲集し、市内にもアラビア人、ユダヤ人、錫蘭《セイロン》人など世界各地の商人が雑居していた。当時の泉州は世界中で最も栄えている商業港で、泉州人は鼻高々だった。ところが明代に入り、初代皇帝・朱元璋が海禁策を発布したのを境に泉州の命運は一転、凋落の一途をたどることになった。二百年ののち、明朝の政治家張居正の改革により海禁が解かれはしたが、そのさい泉州をさしおいて貿易港に躍り出たのが漳州の月港だった。泉州人は強い不満をおぼえずにいられなかった。それでも栄枯盛衰は世の習いで、〔九竜江下流域に位置する〕月港は徐々に土砂の流入が進み、大型船の出入りが難しくなってきたため、泉州の廈門が月港に取って代わり、貿易の中心地となった。さらには鄭芝龍が泉州人であったこともあり、この時代、好運の雨は再び泉州人の上に降りそそいでいた。

　しかし若い頃からほうぼうの国を訪れて見識を広め、幾多の民族に出会い、それぞれの文化に触れ、なおかつ植民地化された国々の住民たちが統治者に搾取される惨状を目のあたりにしてきた陳澤にとって、漳州と泉州の区別など何の意味もなさないものだった。イスパニヤ人に奴隷にされたルソンの住民や、バンダ諸島の住民がオランダ人により奴隷としてジャワに移送されていくさまを、陳澤は間近に見てきた。

　一六四一年以降、鄭芝龍が大員行きの船の数を減らしたことから、陳澤の乗る船もルソンとバタヴィアへ赴く機会が増えた。ルソンにはイスパニヤ人によって建設された大都市マニラがある。福建出身者に最も好まれている都市で、漳州と泉州を含めた閩南地方出身の移民も数多く暮らしていた。彼らは経済活動にいそしみ、イスパニヤ人に快適な生活環境を提供した。この点はイスパニヤ総督も認めるところであった。

　ある時陳澤はマニラの町で、地元の唐山人が語る昔話を聞いた。三十年以上も前、マニラに住むイスパニヤ人は一千にも満たず、その一方で閩南出身者は二万から三万ほどもいた。なかでも漳州人の数は泉州人を大きく上回っており、両集団の間では時に血を見る争いごとも起きていた。一六〇三年、明の万暦帝は、宦官と三人の官僚に、海澄県の大臣と兵士、従者をつけてマニラへ向かわせた。ものものしい武具に身を固め、威風堂々とマニラ各地を巡視する使節団の隊列は、統治者であるイスパニヤ人たちを震え上がらせた。使節団が去っていってから、イスパニヤ人は唐山人を強く警戒するようになり、それが唐山人たちの不満をかき立てることにもなった。こうした軋轢が行き着いた先は、イスパニヤ人の閩南移民に対する大虐殺であった。恐るべき惨劇の末に、三万を数える閩南移民のほとんどが殺害され、かろうじて生き延びたのはわずかに八百ほどだったという。

　それでも、大虐殺が終結してから一年あまり経った頃、閩南人はまたも大挙してマニラへ移住していくようになり、数年もしない内に、マニラの唐山人は再び一万を超えた。そして、悲劇もまた繰り返された。一六三九年、イスパニヤ人は再び唐山人を虐殺し、数千の命が失われたという。こうした話を耳にして陳澤は思う。

　――西洋人にとって、唐山人はどこまでいっても唐山人でしかない。漳州やら泉州やら、細かい区別などできようものか！

## 第七章　鄭芝龍

　陳澤が何にもまして憂慮しているのは、明国の命運である。二年前（一六四四年）の春、李自成率いる農民反乱軍が北京に攻め込み、明朝第十七代皇帝・崇禎帝は紫禁城に隣接する景山で自決。[11] 李自成が替わって玉座に就いたものの、ひと月も経たぬ内に今度は清の国号を掲げる満州族の侵攻を受け、逃亡していた。

一年前の夏、鄭芝龍は明朝の皇族の一人である唐王・朱聿《しゅいつ》鍵《けん》を皇帝に擁立する。福州において即位の儀を執り行い、隆武帝と称した。鄭芝龍は太子太師の官職に封じられ、それ以来「太師爺《タイスーャ》」と敬意を込めて呼ばれている。しかし伝聞によれば、隆武帝は黄道周などの文臣を好む一方、鄭芝龍のような武臣を煙たく思っており、君臣の間に不和が生じていた。自国を離れていた八か月の間に、時勢はどう移り変わっているることだろう。

──俺は一介の平民に過ぎぬ。仮に満州人が北方の野蛮な異民族などでなく、かつすべての漢人にさかやきを剃り上げ、後頭部に豚の尻尾のごとき編み毛を垂らすことを強要したりしないとしたら、朝廷が転覆しようがしまいが、俺の知ったことではない。どのみち皇帝は天と同じほどに遠い存在だ。しかし事実がそうでない以上、満州人が天下を取れば、朝廷の交代どころでは済まぬ。亡国だ！

この旅の途上で、船がマカオに停泊した際、陳澤は現地の唐山人に福建方面の消息を訊ねた。ある者は、皇帝陛下はすでに福州にいらっしゃらないと言い、またある者は、その後またしても清の軍隊に敗れたそうだと言った。真相を確かめる術《すべ》はなく、信じたくもなかったが。ほかに伝え聞いた限りでは、マカオ、安海、廈門、海澄、泉州、福州の間には船が通常どおり行き交っていることから、福建地方はまだ戦火にさらされていないものと推察された。

──どのみち、芝龍様には何かしらのお考えがおありのはず。俺はあのお方に従って行動するのみだ。

鄭芝龍は常日頃から部下たちに「平時には商船の船員として精を出し、ひとたび戦《いくさ》となれば軍船の水兵となって戦うべし」と訓告していた。こうした心の姿勢が部下の間に浸透していたからこそ、オランダ艦隊を相手に連勝し、また許心素などの海賊を打ち破ったりすることができた。さらには諸外国の船舶に「保護費」という名目のみかじめ料を、おとなしく納めさせることにもつながった。これこそが、鄭芝龍が二十年来成功を収めてきたことの秘訣であった。

自分が水兵になる日も近いだろう、と陳澤は思った。戦火がやがて泉州や漳州にまで飛び火し、繁栄を謳歌している都市が戦乱によって破壊されることを、彼は恐れていた。それに故郷の妻や弟の家族を含む十数人の親族は、いかに取り計らうべきか。

船はついに廈門に接岸した。一見した限り、漳州も泉州も平穏無事な様子だった。陳澤は船員たちに積み荷を降ろさせてから鄭家の商館へ行き、数か月分の俸給を受け取った。そこでたまたま顔を合わせた鄭芝龍の執事が、小声で陳澤に打ち明けた。

「芝龍様は泉州の町が戦争で破壊されるのを深く危惧しておられる。さりとて清軍の勢いは燎原の火のごとくじゃ。それであのお方は、漳泉地方を何としてでも戦乱から守るために、満州人と協議を行うおつもりでいらっしゃる」

陳澤は目を丸くした。それはすなわち、降伏するということではないか。

陳澤が商館を出た矢先、にわかに遠方に土けむりが立ち、あわただしい馬蹄の響きがこちらに近づいてきた。見れば馬上の数人は明軍の官服をまとい、ほかに安海にある鄭家の商会本部の制服を着た者も二人いた。大急ぎでやってきた様子で、馬から下りるよりも先に大声で叫んだ。

「凶報！　凶報！　芝龍様が福州で満州人どもに捕縛された！　満州兵はすぐそこまで迫っておる。みなの衆、急ぎ準備されたし！」

瞬間、陳澤は雷に打たれたようなショックを受け、呆けたように立ちつくした。しかしすぐに落ち着きを取り戻し、急遽月港へ向かうことにした。

――満州兵がやってくる！　まずは妻と親族を安全なところに退避させ、それから次の一手を考えよう。天よ、我にご加護を……。幸い手元には少なからぬ銀貨がある。これでしばらくはしのげるだろう。芝龍様が捕らえられたとはいえ、鄭家は巨大な一族だ。船舶の業務は誰かが引き継ぐことだろう。まさか、船団がまるごと満州人に接収されるようなことにはなるまいが……。

鄭芝龍の長男である鄭成功は、立派な風采と才能に恵まれた人物だった。鄭芝龍もたびたび彼を褒め称えたし、隆武帝さえも彼の才能を高く評価して、特別に「朱」の姓を賜った。それゆえ今では敬意を込めて「国姓爺《コクシンヤ》」と呼ばれている。

――国姓爺様も、芝龍様と一緒に連れ去られていなければよいが。果たして国姓爺様は満州人に降伏することを選ばれるだろうか。

世事はとかく測りがたい。八か月前に出航した時には、このような情勢が待っていようとは想像だにしていなかった。陳澤はゆっくりと息を吐いて、ひとりごちた。

「まずは急いで月港へ戻ろう。後のことはそれからだ！」

# 第八章　大航海

十六世紀から十七世紀初頭のヨーロッパの航海者たちにとって、広大な海を越えて東方へ向かうのは、多大な困難を伴う冒険だった。

十六世紀においては主にイスパニヤ人とポルトガル人が、それぞれ異なる路線をたどって東方を目指した。イスパニヤ人は西回り航路、すなわちまず大西洋を横断し、続いて南米大陸最南端の、ポルトガル人航海者フェルディナンド・マゼランの名にちなむマゼラン海峡を通り抜け、さらに太平洋を横断してルソンに至るという、とてつもない回り道をしなければならなかった。十七世紀になると、多くの商船隊はまず北米大陸の東岸に至り、陸路でヌエバ・エスパーニャ副王領〔現在のメキシコを含む地域〕を横断して西岸の都市アカプルコへ移動し、そこから再び船でルソン島のマニラへ向かうようになった。南米大陸をぐるりと回る手間こそ省けたが、それでも広大な太平洋を渡らねばならず、過酷な行程には違いなかった。

他方、ポルトガル人は、ヨーロッパからまずアフリカ大陸西岸を南下し、最南端の喜望峰を越え、マダガスカル島を経由してアフリカ大陸東岸を北上し、それから一五一〇年に自国が建設したインドの都市ゴアを経由して、終着地のマカオに至った。ずっと陸地に沿っているので、大海で遭難する恐れが少ないという利点があったが、常に風と潮の流れに逆らって進まねばならないという欠点もあった。またオランダ人にとって、ポルトガル人の手中にあるこの航路を利用するのは不便だった。

一六一〇年、あるオランダ人航海家が新しい航路を発見した。それは喜望峰からさらに南下を続け、南緯四十度まで達したのち、強力な偏西風および東に流れる海流の力を借りて、迅速にインド洋南方を横切っていく。そしてオーストラリア大陸西側の岩壁にぶつかる前に、東南の貿易風に乗って北上し、南洋におけるオランダ東インド会社の拠点であるジャワのバタヴィアに到達するというもので、ポルトガルが掌握しているインド沿海部を完全に避けることができた。その上、旧航路ではオランダのアムステルダムからバタヴィアに至るまで、実に丸一年もの時間を要していたが、この新しい航路では、通常九か月ほどで到達することが可能になった。

ハンブルク一家は、クリスマスと新年の休みをデルフトで過ごしたのち、一六四七年一月中旬にオランダを発ち、同年十月末にバタヴィアにたどり着いた。この三百日近い航程は、マリアを温室育ちの少女から大人の女性へと成長させた。

船の上でも、ハンブルクは牧師の仕事に従事していた。船員のために礼拝を行い、祈りを捧げ、説教をした。船上の食事はひどく粗末で、船員たちはしばしば身体を壊すことがあった。特に新鮮な野菜や果物の摂取不足から、壊血病になる者が多かった。船員のなかに一人の退役軍人がいて、彼はオランダで神学や宗教儀式を学んだのち、船専属の「慰問伝道師」として東インド会社から派遣されてきていた。当時ヨーロッパ人の間では、病にかかった者には、単に肉体を治すだけでなく、魂にもひときわ手厚いケアを施すべきで、そうしてこそ生きる意志を持ち続けられるか、または安らかに召天できるものと考えられていた。外科医も乗船していたが、現代の観点から見れば、当時における病気の原因に関する認識はまだまだ原始的で、薬や医療用具も粗末だった。外科医が行う処置というのは、せいぜい外傷の消毒、損傷した皮膚の手当てや簡単な切開くらいであった。しばしば船乗りも旅客も、目的地に達する前に不幸にしてこの世を去らなければならなかった。そんな時ハンブルクは慰問伝道師を伴って臨終を迎えた病人の下を訪れ、彼らのために祈りを捧げた。

ハンブルクの身分はオランダ東インド会社の上級雇用者であり、家族全員がほかの上級職員たちと同等の待遇を享受することができた。独立した客室があり、野菜や果物を比較的多く供給され、しばしば新鮮な肉まで食べられた。大部分の下級船員たちはとてもこのような待遇を受けられず、肉といえば呑み下すのさえ困難な塩漬け肉のみで、野菜類も口にできず、寝る場所といえば甲板の下にしつらえられた、二段式で天井のひどく低い、広い床に雑魚寝していた。不衛生な環境のために病気にかかる者も多かった。

ハンブルク家の娘たちは名家の箱入り娘さながら、大半の時間を客室のなかで母から刺繡を習ったり、とりとめのないおしゃべりをしたり、本を読んだりして過ごした。ただしマリアだけは、父にくっついて船内をあちこち歩き回り、船乗りたちに無邪気な質問を投げかけたり、時には慰問伝道師や外科医に同伴して病人を見舞ったりもした。長年イングランドの船に勤務していたあるスウェーデン人の一等航海士は、こんな言葉を述べてハンブルクを驚かせた。「牧師、こちらのご令嬢のお顔立ちは、エリザベス女王のお若い頃にそっくりです。それに性格までもよく似ていらっしゃる。才気煥発であられて！」

「そんなことありませんわ。私はいつか結婚したいと思っていますもの」と、間髪を入れずマリアが返すと、周囲は笑いの渦につつまれた。エリザベス女王は生涯独身だったからだ。そんな明るくて活発、かつ情熱的で親切なマリアの人柄に、誰もが好感を抱くようになった。

　見るもの、聞くことの何もかもが、マリアの心を打ち鳴らした。人生とは、決して彼女がデルフトで過ごしてきたように安楽でぬくぬくしたものでないことを、人生にはかくも多くの苦しみと苦労があり、報われないものであることを、前途には挑戦に値する物事があまたあることを、マリアはこの船の上で学んだ。船にはオランダ人のみならず、デンマーク人、バイエルン人、スウェーデン人など、多様な国籍の人々が同乗していた。いずれもオランダ東インド会社に身を投じ、海外で一旗揚げようとする気概ある人々だった。

　船がオランダを出航する直前、悪い報せが伝えられていた。オランダ船ニューハーレム号がバタヴィアへの四度目の航海の帰路、喜望峰沖合で沈没したというものだった。しかしこの悲報も、新天地を求めて東方へ向かわんとする若いヨーロッパ人たちの情熱をそぎ落とすには至らなかった。一人の老水夫がマリアに語った。

「この三十何年かの間に、この海路を通ってオランダから世界へ飛び出していった人間は、少なく見積もっても十万はおるよ。渡航者は年々増えとって、今では年に五千人近い。みな、故郷で平凡な一生を終えるのをよしとせず、行く先に何が待ち受けているのか皆目わからぬ東方への冒険に出ることを選んだ者たちじゃ」

「そのなかで、無事に戻って故郷に錦を飾ることができる人はどのくらいいるのですか？」とマリアが訊くと、老水夫は悲しげな目つきで笑い、「ほとんどの者は異郷の土になるか、あるいは異郷を第二の故郷と見なすようになるんじゃ」と答えた。

　この時、初めてマリアは悟った。彼女自身を含めて、家族全員がデルフトへ無事に帰ることができるという保証は何もない、ということに。その日の昼過ぎからずっと、彼女はひとり船べりにもたれ、ほとんど身じろぎもせず、おだやかなインド洋を見つめて過ごした。やがて夕陽が地平線の上まで降りてきて、空と雲と大海を赤く染めながら沈んでいった。

十七歳になったばかりのマリアは、ここ何か月かの間にすでに地球を半周し、この世の無慈悲さ、人々の苦しみ、努力と希望、張りつめた精神と肉体の痛み、そして死別を、見てきていた。

ギラギラした太陽からまばゆい光がふんだんに降りそそぐある日の早朝、船はとうとう終着地のバタヴィアに入港した。もうすぐ十一月だというのに、暑さは微塵も収まる気配を見せない。マリアは初めて、熱帯の景色を間近で見た。ここの植物はオランダのそれとなんと異なっていることか。その後ハンブルク一家はバタヴィアに三か月ほど逗留し、フォルモサ人の言葉を学んだり、フォルモサに関する諸々の話を聞いたりした。

一六四八年一月三十日は、一家がフォルモサを目指してバタヴィアを離れた日であり、オランダが正式に独立を果たした日でもあった。その消息が彼らの耳に届いたのは一年後のことだったが。この日、オランダとイスパニヤとの間にミュンスター講和条約が締結された。これは有名なウェストファリア条約の一部にあたる。オランダ諸州とイスパニヤとの数十年におよぶ戦争はこれをもって終結、「ネーデルラント」が正式な国家の名称として認められた。ほかにスイスやドイツの諸領邦も、これと同じ日に独立を果たした。

一六四八年四月二十日、船は大員に入港し、ハンブルク一家はとうとうフォルモサの地に降り立った。それからひと月後のある真夜中のこと、マリアは人生で初めて地震を経験した。まるで嵐の海にいるかと思うような激しい揺れのなかで、彼女はヤンから贈られた笛を胸に抱きながら、驚きと緊張でとめどもなく涙がこぼれ、ハンカチを二枚も濡らした。無性にデルフトが懐かしく、ヤンが恋しかった。

# 第二部

# 望

一六四九〜五一年

# 第九章　シラヤ

麻豆社の長老サンプタオが殺害された年、娘のウーマは九歳、その弟アリンはわずか五歳だった。二人はその後、父の弟であるリカや集落の住民たちから手塩にかけて育てられた。ウーマが十一、二歳になったころ、同い年か少し年上の少女たちと共同生活を始め、料理や機織り、耕作といった手仕事を学ぶようになった。アリンもまた十二、三歳の時、男子が共同生活を営む「集会所」に仲間入りした。集会所の成員は、異なる年齢層の者がバランスよく混じったいくつかのグループに分かれており、グループ毎に漁労や狩猟など生活に必要な技術を学んだり、身体を鍛える訓練を受けたりしていた。男子が自宅に戻るのは食事の時くらいで、彼らの日常はほぼ、集会所を中心に回っていた。

シラヤの若者は両親の教育によってではなく、同世代の若者たちとの体験的な相互学習を通して成長していった。青少年たちの普段の仕事は集会所の建設、修繕、道の舗装などで、ひとたび戦闘が起きたら前線に立って戦った。小グループにはそれぞれリーダーがいて、成員はリーダーの命に服さねばならず、またリーダーたちは長老の命に服さねばならなかった。シラヤ人は階級や支配層という観念をほとんど持たず、部族のなかから選ばれた十二人の長老がいるのみで、しかも任期二年と決まっていた。頭目すなわち唯一絶対のリーダーは存在せず、人々はみな自由で平等だった。

――オランダ人がフォルモサにやってくるまでは。

一六二四年、オランダ東インド会社は台江内海[12]と外界の間に突き出た砂嘴《さし》上に要塞を建設しはじめ、これをゼーランディア城と名付けた。以前から周辺に住んでいた漢人は、その地を「大員」または大湾と呼んでいた。ゼーランディア城は一六三二年に初期工事が完了し、付近には商人たちが集まって暮らす大員街道が築かれ、日毎に賑わいを増し、数年もするとかなりの繁栄ぶりを見せるようになった。

オランダ東インド会社が大員にやってきたそもそもの動機は、バタヴィアと唐山および日本国を結ぶ貿易の中継点兼倉庫をこの地に築こうと目論んだためであり、単純かつ純粋に商売上の意図によるものだった。一方で宣教師たちは、この土地のフォルモサ人たちが純粋で聡明、理知的であり記憶力も優れているのを知り、布教が多大な成果をあげることを期待した。

一六三五年、オランダ人は大員から北上して麻豆社を懐柔し、南下してダカリヤン社[13]を離散させた。この行動は、政策上の一つの転換点となった。彼らは税を徴収する旨みを知ったのだ。これには唐山からの移民に課された人頭税や、耕作や漁労のための借地料などが含まれていた。そこで、いわゆるプランテーションの開発を計画しはじめた。それはすなわち土地をオランダ東インド会社の所有とすることを意味しており、植民地主義の匂いがだんだんと立ちこめてきていた。

フォルモサに移住したオランダ人のなかで、家族を連れていた者はほとんどおらず、この点が一六二四年にニューアムステルダムへ移住していった同胞や、一六五二年に喜望峰へ移住していった同胞と異なっていた。オランダ東インド会社はその代わりに明国の漢人を移住させて開墾、生産に従事させ、納税もさせることを企図した。また役人不足から、当局は宣教師たちにも行政上の職務を兼任するよう要求した。たとえば一六三五年、オランダの軍隊がフォルモサ人の土地へ示威に向かうにあたっては、現地の人々にオランダ側の意思を伝え、人心を安定させる「宣撫」の大役を宣教師たちに務めさせた。カンディディウスもユニウスも、こうした仕事をほとほと面倒に感じており、いかにそれが公務であるとはいえ、宣教師という立場で来ている以上、世事には極力関わらず、布教に専念したいと願っていた。

一六三六年二月二十日、オランダ人たちは新港社において南北二十八集落の帰順記念式典を執り行った。オランダの政治的な勢力拡大に伴い、キリスト教に入信するフォルモサ人も増加した。ユニウス牧師が十四年間にわたる布教活動の間、一貫して指針としてきたのは、教会を建てることであった。

ユニウスは東インド会社がフォルモサ人と交わす契約内容の説明のために各集落を巡り歩く際、元々の信仰を捨ててキリスト教に入信することを集落の人々に勧めたが、古くから祀ってきたシンボルを棄てることに同意したのはただ新港社の住民だけだった。宗教がフォルモサ人たちに及ぼしている影響の大きさにユニウスは気づいた。彼らが一つの宗教を受け入れるかどうかは、その宗教が掲げる理念や善意によってではなく、現実的な利益、たとえば漁や狩りの獲物や農作物などが、それによってより多く得られるかどうかが大きな判断材料となっていた。

――しかし、キリスト教はこのように浅薄な基礎の上に立ってはならぬ。

ユニウスがそう考えて決意したのが、教会に附設する学校を作り、子供たちにキリストの教義に基づく教育を施すことだった。この基礎の上に立ってこそ、教会は永久に揺るぎないものになるだろう、と考えた。

一六三六年五月二十六日、最初の学校が新港社に建てられた。ユニウスはそこで住民たちに、ラテン文字を用いてシラヤ族の言葉を記述する方法を教えた。これこそが「シラヤ文」あるいは「新港文」の起源である。後に漢人たちはそれを「番仔字」とも呼んだ。新港社に続き、周辺の蕭壠社、麻豆社、目加《もっか》溜湾《りゅうわん》社、大目降社などでも次々と学校が建設された。男女の別なく十歳から十三歳までの子供を受け入れ、朝夕の祈禱文、主の祈り、モーセの十戒、それに若干の詩編が教材として用いられた。初めの内は軍人のなかから教師が選ばれ、後には成績優秀なフォルモサ人子弟も教壇に立つようになった。

ウーマも十一歳の頃から麻豆社の学校に通い始めた。そこではすでに百四十名もの子供が学んでいた。教師の名はアンドレア・メルキニウスといい、後にヤン・シーモンスという牧師助手も宣教師と語学教師を兼任した。ウーマはすぐに学校が気に入った。ユニウス牧師から教えられた「ラテン文字表記法」が大好きだった。彼女にとって文字は一種の魔法であり、まるで異世界への扉の鍵を手にしたかのような気持ちになった。文字を使うことで、浮かんでは消えていく日々の会話や自分の考えも、具体化し記録できるようになる。それは部族の大人たちには感じ取ることのできない優れた技術だった。文字への熱愛により、ウーマの上達はめざましく、じきにシーモンス教師からも一目置かれるようになった。ウーマは学校で称讃と栄誉を受け、やがてユニウスが書いた神や教義についてのより複雑な文章も少しずつ解読しはじめた。祈禱文や十戒などはたちまち暗誦できるようになり、彼女は模範生としてオランダ人の目にとまるようになったのだった。

リカはこのことを快く思っておらず、オランダ人は父親の仇なのだと、それとなくウーマに話したりした。しかしウーマの見解では父は新港社の人間に殺されたのであり、それに父も少なからぬオランダ人を殺害した以上、オランダ人を責めるべきではなかった。ユニウスの教えに出てくる宗教観や善悪の観念にウーマは共感を抱いていた。

またオランダ人が説く法律と秩序の考え方も道理に適って

いると彼女は感じた。シーモンス教師から、オランダ人もフォルモサで法を犯した時には法律に則って処罰を受ける、実際にそういう判例がいくつかあると聞かされてからは、一層そう信じるようになった。

ハンブルク一家が麻豆社にやってくる少し前、シーモンス教師は不幸にして病で世を去った。後任に就いたのは一六三八年からフォルモサに滞在しているヘンドリクスだった。元は船属の侍者であり、フォルモサに来た後、まず牧師助手に昇格した。勤勉に働き、学習にも真面目に取り組んだことからユニウスに高く評価され、かつ縁あって東インド会社の幹部からも認められたことで、評議会の承認の下、教師に昇格されたのだった。

ハンブルクは麻豆社における最初の専属牧師となることから、会社は経験豊富なヘンドリクスを彼の補佐にあてがった。ヘンドリクスはウーマに引き続き教師の助手を務めさせた。この時期学校ではシラヤ文に加え、オランダ語も教えはじめたところだった。語学の才に恵まれたウーマは、ほどなくしてオランダ語で簡単な日常会話をこなせるようになり、オランダ人たちから大いに称讃された。

麻豆社の礼拝堂が落成すると、二十二歳になっていたウーマは洗礼を受けたいと強く願った。それまで麻豆社ではもう五、六十人が洗礼を受けていたが、ウーマはハンブルクから洗礼を授けられた最初の一人になった。そのためアンナ夫人もウーマに特別な親しみを覚え、娘たちもウーマと姉妹のように親しく付き合うようになった。ハンブルク家の人々との交際を通じて、彼らの家庭観の影響を受けたウーマはチカランを説き伏せ、二人して集会所を引き払い、小さな家を建てて暮らしはじめた。この行動は麻豆社の伝統に背いていたため、眉をひそめる者も少なくなかった。

## 第十章　従軍

陳澤はついに霞寮の家に帰った。幸いにして家族はみな無事だった。彼は情勢を冷静に見きわめた上で、家の者たちにこう告げた。

「我が主君・芝龍様の大本営たる安海までもが持ちこたえられず、国姓爺様の母君は清兵どもに辱めを受け、縊死《いし》なされたと聞く。陸続きのここ月港も遠からずして危機に陥るであろう。清兵は北の陸地から来て、水軍を有しておらぬ。水軍こそは我ら明軍と鄭家の最も得意とするところである。したがって、いったん海上の島に避難するのが唯一の良策であろう」

漳泉地方の海域には廈門と金門という二つの大きな島があり、どちらにも立派な港があって、万一そこにも危険が及んだら再撤退するのも容易いかと思われた。特に廈門は鄭家の船が最も盛んに行き来している港であり、陳澤も熟知していた。

そこで陳澤は故郷の家や土地、収蔵品などで売れる物はあらかた手放した。混沌とした情勢のなかでも、金はそれなりに役に立つ。その後家族全員で廈門へ移り、しばらくそこに落ち着くことにした。

鄭芝龍の清への投降後、廈門は清の武将である鄭彩と鄭聯によって接収されていた。同姓とはいえこの二人と安海の鄭家は血縁関係にない。鄭成功が挙兵すると、その軍門に下る者は多く、今や五万の兵力を擁していたが、南澳島、東山島、潮州、揭陽といった広東地方東部の沿海域で清軍とつばぜり合いを続けるばかりで、広くて安全な領土を一挙に得ることはできていなかった。

陳澤はもう、一人で遠い外国へ旅立つ気にはなれなかった。もし危険が迫ったらいつでも家族を連れて逃げられるように備えを固めた。彼は廈門の港で水先案内の仕事を探し、時には荷運びや文書の配達さえもしながら、臨機応変に行動するつもりでいた。

ある日、陳澤は仕事で漳州の街を訪れた。用件を済ませた後、少し時間が空いたので町を散策していると、威恵廟の前に出た。

威恵廟は南宋時代に建てられた古刹で、開漳聖王・陳元光とその部下である四将軍[14]が祀られている。四将軍はそれぞれ輔順将軍・馬仁、輔信将軍・李伯苗、輔顕将軍・沈毅、輔義将軍・倪聖分《げいせいぶん》である。

ここ数十年来、閩南地方の商売人たちが南洋でめざましく活躍していたことから、人々は「漳泉」と一括りで呼び表すようになった。しかし漳州と泉州は隣接しているが異なる発展を遂げてきており、漳州人と泉州人は互いに競り合うこと三国志演義の諸葛亮と周瑜のごとくであった。

宋の時代、泉州は巨大な貿易港で、外国人が多く、なかでもイスラム教徒が多かった。明の時代になると漳州の月港が勃興し、この時多数を占めていた外国人は金髪碧眼のキリスト教徒たちだった。

　漳州の本格的な発展は泉州に遅れること数百年後に始まる。しかし漳州人なら誰もが知っているが、その最初期の開拓者は唐朝・武則天の時代に河南地方の固始から来た左郎将・陳元光だった。陳元光は父親の陳政に付き従い、中原から泉州と潮州に遠征して乱を平定し、土地を切り拓き、泉州の周縁部に位置するこの地を「漳州」と改名した。のちに陳元光が漳州で戦死すると、唐の睿宗《えいそう》帝は詔勅を下して廟を建立させ、陳元光を「威恵王」に封じた。こうして彼は後世の漳州人から「開漳聖王」という尊称で呼ばれるようになった。

　ここ威恵廟は、伝承によれば陳元光の旧居があった場所に建てられたものであるという。

　南宋以降、民間人の威恵廟と陳元光に対する信仰は一度として衰えることがなかった。陳元光と四人の将軍は守護神のような存在として、漳州人の心のなかで不動の位置を占めていた。

　漳州の陳姓を名乗る家族はみな陳元光の後裔とされ、陳澤の父親もつねづね家柄を誇っていた。他方、四将軍の一人である倪聖分は海澄の出身である。陳澤の家族が暮らしていた海澄・霞寮は漳州の街からかなりの距離があるが、倪聖分の縁故もあってか、幼少期、父に連れられてこの威恵廟を訪れ、開漳聖王と四将軍に拝礼したのを憶えている。もう二十年も前のことである。

　――はからずもこの場所に足を運ぶことになったのは、ご先祖様の霊のお導きに違いない。

　陳澤は廟内へ進み、遙か昔の祖先である開漳聖王の神像の前で、両手に香を捧げ持ちながらひれ伏し、一族の平安無事を祈った。

　廈門に戻ったのち家人から聞いた話では、鄭成功の軍勢が廈門に侵攻し、島全体を完全に掌握したということだった。

　陳澤はこの朗報に歓喜し、ご先祖様の霊験はさすがだと感じた。ここ三年来心に抱いてきた、鄭成功に仕えたいという願いも、今ならば実現できそうに思えた。

　鄭成功は長く拠点が得られず苦労してきたが、三国志演義の劉備が自らの宗族とされる劉表に対して行った「借荊州」にも似た計略を仕掛けて鄭聯を殺害し、鄭彩に廈門を明け渡させた。廈門を手中に収めたことで、ようやく流浪の旅に終止符を打つことができた。

　陳澤はいささかもためらわず、鄭成功の本営に駆けつけた。

鄭成功も父の旧臣の帰参を大いに喜び、陳澤を「右先鋒営副将」[15]に任命した。

## 第十一章　宣教師

マリアは、徐々にではあるが、以前ほどフォルモサを嫌いでなくなってきており、むしろ好きだという感情も芽生えかけていた。

ハンブルク一家が麻豆社に来たのは昨年の秋のことだった。ハンブルクは麻豆社専属牧師という肩書きながら、実際に担当する地域は大武壠《だいぶろう》（現・台南市玉井付近）、ドロゴ（現・台南市東山付近）、さらに北方の諸羅山《しょらさん》（嘉義の旧名）と幅広かった。

麻豆社に駐在するオランダ人には商務員、行政官、行政官助手、格下の宣教師、教師と教師助手などがおり、このほか二十人近くの軍人と、二十を超える褐色の肌をしたバンダ諸島出身の奴隷たちがいた。人手不足のためハンブルクらも行政の仕事を兼任していた。過去に麻豆社で起きたオランダ兵殺害とそれに続く焼き討ち事件は、二十四年におよぶフォルモサ統治でも指折りの事件だったので、ハンブルクは自らの任務の重要性を思い、一層の努力を重ねると共に、慎み深く振る舞わねばならないと感じていた。ゼーランディア城の上層部も麻豆社に注意を払っており、麻豆社の拠点には二門の火砲が備えられていた。興味深いことに、日曜日に住民たちにミサの時間を知らせるのには鐘の音でなく、この二門の火砲が使われていた。

マリア四姉妹と母アンナはフォルモサ上陸後、先にゼーランディア城内で数か月を過ごし、ハンブルクが麻豆社で礼拝堂と住居を建てるのを待って、家族全員で麻豆に移住した。一家の住居は麻豆社唯一の石造りの建物で、その石はゼーランディア場の城壁と同様、オランダ人が一六二三年に澎湖諸島の漁翁島に築いた城砦が解体されてから運ばれてきたものだった。ほかのオランダ人たちは、フォルモサ人と同じ竹の家に暮らしていた。

四姉妹は規則正しく日々を過ごしていた。フォルモサでは早くに陽が昇る。マリアは毎朝六時頃起き、父の主導の下、家族全員で聖書を一時間ほど読み、それから朝食をとった。

日に三度の食事はフォルモサ人の家政婦が作り、ハンブルク一家はフォルモサ風の食べ物にも慣れっこになっていた。朝は粟飯、昼は魚、海老、蟹などの水産物が多く、夕食には麻豆社の人が「バッ」と呼ぶ料理がよく出された。これは米、肉、タロイモを混ぜ合わせ、大きな葉で包んだのち蒸した粽の一種で、ユニークで美味だった。水産物も動植物もここには有り余るほどあった。女性たちは暇な時サンパン船に乗って魚や海老を捕ったり、ヒシの実やレンコンなどの水耕植物を採ったりした。食事に欠かせない、食卓を美しく彩る果物も、マリアの大好物だった。バナナやヤシ、ナツメヤシやパラミツなど、この土地の果物は至って豊富で、しかもヨーロッパ人が見たことのないものばかりだった。

水中にはおびただしい数の魚や海老がいて、陸地には鹿が群れをなし、果物も一年中食べられる。「フォルモサの人たちはなんて幸せなのでしょう。彼らこそ、神に選ばれた民なのではないかしら」とマリアは冗談めかして言ったりもした。

朝食後、マリアと姉のヘレーナは教会附設の日曜学校に行き、教師の助手としてオランダ語を教えた。同時に姉妹もシラヤ語を少しずつ学んでいった。

学校は大人のクラスと子供のクラスに分かれ、大人のクラスはさらに男性と女性に分かれていた。ユニウスが新港社で定めた方法にならい、朝方は成年男性に、午後は成年女性に授業をした。大人向けの授業は週に一度、二時間おこなわれた。子供の場合は毎日午前九時から十二時までと午後二時から四時まで授業を受けるものとフォルモサ中の学校で定められており、オランダ本国の学校とも大差はなかった。[16]

以前、カンディディウス牧師とユニウス牧師が布教していた時期、フォルモサの住民がキリスト教を受け入れやすくするため、彼らはラテン文字によってシラヤ語を表記する方法を考え、祈禱文や教義書を作成した。ところがつい二年ほど前から、大員の教会組織はこの点に関してユニウスを批判しはじめた。これらの文書にはユニウス個人の解釈があまりに多く含まれている、という理由だった。批判者たちはまた、もしもフォルモサ人がシラヤ語によってキリスト教の基本原理を学んだ場合、意味について少しでも疑問が生じれば、たちまちわからなくなってしまう。それは見かけだけのキリスト教徒に過ぎない、とも考えた。たとえばファン・ブレーンという牧師は、シラヤ語を教育に用いるべきではなく、オランダ語で講義を行うと共に、シラヤ語の祈禱文や教義書も全面的に書き改めるべきだとはっきり主張していた。

他方、ハンブルクよりも一年早くフォルモサに来ていたダニエル・グラヴィウス牧師[17]のように、土着の言葉とオランダ語を併用すべきだと考える者もいた。正直で真面目な彼は、オランダ人からもフォルモサ人からも敬愛されていた。フォルモサには多くの水牛がいるが、これは元々ダニエルがフォルモサ人の稲作に対する意欲を高めるべく、わざわざ東インド会社から借金をして購ったものだった。さらには農具や荷馬車も導入し、シャベルだけに頼ってきたフォルモサの人々に犂を使った耕作方法を教えたりもした。ダニエルが管轄する地域には蕭壠、新港、目加溜湾、大目降などが含まれ、ハンブルクの管轄する教区と合わせれば、南ホラント州くらいの広さになった。

　マリアが助手の仕事を始めた頃、麻豆社にはすでに百四十五名もの生徒を擁する男子学校があり、これはフォルモサ全土でも最大規模だった。生徒たちは熱心に読み書きを学んでいた。ところがオランダ語による授業に切り替わってから、彼らは嫌がる様子を露わにし、授業には時間通りに出るものの、学習効果は目立って落ちた。そこで教師たちはいくつかの罰則を設け、程度が重いものには鹿肉や、さらには鹿皮といった貴重品を学校に納めさせることにし、これにより学習効果はいくらか上がるようになった。オランダ語で授業を行うことへの反応は地域によって異なり、元々オランダに好意的な新港社では、喜んでオランダ語を学ぶばかりか自分の名前をオランダ式に改め、オランダの服を着たいと欲する若者たちもいた。

　夏場すこぶる暑いせいもあり、シラヤ人たちには昼寝をする習慣があった。ハンブルクの妻子たちもそれにならい、午後目を醒ましてから、母アンナは小さい妹たちに勉強を教えたり、ヘレーナとマリアに裁縫など女性の仕事や家事を教えたりしていた。

　しかしヘレーナとマリアが最も好んでいたのは、ウーマやほかの若い女性たちと連れだって近くの草原へ鹿の群れを見に行くことだった。

　ハンブルク家の四姉妹は、しょっちゅうウーマと一緒に遊んだ。ウーマもハンブルク家へよく遊びに行き、五人はほとんど姉妹のようになっていた。

　マリアはオランダにいた頃、カンディディウス牧師が書いたフォルモサ人に関する覚え書きを読んだことがあった。そこには次のように書かれていた。

「男性は背が高く、極めてたくましい体つきをしており、巨人とさえいってよい。肌の色は黒と褐色の間である。……反対に女性は背が低く、頑丈でふくよか、肌の色は褐色と黄色の中間。……大抵の場合、フォルモサ人は心優しく、自信を持ち、穏やかで、見知らぬ人にも優しく、食べ物を与えたりすることもある。……彼らは盗みを働いたりしない。それどころか自分の所有でないものを持ち主に返す。夫婦の観念はいたって薄く、男女の性関係は婚前婚後を問わず緩やかである。家庭や善悪の観念は薄弱だが、どの者も心温かく、善良で、友人や仲間に対して義理深いという長所を持っている」

しかしマリアの見立てでは、フォルモサ人の男性と女性の体型にはそれほど大きな差がなく、肌の色も黒褐色とまではいかなかった。恐らく日焼けしすぎているためにそう思われたのだろう。しかし心優しくてもてなし好きという点はまさしくその通りだと思った。一つ、カンディディウス牧師が書き漏らしていることがあるとマリアは思った。フォルモサの女性の顔立ちや体つきは、彼女がバタヴィアで見た現地の女性よりも色白で、すらりとしており、その上頭がよく、勤勉で、甘え方も心得ており、歌声や踊りも人をうっとりさせる。バタヴィアでは現地女性と結婚したオランダ人はきわめて少なかったが、ここフォルモサでは行政官であれ宣教師であれ、あるいは教師や軍人であれ、フォルモサ人の女性を妻に迎える者が少なからずいた。

交際を始めてしばらく経ってからウーマがマリアに話したところでは、フォルモサ人には集団のなかで助け合ったり何かを共有したりする習慣があり、かつ天性のもてなし好きであることから、時には自分の伴侶さえも、客人や親友と分かち合ったりするとのことだった。家族の観念や夫婦の道徳観については、確かに西洋人と大きな開きがある。しかしキリスト教を信じるようになった若者たちは、自ずと西洋人の道徳観をも受け入れるようになっていった。

ハンブルク家の姉妹はフォルモサに来る前、フォルモサ人は凶暴な民族だと思い込んでおり、特に恐ろしいのは麻豆社の人々だとも伝え聞いていた。しかしそれは事実でないことを後に知った。姉妹はフォルモサ人たちの「花飾り」をとりわけ愛した。彼らは花を戴く部族である。男女問わず頭に花を飾ったり、胸元に一束の花を差したりすることを好む。フォルモサには果物のみならず花も多い。じきに姉妹たちも髪に一輪の花を差すようになった。

上の姉たちは午前中、定められた通りに勉強したり授業を行ったりし、午後には子供たちにオランダ語を教えるほか、しばしばウーマと約束して、鹿の群れがいる川のほとりへ連れていってもらった。鹿の身体には白い斑点があり、角は短く、大変おとなしくて臆病だった。通常十四から二十四で水辺に群がって草を食んでおり、人が近づくのを察知するや、たちまち駆け去るのだった。

ウーマは群れの観察にうってつけの場所を見つけるコツを心得ていた。それは必ずといっていいほど、風下に位置する高所であった。娘たちは五十メートルほども離れたところから、息を潜めて子鹿の群れを観察した。やがて飽きてきたら仰向けに横になって流れる雲や、樹上の色とりどりの鳥たちや、林のなかの蝶やトンボを眺めたりした。蝶たちは大きくて美しく、また至るところに名前も知らない種々の花が咲いていた。

時おりマリアはヤンからの手紙を草原に持っていって読んだりもした。ヤンは約束通り、完成した曲の譜面を送ってきた。マリアはその曲を木笛で奏でたり、歌ったりした。オランダから来た船の積み荷にはしばしばヤンの手紙があり、手紙を受け取るたび、マリアは飽きもせず何度も声に出して読んだ。ヘレーナがその様子を見て笑うので、家のなかで手紙を読むのは好きでなかった。レンガ造りの家は小さくなかったが、ハンブルク家は人が多く、いささか窮屈だった。それもあって、マリアは野原へ出かけるのが好きだった。

フォルモサの大自然の豊かさには限りがない。麻豆社は台江内海の一角に位置し、反対側の外海に接する海域には砂嘴が伸びている。内海の沿岸には沼沢地が広がっており、マングローブの一種であるメヒルギが繁茂している。これは特殊な植物だ。花が咲き実が成った後、枝についたままの果実から芽と根が生えてくる。やがて水中に落ちて流れていき、根づいた後は、さまざまな水生動物を引き寄せる。沼沢地にはまた無数の小さな蟹や、大小さまざまな動物たちがいた。秋になると、黒くて長い嘴を持つ大きな鳥が北方からやってきて冬を越す。マリアはここに来て、これらの大きくて美しい鳥を観察するのが大好きだった。

マリアとヘレーナが楽しく鹿を眺めていると、突然群れに騒ぎが起こった。大鹿と子鹿が一頭ずつ後ろ足で立ち、ピーッと鋭く鳴いた。子鹿の腹に矢が、大鹿の背には二メートル近い投げ槍が刺さっていた。静かな草原に若い男たちの叫び声と犬たちの咆哮が響き、二十人近いフォルモサ人が姿を現した。チカランやアリンの姿もあり、アリンが暮らす集会所の若者たちであることがウーマにはわかった。彼らは円陣を組んで鹿の群れに近づいたが、鹿たちはたちまち包囲網を突破した。フォルモサ人の足がいくら速いとはいえ、鹿たちには及ばない。しかし意外にも、普段はたいして見ばえのしない黒犬たちが猛然と鹿たちを追いかけていき、その足は鹿よりも速く、持久力にも優れていた。

長い追走を経て、犬の群れはついに手負いの子鹿に迫った。三匹の犬が一斉に襲いかかり、幾度かの取っ組み合いの末、子鹿は大地に倒れた。大鹿は背に槍が刺さったまま、なおも逃走を続けていた。槍には鈴がくくりつけてあり、その音でフォルモサ人は鹿の群れが進んでいく方向を察知するのだった。しかし鈴の音はどんどん遠ざかっていき、執拗に追撃する犬たちの吠え声も小さくなっていった。ふと、犬の鋭い鳴き声が聞こえ、犬たちが駆け戻ってきた。その内一匹の腹には矢が刺さっており、血がぽたぽた落ちているのがマリアの目にも見えた。

チカランは犬の数が一匹足りないことに気づき、悪い予感が走った。アリンが矢じりを抜くと、犬は痛さのあまり狂ったように吠えた。血を止めてやりながら、アリンは恨みを込めて言った。「新港社の奴らがまたちょっかいを出してきやがった」チカランと数人の仲間たちは、いなくなった犬を探しに行った。

新港社の縄張りは、ここからそう遠くない。麻豆社と新港社は以前から敵対し合っており、特に鹿群と狩猟犬をめぐってしばしば衝突が起きていた。双方の長老は、相手を挑発するのを避けるため、できるだけ縄張りを犯さないよう住民たちに言い聞かせてきた。しかしそんな事情などあずかり知らない犬たちは平然と境界線を踏み越えていき、そのたび相手の手にかけられ、両社は衝突が避けられなくなる。もっとひどいことに、それはしばしば男たちの殺し合いへと発展し、このために毎年十人ほども立派な男が首を斬られているのだった。フォルモサ人には首斬りの習慣があり、しかもそれは勇士の行いと見なされていて、敵の頭を狩ってきて自宅の屋根に吊すことが成人の通過儀礼ともなっていた。オランダの宣教師がやってきてからは、極力殺人をしないようにとの要求を両社とも承諾していたが、揉めごとはしょっちゅうだった。

大鹿こそ仕留めるには至らなかったが、小さな鹿を何頭か獲ることができ、集会所の青年たちは大いに喜んだ。彼らは鹿を竹竿にくくりつけ、一頭を四人がかりで担いで集落に戻っていった。道すがら、二つのグループに分かれて「梅花鹿の歌」を合唱した。歳の小さい者は鹿のパートを、歳の大きい者は狩人のパートを歌うのだった。

ユーミー、ユーミー、ユーミー、ユーミー
　ヘイショー、ヘイショー、ヘイショー、ヘイショー
梅の花みたいな点点がいっぱい
　声を出すなよ息をひそめろ
小さな花のような
　フェンラン〔鹿〕がそこにいる
美しい衣裳を着て
　お前たちは俺たちの宝物
私たちはフェンランの群れ
　俺たちはお前たちを狩る勇士
シラヤの草原は見事な緑
　俺たちはお前たちを狩りに行く
シラヤのフェンランは美しい
　俺たちは大鹿だけを狩り子鹿は狩らぬ
シラヤは沢山のフェンランがいてこそ美しい
　秋にだけ狩り春には狩らぬ
二頭だけ狩りそれ以上は狩らぬ

――フォルモサ人の歌声はなんて美しいのでしょう！
マリアは耳を澄ましてその歌に聴き入った。

# 第十二章

## 郭懐一

ここ数日、マリアはずっと上機嫌だった。というのも、もうすぐ父と一緒にゼーランディア城を訪れることができるからだった。ハンブルクは賓客として行政長官の官邸を訪問し、あわせて評議会にも参加する予定でいた。六か月になった小さな弟も一緒に行く。長官ニコラス・フェルブルフはデルフトの出身で、若い頃から故郷を離れ、外国で活躍してきた。後にオランダ東インド会社ペルシア商館の館長となり、そこで大きな功績を挙げたことからバタヴィア大総督の目に止まり、フォルモサ行政長官という重職を任された。

フェルブルフ長官も、この数千里も離れた異郷の地で、故郷と縁の深い人々と再会できることを格別楽しみにしていた。一年以上前、彼が着任してまもない頃にもハンブルク一

家を自らの主催するパーティーに招いたことがあり、一同大いに楽しい時間を過ごし、その夜フェルブルフは一家に官邸に泊まっていくよう求めた。奇遇にもそれからひと月後、母のアンナは懐妊したことに気づいたのだった。

赤子は一六五〇年の初めに生まれた。男の子であると知ると四人の姉妹たちは歓喜の声を上げ、ハンブルクは感動のあまり涙を流した。一家にはずっと男子がいなかったし、加えてこのような辺境の地で子供を生むことはまったく命がけだったから。フォルモサに来たオランダ人のなかには、急に高熱を発したかと思うとそれから数日も経たずに世を去ったり、慢性の下痢にかかり、徐々に痩せ衰えて死んでいったりする者も少なくなかった。

天の加護か、家族六人共フォルモサに来て以来ずっと健康に過ごすことができ、その上男の子まで授かって、七人家族になった。この人数はフォルモサ中の東インド会社職員の家庭でも最大規模だった。子供は生後六か月を過ぎ、丸みを帯びて可愛らしく、家族全員から宝物のように扱われていた。

マリアは母が妊娠してから彼女の身の回りの世話をしたり、弟が生まれてからはその面倒を見たりして、忙しくも充実した日々を過ごしていた。ウーマは一再ならず、金合歓《キンゴウカン》という植物と鶏を煮込んだ、漢人が刺仔鶏《チアゲー》と呼んでいるスープを作ってアンナに食べさせた。ウーマによると、血のめぐりをよくし、筋骨を強くする効能があるとのことだった。アンナはしょっちゅうその美味しさを褒め称えた。これもウーマが教えてくれたことだが、金合歓は実はオランダ人がフォルモサにもたらしたもので、五年ほど前から麻豆社で栽培を始めたところ、驚くほどの速さで増えていったそうだ。

「私たちは鶏を飼っているのは、ただ羽毛を取るためで、食べたりはしないのよ。服や帽子にそれを飾るの。年長者からの教えで、私たちは鶏に敬意を抱いている。もちろん殺したりしないし、卵も食べないわ」

ウーマはそう言うが、オランダ人が鶏肉を好むことを知り、キリスト教を信じるようになってからは、鶏を食べることにもさほど抵抗を覚えなくなった。そうしてわざわざ鶏のスープを作ってハンブルク夫人に食べさせてあげた。そうと知ってアンナはいたく感動した。

金合歓は枝に多くの棘があることから、漢人は「刺仔《チアー》」と呼んでいる。ハンブルクの話では、シラヤ平原にはデイゴ、アカギ、ガジュマル、相思樹などの大木があるが、どれも建築資材には適さない。オランダ人の多くは竹の家に住んでいたが、安全性を懸念する者が多かった。そこで新たな建築資材として金合歓を移植したのだが、後になってこれも資材にはあまり適さないことがわかった。

　フォルモサ人はやがてこれの利用法を編み出した。小枝を採集し、日光に数週間晒したのち、水と薬材を加えて弱火で三、四時間ほど煮込む。それから魚や豚肉を入れて再び煮る。時間はかかるが、格別の味わいだった。

　牧師夫人が金合歓と鶏のスープを好むと聞いて頭人のティダロは喜び、ウーマに毎日鶏を一羽まるごと煮込んで届けさせたので、マリアと姉妹たちもそのおこぼれにあずかることができた。麻豆社に暮らす漢人の黒ひげも、牧師夫妻が子宝に恵まれたと聞き、一羽の鶏料理を持ってきて祝った。スープはたいへん香ばしく、かすかに酒の匂いもした。

「これは麻油鶏《モアイウゲー》と申しまして、唐山では産後の女性が必ず食べる、滋養がつく食べ物です。この香りは胡麻を絞った油のものです」

「まあ、唐山の婦人は幸せね！」アンナは微笑んだ。

　ゼーランディア城へ行く日が来た。快晴の空の下、一家は牛車に乗って麻豆を発った。大きな車輪がついていたので揺れが少なく、移動も速かった。それでも赤崁までは六、七時間ほどかかる。車を引くのは水牛だった。フォルモサには元々水牛がおらず、牛といえば黄牛《おうぎゅう》だけだった。黄牛は、移動手段としては優れていたが、力が弱く、水を恐れるため農作には不向きだった。前述のダニエル・グラヴィウス牧師は以前バタヴィアに住んでいたことがあり、現地の水牛の力が黄牛にもまして強く、かつ水を好むことを知っていたので、フォルモサ人に水稲栽培を教えるためには、水牛を使うほうがずっと効率がいいと考えた。そこで東インド会社に掛け合い、無利子でまとまった金を借りて、百頭あまりの水牛を購入し、自身が管轄する蕭壠社に送って繁殖させた。そしてその内一頭を麻豆社のハンブルクに、移動の足として進呈したのだった。水牛が引く車は黄牛と比べて三十分から一時間ほど早く赤崁まで移動することができ、とりわけ雨が降って道がぬかるんでいる時にその差は顕著だった。一家は赤崁に着いた後、サンパン船に乗り換えて台江内海を横切り、砂嘴の上に建てられた大員の町とゼーランディア城に向かった。

　マリアの上機嫌にはもう一つ理由があった。数日前に、ヤンからの新しい手紙を受け取ったのだ。ヤンはそのなかで、姪[18]のアガタが結婚したこと、相手はカレル・ファブリティウスという画家で、かの大画家レンブラントの弟子であり、すでに画壇に名を響かせていることなどを伝えていた。マリアは心底嬉しくなった。ヤンはさらに、彼の貯蓄が最近大きく増えたことを報告し、願わくば二年後の一六五二年には十分な金を貯めて、フォルモサへマリアを妻に迎えに行きたいともつづっていた。

この手紙をマリアは幾度読み返したことだろう。フォルモサにいるヨーロッパ人の大半は独身男性で、女性は少なく、若くて美しい女性となるとさらに少なかった。そのためハンブルク家の姉妹の存在は、フォルモサのオランダ人コミュニティのなかでひときわ輝いていた。ただ一家が暮らしているのが大員から遠い麻豆社で、教育も厳しく、厳格な父親がいたので、若い男たちはそうそう軽率な振る舞いに出ることができなかった。

牛車が南へ進んでいくと、広い河にさしかかった。ここがあの一六二九年に起きた麻豆社事件の現場であることを、マリアは知っていた。河を渡ってからは見渡す限りの沼沢と原野であった。この一帯は元々ウーマの母親メヨンと父親サンプタオの土地だったと、以前ウーマが話していた。シラヤ人は母系社会であり、財産を受け継ぐのは娘であって息子ではない。そのため今はウーマの所有となっている。ウーマは、若者たちが共同生活を送る集会所を出てチカランと家庭を築いてのち、チカランに明国から移住してきた漢人たちを雇用させ、彼らにこの土地を耕させた。そのため現在この土地一帯と、その付近にある東インド会社所有の貸農地は、まとめて「チカラン区」と呼ばれるようになっていた。

移動中、目に入る風景をよく観察していたマリアはあることに気がついた。チカラン区を過ぎてから漢人がだんだん増えてきて、やがてほとんど漢人ばかりになり、フォルモサ人の姿を見かけなくなったことだ。一年半ほど前にも彼女は一度この道を通ったことがあるが、当時と比べて漢人の数が目に見えて増加している。街道から見える景色もだいぶ変わった。以前は野原や鹿の生息地だった場所が、今ではサトウキビ畑や水田に変わっている。サトウキビにしても水稲にしても、整然と並んでいて、すくすくと育っていた。漢人が水牛に犂を引かせて田を耕している光景も見た。漢人が、農耕を得意とする民族であることがマリアにははっきりと見て取れた。その技術はフォルモサ人と比べて遙かに進歩している。漢人の体つきは、フォルモサ人よりもひとまわり小さく痩せており、服装もみすぼらしいが、彼らが勤勉に働いている姿は感動的でさえある。豆粒大の汗を頬からしたたらせながら、黙々と手を動かし続けている。

麻豆社でも稲作は行う。去年ハンブルクが初めてゼーランディア城を訪問した折に五十斤の米を手土産として持っていったところ、好評を博したものだった。しかし麻豆社の男たちはただ狩りをしている最中にだけ興奮をおぼえ、畑仕事にまったく興味を持たず、働き手の大半は女性だった。耕し方もひどく遅れていて、鋤や犂の使い方を知らず、せいぜいシャベルを用いるくらいだった。ある時マリアは彼らが稲を穫り入れる様子を見たことがあるが、なんと稲穂を一本ずつ摘み取っているのだった。

漢人は大いに異なる。彼らの田畑には作物がびっしりと、かつ整然と植えられていた。稲穂はより多く実り、より美しい黄金色をしていて、サトウキビもより背が高く、太かった。しかも人々の表情からは、畑仕事に満足感を見出しているのが見て取れた。牛車の上で、マリアは思わず父に訊ねた。「明国の人たちはこれからますます増えていくのではないかしら」

ハンブルクは眉を上げ、嬉しそうに答えた。

「マリア、君は鋭い観察眼を持っているね。明国は今戦乱の渦中にあり、北方の満州人が明の皇帝を打ち倒し、『清国』を自称している。移民たちは自らを『漢人』または『唐山人』と称し、故郷を唐山と呼んでいるが、その大半はフォルモサの対岸に位置する福建地方の漳州と泉州だ。多くの漢人が戦乱を避けるため、東インド会社の募集に応じ、フォルモサに来て労働をしている。福建地方出身者はフォルモサだけじゃなく、ルソン、バタヴィア、安南〔ベトナム北部〕、ブルネイなどへも移り住み、金のある者は商人となり、貧しい者は農民や労働者となっている。彼らの足跡は至るところで目にすることができる。漢人の歴史と文明は、ギリシアやローマと同じくらいに古い。高い文化をもった民族なのだよ」

「存じておりますわ。郷里の『デルフトブルー』と呼ばれる陶磁器は、彼らの青花磁器を真似たものだそうですね」

「漢人もキリスト教を信じているの?」妹のヘニカが二人の方を向いて訊ねた。

ハンブルクは苦笑いしながら、次のように答えて言った。

「漢人にはキリスト教徒はいない。彼らが崇拝する孔子は、プラトンと同じくらい古い人だ。彼らは自分たちの文化と宗教を持っている。彼らの宗教には儒教や道教があり、より正しく言えば、この二つが混じり合ったものだ。六十年ほど前、マテオ・リッチという司祭が明国でカトリックを布教した。

しかし明国のカトリック信徒は日本人と比べてもずっと少なく、影響力も小さい。なので日本国のように、政府によってカトリックやプロテスタントが禁止されたりはしていない。我々オランダの改革派についていえば、明国にはまだ入ってさえいない。

明国の土地はとても広い。オランダの国土を百も並べたより、もっと広いんだ。明国とフォルモサは一つの海峡で隔てられていて、ここ大員から西へ数十海里ほども進むと漁翁群島に着く。およそ丸一日の航程だ。そこから再び西へ数十海里、丸一日進んでいくと、泉州と漳州に到る。どちらも国際的な港で、私たちがオランダで目にした陶磁器や絹織物などは、すべてそこから運ばれてきたんだ。東インド会社はそこに商館を建てたいとずっと前から願っているが、明国はそれを望んでいない。そのために会社は一六二四年、フォルモサへやってきたというわけだ。しかしここ数年は戦乱のために輸出入の量が大きく減り、陶磁器一つとっても、オランダは日本からより多くを輸入するようになっている」

「明国はフォルモサからそんなに近いのに、私たちオランダ人が漢人より先にここに来たのはどうしてですか？」マリアが再び訊ねた。

「私にもそれがどうしてかわからない。もしかしたら海流が関係しているのかもしれない」とハンブルクは娘たちに答えた。

「実際には、明国の漁民や海賊は我々よりもずっと早くからこの土地に来ていた。大員の北にある笨港《ほんこう》や魍港《もうこう》、また南にある打狗《ターカウ》や堯港《ぎょうこう》[19]などの港では、しばしば漢人の漁民や商人を見かけるという話だ。しかし彼らの滞在は一時的、季節的なものにとどまっている。また、漢人のなかにもカトリック教徒はいる。たとえばペドロという名も持つ顔思斉《がんしさい》[20]殿や、誰もが知っている一官こと鄭芝龍殿などだ。彼らはかつてこの島にも勢力を拡げたが、ある時から一官殿は明国政府の高官に召し抱えられた。その後、彼は清国の満州人に投降したが、国姓爺とも呼ばれる子の鄭成功はそれをよしとせず、今でも満州人と戦い続けているんだ。

実はオランダ人が大員にやってきた後、イスパニヤ人も威勢を示すために一六二七年フォルモサ北部の鶏籠《けいろう》[21]〔現・基隆〕と淡水に入植し、サント・ドミンゴ城を築いて軍隊を駐留させた。カトリックの宣教師たちも布教を行った。しかしつい数年前、当時の行政長官トラデニウス殿が東インド会社の軍隊を派遣してイスパニヤ人を追い払い、今では淡水や鶏籠にも東インド会社の職員が駐在している。宣教師はまだいないがね。

それから北方の日本人も、しばしばフォルモサにやってくることがある」

ハンブルクの話は、フォルモサをとりまく複雑な情勢にまで及んだ。

「一六二四年、オランダ人が初めて大員に来た時、そこにはすでに百人以上の日本人が商売を営みながら暮らしていて、酒場さえもあったそうだ。二代目行政長官のノイツ氏は、日本人に縄で縛られたこともあるのだよ！

フォルモサは明国からも日本国からも目と鼻の先に位置しているので、状況はバタヴィアほど単純ではない。しかしフォルモサ人は聡明で善良な民族だ。我々改革派はこの二十年近くの間に、およそ一千人ほどのフォルモサ人に洗礼を授けてきた。彼らは東洋における最初の改革派教徒なのだよ」

父が自らの布教の実績を誇りとしているのをマリアは知っていた。街道の両側には黄金色の稲穂が一面に広がり、陽光を浴びて美しく輝いている。一陣の風が吹くと、稲は海の波のようにうねり、そのうえ波が打ち寄せるような音まで響かせるのだった。マリアはそれまでの話も忘れてうっとりと景色を眺めた。

突然、一匹の猫とそれを追いかける犬が道ばたの籾干し場から飛び出してきた。水牛はあわてふためき、きびすを返して走り出し、街道の外側へ突っ込んでいった。

畑仕事をしていた漢人たちが叫び声を上げ、籾干し場から三、四人の農夫が飛ぶように駆け寄ってきた。

幸いにして一家の者たちも車も無傷だった。泥のなかに落ちた車を農夫たちが引き上げてくれた。この時籾干し場の奥の建物から、一人の男が出てきてハンブルクに挨拶をした。歳は五十を少し過ぎた頃で、清潔できちんとした身なりをし、口には煙管をくわえていた。どこから見ても漢人であるが、オランダ語で次のように述べたので、一家全員目を丸くした。

「牧師様、まことに申し訳ございませぬ。狭い家ですが、どうかお上がりになって、お茶でも一服召し上がり、ひと休みしていかれませ。ここらはもうアムステルダム区の近くです。赤崁もそう遠くはありません」

男の顔には深い皺が刻まれ、肌は黒ずみ、いかつい体つきをしていたが、一方で風雅な雰囲気をたたえてもおり、その上オランダ語まで話せることから、幾多の経験を重ねてきた人物であることは容易に推察された。邸宅は大きな三合院〔コの字型をした中国南方の伝統的住居）で、正面の広場が籾干し場となっていた。

広場に足を踏み入れた時、胡麻油の香りがマリアの鼻をくすぐった。辺りを見回すと、胡麻畑が遙か遠くまで広がり、広場では穀物の天日干しのほか、漢人の子供たちが麻縄をなっていたり、女性たちが石段の下に腰かけて麻袋を編んでいたりしていて、あたかも小さな工場だった。

——母が弟を生んだ時黒ひげ氏からいただいた麻油鶏の胡麻油は、こういう場所で作られていたのね。

客間には六、七名の漢人がいて、おしゃべりを楽しんでいたようだった。牧師の姿を見ると、めいめい立ち上がってお辞儀をし、何人かはオランダ語で挨拶をした。

広い客間に一同腰を下ろすと、召使いがお茶を運んできた。清らかな香りがマリアの鼻孔をついた。茶碗のなかには青々とした茶葉が何枚か漂っている。デルフトにいた頃、時おり紅茶を淹れることがあったが、フォルモサに来てからの三年間、茶を飲む機会など全くといっていいほどなかった。それがこの日の午後、ひょんなことから漢人の家でかぐわしい緑茶をいただくことになるとは。芳香は口と喉を満たし、そのまま五臓六腑に染みわたっていくようだった。


ハンブルクは主人に名を訊ね、オランダ語の流暢さを称讃した。

主人は大らかに笑い、

「小生は貴国と同じ時期にフォルモサへ渡って参り、すでに二十七年にもなります。小生の名は……」とオランダ語で言いかけ、ひとしきり間を置いてから、漢人の言葉に切り換えて「郭懐一と申します」と言った。

郭懐一によると、彼は泉州南安の人で、船乗りとして初めて日本へ行き、一六二四年に平戸からフォルモサへやってきた。大員の北の笨港に十七年間暮らしていたが、一六四一年、第六代長官トラデニウスが軍勢を率いて笨港のフォルモサ人を攻めた折、郭がオランダ語を流暢に話せることを知ったトラデニウスは彼に大員へ移住するよう願い、その上気前よくも広大な土地を与え、開墾させた。それがこの場所である。

ここに引っ越してきてから漢人の仲間たちに胡麻を栽培させたり、麻縄や麻袋を作らせたり、胡麻油を絞り取らせたりしたため、いつしか漢人の間ではこの地が「油車行《ゆしゃこう》」と呼ばれるようになった（「行」は本来商店を指す）。また油車行の西側には「塩行」と呼ばれる場所があるが、そこは台江内海の沿岸部で、漢人たちが天日干しで塩を採り、商いをしていたことが地名の由来となっている。東インド会社はこの地域一帯をアムステルダム区と名付け、漢人の小作人たちにサトウキビを栽培させていた。一部の土地はプットマンス区と名付けられているが、これは以前第四代行政長官をつとめたハンス・プットマンスにちなんでいる。漢人たちは油車行や塩行を含めたこの辺り一帯を洲仔尾《しゅうしび》と呼んでいる。大勢の漢人が暮らしており、そこで村長として住民たちを束ねているのが郭懐一であるとのことだった。

「いや、これは失敬、失敬！」

ハンブルクは郭の話にひどく驚き、同時に感銘を受けたようだった。

「すると村長はフォルモサへいらっしゃる前からオランダ語に通じておられたのですね」

郭懐一は謙遜した表情を浮かべ、恐縮とばかりに手を横に振った。

「昔のほうが今よりずっと流暢でした。と申しますのも、小生はかつて顔思斉と『一官』の船団で船員をしており、日本や大員、マニラなどへも赴いておりましたから。仲間たちと同様に、日本語やイスパニヤ語も片言ながら話せたものです。牧師殿、実は小生もかつてはキリスト教徒でございました。洗礼名はファイエット（Fayet）と申します。当時トラデニウス長官が小生に大員に移り住むよう所望されたのには、もう一つ理由がございまして。小生は日本国で暮らしていた頃、平戸商館のスペックス館長[22]と多少のお付き合いをさせていただいておりました」

こう聞いて、ハンブルクにははっと思い当たることがあった。

「一官」鄭芝龍のことも、幾人かのオランダ人が彼と交流を持っていたことも、ハンブルクは知っていた。トラデニウスと鄭芝龍は互いに見知っているばかりか、刃を交えたことさえある。トラデニウスは一六二八年に大員にやってきて、漢人の言葉を学んだ。その後廈門に赴任中、鄭芝龍の手腕をまざまざと見せつけられた。オランダ人は元々明国と直接貿易したいという願望を抱いていたが、鄭芝龍によってその可能性が打ち壊されたのだった。

これが引き金となって、一六三三年、プットマン長官率いるオランダ艦隊は料羅湾において鄭芝龍の艦隊と激突し大敗を喫した。それからというものオランダ軍は一官の名を耳にするだけで寒気を覚えるようになった。ポルトガルやイスパニヤ、さらにはイングランドに対しても臆することのないオランダ東インド会社の艦隊が、唯一恐れる相手が一官であった。

ハンブルクも牧師の身分で政務会議に出席することがあっていたかを深く感じた。そこで彼は、歴代の長官たちがいかに鄭芝龍を忌み嫌っていたかを深く感じた。トラデニウスがファイエットこと郭懐一に対して、表向き大員に招請するという形をとりながら、その実強制的に移り住まわせたのも納得できる。もしも郭懐一がずっと笨港に留まっていたならば、ある日突然鄭芝龍の艦隊が笨港に集結し、陸路から侵攻してこないとも限らない。そうなればオランダ側はとても持ちこたえられないだろう。その上、スペックスは平戸商館の館長を務めた後バタヴィア総督に就任しており、大きな影響力を持っていた。トラデニウスとしては当然、郭懐一のこの人脈を把握した上で、勝手な挙動をさせないようにしておかねばならなかった。

ハンブルクが以前耳にしたところでは、鄭芝龍が一六四六年に満州人に投降してからも、鄭家の艦隊はまとまりを維持し、海上交易も継続して営まれた。鄭成功は父の旧臣たちをまとめ上げて満州出身の清皇帝に対抗しながら、諸外国と明国の間の貿易を引き続き独占していた。満州人は内陸の民族であり、海には馴染みがない。一方、鄭家の艦隊は商船であると同時に軍船でもあった。鄭成功は商売で得た利益によって軍を養い、彼の部下たちは商人兼武人として洋上を駆け巡り、諸外国の商船はみな恐れをなして、鄭家に税を納めているとのことだった。

マリアと姉妹たちが漢人の家に入ったのはこれが生まれて初めてだった。三合院の造りや屋内の物品など、目に入るものすべてに好奇心を刺激され、かつその広さに羨望させられた。姉妹は屋内の机や椅子、装飾品、主人が両手に捧げ持ってきた茶器一式を褒め称えた。茶は薫り高く、茶菓子もおいしかった。

「これは月餅《ゲッピア》と申しまして、中秋節という節句の日にお供えするものです。漢人にとって中秋節は大事な祝祭日で、つい二、三日前に祝ったところです」

客間の一角には神の彫像が置かれており、姉妹たちがこれにも興味を示している様子を見て、郭懐一は言った。

「それは関帝爺《グアンデーヤ》〔神格化された三国時代の武将・関羽への敬称〕という神様です。その隣にあるのは私どもの先祖の位牌でございます」

——漢人は家にいながら祈りを捧げられて、わざわざ教会に行かなくてもいいのね。なんて便利なのでしょう。とマリアには思われた。

ハンブルクと郭懐一の話は尽きなかった。郭曰く、フォルモサに来たオランダ人宣教師たちはみな懐に大きな愛を抱き、異郷のために献身している。フォルモサ人に対しても漢人に対しても親切かつ公平に接してくれる。そのため彼は宣教師たちをすこぶる尊敬しているのだという。さらにこうも口にした。

「もしも今日出会ったのがあれらの軍人やら商務員であったなら、自宅に招き入れてお茶を出すなんてするものですか！」

話題が宣教師に及ぶと、カンディディウスやユニウスも含めて、少なからぬ数の宣教師を郭懐一が知っていることがわかった。トラデニウス長官が初めて郭懐一に会った時、ユニウスもその場に同行していた。十余年もの間フォルモサに暮らしたこの二人の宣教師に、郭懐一は深い畏敬の念を抱いていた。彼はダニエルにも好感を抱いていた。彼の管轄区である新港社はここからほど近い場所にある。郭懐一はいわばフォルモサにいる漢人農民の頭領的存在であり、四方の事情に通じていた。

ユニウスの話をすると、二人の心の距離はより狭まったかのようだった。この時、不意に五、六名の漢人が客間に入ってきた。彼らは牧師たちを見て驚いた様子で、すぐにそそくさと出ていった。彼らの髪型は前頭部がごく短く、後頭部は全体に同じ長さで、弁髪を切ってからまだそれほど経っていないのが一目でわかった。明国から密航してきた人たちだろうか、とマリアは思った。密航者がもしも人頭税を納めなかったならば、オランダ人の法律に則って重罰が科されることになっており、その上密航者を捕らえたオランダ人は、自身に課される税額の三割を褒賞として受け取ることができるのだった。

郭懐一は突然厳しい表情を浮かべ、堰を切ったように話し出した。

「牧師殿、これより少々愚痴をこぼさせていただきとうございます。あなたがた牧師には何の不満も持ってはおりません。しかしながらほかの東インド会社の人々は、私ども漢人に対してあまりに無慈悲です！

会社から課される税金の名目の多いことと言ったらありません。人には人頭税、耕作には租税、さらに作物の収穫にさえ、十分の一税なるものが課されます。その上ひどいことに、税率が年々引き上げられているのです！　この二年間、戦乱から逃れてきた漢人は急増しておりますが、これら貧しくて手に職もない人々に、どうして税が納められましょう？　会社は脱税者を探し、捕らえはじめました。

オランダ兵が六人一組になって無資格の新移民を捜索しています。片っ端から民家に入り込んでは荒々しく捜査し、ついでに貴重な物をくすねることもあれば、良家の婦女にちょっかいを出すこともあります。そして無資格の婦女を見つけようものなら、大員の娼館に送り込み、あなたがたオランダ人に淫楽を享受させておるのです。このような状況下で、我々漢人にどのように生きていけというのでしょうか！」

郭懐一は顔を紅潮させて語り続ける。

「漢人がここまで逃れてくるまでには、生命を危険にさらさねばなりません。俗に『行くは十人、死ぬのは六人、三人残って一人が戻る』と申しますが、大陸との間に流れる黒水溝を渡るに際して十人の内六人が死に、フォルモサに生きてたどり着いた四人の内一人は後悔して戻っていき、三人だけが残るという意味です。しかし実際のところ、この残った三人さえもじきに生きていけなくなるでしょう！　小生が赤嵌に来たばかりの頃、オランダ人の漢人に対する待遇は悪いものではありませんでした。当時は小生も『オランダ万歳、万々歳』などと叫んだりさえしたものです。それが今では『万々税』です！」

客間は重苦しい空気に包まれ、ハンブルクはため息を一つ吐いた。郭懐一はそこで初めて気まずくなり、へりくだった様子で礼をとって言った。

「客人に対してひどく無礼をはたらいてしまいました。どうかこの老人をお許しくだされ。あなたがた牧師の過ちではございませぬ」

ハンブルクも返礼し、答えた。

「みな様がかくも苦しい暮らしを強いられていること、まことにあいすまなく存じます。もしかしたら会社の側も何らかの困難を抱えているのかもしれません。私が行って、事情を調べてまいりましょう」

一家はあらためて牛車に乗り込んだ。郭懐一の村を離れてすぐ一筋の小川にさしかかり、それを越えた先では美しい荘園がいくつも目に入った。聞くところでは、これらの荘園を所有しているのは身分の高いオランダ人や漢人富裕層とのことだった。なかでもとりわけ大きくて華麗なのが「瑯嶠《ろうきょう》別館」という建物で、これは行政長官の別荘であった。別荘が建ち並ぶ地域を抜けてからさらに一時間ほど進むと、いよいよ赤崁の市街地に入った。

　商店や商いを営む人々は、城門から伸びる赤崁街という大通りに集中している。二本の大通りが交差する辺りには民家が並び建っていた。牛車は大通りに沿って進み、ほどなくして「大井頭《ドアゼータウ》」と呼ばれる埠頭に着いた。

　一行はここで下車し、サンパン船に乗り換え、台江内海を横切っていく。相当に着古した、つぎはぎだらけの漢服を身にまとった水夫たちが、力を振り絞って艪を漕いでいき、一時間ほどで大員に着いた。春の夕陽が穏やかな海を照らし、寄せる波はきらきらと煌めく。岸辺は一面緑に覆われ、すべて堤防になっているオランダの海岸線とはまるで異なる様相だった。海風がそよぎ、頬をかすめる。

　マリアが心地よさに浸っていると、ハンブルクの長いため息が聞こえてきた。父は重々しい口調で娘たちに言った。

「この台江内海はオランダ人にとって悩みの種なのだ。深いかといえば深くなく、浅いかといえば浅くもない。それで大船は容易に浅瀬に乗り上げてしまうし、小船はしばしば強風にあおられて転覆する。フォルモサの最初の行政長官を務められたマーチヌス・ソンク殿[23]は、赴任してきてから一年も経たない内に、乗っていたサンパン船が大員港の水路で転覆し、命を落とすことになってしまった。ゼーランディア城の傍らにはソンク殿の記念碑が立てられている」

　そう語るハンブルクの口調には、志半ばで没したソンクへの追悼の念が込められていた。ゼーランディア城に近づくと、船上からもその碑が見えた。

　一行は大員の市街地に上陸した。ハンブルクが一年前に来た時よりもずっと賑やかになり、建物も倍くらいに増えていた。

「明国から来た人々の、なんと多いことか！」

ハンブルクは小声でそうつぶやいた。

## 第十三章
## 争論

「これはこれは牧師殿、ご夫人、お嬢様がた、ようこそお越しくださった！」

　フェルブルフ行政長官は両の腕を大きく広げ、一家全員と抱擁を交わした。

官邸にはすでに三、四十名の賓客が到着していた。ここでも姉妹はひときわ注目を浴びた。女性の賓客たちは寄り集まって互いの装いを評したり、とりとめのないおしゃべりをしたりしている。若者たちのグループもあり、なかには娘たちに何か言葉をかける男もいたが、マリアは感心を示さなかった。

フェルブルフの周りには東インド会社の重役たちがおり、四人の主要な牧師も一堂に会していた。蕭壠、新港、目加溜湾、大目降地区を管轄するダニエル、虎尾壠《こびろう》〔現・雲林県虎尾一帯〕と二林地区[24]を管轄するハパルティウス[25]、麻豆、大武壠、ドロゴと諸羅山を管轄するハンブルク、そしてゼーランディア城内で洗礼や聖餐を司るクライフであった。総勢十余名が大きな円卓を囲んで腰を下ろした。マリアは大好物の「スアイアー」がたっぷり盛られた皿を手に、父の側で大人たちの話に耳を傾けた。ヨーロッパ人はこのフルーツをマンゴーと呼んでいる。フォルモサ人たちがスアイアーと呼んでいることから、漢人たちの間でもそう呼ばれるようになった。父によると、フォルモサのスアイアーはオランダ人が南洋のマラッカから移植したものだという。フォルモサで栽培されたそれは原産地のものよりも遥かに美味だと、両方の味を知る者はみな思った。甘くてかつ飽きのこない味わいで、特に果汁が格別だった。フォルモサはまさしく宝の地だと、人々は口々に褒め称えた。

「長官殿、この一年の間に相当漢人が増えましたね。今フォルモサにはどのくらいの人数がいるのでしょうか？」とハンブルクが訊ねた。

「牧師殿、さすが鋭い観察眼をお持ちでおられる」

大きく開けた口に強い酒を流し込みつつ、フェルブルフが答える。

「最新の報告では一六四九年、つまり昨年に我々に対して税を納めた漢人は一万人ほどで、納税しておらぬ者たちを含めると、一万五千人ほどになるようです[26]。ちなみにフォルモサ人の数はおよそ七万ほどだそうです。満州人が福建地方に侵略してからというもの、明国の漢人のなかには彼らに支配されるのをよしとせず、海を渡ってきて人足になる者たちがおるのです」

ここでダニエル牧師が口を挟んだ。

「漢人が大勢移民してくることで、フォルモサ人は不利益をこうむっております。彼らは縄や投げ槍を用いて、一度に一頭の獲物しか狩りませんが、高度な技術を持つ漢人たちは落とし穴や罠を仕掛け、一度の狩りで少なくとも数十頭を仕留めます。何年か前、乱獲のために鹿群の数が大幅に減り、フォルモサ人は強い不満を抱きました。そこで前長官のファンデルバーグ殿が動き、狩猟数に制限を設けたことで、鹿の数もどうにかゆっくりと上昇に転じたのです。それに近頃は贌《ぱく》社の制度(27)の関係で、大勢の商人がフォルモサ人の生活領域に入り込んでいます。それにより彼らの生活のレベルが多少向上したという面もありはしますが、しかし漢人の商売のやり口は誠実さを欠いています。また集落の年若い女子を誘惑し、あまつさえ婚姻により彼らの土地を承継したりもしています。これはフォルモサ人にとってよくないことです」

「まことにその通り」評議会議長のコイエットが横から口を挟んだ。「我々は移民の数に制限を設ける必要があるかもしれませんな」

「とんでもない！」フェルブルフがすぐさま反対した。「フォルモサ人の生活に対する漢人の貢献ぶりは、かけている迷惑を補ってなお余りあるものです。それに我が社の田園はすべて漢人によって栽培され収獲されており、彼らのおかげで、サトウキビは今やフォルモサ島の名産となりました。米の生産高の増加についても言うまでもありません。それにとうもろこしも、甘藷(28)も、漢人が大量に栽培し、フォルモサ人との交易品の一つに用いられており、それゆえ彼らもこの新しい食物を享受できているのです。

結婚についていえば、フォルモサに来る漢人の男女比は二十対一(29)です。彼らが妻を探すとしたら、当然フォルモサ人の女性をおいてありません。我々オランダ人の間でも同じような現象が見られるのではないですかな？　ヨーロッパ人のなかにもフォルモサ人を娶った者もいれば、子を成した者もおります。漢人ばかりを責められますまい」

フェルブルフは胸を張って主張を展開する。

「つけくわえれば、我々のフォルモサ人に対する待遇は、漢人の待遇と比べて遥かに好いものです。我々はこの土地の主人であるフォルモサ人を尊重して、十分の一税をとることもしません。しかし漢人の労働者に対しては何種類もの税を課しています。人頭税をはじめ、物の売買にも、漁獲にも、貿易にも税が定められています。それでも漢人はしっかりと暮らすことができており、数多くの人々がフォルモサ人以上に豊かな生活を送っています。それゆえにこそ、フォルモサ人の女子のなかに、漢人との結婚を受け入れる者も出てくるわけです。これは経済のメカニズムというものです」

フェルブルフは、自分ではユーモアがあると思った次の言葉でこの一席の話を締めくくった。

「漢人はフォルモサ島で唯一、ハチミツを作る蜜蜂です。紳士淑女のみな様！　彼らの存在なしに、我が社はこの土地で生きていく術を持たないのですぞ」

「しかし漢人は異教徒です。彼らは自分たちの文化習慣を持っています。フォルモサ人はもっと単純で、しかもキリスト教を受け入れています」と、ハパルティウス牧師が不服を口にした。

「牧師殿、私は会社からフォルモサに遣わされてきている以上、この土地をしっかりと治めなければなりません。フォルモサ人によい生活をさせられさえすればいい、というだけではすまないのです。確かにこの島の主人は彼らです。しかし漢人の移民たちがフォルモサに来て開墾するのも相当に苦しいことです。彼らの文化程度は高く、何事においてもフォルモサ人を凌駕しています。私はこの差異を埋めるために漢人に課税をしていますが、それでもう十分ではありませんか。もしもこの上移民の数まで制限するとなれば、我が社の発展に重大な負の影響を及ぼすことになるでしょう」

上級商務員と検事総長を兼務しているディルク・スヌークも、フェルブルクに加勢するように口を挟んだ。

「漢人とフォルモサ人の間の揉め事は、ほとんどの場合、フォルモサ人が契約を結ぶに際して粗忽で、ぞんざいであり、すみずみまで理解しようとしないがゆえに生じています。おのずと漢人が勝訴する割合が高くなり、そういうことが長年重なって、フォルモサ人の間には『漢人に騙されている』という感覚が生じているという次第です。それゆえ漢人を責めるのはお門違いというものです」

ハンブルクは道中、郭懐一から聞かされた言葉を思い出していた。しかし彼は役人ではなく、行政の仕事に関わることも好まなかったため、含みを持たせた言葉を発するにとどめた。

「フォルモサ人は漢人が彼らの土地と女性を侵すことに恨みを抱き、一方の漢人は『万々税』とも揶揄される重税、また非納税者の身柄を取り押さえたり、低賃金で労働力を搾取っているとしてオランダ人を恨んでおります。確かにオランダ人は漢人なしには生きられません。しかし漢人は日に日に数を増しており、オランダ人は彼らを愛すると同時に、恐れてもいます」

周囲の人々はこの言葉に同意の表情を浮かべた。フェルブルフは気分を損ね、厳しい顔をして言った。

「私はすでに十分、フォルモサ人の側に立っております。彼らは田野で獲れたいくらかの物品を納めるだけでよい。しかし漢人は金銭によって納税せねばならぬ。近年、生糸や陶磁器などの中継貿易は明国の戦争のために大幅に減っており、社の経営は破れた衣で両の腕を包もうとするようなもので、こちらを立てればあちらが立たずの厳しい状況にあります。あなたがたはそれでも私に、漢人に対して減税せよとおっしゃるのか」

コイエット議長が再び口を開いた。

「長官殿に折り入ってお願いがございます。漢人が米に課される十分の一税や、交易に課される贌社税などの税収の内、毎年二十パーセントを、フォルモサ人の農業支援のために充当してくださいませ！」

ダニエルとハンブルクはこの提言を聞き、うなずいて同意を示した。フェルブルフが返事をするより先に、スヌークが反発した。

「我々の現在の税収は、すでに中継貿易による収入を大きく上回るほどに増えています。もしも二十パーセントもの金額をほかに回すとしたら、毎年本社に報告する利益への影響は必至です。たとえ二パーセントでさえも受け入れがたい！」

ダニエルは眉間に皺を寄せた。スヌークが検察官の長という神聖な職にありながら、金の匂いをぷんぷん漂わせていることをダニエルは以前から噂に聞いていた。漢人は上におべっかを使う術を心得ているが、フォルモサ人はそんなことをせず、真っ向から大声で論争するばかりだった。加えて漢人のオランダ語の理解度はフォルモサ人より優れているのが常であり、それに賄賂を送る技もお手の物だった。いつしか、金さえ出せば勝訴できるという状況が日常化してしまっていた。さらに法律に基づき、敗訴した側に科される罰金や財物の一部は検事総長にも分配されていた。スヌークにはかなり前からよからぬ噂が流れており、時には同僚さえも静観していられないほどだった。ダニエルは前々からこの人物を軽蔑していたが、この時それが憤怒に変わった。そして静かな口調で言い放った。

「聞くところでは、貴殿は金を持てる者に勝訴させ、持たざる者には敗訴させるそうですな！」

スヌークは怒りを露わにし、円卓を叩いて立ち上がった。

「牧師殿、私も耳にしておりますぞ。貴殿の管轄区では、貴殿の裁量で漢人に商業許可証を与えておるとか。これは行政官の仕事でしょう！」

ここでハンブルクも黙っておれず口を開いた。

「いいえ、それは会社から教会に与えられている職権の一つであります。正直なところ私どもはこうした世俗の仕事に関わりたくないのですが、ただ会社の人手不足という実情を受けて、不本意ながら行っておるのです！」

この時、一人の中年の漢人が静かに歩み寄ってきたのにマリアは気づいた。この論争に関心を持っているようだった。スマートな顔立ちで、オランダ式の装束に身を包んでいた。頭には幅の広い帽子を被り、極めて風雅な出で立ちであった。

フェルブルフは慌てて次のように言い、この場を丸く収めた。

「わかり申した、わかり申した。この話はここまでとしましょう。これは会社の構造がはらんでいる矛盾です！　税収の一部をフォルモサ人に与える件、承諾しましょう。ただし少々割り引きまして、毎年人頭税と贌税の十パーセントを、フォルモサ人の農業支援金として充てることにします」

それからダニエルのほうを向いて言った。

「貴殿はこのたびフォルモサ人のために大金を借り入れて水牛と農具を輸入し、彼らの農耕技術を向上させられた。その心意気とご苦労には、私も深く感じ入っております。しかし……」

飲みすぎたのか、顔はますます赤くなり、声も大きくなっていた。

「しかし、教会がわかりやすい言葉で書かれた教材を廃し、オランダ語で高尚なる教義を説くようになってから、フォルモサ人はまるでオウムや赤子のようにしか言葉を発せなくなったとか。いくつかの言葉の表面的な意味を知っているだけで、その深層に思いを馳せることなどできず、自分たちの生活と結びつけることもできません。……斌官、そうは思いませぬか」

フェルブルフはあの端正な身なりをした漢人の方を向き、円卓を叩いた。

――この人が噂の何斌《かひん》氏なのね。

マリアが耳にしていたところでは、何斌は流暢なオランダ語を話し、オランダ人から絶大の信頼を得ている。彼は事業を営む漢人であると共にオランダ東インド会社の通事であり、公務員と商人、双方の立場を兼ねていた。当時オランダ人たちは彼に対して「斌官」〔Pienquan〕という尊称で呼びかけていた。

フェルブルフの話を聞いて、何斌は気まずそうにこころもち口角を上げた。ダニエルの顔は赤くなり、ハパルティウスは手に持っていたグラスを置いて、何かを言いかけて結局止めた。ハンブルクも気分を害された。

この種の言語改革は、短期間に効果が表れるものではない。新港社では進んでオランダ名を名乗り、オランダの服を着る住民もいたが、麻豆社や大目降社の住民の間には、牧師たちを排斥しようとする者さえもいくらかいた。実のところ、ダニエルのやり方は全く融通が利かないというわけではなかった。確かに彼は、正統な教義を重んじるがためにユニウスが過度に簡略化した教義問答を書き直したが、オランダ語で授業を行うことについては必ずしもこだわっていなかった。ダニエルは語学の天才として知られており、ちょうどこの時、ハンブルクとの共同作業により「マタイによる福音書」と「ヨハネによる福音書」の全体を、ラテン文字を使ってシラヤ語に訳出しているところであった。それを学校での教材にしようと考えていたのだ。

牧師たちの考えはこうだった。過去、東インド会社の収入は主として生糸や陶磁器、鹿皮などの中継貿易に依っていたが、大陸の戦乱の影響もあり、この方面の利益が上がらなくなってきた。ゆえに現在では各種の税収が収入の大部分を占めるようになっている。もしも会社が今後長期にわたってこの土地をしっかりと経営しようとするならば、ここを植民地として治めるしかない。とすれば、この島の住民と宗主国オランダが言語の壁で隔てられるべきではなく、ただ布教だけしていればよいというものではない。

長官たちはおおかた四、五年の任期を務めた後にこの土地を去っていく。ゆえに彼らが重視するのは、いかに短期間で大きな利益を上げるかだ。宣教師たちは、五年から十年はこの土地で暮らす場合が多いので、いかにフォルモサ人たちを教化していくかを考える。当初ユニウスはシラヤ語をラテン文字で表記し、簡略化した教義の解説書を用いたが、そのような段階はすでに過ぎ去った。長期的な視点に立てば、必ずオランダ語を用いなければならない、と。

牧師たちはそれがフォルモサに貢献することだと考えていたが、役人たちは商売のことばかり考えており、双方の関心には落差があったので、互いに議論をしたところで、あたかもニワトリとアヒルが叫び合っているように、まるで通じなかった。

場の空気はますます重苦しくなってきた。ダニエルはもう何も言わず、怒りに満ちた表情で部屋を出ていき、ハパルティウスもそれに続いた。コイエット議長は渋い顔をしていた。彼は牧師の側に同調的であり、そのためしばしばフェルブルフと口角泡を飛ばしていた。長官と議長が水と油の間柄であることは、すでに衆人に知れ渡っていた。

温厚なハンブルクは、言いたいことはあったが口に出さなかった。マリアにとっては、同じオランダ人の間でもフォルモサのことについてこれほど多くの異なった見解があり、異なる政策があるということを初めて知る機会となった。誰が正しくて誰が誤っているのか、にわかには判断しかねたが、ただ彼女は日頃フォルモサ人と交流があることから、彼らが好きだったし、同情をも感じていた。

毎年三月にはオランダ行政長官の召集の下に地方会議が開催され、そこでは権力を象徴する藤の杖を各部族の頭目に授与する儀式も行われていた。しかしフォルモサ人たちがあまりに閉鎖的だったこともあり、長官は近年、漢人の大商人たちとより緊密かつ活発に付き合うようになっていた。この日のパーティーに何斌が招待されていたことも、長官がフォルモサ人より漢人の方をより重んじていることを表していた。

本来楽しい宴であったのが、途中からみなが不愉快な思いをすることになってしまった。評議会の前夜にこのような衝突が起ころうとは、誰も予想していなかった。

◆

寝室に戻ったマリアは、自分の考えを父に語った。牧師は嬉しそうに娘を見つめながら耳を傾け、最後にこう補足した。

「実際のところ、長官の政策もすべての漢人にとって利点があるというわけではないんだ。利益を得られるのは漢人のなかでも裕福な階級に限られていると言うべきだろう。たとえば何斌のような大商人、あるいは贌税を支払えるだけのお金がある人々だ。彼らは有利な政策の下で大きな儲けを得ている。漢人の頭領と、フォルモサ人の長老は違う。フォルモサ人の長老はすべての利益をみなに均しく分配するが、漢人の頭領は会社と同じ側に立っていて、彼らの財産は同朋たちから搾り取ったものだ。人々と富を分かち合うなど決してしない。そうして富める者はますます富み、貧しい者はますます貧しくなってゆく。我々オランダの重商主義と自由貿易の思想には、こうした欠陥が確かにある」

牧師はまたしても郭懐一が述べた言葉を思い出し、やりきれない思いがした。
「マリア、今日私たちが乗った渡し船の、漢人の漕ぎ手たちをおぼえているだろう。みすぼらしい身なりをして、見るからに哀れだった。それからファイエット殿の家宅にこっそり隠れ住んでいた密航者や苦力《クーリー》〔重労働に従事する人〕たち。漢人は家族の連帯意識が非常に強い反面、全体的な観念を欠いている。少なくとも富裕な商人たちはみなそうだ。それゆえ彼らは会社の経営者と同じ陣地に立ち、金銭を何よりも重んじ、近くにだけ目をやって遠くを見ようとしない。そうして互いに密接に結び付いていくわけだ。

何斌もそうだ。彼は莫大な富を持っているが、それをファイエット殿やあそこで見た農民たちに分け与えようとは決してしない。言ってみれば、漢人商人は利益のために会社と同じ立場に立ち、宣教師たちは布教のためにフォルモサ人の立場に立っている。最も哀れなのはあの漢人の農民たちだ。彼らの側に立とうとする者は誰もいない。私は先ほど長官に、漢人の農民に対する減税と、商人に対する増税を進言すべきだったかもしれない。だが、どのみちフェルブルフは受け入れないだろう。彼の中継貿易は、漢人の大商人たちが会社のために行う斡旋や手引きに頼らざるを得ないのだから」

それから心の奥の懸念を吐き出すように、続けて言った。
「漢人の農民は確かに貧しいが、決して無知ではない。たとえばファイエット殿を見てごらん。彼らはただ時運に恵まれていないだけだ。彼らは自らの文化を持ち、考え方を持ち、論理を持ち、自尊心を持っている。このままいけば、いずれは反乱分子が出てくることだろう」

それまで側で耳を傾けていた母のアンナも話に割って入った。
「以前聞いた話ですが、少し前に明国では、飢餓に耐えかねて反乱を起こした農民たちが首都の北京に攻め込み、このため漢人の皇帝は自害を強いられ、しかもこの混乱に乗じて満州人が明国全土に攻め入ったとか」

ハンブルクは憂いを帯びたため息をついて、答えた。
「これまで東インド会社は、貿易を営む上でどうしても必要でない限り、海外の土地を占領することに対して積極的になることはなかった。イスパニヤ人やポルトガル人は、貿易で得られる富を軍事力と見なして勢力を拡大してきたが、オランダ人はかくあるべきではない。自由商人の身分を保持しながら四海を駆け巡る。これこそがオランダの建国精神であり、宗教観でもある。さもなくば、我々が過去数十年のあいだ抗ってきたイスパニヤ人と何の違いがあるだろうか」

牧師の胸のなかでは、布教活動への理想が常に燃え続けている。

「我々オランダ人は長年にわたる戦いの末に、ようやく独立と建国の悲願を達成したのだ。自らが望まないことを他者に対してなしてはならない。我々がこの地で布教を行うのは、フォルモサ人がキリストの教えを受け入れ、かつ彼らの文化を向上させたいと願ってのことだ。ユニウス殿とカンディディウス殿が彼らの言葉をラテン文字で書き記す方法を考案したのには、彼らに将来、自治を行えるだけの能力を持たせたいという意図もあったのだ。それは私がこの土地に来た時の初志でもある。

……しかしここ数年の間に、情勢は徐々に変わってきている」

ハンブルクは現下の状況に強い危機感を抱いていた。

「正直なところ、フォルモサ人学校でオランダ語を使って授業をすることについて、私も長い間憂慮してきた。シラヤ語を始めとするフォルモサ人の諸言語が、将来だんだんと消失していく恐れがあったからだ。しかし諸々の情勢を鑑みると、今後ますます植民地化が進んでいくことは避けられそうにない。私はそんな姿を見たくないが、大局の流れは一個人の力の及ぶところではない。不安を覚えずにはいられぬ」

アンナはあくびを一つしてから言った。

「もう遅いわ、そろそろ寝ましょう。明日も早いですから。マリア、おやすみなさい」

客室の窓は海岸に面していた。夜空に明るい月が浮かび、白波が岸に打ち寄せている。波音がリズムを刻んで響いてくる。マリアはふとヤンのことを思い出した。デルフトは今頃午後でしょう。ヤンは何をしているかしら。

マリアは思った。フォルモサの世界は単純だけれど、複雑でもある。オランダにいるヤンにはまったく想像も及ばないでしょう。

## 第十四章　激闘

ハンブルク家の人々はそれぞれ異なる思いを胸に、ゼーランディア城への旅から戻った。

牧師はふさぎの虫にとりつかれたかのように寡黙になった。ダニエルとフェルブルフ長官の衝突が、教会と行政の組織的確執へと拡大していくのを危惧したからだ。

実直で公正で、フォルモサ人に対する私心をまじえぬ奉仕の精神を持ち、シラヤ族のために聖書の翻訳という大きな仕事を進めているダニエルを、ハンブルクは深く敬愛していた。同時にハンブルクは、麻豆社に神学校を設立するという大きな願望を抱いていた。そのためには行政の支持が不可欠であり、彼はダニエルの側に立ってはいるが、フェルブルフとこのまま冷淡な関係に陥ることも避けたかった。行政と宗教の間に立場の相異が存在するのは仕方のないことだ。

――フェルブルフとは同郷のよしみだ。あるいは私が仲裁者になることができるかもしれぬ。

マリアにとってこの旅は、漢人の生活と考え方をより深く知る機会となった。漢人のなかでも商人と農民とではまるで異なっていることを、以前には想像したこともなかった。

漢人の階層の最も上にいるのが、立派な体格に華麗な服や装飾品を身につけ、オランダ語を巧みに操っていたあの何斌だ。フェルブルフさえも、斌官は秀でた能力を持っておりオランダ人たちの信頼を得ていると褒め称えていた。彼の父親は何金定といい、ずいぶん前から大員で商売を営み成功を収めていたそうだ。何家は私設船団を有しており、唐山、広南〔ベトナム中南部〕、ルソン、シャム〔現在のタイ〕、マラッカなどの南洋諸地域をまたにかけて貿易を営んでいた。歴代のフォルモサ行政長官も何親子を重んじ、しばしば漢人に対する政策について相談したりした。三年前に何金定が世を去ってからは何斌が父の事業を受け継ぎ、それと共に東インド会社のなかで占めていた地位やオランダ人からの信頼をもそっくり受け継いだ。何家が手がける事業は多岐に渡り、金のなる木を求めて東洋へ来ているオランダ勢力の事業規模をも凌駕していた。

郭懐一も一角の人物だ。彼は一農民でありながら、醸し出す風格や学識はオランダ人にもひけを取らない。漢人の農民層に浸透している高い文化と、強固な団結力を、マリアたちは郭の村で目のあたりにしていた。集落ごとに独立して自治を営むフォルモサ人とは大いに異なっている。

もしもいつか移民がフォルモサ人の数を超え、漢人がこの島で最大の勢力となる日が来たら、オランダ人といえども戦戦兢兢とさせられるに違いない。ハンブルクもこの点マリアと同感だった。ましてや何斌のような商人の親玉が、郭のような農民の親玉と手を組もうものなら、フォルモサ人たちの絶対的な支持が得られる保証でもない限り、この地の一千ばかりのオランダ人には、たとえどれほど強い火力があろうとも、フォルモサ全土を統御するのはとても無理だろう。

ハンブルクは以前、マニラのイスパニヤ総督が数度にわたって漢人を虐殺したという報せを聞き、強い反感をおぼえていた。今になってみれば、なぜそのような事態が起きたのか理解することはできる。彼は祈った。「主よ、我々をお守りください。あのような惨事が、決してフォルモサで起こることのないように」

こうした気がかりな情勢は別にして、マリアはこの旅の間に少なからぬ知的収穫があった。とりわけ印象深かったのは、フェルブルフがさも得意気に来賓たちに披露してくれた彼の収集品で、書画や玉細工、陶磁器、それに彫刻といった漢人の芸術作品が並んでいた。彼らの作る陶磁器が相当優れたものであることはマリアもデルフトにいた頃から知っていた。地元で産する「デルフトブルー」と呼ばれる陶磁器は、明国の青花磁器を模倣したものだった。

漢人の絵画も、マリアは食い入るようにして鑑賞した。それは見たことのない不思議な画法で描かれていた。

「漢人は油彩絵具を用いず、水彩絵具さえも必要としません。彼らは字を書くのと同じように絵を描くのです。同じ筆と、同じ墨を使って。何の変哲もない筆と墨によって、かくも趣き深い風景や、情緒に富む絵を生み出すことができるのです」とフェルブルフは語った。

長崎の出島でオランダ商館長を務めていたことのあるコイエットも言っていた。東洋の芸術には、西洋の芸術家には及びえない境地がある。日本の絵画も美しく、かつ漢人の絵とは異なるスタイルを持っていると。

――これら東洋の画法とその概念をヤンに伝え、彼からまたファブリティウス様に伝えてもらうことができたら、どんなにいいでしょう。

惜しくもマリアはいまだ東洋の音楽に接する機会に恵まれていなかったが、それからも必ず何か得られるものがあろう。東洋人の芸術に対して、がぜん好奇心を抱きはじめた。

◆

マリアが東洋美術に魅せられている頃、ハンブルクは近い将来オランダ人が立たされることになるであろう苦境を予想し、憂いていた。フォルモサ島のオランダ東インド会社は、今や未曾有の内紛状態に陥っており、大員のオランダ人上層部は真っ二つに分裂していた。

発端は上級商務員と検事総長を兼務しているスヌークと、ダニエル牧師の衝突だった。スヌークが裁判に際して不正をおこなっていると信じるダニエルは、ある日の聖餐式で、ご聖体のパンをスヌークに授けることを拒否するという挙動に出た。ひどく辱められたスヌークは、ダニエルを名誉毀損で訴えると共に、賠償金を請求した。スヌークと同じ穴のむじなであったフェルブルフ長官もこれに賛同し、ダニエルに反撃を加えたのだった。

フェルブルフは布告を出し、ダニエルが長官に無断で納税証明書を漢人のために発行し、自らの名で捺印もしていると して譴責した。この告発文はオランダ語ばかりか漢語とシラヤ語にまで翻訳され、わざわざキリスト昇天日の礼拝がおこなわれる時間を狙って、ダニエルが管轄する蕭壠社の礼拝堂に貼られたのだった。そしてダニエルに対して罰金を科すのみならず、蕭壠社から大員に呼び戻した上で行動に制限を設ける旨の命も下した。それは軟禁に等しいものであった。

ダニエルもそのような仕打ちを受けて黙っているはずもなく、ハパルティウス牧師と手を組み、東インド会社のバタヴィア総督に宛てて手紙を出した。ハパルティウスは、ダニエルが勤勉実直な人柄で、人助けを愛し、かつ他者の気持ちを深く思いやることのできるキリスト教徒であり、フォルモサ人たちからも多大な尊敬を集めているのを知っていた。それゆえダニエルがフェルブルフから謂われのない罪名を着せられたのを見過ごしておけず、自身も表に出てきたのだった。

議長のコイエットは前々からフェルブルフがフォルモサ人と漢人に過酷な税を課していることに反対していたため、牧師の側につくことを決めたが、これがために予想もつかない波風に巻き込まれることになった。

フェルブルフの政策は利益至上主義であり、自らの業績に誇りを持っていた。商売の観点に立てば、物事を善悪では判断できなくなる。彼は一人の有能な酷吏であり、その有能さは政策を通じて徹底した搾取を行うことに向けて発揮されていた。漢人たちは農民も商人も、フェルブルフを「一頭の牛を三層に剝がす」とか「人には人頭税、仕事を請け負えば贌税、商品には十分の一税だ」などと非難していた。彼は口上手で、手口が汚く、海外に莫大な財産を蓄えており、しかもそれを隠そうとするどころか大いにひけらかしていたので、衆人の

強い反感を買っていた。(30)

フォルモサ人が貢租として納めるべきとされる物品の量は、一時期減らされたが、これはダニエルとハンブルクがフォルモサ人に情けをかけてもらえるようフェルブルフに願ったからだった。コイエット議長は牧師たちの理念を支持し、漢人の農民たちに対しても減税を行うことを要請した。フェルブルフはコイエットを牧師たちの裏で糸を引いている黒幕と見なし、陰に陽に対立したあげく、コイエットも「無断貿易」の罪名を被せられることになってしまった。一連の騒動は行政長官と評議会議長との個人的闘争であるかのように、外部からは見えた。

フェルブルフは傲慢かつ短気な性格であり、人を仰天させるような言葉をよく口にした。今回の件でも、自分とコイエットは両雄並び立たず、この島の上に存在できるのはどちらか一人だけだということを、わざわざ世間に向けて発布したのであった。一六五一年六月、ダニエルはフェルブルフを飛び越し、バタヴィアの法廷において訴訟を起こした。フェルブルフは油を注がれた火の如く怒り、双方の間の溝は決定的に深まり、関係者の誰もが傷を負った。騒動の開始から数えて実に一年近くもの間、聖餐式は行われず、さらにはフォルモサ評議会、司法評議会、宗教会議なども軒並み中止されることになった。

幸いハンブルク一家は麻豆社に住んでいたために、この暴風に巻き込まれずに済んだ。ハンブルクは自らを厳しく律し、他者との衝突を避け、内紛にも関わろうとしなかった。

「愛はすでに枯れ果て、石ころになってしまった」

マリアはある時、父がため息混じりにこうつぶやくのを聞いた。

マリアも一連の騒動に関心を持たなかった。それらはあくまで大員の出来事だ。ここ麻豆社では、すべてが上手く運んでいるように思われた。彼女の心をよりいっそう浮き立たせたのは、ヤンから送られてきた手紙のなかに、できれば一六五二年の夏にフォルモサ行きの船に乗りたい、とより具体的な計画が書かれていたことだ。すべて順調にいけば、一六五三年の夏には再び顔を合わせることができるだろう。

# 第十五章　黒ひげ

マリアは浮き浮きした面持ちで、ヤンから贈られた歌「遙かなるフォルモサ」を、朝な夕なに口ずさんでいる。ヤンの手紙は、ハンブルク一家が一年間の船旅を経てフォルモサに到着した後、まだひと月も経たない内からマリアの下に届くようになっていた。のちにヤンは約束の譜面を送ってよこし、そのさい元の歌詞の「かの遙かなるフォルモサよ」を、「わが恋人はフォルモサにあり」と書き換えていた。

デルフトで出された手紙がフォルモサに届くまでには、通常十二か月あまりの時間を要する。すなわちマリアの手元に届いた手紙は、ヤンが一年前に書いたものなのだ。彼は毎月必ず一通の手紙をマリアに送った。郵便代が安くなかったため、マリアの方は二か月に一度の頻度でヤンに返事の手紙を出していた。時には手紙の届く順番が前と後で入れ替わることもあり、不便ではあったが、海外のヨーロッパ人たちはみな、このような通信の仕方に慣れっこになっていた。

この度届いたヤンの手紙には一六五〇年十月の日付があった。このところ貯蓄が大幅に増えたので、一六五二年にオランダを経ち、翌年の夏にはフォルモサに着く計画を立てていることや、目下商売替えを考えており、音楽の仕事はもうしないつもりでいること、できれば以後フォルモサに留まり、下級商務員の仕事に就きたいと願っていること、そのためには数学や記帳法も勉強しておかなければならないだろう、といったことなどが記されていた。

ヤンが音楽方面の発展を諦めてしまったことははなはだ残念だったが、フォルモサで音楽で生計を立てるのはもとより不可能だ。もしもヤンがこの地で新たな領域を切り拓くことができ、しかも二人が一緒にいられるのであれば、それもまた喜ばしいことだ。姉妹たちもマリアとこの朗報を喜び合った。

姉のヘレーナもここのところ、マリアに劣らず上機嫌だった。先日一家でゼーランディア城へ赴いた際、城内の礼拝堂で開かれたパーティーの席で、ヘレーナは前行政長官フランソワ・カロン(31)の長男であり、今は大員で牧師助手を務めているダニエル・カロン(32)、人呼んで小カロンと知り合った。彼はヘレーナに好意を示し、以来ヘレーナに会うために足繁く麻豆社に通うようになっていた。

父カロンはブリュッセル生まれのフランス人で、十七歳にしてオランダ東インド会社に入り、東洋に来て頭角をあらわした。会社にはオランダ人以外の雇用者も少なくない。たとえば外科医にはドイツ人が多く、水夫には北欧出身者が多いといった風で、ほかにイングランド人も、フランス人もいた。フランス人は料理に長けている者が多く、なかでもカロンの腕前は卓越していた。

船属のコックから身を起こした彼は、一六一九年より平戸のオランダ商館でコックを務めた。日本での生活は二十年余りにも及び、その間日本人の妻を娶り、六人の子をなした。語学に天賦の才があり、日本語があまり上手だったので、やがて商館長は彼に通訳を務めさせた。

一六二七年、ピーテル・ノイツがフォルモサ行政長官に着任する。その頃大員では、東インド会社が日本の商人たちと課税について議論するために日本語の話せる人材を必要としていた。ノイツはカロンが巧みに日本語を話すのに加え、人間関係の扱いにも長けているのを知って、彼を大員に派遣してもらうよう会社に求めた。フランソワ・カロンとフォルモサとの縁はこうして繋がったのだった。

その後、ノイツが浜田弥兵衛に捕縛されて日本に移送、罪を認めて投獄されると、カロンが間に入って折衝し、ノイツの釈放に成功する。この功績により、カロンは平戸商館の館長に抜擢された。一介の外国人コックでも、才能をうまく発揮させれば一つの地域の長にもなれる。カロンの例は当時のヨーロッパ人たちの夢であり、オランダ東インド会社が採用する実力主義を如実に示すものでもあった。

一六三九年になると、江戸幕府は鎖国政策に踏み切る。ポルトガル、イスパニヤを始めとする諸外国の船の入港を禁じ、ただ明国とオランダの船だけが従来通り通商を行うことが許された。この決定においても、カロンはきわめて重要な役割を果たしていた。こうしてオランダは、それまで日本と密接な往来のあったポルトガルに完全に取って代わり、ヨーロッパの対日貿易を独占できるようになった。カロンはオランダ国のために大功を立てたのである。

カロンは日本人の性格や習慣をよく承知しており、贈り物をする技巧も心得ていた。一六四〇年、彼は二つの舶来品を時の将軍・徳川家光公に進呈した。一つは望遠鏡で、家光公は大変気に入り、以後どこへ行くにもこれを持ち歩いた。もう一つはランタンであり、後に家光公はこれを祖父家康公を祀る日光東照宮に奉納している。

一六四一年、カロンは幕府が新たに設けた「館長の任期は一年以内」という規定に従って第二の故郷である日本を離れ、ヨーロッパの郷里に錦を飾った。一六四三年には再び郷里を離れ、バタヴィアの議会議員となる。彼の経歴と功績からすればバタヴィア総督になってもおかしくないと考える人々もいたが、そうならなかったのはフランス人の血統が障碍となったのかもしれない。しかし東インド会社は後に彼をフォルモサ行政長官に任命することで、多少の埋め合わせをした。

オランダ政府は優秀な人材が海外拠点に留まるのを促すため、外国籍の雇用者と東洋人の間に生まれた子供が長期間オランダ国内に滞在することを許さなかった。ただし国内で教育を受けることはできたので、カロンがオランダに戻っていた数年間、息子兄弟もオランダの学校に通っていた。一六四四年にカロンがフォルモサ行政長官の任に就くと、小カロンも大員に来て牧師助手となり、父が病気によりフォルモサを離れた一六四六年以後もこの地に留まっていた。

一六四四年、父カロンはコンスタンティア・ブーデーンと結婚し、翌年六月にはその妹であるスザンナがコイエット議長と結婚したため、カロンとコイエットは義理の兄弟の間柄となった。コイエットはまた日頃からダニエルやハンブルクなどの牧師を敬愛していたため、小カロンがハンブルク家の娘と交際することにも賛同していた。

この日、小カロンはコイエットが前妻との間にもうけた息子である十一歳のマクシミリアンを伴い、ヘレーナに会うため麻豆社へやってきた。ヘレーナのほかマリアやウーマなどの若い女たちも加わり、みなで小川のほとりを散歩した。

すでに十二月も下旬に入っており、もうすぐクリスマスで、年を越せば一六五二年になる。なのに麻豆社の木々は相変わらず青々としている。ここは亜熱帯の気候で、冬になっても木の葉は落ちず、ごく一部の草本植物だけが、春になるのを待って発芽するくらいだった。もの寂しいオランダの冬と比べて、なんと異なっていることか。雪が降ることはなかったが、湿度が高いせいで、時には骨まで凍えることもあった。

一行は「黒ひげ」と呼ばれる、宋という姓の男が管理する田畑にやってきた。

宋老人はここに住みはじめてもう二十年以上になる。麻豆社の女性を娶り、六人の子供をもうけ、家族はみな漢人のスタイルに順応していた。

ウーマが集落の人から聞いた話では、三十年ほど前、黒ひげは毎年冬になると唐山から魍港にやってきてボラという魚を捕り、カラスミを作って売っていた。いつも二か月ほど滞在し、ボラの漁期が過ぎると唐山に戻っていった。ある年フォルモサに来てボラの訪れを待つ間、彼は適当な土地を見つけて落花生や甘藷など寒さに強い作物を植えたところ、意外な発見があった。この島では唐山よりも遙かに多くの農作物が採れることに彼は気づいた。それから何年か過ぎたある年の冬、宋老人は漁期が終わっても唐山に戻らず、魍港から南の麻豆社に移り、土地を得て開墾に専念し、そのまま定住するようになったのだった。そして収獲を終えて冬になると、従来通りボラ捕りの一群に加わった。フォルモサで長年暮らすあいだ、彼はオランダ語をかなりの程度まで学び、さらにフォルモサ人の言葉も自在に話せるようになっていた。麻豆社の人々は彼に大きな信頼を寄せていた。

ウーマは思い出した。一六三五年オランダ軍が麻豆社に攻めてきた時、通訳を務めていたのが黒ひげだったと。それからもう一六年もの月日が流れたことに感慨をおぼえた。過去の麻豆社は、百年も一日のごとく変わりばえのない暮らしをしていたが、オランダ人と漢人が続々とやってきてからというもの、目まぐるしい変化にさらされていた。

黒ひげの妻も上の子供たちも、毎日畑に出て農作業をしていた。子供たちは麻豆社の若者たちとも親しく、ウーマたち一行を見かけると嬉しそうに駆け寄っていってあいさつを交わした。

黒ひげの息子の阿興《アヒン》は、目の前にいるのがカロンの息子とコイエットの息子だと知って目を丸くした。

「わあ、ぼくたちはカロン様にすごく感謝しているんですよ！当時カロン様が沢山の植物を外国からフォルモサに持ってきてくれたおかげで、ぼくの父はそれらを畑で育てることができるようになったんです」

阿興はまるで観光案内人のように、一行に家族が営む荘園のなかをあちこち見せて回った。

「みなさん、こちらをご覧ください。これは昔カロン様が外国から持ち込まれた豆で、私たちは『オランダ豆』と呼んでいます。家族もみな大好きですし、麻豆社の方々も好まれていますから、私たち漢人は毎年これを麻豆社に持っていって、色んな物品と交換してもらっています」

そう言いながら、阿興はちらりとウーマの顔に目をやった。

——あんたは半分だけの漢人じゃないの。もう半分は麻豆社人のくせに。

ウーマはそう思ったが、口には出さなかった。

阿興は次に、その隣の畑を指さした。幅広の葉が地面の上を這いつくばるように伸びている。

「これこそは、本当にすばらしい植物です！　葉っぱが食べられるだけでなく、根っこはもっと美味しくて、太いんです。しかも育つのもとても早いですよ。父によれば、近頃は海の向こうの福建でもこれを育てています。

唐山の人々は、この植物を『番薯《ハンチー》』と呼んでいるそうです。『番』は『異民族』という意味ですが……ウーマ、この『番』は君たちのことじゃなくて、西洋人を指しているんだ」

話しながら、阿興の口から笑い声が漏れた。

小カロンもウーマも知っていた。漢人は自分たちの国が高度な文化を持つ大国だという強い誇りを持っており、そうでない人々や、外国から来た物品に対しては、等しく「番」の字を頭につけて呼ぶ習慣があることを。また彼らはヨーロッパ人を前にすると、表向き恐れ敬うそぶりを見せはするが、心のなかではオランダ人を「紅毛」と、ポルトガル人やイスパニヤ人を「黒犬」と呼んで見下している。小カロンはとっくの昔にこのことに慣れており、さして怒る気にもならなかった。しかも自分には日本人の血が半分流れているのだから、なおさらだ。

マリア姉妹も阿興の態度にいささか気分を害されたが、彼女らは大員の長官邸に収蔵されている漢人の美術品の数々を目にしており、彼らが確かに高度な文化を持っていることを知っていたので、やはり何も言わなかった。幸いにしてフォルモサ人たちは彼らを「紅毛」などと呼んだりはしない。

小カロンは数本の小さな草本を指さして言った。

「君たちもペッパーを育てているんですね！　これも私の父が移植したものです。父は料理が好きでしたが、なかでも一番のお気に入りがこのペッパーでした」

「失礼。漢人はこの植物にも『番』の字を付けて、『番仔《ハナ》椒《チオ》』と呼んでるんですよ」

阿興がそのように返すと、その場は笑いに包まれた。

やがて、宋老人がフォルモサ人の妻に付き添われ、家の玄関からゆっくりとこちらへ歩いてきた。片手は杖をつき、もう片方の手に「ヒシ」という水生植物の実を持っていた。

「みな様方、どうぞお召し上がりください。これは麻豆社の名産です」

牛の角のような独特の形をした殻に入ったヒシの実を一同がいただき、そろそろ別れを告げようという頃、宋老人は何やら感慨深そうな様子で、にわかにウーマの手を取った。

「みな様、どうかこの老人の心の声をお聞きくださいませ」

それから老人はゆっくり、かつはっきりと、一言一言を噛みしめるように語り出した。

「拙者はもともと、一介の身よりのない中年男でした。妻を娶りたいと欲しても、貧しさゆえにどうにもならず、唐山からフォルモサに渡ってきて、いつの間にやらもう三十年近くになります。

今日、側には長年連れ添った妻と子供たちがおり、荘園の草木は豊かに茂り、衣食住のいずれも欠けてはおりません。心はすっかり満ち足りています。ウーマ殿、あなたを含めた麻豆社のみな様に、深い感謝を捧げます。あなたがたは拙者のような流れ者をこの土地に受け入れ、畑を耕したり魚を捕るのを許し、その上あなたがたの女人を妻に迎えさせてくれました。どうかこの老人の一礼をお受けくだされ」

宋老人はそう言うと、ウーマに向かって深々とお辞儀をした。ウーマも慌てて返礼した。

「拙者は麻豆社の外れに暮らしておりますが、大員の漢人とも頻繁に往来がございます。近頃唐山では南下してきた満州人により、我々明国人の土地はほとんど一切が奪われてしまいました。ここ数年、少なからぬ数の唐山の男たちが故郷を去り、妻子と別れ、大員まで逃げてきております。彼らがここフォルモサで安心立命できることを願うばかりです。今日このように成功を収めている拙者のような好運者とは違い、彼らはみな寄る辺なき流浪者で、三十年前の拙者と同じように無一物です」

同情の念を顔ににじませて老人はそう語り、続いて述べた。

「拙者は歴代のオランダ長官にも大変感謝しております。彼らはこの島に法律と秩序を持ち込まれました。そして法を犯した者は、オランダ人でさえも法律に則って処罰されています。過去に長官を務められた方々を、拙者は全員存じております。それぞれの治め方には違いがあり、たとえばカロン長官などは、フォルモサ人に対しても我ら漢人に対しても大変よくしてくださいました。またコイエット議長も我らの立場をよく慮ってくださっており、島の漢人たちはみな議長を高く評価しております。小カロン殿と小コイエット殿も、どうかこの老人の拝礼をお受けくだされ」

黒ひげは二人に対し、別々に深く頭を下げた。身を起こすと、再び口を開いた。

「しかしながら。どうかみな様、老人の直言をお許しいただきたい。いま漢人の間では、現職のフェルブルフ長官に対する怨嗟の声が渦巻いております。近頃は砂糖の価格の変動も著しく、我々の暮らしはますます苦しくなっております。しかしフェルブルフ長官はあれやこれやと名目を作って課税を行い、その上非納税者を探し出すために我々漢人は多大な迷惑をこうむっています。我々のような移民が願うのは、ただ衣食の足りた安らかな暮らしを営むことだけです。この島はこれまで、三つの民族がそれぞれに貢献し合い、今日まで発展してきました。これまでのところ互いの関係はそこそこに上手くいっておりますが、これはオランダ人の管理方式が緩やかで、それなりに公平であったことに因ります。拙者は長きにわたり維持されてきた三族間の平和的関係を尊く思い、それがいつまでも続いてゆくことを心から願っておる次第です。……拙者も老いました。少々重たい話になりましたが、口に出さぬかぎり気分はいつまでも塞がったままだったでしょう。どうかご寛恕くだされませ」

宋老人は背筋を伸ばし、あらためて三度、深々と頭を下げた。

黒ひげこと宋老人の家を辞去した後、小カロンはしばらくうつむいたまま物思いに沈み、それからマリア姉妹に問いかけた。

「実際には、漢人のすべてが黒ひげ氏が言うように哀れなわけじゃない。オランダ人にもまして羽振りのいい暮らしをしている漢人さえ、いくらかいる。君たちは『斌官』という商人を知っているかい?」

「去年大員でお見かけしたことがありますわ」とマリアは答えた。

「少し前、バタヴィアの特使が帰るにあたって何度か送別の宴が開かれたが、なかでも一番盛大だったのは、斌官の子分格である茂兄ら四名の漢人商人が開催したものだった。半月ほど前にも、彼らは池浴泰という商人の豪邸で大規模なパーティーを開き、オランダの議員も漢人の商人もめぼしい者はほとんど全員出席していた。御馳走も上等な酒もひっきりなしに出され、それに漢人の歌劇や人形劇も絶え間なく上演されて、みんな正午から深夜までお祭り騒ぎをしていたよ」

小カロンはすこしのあいだ口をつぐみ、それからまた言葉を続けた。

「斌官のような商人たちは莫大な富を持っている。廈門の池浴泰にしてもそうだ。池家は『一官』と呼ばれる鄭芝龍が北京に送られて後、廈門と大員の間の通商を独占するようになった。安海と廈門は今でも一官の息子である国姓爺の支配下にあるが、国姓爺は満州人に対する作戦を練るのに忙しく、廈門方面の商業活動は池家に任せている。池家の池浴徳と浴雲は廈門に、浴泰は大員にいて、それぞれの職務に就いている。漢人は実に商売上手だ。政府の後ろ盾は何もないのに、めいめいが知恵を働かせて、臨機応変に動いている。僕らヨーロッパ人さえも彼らに太刀打ちできるとは限らない。なのにその一方で、漢人の苦力たちの貧しいことといったら――」

小カロンはふと足を止め、小型の木を指して言った。

「おや、これはひょっとしてレンブじゃないか？　もっと生長して花が咲くまではそう言い切れないが。これも父が海外から持ち運んで来たものなんだ」

「ダニエル、どうしてあなたはそんなに植物に詳しいの？」

ヘレーナが訊ねる。

「子供の頃から、食用になる植物を父から沢山教わったんだ。それにオランダで暮らしていた頃、神学に加えて、生物学や絵画のレッスンも受けていた。もし東洋で新種の生物を発見したりしたら、それをデッサンできるようにと思ってね」

それから小カロンことダニエル・カロンは、ウーマの方を向いて訊いた。

「漢人はあんなにも商売上手で、作物を育てるのも上手く、それに勤勉だ。君たちフォルモサ人はどうして彼らに農耕を学ぼうとしないのだろう？」

ウーマは一瞬言葉に詰まり、答えあぐねたが、幸いマリアがすぐ助け船を出してくれた。

「漢人はさすが、数千年も昔から農耕をしてきた民族だわ。作物を育て、それを食べて生きてきた。ほら、あのサトウキビ畑や稲田の美しさをご覧になって。それに作物だけじゃない。彼らが桑を植えて蚕を育て、その生糸で織られたシルクの素晴らしさといったら、ヨーロッパ中を見渡しても敵うものはないでしょう！」

「マリアは本当に漢人びいきね。でも彼らの身なりはみすぼらしいし、不潔だったりもするわ」とヘレーナが言うと、すぐさま小カロンが言葉を返した。

「そうとは限らないよ。金持ちの商人たちの邸宅は実に立派だ。さっきも言ったけど、斌官や茂兄、池家などのね。彼らの邸内にしつらえられた装飾の豪華さといったら、ヨーロッパの貴族でさえも肩を並べられる者は限られるだろう」

一行は歩いていく内、漢人の住居がずいぶん多いことに気がついた。ウーマが言う。

「麻豆社には昔から沢山の漢人が暮らしていて、しかもほとんどの人が麻豆社の女を妻にしていたわ。私たちは母系社会だから、こうすることで彼らは麻豆社の人たちの土地と財産を受け継ぐことができるというわけ」

「なら、もし漢人が君と結婚したいと言ったら、君はどうする？」小カロンがウーマに訊く。

「でたらめ言わないで、私にはもういい人がいるんだから！」

「ウーマ、ぼくは真面目だよ。もしも麻豆社に来て耕作する漢人の数が、君たち麻豆社人の十分の一にまで増えたとしたら、子沢山で働き者の彼らのことだ。その後三十年も経たない内に、麻豆社の女性と土地の大半は漢人のものになってしまうだろう。君たちフォルモサ人はよくよく警戒しておかなければならないよ。

それからごめん、一つ好奇心から訊きたいことがあるんだが、かまわないかな。どうしてフォルモサ人は子供を産むことがああも少ないのだろう。だから人口が増えるのもひどく遅い。君にしても、チカランと一緒になってもう何年も経つのだろう。まだ子供がいないのはなぜなんだい？」

ウーマはかすかに苦笑いをして見せ、沈黙が流れた。

マリアには彼女の心のなかがわかっていたので、すぐに話題をそらした。

「小コイエット、今日のあなたは何だかふさぎ込んでいるみたい。どうしたの？」

ヘレーナも同じ疑問を持っていた。小コイエットはうつむいたまま、ぽつりと言った。

「実は、あとひと月ほどでフォルモサを離れなければならないんだ。その後は恐らく長崎へ行くことになると父が言っていた。僕は今日、みんなにお別れを言いに来たんだよ」

一同、驚きの声を上げて小コイエットを見た。

「お父上は長崎の出島で、もう一度商館長になるのかい」と小カロンが訊くと、小コイエットは軽くうなずいた。

「でも僕はここが好きなんだ。日本では、僕らは出島に閉じこめられているようなものだ。それにオランダ人の家庭も少ない。土地が広くて友人も多いフォルモサとは、天地の差なんだ」

日本生まれの混血児である小カロンは、そこで自分が受ける制約についても熟知していた。日本においてオランダ人は出島のなかでしか活動を許されず、布教活動も禁じられている。窮屈で退屈で、孤独な暮らしを強いられた。唯一、衛生環境についてはフォルモサの方が悪く、人が熱病にかかって突然死ぬこともしばしばあった。

この種の熱病は、熱帯気候の地域にあまねく存在するものだ。バタヴィアやバンダ諸島、スマトラ、セイロンなど、いずれも熱帯か亜熱帯に位置しているため環境は似たり寄ったりで、フォルモサだけが格別にひどいわけではない。この点において、日本は格段に恵まれていた。

小コイエットによると、父はバタヴィアから異議申し立てへの判決が下されるのをこれ以上待つ気になれず、フォルモサを離れることを決心していた。フェルブルフ長官と不和である限り、どのみち長逗留はできない。この一年間というもの、フェルブルフ長官とコイエット議長の衝突が起こした嵐に、フォルモサのオランダ人のほぼ全員が巻き込まれてきた。最近になってようやく終結の様相が見えてきたが、傷口はすでに二度と縫い合わせられないほどに広がっていた。

騒動があまりに大きくなったため、アムステルダムにある東インド会社本部の最高意思決定機関である十七人紳士会もこの問題を取り上げ、調停のために特使をフォルモサへ派遣した。特使は二か月ほど大員に滞在し、各方面の間を取り持つべく真摯に努力したが、フェルブルフはこの特使がコイエットの前任の出島オランダ商館長であったことから、二人の間には元々つながりがあり、コイエットをえこひいきしていると見なしていた。

十月下旬、フェルブルフ夫人が男児を出産した。待望の長男だったこともあり、フェルブルフは諸手を上げて喜んだ。生後二日目に洗礼式が挙げられた際、特使はコイエットとダニエル牧師を伴って祝福に出向き、双方の間には和解の気配が漂いはじめた。ところが誰ひとりとして想像しなかったことには、その一週間後、赤子は急に腹痛を起こして大泣きし、二時間後には顔にチアノーゼを発し、そのまま死んでしまった。夫人は激しく泣き崩れ、フェルブルフもまるで心が瓦解したかのようだった。彼は何者かが自分の家族に呪いをかけていると思い込み、コイエットとの関係はまたもや悪化したのだった。

小カロンはコイエットが長崎で再び前職に就くと決めたのを受けて、自身もフォルモサに長く逗留しようとは思わなくなった。父はフランス人であり、小カロン自身はフランス人の血と日本人の血を半分ずつ受け継いでいる。そのことがオランダ東インド会社のなかで出世していくにあたり、足かせになることを感じていた。

父カロンの身の上にも今年に入って災厄が降り注ぎ、コイエットと似たような状況に陥っていた。彼はバタヴィアにおいて私的な貿易を行ったとして訴えられ、審問を受けた。この年の内にオランダ本国に戻るよう命じられたため、現在その身はオランダへ向かう船上にあった。

小カロンは今までコイエット議長と父カロンが義兄弟である縁故からフォルモサに留まっていたのだが、スウェーデン人であるコイエットが去ると知って、自分もそろそろここを出たいという気持ちが湧いてきた。しかし東洋人の血を引いているために、オランダに戻って仕事に就くことはできず、またプロテスタントの牧師助手でありかつ日本人の血も引いている彼は、カトリック社会であるフランスに帰りたいとも思わなかった。ならば果たしてどこへ向かうべきか？　いずれにせよ一旦フォルモサを離れれば、無論のこと、ヘレーナとの間に芽生えた感情は断ち切らざるをえない。

「僕のようなヨーロッパの男と東洋の女の混血児は、まるで原罪を背負っているかのようだ」

小カロンはため息をつき、そう呟いた。今年一六五一年はなんとも不順な年だ、と思った。

# 第十六章　女祭司

一六五一年は、ウーマにとっても受難の一年だった。

ウーマがチカランと夫婦になったのはもう五年ほど前のことになるが、その後もしばらくは麻豆社の慣習に従って、若い女たちが共同生活を送る家に住み続けていた。夜になるとチカランが泊まりに来る。住処には敷居というものがないので、ウーマがだんだんキリスト教の教えに親しむようになると、チカランの求愛に恥ずかしさを覚えるようになり、そういうのはほかの娘たちが寝入ってからにしてほしいと頼んだものだった。後に簡単な敷居を設けはしたが、さしたる効果はなく、物音は依然として周囲に筒抜けだった。そのようにして数か月を過ごす内に二人とも神経をすり減らしてしまい、房事に励むことができなくなってしまったのだった。

ウーマは洗礼を受けた後、自分とチカランもキリストの教義に従って一個の家庭を築くべきだと考えるようになった。それで彼らは小さな竹の家を建て、屋根に茅を葺き、床は地面から少し高くした。一つには毒蛇から身を守るため、一つには湿気や浸水を避けるためである。二人はそれぞれ同性の若者たちが暮らす住処を引き払い、新築の家に引っ越した。ウーマの叔父であるリカはこの件に反対したが、二人は意に介さなかった。その後二人はいつも仲睦まじい様子で、ウーマの表情にも幸福感がみなぎっていた。

それから半年経たずして、ウーマは身ごもった。

当初、彼女は自分の身体に起きている現象にさして注意を払っていなかった。ある時チカランの両親であるティダロとトンエンが息子夫婦を訪ねた時、ウーマがしょっちゅう吐き気を催していることと、酸っぱい物を好んで食べる様子を見て、彼女が身ごもっているのを察したのだった。チカランも、ウーマ本人さえも、そのことにまるきり気づいていなかった。

自分が母親になる姿を想像してウーマの気持ちは昂ぶり、その場で思わず歓声を上げた。ところがふとトンエンを見ると、どうしたわけか憎らしいものでも見るような目つきを自分に向けていたため、ウーマはすぐに口を閉じた。

十年前の出来事を、ウーマはふと思い起こした。一六四一年、オランダ人は諸処の集落に暮らす二百五十名ほどのイニブス〔女祭司〕を集め、彼女たちを遥か北にある諸羅山へ放逐した。オランダ人の側から見て、イニブスはフォルモサ人たちがキリスト教に改宗する上での最大の障碍であり、かつ迷信を煽り立て、堕胎を奨励したり実行に移したりもする、迷惑かつ厄介な存在であった。宣教師たちも、イニブスが持つ強大な影響力からフォルモサ人たちを解き放つことが、彼らが敬虔に教義に従うキリスト教徒に変わるために必要だと考えていた。

当時、チカランの母親トンエンも麻豆社のイニブスの一人だったが、チカランの父親であるティダロがオランダに認定された頭目であったため、事前にこの消息を摑むことができ、おかげでトンエンは追放を免れたのだった。それからの十年間、堕胎が行われる数はどの集落でも大幅に減った。

陽が沈みゆく頃、ウーマはトンエンからアワ酒を渡されて飲んだ。すると急に下腹部に締めつけられるような激痛が走り、苦しがるウーマの下腹を、トンエンが力を込めて何度か押した。小さな生命は、そこでついえた。気を失いそうなほどに悲しみ泣き叫ぶウーマの傍らで、トンエンは黙々と湯を沸かし、彼女の身体を洗ってやった。流産したことがトンエンの行為と関わりがあるのかどうか、ウーマにははっきり判断できず、あるいはただの偶然かもしれないとも思った。あの酒は特に変わった味もしていなかったから。チカランはというと、何か意見を表明することもせず、ただ物事の道理を説きながらウーマを慰めるのみだった。通常、集落の男たちは子供に対してさほど強い愛情を抱くことがないのをウーマは承知していた。

　それから数日間、ウーマは家のなかで横になって過ごした。身体の痛みはとっくに引いていたが、心の傷みは一向にやわらぐことがなかった。マリア姉妹はウーマが学校の仕事を休んでいることに気づき、心配して様子を見に来た。

　ウーマは詳しい事情を話す気になれず、ただ不注意で転倒し、お腹の子を失ってしまったと語るにとどめた。マリアは先日ファイエットこと郭懐一からもらった胡麻油を使って豚肉を煮込み、ウーマに食べさせてやった。かぐわしい胡麻の香りが家中を満たした。ウーマは何度も礼を述べた。

　トンエンはなぜ、あのような行為に及んだのだろうか。シラヤ族の習慣では、夫婦は結婚後も別居を続け、夫が四十歳を迎え集落内の戦闘と狩猟を司るグループから引退して後、はじめて子供を産み育てることが許されていた。通常その頃には妻の年齢も三十代半ばを超えている。それ以前に妊娠した場合は、すべからくイニブスによって堕胎させられることになっていたのである。

# 第三部

## 一六五二年

# 絆

# 第十七章

## 前夜

一六五二年九月八日、夜明け前の麻豆社。

二日前に台風が通り、長く続いた酷暑を連れ去っていった。空にはまだ星が浮かび、静寂に包まれた蒼い大地に爽やかな風が吹き渡っている。

ハンブルク家の寝室に門を乱暴に叩く音が響き、一家全員が目を覚ました。オランダ語で「牧師、牧師！」と、いかにも焦った様子ながらも控えめに呼びかける男の声が聞こえた。マリアが寝ぼけまなこでガウンを羽織り門を開けると、銃を手にした二人の兵士が立っていた。

「カーソン少尉からの伝言を申し上げます。麻豆社に住むすべてのオランダ人は大至急、礼拝堂に集合されたし。また移動に際してはなるべく住民の注意を引かないように。以上であります」と、彼らは早口に述べた。

「何かただならぬ事件が起きたに違いない」ハンブルクは物憂げな面持ちで言った。

ほどなくして、オランダ人全員が礼拝堂に集まった。顔見知りの人々のなかに、疲れ果てた様子の見知らぬ軍人が二人混じっているのにみなが気づいた。麻豆社の指揮官であるカーソン少尉が次のように告げた。

「こちらにおわす二人の勇士は昨日の夕方にフェルブルフ長官の伝令を受け、ゼーランディア城からサンパン船で台江内海を渡り、つい先ほどここに到着されたところです。長官から我々への伝令とは、不測の事態に備えて最高度の警戒態勢をとるように、というものです。それゆえ今日から数日間は全員この礼拝堂に寝泊まりしてください。外では我々の兵隊が銃を持って警備にあたっており、二門の大砲も準備を整えてあります」

それからカーソンがハンブルクの耳元で二言三言ささやくと、牧師は軽くうなずいた。

この日は日曜日、礼拝を捧げて神を敬う日である。カーソンは一同に、礼拝が済んでからも終日ここに留まるよう命じた。そして兵士たちに何か指示を出すと、数名の兵士が直立して返事をし、外へ駆け出した。周辺の漢人の家庭を巡視するように、と言っていたようにマリアには聞こえた。

朝を告げる鶏の声がほうぼうから聞こえてくる。フォルモサの雄鶏の鳴き声はオランダの鶏よりも明瞭で長々と響き、耳に心地よかった。風格をそなえ気概に満ちたその声を聴くことが、マリアの朝の楽しみだった。九時頃になると砲声がとどろき、フォルモサ人の信徒たちが列をなして礼拝にやってきた。ハンブルクはやや手短に説教を垂れた。

その後カーソンは礼拝堂前の広場にテーブルを並べるなど会議の準備をし、麻豆社の長老十二人が召集を受けてやってきた。会議の席上、カーソンは頭人のティダロと長老たちに、半日の内に三百の勇士を選び、武装部隊を編成し、長官の命令を待つようにと命じた。追って褒賞が出ることも重ねて強調した。

およそ一年ほど前、オランダ人の長官は十分の一税と贌税のそれぞれ一割をフォルモサ人の耕作の発展に充て、みなの生活を改善していく旨を布告していたため、フォルモサ人たちはオランダ人も捨てたものじゃないと思うようになっていた。それもあってカーソンの要求を長老たちは快諾した。長老の一人が「闘う相手は誰なのか」と訊ねたが、カーソンはただ頭を横に振るだけで、その時がくればわかる、と暗に伝えた。そしてフォルモサ人の部隊を編成したら、いつでも指令に応じて動けるように交替で待機するよう求めた。

初日は何事もなく過ぎ去ったが、カーソンは兵士たちに警戒の手を緩めぬよう重ねて命じた。

## 第十八章

## 郭懐一

九月八日の明け方、すなわち麻豆社でこの騒動が起きているのと同じ頃。漳州・海澄にある、今では信武営の号を戴く将軍となった陳澤の陣営に、三人の農民の格好をした偉丈夫が訪れ、陳澤に謁見していた。リーダー格の男は自らを阿《ア》旗《キ》師《ス》と名乗る、武術家であり打ち身治療にも精通した人物だった。阿旗師の話では、彼らは五日の朝に大員を発ち、黒水溝を渡り、廈門の近くにある浯嶼《ごしょ》という小島を経由してここまでやってきた。大員において、万を数える漳泉人住民の生き死にを左右する事態が起きつつあり、至急鄭成功に取り次ぎ願いたいとのことであった。しかしこの時鄭成功は軍勢を率い、数十里先にある漳州府〔府は大都市の意〕を包囲しているところだった。しかも戦況は緊迫し、重大な局面を迎えている最中だったため、陳澤は悩んだ。

◆

遡ること二年前、廈門と金門という二つの海上の要衝を手に入れた鄭成功は、次の攻略目標を漳州府と泉州府という二つの大都市に定め、大陸へ打って出るための橋頭堡にしようと考えていた。沿海部においてたびたび清軍と矛を交え、接戦を繰り広げていた。はじめ右先鋒営副将の地位にあった陳澤は、この間の戦役において幾度も勇敢に前線に立って戦功を上げたことから、一六五一年六月、信武営の位に昇格した。さらに一方面の指揮を一手に任されることになり、陳澤の心はいやが上にも昂ぶった。

明の永暦六年（一六五二年一月）、鄭成功は陳澤の故郷である海澄を攻略した。占領後、成功はこの町の防衛を北鎮将軍・陳六御に任せ、副将に陳澤を据えた。郷里を離れて五年あまり、このような形で帰郷しようとは思ってもいなかった。ところがそこで彼が見たものは、度重なる戦火の末に荒廃しきった田畑や無残に破壊された家々であった。

成功はその勢いを駆って翌月長泰という町を攻め落とし、四月には大都市である漳州府を包囲した。一気に攻勢をかけて陥落させたいところだったが、そうそう思うようにはいかず、両軍対峙したままにらみ合いを続けていた。

陳澤は主に海澄の防衛を任されていたため、攻城戦には参加していなかった。万が一海澄が敵の手に落ちれば、鄭軍の主力は挟み撃ちにされ、苦境に陥るのは目に見えている。陳澤のもう一つの任務は、海澄と金門・廈門を結ぶ海路の安全を確保することだった。この海路は鄭軍の命綱ともいえる兵站線である。成功が各地に進軍する間も、鄭家の商船隊は廈門と日本、フォルモサおよび南洋の港を行き来して貿易を営んでおり、かつ従来通り海域を通過する諸外国の商船から通行税を徴収していた。制海権は、鄭軍の資金の命脈そのものだった。

鄭軍が漳州府を包囲してまもなく、清軍の閩浙《びんせつ》総督・陳錦率いる大軍が救援にやってきた。ところがある日の夜、陳錦は彼に鞭打たれたことを恨みに思った庫成棟という名の部下によって、三国志の張飛さながら刺殺されてしまった。庫はその後鄭成功の陣営に駆け込み褒賞を願い出たが、それを道義をわきまえぬ反逆行為と見なした鄭成功によって処刑されてしまった。

陳錦の軍隊は統制力を失い、鄭成功は漳州府を手中に収められる日も近いと考えた。しかし清軍は兵法三十六計にいうところの「囲魏救趙《いぎきゅうちょう》」の計を用い、鄭軍の本営にあたる廈門を攻撃して攪乱を計った。成功はやむを得ず甘輝将軍に兵を分けて救援に向かわせた。このため漳州府ではにらみ合いを余儀なくさせられていたのである。

漳州府の包囲戦は五か月目に入り、城内では人多くして糧少なく、住民たちの飢えは極限に達し、餓死者も続出するようになっていた。

数え年で若干二十九の鄭成功は苛立ちから粗暴な振る舞いが多くなり、ささいなことで側近の施郎《しろう》将軍と決裂した。施郎の父親と弟は成功によって処刑され、施郎自身は三日間に及ぶ逃亡の末に清に投降し、名を施琅と改めた。

◆

黒水溝の向こうにある大きな島を、唐山人は「台湾」と呼んでいる。ヨーロッパ人の間では「フォルモサ」と呼ばれていることも陳澤は知っていた。阿旗師ら三人が陳澤に語ったところによれば、彼らは台湾の都市・大員の内海を挟んだ対岸にある油車行という地方の住人で、かの地に住む万を数える漢人を代表して、鄭成功の支援を請いにやってきた。

「必ず国姓爺本人に謁見すべし。さもなくば訪問の意図を決して漏らしてはならぬ、と郭懐一に厳命されております」

ファイエットこと郭懐一が、彼らの親玉だった。

阿旗師の話では、三十年ほど前に郭懐一は鄭芝龍の船団に身を置いており、いっとき日本の平戸でも暮らしていた。そして二十八年前、鄭成功が生まれた年から台湾で暮らしはじめた。このように聞いて、陳澤は鄭成功と郭懐一の間に何らかの縁があるようにも思われた。自身が鄭芝龍の船団にいたころ郭の名を耳にしたことがあったかどうか定かでなかったが、なにぶん昔のことだ。台湾と関わりの深い漢人といえば、何斌、池家一族、それにひと昔前台湾やバタヴィアで漢人の指導者として活躍した蘇鳴崗の名は知っていたが、郭懐一という名前は耳に覚えがなかった。

そこで陳澤は主将の陳六御に報告し、阿旗師を引き合わせた。

「漳州府の戦は今、いよいよ勝敗を決しようという時期を迎えておる。そなたらが国姓爺様にお目通りを許されるとは思えぬが……」そう渋る陳六御に阿旗師はひれ伏しながら懇願し、こう言った。

「我らは台湾において大事を企てております。失敗に終われば、万の同胞の命を危険に晒すことにもなりますが、成功いたせば、国姓爺様にも大いに裨益するところがございます」

――郭懐一なる人物が、本当に芝龍様の旧臣であるなら、無下に扱うわけにはいかぬ。

陳澤はしばらく考えた後、陳六御に進言した。

「この者らの話が真だとしたら、ことは重大です。それがしに一日の時間をくださいませ。こやつを連れて国姓爺様の下へ参りとうございます」

そうして陳澤は阿旗師一人と側近のみを連れ、漳州府城外の鄭軍本陣を目指して馬を走らせた。

陳澤から報告を受けた鄭成功は、愉快に笑った。

「ほう、郭懐一とな！　我が父が平戸におられた時分の同朋だ。俺が子供のころ父から話を聞いたことがあるし、母上もお会いされたことがあるそうだ。カトリック教を信じるようになってからファイエットと名乗るようになった。父がニコラスと名乗っておられたのと同じことだ(33)。その後、かの者は本来の名を俗なものと見なし、ファイエットの音に近い『懐一』という名を使うようになった。元の名を何といったか、憶えている者はいないだろう。

懐一、懐一。なかなかよい名ではないか」

鄭成功は側近にも聞こえる声で昔の話を始めた。

「俺が生まれる少し前に父は澎湖へ赴き、紅毛人〔漢人のヨーロッパ人に対する呼称〕の司令官レイヤーセンの通事となった。まもなく紅毛人は大員へ行き、立派な城を築いた。その翌年〔一六二五年〕には父も台湾へ移った。顔思斉殿は父より一年早く台湾へ行き、魍港と笨港の辺りで勢力を広げ、かなりの規模になっていたと聞く。

郭懐一は二十八年前に台湾へ行ったとか。ならば恐らく顔思斉殿と一緒に行ったのだろう」

成功は語り続ける。

「父は、もしもオランダが本格的に大員に地歩を固めることになれば、将来必ず台湾に一波乱起きると予見しておられた。それがゆえに、台湾にも勢力を築いておこうとされたのだ。そして先んじて台湾に来ていた顔思斉殿と手を組み、義兄弟にも等しい間柄となった。しかしその年の九月、思斉殿は酒を飲んだ後に発作を起こして世を去られ、その配下はすべて父の傘下に組み入れられた。郭懐一もその内の一人で、その後笨港へ遣わされ、父の代理人として長年その地に留まっていた。当時の父は安海、平戸、笨港を頻繁に往来していたが、三年後に官位を授かってからは、二度と台湾へ赴くことがなかった。笨港一帯の租税は代理人の郭懐一が管理していた。その後、郭は紅毛人によって大員に身柄を移され、以来久しく音信が途絶えていたのだが、まさか今日、こんな形でかの者の消息に触れるとはな！」

そして感慨深げに、誰に聞かせるともなくつぶやいた。

「思斉殿もカトリック教徒で、ペドロ・チーナという洗礼名を持っておられた。父や思斉殿が日本を去ったのには、幕府のキリスト教禁止令と信者への弾圧とも関係がある。父は敬虔な信徒で、安海の自邸には礼拝のための部屋もあった。郭懐一が台湾に住み着いてからも信仰を持ち続けたかどうかはわからぬが」

九月八日の黄昏時、阿旗師はついに鄭成功に目通りを許された。鄭成功は家臣たちを遠ざけ、側には甘煇、万礼、陳澤の三将軍だけが残された。

礼儀を重んじる成功は、阿旗師に先んじて話を切り出した。

「郭懐一殿は我が父の旧臣だが、久しく消息が途絶えていた。台湾で何か困難な目に遭っているのか」

「国姓爺様に申し上げます。拙者は郭懐一を頭とする台湾の唐山人一同を代表して、ご助力を仰ぎに参りました」

阿旗師は同胞たちが紅毛人の抑圧に耐えかね、一か八かの謀略を企てることになった経緯を手短に述べた。その謀略とは武装蜂起により紅毛人を一挙に殲滅し、代わって漢人が台湾の統治者になるというものであった。

「九月四日の夜、懐一の自邸にて謀議が行われ、オランダ人を一網打尽にするための策を練りました。我らは必ずことを成し遂げられるものと自信を持っております。謀議のなかで拙者は命令を受け、急ぎ海を越えて国姓爺様に報告に伺った次第です。我らが同朋のために援軍をご派遣くだされば、成功は疑いありませぬ」

阿旗師は具体的な計画についても話した。

「中秋節の夜、懐一が直々に紅毛人の高官たちを油車行へ招待し、晩餐会を催すことになっております。懐一は我ら漢人の指導者でありますから、フェルブルフや赤崁省長など主だった人々は懐一の面子を立てて必ずや出席するはずです。彼らの衛兵の数は通常三十六人で、高官本人らを含めて総勢五十名ほどでしょう。招待者にはほかに大員商工議会の者がおり、多くは漢人ですが紅毛人も若干含まれています。

宴ではまず前座の布袋戯、続いて歌仔戯をひとしきり演じ、その間に紅毛人どもをなるべく酔わせておきます」

計画はすでに細部に至るまで練り込まれている。

「しかる後に、主な出し物である宋江陣の演舞が始まります。これには七十二人が本物の具足をまとい、斧、長槍、棍棒、藤編みの盾などを手にして出場します。そうして合図が下された瞬間、演者に給仕、料理人、接待人などを加えた百五十名ほどの同胞が一斉に行動に出ます」話せば話すほど、阿旗師の声音は昂ぶっていく。

「賊を捕らえるにはまず頭を捕らえよ、と申します。いつぞや浜田弥兵衛なる日本人がノイツ長官を捕縛した時のように、我らは必ずやフェルブルフらを一網打尽にできるでありましょう」

「して、その後は。刀や斧でいかに一千の紅毛人の火器に立ち向かうのか」鄭成功が訊ねる。

「笨港には御尊父がかつて貯えられた大砲の材料と火薬が今もあり、同胞が大砲を製造しております。敵は一千といえど、電光石火の勢いで攻めれば勝利は疑いありませぬ。台湾城〔ゼーランディア城〕の守備兵はわずか六百ほど。城壁の一角を大砲で破壊できれば、地方を守る紅毛犬どもが戻る前に攻め落とせるはずです。城を得れば火力も増え、紅毛兵はもはや手も足も出ず、頭領を失った獣の群れのようなものとなり、ばらばらに逃げ去っていくでしょう。その上我らの企てが成功したという報せが広まれば、各地のフォルモサ人たちも呼応して、地方にいる紅毛どもをみな殺しにすることも大いに考えられます」阿旗師は身ぶり手ぶりを交えつつ、口角泡を飛ばして弁を振るう。

出立時、阿旗師は郭懐一から、直接本人に渡すようにと念を押された上で、鄭成功宛ての書簡を受け取っていた。そこには船舶三百隻、兵士三万、それに武器火薬を台湾の義勇軍へ寄こしてほしいと書かれていた。しかし阿旗師はもしもこれを鄭成功に読ませたら怒りを買って拒絶される恐れもあると判断し、言い方を変えることにした。

彼は跪き、頭を深く下げて述べた。

「しかし実を申せば、我らは台湾城を攻め落とすことに確たる自信を持っておりませぬ。後一歩のところで落とせずという事態を防ぐため、国姓爺様にはできる限りの兵船と精兵をお差し向けになり海上から台湾城を攻めていただきたく、伏してお願い申し上げまする。中秋節まであと九日ございます。数日中に出陣すれば、その日の夜までには大員に着くことでしょう。国姓爺様は海上から、我らは陸上から同時に攻め立てれば、一挙に台湾城を陥落させ、紅毛犬どもを海に追い落とせるに違いありませぬ」

「仮に紅毛を追い出したとして、次に汝らはいかなる手を打つつもりか」鄭成功に再び訊ねられると、阿旗師は感極まった様子で叫んだ。

「その時漢人は大員の支配者となり、郭懐一が『大員王』の座に就かれます。懐一は国姓爺様と血盟を交わし、満州人と矛を交える国姓爺様の後ろ盾となることを願っております。大明国が威光を取りもどす日の来たらんことを!」

鄭成功は軽く手を振り、「外でしばらく待たれよ」と言った。

「汝ら、どう考える」

張万礼が一番に答えた。

「郭懐一らの企ては独りよがりで不完全です。我らの援護がなければ敗北は目に見えております。また我らが援軍を差し向けるにしても、時間が足りず、多くの人馬を割くわけにもいかないので、勝利を収めるのは困難でしょう。もし紅毛の恨みを買えば、将来彼奴《きゃつ》らは清軍と手を組み海上から我らを攻めてこないとも限りませぬ。さすれば厄介なことになります」

続いて甘煇も意見を述べた。

「先だっては詭計を弄した清兵に、危うく廈門を落とされるところでした。現在、満州八旗の都統・金礪《きんれい》がここ漳州府の救援に向かっているとの報もございます。今水軍を台湾にやれば、後方の海澄、金門、廈門などはことごとく無防備となり、この内一つでも敵の手に落ちるや、我々は袋の鼠となってしまいましょう。我が方にとって極めて不利であり、みすみす危険を犯すべきではありませぬ」

鄭成功は陳澤を見た。陳澤にも私見があったが、何から話し出すべきか考えあぐねていた。彼は昔船乗りをしていた頃、イスパニヤ人がルソンの唐山人を虐殺した話を聞いていた。もし今鄭成功が援軍をよこさなければ、郭懐一の企てが失敗に終わることは目に見えており、西洋人の従来のやり方からいって、大員で漢人の大虐殺が始まるのも必然と思われた。数年前、陳澤は大員に行ったことがあり、その繁栄ぶりが強く印象に残っていた。もし鄭成功が大員を手中に収めれば、勢力をひときわ拡大させることができ、現下の形勢は一変するだろう。とはいえ陳澤も万礼・甘煇と同様、兵を分散させるのには反対だった。兵を割けば鄭成功自身が危機に陥り、清兵の餌食にならないとも限らない。陳澤はかつて台湾城の堅牢さもその目で見ており、鄭成功自身が指揮を執って全力で攻め寄せるのでもない限り、陥落させられるとは到底思えなかった。加えて郭懐一は自らが大員の王として自立するつもりだという。仮に郭が鄭家の軍門に降り、成功を大員に迎え入れるつもりだとしたら、鄭成功も全力で攻め込むかどうか真剣に検討し、あるいは一戦交えることになるかもしれないが。いずれにせよ時間があまりに差し迫っており、勝算は極めて小さかろう。

陳澤より先に、鄭成功が口を開いた。

「俺には一つ気になることがある。懐一は大員王になると言っていたが、我が軍の傘下に入らぬのは、すなわち明に帰属する意思がないということだ。我ら官軍の掲げる『反清復明』の宗旨に相違する」

そこで鄭成功は阿旗師を再び幕内に呼び寄せて、こう言った。

「この件は重大事につき、時間をかけて議論を行わねばならず、早急に決断を下すわけにはいかぬ。汝らはひとまず懐一殿の元へ戻られるがよい」

そして部下に白銀一千両を運んで来させた。

「英雄・郭懐一殿に伝えてもらいたい。これは余のささやかな気持ちである。軍馬糧食を購う足しにしてもらいたい。旗揚げの成功をお祈り申し上げるとな」

阿旗師はこれが婉曲的な拒絶であると察し、落胆した。供の二人を加えた三人は、浯嶼を経由して台湾に戻り郭懐一に報告する、と言い残して海澄を去っていった。だがその後、彼らの姿を見た者は誰もいない。

この時、郭懐一と同志たちの謀略はとっくにオランダ側の耳に入っていた。たとえ鄭成功が救援に駆けつけることを決めたとしても、どうにもならなかっただろう。哀れむべきは内側から禍が生じていたことだった。謀議に参加していた者のなかに、密告する者があったのだ。

# 第十九章　虐殺

それからひと月が経った。ハンブルクは礼拝堂か書斎のどちらかに閉じこもり気味だった。麻豆社のオランダ人やフォルモサ人が歓声を上げるのと対照的に、心は苦悩に満ちていた。フェルブルフ長官がある漢人からの密告を受けた事実を、つい数日前になってカーソン少尉から聞かされた際、脳裏には昨年ファイエットこと郭懐一と話を交わした時の情景が浮かんだ。この件には郭が何らかの形で関わっているに違いないと思われた。

「今から三週間ほども前のことになりますが、九月七日午後、密告を受けた長官はただちに密偵をアムステルダム区周辺に送りました。そして大勢の漢人が集結し、少なからぬ者が武器を手にしている状況を知ったのです」

次いでカーソンは、案の定その名前を口にした。

「その日の夜、ファイエットと名乗る頭領は陰謀が露見したのを知り、慌てふためいて無謀な行動に出ました。彼らは鎌と斧だけでプロヴィンチア街の砦(34)を攻めたのです。しかし砦は木造で脆く、漢人は雲霞のようにおりましたので、危うく敵の手に落ちるところでありました。どうにか守り通したものの、省長殿は不幸にして敵方に捕らえられてしまいました。

しかし漢人どもの運はそこで尽き、我らは反撃に打って出ました」カーソンは興奮した口ぶりで、唾を飛ばしながら当時の状況を物語る。

「斧やら鎌やらを引っさげた農民など、むろん我らの敵ではありません。ペーデル大将率いる一隊がゼーランディア城から台江内海を渡り、船上から海岸に陣取る漢人に向けて射撃を行いました。前方の者がバタバタと倒れると、後ろの者どもは慌てふためいて鼠の如く南方へ逃げていき、我々は省長を救出しました。後に賊軍は再集結して高地に陣取りましたが、我らはフォルモサ人の部隊と前後から同時に攻め立て、たやすく壊滅させました。

ファイエットは蜂起初日に重症を負い、四日目に死にました。流れ弾にあたったとも、あるいはフォルモサ人に殺されたとも噂されています。漢人どもは我々とフォルモサ人に包囲された末にみな殺しとなり、褒賞を得んとするフォルモサ人たちによって一人一人首を斬り落とされました」

ハンブルクは呻吟した。

これは戦争ではない。虐殺だ。

戦いがなされた場でフェルブルフ長官がフォルモサ人に与えた褒賞の数は二千六百ほどもあったという。すなわち、少なくともそれだけの数の漢人が殺されてしまったのだ。

別に伝え聞いたところでは、勝敗が決してからもオランダ人は謀略に加担した漢人の捜索を続け、十九日目になってようやく打ち切った。こうしたやり方には必ず無辜の犠牲者が出るものだ。私怨を持つ者が大義名分を騙って誰かを殺したり。捜索の途上でまたしても大勢の漢人が殺され、婦女や子供も少なくなかった。

この事件を通して殺された漢人の総数は四、五千とも、またこれは男だけの数であり、婦女や子供を合わせればさらに増えるとも聞いている。

フェルブルフの所為に、ハンブルクは激しい憤りを覚えた。これは好機に乗じた異民族の虐殺であり、ヨーロッパで国内の反乱分子にこのような処罰を行うことは考えられない。オランダ人は自由主義と寛容の精神を標榜してきたのに、海の外ではかくまで残虐になれるとは！

「畢竟、東インド会社は漢人の雇用者を、外国人であり一段劣った人々として見ているのだ」ハンブルクは嘆息した。

あげくの果てに、密告者までもが処刑されたという！　命令を下したのはフェルブルフで、「聖書に曰く、キリストを売ったユダは後に自ら首を吊った。それゆえ我々も密告者どもを絞首刑にすべし」とのたまい、大笑いしたと聞く。

反乱者たちの処刑は五匹の馬で四肢を引き裂くという残忍きわまる方法で、それを漢人の女や子供、フォルモサ人たちに見るよう強要した。ハンブルクはこれに対しても嫌悪感をおぼえた。鶏を殺して猿を驚かすが如きフェルブルフの意図は理解できたが、これほどに残虐な方法は、これまで牧師たちがフォルモサ人を教化してきた成果を元の木阿弥にしてしまいかねない。

礼拝堂の窓の外には陽光が青空にきらめき、木々の間を小川がさらさらと流れている。麻豆社の風景は年中色鮮やかで、人を魅きつけてやまない。しかしハンブルクはこの土地の未来にも、オランダ人の未来にも、不安を感じるようになっていた。

同じ頃、ハンブルクの悪い予感を裏づける現象も起きていた。

ある日ウーマの弟・アリンは麻豆渓のほとりで、石ころを水面に打ちつけながら、ずっと一つのことを考えていた。

オランダ人がやってきて以来、彼自身やウーマを含む数多くの若者達がオランダの牧師と教師の高尚な人格に魅了された。彼らがもたらした宗教や物事の道理は、それまで気分に従って物事をなすことが多かったシラヤ人には思いも及ばぬもので、きわめて崇高なもののように感じられた。それゆえに彼はオランダ人に敬意を抱き、彼らの管理下に置かれることを受け入れ、かつ彼らの宗教観や道徳観をも受け入れたのだった。こうすることが自らを高め、麻豆社を、さらにはシラヤ社会を向上させることにつながると、彼自身も若い友人たちも信じるようになった。

しかし今回、彼はオランダ人の醜悪な一面を目のあたりにすることになった。

漢人の蜂起を受けて、アリンも麻豆社の若者らと共に戦地に赴き、オランダ人を扶《たす》けるために漢人と戦った。その結果いくらかの褒賞を受け取りはしたが、彼の本来の目的はそこになかった。オランダ人のなすことは正しいに違いない、という信念こそが動機であったのだ。それにちょうどオランダ人がフォルモサ人に有利な政策を施していたこともあり、我々を騙したりする漢人より、オランダ人の方がずっとよい人々だとアリンは見なしていた。

ところが、その後目にした処刑の残忍さは、かつて習慣に従って首狩りをしていたシラヤ人さえも目をそむけるほどのものだった。アリンの心に一つの疑念が生まれた。もしも首狩りが間違った行為であるならば、どうして八つ裂きの刑は正しいのか？　麻豆社の多くの住民は、オランダ人は言行一致の人々だと考えてきた。しかしこの頃アリンは思う。オランダ人は牧師に美しい化粧をほどこすことで、商人や役人たちの醜い顔を包み隠しているのだと。彼らの唱える道徳が、自分たちの昔ながらの考え方にもまして高尚なものだとも思えなくなっていた。

このように考えるフォルモサ人は、アリン以外にも大勢いた。フォルモサ人たちのオランダ人に対する信頼と尊敬の念は、大きく揺らぎはじめていた。

# 第二十章

## 衝撃

九月八日の日曜日、すなわち明け方に麻豆社中のオランダ人が礼拝堂に呼び集められた日、オランダ人は麻豆社の長老たちを召集して会議を開き、翌日から三日間学校を休みにすると決めた。そんなことは今まで一度もなかったため、教師助手のウーマは何事が起きたのか訊いて回ったが、なかなか要領を得られなかった。ただオランダ兵がこのところ頻繁に「黒ひげ」こと宋老人ら漢人の住処を巡視に来ていることを小耳に挟み、休校の件となにかしらの関係がありそうに思われた。黒ひげの息子・阿興やその姉妹たちとはかねてから交流があったので、彼らへのあいさつと情報収集を兼ねて黒ひげの家を訪問した。

　黒ひげの娘たちは母親こそフォルモサ人であったが、平素から漢服を着て漢語を話している。フォルモサ人の学校に通うなど頭をよぎったことさえなかった。黒ひげ本人は漢字を識っていたが、阿興にだけそれを教えた。娘たちは機織り、耕作、漁撈、家事など何でも学んだが、唯一漢字と書物だけは学ぶ必要がなかったし、学ぶことを許されもしなかった。黒ひげ曰く、これは唐山の一般的な慣習であった。

　以前ウーマが黒ひげの妻から聞いた話では、黒ひげは初め娘を大員に送り、纏足《てんそく》と呼ばれる、薬で皮膚を収斂させた後に足の骨をひん曲げ、布をぐるぐる巻きにして固定させるという乱暴な施術をするつもりであったという。「女の子はこうしてこそ歩く姿が美しくなるのだ」と主張する黒ひげに対し、フォルモサ人である妻は「私はあなたの言うことをなんでも聞きますが、これだけは絶対になりません。どうしてもと言うなら子供を連れて麻豆社に帰ります」などと強固に反対したため、黒ひげはしぶしぶ引き下がったそうだ。

　黒ひげがおとなしく諦めた一因には、生活上の不安もあった。男子は阿興だけで、ほかの六人の子はみな女であったため、もしも全員が纏足をしたら、家の仕事をこなす人手が足りなくなってしまう。それに自身も自然な足をした麻豆社の女を妻にしているのだからと、黒ひげは固執するのを止めた。

　ウーマが黒ひげの家に着いた時、噂通り二人のオランダ兵が銃を携えて屋外を巡視していた。彼らのほかに人の姿はなく、正面の門は閉じていたが、かんぬきは掛けられていなかった。ウーマが軽く門を叩き、黒ひげ婦人の名前を声に出すと、阿興が出てきて門を開け、そそくさとなかに招き入れてくれた。

　家に入るなり、阿興は言った。

「さっきオランダの兵隊がこの家のなかを調べ回って、何もないのを確かめてから出ていった。親父は近い内に大きな事件が起こるから、誰も家から出てはいけないと言うんだ」

「何が起ころうとしているの」

「わからない。親父からも、みだりに人に話すなと言われてるんだ」

　この時黒ひげ本人が姿を見せた。

「子供は口を閉じ、耳だけ澄ませておればよい。言葉を慎みさえすれば、禍を招くこともない。

私はこの土地に来て三十年、ただ平穏で衣食住の満ち足りた暮らしだけを一心に求めてどうにか生きてきた。そのほかのことに関して無闇に首を突っ込むつもりはない。

ウーマよ、集落の様子はどうか」

「学校が明日から三日間休みになります。若者のなかから勇ましい者が選ばれていて、どうやら戦いが始まるみたいです。でもそれがどこで、相手が誰かは知りません。アリンとチカランも選ばれたので心配しています」

黒ひげはうなずき、眉間に皺を寄せ、深いため息をついた。何か思い当たる節がありそうだった。

ウーマが別れを告げて帰途についてすぐ、背後から憂鬱さの滲み出た月琴の音色と黒ひげのしゃがれた歌声が聞こえてきた。彼の故郷に伝わる歌かしら、とウーマは思った。

へーい、へーい
一羽の鳥が啼いている
真夜中にねぐらを探している
巣を壊した奴は一体誰か
三代後まで仇をなす……(35)

彼が抱える悲哀とやるせなさを誰が知ろう。戦乱の渦中にある唐山を逃れ、ほうほうの体でこの桃源郷のごときフォルモサにたどり着いた。それから数十年も汗水垂らして働き、ようやく暮らしは豊かになり子供たちも大きくなった。そんなところに新たに生じた民族間の矛盾や衝突に巻き込まれるのは、まっぴらごめんだった。和解が成ることを願っていたが、自身の力ではどうにもならないことも知っていた。せめて自らの家族と土地が巻き添えになるのを防ぎたかった。鳥の巣がひっくり返れば卵は残らず割れてしまうものだが、身を挺してでもこれらを守らねばならなかった。

ウーマは以前にも黒ひげが月琴を弾くのを聴いたことがあったが、いつも軽快で心踊るものだった。歌の意味こそわからなかったが、このように悲壮で、怒りさえも感じられる調べを聴いたのは初めてで、思わず足早にその場を後にした。

◆

麻豆社の屈強な男たちから編成された三百の部隊は、麻豆社に駐在するオランダ兵の半数と共にカーソン少尉に率いられ、南へ向かっていった。行き先は大員だろうと住民たちは噂し合った。

数日後、チカランもアリンも無事に戻った。麻豆社の人間はわずか数名が軽傷を負っただけで、人々は胸を撫で下ろした。アリンの話によると、彼らはオランダ人から百丁の銃を渡された上で、漢人の陣の背後を衝くよう指示された。多くの者は銃を持ったことさえなかったが、使い方を憶えるまでさほど時間を要さなかった。挟撃を受けた漢人たちは烏合の衆と化し、無残に撃ち殺されていった。オランダ人から証拠品として殺した者の首あるいは耳を斬り落とすことが許されていたので、男たちの心に眠っていた野生味が呼び覚まされた。「長いこと首を斬る感覚さえ忘れていたぜ、おまけに賞金ももらえるなんてな」などと口にする者もいた。

アリンの心には疑問が渦巻いていた。俺たちは牧師から首を斬ってはならないと教えられてきたのに、なぜ軍人たちはそれを許すのか？　この戦闘が単なる私怨によるものでないことはアリンも承知していた。しかしシラヤ人の集落同士の戦いにおいては、ひとたび勝敗が決すればそれ以上に相手を追い込まないし、ましてやみな殺しにすることなど決してない。山のように積み上げられた死屍の数は、麻豆社の人間を全部合わせた数よりもなお多いかとさえ思われた。アリンは凄惨な光景にひどく衝撃を受け、殺された者たちへの同情を禁じえず、その後何日もよく眠れなかった。それからというものオランダ人が自分たち以上に高尚な文明の持ち主だとは思えなくなった。

事件の半月後、ウーマは再び黒ひげの家を訪ねた。阿興の話では、あいかわらずオランダ兵がやってきては、容疑者を隠していないか嗅ぎ回っているという。

「紅毛人どもは俺たちの仲間を八つ裂きにして、しかもそれを俺たちに見るよう強要したんだ。耐えられると思うか。あいつらどこまで残酷なんだ」

「唐山の役人は賄賂も要求するし、時に死刑を行うこともある。しかし……」二人の話をそばで黙って聞いていた黒ひげもとぽつりとこぼし、みなまで語らなかった。

ウーマは数か月前小カロンや小コイエットと連れだってここへ来た時、黒ひげが真摯に述べた感謝の言葉を思い出していた。一体責められるべきは乱を起こした漢人なのか、あるいは血も涙もないオランダ人なのか、彼女には判断がつかなかった。さらにはフォルモサ人もすでにこの件に巻き込まれてしまっていることに不安を覚えた。

――長年三つの民族の間には、大なり小なり信頼関係が築かれていたのに、今回の事件でそれがずたずたにされてしまった。

◆

同じ頃、マリアも葛藤に苦しんでいた。郭懐一の号令下、数千の漢人がオランダ勢力打倒のために決起したとの報に触れた時、マリアがそれまで抱いてきた漢人とその文化に対する好感や憧れは音を立てて瓦解した。どんな場合にも人間同士の付き合いは平和的でなければならないと彼女は信じる。一家がデルフトの安定した生活を捨ててフォルモサにまでやってきたのは、教育、キリストの教義、文明の光にこの土地の人々を照らしたいと願ってのことだった。マリアにとって、キリスト教と文明はほとんど同じ意味を持っている。それにオランダ人は長年漢人に就労の機会を与えてきた。漢人たちは自ら進んでフォルモサへ渡ってきたのであって、バンダ諸島の奴隷たちのように強制的に連れてこられたわけではない。もしも俸給が少なすぎるとか税が重すぎると感じるのであれば、漢人の上役と交渉してより多くの俸給を勝ち取るとか、上役を通してオランダ人に対し減税を求めるなどするべきだ。オランダ人を殺すというやり方は、小さな暴力に対して大きな暴力をもって応えるのと同じで理屈の通らない方法だ。初めの頃はそう思っていた。

しかしその後、漢人らがプロヴィンチア省長を捕らえながらも命を奪わず、単に交渉材料として扱っていたことを知り、彼らもそれほど非道い人々ではないと思われた。さらにはフェルブルフ長官の命令で行われた虐殺と残忍な処刑方法が巷間に広まると、あまりに度を超していると感じた。加えてフォルモサ人が褒賞のために人を殺し首を斬ったことも、彼女をやりきれない思いにさせた。無論、フォルモサ人が長官の命令に従わないわけにはいかないことも彼女は承知していたが。こうして彼女の心は三重に傷つけられることになった。

それ以来マリアはより敬虔に信仰の道を歩むようになった。ただ宗教だけが人のモラルを高めてくれる。そう考えることで初めて葛藤を解消し、心の平安を得ることができた。彼女はまたフォルモサ人に文字と信仰を教える仕事にいっそう努力しようと決めた。もしもほとんどのフォルモサ人がウーマのようになれれば、オランダ人の安全は保証され、かつ彼ら自身の前途も開けていくだろうと考えた。

◆

事件後に大員で開かれた会議で、東インド会社の幹部たちが話し合った内容は概ね次の通りであった。

一、常に漢人の腹には一物がある。さらに鄭成功がこれを扇動していた疑いもある。尋問の結果判明したのは、郭懐一の謀議に加わっていた者の内三人までが、鄭成功が軍隊を差し向けると信じていたことだ。

二、何としてでもフォルモサ人を籠絡して味方につけておかねばならない。理由の一つは、彼らがこの島の主人であること。いま一つは、まとまった数の漢人の労働者なしに会社が利益を上げることは不可能であり、万一の際にフォルモサ人が味方につくという保証が、自分たちの安全確保のために必須であること。

三、プロヴィンチア城をより堅固なものにするべく大々的な増築工事を行う。そのためには税率をいっそう引き上げねばならず、対象は漢人をおいてほかにない。

四、漢人との間に生じた溝をどうにか埋め合わせること。鄭成功が黒幕にいるかもしれないと聞いて恐怖を覚える者がいる一方で、そんなのは格下のメンバーが拷問から逃れたい一心で口にしたでたらめだ、と考える高官も少なくなかった。鄭成功が今まさに漳州府で緊迫した戦闘を繰り広げており、兵力を割く余裕などないことを知っていたからである。ただし鄭成功がフォルモサに野心を持っているという点はみなの同意するところだった。以後鄭成功の動向には警戒を怠ってはならないし、フォルモサにいる漢人に対しても同様だ。

この時期、東インド会社バタヴィア商館の幹部たちは認識を変えてきていた。フェルブルフとコイエットの政争で、正しかったのは実はコイエットの方ではないか、彼こそがフォルモサ人の真の理解者だったのではないか、と考える者が増えていた。フェルブルフの任期中に東インド会社がフォルモサにおいて上げた収益はかなりのものだったが、バタヴィア商館はフェルブルフを、有能ではあるがフォルモサでの経験が浅いため、現地の人々の心を理解できない人物だと見なした。そして彼の後任として、フォルモサで過去二十年も仕事[36]をしてきて漢語を話すこともできるコーネリス・セーサーを抜擢した。

# 第二十一章

## 漳州府

阿旗師ら三人が去った後、陳澤は近々台湾方面で悲劇が起こることを確信し、気が気でなかった。

案の定それから五、六日ほど経ったある日、廈門の町にてある噂が流布し出した。台湾で漢人の蜂起が失敗に終わり、人口の三分の一もの漢人が虐殺されたというものだった。この噂はたちまち海澄にいる陳澤の耳にまで伝わった。企てが失敗に終わることはとっくに見越していたが、決起日と聞いていた中秋節にはすでに事件が終結していたことに驚いた。落涙を禁じえず、天を仰いで叫んだ。「哀れな漳泉の同胞たちよ！」

その日の夜、陳澤を再び仰天させる報せが入ってきた。

漳州府の城内から鄭軍の包囲をかいくぐって逃れてきた数名の民が陳澤に面会を乞い、次のことを伝えた。

「二日前、国姓爺殿は鎮門山に堤防を築いた上で川の水を漳州府に導き入れ、城内はたちまち水浸しになり、多数の住民が溺死しました。その上元々兵隊さえ食うにこと欠くほどの糧食不足だったのが、いよいよ食べ物がなくなり、惨憺たる状況に陥っています。以前はどの家も飢えに苦しんでいましたが、今はどの家にも死体が転がっている有り様です」

別の者はこう言った。

「民百姓は、たとえ米があったとしてもそれを炊くことができません。火を起こせば煙が生じ、煙が上がればすぐに狼のような兵隊どもがやってきて食料を奪っていくからです。どの者も木の葉やら紙やらを口にして飢えをしのいでおります。金銀宝石を蓄えている者は、それを持ち出してはたった一杯の飯と交換しています！」

陳澤は漳州人の一人として胸を締めつけられるようだった。主君がなぜ水攻めを行ったのか理解に苦しんだ。このような策で一番に被害を受けるのは民であり、敵軍ではない。

この残酷な計略は功を奏さなかった。漳州府は依然として降伏を拒み、後日清の朝廷が遣わした猛将・金礪率いる八旗の軍勢が到着し、鄭成功は撤退を余儀なくさせられたのである。

陳澤は海澄の城外にて鄭成功を出迎えた。大軍は疲労困憊した様子ながら、なお秩序を保って整列していた。

成功は陳澤の姿を目にすると大声で嘆いた。

「濯源《たくげん》！〔陳澤の字《あざな》〕半年も城を囲みながら、まさか徒労に終わるとは。しかも万に上る兄弟と数十万の民百姓を無駄死にさせてしまった。俺は彼らに対して面目が立たぬ！」

言い終える頃には喉を詰まらせ、むせび泣いていた。

鄭成功は敗北したわけではなく、ただ勝利を収められなかっただけである。しかし彼の表情は痛恨の敗北を喫した将のそれだった。

「漳州府を水攻めにした時には、俺もどれほど辛かったか。すべては一刻も早く戦にけりをつけたいと願ってのことだった。金礪の軍が到着する前に、何としてでも城を落としておかねばならなかった。敵がああも頑強に抵抗を続けると、誰に知ることができたろう！」成功は落涙をこらえるように強く目を閉じた。

こんなにも取り乱した主君を見るのは初めてだったので、元々寡黙な陳澤には、しばしの間かけるべき言葉が見つからなかった。

帰城後、陳澤は台湾の漢人四、五千人が殺害されたという話も主君に聞かせた。成功は何も言わず、顔を覆って嘆いた。

数日後に届いた報せによれば、漳州府の戦役による死者数は敵味方合わせて六、七十万に上り、その内三割が餓死者であった。とてつもなく大きな墓穴が三つ掘られ、遺体はまとめてそこに埋められた。上にはそれぞれ「同帰所」「万安所」「万公所」と刻まれた墓碑が立てられたという。

陳澤は鄭成功が水攻めを開始したという報告を受けた時、なぜそんなにも残忍な手段で同郷の者たちを痛めつけるのか理解できなかったが、後になってこのような推測が浮かんだ。

——もしや我が君は、漳州府を一気に攻め落としてから、台湾に兵を送って郭懐一を扶けようとしていたのではあるまいか。真偽はどうあれ、結局は虻蜂取らずに終わり、しかも漳州府でも台湾でも膨大な死傷者を出すことになってしまった。

陳澤は思う。主君は反清復明という悲願のために父親と決別し、その結果父親および兄弟が満州人の捕虜となる憂き目に遭った。無辜の民を犠牲にしてまでも戦に勝利しようとする執念には、そのことも関係しているのではないか。しかし戦争、残酷きわまる戦争。戦場で人が死ぬのは、人が人を殺すのか、それとも天が人を殺すのか？

「天地は仁ならず、万物を藁の犬と為す」彼は書生時代に読んだ老子の言葉を思い出した。

夜は更け、たまに窓の外から時を告げる音が聞こえる。亥の刻〔午後十時前後〕になっても陳澤は眠気を催さなかった。丑の刻〔午前二時前後〕には起きて、兵士たちを訓練しなければならない。

「老子のいう天地不仁とは、真実なのだろうか」陳澤は寝台の上で考えを巡らせた。

――この戦争は、いつになれば終わるのか。あるいは終わらせることができるのか。ここ四、五年の間、私は国姓爺様に付き従って東へ西へと転戦してきたが、こんな疑問を抱いたことは一度もなかった。たとえ国姓爺様が停戦に踏み切ったとしても、清に投降しない限り、清は必ず鄭成功を滅ぼそうとする。またもし国姓爺様が投降したならば、清は永暦帝(37)の所在地を全力で攻めるに違いなく、永暦帝が捕らえられることにもなれば明国は完全に滅亡し、我々は満州人の支配下に置かれることになる。明の太祖・朱元璋様が苦節の末に蒙古人を追い払ってから三百年も経たずに、明が滅ぼされるのを見とどけねばならぬのだろうか。そうなれば祖先に対しても子孫に対しても、いかに申し訳が立とう。

子孫といえば、私ももう三十五になるが、いまだに子がいない。「不幸に三つあり、子孫を残さぬことがその最たるものなり」と云う。これも祖先に対して面目ないことだ。

その夜はずっと眠れなかった。

# 第四部

# 疫

一六五三〜五五年

# 第二十二章

## 海戦

マリアは頭のなかで指を折っている。今は一六五三年の四月だ。もしもヤンが手紙に書いていた通り、一六五二年七月にロッテルダムからロッテルダム市エンブレム号という名の商船に乗り込んでいたなら、今頃はもうバタヴィアに着いているかもしれない。すべてが順調であれば、後六、七か月で大員に到達するだろう。

ヤンにはもう六年以上も会っていない。二か月に一度お互いに出す手紙を心を通わせる唯一の手段として、こんなにも長く愛情を維持してこられたことが、マリア本人にさえ不思議に思われた。異国の片田舎に住むマリアは元々異性と知り合う機会が少ないことも手伝ってヤンが精神的支柱になっていたが、ヤンの方もこれほどまで一途に自分を恋い慕ってくれているのは有り難いことだった。

二か月が過ぎ、六月の末になった。このところ手紙が来ていない。最近本国から伝わった報せによると昨年七月、北海のドーバー海峡付近において一隻の自国の商船がイングランド艦隊に拿捕されかけた。幸いにして略奪を受ける前に包囲を突破し、逃走中、オランダ艦隊が救援に駆けつけた。砲撃戦の末、双方に被害が出たという。商船も被弾し死傷者を出したが、どうにか本国に戻ることができたそうだ。

その話を耳にして、マリアは周章狼狽した。日中は気丈に振る舞い、何事もないかのように装ったが、夜になると不安で嗚咽することもあった。家族全員が日夜祈りを捧げ、ヤンの無事を願った。

マリアのみならず、大員のオランダ人の誰もが不安に駆られた。近年やっとのことでヨーロッパ全土を巻き込んだ三十年戦争が終結し、独立を勝ち取り、余勢を駆って最強の海洋国家の座に躍り出たというのに、独立からわずか四年で大国間の覇権争いに巻き込まれることになろうとは。イングランドは一五八八年、エリザベス女王の治世下にイスパニヤの無敵艦隊を撃破した。今ではクロムウェルがわが国に戦を仕掛けようとしている！

八月末、ついにヤンからの手紙が届いた。さんざん待ちわびた手紙を前にしてマリアは嬉しさ半分、緊張半分、手の震えが止まらなかった。ぶ厚くずっしりとした手紙だった。

〝親愛なるマリアへ

今もこうして君に手紙が書けることを、天にまします父とイエス・キリストに感謝します。僕は先日、突如降りかかってきた災厄に見舞われました。好運なことに身体はほぼ無傷でしたが、甚大な損失を被ることになりました。いまだフォルモサの土を踏むことができず、君に会うこともできずにいるのが残念でなりません〟

続いて事件のあらましが記されていた。彼は初め期待と歓びに胸を膨らませてエンブレム号に乗り込み航海に出たが、その矢先に海賊にも等しいイングランド艦隊に遭遇してしまった。まず威嚇砲撃がなされ、次いで二隻の軍艦に前後を塞がれ、テムズ川河口の方向へ誘導されていった。それはすなわちイングランド人たちがこの船を拿捕しようとしていることを意味していた。機敏な船長は操舵力に長けた水夫たちを指揮し、制御を振り切り、ぎりぎりのところで包囲を突破した。追跡から逃れる途中、遠方にオランダ艦隊を見つけ、救援を求める狼煙を上げた。イングランド人は無辜の民の生命を顧みず容赦ない砲撃を始めたという。

〝この哀れなロッテルダムの商人は、東インド会社の貨物と彼個人が取り扱っている貨物をバタヴィアへ運送し、その後バンダ諸島から香辛料を買い付けて本国へ戻る予定でいた。彼とはベッドが隣同士で、出発時から色々な話をし合った。突然、右舷を突き抜けてきた砲弾が彼の頭部を直撃し、顔中が血に染まった。僕は好運にもかすり傷で済んだので、すぐに彼を別のベッドに寝かせ、布きれを探して止血した。船医が来たが、一瞥したのみで首を振りながらその場を離れ、ほかの怪我人を看に行ってしまった。僕は彼を見守ってやることしかできなかったが、この哀れな男の頭の傷はあまりに深く、三十分もたずに息を引き取った。誰一人家族に見守られることもなく。牧師が真っ青な表情を引っさげてやってきたが、間に合わなかった〟

マリアはヤンの献身的な行動に感動し、これほど勇敢で善良な男性が自分の恋人であることを誇らしく思った。帰国後、東インド会社はエンブレム号の搭乗者に対する補償として、追加費用なしで東方行きの商船に再度搭乗してよいとする許可を出した。しかし問題は、今回の事件を受けて出航を見送る商船が相次いだため、次に旅立てる時期がいつになるかわからないことだった。

〝君は今、これを読みながらどんなにか気落ちしていることだろう。もちろん僕も辛くてならない。だがかねてから僕たちの物語に関心をお持ちのファブリティウス師は、僕を励まし、君を慰めるために、今一枚の絵を描いてくださっている。君にとって懐かしいデルフトの町を描いたものだ。師はまた、こうも言われていた。君が前回の手紙のなかで話題にしていた東洋の画法に強い興味を抱き、制作中のその絵には、色彩と陰影のつけ方に新しい発想を取り入れている。それをぜひ君に知ってもらいたいと。その手法はレンブラントとも異なるもので、強い自信をお持ちだ。またファブリティウス師は最近、一人の弟子を取られた。ヨハネス・フェルメール(38)という名のデルフトの若い画家だ。

以上、ひとまず君に僕の無事を伝えるためにこの手紙を書いた。願わくば一、二か月後に、作品が君の手元に届かんことを〟

読み終えて、マリアの心には落胆と、感動と、期待が渦巻いていた。

それから約二か月後、本当に絵画が送られてきた。小ぶりながら極めて精緻な作品だった。一辺三十センチと十五センチの小さな空間に、室内の近景と室外の遠景が見事に描き分けられていることがマリアには信じがたいほど不思議で、確かに前例を見ない技巧だと感じられた。歴史ある教会を中心としてデルフトの街の風景が丁寧に、細かく、風情豊かに描かれており、澄んだ青空と好対照をなしていた。絵には横顔を向けたヤンの姿もあった。七年の月日が過ぎて、少しばかり老けたようにも見える。それと、いつから煙草を吸いはじめたのだろうか。

心から気に入ったマリアはこの絵を寝室の壁に飾り、日々時間を忘れて眺めるようになった。

## 第二十三章

# 婚宴

フォルモサに暮らすオランダ人にとって、パーティーは数少ない愉しみの内の最たるものだ。一六五四年春、社交界で脚光を浴びているペーデル大将夫妻の主催で披露宴を兼ねた舞踏会が開かれた。夫妻の美しい娘であるマーガレットがクリフォードという牧師に嫁ぐことになり、牧師も日頃から敬慕されていたので多くの人に祝福された。

この舞踏会は大員に住むオランダ人にとって、否、フォルモサの東インド会社にとって重要な催しであった。賓客たちは心が浮き立つ時間を過ごし、ファイエットこと郭懐一事件から一年半にわたり尾を引いていた後味の悪さと、フェルブルフの在任中最後の一年間の沈鬱な雰囲気を一掃した。そして晴れがましい気分で、新行政長官コーネリス・セーサーの就任後最初の春を迎えたのだった。

ペーデル大将は齢五十を越え、白みがかった灰色の、やや上に跳ねた短い口髭を蓄えており、風貌に威厳を具えていた。彼は一六三〇年代に大員にやってきて、四十年代後半にはフォルモサ駐在軍の最高司令官となった。階級こそ高くなかったが、フォルモサ東インド会社における行政長官と議会議長に次ぐ三番目の重要人物であった。入れ替わりの激しい長官や議長と異なり、十数年にわたって大員で働いているため、オランダ人たちにとっては急流のなかにどっしりと屹立する岩のごとき存在となっていた。

何らかの事件が起こるたび、ペーデルは山にも踏み入れば海にも出て、どんなことでもこなしてきた。浅瀬に乗り上げた船を救助したり、漢人が不法に鹿を狩っていると聞けば調査に出向いた。仕事ぶりにはそつがなく、密猟者も見つけて捕えた。また東インド会社から船のマストや建築物に用いる優良な材木を求められた時は、はるばる北部の淡水まで赴いたり山岳に分け入ったりし、その結果屈尺と呼ばれる土地で、東アジアで最も見事なクスノキの森を発見し、会社に大きな利益をもたらした。

郭懐一事件の後、オランダ人たちは動乱の一因がフェルブルフの政策のまずさにあったと非難する一方で、味方の死傷者が最小限で済んだのはペーデル大将の優れた指揮によるものだとも考えるようになった。

郭懐一率いる反乱者の一群は、初め台江内海に面するプロヴィンチア砦を無数の小船で封鎖した。そして上陸する際にはオランダ兵の長槍が至近距離では不利な点を衝き、刀や斧で攻め込もうとした。この時ゼーランディア城から複数の小型船で救援に駆けつけたペーデルは知謀を発揮した。台江内海の水深の浅さを利用して、着岸間際、水深六十から七十センチの辺りで手勢に自船を転覆させ、船体を盾にしながら射撃を行ったのである。この奇策に漢人たちは面くらい、戦意を喪失して散り散りに南の方へ逃れていった。その後フォルモサ人に背後から漢人の陣を攻めさせ、挟み撃ちにしたのもペーデルの策だった。これにより乱は完全に鎮圧され、ペーデルは東インド会社から最大の殊勲者として称讃されたのだった。

ペーデルは戦いにおいては常に先陣を切り、平素は部下をよく思いやった。またフォルモサ人の集落へもしばしば任務や長官の巡視の付き添いで出向くことがあり、酒をどんぶりで食らっては大きな肉の塊にかぶりついたりした。頭人と肩を組み合いながら飲み食いしたり笑ったりし、しかも自分たちの言葉まで話すことができるこのオランダ人に、フォルモサの人々は少々戸惑いながらも親近感を覚えるようになった。

漢人の反乱にあたってフェルブルフがフォルモサ人たちにオランダ人を護衛するよう命じた際、彼らはその要求に素直に応じたが、それも司令官たるペーデルの人柄によるところが大きかった。漢人の商人や指導者層、たとえば何斌のような有力者さえも、ペーデルに対しては丁重に接していた。ただし事件の後、農民や労働者たちはペーデルを骨の髄まで憎むようになったが。

ペーデルには娘のマーガレットのほか、息子が二人いた。長男のトーマスも父と同様、大員で職業軍人になっている。次男のウィリアムは大員で生まれ、幼い頃から街角で漢人の子供たちと遊んだり、何斌の家に出入りしていたため、漢語を流暢に話せるようになった。何斌が試みに漢字を教えてみたところ、これもよく身に付けたので、やがて通訳や事務の仕事にたずさわるようになった。今では言語と法律に関して専門家とも呼べるほどの人物になっている。

この夜のパーティーでは、ほとんどの者がオランダ本国から運ばれてきたMomと呼ばれるビールを注いだグラスを手にしていた。階級の高い者はワインも飲むことができ、一兵卒で強い酒を好む者はアラックという安価な蒸留酒を飲んだ。異郷に身をおく寂しさゆえか、フォルモサのオランダ人には大酒飲みが多く、時として酒の上のいさかいや突発的な事件が起きることもあった。

セーサー新長官が、一通の書簡を手にして会場に姿を現した。

「みなさん、これは廈門の国姓爺殿が自らしたためた書簡です。我らがハイルマン医師を、彼の病気の治療のために廈門へ派遣してほしいと書いてあります」

何年も前、ハイルマン医師は鄭家の屋敷を訪れ、鄭芝龍の病気を治したことがあった。

「あいにく彼は今バタヴィアにおりますためご希望に応えることはできません。しかしみな様、どのように考えてみても、これは吉報ですぞ。国姓爺殿が我々に対して敵意を抱いておらぬばかりか、我々を信頼してさえいることを示しています」

東インド会社の上層部の者たちは、鄭成功が郭懐一の乱に関与しているという説に元々懐疑的だった。そこにこの書簡が届けられたことでセーサーは胸を撫で下ろした。賓客たちもセーサーの見解に賛同した。

それではハイルマンの代わりに誰を廈門へ遣わすべきか？大員には会社が経営する病院があり、そこで最も腕利きと評されているのはクリスティアン・バイエルという人物だった。この場に出席していた彼は、賓客たちから口々に推薦されて困惑した表情を浮かべた。

「国姓爺とは、どんなお人なのでしょうか？」そう周囲の者に訊ねたが、すぐには答えが返ってこない。

オランダ人がフォルモサに来てからすでに三十年が経っている。十年ほど前から、東インド会社が明と何らかの接触を持つ際には常に鄭成功が窓口となってきた。にもかかわらず、彼の姿を見たことがある者はほとんどいなかった。父親の「一官」こと鄭芝龍はオランダ人とオランダ語で談義する機会も多かったため、年配のオランダ人はよくそのことを憶えていたが、鄭成功の代になってからは接触する機会もめっきり少なくなっていた。みなが知っているのは、彼ら父子は共に明の高官であるということぐらいだった。

現在、明の土地のほとんどは満州人に占領され、一官さえも彼らに投降したが、鄭成功は二、三十万もの大軍を率いてもう八年間も戦い続けている。戦に明け暮れながらも、父親が作り上げた海上の勢力を依然として保持しており、明・清沿海部におけるヨーロッパ人との通商を一手に握っているばかりか、そこを通過する各国の船舶から通行税をも徴収していた。

「年は三十を少し過ぎた頃と思われ、母親は平戸の日本人です」

新港社の政務官ユースト(39)がバイエルに言った。彼は鄭芝龍が満州人に降る以前からフォルモサにいたため、鄭家に関する噂話も比較的多く耳にしていた。

鄭成功を最もよく知るのは何斌に違いない、と賓客たちは思った。賓客の一人として招かれていた彼の言によると、自分は国姓爺本人に会ったことはないが部下たちといくらか往来があり、なかでも親しいのはそのいとこにあたり、海上貿易の業務を一任されている鄭泰(40)という男である。面識もあり、機知に富んだ商売上手な人間だということだった。

「国姓爺殿はご母堂が日本人であられるためか、肌の色がおおかたの漢人よりも白く、また日本人の激しい気性と、几帳面さを受け継いでいると聞いています」

何斌は彼が耳にしたことのある鄭成功にまつわる話をみなに伝えた。

「彼は厳格に軍を律しておりますことから、配下は精鋭揃いであり、たびたび小勢をもって多勢を打ち破っております。ただ性格には残忍で、かつ疑い深いといった欠点もあるようです。二年前には漳州府を兵糧攻めと水攻めにし、数十万もの漳州の軍民を死なせました。そのうえ癇癪持ちで、時には言動が気にくわないという理由で部下を殺めたりもします。しかしながらバイエル殿は賓客として出向かれるわけですから、ご安心なされ。彼が医師に対して失礼をはたらくことはありません。我々漢人は、客人と医師に対しては丁重かつ気前よく接するので、褒賞も欠かさないでしょう。お医者殿、あなたは運が向いてきましたぞ!」

何斌がそう言って笑いながらバイエルの肩を叩くと、バイエルはようやく安心したかのようだった。

ペーデルもやってきて、興を添えるように言った。

「バイエル殿、廈門へ行かれたら、ついでにあちらの軍隊がどのようなものか調べてきてくださるまいか。みなは国姓爺をさながら神のごとき人間だと噂しておりますゆえ」

バイエルがわざと顔をしかめて、

「大将殿、どうかご勘弁を。私は生きて帰りたいのです。偵察はあなたがた軍人の仕事でございましょう」

と返すと、みな大いに笑った。

パーティーの間、マリアはセーサー長官に不満を訴えた。ここのところ本国から来る船がとても少なくなっているせいで、手紙を受け取るのにも、こちらから手紙を出すのにも長らく待たねばならないと。

前々からハンブルク家のこの聡明な娘の噂を耳にしていた長官は、マリアに向かって優しく微笑みながら答えた。

「私にもどうすることもできないのですよ。英蘭戦争のせいで、大きな船はほとんど東方へ来なくなってしまいました。

どれも小型の船ばかりです。それに国姓爺が満州人と戦争をしていることで、中継貿易も多大な影響を被っています。だからこそ、国姓爺が今回我々に医師の派遣を求めてきたことを、みながあんなにも喜んだのです。彼が今でも我々と良好な関係を維持していきたいと望んでいることが推察されましたから。彼らの戦争さえ終結もしくは停戦に至れば、明や清との中継貿易も再び盛んになるでしょう」

ヤンの最新の手紙には、悲嘆の念が吐露されていた。失敗に終わった前の航海で彼の財産も重大な損失を被ったため、再び航海に出られるだけの貯蓄をするにはまだあと一、二年かかるだろう。どのみち最近東方へ行く船は少ないのだし、などというものだった。

ひどく気落ちし、将来に対する自信を失いかけているような書きぶりだった。事件に巻き込まれたばかりの頃の、生き延びられたことを好運だと感じていたあの前向きな意志と闘志が、失われてしまったのではないかと危惧された。ファブリティウスの絵のなかのヤンはいささか老けてみえたものの、自信に満ちあふれた様子でいる。しかしその後、彼はどうやら憂鬱な気分に支配されてしまったように思われた。

マリアは返事の手紙のなかで、自分はフォルモサで健やかに日々を送っていることと「大難不死、必有後福」（大難を生き延びれば、必ず福がやってくる）という漢人の諺を紹介して、安心してほしいと伝えた。

「英蘭戦争はいつか終結するでしょうし、そうしたら船の往来もまた増えるはずです。その時になってから、あらためて大員に来てください。私はいつまでも待っていますから」とも書いてヤンを励ました。

フォルモサにはデルフト出身の者が少なくない。ファブリティウスの、陽光に燦爛と照らされたうららかなデルフトの風景を描いた絵画は、小ぶりで携帯するにも便利だったので、マリアはよくこの絵を持って友人を訪ね、鑑賞してもらった。ただし画中の人物については詳しく明かさず、彼は画家の親戚の楽器商人だとだけ言った。誰もが見事な傑作だとか、フォルモサにある西洋画で最上のものだなどと褒め称えた。

漢人の書画を見慣れている何斌さえも、感慨深そうに述べたほどだ。「漢人の絵には、ここまで色鮮やかで、かつ深い境地を表したものはありません。山河の風景を描くのには長けていますが、建物や人物となるとヨーロッパの絵の足元にも及びません」

前長官のフェルブルフは西洋絵画を多く蒐集していたが、

この絵に勝るものは一つもない。この作品はデルフトの誇りであり、現代オランダの誇りでもある。後世まで受け継がれていくことだろう……といった人々の称讃の言葉はどれも真心から発しているものに思え、マリアはこの上もなく嬉しかった。ヤンへの思いは募るばかりだった。

何斌がこの絵を眺めている時、ペーデルの次男ウィリアムもやってきてマリアにあいさつをした。

「ハンブルク牧師の才女の噂はかねがね耳にしておりましたが、幸運にして今日ついにお目にかかれました」

自分より五つか六つ年下に見える青年の大人びた口のきき方に、マリアは思わず笑みがこぼれた。

「光栄の至りでございますわ」

何斌が脇から口をはさむ。

「ウィリアム君も優秀な青年ですよ。フォルモサ広しといえども、漢人の言葉――閩南語と言うべきですが、それを最も流暢に使いこなせるオランダ人の名を挙げるなら、彼をおいてほかにないでしょう。話せるばかりか、文字を読み書きするのもお手の物です」

「何斌様のようにオランダ語を話せる漢人がおられ、フォルモサ人たちもオランダ語を学んでおります。我々オランダ人が漢人の言葉や文字を知らずにいてよいという道理はありますまい。ましてや漢人の文化は、まことに宏大かつ深遠です！」

この言葉はマリアの胸に深く刺さった。

――その通りだわ。もしオランダ人が漢人たちをよく治めようと思うなら、彼らの言葉と文字をしっかり学ばなければ。私もウィリアムみたいに漢語を自在に話せるようになれたら、どんなにいいでしょう。帰ったらお父様に相談してみよう。

# 第二十四章

## 根を下ろす

二つの家族が同じ日にハンブルク邸を訪問し、家のなかは大賑わいだった。

訪問客の一組は新港社の政務官であるユーストとその家族で、もう一組は大目降社で学校教師をしているドリュフェンダールとその家族だった。

二人ともフォルモサに十年以上暮らしており、シラヤ語を流暢に話すことができた。ハンブルク一家が大員に来たばかりのころ、この二人からシラヤ人の言葉を学んだり、習俗について教えてもらったりしていた。

二人にはまた、フォルモサ人の女性と結婚しているという共通点もあった。ユースト夫妻には三人の娘があり、長女はもう十二歳で、三女も六歳になっている。ドリュフェンダール夫妻には双子の兄弟がおり、もうすぐ三歳になるところだった。

両家の子供たちはみなフォルモサ人の集落で生まれ育っている。ユーストの娘たちはみな赤みがかった褐色の髪で、瞳の色も青く、ヨーロッパ人のような顔立ちをしているが、シラヤ語をすらすらと話し、オランダ語の方はたどたどしかった。ドリュフェンダールの双子の兄弟はフォルモサ人らしい容貌をしており、ようやく言葉をおぼえ出したところだった。

ハンブルク一家を交えた一同は、大人同士はオランダ語で、子供たち同士はシラヤ語で会話し、子供が大人と話す時にだけオランダ語を使いながら、楽しい時間を過ごしていた。

アンナはユーストの長女の頭を撫で、驚いたように言った。

「あらまあ、こんなに大きくなって。すっかり美人さんね！」

「牧師殿、奥様、あなた方がフォルモサに来られてから、もう五年になりますな。今では小さなピーテル君まで、走ったり跳ねたりするようになって」

「ユースト殿、時の経つのは早いものです。我々がフォルモサに来た当初、あなたがたにはシラヤ語を教えていただきました。まことに感謝の至りです！」ハンブルクが言う。

ユーストがフォルモサに来たのは一六三四年のことだった。元来言語の才能に恵まれていた彼は、短い期間でシラヤ語を身に付け、一六三九年からは毎年三月に開催される地方会議で通訳官を務めるようになった。その後新港社でカンディディウス牧師の布教活動を手伝い、新港社と大目降社の政務官にも就任した。

フォルモサをこよなく愛するカンディディウス牧師は、かつてフォルモサ人の女性に恋をし、結婚しようとしたこともある。ところがバタヴィアの教会組織はそれを許さなかったため、その恋が実ることはなかった。カンディディウスはその後、バタヴィア総督でありその前は平戸商館の館長を務めていたスペックスが日本人の夫人との間にもうけたサラという名の美しい少女を娶った。しかしサラはわずか十九歳にして、フォルモサの地で病死してしまった。

かたやユーストは自由市民であり、彼のような制約を受けなかったので、ユニウス牧師の立ち会いの下、愛する娘と結婚し幸せな家庭を築いた。新港社に住居を構え、自身もフォルモサ人になったつもりで暮らしてきた。

ドリュフェンダールは一六四四年にフォルモサに来て、新港社と大目降社で教職に就いた。シラヤ語が流暢に話せ、フォルモサ人たちから敬愛されていた。ユーストの影響か四年前に大目降社の女性と結婚し、可愛い双子の赤ちゃんをもうけた。

ドリュフェンダール夫妻は、ユーストの家族を褒め称える。

「牧師殿、あなたのお嬢様がたは実に美しく、かつ聡明でいらっしゃる！」

「オランダに生まれたのにこんなに上手にシラヤ語を話せるなんて、本当に大したものですわ。それにここで生まれたピーテル君もオランダ語とシラヤ語の両方を話せて、羨ましい限りです」

「いやはやお恥ずかしい。私の三人娘はいつまで経ってもオランダ語が上達しません。それゆえダニエル牧師がオランダ語の教育を強化する必要性を訴えておられるのも納得がいきます。さもなくば次世代の者がオランダ語を話そうとすれば舌を噛むことになるでしょうし、読み書きについては語るまでもありません。大員や赤崁の家庭なら日頃からオランダ語を使っておりますので若い者たちも自然に身に付けられますが、我々のように田舎に住んでいると、そうはいきません」

「おっしゃるとおりですわ。学校でのオランダ語教育はとても大切です」アンナがうなずくと、ドリュフェンダールも意見を述べた。

「しかしながら、オランダ政府は混血である我々の子供たちがオランダに帰ることを認めておりません。ならば彼らがオランダ語を話せたところで、何の役に立ちましょう？　この土地の言葉をしっかり話せる方が、実際的ではありませんか？　私はこの土地に骨を埋めるつもりでいます。下の世代の者たちがオランダ語を達者に話せればそれに越したことはありませんが、そうでなかったとしても、私は多くを求めません」

しばしの沈黙の後、ユーストが再び話を切り出した。

「まあまあ、それはそうと、今日私どもが訪問させていただいたのは、牧師殿とご夫人に朗報をご報告申し上げるためです。ドリュフェンダール殿も私も、すでにフォルモサに定住するのを決めていることから、東インド会社に土地譲与の申請をしておったのですが、この度それが認可され、それぞれ百六十モーゲン（morgen はオランダ語で「朝」を指し、一morgen は朝の間に牛を使って耕せる広さを表す。約〇・八五ヘクタールに相当）もの開墾可能な土地が与えられることになりました。我が家の土地は大目降社の南に、ドリュフェンダール家の土地は大目降社の西に位置しております」

アンナはそれを聞くと、目を見開いた。

「まあ、おめでとうございます！　百六十モーゲンなんて、大地主におなりですわね。そんなに広い土地、端から端まで歩くのに一体何日かかることでしょう」

「会社がこんなにも気前がよいとは思いも寄りませんでした。漢人の農民を何人か雇ってサトウキビを栽培し、将来はさらにそれを砂糖に加工して日本へ輸出しようかなどと考えております。ここいらの土地は大変肥沃なので、凶作に当たりさえしなければ、収入が落ちこむことはそうそうないでしょう」ドリュフェンダールはそう答えたが、彼の妻がこうも言った。

「けれど、最近はよくバッタの姿が見られます。あれは恐ろしいものですよ」

ハンブルクは彼女を励ますように言った。

「ご夫人、ご心配には及びません。土地は永遠ですが、バッタが毎年やってくることはあり得ません。土地すなわち財なりです」

「オランダ政府はもう何十年も前から、新大陸にあるニューアムステルダムへの家族ぐるみでの移民計画を推し進めていますし、二年ほど前からは喜望峰への家族移民も認めるようになったとか。それなのに、フォルモサへ一家全員で定住しようとしてくる人が一向に見当たらないのはどうしてでしょうか」

アンナがそんな疑問を呈すと、ドリュフェンダールが「政府が何をどう決めるかに関わらず、私はとっくに決心しております。永久にこの島に留まり、根を下ろしてゆこうと」と返し、また台所仕事を手伝っている最中の妻を指さして言った。

「わが妻ヘレーナはフォルモサ人ではありますが、公平に申し上げて気立てがよく、善良で、学ぶのを好み、家をよく切り盛りしてくれております。二人の子供たちも可愛くてなりません。それに私の土地は広くかつ肥えており、何を植えてもよく育ちます。私は今のこの環境に、心から満足しておるのです」

ユーストもうなずいて言う。「フォルモサの女性はまことに善良で、仕事をよくこなし、苦労にもめげず勤勉に働きます。よい妻であり、よい母です」

ここでハンブルクが口を開いた。

「フォルモサ人は確かに善良な人々ですが、オランダが抱える問題は彼らと同時に漢人をも管理していかねばならないという点にあります。漢人の数がさほど多くない内はともかく、フォルモサ人の数を超えるようになると、難しい事態が生じかねません」

その指摘で、楽しげな歓談の場は急に冷えこんだ。大人たちはみな一年前の郭懐一事件のことを思い出していた。

ため息を一つ吐いて、ユーストが言う。

「ええ……それは確かに懸念されますな。ただ去年のファイエットについては、国姓爺にそそのかされたがゆえに行動に出たという意見もあります。先日パーティーが開かれた日の午後、セーサー長官はイエズス会の神父であるイタリア人、マルティノ・マルティニ(41)が唐山から出し、バタヴィアを経由してきた一通の手紙を受け取りました。そこには国姓爺がフォルモサに対して野心を抱いている恐れがある、と書かれていました。マルティニ神父は我々に警戒を呼びかけるため、わざわざこの手紙をよこしてくださったのです」

「国姓爺配下の兵は三十万にも上るとか。満州人との戦況はおもわしくないようで、いつの日か唐山の拠点を守り切れなくなり、窮地に活路を見出すべくフォルモサへ逃れてこないとも限りません」とハンブルクが言うと、ドリュフェンダールは少し声を張って見解を述べた。

「ご安心くだされ！　我らの海軍は世界最強を誇り、バタヴィア当局も見て見ぬふりをするはずがありません。それにフォルモサ人も我らの味方です。国姓爺がどれほどの軍勢を引き連れて攻めてくるとしても、フォルモサ人の数に勝るほどでしょうか」

彼の口調は興奮の度合いを増していく。

「それに我々オランダ人は、条約に則ってフォルモサにやって参りました。拙者の百六十モーゲンの土地もまた合法であり、会社から与えられたものであり、誰にも奪い取ることなどできません。私はこの見渡す限りに作物が青々と実る土地を愛してやみません。それから渓流や池沼に見られるヒシや魚やエビたちも。夢のなかでさえその情景が浮かび、笑みがこぼれてきます。牧師殿、聖書に記されている乳と蜜の流れる土地とは、まさにこの島のことでありましょう！」ドリュフェンダールはおどけた顔を見せ、みなもつられて笑い出した。

# 第二十五章　蝗害

この乳と蜂蜜の流れる土地にも、未曾有の災厄が近づいてきていた。

一六五四年五月にそれは始まった。

その日は神に礼拝を捧げる日で、快晴だった。夕暮れ時、ウーマ、チカラン、アリン、それにアリンと集会所で同居する男たちや集落の若い女たちが麻豆渓のほとりに寄り集まり、恋歌を歌ったり、からかい合ったりして賑わっていた。

突然、遠くの空に黒い雲が現れた。黒雲は縦に長く伸びたかと思えば横に広がったり、うねうねと形を変えながら拡大を続け、大地は暗くなり、けたたましい羽音が耳をつんざいた。それは恐るべき数のバッタで、やがて川の対岸にあるチカランの田畑へ下降していった。それまで瑞々しい翡翠色に染まっていた地上が、あれよという間に黄土色に変わり果てた。大群は再び羽根を震わせて飛び去ってゆき、大地は死んだような静寂に包まれた。若者たちは、一部始終を呆然と見つめるばかりで、驚きのあまり声も出なかった。開花の時期を迎えていた稲田はあたかも小刀で髪を剃ったかのように一掃され、わずかに根元が残るばかりだった。

フォルモサ人たちが「チカラン」と呼んでいるこの地域は、チカラン・ウーマ夫妻の所有地に加え東インド会社もかなりの面積を所有しており、漢人に貸し与えてサトウキビや水稲を栽培させていた。ほんの束の間に、稲田ばかりかサトウキビ畑も無残に禿げ上がってしまった。若者らはしばらくの間目を丸くし、ぽかんと口を開けたままで、魂をどこかに置き忘れたかのようだった。ウーマが突如として夢から醒めたように地面に崩れ落ち、悲嘆の声を上げた。「今年のお米が……根こそぎ消えちゃったわ！」

翌日、再びバッタの大群が襲来した。襲われたのは黒ひげの田畑だった。花が咲き実をつけたばかりの蓮霧の果樹園が餌食となって、あたかも枯れ木の林と化し、稲田の被害については言うまでもない。熟したマンゴーもさんざん囓られ、トウゴマの実のようになっていた。

「残っているのは土のなかの甘藷だけだ！」

黒ひげの息子阿興はそう言って憤慨した。緑青色の甘藷の葉までも、あらかた食い荒らされていた。

三日目は雨が降ったためバッタは飛ばず、人々はほっと胸を撫で下ろした。

この日ハンブルクはセーサー長官からの急報を受け取り、急遽麻豆社の指導者格の者たちを礼拝堂に呼び集めた。

伝令の話によると、バッタの大群は去年フォルモサ北部の鶏籠でも発生していたが、南部にまで広がってくるとは誰ひとり予想していなかった。おととい、昨日と、大員にまで被害が及んでいる。これほどの規模ともなると、バッタたちはフォルモサ全土をあまねく飛び回り、あらゆる作物を食い尽くし、農夫たちも種を播いたり耕作することができなくなってしまうのではないかと、長官も評議会もひどく憂慮しているという。大員周辺のサトウキビ畑も一本残らず先端部を食われてしまったが、幸いほかの穀物は少し前に収獲を終えていた。強烈な北風が吹き、無数のバッタが地に落ちた。ゼーランディア城内の井戸はまるで黄赤色の絨毯を敷いたかのようにバッタが積み重なっていた。

大員で開かれた緊急会議では、二つの事柄が決定された。一つは穀物の輸出を一切禁じること。もう一つは、この日から十日後を断食と祈りの日に定め、大員の住民全員が天の父に対し、怒りを鎮めていただけるよう、またすでに十分に受けている処罰から自分たちを解き放ってくれるよう、祈りを捧げること。大員の人々がどれほど恐れおののいているか、ハンブルクは伝令が来る前から手に取るようにわかっていた。旧約聖書「出エジプト記」の第十章第一節から第二十節に至る一言一句を、彼はほとんど暗誦することができた。

＊＊＊

主はモーセに言われた。「ファラオのもとに行きなさい」モーセとアロンはファラオのところに行き、言った。「ヘブライ人の神、主はこう言われた。『いつまで、あなたはわたしの前に身を低くするのを拒むのか。わたしの民を去らせ、わたしに仕えさせなさい。

もし、あなたがわたしの民を去らせることを拒み続けるならば、明日、わたしはあなたの領土にいなごを送り込む。

いなごは地表を覆い尽くし、地面を見ることもできなくなる。そして、雹の害を免れた残りのものを食い荒らし、野に生えているすべての木を食い尽くす。

また、あなたの王宮、家臣のすべての家、エジプト中の家にいなごが満ちる。……それは、あなたの先祖も、先祖の先祖も、この土地に住み着いた時から今日まで見たことがないものである』と」

……主はモーセに言われた。「手をエジプトの地に差し伸べ、いなごを呼び寄せなさい」……朝になると、東風がいなごの大群を運んで来た。……いなごが地の面をすべて覆ったので、地は暗くなった。いなごは地のあらゆる草、雹の害を免れた木の実をすべて食い尽くしたので、木であれ、野の草であれ、エジプト全土のどこにも緑のものは何一つ残らなかった。

ファラオは急いでモーセとアロンを呼んで頼んだ。「あなたたちの神、主に対し、またあなたたちに対しても、わたしは過ちを犯した。

どうか、もう一度だけ過ちを赦して、あなたたちの神、主に祈願してもらいたい。こんな死に方だけはしないで済むように」

モーセがファラオのもとを退出して、主に祈願すると、主は風向きを変え、甚だ強い西風とし、いなごを吹き飛ばして、葦の海に追いやられたので、エジプトの領土全体にいなごは一匹も残らなかった。

＊＊＊

聖書に記されたこの恐るべき現象が目の前で起こる日が来ようとは、ハンブルクは思ってもいなかった。しかも麻豆社のみならず、鶏籠も、大員も、フォルモサのほかの多くの地域もこの災禍を被っている。「神がお怒りになっておられるのだ」

セーサー長官がすべての人々に要請することを決めた断食と祈りは、ちょうどハンブルクが考えていたアイディアでもあった。そこで彼は長老たちに、この件をすぐ麻豆社の全住民に伝えてもらうよう頼んだ。

ウーマがこの報せをチカランに話した時、チカランの母トンエンも側にいた。「こんな災厄は何百年もこの麻豆社で起きたことがない。阿立祖《アリッドウ》様の罰が当たったに違いない。わしらに必要なのは祭りを行い、歌い、踊ることじゃ。断食と祈りなんぞではない」とトンエンは冷たく言った。

イニブス〔女祭司〕である彼女は息子夫婦が異教の神を信奉することに反対し続け、阿立祖を拝むべきであると今でも考えている。実のところ、当初布教を行ったユニウスも、その後を継いだハンブルクも、麻豆社の人が阿立祖を拝むのを禁止したことはなかった。ただし十数年前、イニブスの集団が諸羅山に追放された事件が起きて以降、その存在は禁じられたに等しくなっていた。阿立祖を祀る儀式を行うことはできても、イニブスがそこにいてはならなかった。イニブスが司っていた神へのお伺い、占い、歌舞などの伝統的習俗は、これにより断ち切られてしまっていた。

トンエン自身は諸羅山への追放を免れ、以後は控えめに簡単な儀式を執り行うだけになり、批判の声を上げることもしなかった。しかし彼女を含めて少なからぬ数の年長者たちは、いつまでもあの追放事件への遺恨を抱いていた。「オランダ人はもしも牧師がいなくなり、教会だけが残されたとしてもかまわないというのか？」などと言う者もいた。

長老たちの口から断食と祈りの日が宣布された翌日、北西の方角からなだらかな風が吹いてきた。それまで大員や麻豆社の一帯で飛翔の時機を窺っていたバッタたちは一斉に飛び立ち、風に乗って内陸の方へ飛び去っていた。「奇蹟が起きた！」と人々は口々に叫んだ。「出エジプト記」のように海に飛び込んで全滅するということこそなかったが、大員商館の人々もハンブルクら宣教師たちも、これは万能の憐れみ深い神がついにお怒りを鎮めてくださったのだと信じた。

ところがそれは、ぬか喜びに過ぎなかった。数日後大きな地震が繰り返し起こり、それに目覚めさせられたかのように、あの恐るべきバッタの雲が再び姿を現した。しかもその数は前よりずっと増えていた。大員から麻豆社に来た人の話では、大員や赤崁周辺の海岸線にはバッタの死骸が大量に漂流し、船が外海に出ることさえできなくなっているという。さらに恐ろしい様相を呈しているのは海辺で、まさしく死屍累々、長靴を履き足をくるぶしまで死骸の層に埋めながら歩かねばならないほどだという。

漢人たちも耐えきれなくなった。バッタの死骸の山を踏みつけて歩かねばならないのは彼らであり、食われた作物の大半も彼らが育てたものであったから、オランダ人にも増して身を切るような痛みを感じていた。

食を断つことで神に願をかけるオランダ人と異なり、漢人はもっぱら自らの力をたのみとする。指導層の者らは金銭と労力を支出し合って事態を打開しようとした。

大員から来た者の話によると、漢人同士がこれほど強固に団結し、また商人や農夫たちがこれほど惜しみなく寄付をしたのはかつて見たことがないという。彼らが拠出した資金は、日本の銀貨にして五百両〔約十九キロ。貿易を通じて日本の貨幣も流通していた」もの大金になった。

彼らが採った方法は人海戦術である。「愚公山を移す」とか「精衛海を塡《うず》む」といった故事を地で行こうとし、「褒賞の下に勇士あり」の発想で、「バッタ一斤につき五分銭と交換する。これはフォルモサ全土にて有効」とする布告をセーサー長官に出してもらった。

麻豆社のハンブルクや新港社のユースト政務官もこの布告を受け取った。そうしてバッタ撲滅運動はフォルモサ人をも巻き込んでのものとなり、こぞってバッタを捕まえ出した。が、いくらやっても一向に群れが減る気配はなかった。

たったの一日で五百両の半分以上が消えてしまったため、二日目に買い取り価格は半額に減らされた。それでも人々が持ち寄るバッタの数があまりにも多かったため、資金は三日目にして底をついてしまった。そこで東インド会社の評議会は、会社が報奨金を負担することでバッタの買い取りを継続することを決め、この旨の布告を発した。ただし価格はいっそう安くなった。

こうした努力にも関わらず、バッタは無尽蔵に湧いて出てきた。五月二十四日は聖霊降臨の日だったが、降臨したものはバッタであった。天も地もすっぽり呑み込んでしまうほどの大群で、田畑の作物はほんの数時間ですべてが食い尽くされた。なお恐ろしいことに、バッタが飛び去った後の田畑には、成虫の数の十倍はあろうかと思われる小さな幼虫や卵が残されており、人々はこの光景を目にするや鳥肌を立てた。

そこでハンブルク家の人々も立ち上がり、黒ひげ一家などの漢人を含めた麻豆社の住民を動員して玉砕覚悟の火攻めを行い、幼虫と卵を農作物もろとも灰に変えた。作物をまた一から育てなければならないことを思うと辛かったが、一息にバッタを片付けられたことで安堵もした。飢饉は避けられない、と誰もが思った。

それから数日の間、立ってもいられないほどの地震が連日のように起こり、フォルモサ人たちは恐れ、うろたえた。というのも今回の地震が起き出したのは、ちょうど断食をし天の父に祈りを捧げた日の翌日だったからだ。トンエンや年配の者ばかりか若者たちの間でも「阿立祖を祀れ」という声がいっそう高まった。夜には礼拝堂に石を投げる者まで出た。

そんななか、凶報が伝えられた。オランダ艦隊とイングランド艦隊との海戦において、オランダ側は敗北こそ免れたものの、勇猛かつ優秀な司令官であるマールテン・トロンプが戦死したという。トロンプはかつてイングランドの艦隊をテムズ川の河口に追いやり、ロンドンの一歩手前まで攻め寄せたこともあった。イングランドは当時、オランダ人がひどく嫌悪していたクロムウェルの独裁体制下にあった。

オランダの船舶の大半がこの戦争のためにあてがわれ、東方へ来る船はめっきり減ってしまっていた。貿易にも当然支障が出る。一六五二年を境に大員商館の収益は下降線をたどりはじめ、オランダ人たちは不安に駆られていた。

この時期、災厄や凶事が続けざまに起きて、フォルモサ中の人々が憂鬱な気分に沈んでいた。

ハンブルクは数か月の間繁忙な日々を送り、全身にだるさと痛みを覚えてついに寝込んでしまった。元から食が細かったが、いっそう食べ物が喉を通らなくなり、目方もずいぶん落ちた。毎晩咳き込む音を耳にする度、家族は胸が締めつけられるようだった。しかし神のご加護か、ひと月ほど経って体調は徐々に回復に向かっていった。

ハンブルクは新港社にいるユースト政務官からの手紙を受け取った。以前バッタに嚙みちぎられた稈《かん》から新たに葉が生えてきて、その上稲穂まで出てきたと、興奮気味につづっていた。「この驚異の現象は、全能の神が我々を哀れんでお示しになったものに違いありません。ゆえに我々は心の底から神を讃え、感謝を捧げている次第です」

他方、北方の虎尾に住むヨハンネス・バクシールス牧師が所用で大員に向かう道すがらハンブルクに語ったところでは、虎尾は惨憺たる有り様で、稲穂があらかたバッタに囓りとられ、食べ尽くされたため、今年の収穫は水の泡になってしまったという。バッタは確かに恐ろしいが、それ以上に恐ろしい事態がじきにやってこようとしていることを両者とも予感していた。飢饉である。それにいかに対処すべきか今から考えて準備を始めなければならない。

マリアと姉妹たちも、てんてこ舞いの毎日だった。——あまり忙しすぎて、ヤンのことを想う暇さえないわ。まして手紙を書く時間なんて。そんな風に思い、夜になると壁に掛けてある絵を眺め、なかの人物に口づけを送って「ごめんね、ヤン」とつぶやいたりした。——ファブリティウス師は、ヤンを正面を向いた姿で描いてくだされればよかったのに。そうでこそヤンが私を見つめてくれていると思えるから。

「トロンプ将軍が戦死したことで、大員の人々は本国がイングランドと和平交渉を行うかもしれないと考えている」と父親は言っていた。もしも平和が戻ってきて、東方行きの船が再び増えることになれば、ヤンは来年にでもあらためて旅立つことができるかもしれない。そして今度こそは無事にフォルモサにたどり着くことだろう。どうか来年の末頃にはヤンに会えますように。

ヤンが頭に浮かぶ時、しばしば彼にもらった木笛をたわむれに手に取った。吹く曲は決まって「我が恋人はフォルモサにあり」だ。しかし母親のアンナは夜に笛を吹くことを禁じた。静けさを乱し、人々の安眠を邪魔してはいけないと。マリアは母親に、夜にだって遠くの方から月琴の音色や唐山の民謡を吟じるしゃがれ声が聞こえてくることがあると言って反論した。黒ひげは以前このような習慣を持っていなかったが、この頃になって真夜中に歌う頻度はますます増え、声はいっそうかすれ、旋律ものの悲しさを深めるばかりだった。

# 第二十六章

## 飢饉

バッタの襲来、地震と立て続けに災害に見舞われたところへ、暴風雨までもがやってきた。

八月半ばに麻豆社を襲った大嵐は礼拝堂、学校、そして多数の民家をなぎ倒していった。その後マリアやウーマ、アリンら若者たちが力を尽くして建て直したが、再建された礼拝堂と学校はハンブルクの理想からほど遠かった。集会所は雨漏りが止まず、道もあちこちひどくぬかるんでおり、どこも補修が急がれていた。

修繕工事が一段落するや、疲労困憊のハンブルクはすぐにフォルモサ人の居住地を訪ねて回り、食糧がどれだけ残っているか調べた。飢饉こそ彼が最も恐れるものだったからだ。

麻豆社の人々には、沢山の食糧を貯蔵する習慣がない。明から来た漢人たちは逃亡を重ねてきた過去を持ち、ヨーロッパ人も長年の戦乱を経験してきているので、平和な時期にも危機への備えを怠らない。しかしフォルモサ人たちはそうした危機意識を持ち合わせていなかった。彼らはこれまで、あまりに恵まれていた。野には鹿が、水中には魚がおり、耕作は副食品を得るために行う程度で、飢えの苦しみというものを味わったことがほとんどない。若かりし日の黒ひげが、唐山の故郷に戻らず麻豆社に骨を埋めることを決めた頃、羨望をこめて言った。「彼らはまさしく天公の子供たちだ（天公は道教の最高神である玉皇上帝の通称。好運の星の下に生まれた人々という意味〕」。別のある漢人の教師はフォルモサ人を「悩みを持たない葛天氏《かってんし》の民なり」と形容した。ハンブルクはその話を聞いて、ヨーロッパで言うところの「ユートピア」のようなものだろうと考えた〔葛天氏は古代中国の伝説の帝王。純朴な理想社会の喩えとして用いられる〕。

ところがフォルモサが東インド会社の中継貿易の一拠点となり、鹿の皮が日本に、干し肉が唐山に輸出されるようになると、乱獲がなされ、鹿の数は目に見えて減ってしまった。さらに会社は税収の足しにするべく鹿の狩猟権を漢人の商人に売り渡していた。フォルモサ人は、わずか二か月に一度しか鹿を獲ることが許されなくなっていた。

バッタの襲撃は五月に始まり、バクシールス牧師がハンブルクを訪ねたのは七月半ばのことだ。八月に入ってハンブルクはフォルモサ人たちに、ヒシなどの水生植物を多く採集したり、魚を沢山獲ることを勧めるようになった。ただ、これらの食物はどれも日持ちせず、しかもフォルモサ人は新鮮な食べ物を好み、塩漬けにした肉や魚は食べようとしないという問題もあった。

他方、ハンブルクは黒ひげなどの漢人に対し、甘藷を比較的安い価格で多めに教会に売ってもらえないかと頼んだ。しかし今年の相場は例年より高く、しかも大員の方で買い手あまただったので、この要求は黒ひげを悩ませた。結局、値上げはしないが大量に売ることもできない、という形で手が打たれた。黒ひげはまたハンブルクのためにほかの農家の人々を説得し、いくらかの食物を平常時の価格で教会に売る約束を取りつけてくれたりもした。

大嵐の後、案の定フォルモサ人のなかでも元々貧しかった人々から食べる物に事欠くようになってきた。ハンブルクはまず、教会が余剰金で購入していた食糧を人々に配った。次に、例年教会と学校では通学を奨励するためにカンガン布〔舶来の木綿布〕で織られた制服を麻豆社の人々に配っていたが、今年はそれをとりやめ、代わりにカンガン布を漢人の食物と交換した。とはいえそれにも限りがあった。いよいよ備蓄していた食糧の底が見えてきた頃、ハンブルクは急ぎ大員のセーサー長官にあてて手紙を書いた。当局から少額の現金を麻豆社に送ってもらえるよう、或いはもし現金が不足していれば、建物を修繕してくれたフォルモサ人たちへの褒賞として、いくらかの衣服を送ってほしいと頼んだ。

それから二週間の内に、ハンブルクはさらに二通も支援を求める手紙を書き送った。それは東インド会社に対し、食糧を直接フォルモサ人に配給してほしいという内容だった。セーサー長官はハンブルク牧師に敬意を抱いており、最初の手紙が届いた翌日に返事をしたためた。それに記されていたのは、大員の食糧も不足しており、麻豆社やそのほかのフォルモサ人居住地に回すのは不可能であること、すでに日本国に向けて至急米を送ってもらうよう打診しているが、日本側がどれだけの米を売ってくれるかは未知数であり、それまでの間、各自思案をこらして日々をしのいでほしい、といったことだった。

マリア姉妹とウーマは連れだって水場へヒシの実を採りに行った。幸いこの時期はヒシの実の旬だった。チカランやアリンらは魚を獲りに行ったが、僧多くして粥少なしで、望ましい結果は得られなかった。

八月末頃、麻豆社の長老たちは狩猟の許可を出してもらいたいとしてハンブルクにかけあった。鹿を数十頭も狩ることができれば、麻豆社のすべての者がごちそうにありつけるからと。しかしハンブルクはその請願をきっぱり断った。九月をどうにかしのぎきった頃には、住民の不満は抑えがたいほどになっていた。

蕭壠社の住民たちも鹿猟の開放を求めたが、蕭壠社の牧師は判断を下しかね、住民からの嘆願書はセーサー長官の執務机に置かれることになった。

ハンブルクは鹿猟の請願を拒否した後、セーサー長官にこの件を報告した。セーサーはフォルモサ人に対して声明を発し、老婆心からの忠告としてこのような行動をしないよう求めた。鹿の群れはすでに相当数減少しており、狩猟を開放すれば鹿を絶滅させてしまう恐れもある。それは我々の子孫を苦しめる結果しかもたらさないであろう、と。

フォルモサ人たちは次のように反論した。オランダ人は鹿猟を厳しく禁じているが、漢人のなかには夜間に罠を仕掛けて鹿を捕え、新鮮な鹿肉を頬張っている密猟者どもがいる。彼らの違法行為をなぜ放置しているのか。それにオランダ人が我々に狩猟をさせない理由は、すでに狩猟権を、最も高い買値を提示した漢人に売り渡しているからだ。オランダ人が真に恐れているのは、狩猟を開放することによって、彼ら商人に不利益を被らせることであろうと。

大員から日本へ向かう船には依然として鹿皮が積まれ、唐山へ行く船には大量の鹿の塩漬け肉が積まれている。しかしフォルモサ人は塩漬け肉を食べるのを断固として拒んだ。

聖書に書かれているエジプトの惨状が目の前で展開してい

ること、最も甚大な被害を受けているのはこの土地の主人であるフォルモサ人であることを、東インド会社は十分に承知していた。

セーサー長官はペーデル大将に十二名の兵士をつけ、魍港と笨港を巡視させた。すると原野に仕掛けられたロープの罠が実に五百五十個も見つかり、さらに数十名の漢人密猟者を捕らえたのだった。この事実を受けてオランダ側もフォルモサ人に対して譲歩し、彼らが狩猟を行える頻度をひと月に一度と改めた。同時に漢人の抗議の声を抑えるため、彼らに対してもいくらかの減税措置をとることにした。

飢饉が原因となり、オランダ人とフォルモサ人の間には深い溝が生じた。「我らのなかにオランダ人の神を信じる者が出てきたので、祖霊がお怒りになった。バッタも地震も嵐も飢饉も、みなそのせいじゃ」とイニブスや年寄りたちは口々に言った。彼らはまた「鹿は我らのものであって漢人のものでも、オランダ人のものでもない」と昔の論争を蒸し返し、鹿に対する自主権を主張するのだった。

漢人のなかにはフォルモサ人を「キリスト様は彼らを庇護せず、好運ももたらしてくださらん」と揶揄する者もいて、そうした点もフォルモサ人の神経に触っていた。イニブスたちは過去二百名以上のイニブスが諸羅山へ追放され、生き残ったのはわずか数十人だけであった事件を引き合いに出し「これこそがオランダ人とキリスト教徒の者たちが祖霊に対して犯した最大の罪だ」と喧伝して回った。

幸いにして、日本から大量の米が届けられた。若いころ日本に暮らしていた何斌は「日本国がこれほど多くの米を送ってくれるのはまことに異例なことで、あるいはオランダ人がそれだけ商売と交渉術に長けているということだろう」と評した。

セーサー長官はフォルモサ人に対して寛大な処置をとった。それはハンブルク牧師とバクシールス牧師の懸命な努力が、ついに大員当局を動かしたということでもあった。当局が配給した米は三十数万ポンドにも及び、蕭壠社と麻豆社のすべての貧者が八十ポンドもの米を受領することができた。何斌は「日本人でも一年間にこれほど多くの米を食べられはしない」と驚いた。

飢饉は去った。しかしフォルモサ人たちのオランダ人に対する信頼と服従心は、以前と比べるべくもなかった。また漢人の指導者たちも「我々にも満足に食べられない者たちがいるのに、長官は関心を示さない。我々を下級住民と見なしている」と不満を漏らした。

　オランダ人の側は、最大限の努力を払っているのに人々にそれが認められず、すこぶる不本意であった。漢人の批判に対し「フォルモサ人は誰もが同じように貧しいので、大員当局は主として彼らに対して救済措置をとった。漢人のなかには金持ちの者も多いのだから、持てる者が金を出して貧困者を救うべきだ」と意見した。

　漢人は答えていう。「とっくに行っている。飢饉が最も深刻だった陰暦七月十五日の中元節には大員の商人たちが手を携え、赤崁の大井頭からプロヴィンチア城広場に至る大通り上に三日三晩にわたる宴席を設け、すべての餓える者たちに、腹を満たすばかりか豪勢な料理に舌鼓を打たせた。それにバッタの捕獲運動だって我々が自発的に大金を拠出して始めたものであり、東インド会社はそれを引き継いだに過ぎない。このことを忘れるべからず」

　とどのつまり、フォルモサにいるすべての者がオランダ人を批判していた。何斌はどっちつかずの立場から、弁解気味に、かつ皮肉を込めて言った。「オランダ人は大汗をかくほど努力を払ったが、かえって唾を吐きたくなるほど嫌われることになってしまった」

# 第二十七章
# 阿立祖

　蝗害、地震、暴風雨、飢饉に加えて熱病（デング熱）も流行し、立て続けの災厄に麻豆社の人々は恐れおののいていた。十二名からなる長老は、陰暦九月十六日に阿立祖の誕生を祝う夜祭を盛大に執り行うと発表した。

　誰もが口には出さなかったが、同じことを感じていた。オランダ人がやってきてからというもの、阿立祖を祀る儀式は簡略化されていく一方で、参加する者も少なくなっていた。今年の災厄が阿立祖がお怒りになったしるしだと考える者は相当数いた。とりわけ年長者たちにとって、例の追放事件は許しがたいものだった。そこで盛大に儀式を行い、阿立祖に向けて懺悔するべきだと考えていた。

「キリスト教に改宗した者であっても今年の夜祭に参加しなければならない」という布告がトンエンによって出された。長老たちも、欠席する者は後悔する羽目になるとか、礼拝堂に石が投げられるだろうなどと発言した。

ウーマは二つの宗教の板挟みになって苦しんだ。キリストを信じてはいたものの、物心ついたころから馴染んできた阿立祖への信心をすっかり放棄することもできずにいた。彼女は漢人が様々な神を奉じているのを知っていた。黒ひげは観音菩薩のほかに玄天上帝や祖先を崇めており、彼の家の祭壇には神仏の像がいくつも祀られていた。自分もそのようにできたらどんなにかいいかと羨んだ。

ウーマはハンブルク牧師の下を訪れ、信徒が夜祭に参加することを許可してくれるよう嘆願した。ハンブルクの反応は思いもよらないものだった。日頃は厳粛な彼が、この時はいたずらっぽい微笑みを浮かべ、長い髭に手をあてながら「君が何を言っているのか、私には聞こえませんね」と繰り返す。三度めにこの言葉を聞いた時、ウーマは悟った。牧師は「見ざれば浄、聞かざれば安」の態度を決め込んでいるのだと。何事にも厳格な牧師が、このようにお茶をにごすことで人情味を見せることがあろうとは。ウーマはつい吹き出し、急ぎ足で礼拝堂を後にした。少し進んでから振り向いて「牧師様、ありがとう！」と叫んだ。

シラヤ族の集落には阿立祖を祀る祠が必ずあり、公廨と呼ばれている。一つの集落に複数あり、最も大きい公廨は集落の中心部に建てられている。公廨は通常三つの部屋に分かれており、阿立祖は中心の部屋に祀られている。

阿立祖は無形の存在とされている。そのため神像というものはなく、祭壇に安置されているのは精巧に造られた三つの白い壺である。紅い布が掛けられ、なかには真水が入っており、水面にはバナナの葉の切れ端が浮かんでいる。シラヤ族の観念では、祖先の霊魂は水中に在り、バナナの切れ端は霊がひと休みするための場所であった。壺にはサトウキビの葉が挿されており、これは霊が外に出るのを防ぐのと、阿立祖の神威を示す意味があった。壺の背後には「将軍柱」と呼ばれる竹の筒が立ててあり、上の方にイノシシまたは鹿の頭蓋骨が結わえつけられている。壺の手前にはバナナの葉が敷かれ、葉の上には水の入った小さな碗が供えてあり、これは野原を悠々と遊ぶ祖霊が休憩する場所を表している。供物には檳榔、アワ酒、千日紅の花、ケイトウの花などが用いられる。陰暦の一日と十五日には、集落の長老と執事が壺を捧げ持って川のほとりへ行き、なかの水を換える。それから公廨を清掃し、供物を並べ、イニブスが祈りの言葉を唱え、長老が壺に挿してあるサトウキビの葉を取り除き、再度水を換え、最後に平伏して礼をとるという儀式が行われていた。

夜祭の前夜には集落中の女が自宅でもち米の団子を作り、男たちは狩りに出る。供物として最も上等とされるのはイノシシであり、その次がヤギで、羌《きょん》は一段低く見られている。鹿の皮は上物とされるが、鹿肉は味がよくないため、通常供物台に並ぶことはない。

夜祭の日が来た。日が沈むのを待って、背が高く幹の細い檳榔樹に囲まれた公廨前の広場に、竹で作られた長細い供物台がいくつも並べられた。それから年長の者たちが、内臓が抜き取られ洗浄されている豚と山羊を供物台に置き、もち米団子、おこわ、アワ酒、檳榔なども周りに並べていく。

夜祭が始まる頃には、老人、赤子や行動の不自由な者たちを除いたほとんどすべての麻豆社住民が集っていた。ウーマやチカラン、アリンもその場にいた。人々は細長く黄蘗《きはだ》色をした檳榔の花で編まれた花輪を頭に載せ、檳榔樹の下、供物台を囲むように輪になった。

もうすっかり暗くなっていた。ウーマが空を見上げると、天上には無数の星がまたたき、月も輝いていた。公廨の左右に置かれた松明に長老たちが火を灯すと、舞い上がる火炎に供物台の動物たちとそれを囲む人々が映り込み、広場全体が神秘的な気配に包まれた。まるで祖霊がすぐ近くに来ているかのように感じられた。

ティダロを含む三人の頭人と十二人の長老たちおよび執事役の者が公廨に向かって並び立ち、麻豆社南の大きな川から汲んできた清らかな水を壺になみなみと注いだ。それから片手に壺を持ち、もう片方の手で壺の水を地面に撒きながら、若者には理解できない祝文を唱えた。それが済むと最初の奉納の儀が始まった。長老とイニブスの先導の下、全員が阿立祖に祈りを捧げる。年長の者から順に平伏して拝み、酒を地に撒き、礼をとりながら「すべての壮年の男が妻を娶れ、食べていくのに困らないように」と祈るのだった。

月が中天にかかる頃、奉納の儀は次の段階に移る。天と地に対して感謝を捧げるもので、まずすべての供物を空の方に向ける。それから全員が跪き、空に向かって三度礼拝し、天の神がこの一年間麻豆社の人々を加護し、五穀を豊かに実らせ、家族ともども無事に過ごさせてくれたことに感謝する。同時に、外の世界を逍遥している祖霊に向け、こちらに戻ってきて共に宴を楽しむようにと請う。

真夜中になり、牽曲《けんきょく》と呼ばれる歌舞が始まった。白衣に身を包み千日紅の花を戴いた少女たちが互いに手をつなぎ、酒を注がれた壺の周りを輪になって踊りながら歌を歌う。阿立祖は白衣を愛し、火や煙を好まないとされている。

その歌詞は、遙か昔に先祖がこの土地を開墾した時七年間も日照りが続いたという苦難の物語を伝えるものだ。ゆっくりとして哀愁を帯びた歌声が夜空に響く。ウーマはこの歌を聴く度に思う。シラヤ人は朗らかな気質の民族だ。なのになぜ牽曲では明るく歌うことが許されず、こんなにももの悲しく歌わねばならないのか？　なかには涙を流し、我を忘れるほどに慟哭する者さえもしばしば見られる。この間トンエンは祝文を唱えながら舞い踊り、壺のなかの水を掬い取っては歌唱中の少女や参加者たちの身体に振り撒いた。これには「お前の本来の場所を忘れるべからず」という教訓が込められている。

牽曲が終わると供物の豚の頭部が斬り取られ、頭人ティダロがそれを受け取り、胴体は参加者に分配された。頭人はこの一年での最大の功労者に豚の頭を褒賞として与えることになっている。今年は蝗害にあたって人々を指揮しバッタと闘ったリカが、住民たちから推挙されて豚の頭を受け取った。

夜祭のさなか、ウーマは阿立祖に祈っていた。なるべく早く子宝を授かることができますようにと。

麻豆社の年若い婦人たちはひそかに噂し合っていた。イニブスたちは、集落の女が子供を多く産むのを好まないために、まじないをかけたり特殊な薬草を飲ませたりして、若い妊婦を流産させている。漢人の家庭と比べ、麻豆社の子供の数が目に見えて少ないのもそのためだろう、と。

ウーマは思う。――漢人がやってくる前の時代には、鹿と人の数の均衡を保つために、そのような行いが必要だったのかもしれないわ。そうして赤子の数を減らし、それに集落同士の首狩りで男の数を減らして、人が増えすぎないようにしてきたのでしょう。

事実、シラヤ人の人口は数百年前からほとんど増減していなかった。

漢人の家庭は、農耕をするために多くの労力を必要とする。だからこそ人口の増加ぶりが、自分たちの比ではない。これはウーマが前々から黒ひげの家族を見て感じていたことだ。

鹿の群れさえあればどうにだって生きていくことのできた日々は、すでに過去のものとなってしまった。今や時代も、取り巻く環境もすっかり変わった。フォルモサ人たちも農耕をしなければ生活していけなくなっている。

夫のチカランも、ウーマの見解に同感だった。というのも彼らがチカラン区と呼ばれる地域に所有している農地は、フォルモサ人ではなく漢人を雇うことで、はじめて収益が大幅に上がるのを知っていたからだ。と同時に、漢人の勢力圏がフォルモサ人の集落にじわじわと接近してきていることも明らかだった。漢人の家庭が耕作によって得られる収入は、麻豆社の人々の収入を凌駕している。そのためこの年の飢饉で麻豆社の人々が甚大な被害を受けた一方、漢人たちの被害は比較的軽微なものだった。漢人の人口の優位性は農業生産に加え、土地の取得にまでも徐々に影響するようになってきている。

「麻豆社でも人口を増やしていかなければならないわ。労働力を増やすためにも」とウーマは言った。頭数が多いことがそのまま「力」となることを、ウーマもチカランも理解しはじめていた。そして自分たちに早く子供が授かり、また隣人たちも多くの子孫に恵まれることを心から願った。

――こういう環境の変化を、トンエンたちイニブスにもしっかりと知ってもらわなければならないわ。そして彼女らに、二度と堕胎をしないように説得しなければ。

キリストの教義に照らして有罪か無罪かという問題以前に、自分たち民族の存亡に関わる問題として、堕胎の習慣を止めさせるべきだ。もしも自分たちが力強くあり続けることを望み、漢人に徐々に侵されていく事態を避けたければ、まずは人の数を増やさなければならない。そうなれば、勢いも自ずと大きくなる。ウーマはそう考えた。

夜祭の翌日、リカは細心の注意を払いながら豚の頭の肉を削ぎ落とし、次いで頭蓋骨を綺麗に洗い、日射しの下で乾かしたのち公廨に持っていき、将軍柱の上にくくり付けた。あわせて千日紅の花輪を将軍柱に掛け、壺の口に千日紅とケイトウの花を挿した。

リカは褒賞を授かったことを誇りに思い、嬉しくてたまらなかったため、大きな宴会を開き、大勢にご馳走を振る舞った。トンエンもイニブスとしての大事な役割を久しぶりに発揮できたことを大いに喜んだ。ウーマ、チカランら若者たちは、教会に配慮しつつも夜祭にも参加できたことで、強い興奮を覚えていた。

それからひと月あまりが過ぎた陰暦十一月初頭、日本から送られた大量の米が大員に到着したという報せが入り、ほどなくして麻豆社の人々は大量の配給米を手にすることができた。そうしてトンエンも長老たちも、次のことを一層深く信じるに至った。今回夜祭を盛大かつ敬虔に執り行ったことで阿立祖様が怒りを収められ、集落に福がやってきたのだと。

トンエンは得意満面であった。

# 第二十八章　地方会議

ウーマとアリンは農園で檳榔や百合、アサガオやケイトウなどの花を摘み取った。時は三月、うららかな春。最後にアリンは紅い花をたわわに咲かせた大きなデイゴの木に登り、一房の花を手折った。そして二人で花々を編んで、目を奪われるほど鮮やかな大きい花輪を作った。

この花輪はリカに捧げるものだ。リカはもうすぐ麻豆社の頭人に、ティダロに代わって就任する予定だった。

農園を出ようとした時、ウーマは何か思い出したように「ちょっと待って」と言って一旦戻り、トウモロコシの長い穂を一本摘んできて、花輪の中央に挿した。

トウモロコシは近年オランダ人によって持ち込まれた新しい作物だ。その花はオランダのシンボルともされている。日照りに強く、すくすくと育ち、果実はおいしくて、殻を剥く必要もない。実に調味料をつけて火で炙ると、香ばしい匂いが立ちのぼる。リカはこれが大好物だった。

昔からオランダ人を嫌っているリカだが、彼らがもたらした唯一の利点として認めていたのがトウモロコシや甘藷であった。それにマンゴーや蓮霧、さやえんどうといった野菜や果物も。こうした新しい食べ物は麻豆社の人々のお腹を満たしてくれて、しかもすこぶる美味だった。

ただし黒ひげが主張するところでは、彼は甘藷もトウモロコシも、何十年も前に唐山で目にしていたという。

「あなたがたの言う『番麦』〔トウモロコシ〕とか『番薯』〔甘藷〕とかは、元は我々唐山人の言葉なのだよ。台湾にこの二つの植物を持ち運んだのは我々だ。唐山人はほかにも多くの植物をもたらして、台湾に大きく貢献したのだ」

黒ひげは一度、麻豆社の人々に不服そうな口調でそんな話をしたことがある。漢人に対しても好感を持っていないリカは、論争になるのをおっくうに思い、同意も否定もしなかった。

リカがオランダ人を疎ましく思う原因の最たるものは、鹿であった。本来フォルモサは彼らと鹿の天地であり、時には一千から二千頭にもおよぶ大群を目にすることもあった。オランダ人が来る以前、フォルモサ人たちは厳格な掟の下に、単純な仕掛けロープを使って鹿を捕っていた。漢人の商人はフォルモサ人との交易を通して鹿皮を入手していた。

オランダ人が来てからというもの、彼らは鹿猟の権利を漢人に独占させ、フォルモサ人は二か月に一度しか狩りをするのが許されなくなってしまった。漢人は落とし穴を使って鹿を捕る。ロープは一度に一頭ずつしか捕れないが、落とし穴は一度に五、六百頭もの鹿を一網打尽にすることさえできてしまう。捕らえられた鹿は棍棒で叩き殺されるが、このため毛皮に血糊がつき、ロープで捕らえた綺麗な毛皮と比べ、半分の値もつかなかった。

オランダ人は鹿猟の許可証を売ることで暴利をむさぼっており、漢人もまた鹿を大量に殺害し、毛皮を大量生産して荒稼ぎした。当然、鹿の数はみるみる減っていった。限られた時間のなかでしか狩りができないことは、鹿の取引市場からも爪弾きにされたということでもあり、フォルモサ人の収入にも少なからぬ影響が出た。リカや年配の者たちはこのことを話題にする度、怒り心頭に発するのだった。

リカはまた阿立祖を深く信仰していたので、イニブスたちが迫害され追放された一件についても、到底オランダ人を許す気になれなかった。

そんな自分が、オランダ人によって集落のリーダーたる頭人に指名されたことを知った時、リカはしばし呆然とした。ましてやリカの兄サンプタオは、麻豆社事件当時、少なからぬオランダ人を殺してもいるのだ。オランダ人を忌み嫌っているリカではあったが、周囲の人々が意外に思うほどあっさりとこの栄誉ある称号を授かることに決めた。

麻豆社には通常、オランダ人によって任命された頭人が三人いる。今回チカランの父親であるティダロが亡くなったため、新たに一人選考することになった。当初麻豆社の政務官が推薦したのはチカランだった。彼は敬虔なキリスト教徒であり、蝗害や嵐や飢饉に見舞われるなかで同胞を助けるために全力を尽くし、みなが彼に感謝しているというのが理由である。しかしハンブルクは政務官に対し、次のように意見を述べた。チカランはティダロの息子だが、父から息子へと役職が移譲されるのは、世襲制の匂いがして反感を買う恐れがある。それにチカランはまだ年若く、老人を尊び、年長者を長老に選んできたシラヤ人の習わしから言ってもふさわしくない。どのみちチカランにはいずれ必ず順番が回ってくるはずだから、そんなに急がなくてもよいだろうと。

ここでハンブルクが名前を挙げた人物が、リカであった。

「リカ殿は先日の夜祭で栄誉ある豚の頭を授与され、年齢も十分に重ね、声望があります。頭人の肩書きは錦に花を添えることになるでしょう。また、リカ殿のような人物を我々の側に引き込むことができれば、それこそ我々オランダにとって大きな益があるはずです」

そのように言われ、政務官もハンブルクの意見を聞き入れた。

毎年行政長官が各社の頭人を召集して行う地方会議は、この年三月十八日から二日間にわたって開催され、初日は麻豆社を含む北部各社の頭人が、二日目には南部各社の頭人が長官と会見する予定になっていた。

当日早朝、リカはウーマとアリンから贈られた色鮮やかな花輪を頭にいただき、政務官に連れられて赤嵌区の北の端にある行政長官の別荘にやってきた。敷地内の広い庭園がその会場だった。

リカと各社の頭人は隊列を組み、ゆっくりと入場した。ゼーランディア城の方角で空砲が三度鳴り響いた。「あれはフォルモサ長官と評議会議員が船に乗り込まれたという合図であります。もう少ししたら台江内海を越えて、ここ赤嵌にご到着になるでしょう」と司会役のオランダ人が言った。会場の兵士もマスケット銃で何発か祝砲を打ち上げると、ゼーランディア城の近くに浮かぶ東インド会社の艦船も、それに応えるかのように再び三度空砲を打ち鳴らした。

盛大に奏でられるラッパと太鼓の音楽と、空砲の応酬のなか、華麗な装束を身にまとった六十名の儀仗兵と六名の衛兵に守られて、セーサー長官と評議会議員たちが会場に姿を現した。

リカとそのほかの頭人たちは整列して出迎えた。順番に前に進み出て長官に礼をし、白い布を掛けた長いテーブルの前に腰かけた。長官たちは庭園の少し盛り上がった場所に建つ美しい石造りの東屋に座り、頭人たちのテーブルを見下ろした。

テーブルの片端に座るリカは、繰り広げられる荘厳な儀式を見て身体を震わせた。いつぞや黒ひげが彼に、唐山の王が権勢を誇示する時の儀式について話してくれたのを思い出した。フォルモサ人の社会にはただ長老がいるだけで、支配階層というものがない。ここ数年来、オランダ人や漢人との関係のなかで、フォルモサ人の劣勢はいよいよ顕著になってきた。主権においてはオランダ人に制約を受け、土地は漢人に切り取られていく。それこそが、彼が頭人になることを引き受けた主な理由であった。この悪い流れをどうにかして断ち切りたいと強く願っていた。

長官が式辞を述べている間、一人の通事が逐次それをシラヤ語で頭人たちに告げていた。リカは彼を知っていた。名をユーストといい、二十年ほども前にこの土地に来て、大目降のフォルモサ人と結婚し子供ももうけている男だ。

――ユーストや黒ひげのようにこの土地の女と結婚して家庭を築き、ここに骨を埋めようとしている外来者もいる。彼らとの関係は良好だし、俺ももはや彼らをよそ者と見なすべきではない。だが、彼らはこの土地に自らを同化させようとしているだけで、我々シラヤ人に同化しようとはしない。自分も集落のなかの一人だとは考えていない。そのため集落の人間も、彼らのことがあまり好きではない。これは大きな矛盾だ。リカにはそう思われた。

式辞に続き、前任の頭人が権威の象徴である藤杖を返納する儀式が行われた。あわせて各社の頭人から過去一年間の集落の概況が報告され、重要な出来事については細かい説明がなされた。

そしていよいよ、新任の頭人への藤杖の授与式が始まった。順番に長官から藤杖を受け取り、宣誓の辞として次の言葉を述べる。「長官に忠を尽くし、命令に従い、誠実かつ清廉に、指導者としての任務を果たすことを、神の立ち会いの下に誓います」頭人の多くは任期満了後も継続して職に就くことができるが、なかには不適切な行為をはたらいたなどの理由で再任されない者もあった。またほとんどの者が、藤杖を授与された時に歓声を上げた。

リカも規定に従って宣誓の言を述べたが、複雑な心境だった。歓びと、何か大事なものを失ってしまったような感覚が入り混じっていた。――時代は変わったのだ。兄のサンプタオも、俺のやり方を認めてくれるだろう！

最後にセーサー長官から、この先一年間の方針が告げられた。その言葉の一部がリカの心に引っかかった。長官は特にねんごろに、次のように言った。

「我々からの命令として、集落の住民たちへ伝えてもらいたい。漢人とはできる限り関わりを持たないように。それは彼らのよこしまな振る舞いにたぶらかされるのを防ぐためである。この島の漢人は信頼が置けない。機会さえあれば諸君の土地を占拠し、諸君の金銭を奪い取っていくであろう」

元々漢人に好感を持っていないリカだが、こうも思われた。

――我々シラヤ人にしてもオランダ人にしても、ますます漢人の存在に頼らざるを得なくなってきている。オランダ人は漢人のおかげで富を得ているのに、こうもはっきりと漢人への嫌悪を表明するのは、ひどく矛盾していやしないか。

長官はこれとは別に、次のような命令も下した。

「すでに学校が設立されている集落では、頭人と長老はすべからく牧師が住民を訪ねて布教を行ったり、教師が宗教行事や教育を行うのに協力すること。牧師および教師に相応の敬意を払うこと。自らもすすんで教会に通い、子供たちが教会に通うのを奨励すること。

なお、去年までは教会に通うのを怠けた信徒に対する罰金制度がもうけられ、徴収金は礼拝堂と学校の建設資金に充てられていた。しかし私はこの制度を廃止し、代わって最も勤勉に学業を修めた学生に対し、適当な時期に牧師会が奨励金を授与する制度をもうける。

新しい礼拝堂や学校、および教師の住居を建設するためにそなたらフォルモサ人から提供を受けた竹、ヤシなどの木材については、それと同量の木材をフォルモサ人に返還する。これらの学校を設立した目的は、純粋にそなたらの利益のためであり、子供たちを含めたフォルモサ人がキリスト教の美徳の下で教育を受け、正しく神を認識できるようにするためである。いずれそなたらもこのことを、はっきりと知ることができるであろう」

地方会議は円満に幕を閉じた。オランダ人は頭人たちを招いて宴を開き、愉快な時間を過ごさせ、リカも酩酊するほど酒をかっくらった。乾杯の音頭と歌声が響くなか、彼は決心した。――俺は今もこの先も、断固として礼拝に行かぬ。もし一年後にオランダ人が俺から藤杖を取り上げるなら、彼らに突き返してやるまでだ！

# 第二十九章

## 学習

「お父様、私もウィリアム・ペーデルと同じように、漢人の言葉を習いたいのです」

以前、マリアは勇気を出してハンブルクにそんな相談を持ちかけたことがある。意外にも父親はただちに賛同を示してくれて、顔には歓びの色も浮かべていた。マリアは期待に胸を躍らせた。しかしそれから間もなく蝗害と飢饉に襲われ、誰もが疲労困憊し、学習どころではなくなってしまった。日本から届いた米が行き渡り、飢えの恐れからようやく解放されたのは、一六五五年の初春のことであった。

　ある日、ハンブルクはマリアに言った。

「三月の地方会議のため私は麻豆社の三人の頭人と共に赤崁へ行く予定だが、お前も来るといい。ついでに大員に寄って、斌官に、お前が漢人の言葉を学ぶにはどうすればいいか訊いてこよう」

　マリアがどれほど感激したかは言うまでもない。それに先だってハンブルクは何斌に手紙を送っていた。何斌からの返書には、高徳にして声望高いハンブルク殿にわざわざ大員までご足労いただくのは恐縮なので、赤崁にてお待ち申し上げたい。ここ二年ほどの間に赤崁は以前にもまして賑やかになり、大通りも四本造られました。私は赤崁にも優雅な庭園つきの私邸〔現・呉園。台南市中西区〕を持っております――などと書かれていた。

　三者が顔を合わせた時、何斌は笑顔を浮かべて拱手の礼をとった。

「お嬢様はまことに才女でいらっしゃる。唐山では勉強をする女子は滅多におりません。『無才こそ女の徳』という観念が根づいておりますゆえ」

「ヨーロッパにはそのような観念はありません。それで私どもはフォルモサ人の居住地に学校を建て、女子も男子と同じように勉強ができるようにしています。またヨーロッパには、女性の国王もいます。イングランド王国のエリザベス女王、イスパニヤ王国のイサベル女王など、いずれも傑出した人物です」とハンブルクは答える。

「歴史を紐解けば、わが国の女子のなかにも学問に長けた人物がおります。たとえば一千年も前には武則天という女性の皇帝がいて、そこらの男より遙かに学識があり有能でした。その時代の国名は唐と申し、開放的な気風で、女性の詩人もおりました。それから今でも唐山の秦淮河《しんわいが》という地域には、音楽や詩文や書画などに造詣の深い高名な遊女たちがいるそうです。もちろん、お嬢様が学ぼうとされているのは硬骨な学問であって、小手先の技能ではないことも承知しております」

「何斌様、私はただあなたがたと話をすることができ、あなたがたの書画の意味が理解できさえすれば十分なのです」

「承知しました。まずは我々の言葉について、簡単にご説明申し上げましょう。唐山の国土はとてつもなく広いため、地域が違えば話し方も大きく異なります。たとえば明の皇帝は代々北京にお住まいでしたから、北京語あるいは官話と呼ばれる言葉をお話しになるのですが、これは我々大員の者が口にする閩南地方の方言とはまるで異なっており、意思の疎通すらできないほどです。しかし幸い、文字に関しては全く同じであります。漢人同士が一つの国家の下にまとまることができるのは、統一された文字のおかげだとさえも言えます。そういう事情ですから、お嬢様が将来我々の言葉をお学びになる上で、文字に関してはあらゆる漢人に通用しますが、発話に関しては大員、廈門、泉州、海澄それに南洋方面の漢人に対してのみ通用し、内陸あるいは北方の話し方はまた異なるものとご承知おきください」

「なるほど、そういうことでしたか」

父娘は目から鱗が落ちたように同時にうなずいた。何斌は話を続ける。

「オランダ語と漢語の双方に通じている者は、大員にもそうはおりません。ほとんどは私のような漢人の商売人でありましょう。しかし我々の礼節上、男の教師がお嬢様に教授するのはふさわしくありません。私の家内などはどうでしょうか。広南〔ベトナム中南部〕の生まれですが、小さい頃から店番をしてきましたため漢語にも広南語〔ベトナム語〕にも長けており、漢字の読み書きもなかなかのもので、その上オランダ語も話せます。これから毎週、家内から漢字をお習いになるといいでしょう。しかしお嬢様はウィリアムと違って麻豆社にお住まいですから、赤崁まで遠路はるばるお越しになるのも大変かと思います。麻豆社には黒ひげという名の老人がいて、昔は通事を務めたこともありました。もしご都合がよければ、日頃は彼に言葉を習われるのもよろしいでしょう」

そうしてマリアは以後一週間に三日、月曜日と水曜日と日曜日に早朝麻豆社を発ち、赤崁の何斌邸で夫人から二時間ほど漢語を習うことになった。カーソン少尉は毎回、一人の兵士を護衛につけてくれた。授業のない日はしょっちゅう黒ひげの家を訪ね、会話の練習をさせてもらうようにもなった。

マリアは漢人の文字が物の形をかたどっていることを初めて知り、すっかり魅了された。水は本来であり、山は、日は、月はなどなど、大いに興味をそそられたが、同時に漢人の女性に対する差別意識が西洋人より遥かにひどいことを感じ取りもした。たとえば「奸」は女の肝と書く。結婚の「婚」は女がのぼせ上がることを指す。女が屋根の下にいるのが「安」で、豚が屋根の下にいるのが却って「家」を表す……などなど。文字の形には漢人の哲学や考え方が表れているのだと改めて感じた。

閩南人の話し言葉とそれが含む情緒も、きわめて多彩で、かつ華麗だと思われた。習得するのは簡単ではないが、長く耳にする内、上手に真似て口にすることもできるようになった。

マリアにとって最も困難だったのは、漢人が多用する故事成語だった。彼らの歴史や伝説を知らなければ、その意味を理解することなどとてもできない。それを何斌に言ったところ、彼はこう答えた。「ハハ、あなたがたも聖書の物語をしょっちゅう引用するではありませんか」

マリアは、はっと気がついた。ヨーロッパ人の思想は宗教が基礎になっているが、漢人の思想の基礎になっているものは「聖賢」といわれる古代の聖人や賢人たちの言葉なのだと。

生来の聡明で勤勉な気質に熱意が加わり、一年後にはすでに相当高い水準まで漢語を身に付けていた。

# 第三十章

## 呉豪

一六五五年夏、陳澤は思いもよらない命令を受けた。「呉豪将軍を連れて台湾へ行き、治療にあたらせよ」というものだ。

鄭成功は二年ほど前から、オランダ人の医者に治療を受けることを望むようになっていた。一年前〔一六五四年〕の三月に彼はセーサー長官に書簡を送り、左腕の傷の治療のためにハイルマン医師を派遣してほしいと頼んだ。オランダ側は快諾したが、本人はバタヴィアに赴任中だったため、四月の内にドイツ人医師バイエルを廈門によこしたのだった。

十余年前、陳澤は船乗りとしてバタヴィアや大員に滞在していたことからオランダ語を多少話すことができた。そのためバイエル医師が廈門に来た当初、彼の生活環境を整えるのにもあれこれと手を貸してやった。また陳澤以上に頻繁にバイエルと接触を持っていた人物は鄭泰であった。鄭成功の年上の親戚にあたり、鄭家の財務を任されている彼は、鄭芝龍にそっくりの風格を備え、鄭芝龍同様多くの外国語に通暁していた。日本語に関しては日本人にも引けを取らないほどで、オランダ語、ポルトガル語、イスパニヤ語、さらには広南語まで、そこそこ話すことができた。

バイエルは五月から廈門に滞在し、九月初めに大員へ帰っていった。その間鄭成功は丁重に彼を遇したが、バイエルは一度だけ陳澤と鄭泰に、次のように打ち明けたことがあった。

「国姓爺様は折りにふれて私に褒美を取らせてくださり、深く感謝申し上げております。ただ、国姓爺様はまだ私を完全に信頼してくださってはおられないとも感じております。私が調合する薬を、あのお方は服用されることもあれば、飲まずに放っておかれることもありますから」

「国姓爺様は元来猜疑心の強いお方であり、それに高位の人物はおしなべてそういう性格を具えているものでありますから、お気に留められますな」と鄭泰が答える。

「それと一つ、私が気づいたことがあります。外用薬については国姓爺様は概ね受け入れられますが、内服薬の場合はほとんど飲もうとなさいません」

「あのお方は、紅毛――いや失礼、西洋人の外用薬に関する知識が我々の伝統医学よりも優れていると見なしていらっしゃるが、しかしどちらかと言えば我々の伝統的な薬の調合法に信頼を置いている、ということでしょう。あなたがたは手術、止血、消毒などにことのほか精通しており、一方我々の医者は体内の五行――すなわち水、火、木、金、土の循環と陰陽の調和を重視する、という点は我々漢人の間で広く認識されていることです。国姓爺様は、あなたをわざわざ招聘したのですから、信頼しておられないということはあり得ません。ただ時として、ご自身で判断なされることがあるだけです」

バイエルは合点がいった様で、その後は何も語らなかった。

七、八月頃になると膿んでいた鄭成功の傷口は快方に転じ、成功は喜び、バイエルは安堵した。バイエルは「家族が恋しくなったので大員に帰りたい」と鄭泰を通じて成功に伝え、成功はこれを許した。ただ実際には鄭泰にその話をする前、大員のセーサー長官に宛てた手紙のなかでバイエルは次のように記していた。

〝国姓爺がしばしば些細な出来事のために、部下の兵士どころか将校さえも残酷な手段で処刑するのを私は見ました。しかも血の繋がりのある家族や、夫人たちまでも重罰を受けることがあります。また唐山人はキリスト教徒に対して敵意を抱いており、クリスティアンという名を持つ自分の身が本当に安全なのかどうか不安でなりません。できるものなら一刻も早く廈門から離れたいと願っております〟

送別に際し、鄭成功は金銭を包んだ大きな紅い袋をバイエルに手渡して謝意を示した。そして陳澤に大員までバイエルを護送させた。大員に寄港すると、陳澤はバイエルを下船させたのち、ただちに廈門へ引き返した。

その翌年〔一六五五年〕、陳澤の戦友である呉豪将軍は清軍との戦闘中、太ももに銃弾を受けた。傷は深く、止血にもかなりの手間を要したほどだった。やがて傷口周辺は赤く腫れ上がり、呉豪は間断なくうめき声を上げ、傷口からは黄色い膿が流れ出し、周囲には悪臭が立ちこめるようになった。鄭成功はこの時バイエルを思い出し、自ら筆を取ってセーサー長官に書簡を送り、配下の将を一人そちらに送るので医者に診せてやってほしいと頼んだ。そこでオランダ語を話せる陳澤が、同伴者として再びフォルモサへ向かうことになったのである。

呉豪は何斌邸に寄宿することになり、陳澤も初日の夜をそこで明かした。

「十年も見ない内に大員はこんなにも華々しく賑やかな町になり、今や国際港湾都市と呼ぶにふさわしい風格を具えておりますな」と陳澤が言うと、何斌はこう応えた。「大員は砂州の上に建っており、土地が狭すぎますので、将来はプロヴィンチア城と赤崁周辺がここ以上に発展していくことでしょう」

何斌の邸宅は大員街という大通りに面している。この道沿いに暮らすのは漢人の富豪やオランダの商人で、日本の商人もいた。街道は青石で舗装され、建ち並ぶ邸宅はすべて新しく、ヨーロッパの町の雰囲気を帯びていた。

翌日、陳澤は廈門へ戻る船の上から大員の町を眺め、深い感慨を覚えた。彼の故郷の海澄も月港という名で呼ばれていた頃には確かに繁栄していたが、あくまでも唐山の一都市だった。ここ大員は西洋と唐山の気風を兼ね備えている。それに海澄は戦争で没落し、廈門もたびたび戦火を被ってきたが、この町は幸運にも三十年もの間、平和と繁栄を謳歌してこられた。

ふと、何年も前に阿旗師という郭懐一の使者が支援を求めにやってきたことを思い出した。彼らが攻め落とそうとしていた台湾城〔ゼーランディア城〕は、今目の前にそびえている。船上から威容を誇る城を見上げ、大海を望み、大員の町を見渡し、それから港に停泊しているオランダの大きな艦船や唐山から来た小船に目をやって、一千年前に陳子昂が詠んだ一首の詩を思い浮かべた。

前に古人を見ず
後に来者を見ず
天地の悠悠たるを念《おも》い
独り愴然《そうぜん》として悌《なみだ》下る

陳澤はこの島に住まう「古人」と「来者」を両方とも目にしていた。古人はフォルモサ人であり、来者は碧い目に白い肌をした紅毛人である。

——我々唐山人のなかにも、この島に渡ってきて暮らしを立てようとする者はずいぶん昔からいた。しかし残念なことに、正式にこの土地を占有することはいつまでもならず、そうこうする内に紅毛人に先を越されてしまった。芝龍様ほどのお方でも、オランダ人が台湾に来た翌年になって、ようやく魍港などに勢力を持つようになった。顔思斉殿が来られたのはそれよりも少し早かったが、やはりこの土地に明の旗を立てることができぬまま、不幸にも一、二年で病により世を去ってしまわれた……。

顔思斉と鄭芝龍は当初、魍港や笨港などの土地を、大員とは海を隔てた別の島だと思い込んでいたと陳澤は誰かから聞いたことがあった。後になってそこもフォルモサ島の一部であり、東インド会社のものになっていると知り、泣く泣く福建の安海へ戻り、以後そこを根城にすることにした。もしも漳泉人がオランダ人より早くこの島の運営に乗り出していたら……との悔しさで一杯だったといわれる。

陳澤はまた、五十年ほど前に陳第という人物が著した『東番記』という書物のことも思い出した。

——もしも当時の朝廷がここを「東番の地」〔番は異民族を指す〕と見なしたりせず、正式に役人を派遣して治めていたならば、今日のようにオランダ人の天下になる局面は起こらなかっただろう。それを思うと、この私も悔しくてならぬ。今、台湾城を目と鼻の先から観察することができる。これは滅多にない機会だった。眺めれば眺めるほど、この巨大な要塞を設計した紅毛人に対する畏敬の念がこみ上げてきた。単に巨大なだけでなく、周囲の地理条件が上手く活かされている。城内からはすべての航路を一望できる。城郭は上下二層からなり、下層は一回り二百四十丈〔約八百メートル〕ほどにも及び、三つの堡塁が設けられている。上層部には四つの堡塁があった。オランダ軍の火力の強力さを鑑みると、まことに守るに易く、攻めるに堅い要塞である。かてて加えてオランダ軍は大きな軍艦を持っており、攻守双方で威力を発揮するだろう。

——忘れてはならないのは、紅毛人が台湾に来るにあたり、我が明国と書面で取り決めをしていたという点だ。しかもその時通事を務めていたのは芝龍様であった。

陳澤は大員の市街を行き交う人々にも目をやった。ほとんどが漢人である。通りに沿って裁縫店、雑貨店、理髪店、食堂など日常生活に関わるさまざまな商店が並んでおり、それらはすべて漢人によって営まれていた。パン屋を営む者さえいた。町の一角には漢人の廟もあれば、漢方薬の店もあった。

——この町がここまで繁栄できたことの少なくとも半分以上は、漳泉出身の同胞たちの貢献によるものと見てよかろう。大明国のなかでも、南洋へ乗り出していく者はほぼすべて閩南語を話す漳泉地方の商売人たちだ。それゆえオランダ人ばかりか南洋にいるヨーロッパ人はみな、閩南語こそが唐山の言葉だと思い込んでいる。これは実に愉快なことだ！

陳澤は思わず顔をほころばせた。

外傷治療にかけての西洋の医術はさすがのもので、ひと月もしない内に呉豪の傷はほとんど良くなった。寂しさをつのらせていた呉豪は早々に廈門に帰還した。

二人が再び顔を合わせた際、陳澤が大員を見て考えたことを話すと、呉豪は異なる見解を述べた。

「もしも台湾を統治するのがオランダ人でなかったとしたら、大員があぁまで立派な都市になり、大規模な中継貿易が営まれるようになることはありえなかっただろう。たとえ在りし日の芝龍様の船団といえども南洋の域を越えたことはなく、錫蘭《セイロン》や天竺、ましてや紅毛人の国まで貿易に赴くことはできなかったではないか」

呉豪は話を続ける。

「この頃国姓爺様は清と協議を行おうとお考えのようだが、満州人からの冊封〔爵位の授与〕を受け入れられるはずがない。私の考えでは、協議を行う真の狙いは、時間を稼ぐことにある。力を蓄えながら次の一手を画策しようとされているのだ。いずれ大決戦に出て、新しい局面を切り拓かれることだろう。沿岸部での小競り合いをいつまでも続けるつもりはないはずだ。準備万端が成りし時には、張り子の和議もたちまち破かれよう。決戦の日は遠くない」

語り終えると呉豪は海の彼方を眺め、ため息を一つ吐いた。

二人とも口には出さなかったが、味方の誰もが打ち続く戦に疲弊していること、さりとて清に降る気も持っていないことを感じていた。鄭成功の不撓不屈の精神に陳澤は深い畏敬の念を覚えていた。

――国姓爺様は、常に「戦い」を求めておられる。それは刀と刀の戦に限ったことではない。いつであれ疲れを知らず、闘志をみなぎらせておられる。まさに「戦神」だ。それにしても、ああ戦争、終わりなき戦争。俺が再び戦場に赴く日も近いだろう。しかし辮髪《べんぱつ》〔満州人〕どもの統治ぶりは、ますます安定してきている。この戦争は、一体いつ終息するのか？　辮髪どもと矛を交えるほかに、進みうる道はないものか？

## 第三十一章

## 爆発

マリアはいつものように赤嵌の何斌邸に来て、夫人から漢語の講義を受けた。帰り際ウィリアムが門口で待っていて、こわばった顔つきで言った。「父から、急いでプロヴィンチア城の執務室までいらしてほしいとの伝言です」

執務室にはペーデルのほかに中年の男が一人いた。幅の広い礼帽をかぶり、華麗な装いをしてはいるが、重々しい顔つきで、またひどく疲労している様子だった。

「こちらはニコラス・フェルメール殿[42]。デルフトから来られ、到着されたばかりです」ペーデルから紹介されるとニコラスは帽子を取り、マリアに向かってうやうやしく礼をしたが、口はつぐんだままだった。

ペーデルはマリアを座らせ、言いづらそうに話を始めた。

「フェルメール殿によると、昨年〔一六五四年〕の十月十二日、デルフト市街にある火薬店で、三十トンもの膨大な火薬が大爆発を起こしたそうです。そして町の三分の一ほどが爆風に晒され、焼け野原のようになってしまったとか。不幸中の幸いだったと言えるのは、その日市民の多くがハーグの青空市場に出かけていたことでした。しかし死傷者の数は惨憺たるもので、デルフトの家庭のほとんどが、家族なり親戚なり友人を誰かしら失うことになりました。……マリア殿がお持ちのあの絵を描かれたファブリティウス氏も重傷を負い、二日後に亡くなられました。執念で新作を描いている最中に世を去られたそうです。……それから、まことにお気の毒ながら……あの絵のモデルになったヤン・ファン・プライセン殿も、爆発に巻き込まれて死去されました」

マリアは突然、視界全体が灰色に染まり、何の音も匂いも感じられなくなった。

その後どのように麻豆社へ帰ったのかさえも定かでなかった。目を醒ました時は自宅のベッドの上にいて、焦燥した様子で立ったまま自分を見つめている母と姉が見えた。それから一昼夜、彼女は泣きもせず、話もせず、何も口にすることなく、じっと天井を見つめていた。家族はどのように彼女を慰めたらよいかわからなかった。父は黙ったまま、マリアが最も大事にしている例の絵を壁から取り外し、マリアの手元に置いた。「ヤン！……」マリアはついに泣き声を上げ出した。母は彼女を懐に抱き、髪を撫でながら優しく言った。「泣きなさい、愛しいマリア。思いきり泣くのよ……」

# 第五部

## 一六五六～六〇年

# 祈

# 第三十二章　囲頭にて功を立てる

一六五四年の暮れ。明の永暦八年、清の順治十一年の十一月にあたる時期、清の朝廷が過去一年余りにわたって試みてきた、鄭成功を投降させ「海澄公」に封じようとする協議は、正式に決裂した。

これを受けて弱冠十七歳の清朝第三代皇帝であるアイシンギョロ・フリン〔愛新覚羅福臨、通称順治帝〕は詔勅を出し、血縁者のアイシンギョロ・ジドゥを定遠大将軍に任命、漳泉地方にて十年もの間頑強な抵抗を続けている逆賊・鄭成功を征伐するよう命じた。また三人の満州出身の重臣〔巴爾楚渾、呉達海、噶達渾〕を補佐につけ、前例のない規模の大軍を整えた。

呉三桂や尚可喜といった明の降将ではなく、血縁者のジドゥが総大将に選ばれたことは、順治帝がこの一戦をいかに重視しているかを表していた。ジドゥはジルガランの嫡子であり、ジルガランは第二代皇帝ホンタイジが最も信頼を置く従弟である。順治帝が幼い間、ジルガランはドルゴンと共に摂政として国政を執り行っていた。ジドゥは十六歳から父親に従って戦場を駆け巡り、若干二十二歳にしてすでにその勇名は天下に轟いていた。

順治帝は同時に別の詔勅を出し、「同安侯」の爵位に封じられている鄭芝龍が、反逆者である嫡子に本心から帰順を勧めていないという理由で譴責した。そして兵を差し向け、私邸を差し押さえた。

鄭芝龍を始めとして、成功の弟にあたる息子の鄭焱《えん》、(43)鄭垚《ぎょう》、鄭鑫《きん》〔彼らは順治帝から直々に世忠、世思、世蔭という名前を下賜されていた〕などの一族は全員が投獄され、処罰を受けた。唯一末弟の鄭淼《びょう》だけは、彼も順治帝から世襲という名を賜ってはいたものの、ずっと兄の成功に付き従っていたため、この禍を免れることができた。

ジドゥは満州・モンゴル連合軍からなる騎兵三万を従えて北京を発し、道中でも大小の部隊を吸収しながら進軍を続け、福州に着く頃には実に二十万近くの大軍勢に膨れあがっていた。

鄭成功も万全の布陣でこれを待ち受けた。彼は先頃登用した弱冠二十三歳の策士・陳永華の提言を容れ、陸戦を避けて海上で迎え撃つことを決めた。陸上では三万の鉄騎兵に対して勝ち目がなく、海戦こそが鄭軍の十八番だったからである。うまく海戦に持ち込むために、鄭成功は苦肉の策として泉州の拠点である安海を放棄し、廈門島に軍を退かせた。和議の交渉を行っていた過去一、二年間、鄭家の配下の者たちは多少なりとも故郷で家族と過ごす時間を享受できていた。鄭成功は安海から撤退するにあたり、兵士たちに故郷への未練を捨てさせるため、自ら模範を示さんと、父鄭芝龍が二十六年前に建てた大邸宅に火を点けて、跡形もなくなるまで燃やし尽くした。それから彼は、再度の侵攻でようやく攻め落とした漳州府や、山を背にした要害である恵安の城垣を取り壊し、平らにならした。清兵たちが陸上で身を守れないようにさせるためである。

若く血気盛んなジドゥは百隻の軍船を建造させ、数千人の水兵を募り、泉州から廈門の鄭家水軍に攻勢をかけようとしていた。これは清朝が初めて保有した水軍である。先鋒を務める韓尚亮は、泉州府を十年間鄭軍から守り抜き、数々の軍功を上げてきた名将だ。また水兵の多くは福建地方の出で、操舵の技に長け、水上戦の経験も積んでいた。百の軍船が並んだ景観はまことに圧巻で、ジドゥも韓尚亮も自信に満ち溢れていた。

鄭成功に残された拠点は廈門、金門、銅山などの島ばかりで、大陸ではただ海澄を残すのみ。もしもこの決戦に負ければ悲惨な末路が待ち受けている。まさに背水の陣であった。

◆

一六五六年六月十日。明の永暦十年、清の順治帝十三年四月十八日。

鄭成功の命を受けた陳澤は、直属の部下や内司鎮左協・王明らを従え、十四隻の大帆船からなる艦隊を組み、囲頭湾において清の船団を待ち構えていた。囲頭湾は金門島の北東側で、泉州から金門・廈門海域に出る船が必ず通過することになる海上の要衝である。

鄭成功は金門島南側の料羅湾にも十二隻の大帆船を配し、随時加勢できるようにしておいた。

陳澤は囲頭湾の地形と海流を熟慮の上、王明に三隻の軍船を与え、岬の裏に潜みつつ湾内を往来する船を見張るよう命じ、残りの船を湾内の小さな港に潜ませた。

鄭家は「仁・義・礼・智・信」と号する五つの海上商業組

織と、「金・木・水・火・土」と号する五つの陸上商業組織を有しており、その連絡網を通じて優れた情報収集活動を行っていた。清の大水軍が泉州に集結した際も、元より目立つ上、前々から現地に忍んでいた密偵により動静が逐一報告されたので、鄭成功は早々と備えを敷くことができた。

韓尚亮は比較的小型の軍船五、六十隻を率い、夜陰に紛れて料羅湾を目指した。船団が囲頭湾にさしかかり、対岸の金門島に向かおうとした矢先、突然右方から砲声が轟いた。自軍の船一隻が炎を上げながら沈没し、同時に大砲を積んだ敵の大型船が十隻ほども至近距離に現れた。清側は奇襲をかけようとして逆にかけられた形となり、しかも相当大きな船だったので、韓尚亮はすくみ上がった。自軍の船はみな進むもならず退くもならず、その場をぐるぐる回るばかりであった。

鄭軍の水兵たちは一晩待ったのが無駄骨でなかったことを知り、俄然勢いづいた。陳澤は自軍の船を風と海流に乗せて敵の小型船に衝突させ、さらに銃弾を浴びせた。清兵は大混乱に陥り、ある船は燃え上がり、ある船は転覆し、無数の兵士たちが海に落ちていった。

明るくなりかけた頃だったが、大型艦を傾かせるほどのすさまじい突風がにわかに巻き起こり、辺り一帯が濃霧に包まれた。地形を熟知している鄭軍の艦船は、先ほど待機していた港湾へ安全に避難した。しかし清軍の船は小さい上に、停泊できる場所を見つけられない。彼らが知る港のなかで最も近い深滬湾《しんこわん》にも、この時化と濃霧のなかでは安全にたどり着けるかどうか定かでなかった。ある船は囲頭湾を強行突破しようとして鄭軍に捕らえられ、ある船は波に流されて青嶼や金門などの島に漂着し、捕らえられた。外海へ流されそのまま行方知れずになった船もあった。

こうして韓尚亮率いる水軍は、全滅に近い大損害を被った。拿捕された船十隻、燃やされた船三十隻余。残りは海上に四散し、泉州に戻ってこられた船は十隻にも満たなかった。韓尚亮は溺死した。ジドゥはかき集めた地元の水兵も鄭成功の敵ではなかったと認めざるを得ず、暗澹たる気分のなか撤退していった。

鄭成功は稀に見るほど喜色を露わにし、将兵に気前よく論功行賞を賜った。一番手柄の陳澤は護衛中鎮の将軍位に封じられ、敵船をいの一番に撃沈した王明も大幅に昇進した。すべての将兵が、この完璧な勝利に酔いしれた。

ところが二か月後の一六五六年八月十一日、鄭成功の身の上に思いもよらぬ災厄が降りかかった。しかもそれは身内によるものだった。海澄の防衛を任されていた黄梧《こうご》将軍が変心し、城市ごと清に寝返ってしまったのである。のちに清の朝廷は彼を「海澄公」に封じた。かの地に蓄えていた大量の軍事物資もすべて敵の手に渡ってしまい、鄭陣営にとって甚大な打撃となった。

海澄は陳澤の故郷である。当然心を傷めたが、事前に一族郎党を廈門に避難させていたのが不幸中の幸いだったとも思われた。

『ゼーランディア城日誌』九月十四日の項には次の記述があり、大員のオランダ人もこの件を重大事として受け止めていたことがわかる。

〝この都市を失ったことにより、国姓爺が満州人から重苦しい圧力を受けることになるだろうと多くの人が考えている。海澄は常に彼の穀倉であったからだ。どのような結果が待ち受けているか、やがて時間が明らかにするだろう〟

翌年（一六五七年）、陳澤はかたや陳斌、甘煇の両将軍と力を合わせて羅星塔（現・福州馬尾港）を防衛し、かたや海に陸にと転戦を重ね、息つく暇もない忙しさだった。鄭成功は陳澤の将軍位を「護衛中鎮」から「宣毅鎮」に昇格させ、この時から陳澤は「宣毅鎮陳澤」とも呼ばれるようになった。

## 第三十三章　喪失と復活

凄惨を極めたデルフトの爆発事故は、マリアから最愛のヤンを奪ったばかりか、フォルモサに暮らす多くのデルフト出身者たちに対しても、彼らが胸にしまってきた故郷ひいてはオランダの記憶を、今では存在しない過去のものにしてしまった。ニコラス・フェルメールもまた、町の惨状と肉親や友人の傷ましい姿を目のあたりにし、心に深い傷を負っていた。彼の親戚のなかにはデルフトで画家になり、二年ほど前からファブリティウスに師事してきた者もいる。しかしニコラスは決めていた。二度とデルフトにも、オランダにも帰るつもりはない。それはあまりにも耐えがたいから。できればこの先もフォルモサに留まりたい。それが叶わずとも、少なくとも東洋のどこかで仕事をしていきたい、と。

ヤンばかりでなく、ハンブルク家の親類や親しい友人にも怪我をしたり亡くなった者があることを知り、マリアはもちろん、家族全員が悲しみに沈んでいた。

心を癒やす暇もなく、あろうことか再び大災害がフォルモサを襲った。

一六五六年の九月から十月にかけて、激しい風雨を伴う巨大台風が立て続けにフォルモサを横断し、北から南に至る多くの地域が破壊と冠水の憂き目にあった。

大員では数多の建物が倒壊した。何斌が新たに建てたばかりの邸宅さえも潰れてしまい、漢人の住居の多くが無残に吹き飛ばされ、道教の寺院も甚大な損傷を受けた。大勢の女性や子供が建物の下敷きになったり、溺れたりして落命した。

内陸部の河川は猛烈な濁流となり、あちこちで氾濫を起こし、逃げ遅れたフォルモサ人を巻き込みながら海に注いだ。海岸線には数えきれぬほどの溺死体が散らばっていた。大員当局の推計では、少なくとも一千名に上る死者が出て、怪我人の数は計り知れなかった。

大員の北にあり、台江内海と外界を隔てている北線尾《ほくせんお》(44)と呼ばれる砂州には漢人の漁民たちの家がいくつも並んでいたが、荒れ狂う高波にさらわれ、家ばかりか住民たちさえも消え失せてしまった。北線尾の海岸にはオランダ人がフォルモサに進出して間もない頃に築いた砦(45)が建っていたが、これも全壊し、その際五名のオランダ兵が圧死、無傷で済んだ者は一人もいなかった。

船舶の被害も甚大だった。オランダ船が何隻も浜に乗り上げて損壊し、それ以上に多くの漢人の漁船が波にさらわれたり損傷したりした。

再建には桁外れの経費と労力が必要とされる。この時期、東インド会社と鄭成功の関係は悪化しており、鄭成功は東インド会社に対して輸出入を禁じる措置を取っていた。それもあって会社の財務状況はかんばしくなく、そこに台風による農作物や建築物の甚大な損害が加わり、弱り目に祟り目の状況だった。

麻豆社でも住居はもちろん、礼拝堂、学校、教師の宿舎なども全壊に近い状態だった。ハンブルクはセーサー長官に対し、焼成レンガ、あるいはせめて日干しレンガを用いてこれらを再建してほしいという要望を出した。一時の経済的な負担は大きくとも、それでこそ安全性が確保できるからとして。

このさなかにおいて、マリアは失意の底から再び立ち上がった。元来活発で周囲の人々をよく気にかける性格の彼女だが、ヤンの悲報に触れて以来、あたかも暗い洞穴に閉じ籠もったようなありさまだった。しかしこの非常事態が彼女を否応なしに洞穴から引っぱり出し、前へ向かって歩き出させたのである。マリアは力いっぱい再建の仕事に取り組んだ。

同じ頃、ウーマが懐妊したというめでたい報せが麻豆社中を駆けめぐった。本人は言わずもがなチカランも大いに興奮し、ウーマの実母メヨンと、実父の弟で今は義父となっているリカも顔をほころばせた。ハンブルク牧師は感動に声を震わせながらこう述べた。「天の父が人類に与えた加護、それは途絶えることのない生命の力です。人類はこの強靭なる生命力をもって、天から下された災難を克服し、末永く生命を繫いでいくのです」

側でこの言葉を聞いたマリアは、子をなさないままこの世を去ったヤンを思い感傷を覚えた。

妊婦となったウーマは、万事において小心翼々と毎日を過ごした。酒を一切口にせず、重労働を控え、さらには大好きだった教師助手の仕事さえも辞めることにした。ただ、デルフトで起きた不幸な事故のためハンブルク家の人々が悲嘆に暮れていることを知り、教会には足繁く通い、牧師の仕事を手伝ったり、菓子や果物をアンナ夫人に差し入れたりするようになり、マリアがまだ失意の底にあった頃には慰めの言葉をかけたりもしていた。

黒ひげこと宋老人が亡くなった。唯一の男子である阿興が一家の主となった。阿興の姉妹たちは年頃になると共に漢人の男に嫁いでいった。黒ひげの妻はフォルモサ人だが、子供たちはみな平素から漢服を着て、自分たちを漢人だと見なしており、フォルモサ人と結婚するつもりは毛頭なかった。麻豆社の男のなかには姉妹に結婚を申し込む者もいたが、いずれも肘鉄砲を食らう羽目になり恨めしく思った。

漢人の増加ぶりがとどまることを知らない状況の下、麻豆社の若い男たちのなかには彼らの言葉を学び出す者も出てきた。また若い女たちのなかにも、漢人に嫁ぎたいという願望を抱く者が少なくなかった。このため学校ではオランダ語を習っているものの、多くの生徒たちはそれを間に合わせ程度にこなし、陰では漢人の言葉、とりわけ漢字を学ぶことが流行するようになっていった。

一六五二年の郭懐一による蜂起が武力で鎮圧された際、それまでフォルモサに二万前後いた漢人の内二割ほどが死亡したとされる。しかしその後も移民の流入は間断なく続き、ほどなくして元の人口を超え、事件から四年が経った今では大員周辺に住む漢人だけでも二万近くを数えるようになっていた。台江内海の対岸にある赤崁の町もますます興隆し、漢人はそこで商店を営むのみならず、市場を開設したり、廟を建てたり、自分たちのための病院を建てたりした。

地名に関しては従来からオランダ人が使うものと漢人が使うものの二通りが用いられていた。漢人の増加に伴い、元々その地に住んでいたフォルモサ人が立ち退かざるを得なくなるケースも増えてきて、それが長く続く内に、フォルモサ人が暮らしてきた土地の名前も漢語に改められていった。

麻豆社の女子たちが漢人に嫁ぎたいと願っていること。土地が日毎に数を増す移民たちに少しずつ買い取られていること。さらには阿興のように漢人とフォルモサ人の間に生まれた二世が土地を受け継ぐこと……などを語るウーマの口ぶりから、マリアは彼女の悔しさや不満をひしひしと感じた。

相づちを打ちながらも、マリアはさほど真面目に聞いていなかった。丸みを帯びてきたウーマのお腹を見ながら、ぼんやりと考えていた。——ヤンはこの世を去り、私の記憶に刻まれたデルフトの情景さえも今はもう存在しない。私はいつかオランダに帰る日が来るのかしら。一生ずっとこの土地で過ごす可能性の方が高いかもしれない。

この日からマリアは、自分も将来子供を持つ日が来るのだろうか、と自問するようにもなった。

ウーマの話でマリアが最も考えさせられたのは、彼らも熱心に漢語を学び出したという点だった。

——それならフォルモサ人の集落のなかで、赤崁の町に一番近くて漢人の数も一番多い新港社では、もっと大勢の人が漢語を学んでいることでしょう。今や、漢語を学ぼうとしていないのは私たちオランダ人だけ。統治者の自負があるから、漢人とフォルモサ人こそがオランダ語を学ぶべきだと考えている。けれど私たちが圧倒的な少数派だという事実はどうしたって動かせないわ。

二、三十年も前の宣教師はフォルモサ人に布教を行うため、苦労してシラヤ語を習ったものだった。ただし漢人については、彼らはすでに自らの宗教を奉じているため、布教の対象と見なしてこなかった。なかには何斌や郭懐一のようにキリスト教に改宗した者もいるにはいるが、ほとんどすべての漢人はキリスト教にも、オランダ語にも関心を持っていない。

したがって漢語を学ぼうとする宣教師はいたって少なく、異動の多い役人や軍人はなおさらだった。結果として、オランダ人はもっぱらオランダ語を理解する漢人の指導者層を通じて漢人全体を管理したり、理解したりするようになっていた。――いつまでもこのままではいけない。自分たちにとって不利になる一方だわ。と、マリアは感じた。

そして、あらためて思った。――自分もきっとドリュフェンダールやペーデルと同じように、生涯フォルモサで生きていくことになるのでしょう。

フォルモサのオランダ人の男には、陰に陽にマリアに好意を寄せる者も見られたが、マリアの心が揺らぐことは一切なかった。しかしヤンが亡くなったことで、オランダの思い出はますます彼女から遠ざかっていきつつある。

マリアは思索を続けた。――あと二年で、私たちがフォルモサに来てからちょうど十年。その時お父様は東インド会社との契約を更新するかどうかを決めることになるけれど、昔も今も熱心に職務に取り組んでいらっしゃるから、きっと更新されるでしょうし、お母様もお父様のご意向に従うはず。クリスティーナとピーテルはまだ子供だけれど、ヘレーナとヘニカにはどうやら最近恋人ができて、結婚まで考えているみたい。どうであれ、私がこれから先もずっとフォルモサで生きていくとしたら、漢人の書物を読んだり、自分でも文章を書いたりすることができるくらいまで、もっともっと漢語を学ばなければ。

そうして、マリアは今まで以上に学習に熱を入れるようになった。何斌夫人に習う以外に、黒ひげの死後は阿興に会話を習ったが、黒ひげとは比すべくもなかった。ふと、前に何斌から、目加溜湾社に一人の漢人の学者が住んでいると教えてもらったのを思い出した。フォルモサ人の生活圏である目加溜湾にもう七、八年も暮らしているというから、きっとシラヤ語も話せることだろう。

彼女は大目降社に暮らすドリュフェンダールに道案内を頼んで、父と一緒にその学者を訪ねた。学者は頭髪こそ半ば白くなっているが、表情にも身体にも活力が溢れていた。彼は客人を丁重に迎えたが、訪問の目的を知るや急にうろたえた様子を見せ、何度も話題を反らそうとした。最後にハンブルクに打ち明けたところでは、彼は儒家のしきたりによって、女性を弟子に取ることはできないとのことだった。

マリアは落胆して家路についた。道すがらウーマの家の前を通ったので、牛車を止めて立ち寄った。家に入る前から赤ん坊の朗々とした泣き声が聞こえてきた。ウーマの母メヨンが喜色満面で赤子を腕に抱いている。つい三日前に、ウーマはメヨンの介助の下で健康な男の子を産んだのだ。ウーマも元気そうで、ハンブルク父娘は安堵し、祝辞を述べた。

やがてマリアの予想通り、ヘレーナとヘニカが続けざまに結婚した。ヘレーナは商務員助手のヨハンネス・ファン・デル・ブールフに、ヘニカは下級商務員のドミニクス・ファン・フォーステンに嫁いだ。新郎は二人とも大員に住んでいたので、ヘレーナとヘニカも大員に引っ越していった。

ウーマ夫妻は息子に洗礼を受けさせた。ベガリというシラヤ人の名を付けると共に、アントニウス・ハンブルク牧師に敬意を表して、アントニウスという名も付けた。

それからは、学校の生徒にオランダ語を教えることと漢語を学ぶことに加え、ウーマの赤ん坊をあやすことがマリアの日課に加わった。今まで学校の仕事を手伝ってくれていたヘレーナとヘニカが嫁いでいったため、こなすべき仕事も増えた。漢語は阿興が紹介してくれたある麻豆社の漢人から習いはじめた。その人は唐山にいたころ科挙に合格し、田舎の役人をしていたこともあるそうだ。数年間の猛勉強を経てマリアの能力はめざましく上達しており、今や漢詩を味わったり、さらには論語や孟子、荘子といった古代の思想書さえも理解できるようになってきていた。マリアが特に好んだのは老子と荘子の説く飄然とした哲学で、反面漢人が聖人と崇める孔子や孟子などにはさして興味を抱かなかった。

ウーマは、日々心安らかに母親としての務めをこなしていた。子供はメヨンやマリアからも世話を受けながら、すくすくと育っていった。一人目ができれば二人目もできるもので、翌年の末には女の子も授かった。彼女はシラヤ人としての名をニンア、オランダ名はマリアと付けられた。

子供の世話を焼いていると、毎日が早く過ぎていく。一六五九年になり、ハンブルクはフォルモサに留まることを決心して会社との契約を更新した。彼はすでに最も長くフォルモサに暮らしているオランダ人宣教師となっていた。クリスティーナはすらりとした美しい少女になり、ピーテルも今では背丈が母親を超えるほどに成長した。マリアはオランダを懐かしむことも少なくなり、すっかりフォルモサを自分の住処と見なしていた。

日中は活力と笑顔に溢れているマリアだったが、忙しい一日が終わり夜に自室で休んでいる時、たまにヤンを思い出した。かつて二人が離れた土地から互いを想っていた頃、マリアは就寝前にヤンから贈られた木笛を手に取り、ヤンが彼女のために作った曲を、星空に向かって吹いた。こうしていると、昔デルフトの風車の下で、レッスンという名目で夜に逢瀬を重ねた日々のことを、ありありと思い出せるのだった。

しかし笛を吹きはじめるといつも母親からたしなめられた。麻豆社の夜は静かすぎて、近所の人々に迷惑をかけると。

ヤンの訃報に接してから一年ばかり経った、あるうららかな日曜日の午後、礼拝から帰宅したマリアは、百通近くものヤンの手紙が収めてある木箱を持ち出して、家の側に植えられている、燃えるような赤い花を枝一杯に咲かせたデイゴの木の下に埋めた。以後、陽が沈む頃になるとマリアはよくその木の下で、ある時は座り、ある時は立ったまま、夕陽に向かって笛を吹くようになった。

デルフトにいる恋人を想っていた頃、マリアが奏でる旋律は概ね軽快で、心楽しくなるものだった。今も曲こそ同じだが、噛みしめるようにじっくりと吹いているせいか、そこはかとなくもの悲しさが漂っていた。

# 第三十四章

## 北伐

鄭成功が初めて反清復明の兵を起こしてから、十二年の歳月が流れた。

転戦に次ぐ転戦を重ねてきたが、どうしても大陸東南部の清の防衛線を破ることができずにいた。満州人は鄭家の内情をよく知る降将に自軍の指揮を執らせ、形勢は鄭家と明軍にとって不利になる一方だった。永暦帝はたびたび大陸西方への後退を余儀なくされ、今は雲南の山奥にあって退路も尽きかけている。成功は永暦帝を救出するべく二度にわたって遠征を行ったが、いずれも成果を上げるには至らなかった。そればかりか一六五一年には遠征の隙を衝かれ、廈門が敵の手に落ちるという憂き目に遭い、鄭家は莫大な経済的損失を被った。留守中の防衛を任されていた叔父の鄭芝莞《しかん》は、怒った成功によって斬首された。

敵の領土の一地方に過ぎない福建さえも突破できず、力の差を思い知らされながらも、不屈の闘志の持ち主である鄭成功は、持てる力のすべてを出し尽くして難局を打開しようと心に決めていた。

自軍が最も苦しめられているのは、満州人と蒙古人によって組織された騎兵隊だ。そこで鄭成功は新戦術を考案し、試してみることにした。

一六五七年、鄭成功は敵の猛将・阿格商をついに捕らえて処刑した際、これまで戦場において余人を寄せつけない武力を発揮していた彼の秘密を知った。武芸に秀でていたのはもちろんだが、それに加えて、装束の内側に鉄の鎧をまとっていたのだ。

成功は幼い頃に目にした日本の武士の甲冑を思い出した。すぐ筆を取り、霊感のおもむくまま鉄の鎧と面具を描き、馮《ふう》澄世《ちょうよ》という技師にこれと同じものを作るよう命じた。材料の一部は日本から取り寄せた。出来上がった甲冑を兵士たちに着せてみると、確かに容易には刃物を通さない。ただあまりに重く、機動性に難があった。この点を少しでも克服するため、成功は兵士らに厳しい鍛錬を施した。このようにして十七世紀における装甲部隊ともいうべき「鉄人部隊」が編制され、左虎衛将軍・陳魁が指揮を執った。

鄭成功は柔軟な発想で、別の戦術も考えた。騎兵に対しては先に馬の脚を斬る、というものだ。それを行うには軽装をし、かつ匍匐《ほふく》前進などの隠密的動作に長けていなければならない。そこで福建地方の特産である藤の蔓を用いることにした。蔓を編んで盾を作れば軽量だし、浮力を利用して水中を楽に移動することもできる。戦闘にあたっては盾同士を隙間なく並べて敵の矢や刀を防ぎ、それから匍匐前進で敵に近づき馬の脚を斬る、という戦法が考案され、実践された。藤盾部隊が敵兵を落馬させた後、続けざまに鉄人部隊が襲いかかり、まるで野菜でも切るかのように敵兵をなぎ倒していった。こうして清の騎兵隊はその強みを失い、鄭軍に次々に撃破され、十七世紀の陸上競技部ともいえる藤盾軍の名は、鉄人部隊と共に天下に知れ渡った。

陳澤は船乗り時代に習得したある特技を意外なところで発揮する機会があり、それによって大きな戦功を立てた。若い頃、諸国の港で西洋人によって描かれた地図を目にし、それらが漢人の地図とは比較にならないほど緻密で正確であるのを知った彼は、誰に習うでもなく、もっぱら丹念に観察することによってその要点を摑み、作図ができるようになった。これは漢人にとって極めて珍しい特技である。何十年も過ぎてから、ついにその技を発揮する機会が訪れた。遠征に際して重要なのは食糧や軍事物資の補給である。鄭成功は遠征の途上、各地の清軍の兵糧庫を奪取しようと画策したが、不慣れな土地なので、あらかじめ地形や敵の布陣を把握しておく必要があった。この時陳澤がこの任務を買って出て、興化、涵頭、黄石などの土地を密偵に探らせ、その情報を元に自ら地図を作り、成功に献上した。鄭軍はその地図を拠り所として清軍の兵糧庫を襲撃し、見事に糧食を奪取したのだった。この一件により、陳澤の傑出した製図力は全軍の間に知れ渡った。

一六五八年七月。鄭成功は福建の北に位置する浙江地方を新たな戦場に選び、七か月分の兵糧を準備した上で廈門から北上し、浙江省東南部の温州に侵攻した。七年前の奇襲成功に味をしめていた清軍は、この度も成功の留守に乗じて廈門を急襲した。鄭軍は無論、二度と同じ轍を踏むまいと万全の防備を固めており、金門・廈門の守備兵が敵を返り討ちにし、後顧の憂いを取り除いた。

北伐軍は舟山群島に陣を張った。そこでは練兵のほか、七月二日には先の戦役において勇ましく戦死した「戎政《じゅうせい》」と通称される陳六御や、「前鎮」「英義伯」と称される阮駿《げんしゅん》などの部将を祭祀する式典が盛大に執り行われた。厳かな儀式の最中、鄭成功は臆面もなく悲痛の情をさらけ出し、兵士たちは心を動かされ、涙を誘われた。かつて陳六御の副将だった陳澤は老将を追悼し、感謝を捧げながら、こうも思った。

――国姓爺様は厳しく軍を律し、時に死刑も行うが、部下を大切にされる思いは真実のもので、功績を上げた者には褒賞や昇級を惜しまない。それゆえ全軍が一丸となり、数では遠く及ばない敵に勇ましく立ち向かっていくのだ。

九月七日（陰暦八月九日）、鄭軍の船団は舟山島の西北に浮かぶ羊山島に至った。その日は波も風も穏やかだったが、翌日の正午、鄭成功の乗る「中軍船」に提督たちが集まり軍議が開かれている時、空の一角に小さな黒雲が現れ、風が少しずつ強くなってきた。

鄭成功は提督たちに各自の船へ戻るよう指示すると共に、すべての船に適当な港を探して停泊するよう伝令を出した。彼自身もより大型の船に移り、それを新たな旗艦とした。

風が吹き荒れ、波が高々とうねり、空には稲妻が走り、豪雨となった。昼過ぎだというのに隣の船さえも見えなくなり、ただ何かが衝突したり壊れたりする音が、狂乱の内に救助を求める声に混じって聞こえてくるばかりだった。

鄭成功は遠征の際、妻子や一族の者を同行させていた。都督の一人である陳徳が跪きながらこう進言した。

「つい先ほどまで近くにいた六隻の中軍船が、一隻も見当たりません。荒れ狂う風で本艦の帆柱も折れてしまいました。藩王〔鄭成功の別称〕様におかれましては、天の怒りを鎮めるべく、なにとぞ祈りをお捧げくださいますよう」

「馬鹿な。これが天意だとするならば、祈ったところでそれを変えられようものか！」鄭成功は陳徳を叱咤した。

やがて錨を管理する係の水夫が来て、錨の縄が切れてしまったと報告した。当時の縄は植物の繊維をより合わせただけのものだ。高位の家臣たちも一斉に鄭成功の前に跪いて哀願したため、成功も折れ、船の後方に設けられた祭壇の前で神妙に祈禱を捧げた。するとほどなくして黒雲は遠ざかり、雨も止み、波も穏やかになったので、将兵は奇蹟を目撃したかのように驚嘆した。申の刻〔午後四時前後〕近くになると晴れ間が広がった。

六隻の中軍船は跡形もなく消え失せており、ただ櫂がいくつか島の岸辺に浮かび漂っているばかりだった。それらに乗船していた鄭成功の六人の妃と三人の幼い息子、老若男女の親族、護衛の兵士など、合わせて二百三十一人もの一族郎党が、海に投げ出されて溺死した。救出されたのはただ一人の老婦人と、老いた水夫だけだった。この報告を聞くと、鄭成功はしばしの間呆然とし、それから乾いた笑い声を上げ、遺体を集めて近場に埋葬するよう命じた。

兵士の死傷者は数千人にも上り、遠征は中断せざるを得なかった。

とてつもない痛手を負っても、鄭成功の心は挫けることを知らない。一年後、彼は再び北伐を宣言した。前回の教訓を糧に、彼は陳澤と「忠靖伯」と称される陳輝に身内が乗る船の守護を任せた。この計らいは成功が陳澤を「護衛隊長」に位置づけていたことを示している。成功はまた従来の「宣毅鎮」の称号を「宣毅前鎮」と「宣毅後鎮」に分け、前者を陳澤に与え、後者を台湾でオランダ人医師の治療を受けた呉豪に与えて、それぞれ一軍を統率させた。

この第二次北伐では快進撃を続けた。破竹の勢いで瓜州と鎮江を攻め落とし、そのまま金陵城〔現・南京市〕を大軍で包囲した。清の朝廷には衝撃が走り、順治帝は一度は手足を震わせながら「満州に避難する」と口にしたが、後になって、自ら軍を率いて逆賊を討伐すると述べた。

一六五九年八月二十九日、鄭成功は明の太祖・朱元璋の陵墓である明孝陵に向け全軍を上げて祭祀を執り行い、また長江を臨んで詩を詠んだ。儒学者にも劣らぬ高い見識を備えていた鄭成功の人となりが、そこにはよく表れている。

縞素臨江誓滅胡　雄師十万気吞呉。
試看天塹投鞭渡　不信中原不姓朱。
〔白装束を纏って長江を望み、異民族を滅さんと誓願す。

猛兵十万の意気盛んなること、西晋の呉を併呑するが如し。
渡河すれば流れすら堰き止める威勢を見よ。
中原が再び朱姓の帝を戴くことを、いかで信じずにおられよう）

「投鞭渡」という字句は五胡十六国の時代、氐《てい》族出身の苻《ふ》堅《けん》が長江を渡るに際し、「我が大軍が馬に鞭打って渡河すれば水の流れも断つことができよう」と述べたという「投鞭断流」の故事に基づいている。

金陵城を包囲した時、鄭成功はさほど時間を要さずに攻略できるものとたかをくくった。その自己過信と敵の軽視があだとなり、ある時包囲網の内外から挟撃を受け、全滅に近い大打撃を被った。兵の三分の二と部将の過半数を失い、主将の甘煇、万礼、鉄人部隊を率いる「左虎衛」陳魁などもことごとく戦死してしまった。

異民族に堅忍不抜の精神で対抗してきた鄭成功であるにも関わらず、彼が先の詩のなかで自らを投影させた苻堅もまた、異民族の一人であった。しかも苻堅は最後、淝水《ひすい》において惨憺たる敗北を喫している。図らずして鄭成功も同じ轍を踏むこととなり、これにより中原が再び朱姓の帝を戴くという一縷の望みは、ほぼ絶たれてしまったのである。

陳澤は失意に沈む鄭成功と同じ船で廈門へ帰還した。

長年苦労も喜びも分かち合ってきた戦友たちの誰も彼もが一斉に故人となり、陳澤は狐につままれたようだった。彼は今回前線に立たず主君の親族に付き添っていたため、同胞たちと力を合わせて戦うことができなかったのを悔やんだ。しかしこのこと以上に陳澤の心を占めているのは、ここまで甚大な打撃を被った主君が、果たしてこの先どう動くのかということだった。

満州人の勢力は中原にますます深く根を下ろし、投降したり寝返ったりする味方の将も後を絶たない。永暦帝は雲南にまで後退し、明朝の宗室は風前の灯火だ。鄭成功の父親と弟たちも投獄され、王妃や王子たちも遠征の途上水死した。ここまで追い詰められていても、鄭成功にはなお動揺する気配が見られなかった。清が再び降伏を勧告してきたが、取り合おうともしない。主君の不撓不屈の意志に陳澤はあらためて敬服したが、他方、いよいよ旗色が悪くなってきたのを憂えずにもいられなかった。

——果たして、勝つか降参するか以外の第三の道はないものか。国姓爺様もその可能性を探っているのではなかろうか。

# 第三十五章　フォルモサ神学校

ハンブルク牧師は嬉しさと怒りが入り混じった心境だった。

嬉しさのわけは、夢にまで出るほど切望してきた「フォルモサ神学校」の設立がついに決定したことだ。

怒りのわけは、彼が大員の教会組織を代表してバタヴィアの教会組織に向けて行った「南方での教育活動のため、ハンブルクやほかの教会関係者に南路語を学習する機会を与えてほしい」という提案が却下されたことだった。しかもその理由は「ハンブルク牧師が語学力を上達させられるとは思えない」という侮辱的なものであった。

返信にはさらに「かくも長期にわたり我々の教会が南路地域での教育において用いてきた言語が、なんと現地人に理解できないものだったとは」という、火に油を注ぐような皮肉も書き添えられていた。

南路語とは、大員以南〔現在の高雄や屛東県〕に居住するパンソ人やルカイ人などの民族が用いる言語を指す。(46) 彼らはシラヤ人とは別の民族集団であり、言語も異なっている。しかし南路地域での教育と布教に携わるユニウス牧師はそこでもシラヤ人の言葉を用いたため、さしたる成果もないままに手間ばかりがかさんでいた。そこでハンブルクは抜本的な解決策として、自分たちが現地の言葉を学ぶことへの支援を求めたのだが、上から冷や水を浴びせられてしまった。

大員教会はまた東インド会社の取締役会に対し、教科書を印刷するための印刷機を要望したが、これもにべもなく拒否されてしまった。フォルモサの牧師たちは「バタヴィアにさえも印刷機はない」という当局からの返答に対して、フォルモサの信徒の数と比べたらバタヴィアの信徒数などたかが知れたものではないか、と不満を述べた。そんななかで幸いだったのは、ハンブルクがクリフォード牧師およびレオナルダス牧師と連名で提出したフォルモサ神学校の設立案が、どうにか承認されたことだった。指定された建設地こそハンブルクが希望していた麻豆社ではなく近隣の蕭壠社であったが、いずれにせよ北路地域〔大員以北〕の教会関係者にとって非常にめでたい消息だった。

大員以北での教育・布教活動はずっと順調に進められてき

たが、南部ではほぼ頓挫していた。南路地域のフォルモサ人はシラヤ人と比べて気性が荒く、なかなか耳を傾けようとしてくれない。このままでは南北間の差はますます広がっていくばかりだ、とハンブルクは憂慮した。

話は数年前に遡る。麻豆社の敬虔な信徒たちが揃って夜祭に出かけていったあの日以後、ハンブルクは幾日もの間思案に耽った。

——夜祭はこの先も開かれるだろう。信徒たちが二度、三度と参加するのを見たくはない。しかし若者たちの心も汲んでやらねばならぬ。彼らが年配の者たちから与えられる圧力は相当なもので、拒否することは簡単ではない。

ハンブルクはヨーロッパの宗教戦争を思い起こしたりもした。改革派を奉じるオランダ人には、カトリックを奉じるイスパニヤ人による宗教的抑圧に対する反発から八十年に及ぶ戦争を経て独立に至ったという経緯がある。統治初期のオランダ人は、フォルモサ人は何ら宗教的観念を持っていないと見なしていたが、それは間違っていた。

二十年ほど前、ユニウスら先人の宣教師は「イニブス」と呼ばれる女たちを、宗教上の一職位としての祭司ではなく、より原始的な祈禱師に近い存在と見なしていた。当時宣教師たちが取り組んだのは、フォルモサ人を教化するという目的意識の下、善悪の観念を植えつけ、まじないを止めさせ、堕胎などの罪深い行為を減らすことなどであって、強制的にキリスト教を信奉させたりはしなかった。

しかしウーマのような模範的な信徒を始めとする多くの若者たちが、自らの意思で夜祭に参加していく姿を見た時、イニブスは祈禱師などではなく、彼らの宗教における祭司なのだということを、ハンブルクははっきりと理解した。

そうだとしたところで、心のなかで折り合いをつけて自らを慰める以外になかった。

——シラヤ人が阿立祖を祀るのは先祖を拝んでいるのであって、異教の神を祀っているわけではない。そう考えるならば夜祭への参加も、許しがたい罪には当たるまい。

——「己の欲せざる所を人に施すこと勿かれ」とは、漢人がしばしば口にする孔子の言葉だ。オランダ人もフォルモサ人に無理難題を強いてはならない。ここに来たばかりの頃、私には彼らが天から与えられた羊の群れのように見えていた。だが今はそう思わぬ。彼らも我々と同じ人間である。我々は彼らをよき友であり、親類であると見なすべきだ。

——シラヤ人に阿立祖の祭祀を止めさせることと、本来の宗教からキリスト教への改宗を求める仕事は、いつかはやらねばならないことであるが、そのためには、万事ゆっくりと進めることを第一の原則としなければならない。時間をかければ、いずれは丸く収まるものだ。やるべきことのもう一つは、彼らに教義をより深く理解させることだ。今までのようにただ教義を暗誦し、祈禱文を唱えていればいいというものではない。これらの大仕事は、まず若者たちの「思想改造」から着手する必要がある……。

続いてハンブルクは二週間ほども苦心を重ね、神学校設立の要望書を書き上げた。そしてクリフォード牧師とレオナルダス牧師の同意を得た上で大員の行政長官と評議会に提出し、またバタヴィアの教会当局にもこれを送った。

年若いフォルモサ人のなかから将来の宣教師を育てるという目的の下に作成されたこの要望書には、神学校の枠組みやカリキュラムに関する具体的な提案がされていた。学生の人数は三十人、年齢は十歳から十五歳までで、全員が学校に寄宿するものとされていた。

一、毎朝ラテン文字によるシラヤ語の表記法を学び、午後はオランダ語を学ぶ。

二、日々の時間割は次の通り。

午前六時から八時……副校長による教理問答。当面はシラヤ語で行い、学習に進展が見られてからオランダ語で行う。

八時から九時……朝食。

九時から十時……作文。

十時から十一時……校長による教義の授業。

午後三時から五時……オランダ語。

木曜日は授業を行わず、遊びと休息の日とする。

学生の管理方式に関してもこと細かく定められており、ハンブルクの熱意と入念な仕事ぶりが窺えるものだった。

一、副校長は、全学生が日の出前に洗面、更衣、髪梳きなどをして身だしなみを整えた後、跪いて朝の祈りに参加するのを監督すること。

二、授業開始時及び終了時に祈りを捧げること。

三、三食（朝食、正午の昼食、六時の夕食）の前後に祈りを捧げること。

四、昼食と夕食の時間には担当者が聖書を一章朗読すること。

五、学生は全員、交代で聖書を朗読し、感謝の祈りを捧げること。

六、学生は校長の許可なく、宿舎外で寝泊まりしてはならない。

七、学生が規則に違反した場合、副校長は本人や別の学生に示しをつけるために叩くことが許されるが、道具は物差しに限り、回数は一回のみとする。

八、許可なく授業を休んだ学生に対して、校長は自らの裁量において処分を下すことができる。

九、毎日二人の学生を監視係とし、学校内でオランダ語を話さない者や、規則を破った学生を記録させ、副校長に報告させる。

十、副校長は学生が清潔で衛生的な状態を保つよう監督すると共に、学校および宿舎の秩序維持に努めること。

ハンブルクが当初神学校を麻豆社に設立するよう提言したのには、ここが彼の地盤であるほか、すでにレンガ造りの建物や大きな楼閣があり、漢人の数もさほど多くなく、シラヤ語を話せるオランダ人が最も多く住んでいるなどの理由があった。加えてこの地は蕭壠社や新港社と比べて鹿の狩猟場に近く、漁労に従事している住民も多いので、フォルモサが食糧不足に陥った際も、学業に及ぼす影響は比較的少ないと考えられた。最終的には蕭壠社に建設されるものと決められたが、ハンブルクはそれでも校長に就任することを決めた。

神学校が設立されてから、ハンブルクは目が回るほど忙しくなった。麻豆から蕭壠までは片道二時間ほどの距離があり、移動するだけでも一苦労だ。一日のほとんどの時間を蕭壠で過ごし、時には神学校内で夜を明かすこともあった。麻豆社の自宅はアンナとマリア、妹のクリスティーナと弟のピーテルだけで過ごす時間が増えた。ウーマも育児に追われ、訪ねてくることが少なくなっている。ただ自宅には家事を行う奴隷がおり、家族が減っても忙しくなることはなかった。マリアは父親の身体をいたわって時々蕭壠に同行し、身の回りの世話をしたり、事務仕事を手伝ったりした。なお神学校副校長の任に就いたのは、最近フォルモサに戻ってきたフランソワ・カロン元行政長官の息子である小カロンだった。

学生たちはみな熱心に学び、規則をよく守ったので、神学校に勤める牧師たちは達成感を覚えた。マリアも、今の暮らしには大きな意義があると思えた。

## 第三十六章　嵐の予兆

「斌官が東インド会社を裏切り、全財産を抱えて国姓爺の下に逃げていきました！」

一六五九年夏、ある大員からの客人がハンブルク家にこの驚くべき報せをもたらした。

客人とはペーデル大将の二人息子である小トーマスとウィリアムである。彼らはマリアの姉ヘレーナ、その夫ファン・デル・ブールフ、マリアの上の妹のヘニカ、およびその夫のファン・フォーステンと連れ立って、麻豆社へ休暇を過ごしにきていた。

ウィリアム・ペーデルは生まれて間もない頃から何斌邸に出入りしていた。何斌の父親の懐に抱かれたこともあるし、生後一か月のお祝いに純金の指輪を送られたりもした。何斌の子供たちはみな遊び仲間であり、ウィリアムが漢語を話すことができるのはこうした環境によるものだった。彼はずっと何斌を叔父にも等しい存在であり人生の先輩と見なしてきただけに、最も強い衝撃を受けていた。

歴代の行政長官たちも何斌に厚い信頼を寄せていたことは、ハンブルク家の人々もよく知るところだった。東インド会社の重職にある者たちは、フェルブルフとコイエットのように内輪同士で反目することはあっても、一様に何斌を高く買い、重用してきた。それゆえにこの裏切りと逃走劇は、上層部から下級職員に至るすべての者に、驚きと失望と憤りを生じさせた。

「畢竟、異民族の考えは我々と異なるものなのです！」小トーマスが語気強く言った。

「何斌が全財産を持って逃走したのは確かです。会社はもちろん、大員で商売を営んでいる漢人たちのなかにも、彼に騙され損失を被った者が少なくありません」ファン・フォーステンも不満げに述べる。

ハンブルクはウィリアムが何斌と親しかったのを知っているので、彼の口からことのあらましを詳しく訊こうとした。

「さしあたり、急いで結論を出すのは控えましょう。斌官はお屋敷のなかを整理もせず去っていったと聞きましたが、何かしらの理由で追い詰められていたのかもしれません。ここ最近は何かの罪に問われ、監禁されていたとか。犬も追われれば壁を飛び越えるもの。人においては尚更です。彼は何らかの苦境に立たされていたのではありませんか。ウィリアム、君なら何か内情を知っているのでは」

ウィリアムは顎に手をあて、もったいつけた口ぶりで「これにはいささか込み入った事情がありまして……」と言い、ワインを一口すすり、みかんを剥いて口に放り込み、「酸っぱい」とつぶやいた後、遠い記憶を探るかのようにゆっくりと話した。

「みな様もご記憶のことと思いますが、あれはセーサー長官の任期中最後の年、たしか一六五六年の六月でした。廈門の国姓爺から、大員に対する禁輸措置を取ると、厳しい言葉で告げる書簡が届きました。私がこのことをはっきり憶えていますのは、斌官がそれをオランダ語に翻訳された後、最後まで丹念に読むようにと言って私に手渡し、私が読み終えると、どれだけ内容を理解できたかと重ねて訊いてこられたからです」

「そんなことがあったのですか。どうして私は何も知らなかったのでしょう」とマリアが言った。当時彼女は何斌夫人から漢語を習うため何斌邸に通っており、呉豪という名の漢人がそこでオランダ人医師の治療を受けていたのを見たことがあるし、それより前の、ウィリアムの姉マーガレットとクリフォード牧師の披露宴兼舞踏会の壇上でセーサー長官が発した言葉もよく憶えていた。長官は国姓爺から医師の派遣を求める書簡が届いたと前置きした上で、これは彼が我々を深く信頼している証であり、将来彼の勢力と清国が和解に至りさえすれば、中継貿易は再び元のように盛んになるだろう、と意気揚々と述べたのだ。

事実、その披露宴の翌年〔一六五七年〕から貿易は活況を呈し始めた。一六五八年の統計では、支出額三十九万ギルダーに対して収入五十九万ギルダーと莫大な黒字を計上し、バタヴィア総督マッツワイカーも、うなぎ登りの数字に顔をほころばせた。

ハンブルクは東インド会社との契約更新後、アンナを伴ってバタヴィアへ赴き、現地の教会と交流し、先日帰ってきたところだった。

――お父様がフォルモサに留まるのを決められた理由の一つには、大員の貿易が再び活発になったことで、フォルモサの未来に自信が持てるようになったという点もあるかもしれないわ。

マリアはずっとそのように考えており、ヤンを失いどん底にあった一六五五年からの二年間、東インド会社と鄭家の通商関係が低迷していたことも、双方にたびたび波風が生じていたことも知らなかった。「私はてっきり、国姓爺とオランダがずっと良好な関係を保っているとばかり考えておりました。それなら国姓爺は、いつ頃から、どういう理由で、大員商館との貿易を禁じるようになったのですか」

下級商務員であることから比較的事情に明るいマリアの妹婿ファン・フォーステンが、当時の状況を詳しく語ってくれた。

「それについては、一六五五年の出来事から話しはじめないといけません。あの年の七月、セーサー長官は国姓爺から、マニラのイスパニヤ人が彼の船団に敵対的で、船員を殺害したり貨物を奪い取ったりしていることへの不満を述べた書簡を受け取りました。イスパニヤ人たちは時に貨物を受け取ったまま代金を支払わず、時にあらかじめ取り決められていた価格を無視して、いくばくかの金を投げるようにしてよこす振る舞いをするので、国姓爺はこれ以上彼自身と配下の者たちが理不尽で非道な仕打ちを受けることのないように、息がかかっているすべての船にマニラへの渡航を禁じる命令を下したというわけです。長官が受け取った書簡には、大員のオランダ人にも同様の措置を取るようにと書かれていました。

しかしセーサー長官は、イスパニヤとの長い戦争が数年前ようやく終結し、もう二度と敵対することを望まない。それゆえ恐縮ながら要求に従うことはできない、と返事をしたためました。

二か月後、再び国姓爺からの書簡が届きました。今度は長官ではなく、何斌およびリーダー格の漢人全員に向けて書かれたもので、同時にセーサー長官にも内容を伝えるよう求めていました。書かれていたのは次のような事柄です。『着任したばかりの東インド会社バタヴィア総督が自分に対して非友好的な態度を取っており、配下の船団がかの地で難題を吹っかけられている。バタヴィアのオランダ人は利益を独占したいがために、配下の船に対してマラッカ、ジョホール、パハンなどの港へ行くことを禁じ、そればかりか、スマトラ島の港へ行った我が船が四百担〔約二十四トン〕もの胡椒を強奪され、巨大な損失を被った事件さえ起きた。……もし今後も改善が見られなければ、それが引き起こす結果は大員商館が引き受けるべし。当方がオランダを信頼することは二度となないだろう。漢人の船舶すべてに、フォルモサの港に行くことを禁じる布告を出すことも起こりうる』と、重々しい言葉で警告がされていました」

「私もあの書簡の中身をはっきり憶えています。国姓爺はこう書いていました……」とウィリアムが再び口を開き、威厳のある口ぶりで一言一句をみなに語って聞かせ、最後に「金石之言、言出必行〔この貴い勧告は必ず実行される〕」という結びの文句を、漢語とオランダ語で言った。

ファン・フォーステンが言葉を足す。

「同じ書簡のなかで国姓爺は漢人の指導者たちに向け、彼が先だって布告したマニラに対する禁輸令を遵守するよう、厳しく命じていました。何斌はただちにこの文書を翻訳し、セーサー長官とバタヴィア総督に提出しました。

セーサー長官の返信は淡々としたものでした。『大員のオランダ商人もマニラへ行くのを嫌がっております。事実、踏み倒し行為が頻発していますから。とはいえ条約に照らせば、オランダとイスパニヤは友好関係にあります。貴公が大員の漢人に向けて発されたマニラへの禁輸措置につきましては、我々はこれを公布しないことに決めました。なぜならこれはオランダ東インド会社とオランダ人にとって、主権の侵害にあたるからです』」ここで一旦口を閉じ、大きく目を見開いてその場の人々を眺め回した。

「バタヴィア当局の反応は長官に輪をかけて冷ややかで、国姓爺の批判に対し『そのような事実は確認できない』と応えたのみで、一切取り合おうとしませんでした」

「それはひどすぎるわ。国姓爺だけを責められませんね」とマリアが言う。

ファン・フォーステンはビールをグラスに注ぎ、一息に飲み干した。「ウィリアム、ここから先は君に話してもらおう」

ウィリアムはマリアの方をちらりと見てから、語り出した。

「その翌年、つまり先ほど申しました一六五六年の六月末に、国姓爺から、大員の東インド会社に対して全面的な禁輸措置を取る旨の書簡が届きました。斌官がそれをオランダ語に翻訳された際、私も内容の正誤について助言を申し上げました。国姓爺の書簡はいつでも長く、枝葉末節まで細かく論じられています。その語調には力があり、曖昧な部分が全く見当たらないほど理路整然としています。彼は万事にかけて大胆に決断し、遺漏がなく、かつ義理と人情を人々に感じさせています。敵ながら実に立派な人物です。なおその時の書簡では、大員の漢人に対しても三つの事柄が告げられていました」

ウィリアムの声には徐々に勢いがついて、手振りも交えるようになった。

「一つめは、オランダ人に対して貿易および移動上の制裁を科すこと。あわせて、そこまでに至った経緯が筋道を立てて説明されており、国姓爺の方に完全に理があると思わせるものでした。二つめに、制裁の実施までに百日間の移行期間を設けること。国姓爺は寛大さを示し、大員に停泊している外部の商船が帰還するのに十分な時間を与えました。しかしそれ以降は厳格に往来が禁止されると告げ、また帰還に際して大員から持ち出すことが許される貨物とそうでない貨物についても細かく定めていました。そして三つめに、禁を破った同胞に対しては貨物の没収にとどまらず、一律死刑に処し、容赦することは決してない、と重々しい言葉づかいで書かれていました。

セーサー長官と評議会が最も容認しがたかったのは、この書簡が直接、フォルモサのすべての漢人に宛てて書かれているという点でした。オランダを眼中に入れず、フォルモサにおける管轄権を公然と侵害しているのですから！　しかしながら抗議には十分な理があり、オランダ側は反論する言葉を持ちませんでした。見事な手法というしかありません。そしてフォルモサにも、よその港にも、船を所有する漢人で彼の命令に背く勇気のある者などおりませんでした。国姓爺の影響力は恐るべきものです」

ファン・フォーステンもうなずいた。

「その通り。国姓爺はフォルモサやマニラ、バタヴィアにいる漢人たちを自らの統治下にある民と見なしています。後日、宣言は実行されました。書簡が送られてきた月に福建から大員に入港した船は四十八隻、大員から福建に向けて出港していった船は四十七隻ありましたが、その翌月には大員に入港する船が五隻にまで減り、十九隻が出港していきました。翌々月になると入港した船はたったの一隻、出港したのは八隻でした。その次の月、すなわち一六五六年九月から翌年の夏にかけての丸一年間、大員と福建の間を移動する船はただの一隻も見当たらず、往来は完全に途絶えていました。そのため、東インド会社の管理下でフォルモサに暮らす漢人の商売人たちは、例外なく苦境に立たされていました」

それまでずっと傍らで話を聞いていた、ウィリアムの兄であり職業軍人である小トーマスが口を開いた。

「国姓爺の行動力、影響力、部下からの信頼はとてつもないものです。だからこそ彼の軍隊は寡勢をもって多数の敵に果敢に立ち向かっていき、圧倒的に優勢な満州人がいつまでも彼を倒せずにいるのです。彼の口から発された命令は必ず執行され、処罰は厳格で、近親者でさえも特別扱いはされません。この点はバイエル医師も身をもって学ばれていました。みな様も憶えておいでてしょうが、医師は国姓爺を治療するためにしばらくの間廈門で暮らしていましたが、国姓爺が兵卒、将官、さらには自らの侍従までも処刑するのを目の当たりにして恐怖を覚え、逃げるようにして大員に戻ってきました」と、両手を大きく広げつつ語った。

ファン・フォーステンが話の筋を戻す。

「一六五七年はみな様もご記憶の通り、強烈な台風に何度も襲われてフォルモサ全土が水に浸かった年です。一千人近い死者を出し、家は崩れ、穀倉も水びたしとなり、加えて稲とサトウキビの田畑も壊滅的な被害を受け、会社は未曾有の財政難に陥りました。そして十二月にはセーサー氏に代わり、コイエット氏が評議会議長の身分を保持したまま行政長官に任命されました。今思えば、セーサー氏は実に不運でした。在任中に蝗害、水害とたびたび災厄に見舞われ、人間関係もうまくいかず、最後にはひどく意気消沈されていたものです。

一六五八年一月、コイエット氏が正式に行政長官に就任された時、対処すべき課題は山積しておりました。財政問題はもちろん、過去二年間の度重なる水害によりフォルモサ人の集落には疫病が蔓延し、深刻な状況にありました。このため毎年恒例となっていた地方会議も初めて中止されたほどです。疫病は一つではなく、東インド会社職員のなかにも命を落とした者が少なくありません。あの頃はフォルモサ中が静まりかえったようで、もの寂しい雰囲気が漂っていました」

両の眉をくいっと上げて、ファン・フォーステンは話を続ける。

「しかし、コイエット長官は非常に優れた見識をお持ちの方だと私は思っております。彼の政策では経済の繁栄が第一に置かれ、最も重要な課題は大陸側との通商貿易の再開でした。すなわち、どうにかして国姓爺側との通商の扉を再びこじ開ける必要があったのです」

「コイエット長官はそれを成し遂げたのですね。あの方はどのようにして国姓爺との貿易を、再開させたばかりか今日のように盛んにすることができたのでしょう」

マリアの問いかけにファン・フォーステンは苦笑いして応えた。「それはまさに何斌の功績なのです。ただそのために、今日にまで禍根を残すことになってしまいました」

「どういうことですか」

ペーデルの二人の息子もファン・フォーステンも、お互いの目を覗き合うばかりで何も語らない。マリアは突然、閃いた。

「斌官はそこで両国間の特使になり、何らかの任務を果たしたのでしょうか?」

「お察しの通りです」ウィリアムが指先をマリアに向けて答えた。「斌官は会社から託された六千ギルダー(47)もの現金を持って廈門へ行き、国姓爺のみならず、鄭泰などの二十名近い側近にもこれを献上しました。斌官によると、漢人同士でことを為す際にはこのような礼をわきまえておかなければならないのだとか」ウィリアムはいささか軽蔑の色を顔に浮かべつつ、話を続ける。

「三か月経って、斌官はようやく国姓爺のしたためた返書を携えて帰ってきました。それには貿易再開のための条件が三つ記されており、最も重要な項目は、彼の船がオランダが管轄する港を自由に往来でき、物資の補給も受けられることをバタヴィア当局が保証すべし、というものでした。コイエット長官はこの条件が理に適っていると考え、翌日に評議会を開き、条件をすべて受諾すると決めました。

斌官は再び廈門へ赴き国姓爺にこの件を報告すると共に、東インド会社からの謝意として今後毎年銀五千両、矢十万本、硫黄一千担〔約六十トン〕を献上する用意があると伝えました。フォルモサの北部では火薬の原料の一つである硫黄が豊富に採掘されます。斌官は国姓爺の心をよく見透していました。戦争を続けていくためには軍事物資の長期的かつ安定した供給が必須です。果たして国姓爺は、その場でフォルモサとの貿易を再開する命令を下したのです。

こうして一年以上姿をくらましていた唐山の商船が、再び大員の港にやってくるようになりました。交易は活況を呈し、入港する船は列を成して順番を待つほどにも増え、空っぽだった倉庫もこれ以上品物を入れられないほど一杯になりました。それから今日までの二年間、大員商館は莫大な利益を上げ、コイエット長官もバタヴィアの総督もご満悦でした。聞くところによると会社の株価も高騰を続けている(48)そうです。会社は国姓爺に沢山の財物を献上しましたが、後になって軽くその十倍を超える量の返礼を手にすることができました」

「それでは斌官が免職され、拘禁までされたのは一体どうしてですか」ずっと椅子に腰かけたまま耳を傾けていたアンナ夫人が好奇心から口を挟み、ファン・フォーステンがそれに答えた。

「行動に表と裏があったからです。彼は水面下で国姓爺と闇取引を行っていました。それが明らかになると、会社はこの人物のオランダへの忠誠度には問題があると判断しました」

ファン・フォーステンは、お手上げだというような面持ちと仕草を見せて話を続ける。

「我々は国姓爺と、彼の事業を司っている鄭泰に対して脱帽せずにいられません。彼らは戦争の術策に長けているのみならず、抜かりのない実業家でもあります。かつて大員から唐山へ輸出される貨物商品は廈門に着いてから課税を受けていましたが、聞くところでは鄭泰が何斌に行った助言がきっかけで、大員からの出港時に課税するものと改められました。利便性がよいことに加え横領も防止できるので、税収は必ず増加するだろう、という理由からです」

ウィリアムも言葉を付け足した。「国姓爺の一族には、父親から受け継いだ学識と経験があります。一官と呼ばれる鄭芝龍は、頭の切れる商売人であり、ずるがしこい海賊でもあり、外国語にも堪能でした。廈門、泉州の漢人には、こうした方面の才能に恵まれた者が多くいます。機転が利き、とりわけ金の匂いに敏感です。当時のプットマン長官も一官からは陰に陽に悩まされたと聞いています」

ファン・フォーステンがうなずいて言った。

「何斌が最初に廈門で交渉を行った際、国姓爺から、彼の代理として大員で関税を徴収してもらいたいという要望を出され、隣にいた鄭泰も、自分がその仕事の後ろ盾になるからと口添えしたそうです。何斌にとっては手数料を稼ぐことができ、鄭泰に対して恩義もありましたので、その話を承諾したのです」

「その仕事は、会社に何か損害を与えるものだったのですか」とマリアが問うと、ファン・フォーステンはもう一度眉を上げた。

「いい質問です。道理から言えば、何斌がこの仕事をしたところで会社が不利益を被ることはありません。問題は、彼が独断にて、水面下でそれを行っていた点にあります。大員商館のオランダ人は誰一人この件を知りませんでした。これは信用に関わる問題なのです。そして、こうしたことを隠しておけるのはほんの短い間に過ぎません」

言葉の内に、嘲るような語気が混じり出した。

「何斌が国姓爺の代理としてフォルモサで徴税を行っているのが明るみに出たのは今年の三月でした。暴露したのは杉叔と呼ばれる商人で、『あのずるがしこい狐は好き勝手に税率を吊り上げ、うまい汁を吸っていやがる』と何斌を非難したのです。コイエット長官は立腹し、何斌には会社への忠誠心が欠けているばかりか、独断で増税したことでいくつかの商船が大員行きを取り止めたため、会社に損害も与えたと考えました。

そして税務機関に何斌の身辺を調査させた上で彼を拘禁し、ゼーランディア城の裁判所で裁きを受けさせました。判決の結果、何斌は一切の職務を解かれ、俸禄も失い、指導者としての地位も剝奪され、長年経営してきた赤崁と大員を結ぶ渡し船の経営権と所得を含むすべての特権も奪われることになりました。加えて多額の罰金を科され、債権者から大金の支払いを求められたことで、ついに破産を宣告しました」

語るほどにファン・フォーステンの顔は紅潮し、今ではほとんど激昂していた。

「あの狐はいつ牢番を買収したものか、許しがたいことに家族全員を連れて大員を脱出したのです！　行方は杳《よう》として知れませんが、彼奴の父親が一官の旧臣だったこともあり、廈門の鄭成功の下に逃げた可能性が高いと考えられています。何家の事業は大員から長崎、廈門、安南、マニラ、バタヴィアなどにまで及び、どの港にも大きな衝撃が走りました。何斌が普段から借金をして事業を拡大させていたためです。彼は漢人社会のなかで最も大規模な貿易を営み、我々と贌の契約を結んだ事業家でしたが、東インド会社を始め、多くのオランダ人や漢人からも大金を借りており、個人名義の借金は実に五万レアル〔イスパニヤの通貨〕にも及んでいたのです！　連帯責任を問われて破産する羽目になった者もいれば、夜逃げする者も出ています。当局は、このせいで大員の経済が嵐に見舞われることになるのではないかと懸念を強めています」

しばらく静かに耳を傾けていたハンブルク牧師が、この時口を開いた。「国姓爺は少し前に満州人との戦いで大敗を喫したため、矛先を変えてフォルモサ或いはルソンを攻める恐れがあると聞いていますが、会社はどう見ているのでしょうか」

これは全員が関心を持っている議題だった。誰もが神妙な顔つきになり、ひとしきり押し黙った。やがて小トーマスが沈黙を破った。

「私から、まずは国姓爺の近況についてお話いたしましょう。長年にわたり父と私は国姓爺と満州人の戦争を注視してまいりました。長らく拮抗した競り合いが続けられてきましたが、今年の夏になって情勢に大きな変化が起きました。

それまでもっぱら大陸東南部の沿海部で戦いを繰り広げてきた国姓爺は、今年の春、三十万の大軍を率いて北上し、清の第二の都市である金陵を一息に包囲しました。北京の宮殿にいる満州人の皇帝は慌てふためき、遷都を決める寸前だったとも聞いております。仮に金陵がそのまま国姓爺に攻め落とされていたら、以後そこが彼の拠点になっていたかもしれません。となれば国姓爺がフォルモサに攻めてくる恐れはほぼ無くなります。しかし残念ながら彼は大敗を喫し、過半数の人馬を失ったあげく撤退しました。一部の敗残兵がフォルモサ北部のいくつかの港町に逃れてきたという情報も入っています。今、満州人は勢いに乗って攻め進み、国姓爺の息の根を止めようとしているところです。国姓爺に残された軍事力と、清軍の意気の盛んさを鑑みるに、国姓爺が廈門・金門の両島をこの先も守り切れるかどうか大いに疑問です。それに……」小トーマスは軍人としての観点から情勢を説く。

「この頃、気がかりな現象が見られます。大員の港に五、六十隻もの漢人の帆船が集まっているのです。かつてない規模です。南洋の諸港でも同様の動きが見られており、廈門へ帰還する船も大幅に増えているとのことです。父は、国姓爺が支配下の商船を呼び戻しているものと見ています。その目的が商船を軍船に改造することにあるとしたら、必ずしも清に対抗するためとは限らず、大員が標的とされている可能性もあり得ます。

冬の今は東北の強い季節風が吹いておりますから、廈門からこちらに侵攻するには不適です。しかし来年の三月から四月頃には西南の季節風に変わるので、備えをしておく必要があるでしょう」

場の空気は一層重苦しくなり、お互いに顔色を覗き込み合った。

「国姓爺の軍隊はどれほどの規模なのですか」

ヘレーナの問いかけにウィリアムが答える。

「かつて兵の数は三十万を超えていたといわれます。この度の敗戦で三分の二を失ったとはいえ、今も十万は下らないと見てよいでしょう。武器や甲冑などの装備もなかなかのもので、銃はもちろん大砲も保有しています。父は、兵力に圧倒的な差があるものの、こちらの強みを最大限に活かすことが肝心だと言っていました。すなわち軍艦を始めとする海軍力によって、敵方を外海からこちら側に侵入させないようにするのです。漢人の小型船では外海の大波に耐えられず、味方の軍艦の突進を受ければひとたまりも無いでしょう。とにかく奴らを絶対に陸地にも、台江内海の入り口にも近づけてはなりません。雲霞のごとき軍隊にひとたび上陸されようものなら、きわめて厄介なことになりますから。艦船の増援を求めて最前線を外海に張り、かつゼーランディア城の大砲によって台江内海に続く水道への侵入も防ぐことです。大船の通行できる水道はすべてゼーランディア城の砲台の射程内にあり、敵が付け入る隙はないでしょう」

「コイエット長官は、もう何か対策を打っているのでしょうか？」とマリアが訊き、再びウィリアムが答える。

「長官はクリスマス休暇明けに評議会を召集し、バタヴィア商館に援軍を求める書簡を送るべきか否か議論するつもりでおられるようです」

どの顔も、気が気でないといった様子だった。最後にハンブルクの主導の下にみなで祈りを捧げ、フォルモサとオランダ人と東インド会社に神の加護があるよう願った。そして憂慮と希望の両方を胸に、一行は大員へ戻っていった。

# 第三十七章

## 献策

廈門の鄭成功本営に、何斌が姿を現した。

ここに来るのは三度目だったが、今回は立場が様変わりしていた。彼は現在、横領と逃亡の罪により東インド会社から指名手配されている容疑者だった。大員で商売を営む漢人たちからも「借金を大員に残し、現金を廈門に持っていった」と揶揄されていた。

数日前、何斌は廈門に到着してすぐ旧知の鄭泰と呉豪を訪ね、いかにも憐れな様を顔と全身と声に表しつつ訴えた。

「私めが借りた金は、すべて商船隊の運営と拡充にあてていました。船は日本、広南、シャム（現在のタイ王国）、マラッカ、バタヴィアなどを頻繁に行き来しておりましたから、それだけに大量の運転資金を必要としていたのです」

釈明によれば数年前、オランダの通行証を持っていた船が運悪く広南で海賊に襲われ、積載品を奪われた上、誤って清の支配下にある広東地方の海域に入り込んでしまい、船は没収、船員も拘束され、大金を支払ってようやく身柄を取り戻せたという事件が起きた。このために莫大な損失を被り、骨の髄まで清を憎むようになったという。それからというもの、財政上非常に苦しい状況に陥り、常に大金を借り入れて回していかなければならなかったのだと。

何斌の身分は重層的だった。著名な貿易商であり、東インド会社大員商館の通事として俸禄を受け取る一方で、フォルモサ最大の講商として大員商館に対して税金を納めていた。彼が大員から姿を消した後、もし帳簿がつけられていたなら、大量の不良債権と行き場のない収入とでしっちゃかめっちゃかなことになっていたはずだ。

「私めは、敵対する商売人に『独断で税率を吊り上げている』と中傷され、陥れられたのです。それに国姓爺様に代わって徴税を行ったことでオランダ人からも敵視され、免職、拘禁されて、一時的に資金の運転をできなくさせられたのです。実際のところ、私めの資産は負債額を優に凌いでおります」などと弁明に明け暮れる何斌だが、彼の事業倒産のあおりを受けて少なからぬ数の商人が破産しており、ひいては鄭泰までもが被害を受けていた。大員に所有していた二棟の建物がオランダ人に差し押さえられてしまっていたのだ。

鄭泰はそれでも何斌のために骨を折り、おかげで数日後に鄭成功への謁見が許されたのだった。

以前は東インド会社大員商館の代理人という立場で、山ほどの進物を携えて鄭成功に謁見していた。今回すっかり落ちぶれてはいても、口から出る言葉は依然として威勢のよいものだった。

鄭成功の前に出た何斌はうやうやしく跪いて礼をとり、ひれ伏したまま「金では購えぬ宝物をお持ちいたしました」と言って持参品の包みを開いた。現れたのは、精巧に作られた城郭の模型であった。赤崁に行ったことのある陳澤には、それがプロヴィンチア城だと一目でわかった。

鄭成功は何斌に身体を起こすよう促し、さらに椅子に腰かけさせ、丁重に遇した。

何斌は弁が立つ。オランダ人の特使を二度も務めたのもそれゆえである。この時も彼は朗々と語った。

「台湾には一万頃《けい》〔頃は面積の単位〕もの田畑と千里にわたる沃野があり、土地の租税は数十万に上ります。もしもこの土地を手中にお収めになれば、強大な国を造ることができるでしょう。食うに困る恐れはなく、北方の鶏籠や淡水では硝石や硫黄を産します。また四海に通じ、諸国との往来も容易で、造船の材料となる帆柱や舵、銅や鉄なども限りなく得られます。全将兵とその家族をかの地へ移り住まわせ、十年かけて人を増やし、十年かけてそれを育てれば、国は富み栄え、兵は鍛えられます。退路を選ぶことにより、将来満州人に反撃するのに十分な力を得られることでありましょう！」

そこまで述べると、懐から地図を取り出し、両手で捧げ持って鄭成功に差し出した。

「偉大なる延平王がたった一声お発しになれば、台湾はいともたやすく手中に入ることでしょう」

何斌は口元に微笑みを浮かべていたが、まなざしはきわめて真剣だった。

鄭成功は、何斌がこのような企てを持ちかけてくるとはまるで予想していなかった。てっきり、この男が自分の代理人として貨物税を徴収していたことを理由に迫害されたことから、それが濡れ衣であることを東インド会社に証する書状を書いてもらおうとして会いに来たのだろう、などと考えていた。

元々成功は、台湾と自身の運命にいくらかの接点があるのを感じていた。一六二四年、泉州出身の大貿易商・李旦が当時の部下であった鄭芝龍を台湾沖の澎湖諸島に派遣し、オランダ人の通事を務めさせた。そのために成功が平戸で産声をあげた時、芝龍は妻である田川マツの側にいなかった。その後芝龍は妻子を残して台湾島へ渡り、顔思斉と共に事業の拡大に力を注ぎ、平戸に戻る時間はとても作れなかった。

商売仲間でありライバルでもあった顔思斉は、台湾への渡航後一年も経たない内に急死した。芝龍にとってこれは警鐘となった。台湾は恐ろしい疫病が蔓延《はびこ》る瘴癘《しょうれい》の地であり、よくよく用心しなければならない。それもあって、故郷の安海へ戻ることを考えはじめた。一六二六年にマツは弟を出産する。この時期が芝龍が日本で過ごした最後の日々となった。父親が不在であったため、弟は後に母方の苗字を取り、田川七左衛門と名乗った。成功は七歳の時芝龍から安海へ呼び寄せられ、弟はそのまま日本で母と共に過ごした。一六四五年、成功が二十歳を過ぎてから、芝龍はマツを安海に迎え入れた。それまでの間、成功は父親のほかの妻や妾、異母兄弟たちから排斥され、手ひどく虐められてきた。心が沈み込んだ時幼い成功にできることは、平戸の母親と弟に宛てて日本語で手紙を書くことくらいだった。その頃ほど頻繁でなくなったものの、弟との手紙のやりとりは今でも続いている。

——俺が生まれた頃、もし父が紅毛人を手助けするために澎湖へ赴くことさえなければ、母上と離ればなれになることもなく、俺の少年期もあんなに暗いものにはならなかっただろう。紅毛人が台湾を占拠しようと野心を抱いたことが、俺の不幸の源なのだ。

成功はそんな思いを持っていた。

「万頃の田畑、千里の沃野、数十万の租税」何斌のこの言葉を声に出さずにつぶやくと、万感の思いが込み上げてきた。

——父が渡ったばかりの頃、台湾は果てしなく広がる未開の原野だったという。三十余年の内にそんなにも豊かな土地に変わろうとは。この間、オランダ人の統治下で人口、産業、貿易活動などを目覚ましく発展させてきた。翻って我が故郷に目をやれば、長年の戦乱により町は廃れ、田畑は荒れ、人口も大きく減っている。不幸な故郷、幸運な台湾。なんたる極端な対照であろう。

——何斌の提言は理に適っている。鄭家と部下たちの未来のために新天地を切り拓くことは考えてよい。

鄭成功はそう考える一方で、何斌のやり方が気に食わなかった。この謀《はかりごと》は明らかに、彼が東インド会社の禄を食んでいた頃から準備されていたものだった。「飼った鼠に袋を破られる」という諺を地で行くようなずるがしこい人間だと思われた。

父親が清に投降した後も、親子の義理を捨てて明国への忠義を尽くしてきた成功は、投降してきた敵方の将に対しても好感を持たなかった。一六五二年のこと、清朝の下で福建総督も務めた陳錦将軍は、鞭打たれたのを恨んだ下僕の庫成棟に刺殺された。庫成棟はその首級を鄭成功に捧げて恩賞を求めたが、逆に怒りを買い、反逆者として処刑されてしまった。また、その少し前に海澄の守護を成功から託されていた黄梧が町ごと清に寝返った際、成功は黄梧の全財産を没収した。風になびくように、利益次第で右へ左へ揺れ動くような人物は、成功の忌み嫌うところだった。

何斌の行為に多少の軽蔑を覚えながらも、成功は何斌を歓迎することにした。

——この男は畢竟、俺のためにこのような行動に出たのだ。そもそも台湾にいる漢人は俺にとって同胞である。紅毛人に仕えていたこの男が、俺を頼ってきた以上、温かく受け容れてやろう。

——しかし今はその時機ではない。仮に今自軍の主力を台湾に遷せば、雲南の我が君〔永暦帝〕は一層の苦戦を強いられることになる。万一このせいで我が君が敵方に捕らえられようものなら、俺は悔やんでも悔やみきれぬ。それに味方のなかにも、漳泉地方を放棄することに異議を唱えたり反発したりする者も出てくるに違いない。したがって西南方面の局面を打破するのが先決だ。

成功は金門島にいる魯王・朱以海と舟山諸島にいる張煌《ちょうこう》言《げん》[49]の顔を思い浮かべた。この件についてはじっくりと時間をかけて検討する必要があると考えた。

腹を固めた鄭成功は、何斌に厚い恩賞を与えるよう側近に命じた。何斌の提言に対し、拒絶の色も、興奮の色も見せなかった。大組織の長たるもの「天威難測」、部下に心を見透かされることがあってはならない、とわきまえていた。

成功は微笑みを浮かべて何斌の手を握り、謝意を示し、自ら本営の門まで彼を送った。

去り際に何斌は陳澤に目であいさつを送るのを忘れなかった。四、五年ほど前、陳澤が呉豪を大員の医者に診せに来た際、何斌邸で一夜を過ごしたことがあった。陳澤はこの日久々に何斌を見て、ずいぶんと老け込み、痩せたものだと思った。

何斌が去ってからは鄭成功もいささか疲れた様子で、側近と討議したり話をすることもなく、ひとり奥の部屋に入っていった。

## 第三十八章　コイエット

大員に住むウィリアム・ペーデルが、また蕭壠社のハンブルク邸にやってきた。彼がクリスティーナに好意を寄せているのはすでに誰の目にも明らかだった。クリスティーナは十六歳になり、すらりとして見目麗しい少女に育っていた。ハンブルク家の人々もみなウィリアムを気に入っており、マリアは学習したばかりの漢語の知識を彼と分かち合うのを好んでいた。

ハンブルクが蕭壠に建てられた神学校まで通うのに膨大な時間を要することから、少し前に家族全員で蕭壠へ転居していた。マリアはウーマを始めとする麻豆社の友人たちとの別れが名残惜しくてならなかったが、二時間あれば行ける距離で、かつハンブルクは麻豆社の教会の管理も兼務していたので、その後も頻繁に麻豆に戻る機会があった。

この日ウィリアムは、憂いを帯びた声音で一家の者たちに言った。

「大員のオランダ人は今、国姓爺が攻めてくるのではないかとひどく脅えています。そして大員にいる漢人に対しても疑心暗鬼になっています」

オランダ人社会には穏やかならぬ噂話が飛び交っていたが、その内いくつかは漢人たちの不自然な動きに端を発していた。例えばこの頃フォルモサから唐山に輸出される貨物の量が大幅に増えている。商人たちは一大事が起こるのを見越して、財産を唐山に運んでいるのではないか……という風に。また桑兄、六兄、東集、財兄といった何人かの名士が、親しい関係にある会社上層部の者に深い懸念を伝えてもいた。彼らは鄭成功が大員に攻めてくるという流言によって、遠からぬ内に漢人の逃亡者が続出するものと予測していた。

「火の無いところに煙は立たぬ。コイエット長官も父も、国姓爺は近々必ず大員に攻めてくるものと固く信じています。金陵での大敗後は守勢に回る一方であり、苦戦続きのため、清の侵攻をいつまでも防ぎきれるはずがないからと」とウィリアムが言えば、ハンブルクも次のように言った。

「実は蕭壠と麻豆の政務官はすでに、駐留するオランダ兵に対して警戒態勢に入るよう命じており、同時にフォルモサ人に対しても、指令を受け次第支援に回れるよう、常に戦闘の準備をしておくように求めています」

「コイエット長官のお考えを、少し詳しくお話いたしましょう。ゼーランディア城とプロヴィンチア城という要塞がありますので、大員・赤崁一帯の防衛に関して長官は自信をお持ちです。危惧しておられるのは、北路の笨港や魍港、或いは南路の打狗〔現・高雄〕や蟯港《ようこう》あたりから国姓爺の軍勢に上陸されることです。

ここ麻豆社を含め、北路の四つの大集落に住むフォルモサ人はそれなりに信頼が置けますが、南路地域の人々はそうでなく、形勢を窺って勝ちそうな方に組するものと思われます。そこで長官は北路の海岸線の防衛についてはフォルモサ人の助力を求め、南路の海岸線はオランダ人だけで守るおつもりです。南路の政務官ヘンドリック・ノールデン氏[50]は、先日各地の集落に駐留するオランダ人を召集した上で、軍備を整えておき、国姓爺の軍勢を発見したらただちにこれを海上で食い止め、決して敵を上陸させてはならないと伝えました」

ノールデンは一六四三年から南路地域に駐在しているドイツ人だ。土地の言葉を話すことができ、東インド会社の柱石として活躍していた。現地の女性と結婚し四人の子をもうけていた。

「私の父はよくノールデン氏に、貴公は『北方』という苗字なのになぜずっと南にいるのか、などと冗談を飛ばしています。……それはともかく、コイエット長官は現在あちこちのフォルモサ人集落に散らばって暮らしている漢人たちが、国姓爺の軍勢に呼応する可能性が高いと見ています。大員と赤崁であればすぐに鎮圧でき、また指導者層の多くがゼーランディア城内におりますのでさほど問題にはなりません。しかし南北各社の漢人たちは危険です。そこで長官は、現在中港社（現・苗栗県竹南）に駐留中のオランダ軍と北路地域の農民たちを虎尾壠に集結させ、漢人を監視下に置くと共に、海岸線を警戒するよう、すでに命令を下しています。加えて各地に貯蔵されている穀物をすべてゼーランディア城に運び込むようにも命じました」

「けれど、阿興家の人たちは今も麻豆社におりますわ」とマリアが言うと、ウィリアムはかすかに笑ってうなずいた。

「対象となるのはフォルモサに来てまだ日の浅い人々だけです。二代目の漢人、とりわけフォルモサ人との間に生まれた者については、この土地に根づいているので、厳しく管理するのは無理なのです。

長官はまた、漁民が国姓爺の水先案内をするのを防ぐため、彼らが海に出ることも禁止されました。大員以南には多くの漁民がおりますので、長官は憂慮されています。少し前にはフォルモサ島で四つめとなる要塞を打狗に建設する案をバタヴィア当局に申し出ましたが、建設費があまりにかさむという理由で通りませんでした」

「四つめとおっしゃいましたが、三つめはどこにあるのですか」とクリスティーナが訊く。

「一六三六年のことですが、魍港にブリッシンゲンと呼ばれる簡易な砦が築かれ、二、三十名の兵士が常駐していました。一六四四年に巨大台風とそれに伴う洪水のため崩壊してしまった後は、周辺のより地盤の堅固な場所に、新たにレンガ造りの砦が建てられました。これは今でも役所として使われておりまして、魍港は今、戦略上の要衝であると同時に大員に次ぐ規模の商業地ともなっています。

なお、北端近くの淡水にもアントニオという城があり、これは一六四四年に建てられ、当時のバタヴィア総督アントニオ・ファン・ディーメンにちなんで命名されました。かつてその土地にいたイスパニヤ人が残していったと思い込んでいるオランダ人も少なくありませんが、正しくはイスパニヤ人が築いた砦を我々が大幅に増改築したものです」

ウィリアムの言葉の端々からは、コイエットへの尊敬の念が滲み出ていた。

「長官の計らいには抜かりがなく、実行力も優れています。これまでお話したことのほか、万一国姓爺の軍に上陸されたとしても食糧を与えぬようにと、収穫前の稲田の広大な範囲に火を点けて燃やすよう命じられました。今年の三月末に予定されていた地方会議も延期が告げられました。長官はさらに、バタヴィア当局に宛てて援軍の派兵を求める書簡を送られました。はたしていつやってくるか、注意深く見守りましょう」

ウィリアムの言葉は自信に溢れていたが、マリアはその話を聞けば聞くほど不安がつのってくるのだった。

――フォルモサにいるオランダ兵は一千程度。仮にバタヴィアからさらに一千の兵士が送られてきたとしても、十万もの大軍をどうやって防ぎきれるのでしょう。だいぶ前に郭懐一が反乱を起こした時、五千ほどの鎌や斧を持った寄せ集めの農民にさえ、オランダ兵は手を焼いていたわ。今回の敵はその二十倍で、しかも歴戦の正規軍。もしも陸地で戦闘が行われれば、たとえどうにか追い払ったとしても、美しい街並みや集落や田畑は一体どうなってしまうでしょう。それに、オランダ人は今でも漢人を全く信用していない。戦争を経て、彼らとの関係は修復不可能なまでにこじれてしまうのではないかしら。将来フォルモサから漢人の農民がいなくなれば、今みたいに豊かにサトウキビや米を生産することもできなくなる。漢人の協力なしに、オランダがフォルモサに堅固な足場を築くことは決してできないのよ。

考えを進めるほどに、マリアは強く思った。

――フォルモサに暮らす漢人と長期にわたって敵対することは、絶対に避けなければ。さもないと、彼らの故事成語にいう「舟中敵国」〔味方が敵に変わる〕となってしまう。私たちは漢人に対する不信感をなくさなければならないし、以後ずっと漢人の移民を禁止するのでもない限り、コイエット長官も方針を変える必要があるでしょう。フォルモサ人を籠絡するだけではなくて、漢人たちの心も摑むことができるように。

――国姓爺がフォルモサに野心を持っているという長官の予測が正しいなら、一度完全に打ち負かさない限り、国姓爺の脅威は今後も長期にわたって存在しつづけることでしょう。たとえ今年フォルモサを守り切っても、来年か再来年、彼らは再び捲土重来を期して攻め寄せてくるに違いない。

　マリアは自分の考えをある程度まとめてから、ウィリアムに話した。

「オランダはなぜ、清国の皇帝に協力を求め、連合して国姓爺を挟み撃ちにし、彼の地盤を攻撃することを考えないのでしょうか。バタヴィアの艦隊がフォルモサに来る必要はありません。清国と力を合わせて、廈門と金門を直接攻めればいいのです。それに将来もし国姓爺の勢力が壊滅すれば、中継貿易で制約を受けることもなくなり、清国の満州人は海上貿易に関心を持っていませんから、東インド会社の独壇場になると思います」

　マリアの提言を聞いたウィリアムは膝を打ち、立ち上がって軍隊式の敬礼をマリアに送った。

「いやはや恐れ入りました！　これこそ最も正しい戦略でしょう。私はただちにゼーランディア城に戻り、長官に進言いたします」

「マリア、君は男として生まれてくるべきだった！」ハンブルクもそう言って笑った。

# 第三十九章

## 慈済宮

泉州の白礁村に、慈済宮という古い廟がある。白礁村は九竜江の北岸に接し、広い河の向こうに海澄の町を望むことができた。泉州に属してはいたが、地縁の影響で住民たちは対岸の漳州とより親しく往来していた。この慈済宮は保生大帝・呉夲《ごとう》を祀る世界最古の廟である。

　呉夲は七百年近く前、十世紀末に白礁村で生まれた。医術に精通し、人情深く、数え切れないほどの庶民の命を救い、神医と呼ばれた。一〇三六年、薬の材料を得るために山に入った際、足を滑らせて崖から転落死した。民衆は彼を「医霊真人」と尊称して追悼し、この廟を建立したのである。それから百年余りが経った南宋の紹興二十年（一一五〇年）、時の皇帝は「慈済」と揮毫した扁額をこの廟に下賜し、呉夲は「保生大帝」として崇められるようになった。漳州人も泉州人も保生大帝を篤く信仰している。陳澤も幼い頃しばしば家族に連れられてこの廟を訪れ、香を焚いて家内安全を祈ったものだった。

齢四十を過ぎた陳澤はうやうやしく香を捧げ持ち、保生大帝の神像に向かって直立した。ここには久しく来ていなかった。今回来たのは鄭成功から与えられた任務によるものだ。それは水兵を新たに三百名募り、また大型艦十二隻を建造するための良木を集めるようにというもので、陳澤がそれを聞いて、すぐに思い浮かべた場所がここ白礁だった。近くの山林には大木が多くあり、また白礁の男たちは幼少期から水のなかで育ってきて、気性は勇ましく、一流の水兵になりうるに違いないと。

金陵の役で三分の二の兵を失った鄭成功は、早急に兵力を補う必要に迫られていた。造船にあたっては上質な木材を用いるようねんごろに指示しており、それは彼が「大福船」や「海滄船」と呼ばれる大型船を造るつもりであることを示していた。募集する兵士は若く、水に慣れているほか、力強く逞しい体つきの者であることが条件とされ、それは成功が水兵のほかに新たな鉄人部隊も組織しようとしているからだと思われた。

鉄人部隊の装備は一六五七年、鄭成功が馮澄世という技師に日本の侍の甲冑を真似て造らせた。眼まで覆う面頬や籠手まで備えられ、大刀のほか爆薬三発を携帯し、敵に接近した際に投げ打った。陳魁、林勝両将軍が統率し、訓練には陳澤も関わっていた。

しかし金陵の役において両将軍が戦死し、部隊もその大半を失っていた。陳澤は責任の重さを感じた。

――国姓爺様が大船を造り、新兵を募ろうとしておられるのは、新たな戦に備えておられるからだ。それは遠征の可能性が高い。よもや三度目の北伐を企てておられるのではあるまいな。

白礁の若者は漁業で生計を立てている者が多く、打ちつづく戦乱により困窮していた。募兵の消息が伝わるや、たちまちの内に条件に見合った志願者が三百以上集まった。陳澤は大いに喜び、部隊を編制した。彼はまた山奥に分け入って上質な木を多数伐採し、運搬して任務を果たした。白礁を去る前、保生大帝に感謝の意を表すため、もう一度慈済宮に参拝した。神像の顔には赤みがさし、慈悲をたたえた柔和な微笑みを浮かべている。こうした表情は唐山の神像のなかでも珍しいものだった。

陳澤が神像に向かって跪き、煙を上げる三本の香を捧げ持って拝んでいると、突如脳裏に閃光が走った。この度の造船と募兵の命令が何を目的としていて、その目的地がどこであるかを悟ったのだ。

――大船の建造は遠征を暗示しているが、現在は深刻な食糧不足に陥っているため北伐は不可能である。だが目的地が台湾だとすれば、清兵の捕虜をかの地で耕作させることで食糧問題も解決できる。これは保生大帝がお授けくださった啓示に違いない。

「台湾の沃野は千里にわたり、食うに困ることがない」陳澤は二年前、何斌が献策の際に語った言葉を思い出した。しかしゼーランディア城がいかに堅固な造りであるかも、自らの目で見て知っていた。オランダ人の火器に対抗しうるのは甲冑を着た鉄人部隊だけだろう。もしいつかオランダ人と矛を交えることになったら、いかなる戦略を用いて闘えばよいか。鄭成功は今に至るまでこの件について一言も発していない。最高機密であるに違いないから、陳澤もうかつに想像を巡らせるのははばかられた。

三度拝礼した後、陳澤は頭を上げて保生大帝の慈悲深い顔をしげしげと仰ぎ見た。保生大帝が自分に向かって微笑みかけ、この同郷人の後裔を励ましてくださっているように思われた。陳澤の心は震え、熱い涙をこぼしながら小声で唱えた。

「大帝よ、どうかこの子弟・陳澤と、この土地の人々と、我らが明国をお護りくださりませ!」

# 第四十章

## 国姓爺

マリアがウィリアム・ペーデルに、オランダは積極的に国姓爺を討つべきだという戦略を伝えた頃、鄭成功は空前の難局に直面していた。

金陵の役で大勝利を収めた清軍は、勢いに乗じて一挙に鄭家を壊滅せんと猛攻を仕掛けた。

一六六〇年六月、清の安南将軍・達素は満州人と漢人によって組織された二十万の軍を率い、福建および広東の複数の経路から、鄭家最後の拠点でありなおも強固に守りを固めている金門・廈門両島に向けて進軍した。

同時に八百隻の軍船が金廈地方周辺に集結し、その威容は陸と島に囲われた狭い海域を埋め尽くさんばかりだった。これは清にとって建国以来最大の水上作戦となり、元鄭家の水軍部将である施琅や黄梧らも加わっていた。

戦闘の最中、鄭軍内部に謀反者が出た。高歧の守備を任されていた陳鵬が秘かに施琅と通じており、敵の上陸を助けた。

しかしながら鄭成功はまるで神助を得たかのように、手元に残る四百隻の船をもって、わずか一日の内に清軍を粉々に打ち破った。達素と施琅は海上に漂う清兵の死骸と船骸を小船でかき分けるようにして、命からがら逃れていった。鄭軍はこの度も、寡兵をもって信じがたいほどの大戦果を収めたのである。

「達素はまるで犬のように尻尾を巻いて逃げていった！」

と鄭家の兵士たちは口々に囃し、高らかに笑った。

「鄭軍は、容易に服従せぬ海賊らしい気概を発揮し、一日の内に大勝利を収めた」

廈門のビクトリオ・リッチ神父(51)はそう書き残している。リッチはカトリック・ドミニコ会のイタリア人神父で、明国で布教を行ったイエズス会神父マテオ・リッチの親戚にあたる。初めマニラにある澗内という唐人街で漢語を学び、数年前に廈門へ来て、鄭成功にも謁見した。鄭成功はリッチに好感を抱き、廈門で布教を行うことと、教会を建てることを特例的に許可した。

鄭成功はこの一戦で多くの敵船を獲得し、捕虜の数も四千を超えた。捕虜に対しては、その耳或いは鼻を削いだ上で敵陣に送り返し、威勢を示した。達素は福州に逃れた後、敗北を恥じて自害した。

同じ頃、バタヴィア商館は増援を求めるコイエットの書簡を受け取った。七月十七日、バタヴィア総督により司令官に任命されたヤン・ファン・ダー・ラーンの指揮の下、乗組員一千四百五十三人と武器、糧食、野菜類、測量器その他補給物資を積み込んだ十二隻の艦船が、威風堂々とフォルモサへ向けて出航した。

九月十九日、その内十一隻の艦船が大員に到着した。大員のオランダ人は歓呼して出迎え、蕭壠社にいるハンブルク一家もこの消息を耳にすると、喜びのあまり落涙したほどだった。一度に十一隻もの祖国の艦船と、ゼーランディア城の守備兵を上回る数の兵士が救援に駆けつけたとあって、どのオランダ人の心からも恐怖と不安が煙のように消えていった。

ところがそれから幾日もしない内に、ファン・ダー・ラーンはみなに衝撃を与え、意気消沈させる話をした。我々がフォルモサに来た目的は来るかどうかも知れぬ相手からここを守ることではなく、ただ情勢を見きわめるためであり、真の目標はポルトガルの統治下にあるマカオを一挙に攻め落とすことである、と言うのだった。

コイエット長官が数え切れないほどの証拠を示しながら、鄭成功が今まさにフォルモサへ攻め込もうとしていることをどれほど強く訴えても、ファン・ダー・ラーンはそれがでたらめな流言であり、荒唐無稽な話だと返すばかりで、大員商館が行っている諸々の対策はすべて必要ないものだと言い切った。

彼には、大員を守ったところで自分が得られる名声は取るに足りないもので、マカオを陥落させてこそ、英雄として歴史に名を刻むことができるという腹づもりがあった。彼はコイエットを臆病者だと執拗に嘲りながらこう言った。

「たとえ国姓爺が本当に攻めてきたとしても、我々オランダは世界最強の国家ですぞ。劣った武器の東洋人などに負ける恐れが万が一にもありましょうか！　大員の現状の兵力は、烏合の衆を討ち破るには十分過ぎるほどです！」

評議会が何度開かれても、ファン・ダー・ラーンは、大員の安全については心配無用であり、艦隊がここまでやってきたのは本来不必要な行動で、金の浪費であるから、この損失を補塡するためにもバタヴィア商館の意思に従ってマカオを攻めるべきである、などという主張を繰り返すのみだった。

この頃、ウィリアムから事情を聞いたマリアは再び彼を通じてコイエットに次の進言をした。

「ファン・ダー・ラーンを無理に引き留めるには及びません。好きに出ていかせればいいでしょう。ただし、彼にマカオでポルトガル人を討つのではなく、金門で国姓爺を討つように仕向けるのです。それも勲功としては十分に立派なものです」

「私もこの戦略が上策であることは認める。ただし……」

コイエットは教師が生徒に説き聞かせるような口調でウィリアムに語った。

「わが国には苦い経験がある。四半世紀以上も前になるが、一六三三年、プットマンス長官率いる艦隊が金門島近海で鄭芝龍の海軍と交戦した。小船を巧みに操る敵に、味方の大艦は翻弄させられた。漢人たちは乗り込んでいる小船に火を点けた上でこちらの艦船に突進し、衝突する間際、素早く海に飛び込んでその場を逃れた。この戦法によってオランダは大敗を喫してしまった。我らは今に至るまであれに対応しうる戦法を考案できていない。しかも現在鄭家が金廈地域に保有する兵力は、当時とは比較にならない。

あのうぬぼれ屋で無鉄砲なファン・ダー・ラーンに勝機が

あるとは正直思えぬ。しかも失敗に終わろうものなら、国姓爺に大員を攻める大義名分を与えることになってしまう。

国姓爺の地盤を攻めるには、我々オランダの力だけでは足りない。必ず清国の皇帝と協議の上、両軍一斉に挟撃するべきだ。ただ惜しむらくは数か月前、勝利に気をよくした清国が思慮なく追撃した結果大敗を喫し、力を合わせて攻める絶好の機会を失ってしまったことだ」

かたくなに立ち去ろうとするファン・ダー・ラーンを、コイエットと評議会はどうにか引き留め続けた。しかしこの間、日頃から理に適った判断を下している大員の評議会が、不可解で愚かな行動に出たのである。鄭成功に一通の書簡を送り、フォルモサを攻める意図があるかどうかを直接訊ねたのだ。回答はむろん否だった。コイエットは信じるはずもなかったが、ファン・ダー・ラーンはいよいよ強硬に自説を主張し、双方が合意に至ることのないまま、一六六一年二月二十七日に艦隊の一部を引き連れてフォルモサを去っていった。

コイエットはその後、清国と連合して鄭成功を挟撃する戦略を訴え、評議会において討議を重ねた。この戦略はあたかも釜底の薪を抽《ぬ》くかのように、長期にわたり鄭成功から受けてきた圧力を一挙に払拭しうる妙案だと、評議員たちにも思われた。問題は、大員の艦船の数が不足していることと、北京へ赴いて清国の皇帝と交渉を行うのにふさわしい人物が見あたらないことだった。

二か月後、鄭家の船団が突如フォルモサに侵攻した。鄭成功は表向き平静を装いながらも、ファン・ダー・ラーンの艦隊が離れていく日をじっと待っていたのである。フォルモサの命運はこれを機に一変する。それから二百八十八日後、オランダ人は三十八年間経営してきたフォルモサを永久に去り、漢人によって統治される台湾が誕生することになるのだった。

# 第六部

一六六一年

## 交戦

# 第四十一章

## 鹿耳門

一六六一年四月三十日未明。ゆっくりと白んでいく空の下、ゼーランディア城は深い霧にすっぽりと覆われていた。もうすぐ交代の時間になる歩哨が城郭の上で気だるそうに欠伸を一つした。

やがて海風が濃霧を吹き払っていくと、遠くの海に、かすかに帆船の船団が見えた。先頭付近に大型船が数隻並び、ほかの船の大きさはまちまちで、その数の多さは最後尾が見えないほどだった。歩哨は目を疑い、壁に身を乗り出して望遠鏡を覗き、悲鳴にも似た声で叫んだ。

「敵軍来襲せり!」

しかし船団は直接ゼーランディア城に向かってくるのではなく、ゼーランディア城の大砲の射程外にある鹿耳門《かじもん》水道の方へと進んでいった。

ゼーランディア城は台江内海と外海を隔てる大きな砂嘴の上に建てられており、城の南と北にある水道はすべて大砲の射程圏内にある。北水道の対岸は、漢人が北線尾と呼ぶ砂州だ。赤崁にプロヴィンチア城が建てられる前、オランダ人は北線尾地域の発展を期して商館を建てたが、その後台風で損壊し、廃棄されていた。

北線尾のさらに北側には、鹿耳門と呼ばれる水道が外海と台江内海の間を結んでいる。鹿耳門の水深はかなり浅く、小型船以外は通行できなかったので、オランダ人はこの場所に何も防衛措置を施していなかった。

敵の船団は鹿耳門水道の入り口に着くと、隊列を組み直しはじめた。ここから台江内海に入り込もうとしているのは明らかだった。それぞれの船に「明」「国姓爺」の軍旗が掲げられているのが、今や歩哨の目にも望遠鏡越しにはっきりと見てとれた。水先案内の小型船を先頭に、大型帆船が列をなして進んでいく。先頭から七隻目か八隻目の船の甲板上には美しい陣幕が張られ、中央にはきらびやかな黄金色の甲冑に身を包んだ将軍が腰かけていた。あれこそが音に聞こえた国姓爺に違いない、と歩哨は思った。

その男は臣下の者数名を従えて小船に乗り移り、上陸して地形を調べたり、水深を測るような動きを見せてから、再び元の艦に戻った。

それを見ていたオランダ兵は安堵した。敵軍がこの辺りの地勢に明るくないと思われたためだ。ずらりと並んだ図体の大きい船が次々に浅瀬に乗り上げていく様をのんびりと見物したかったが、侵入困難なことに気づいたからといってすぐに敵が退却するとも考えられなかったため、迅速に応戦態勢に入った。船団が転回し、大員港やゼーランディア城に攻めてくる事態に備えたのである。それでもオランダ兵たちは終始楽観していた。ゼーランディア城は堅固にして強大な火力を有し、南北の水道に接近してくる敵を粉々にしてしまえるので、敵艦が台江内海に侵入するのは不可能だと信じて疑わなかった。

ところが先頭のひときわ大きな帆船が、転回も座礁もせず、悠々と鹿耳門水道を通り抜けて台江内海に入っていったのを、オランダ兵たちは目のあたりにした。大型艦が通り過ぎてからは、中小の船がより速度を上げて進んで行った。ほどなくして台江内海の入り口には、無数の帆船が肩を寄せ合うようにして集結した。長い帆柱が各々の船から突き出ている様は、まるで枯れ木の森のようだった。

コイエット長官やペーデル大将を始めとして、城内にいたオランダはみな城郭に上り、呆けたような顔つきでこの信じがたい一幕を眺めていた。決して敵に上陸させまいとして防衛網を張ってきたのに、難攻不落の城も大砲もまるで意味をなさず、あっさりと侵入を許してしまったことに、愕然とするばかりだった。

たまたま前日からゼーランディア城に滞在していた、プロヴィンチア省〔赤崁〕省長でありプロヴィンチア城の最高指揮官であるファレンティンも、急いで渡し船に乗り込み、台江内海対岸の赤崁へ戻っていった。

誰もが慌てふためくばかりで、この不測の事態にどのように対処するべきか見当もつかなかった。過去にも鄭成功の来襲を想定した演習を行ってきたが、このような状況は全く予想していなかったのだ。

しかも状況は刻一刻と変わっていく。敵の行動は極めて速く、わずか数時間の内に数百の船が台江内海に入り込み、その幾つかはゼーランディア城とプロヴィンチア城の分断を狙って動きはじめていた。

オランダ人たちは震え出した。

# 第四十二章
# カサンドラ

夜明け前、二万の兵を乗せた鄭家の大船団は、鹿耳門水道の外側で、潮が満ちる時をじっと待っていた。東の山脈から太陽が顔を出し、水面が眩しく輝きだした頃、合図が出され、先頭の船から順に、まるで土の上に落ちた水銀が地中に潜っていくかのような速さで鹿耳門水道に入っていった。すべての船が無事に通過し、林立する一千の帆柱が遙か遠くにまで威容を放っていた。

これを受けて、台江内海沿岸に位置する赤崁、新港社、蕭壠社、麻豆社などでも不穏な動きが現れ出した。

二か月ほど前に援軍が去っていってから、オランダの防御態勢はゆるみ、城内で監視下に置かれていた漢人たちも帰宅を許されていた。今、大員商館と密接な関係にある商人たちは別にして、多くの農民や労働者たちが大員の町に出向き、躍り上がらんばかりに喜びを露わにしながら、こちらに接近しつつある鄭成功の艦隊に向けて歓声を上げている。禾寮港《かりょうこう》(52)という、昔郭懐一が住んでいた油車行の近くにある町には一千を数える漢人が集結し、「国姓爺様をお迎えし、紅毛犬を追い払え！」と、空を揺るがすように連呼していた。

日頃は町や集落を巡視しているオランダ兵の姿も見あたらなくなった。個々では手の施しようがないなかで、プロヴィンチア城や付近の厩舎、穀倉などに潜みながら応戦の指示を待っていた。

挙げ句の果てには遠方に住むフォルモサ人までもが台江内海沿岸の町や集落に姿を見せ、野次馬根性で、漢人と一緒に騒いだり、雄叫びを上げる始末だった。

ハンブルク一家も蕭壠で住民たちの歓声を聴いていた。

ある土曜日の正午、神学校の学生たちはみな帰宅しており、教義や語学の教師の多くも出払っていた。

マリアと弟ピーテルは連れだって海へと駆けていく。海辺まで来ると、遠くに帆船の大群が浮かんでいるのが見えた。しばらくその様子を窺ってから、神学校へ歩いて戻る途上、何度かフォルモサ人とすれ違った。蕭壠に転居してきてからまだ一年あまりではあるが、日頃住民たちは自分たち家族に善意をもって接してくれていたし、目を合わせた時、眼差しには敬意の色が浮かんでいた。なのに今では善意も敬意もすっかり消え失せてしまい、冷たい視線を注ぐ者もいれば、あざけるような表情を浮かべる者もあった。

マリアは全身に寒気を覚え、駆け足で神学校へ戻り、みんなですぐ麻豆社へ戻ろうと父親に提案した。そこにはウーマを初め家族も同然のフォルモサ人がいるからだ。

ハンブルクも同意し、急いで荷造りにとりかかるよう家族に伝えた。

ちょうどその時、大員の伝令がハンブルク邸の門を叩いた。黒い肌をしたバンダ諸島出身の奴隷で、息を激しく切らせ、豆粒のような汗を髪の生え際から恐怖の色を浮かべた顔にしたたらせている。小刻みに震える手で、ハンブルクに一通の手紙を差し出した。

ここまで来る途中で漢人の軍隊を見たかどうかハンブルクが訊ねると、伝令は首を振った。

手紙には、全員でゼーランディア城に避難すべしと書かれていた。ハンブルクは蕭壠にいる宣教師、教師、軍人などすべてのオランダ人を召集し、逃亡経路について協議した。男女の奴隷たちは牛車と食糧を調達に行った。

伝令の話では、彼がコイエットから手紙を託された時、敵の船団はまだ鹿耳門水道の外に待機していた。

「敵兵はすでに赤崁周辺に上陸しているかもしれません。我々は今やゼーランディア城どころか、プロヴィンチア城まででも、安全にたどり着ける可能性は低いと思われます」

ハンブルクがそう情勢を分析すると、一人の老将校が口を開いた。

「敵は東南におり、我らが南へ向かうのは羊が進んで虎のねぐらへ入り込むようなものです。もしも敵に遭遇して投降を命じられても、拙者ども軍人はそれを承諾するわけに参りませせぬ。あなたがた平民はともかく我々の場合、生命の保証はありませぬゆえ。拙者は東の方角へ避難するのがよろしかろうと存じます。麻豆社を経由して、東北の丘陵地帯に接するドロゴ社へ移り、そこでしばらく事態の成り行きを見守るのです」

蕭壠社政務官のヒリス・ボックス夫妻はこの提案に異議を唱えた。

「苦労してそこまで行ったところで何になりましょう？国姓爺の軍に追われる状況は変わらない上、今やフォルモサ人も信用が置けません。火力と兵力を備えたゼーランディア城に逃げるよりほかに道はないのです」

ハンブルクが意見を述べる。「ゼーランディア城へ向かうとしても、大員までの渡し船の漕ぎ手はみな漢人であり、しかも水上にはどこも敵の船がいるので、水路を通るのは無理でしょう。唯一考えられるのは陸路、すなわちプロヴィンチア城から南に向かい、ハーヘナーの森（現在の台南市法華寺・竹渓寺付近）で西へ転じ、それから砂嘴伝いに北へ進み、アダンの林を抜けてゼーランディア城に至るルートです。しかし至って長い道のりであり、敵に捕らえられる恐れも大きいでしょう。漢人は我々キリスト教徒に敵意を持っているので、一旦捕虜となれば、軍人ばかりか宗教関係者も生命の危険にさらされます」

「ならば、ひとまずプロヴィンチア城に身を寄せてはいかが。短くとも十日から半月ほどは持ちこたえられるのではないでしょうか」とボックスが言い、隣にいる夫人を見た。とっさに老将校が口を挟む。

「プロヴィンチア城はすでに敵に包囲されておるそうです。城内に入るのはまずもって無理でしょうな」

ボックス夫人は四か月になる赤子を抱いている。空腹のせいか鋭い声で泣いている子をあやしながら、夫人が言う。

「私も南へ向かうのに賛成ですわ。よしんば敵に出くわしたとしても、素直に投降するならば、国姓爺も私たちの生命を奪うとは限らないでしょう」

アンナ夫人はどちらがよいか判断しかねていたが、マリアは北へ向かうルートを勧めた。「先に麻豆社へ行き、そこのオランダ人と合流してから、北のドロゴ社へ行きましょう」と言うと、大半の兵士も賛同を示した。

こうして十五台集められた牛車の内八台が北へ、七台が南へ向かうことになった。南のルートを選んだのはボックス政務官やパイク助理員などの役人たちと三名の兵士、および彼らの妻子に奴隷などで、合わせて三十名ほどだった。

北へ向かう者は四十名近くになった。ハンブルク夫妻、マリア、十七歳の妹クリスティーナ、十一歳の弟ピーテルは一台の牛車に乗り込んだ。ほかに牧師助手、教師助手、兵士および彼らの妻子や女奴隷が牛車に乗り、男奴隷が御者となって、迅速に麻豆社へ向けて出発した。その際、一行は蕭壠社の頭人の姿を遠くに認めた。彼はオランダ人から授けられた藤の杖を手に、公廨前の広場に立ち、彼を取り囲む住民たちに対し、大声で何事かを呼びかけていた。

「彼らはきっと、今後とるべき対策を論じているのでしょう」とマリアが言った。

牛に鞭打って、一時間半ほどで麻豆社に着いた。この地のオランダ人もコイエット長官の手紙を受け取り、避難の準備を整えているところだった。ハンブルクは一緒に北へ移動することを勧めた。一人の補欠教師がかたくなに残ることを主張した以外、麻豆社の教師数名、兵士十六名、その家族と男女の奴隷など、全員が同行することを決めた。

マリアは走って自宅まで行き、自室の壁に掛けたままでいたファブリティウスの絵画を手に取った。逃亡の渦中にあってはこんな小さな絵でも余計な荷物になる。ひとしきり思案した末、行李のなかに押しこんだ。

麻豆社の住民は予想を裏切らず友好的で、少なからぬ数の人々がハンブルク一家に別れの挨拶をするため礼拝堂を訪れた。ウーマは片手で二人の子供と手をつなぎ、もう片方の手で赤子を抱きながら駆けつけ、涙を流しつつマリアを強く抱きしめた。チカランは山ほどの水と食糧を運んできて一行に飲み食いさせ、牛にも草を与えた。

再び牛車に乗り込み、麻豆社から出ようとする時、マリアは振り向いて集落を見わたした。いまだに夢を見ているような気分だった。こんなにも突然に、十三年間も暮らしてきた麻豆社を去り、愛着を持つすべてのものと友人たちの下を去ることになろうとは。

牛車は大きなデイゴの木の下を通りかかった。かつてよく夕陽に向かって笛を吹いた木であった。――もう二度とこの風景を見られないかもしれない。そんな不吉な予感が脳裏をよぎり、熱い涙がこぼれ落ちた。

二十台を超える牛車が行列を組み、畑のなかの道を進んでいく。傍目には賑やかに見えるが、明日をも知れぬ逃亡中の群衆だ。道すがら目に映る風景は昔と変わらない。家族の誰もが口を閉じていた。手の震えが止まらなくなったクリスティーナを、母親が優しく胸に抱いた。

コイエット長官やペーデル大将が、敵を外海に押し留める戦略を想定していたにも関わらず、大船団にやすやすと台江内海への侵入を許してしまった事実は、今や衆人に知れ渡っている。守りの脆弱な内陸部は敵軍の思うがままにされるだろう。プロヴィンチア城も風前の灯火といってよく、そこが敵の手に落ちれば、ゼーランディア城は補給路を断たれて孤立してしまう。どれほど強大な火力を誇っていても、食糧と水には限りがある。バタヴィアからの援軍が到着するまでは、なんとしてでも持ちこたえねばならなかった。鄭成功を撃退しうるか否かは、いつ、どれだけの数の援軍がやってくるかにかかっていた。

荷台の上のマリアは指折り数えた。今は五月で、西南から強い風が吹いている。救援を求める船がバタヴィアに到着するまでには運がよくても二、三か月かかり、運が悪ければ、無事にたどり着けるとさえ限らない。援軍がフォルモサに到着するまでには早くてもあと四か月から半年はかかるだろう。すべてが順調に運べば、今年の末までに戦が終わって、麻豆社や蕭壠社に帰ることができるかもしれない。

——けど、これは一番楽観的な見方でしかないわ。もしも神様が私たちの祈りを聞き届けてくださらず、援軍が到着するまでゼーランディア城が持ちこたえられなかったら？フォルモサ全土が鄭成功に占領されることになったら？

マリアはそれ以上、考える気になれなかった。

◆

山の麓にあるドロゴ社に着いた。漢人侵攻の報せはもうここにも伝わっていた。駐在していたオランダ人の内、まだ残っているのは宣教師一人、独身の兵士二人、および現地の女性と家庭を築いている事務員助手とオランダ兵が一人ずつで、ほかの二十数名はすでに逃げ出していた。残留者の話では、人々の多くは四台の牛車で北の諸羅山へ向けて逃げていった。また少数の人間が二台の牛車に乗って東へ進んでいったが、行方は知れない。その方角にはただ山と渓流があるばかりだったから。

ドロゴ社では大目降社と目加溜湾社からそれぞれ逃れてきた人々とも合流し、人数は百五、六十名にまで膨れ上がった。全員が一堂に会し、次の手をどう打つか協議した。人々は、声望の上でも年齢の上でも抜きん出ているハンブルク牧師の見解を聞きたがっていた。

ハンブルクはコップの水を一口飲むと、驚いたような顔をして言った。「この水はなんと甘くておいしいことでしょう」

この土地に長年駐留してきた兵士が応える。「この水は十年以上前、我々オランダ人が掘りあてた井戸から汲んだものであります。何年経っても涸れることがなく、水質も優れているので、ほとんどの住民がこの水を飲んでおります」

「牧師殿、あなたがたはご存じでしょうか。二十年前に我々オランダ軍がポルトガル人からマラッカを攻め取った時の井戸にまつわる話を」

そう発言したのは、大目降社から来た高齢の将校だった。

「いえ、それはどんな話でしょうか」とハンブルクは興味を示して訊き返し、「マラッカとはどこか」と問う者もいた。

白いものがまだらに混じった豊かなもみあげを蓄えた老将は、軽く咳払いをしてから、とうとうと語り出した。

「マラッカはマレー半島に位置しています。西洋からインド沿岸を航行してきた船が、東インド諸島のバタヴィアや、香辛料の名産地であるバンダ諸島に向かう上で、必ず通ることになるのがマラッカ海峡であります。かの地には元々イスラム教を奉じるスルタン国がありましたが、一五一一年にポルトガルの大型帆船がスルタンを追い払い、アファモサという砦を築いて、新たな支配者となりました。

ヨーロッパを発ってから何か月も危険と苦難に満ちた大海原を航海してきたポルトガル人にとって、ようやく安堵の息を吐くことのできる場所がマラッカでした。大方の者はそこで小休止を取ってからマカオへ向かいました。貿易の中心地であるマカオは、オランダ東インド会社がポルトガルと抗争を繰り広げるなかで喉から手が出るほど欲しかった都市ですが、どのようにしても攻め落とせず、その代わりマラッカを攻略することに成功しました。一六四一年、すなわち今から二十年前、我々オランダ軍はジョホール王国の支援を得て陸地から侵攻し、ポルトガル人をマラッカから追い出したのです。

十年以上も前、拙者はマラッカに二年間駐在しており、その頃一つの話を耳にしました。それは我々オランダがいかにして勝利を得たかにまつわるものです。アファモサ砦は山を背にし、海に面して築かれ、ゼーランディア城にもいくらか似通った造りでした。それよりずっと小さくはあるものの、守るに易く攻めるに難い要塞でした。オランダ軍は初め海上から攻めましたが、一千近い兵が討ち死にしてもなお落とせず、後に陸路から攻撃してようやく陥落させました。

ここからが肝心ですが、陸路から攻め込む前、間者を闇に乗じてマラッカの町に潜入させ、三保山という山の麓にある、百年前に明国人が掘った大きな井戸に毒を投げ込みました。この井戸はポルトガル人にとって重要な水源になっており、結果、兵士たちは中毒を起こしてばたばたと倒れ、応戦するどころか立ち上がることさえできなかったというのです。

付け足しますと、ポルトガル人よりもずっと先に鄭和という明国の航海家がマラッカを訪れていました。彼は一四〇六年以降、合計六度もマラッカを訪問しています。後年、明国の皇帝は宮中に仕える一人の女を皇女に化けさせてマラッカ国王の皇太子に嫁がせ、大量の嫁入り道具に加え五百名もの男女をかの地に送り、仕えさせました。くだんの井戸は、その花嫁が部下に命じて掘らせたものだといいます。オランダ人がマラッカを占領してからは、再び何者かに毒を投げ込まれるのを恐れ、井戸に蓋をし、厳重に管理したと聞いております」

話の途中でハンブルクはこの老将が言わんとしていることを見抜き、先回りして制した。

「なりません！　決してそのようなことをしてはなりません。井戸に毒を入れ、追っ手がそれを飲んだところで、このような小手先の策は何の効果ももたらさず、それどころか事態をより悪化させるだけです。マラッカのポルトガル兵はせいぜい数百でしたが、国姓爺の軍隊は二万とも、それ以上とも言われています。怒った国姓爺は大量の兵を送り込んで我々を追い回し、殺害しようとさえするでしょう。加えて、毒はドロゴ社のフォルモサ人の生活や耕作に痛手を負わせ、彼らは我々を憎みもするでしょう」

ハンブルクの厳かな表情には、怒りの色まで窺えた。

「フォルモサ人の恨みを買うような行動は絶対に避けねばなりません。フォルモサ人の支援を失ったら、我々はどこにも行くことができなくなります」と、別の軍人も同意を示した。

老兵は気まずそうな顔をして、「拙者はただ昔の話を申し上げただけですわい」とつぶやくような声で言った。

翌日早朝。夜を徹した議論の末、このまま北へ移動を続けることが決められた。ところが出立直前、人々はドロゴ社に駐留していた二人の兵士が額に大粒の汗を浮かべながら、慌てふためいた様子で辺りの箱という箱を開けて回っているのを見た。倉庫に保管していた銃と銃弾と火薬が、一夜の内にそっくり消えていたのである。どんなに探しても出てこない。ドロゴ社のフォルモサ人たちは、誰も出発の手伝いどころかあいさつにも来ず、どこかに身を隠していた。

マリアは事情を察し、眉間に皺を寄せた。「まずいわ。彼らは昨夜の議論を耳にして、何か誤解してしまったのかもしれない。ああ、何と言って説明したらよいか！」

そこで言葉の通じるドロゴ社の事務員補佐が頭人を探しに行き、昨日自分たちが話していたのは昔の外国の出来事に過ぎないと告げると、頭人は腹をよじって笑い転げ、武器弾薬を返してくれた。

一件落着したとはいえ、フォルモサ人の態度が変わってきていることには誰もが感づいていた。もう一つ気づいていたのは、ほんの一、二日の間に漢人の数が明らかに増えていることだった。みな平民の出で立ちで、悪意があるようにも見えないが、漢人とフォルモサ人がひそひそ話をしている場面も、あちこちで目撃される。オランダ人たちは危機感を覚え、急いで準備を整え、諸羅山を目指して出発した。

マリアはすっかり力を落としていた。フォルモサ人たちの豹変ぶりを見て、過去の日々はもう二度と戻ってこないのだと思い知らされた。昨日は年末までに麻豆社に帰れるかもしれないなどと楽観的に予想したが、今ではとてもそんな風に思えない。

——仮に今回フォルモサを守り切れたとしても、オランダ人が漢人と再び昔のような信頼関係を築くことはもはやできそうにないし、国姓爺はいつか必ずまた攻めてくることでしょう。漢人の存在なしに、大員商館が存続していくのは無理な話。貿易の話以前に、パン屋や仕立て屋などオランダ人の暮らしに必要な物やサービスはすべて漢人が提供しているから、彼らがいなくなったら私たちは日常生活さえもまともに営めなくなってしまう。それに、フォルモサ人との関係も致命傷とまでいえる状態だわ。東インド会社と教会が三十年以上かけて築いてきたものが、こんなにもあっけなく、ばらばらに崩れ落ちてしまうなんて。

まだ誰も鄭成功の襲来を知らなかった五日前の事件にマリアは思いを馳せた。四月二十七日、麻豆社にて、ハンブルクは到底信じがたい光景を目にした。男たちの一群が山へ向かい、三つの生首を携えて戻ってきて、住民たちがそれを囲みにぎやかに舞い踊ったのだ。ハンブルクはそれを止めようとし、過去の行いに戻ってはならないと厳しく叱責したが、彼らは面と向かって、荒々しく楯突いた。こんなことは十余年来で初めてだった。

二日経って、マリアはウーマの口から、あの一件は頭人のリカが同胞たちをそそのかしてやらせたものだと聞いた。「私がこの話をしたことは絶対に言わないで」と、ウーマはかぼそく震える声で何度も言った。

——国姓爺との戦いは始まったばかりで、まだどうなるかわからないけれど、宣教師や教会関係者がフォルモサ人のために費やしてきた努力が失敗に終わったことと、遅かれ早かれオランダ人がフォルモサを永久に失うことになるのは、もう疑う余地がなさそう。私の運命は、まるでトロイア戦争のカサンドラ[53]みたいだわ。

# 第四十三章
## 北線尾

話は鄭家の大船団が鹿耳門水道を通過した日にさかのぼる。鄭成功はまず、水道の南岸にあたる北線尾と呼ばれる砂州に自ら立ち、周囲の地勢をしばらく観察した。そして陳澤に、ここに上陸して陣を築き、本隊の後方を守るよう命じた。この時陳澤は、元々の手勢六百に加え、鉄人部隊と藤盾軍の一部を分けてくれるよう求めた。成功は承諾し、陳澤の予想よりもずっと多くの兵数を与えた。

——七か月前に保生大帝から授かったお告げが、一つ一つ現実になってきている。国姓爺様は大軍を引き連れて台湾に侵攻し、俺も今まさに台湾城の紅毛兵と矛を交えようとするところだ。これは敵味方いずれにとっても、存亡を賭けた一戦になるだろう。我らが敗北するようなことがあれば、退路を断たれ、袋の鼠となる。その先は想像するのも堪えがたい。しかし勝利を収めれば、数十年もの間、紅毛人の牙城として威光を放ってきた台湾城を孤立させることができる。

陳澤は啓示を受けた日以来、紅毛軍との戦闘時に起こり得る状況とそこで取るべき行動について、絶え間なく考え続けてきた。自分が後方の守りを任されること、後方といえども敵部隊と遭遇すれば一瞬にして最前線に変わることを、彼はとっくに見越しており、それゆえ大胆にも自軍の最精鋭部隊を貸し与えてくれるよう頼んだのだ。成功は多くを語らなかったが、その眼差しから、陳澤は主君が自分の意思を汲み取ってくれているのを感じ取った。

翌日、陳澤は水兵一千、歩兵三千が乗り込んだ六十隻の武装船を従え、鹿耳門水道の入り口を守りながら、忍耐強く機会を待った。上陸は敵に気付かれぬよう行う必要があるからだ。星が見えるほど暗くなってから、まず弓兵八百を陸に上がらせ、ずっと前に打ち棄てられた紅毛人の砦で敵方の視線を遮りつつ、その両側に迅速に陣幕を張った。陰暦四月二日の夜で、月影は淡く、有利に働いた。続いて鉄人部隊五百が上陸し、二時間後、藤盾軍一千が二手に分かれて上陸した。軍船には水兵一千に加えて弓兵三百、鉄人部隊二百、藤盾軍三百が残り、臨機応変に動けるよう待機していた。総勢四千余り。これだけの軍勢を指揮するのは初めてのことで、陳澤はたびたび身体が武者震いするのを覚えた。

子の刻〔午前零時前後〕には設営も整い、陳澤はようやく一息ついた。そして少数の兵に見張りをさせ、残る兵士たちには来たる決戦に備えて十分な睡眠をとらせた。陳澤隊の上陸後、鄭成功の本隊は台江内海を横断し、敵地深くへ入り込んでいった。

◆

これよりさらに二か月ほど前、鄭成功は廈門で開いた軍議にて台湾侵攻の計画を語り、諸将の意見を求めた。ただすでに募兵と大型艦の建造を進めている以上、主君の腹の内はとっくに固まっており、軍議は単に形式的な手順で、かつ重臣の間で誓いを立てさせるためのものに過ぎないと陳澤には思われた。諸将の反応も陳澤が予期していた通り、逡巡するか、反対するかが大半だった。鄭成功が最も信頼を寄せる馬信提督は明言を避けたが、かつて治療のため台湾に滞在したことでかの地の防衛態勢を最もよく知る呉豪は、はっきりと異議を唱えた。陳澤は成功の心を次のように読んだ。

――このお方は、常に「突破」を希求しておられる。そのためにはどんな困難も冒険も厭わない。失敗に終わりはしたが先の北伐もそうだったし、台湾出征もそうだ。うまくいけば、大いなる現状突破となる。腹の内ではすでに定まっておられるので、今もし誰か一人でも賛同する者があれば、水流に乗って船が進むように話が運んでいくだろう。

ただ陳澤は雄弁に意見を述べたり、人に先んじて何かをなしたりするのが好きではなかったため、黙っていた。やがて楊朝棟と陳永華が賛意を示すと、案の定、鄭成功は間髪を入れず自説をひとしきり主張し、決断を下した。

一六六一年四月二十二日、金門島の料羅湾から大船団が台湾を目指して出発した。ここが出発地に選ばれたのは、二百八年前に鄭芝龍がオランダ艦隊と交戦し大勝利を収めた縁起のいい場所だったためである。陳澤は当時鄭芝龍が取った作戦を踏まえ、それを手本にした戦術を思案していた。

兵士はそれぞれ五日分しか兵糧を支給されなかった。鄭成功が速戦即決、敵が応戦態勢を整える前に電光石火の勢いで敵城を落とそうと企図していることが窺われた。しかし渡海は順調にいかなかった。中継地点の澎湖諸島において十分な補給が得られず、その上大風が吹き荒れて出航も危ぶまれた。将兵らはしばらく待機するものと考えていたが、風雨と宵闇のなか、ただちに全軍出動せよ、遅延は許されぬとの指令が下された。

出航に先立ち、鄭成功は明王室の守護神とされている玄天上帝に祈りを捧げた後、将兵に向けて訓示を垂れた。

「もしも我ら官軍が台湾を平定することが天意に適っておるならば、今宵の出発後、風は止み、波も鎮まるに違いない。あるいは、坐してこの孤島で飢え死にを待つとでもいうのか。

余はただひたすらに明の復興を願うものなり。今しがた誠心誠意、天に祈願し、歴代の祖先に祈願した。なみなみと満ちた潮が引きはじめる時、我らが船団を平安無事に前進させたまえと。諸君は諸将の指示の下、余の旗艦の帆を前方に望みながら、真っ直ぐに前進すべし！」

陳澤を含めて誰もがその言葉に深い感銘を受け、心を昂ぶらせた。三更〔深夜二十三時から一時〕になると、実際に、ひっきりなしに吹き荒れていた風と雨がぴたりと止んだ。船団は風に乗り、一息に台湾までたどり着いた。

岩をも貫くような主君の意志の堅さが、配下の者たちばかりか天の心さえも動かしたかと、陳澤は思わずにいられなかった。仮に澎湖にて風が止むのを待ったとして、それが少しでも長引こうものなら、兵糧はたちまち底を突き、士気の急落は免れない。主君の英明にして果敢な判断に改めて敬服した。

鄭成功はかつて何斌が献じた策を加味し、ゼーランディア城の砲火を避け、鹿耳門水道から台江内海に入ることを決めていた。これは優れた作戦であったが、鹿耳門水道の水深はごく浅く、小型の帆船さえも容易には通れないほどだった。

鄭成功は自ら水位を確かめ、また潮位が最も高くなる時間を正確に見定めた上で、西暦四月三十日の明け方、進軍を命じた。そして大小とりまぜ四、五百隻もの大船団が隊列を組んで続々と水道を通り抜け、台江内海に入り込むことに成功したのだった。

「奇跡だ！」「天が我らにお味方された！」鄭軍の兵士たちは欣喜雀躍して、熱狂的に歓声を上げた。士気もまた最高潮に達していた。

北線尾で布陣を整えた陳澤は、大切に運んできた保生大帝の神像に向けて合掌した。

――兵たちも私も、勇気と力には溢れております。必要とするものは知恵と好運です。保生大帝様、どうか我々にこれらをお授けくださりませ。

七か月前に白礁の慈済宮を参拝してから、彼は保生大帝を自身の守護神と見なしていた。そこで後日、再度慈済宮を訪れて分霊を受けた。それが台湾に運んできたこの神像であった。

東の空に光が差し、台湾での最初の夜が明けた。陳澤は望遠鏡を使って台湾城を眺めた。大員市街に並ぶ建物や、城壁の上を歩く歩哨までもはっきりと見える距離だった。

「天は我らに味方せり。今日の勝利は必定なり！」陳澤は勢揃いした四千の配下の前で声を張り上げてそう言うと、副将・林進紳の手を取り、つないだ腕を高々と掲げつつ、声を揃えて「勝利！　勝利！　勝利！」と繰り返した。兵士たちもみなが拳を突き上げ、大員までも伝わるほどの大声で勝利を叫んだ。

◆

同じ頃ゼーランディア城では、起床したばかりのコイエット長官と老将トーマス・ペーデル大将が状況を窺うべく城の高みに向かっていた。

コイエットは昨夜ほとんど寝つけなかった。たった一日の内に情勢が様変わりし、不安が高まる一方だった。前日、敵は鹿耳門をやすやすと通り抜けた後、午後にプロヴィンチア城付近に上陸した。報告によると兵数は一万を優に超える。コイエットはすぐにアールドープ大尉に二百の兵を与えて救援に向かわせたが、水上で敵船に阻まれ、入城できたのはわずかに六十名ばかりだった。そのなかにはペーデル大将の息子・小トーマスもいた。白兵戦の際に左腕を斬り落とされてしまったが運良く救出され、ゼーランディア城に送り返された。今も高熱を発しながら痛みに耐えている。

プロヴィンチア城内の守備兵は二百にも足らず、火器や物資も哀れなまでに少なかった。プロヴィンチア省長ファレンティンから送られてきた手紙には、次のように記されていた。

〝城内には火薬四杯、銃弾千五百、半ば湿気った銃の火縄が一箱、やはり湿気っている爆弾用の導火線が四分の一束、そのほかには米五十袋、塩漬け肉一杯と、焼酎が小さな甕に一杯あるのみです〟

「能なしめ。なんたる怠慢！　国姓爺への備えを固めておけと、私が再三命じておいたのに、このざまだ！」コイエットは怒りを露わにし、ひとしきりファレンティンを罵った。

ファレンティンは手紙のなかで四百の援兵を求めていたが、ゼーランディア城の兵数からして無理だった。返す返すも、バタヴィアの援軍を引き連れて去っていったファン・ダー・ラーンが恨めしく思われた。

「長官、ご覧ください！」突然、ペーデルが北線尾の方角を指差して叫んだ。コイエットが目を向けると、北線尾の北側に白い陣幕が整然と張られ、数千とも見られる敵兵が休息していた。

「一夜にしてこれだけの陣を張るとは。それにしても、何という敵の数だ」

「戦は数ではございません！　どうか拙者に迎撃の許可をお与えくだされ。あの烏合の衆を全員海に叩き落としてみせましょう！」ペーデル大将は紅潮した顔で、とげとげしく言った。

コイエットは望遠鏡で白い陣幕に囲まれた敵陣を窺いながら答える。

「ペーデル殿、はやる気持ちはわかりますが、どうか冷静に。敵は弓と刀しか持たぬなどというでたらめを言う者もありましたが、こうして見ると、装備は我々の予想より遙かに上です。鉄の鎧に鉄兜、銃も相当ありますぞ。火器はポルトガル人から購ったとも聞きます。弾薬は彼ら自身で製造できることでしょう。その上敵はみな、寡兵を以って圧倒的多勢の満州人と十年以上も戦ってきた強者揃いです」

「ふん、拙者の腕をとくとご覧あれ！」

二時間後、ペーデル率いる二百四十名のマスケット銃部隊が小船に分乗し、敵陣へ向かっていった。コイエットは城の上から固唾を呑んで成り行きを見守った。

規則正しく岸に打ち寄せる波音に、陣太鼓の響きが混じり合う。北線尾では敵の部隊が迅速に応戦態勢に入り、陣形を組みはじめた。島の北岸を背に、左右に長々と伸び広がっていく。ペーデル隊は南岸から迅速に上陸した。

陣形を組んで対峙する両軍とその周囲に広がる海を眺めながら、コイエットはふと思った。

――三千年前ほども昔、エーゲ海近くの城から合戦を見守っていたトロイア王に、今の私はそっくりではないか。トロイアが迎え撃ったのは西の海から攻めてくるギリシア連合の大軍であったが、私も今、西からやってきたとてつもない大軍との戦いの火蓋を切ろうとしている。

◆

陳澤が過去数か月にわたり入念に進めてきた準備はすべ

て、この一戦のためだったといってよい。ゼーランディア城から二、三百の敵が出撃してくるのを望遠鏡で確かめた陳澤は全軍に告げた。

「我らは多勢ゆえ、長蛇の陣をもって応戦する。頭が敵に撃たれれば尾が、尾が撃たれれば頭が、胴が撃たれれば頭と尾が、敵の背後に回り込むのだ！　我らは決して切り離されず、どこを攻められようとも敵を包囲することができる。そうであろう？」

「然り！」兵士たちが一斉に応えた。

「この戦法は、井陘《せいけい》の戦いにおける韓信の背水の陣に倣ったものである。包囲しようとしてきた敵を逆に包囲し返した時、敵の命運は死ぬか、生け捕られるか、海に落ちるかのみであろう！」

オランダ兵は色鮮やかな装いをし、全員がマスケット銃を担いでいる。火器が敵の最大の強みであることを踏まえ、陳澤は陣形の中央に鉄人部隊を配置した。それを海岸の手前に立たせ、かつ両翼の兵を少し離した。

――敵は恐らく、真向かいの一隊が孤立し、しかも背後が海なのでたやすく蹴散らせると踏んで、中央を突っ切ってくることだろう。

敵を待ち受ける間、陳澤は軍船のなかで待機している部隊にも伝令を送り、敵に気付かれぬよう船で北線尾の西南側へ回り込み、敵の背後を衝くように命じた。敵に反撃する隙を与えず、一挙に壊滅させようと目論んだ。

他方、ペーデル大将は陣形を整えるに際して部下たちに告げた。

「敵は数にものを言わせるだけで、陣を組むことも知らず、刀と槍を振り回すだけの烏合の衆である。恐るるに足らん。我らの銃をもってすれば、一人で十人を倒すことができるはずだ。兄弟たちよ、火力を一点に集中させ、中央を突破し、奴らを海に叩き落とすのだ！」

オランダ兵は縦横各十二人からなる方陣を二つ作り、近接したままゆっくりと前進してきた。思惑通り中央を目がけてきたので、陳澤はしてやったりという顔を浮かべた。その後方の海岸には武装船がずらりと並べられ、合計五十門もの艦砲が砲撃の準備を整えていた。陳澤の号令の下、先に弓矢が一斉に放たれた。オランダ側も銃撃を始め、耳をつんざくほどの銃声が間断なく響き、硝煙が戦場に立ちこめた。オランダの軍艦も海上から大砲を放ち、ペーデル隊を援護した。

鉄人部隊を除く兵は銃弾を浴びてばたばたと倒れていった

が、鄭軍はいささかも怯まず、野太い雄叫びを上げながら、味方の屍を越えて攻めかかった。左右後方から次々に新たな兵が現れるので、オランダ兵は全く敵の数を減らした気がしなかった。白兵戦となり、オランダ兵もサーベルを抜いて応戦したが、手に力が入らなくなるほど斬り倒しても、漢人は潮水の如く押し寄せる。加えて鄭軍の艦砲も火を噴いた。

◆

固唾を呑んで戦況を窺っているコイエットは、敵の別働隊が北線尾の西南側に回り込んだ後、味方の背後に槍のように突進していくのを見て、声を振り絞って注意を呼びかけたが、ペーデルの耳には到底届かなかった。

「総攻撃をかけよ！」陳澤が大声で合図を下した。

前方の鉄人部隊は銃弾も刃物も通さない。両翼の藤盾兵は密集させた盾で身を守りつつ、別の者が地面を滑るように転がってオランダ兵の足を斬り落とすと、再び目にも止まらぬ速さで退いた。別働隊も背後から矢、銃弾、手榴弾を敵陣に浴びせかけた。

コイエットは先刻、トロイア王に自分を重ね合わせたことの不吉さにようやく気がついた。トロイア戦争においてトロイア王は息子であり大将であったヘクトルをアキレウスに殺害された。その亡骸は戦車に載せられ、トロイア城の外周を三度回らされたのだった。

いかに守りに適した陣形である方陣といえど、袋の鼠となり、打ち続く猛攻に堪えきれず、ついに崩れ出した。オランダ兵は戦意を喪失し、悲鳴を上げて地に倒れるか、大慌てで逃げまどった。オランダ軍のヘクトルともいえるペーデル大将は、自身が敵を甘く見ていたことを悔やみつつ、味方に陣を立て直し、火力を一点に集中させて、包囲を突破するよう指示した。

しかし今やオランダ兵一人がそれぞれ六、七人の敵に囲まれ、ペーデルはさらに多くの敵に囲まれている有り様だった。藤盾兵に太ももを斬りつけられ、一度は倒れたが、再び立ち上がり、あらん限りの声で部下たちを激励した。次の瞬間、背中に刀を受け、地に片膝をつき銃身にしがみついて身体を支えた。別の兵がつかつかと歩み寄り、刀をペーデルの首に振り下ろした。ペーデルは全身に自らの血を浴びて地面に崩れ落ち、二度と起き上がることはなかった。

戦場は虐殺の場と化した。数十名のオランダ兵が傷つきながら上陸地点まで逃げのび、船に飛び乗り、ゼーランディア城へ向かって必死に櫓を漕いだ。追撃してきた鄭軍の帆船を、オランダの軍艦が迎え撃った。

陸上戦はわずか一時間足らずで決着がついたが、息継ぐ間もなく海上戦が始まろうとしていた。

◆

ペーデルの出撃に合わせ、コイエットは軍艦ヘクトル号、グラフラン号および通信船マリア号の三隻に、ペーデル隊を援護するよう命じていた。世界最強を謳うオランダ海軍は、世界屈指の超大型軍艦であるヘクトル号を初め、その言葉にひけを取らない威容を放っている。

鄭家の武装船六十隻がそれに対峙した。建造されたばかりの二隻の大福船〔大型軍船の一種〕にはそれぞれ左虎協将軍・陳沖と侍衛旗将軍・陳広が乗り、全体の指揮を執っている。

オランダ艦が巨大な帆いっぱいに追い風を受けながら、海を切り裂くようにして進んでいくと、鄭軍の船は次々にあおりを受けて転覆したり、衝突されて沈没したり、砲撃を浴びて炎上したりしていった。大福船にも大砲が二門ずつ搭載されているが、オランダ艦の大砲とは月とすっぽんだった。誰の目にも鄭軍の側が劣勢に見えていた。

しかし、形勢は急転した。オランダ兵たちが艦上から、敵が蹴散らされていく様子を眺めながら歓声を上げている時、ぴたりと風が止み、軍艦の動きも止まった。凪になると大艦は身動きがとれないが、鄭軍の船は人力でおかまいなしに動き回れる。北線尾から戦況を見つめる陳澤は、今が鄭芝龍の戦法に倣って再びオランダ人に教訓を与える絶好の機会だと捉えた。同時にゼーランディア城から援軍が出撃する動きを察知したので、半数の船をそちらに急行させて港を封鎖し、残り半数の船に総攻撃をかけさせた。

白礁出身の水兵たちは一斉に艪を漕いで三隻の敵艦に接近し、ある艦に対しては五、六隻の船をロープでくくりつけた後火を放ち、自分たちは海に飛び込んだ。別の艦に対しては、自船に火を点けてから矢のような勢いで突進させ、衝突寸前に海に飛び込んだ。

この二日間ずっと好運に恵まれてきた鄭軍の兵士たちは、主君の言葉どおり天が自分たちの味方をしてくれていると感じていた。そして陸上でも海上でも、死を恐れず勇猛に戦った。オランダ兵も銃砲や手榴弾で応戦し、必死の抵抗を見せたが、命知らずの攻撃に内心ではすっかり怯えきっていた。

オランダ兵はまた自艦の下で燃え広がる小船に対して、ロープを断ち切ったり、竹竿を使って力いっぱい押しのけようと試みたが、どれもむなしく、炎はみるみる内に燃えうつり、一帯に黒煙が立ちこめ、何かが爆発する音も鳴り響いた。鄭軍の水兵が次々とオランダ艦に侵入し、立ちこめる煙のなかで白兵戦が始まった。過去、オランダ海軍は常に砲戦で勝利を収めてきたため、兵士の誰もこのような凄惨な戦闘の場面に出くわしたことがなく、百戦錬磨の鄭兵の敵ではなかった。オランダ人のそれとわかる断末魔の叫びがあちこちに響き、地獄絵図の光景が広がった。

突然、耳をつんざかんばかりの爆発音が轟き、ヘクトル号が、天にも届かんばかりの炎と黒煙を上げながら沈没していった。そこを中心に巨大な渦が生じ、ヘクトル号を囲んでいた鄭軍の船も巻き込まれ、海中に呑まれていった。

コイエットはじめゼーランディア城のオランダ人たちは、陸上戦が始まってからわずか三時間ばかりの内に起きたこれらの展開に、誰もが魂を抜かれたかのように呆然とするか、手で顔を覆って溜息をつくばかりだった。

◆

ヘクトル号の大爆発に鄭軍の水兵たちが気を取られている隙に、ほか二隻のオランダ艦は損傷を受けながらも包囲を突破し、グラフラン号は北へ、マリア号は南へそれぞれ逃れていった。

大勝利を摑み、自らも過去最大の勲功を立てた陳澤だが、落涙せずにはいられなかった。

地上には弟のようにさえ思える同胞やオランダ兵の亡骸が散らばり、重傷を負った者たちが上げるうめき声もほうぼうから聞こえている。静けさを取り戻した海上にはどちらの者か判別もできない肉体の一部が浮かび漂い、痛みに呻吟しながら木片にしがみついているオランダ兵も少なくない。鄭軍の兵は海上に残されている同胞を探して救出したが、オランダ兵を見ると戸惑いを覚えた。矛を交えている間は殺し合うことに懸命だったが、戦が終わると共に殺意も失せた。だからといって助けるわけにもいかず、また重傷者をひと思いに殺してやるのもためらわれ、ただ彼らが波のままに流れていくのを静観するのみだった。

海上での救出が済んでから、兵士たちは北線尾の戦場となった場所に戻ってきた。しかしどの者もへとへとに疲れており、亡骸を漢人とオランダ人とに分別する余力すら残っていなかった。太陽もすでに西に傾いている。陳澤は部下たちにそれらを一箇所に集めさせ、大きな穴を掘り、両軍まとめて埋葬することにした。

陳澤は長年鄭成功に付き従い幾多の戦場を駆け抜けてきた。自ら海戦の指揮を執ったのもこれが初めてではない。往年の囲頭湾の戦いでも、一年前の金門・廈門の海戦でも、巧みな戦術で清の海軍を大敗させた。しかし今回ほど烈しく、かつむごたらしい戦は初めてだった。陳澤は勇猛な部将であるが、感情に任せて人を殺めたり、殺人に喜びを覚えるような性分では全くなかった。

急ごしらえの墓ができると、それに向かって手を合わせながら思った。

――空も海も平然としたもので、まるで何事も起きなかったかのようだ。人間は大昔から、このように戦を繰り返しつつ歴史を作ってきたのだろう。だがその立役者たちは、大半が地の下に埋められるか、海の底に沈むことになってしまう。「一将功成りて万骨枯る」と故事にいう通り、将一人の功名のために、万の命が犠牲になるものだ。

後日、陳澤は北線尾の陣地に簡素な茅葺きの廟を建て、「保生大帝廟」と名付けた。白礁慈済宮から分霊を受けた神像を安置した後、跪いて幾度も拝み、保生大帝の加護に心からの感謝を捧げた。

# 第四十四章　プロヴィンチア

陳澤に後方の守りを任せた後、鄭成功の本隊は台江内海内側の禾寮港から上陸し、プロヴィンチア城へ向けて進軍した。道中、ゼーランディア城から駆けつけたアールドープ大尉の救援隊と交戦した以外には、ほとんど抵抗らしい抵抗を受けなかった。オランダ軍の陸上における備えがここまで薄弱だとは鄭成功も予測していなかった。先々で彼らを出迎えるのは敵の銃砲ではなく、水や食べ物を手に待ち受けていた漢人住民の歓呼の声であった。

「これではとても戦に思えんな。ただの行軍と変わらぬ。しかも民が食糧を持って我ら王軍を歓迎している。故事にいう箪食《たんし》壺漿《こしょう》とはこのことなり」

鄭成功は得意満面で傍らの馬信将軍に向けてそう言い、自軍を見渡した。兵士たちは光沢のある兜を被り、ラッパを吹き太鼓を鳴らしながら、足並み揃えて行進している。伝令のため武官らが馬に鞭をあてて隊列の間を行き交う。大きな旗竿につけられた美しい絹の軍旗と玉飾りが風に舞っている。

やがて鄭軍はプロヴィンチア城に至り、これを包囲した。果敢に攻撃に出たゼーランディア城とは違い、こちらの守備兵は閉じ籠もったままで、せいぜい城郭や厩舎からまばらに射撃を行うか、夜間に間者を送り込んで糧食に火を点けるくらいであった。

鄭成功は蕭壠社で捕らえたオランダ人夫婦に降伏を勧告する書状を持たせ、城内へ差し向けた。少し前にハンブルクとどこへ逃げるか議論をしていた政務官のヒリス・ボックスとその妻子であり、彼らは妻が身重であることから集落に留まっていた。

上陸から数えて五日目、水も食糧も弾薬も尽きたプロヴィンチア城から降伏の通達が届いた。その二日後、ファレンティン省長が兵士、行政員、牧師などの東インド会社職員百四十名と、その家族や奴隷百七名を連れて、白旗を掲げて城を出、鄭成功を迎え入れた。

鄭軍の水兵の多くは漳州出身者である。彼らは勝利を記念して、プロヴィンチア城近くの海岸に小さな茅葺きの廟〔現・総趕宮。台南市中正路一三一巷一三号〕を建立し、唐代の漳州月港出身の将軍であり水戦の神とされる倪聖公を祀った。そして倪聖公が自分たちを守り、勝利に導いてくださったことに感謝を捧げたのだった。

## 第四十五章

## 諸羅山

諸羅山〔現・嘉義〕は、山という字が付いてはいるが平地である。ここより北ではもうシラヤ語も通じなくなる。

三十七年前、一時期鄭芝龍や顔思斉がこの一帯で活動していたが、あくまで仮の拠点としか見なされていなかった。彼らの主眼は海上と沿岸部の発展に置かれており、内陸の開発は眼中になかったからである。二十年以上前、オランダ人は二百五十名ほどのシラヤ族のイニブスをこの原野へ流刑にし、八年経ってなお生存していたのは四十名あまりに過ぎなかった。この追放事件はシラヤ人たち、とりわけ年配の者を激しく憤らせた。そして今、あの時のイニブスと同じくらいの人数のオランダ人が、逃れ逃れてこの土地に流れ着くことになった。

――過去の報いだ！　ハンブルクは心のなかで叫んだ。フォルモサに来て初めの数年間、諸羅山は彼の管轄する地域の一部だったので、馴染みのある土地だった。四十数名のイニブスに対する恩赦を東インド会社に願い出たのも彼だった。その申し出は認められ、彼女たちはようやくそれぞれの集落へ帰郷することができた。

ハンブルクが知るかつての景色と比べて、諸羅山は大きく変わっていた。オランダ人によって井戸が掘られ、また水利工事が施されて、東インド会社の経営する田園が辺り一面に続いていた。漢人はこの一帯を「王田」と呼んでいる。規模の大きい港町である魍港と笨港から遠くないため、開墾地を求めて内陸へ移動する漢人たちは、自ずとここに集まってくるのだった。そうして市場も形成されていた。また鹿の群れが今でも見られる猟場があり、その生息数は麻豆や蕭壠よりも遙かに多かった。

夕暮れどき、ハンブルク一行は諸羅山の中心地にたどり着いた。それに前後してほかの地域から逃れてきたオランダ人たちも合流し、三百人以上にまで膨れ上がった。虎尾壠のムス牧師や、大目降社の教師ドリュフェンダールの二人の息子など、ハンブルクが面識のある者も多かった。

魍港のブリッシンゲン砦に勤務していた数名の職員とその家族の話では、鄭成功の軍隊がそこへやってきた時、現地の軍人たちは小船を漕いでどこかへ逃亡し、置いていかれた彼らは内陸に向かって逃げるよりほかになかったという。

ドリュフェンダール夫妻は初め双子の男子を授かり、さらに二人の子供をもうけていた。大目降社のオランダ人が逃げていく際、彼は妻がフォルモサ人であることから自らには危害が及ばないものと考えてそこに留まることを決め、万一のことを考えて十歳になる双子の兄弟だけを、諸羅山へ向かう人々に帯同させてもらったのだった。

現地のフォルモサ人は友好的だったが、三百人分の食糧と寝床を確保するのは容易ではない。ほうぼうを訪ねて食糧を乞い願い、またもしも鄭成功の軍隊がここまで追ってこなかった場合、どのように自給自足していくか話し合った。

翌日、思いがけないことに七名の漢人が来て食糧を提供してくれた。齢六十前後のリーダー格の男は、ここ「王田」一帯の贌商で、三十年前にフォルモサに来て、初め魍港に暮らし、のち諸羅山へ移り住んだと言う。

「公平に申しまして、あなたがたオランダ人の管理ぶりはなかなかに公平なものでした。私が台湾に来てある程度の成功を収めることができましたのも、東インド会社のおかげと申せましょう。この六人のたくましい若者たちをご覧ください。みな私の息子たちです」

男は後ろに並んで立っている体格のいい男たちを手で示してそう言った。彼の言葉と態度に、オランダ人たちは慰められた思いがした。一行はしばらくこの土地に留まることを決めた。

諸羅山に着いてから八日目の午後、バンダ出身の飛脚が馬を走らせてやってきた。プロヴィンチア省長ファレンティンの手紙を携えており、彼の隣には威風堂々とした軍装で馬に跨がっている漢人がいた。

初めて鄭軍の将官を目にして、みな緊張で顔をこわばらせたが、ハンブルクが手紙を受け取ると漢人はすぐに飛脚を連れて戻っていったので、胸を撫で下ろした。

長い手紙だった。ハンブルクは読みはじめてすぐ「あ!」と一声漏らして、その場にへたり込んだ。難しそうな顔つきで黙ったまま最後まで目を通すと、ムス牧師に手渡し、みなに告げた。

「ファレンティンはすでに国姓爺に投降し、城を明け渡してしまった。これは国姓爺がファレンティンに命じて書かせたものに違いない。我々も全員プロヴィンチア城へ来るようにとある」

ハンブルクの推察通り、鄭成功はファレンティンに降伏を勧める手紙を書かせ、あちこちの集落に避難しているオランダ人に送りつけていた。ファレンティンの秘書オッセンバイヤーが不在だったため、書かれた手紙はまず呉万という通訳の手で漢文に翻訳されてから、再びフォルモサに十九年暮らしており漢文に造詣の深い、マイ・ファン・マイエンステーンという測量士によりオランダ語に訳し直された上で飛脚に預けられた。飛脚はほうぼうでオランダ人の行方を訊ねて回り、ついに諸羅山にてハンブルク一行を見つけ出したのだった。

書かれていたのは概ね次のようなことだった。降伏した二百数十名に対する国姓爺殿の待遇は想像していたよりも遥かに寛大で、配給される食糧の量は漢人の兵のそれよりも多いほどだ。もし諸君が投降してくれれば、同等の待遇をすると国姓爺殿は保証されている。所有する財物に関してはひとまず彼の部隊に預けられよ。いずれ必ず返還される、云々。

「レオナルダス牧師とヴィンセン牧師も、今はプロヴィンチアにいるはずだ」

「でしたら、私たちもこれからあちらへ参るのですか？」

アンナにそう訊かれたハンブルクは、何も言わずに彼女を抱きしめた。そして常に厳かな態度を保っている彼が、声を上げて泣き出したのである。

時をおかず、その場にいた人々も次々に涙を流しはじめた。悲嘆と恐怖に包まれるなか、マリアは毅然としていた。いつかこういう日が訪れるのを彼女はとっくに予見していたが、ただ想像よりもずっと早かった。プロヴィンチア城が戦わずして降るとは思ってもみなかった。マリアはそっとその場を離れ、沈みゆく太陽を眺めながら、再び自分がカサンドラになったように感じていた。世界の海を縦横に駆け巡り、向かうところ敵なしだったオランダ人が、今ここフォルモサで日没の時を迎えようとしている。自分自身はこれからどうなるのか？　次の一歩を、どう踏み出せばよいのか？

――主よ、私たちをお守りください。そして、いかなる事態に遭遇したとしても、私が冷静にものごとを判断できるように力をお与えください。

◆

ファレンティンの手紙によって、みなが心の底にわずかに残していた希望は粉々に打ち砕かれた。

翌日、赤崁へ行くか、海に出て船でフォルモサからの脱出を図るか、それとも山奥へ逃れるかといった今後の行動について、再び終日かけて議論がなされた。

近くの魍港と笨港はすでに敵に占領されており、そこから船で脱出するのは不可能だった。このまま北部の淡水港まで陸路をたどっていこうという意見が出された。すると虎尾壠に長年住んできたムス牧師が言った。

「虎尾壠を過ぎてからは、大肚番王の領土を通過していかねばなりません。番王は勇猛で知られ、その統治範囲はかなりの広さです。一六四四年にボーン大将が彼らを屈服させ、その後大員から淡水、さらに東北部の鶏籠にまで至る道路が開拓されました。しかし数年前に大肚番王が亡くなり、王子が跡を継ぎましたので、不可測の事態もあり得ます」

そう聞いてみなは不安に駆られた。もしもおとなしく赤崁へ出頭しないとしたら、東へ逃れていくことが唯一取り得る方策かと思われた。

諸羅山の東方には、高い山嶺が幾層も重なりながら彼方まで延びている。オランダは平野そのものであり、ドイツなども平らな地形が多いので、彼らはこんなにも高い山を目にしたことがなかった。

大半の行政員、牧師、教師や婦人は赤崁へ行くことに賛成した。山地に向かう決断をした者は二つのタイプに分けられた。フォルモサ人と結婚して子供がいる者と、軍人である。前者の場合はオランダの法律により子供がオランダ本国に帰ることが認められないことに主な理由があり、後者の人々は投降しても死を免れることはできず、その上ひどい屈辱を被ることになるに違いないと考えていた。また軍人たちには銃があり、いざとなれば山地のフォルモサ人と一戦交えることもできたため、敵に降るくらいならば山に登る、と口を揃えた。

前日食糧を提供してくれた漢人の贌商がこの日もやってきて、情報を授けてくれた。東にある山を彼らは阿里山と呼んでおり、谷間を流れる八掌渓を遡って進んでいくといずれ山上に至る。当地のフォルモサ人も首狩りの風習を持っている。山の麓で時折遭遇することもあるが、凶暴というほどではなく、外部の者を見れば殺しにかかるようなことは決してない。

初老の男はドリュフェンダールの息子たちを見て「可愛い子らよ」と言い、彼らを自分の手元で育てたいと願い出た。

「幸いこの子らは原住民の顔立ちをしており、シラヤ語も話せます。私どもの下にいれば、もしも国姓爺殿の軍隊が来ても危害を加えられる恐れはありますまい」

ハンブルクは彼が信頼できる人間だと感じ、次のように訊ねた。将来情勢が落ち着いて、ドリュフェンダール夫妻の身元も安全になったら、双子を大目降に送り返してやってくれるかと。男はためらわずに快諾した。

夜の帳が下りる頃には計画がほぼ定まった。長い議論の後、何日ものあいだ蓄積されてきた疲労が押し寄せ、人々は何もかも忘れて熟睡した。平和で尊い時間だった。

この時マリアだけは、あの絵を胸に抱いて星空を仰ぎ見、明日以降の命運に思いを馳せていた。

――明日、二百名余りの者がプロヴィンチアへ向かい、国姓爺に投降する。

四、五十名が東の阿里山に向けて道なき道を行き、運命に挑戦する。

双子の兄弟は漢人の男の家に行く。

ほかにも幾人かが諸羅山に留まることを決めている。

ならその先は……？

国姓爺は本当に手紙に書かれていたように寛大なのかしら。私たちの命運は、トロイア人よりもましかしら？　明日には、常にその次の明日が待ち受けている。私は所詮カサンドラではなくて、未来の予知などできないわ。

マリアは今、一切の予見を許さない未来に飛び込もうとしている。人生がこんな展開を迎えようとは、少し前まで想像だにしていなかった。悲痛の念が込み上げてくるなか、マリアは再び神に祈った。

# 第四十六章

## 籠絡

上陸から五日でプロヴィンチア城を手中に収めたことで、鄭成功はすこぶる上機嫌だった。大員にほど近い羊廏《ようきゅう》に本営を設え、北線尾にて大功を立てた陳澤を呼び出し、諸将の前で惜しまず讃辞を送った。

「濯源、此度の戦ぶりはまことに見事であった！　赤崁は戦いもせずに降伏した。これは俺の戦術が功を奏したといえる。上陸後、すぐに兵を送って新港社と赤崁を分断し、また魍港と笨港も抑え込んで後顧の憂いを断った。また原住民を取り込むため、台湾に長年住んでいる漢人を各地の集落に送った結果、幾十もの集落の長が帰順の意を示しにやってきた。俺は彼らに錦の長衣や冠を与え、むろんのこと宴も開いた。なんといっても旨い酒と飯こそが、心を最もよく通い合わせてくれるものだからな！」

鄭成功はそう言って愉快そうに笑った。主君のこうまで得意気な様子を陳澤は見たことがなかった。

「濯源よ。今は郭懐一の時代と違う。原住民たちは必ず紅毛に抗うだろう。魍港は大員に次ぐ規模の港であり、我が父ともゆかりがある。俺はこれから当地へ巡視に向かうが、そなたも同行せよ。道中原住民の集落を訪れ、人心を掴むべし。彼らと紅毛犬が手を組むようなことさえなければ、我らの勝利は疑いがない。俺は昨日もまたファレンティンに、コイエットに降伏を勧める手紙を書かせた。もし俺が戻った時にまだ奴らが降っておらねば、攻城を開始する。端午節までにはすべて片付いているとよいが」

そうして鄭成功は馬信、陳澤、戸籍管理を司る楊英および三百の手勢を引き連れて巡視に出た。全員が軍装をして馬に乗り、兵士はみな小さな旗を挿した槍を手に持ち、弓を小脇に携えていた。羊廄からまず南へ向かい、方向を転じ、赤崁を通って北へ向かった。

赤崁の大通りでは、元省長のファレンティンがかしこまって一行を出迎えた。

「余はこれより魍港へ向かい、戻り次第台湾城を攻める。もしコイエットが降参せねば、壮大な芝居が見られよう。楽しみにしておくがよい！」

鄭成功はそう告げると馬に鞭をやり、駆け去っていった。ファレンティンは呆気に取られて立ちつくしていた。

赤崁を過ぎてから、鄭成功は陳澤に、それぞれの集落が栽培している穀物の規模に注意を払っておくよう命じた。さっきまで見せていた愉悦の色は消えており、目を伏せたまま、長々と一つ息を吐いて陳澤に言った。

「台湾城だが、攻めなくて済むものなら攻めずにおく。我らは大軍ゆえ糧食も飛ぶように減っていく。しかも紅毛の捕虜どもに向けて気前のよさも見せねばならぬ。何斌は台湾に行きさえすれば食うに困ることはない、などと抜かしていたが、まだ上陸からわずか七日目だというのに残りの米が心細くなってきた。あのおおぼら吹きの狐めが！」

鄭成功は高く掲げた鞭を一振りし、加速する馬の上から言葉を続ける。

「もう三度もコイエットに手紙をやった。俺がこうまで威をもって迫り、利をもって誘い、苦心を重ねているというのに、ファレンティンと違って頑固な奴だ！　奴らは援軍を頼みにしているのだろうが、来るとしても西南の風が吹き出す来春以後だろう。攻める時間はたっぷりある。が、そこまで遅らせたくはない」

「紅毛は我々の糧食問題に気づいているでしょうか」

「わからんが、あるいはな」

新港社にさしかかった時、長老たちが百人ほどの住民を従え、アワ酒、檳榔、マンゴーや粽などの品々を積み上げて鄭成功を出迎えた。沿路たびたび漢人に歓迎されてきたが、成功が気にしているのはフォルモサ人の反応だったので、再び満面に笑みを浮かべ、下馬して長老たちの手を握り、こう言った。「衣服、冠、酒や食糧を授けよう。余はそなたらがこの土地に対して持つ既得権を尊重する」。地元の漢人がそれを翻訳して伝えると、住民たちは地にひれ伏して感謝し、次いで歓声を上げた。

新港社の礼拝堂は、半ば破壊されていた。巡視隊の者は主君が打ち壊しを命じたのだろうと思ったが、本人はそれに目をやり「見事な建物だ」とつぶやいただけだった。この後蕭壠社、麻豆社、目加溜湾社と見て回り、住民たちの態度と成功の振る舞いはどこも似たようなものだった。

陳澤には気がついたことが一つある。鄭成功は東インド会社が経営する田園、漢人がいう「王田」の制度に強い関心を持っている。ほうぼうで土地の者に質問し、しばしば非常に細かい部分にまで及んだ。未開発の田野については、その所有権がフォルモサ人にあるのかどうかを訊ねた。稲や甘藷といった作物の種類、オランダ人の掘った井戸、彼らが築いた潅漑設備なども注意深く観察した。ただサトウキビ畑に関してはあきらかに関心の外であった。また、各地の水産物もよく調べた。鄭成功が魚肉を好むことはよく知られている。目的地の魍港に到着した。かつて鄭芝龍に仕えていたという老人が訪れ、成功を荒れはてた茅葺きの小屋に案内した。

「ここは当時、鄭芝龍様と顔思斉様が、顔に血を塗って誓いを交わした場所であります」

老人は北京で投獄されている鄭芝龍の安否を訊いたが、成功はそれに答えず、両のまぶたを固く閉じたまま、しばらくそこにたたずんでいた。

## 第四十七章

## 赤崁

諸羅山に逃れていた約二百五十のオランダ人がハンブルク牧師の決断の下に赤崁に来てから七日が経った。国姓爺から受けた待遇は手紙にあった通りで、人々の想像より遙かに寛大だった。フォルモサ人は、オランダ人に対して横暴な振舞いを見せるようになっていた。

プロヴィンチア城には最高行政機関「承天府」が置かれ[54]、自他共に「本府」と称する楊朝棟が最高責任者を務めていた。鄭成功の本営は、そこから少し南の羊廏になおも置かれていた。

元々プロヴィンチア城にいた二百七十人に諸羅山からきた一団が加わり、赤崁だけでは収容しきれなくなったので、楊朝棟は軍人および未婚の者百人ほどを新港社に居住させた。

男がいた。

政務官と牧師の大半は赤崁市街に留まった。ハンブルクは丁重に遇され、家族が離ればなれにされることもなく、そればかりかプロヴィンチア城内の二つの大部屋を住居としてあてがわれた。隣室にはマイ・ファン・マイエンステーンという男がいた。

鄭成功はオランダ人の生活にかなりの自由度を与えた。軍人の監視下に置かれてはいるが、移動を禁じられることもなく、許されないのは市街地から外へ出ることと、夜の鐘が鳴った後に町へ出ることだけだった。

深刻な食糧不足にも関わらず、鄭成功はオランダ人に対して、成人一人につき米四斗〔約三十キロ〕を、子供にもその半分の量を配った。さらには豚肉、ヤギ肉、塩、酒、鍋も配給した。

マリアがマイから聞いた話によると、諸羅山の一行が赤崁に来る前、夜間にしこたま酒を食らったオランダ兵が禁令を顧みず、上官の諫めも聞かずに町に繰り出して失態をさらした。鄭軍の衛兵は威嚇のため、やむを得ず弓で彼らのすねを射たという。

「恥さらしがいるものです！」

そう嘆くマイは、フォルモサに来て十九年になる測量士であり、漢語に長けていることから、今回ファレンティンの代理として鄭成功側との交渉を行っていた。オランダの測量技術が世界一優れたものだと知っている鄭成功は、マイに対して格別の敬意を払っていた。

過去十数日の間に起きた戦争と談判の過程をマイが詳しく語ってくれたことで、ハンブルク家の者たちもおおよその状況を理解することができた。

「敵の勇猛さと戦の巧さは、想像を遙かに超えていました。彼らの鎧兜は頑丈で、武器も劣ったものではありません。なんといっても戦術に長けており、どの兵士も捨て身で攻めかかってくるのです！

プロヴィンチア城が五月四日に降伏した後、国姓爺はただちに大員の町を奪取するべく軍を動かしました。それを察知したコイエットは、城外のオランダ人および食糧や交易品を急ぎゼーランディア城に移すよう指示しましたが、その日の内に藤盾軍が大員に姿を現し、鹿皮が十数万枚も貯蔵されていた倉庫、材木工場、穀物庫などが、みな燃やされてしまいました。翌日には大員市街も敵の支配下に置かれました。

戦わずして城を明け渡したからといって、ファレンティン殿を責めることはできません。百以上の兵士がいたとはいえ、水も食糧も、弾薬も底をついていたのですから」

「準備不足も一種の過失であり、怠慢です」ハンブルクがひどく落ち着いた声でそう返すと、マイは気まずくなり、話題を変えた。

「開城前日の五月三日には、ゼーランディア城から二人の使者が国姓爺の下へ参って交渉を行いました。ファン・イペレン評議員と、レオナルダス検査官です。通訳はウィリアム・ペーデルが務めました」

「ウィリアムは無事でしょうか」クリスティーナがとっさに訊ねた。ペーデル大将の訃報はすでに知れ渡っていた。

「無事でいます。気の毒にもご父君は戦死なされ、兄君も重傷を負われましたが」

ハンブルクはイペレン評議員をよく知っていた。かつて淡水、鶏籠において長年政務官を務めた人物で、誠実で責任感のある男なので、交渉役には適任だと思われた。

「国姓爺に謁見した二人は、初め次のような提案を行いました。もしも兵を退いてもらえるなら、長官は銀十万両を進呈し、以後も毎年進物を届けると。けんもほろろに拒絶されると、次の案を出しました。それは賠償金を払い、かつ赤崁地区を割譲してもよいが、ゼーランディア城だけはオランダに残し中継貿易を続けさせてもらいたい、というものです」

マイはため息を一つ吐いた。

「しかし、国姓爺の答えはこうでした。『余がここまで来たのは台湾全土を取り戻すためである』。なお彼らの言葉で『台湾』と『大員』はほぼ同じ音です。次いで国姓爺は声を荒げ、怒気を込めて言いました。『台湾はそもそも我が父・鄭芝龍が所有していた土地である。過去数十年、余は台湾を帰国に貸与していたに過ぎない。自らこれを治める時が来たのだ』と。

イペレン氏は婉曲な言い回しで、東インド会社と『一官』こと鄭芝龍の関係について語りました。『一六三〇年、一官殿はフォルモサ島が我が国の領地となったことを確かに認めておられます。その上この所有権については、今日に至るまで一度として反対ないし抗議を受けたことがございません』と。それから次の点を強調しました。『一官殿はこの点を承認したがゆえに、プットマンス行政長官からの支持を取りつけ、我が国の船舶と物資、それに血と汗を借りて、李魁奇なる海賊を打倒し、廈門において再びご自身の勢力を築くことに成功なさいました。双方には誓約も取り交わされており、友好関係を築き上げ、かつそれを長く維持してきました』。

そうしてイペレン氏は国姓爺に請い願いました。『我が国との往年のよしみで、我々が椅子に腰かけて協議を行うことをお許しくださいませんでしょうか。最も望ましいのは、契約を通じてこの争いを解決させることであります』。

しかしながら、国姓爺は父親と東インド会社の取り決めについて語ることは一切なく、『フォルモサの土地と町を所有しているのは自分の方である』とかたくなに主張するばかりで、さらには脅迫としか思えない言葉まで口にしました。『諸君が余にやむを得ず武力を行使させることになれば、その時になってから赦しを求めても遅い。我らは婦女や子供であっても容赦はしない』と。使者たちは、ひとまず戻ってコイエット長官に報告し、翌日の正午前に書面にて返答するので、それまで暫時停戦を願いたいと国姓爺に申し出ました。

その後、使者たちは許可を得てプロヴィンチア城に入り、ファレンティン殿と会見しました。私も召し出されてその場におりました」

続いて、マイはプロヴィンチア城が開城するに至るまでの過程を語った。

「使者たちはファレンティン殿に向かって言いました。彼らはここに来る途中、緑谷〔台江内海を挟んだ北線尾の対岸〕にて敵の大軍を見かけ、度肝を抜かれたと。兵数は少なく見積もって一万、大砲も七門確認し、内二門は十八ポンドの砲弾が撃てる重砲で、ほかは十ポンドないし八ポンド砲だった。また先ほど国姓爺が脅すような口ぶりで言ったことによると、敵は廈門に百門を超える大砲と、二十八ポンドの砲弾を三万発保有している。かつて鄭芝龍がマカオのポルトガル人から購入したものである。一部はフォルモサに輸送中で、じきに赤崁に届くという。

ゼーランディア城は最後まで戦い抜くことを決めているが、プロヴィンチア城に援兵を送れるだけの余力はない。防衛を続けるか投降するかの決断を、議会は省長に委ねる、と。

そうしてファレンティン殿は投降することを決め、翌日私が彼の代理として国姓爺に謁見し、諸条件についての交渉を行ったのです」

「と仰いますと、あなたは国姓爺本人にお会いされたのですね。彼はどんな風貌でしたか」とマリアが訊いた。

「肌は白く、引き締まった体格と大きな目をしており、美男子であると言えましょう。髭は少量ながら、胸元まで伸びています。黄金の刺繍がされた官服〔高位の人物が着る中華式の服〕を身にまとい、帽子を被った風貌は文人然としており、我々がずっと想像していたような武将や海賊のような姿とは全く違うものでした」

「彼は書生の出身だそうですが、以前バイアー医師から聞いた話では、怒り出すと手がつけられなくなり、容易に人を殺めるとか」とハンブルクが口を挟む。

「声色はまるで怒鳴っているかのようで、聴く者は畏怖させられます。しかし判断と行動は、至極理に適ったものと言えます。私が跪かされた上で、ファレンティン殿が提示した降伏の条件について伝えると、意外なことに、大方についてあっさりと同意したのです。まことに歯切れのよい態度でした。ただ唯一認めなかったのは、プロヴィンチア城にいる者がゼーランディア城に移動することでした。私がゼーランディア城に肉親を残している者も多いと言って二度、三度と頼んでも、『諸君をマニラや日本、ひいてはバタヴィアに送ってもかまわぬが、大員だけはならぬ』とかたくなに拒まれました」

「正直に申し上げて、それももっともだと思いますわ。抵抗を続けているゼーランディア城におめおめと敵を集結させるなんて考えられません」とマリアが言う。

「私は一度引き下がり、ファレンティン殿に報告しました。彼はしぶしぶ同意し、馬で国姓爺の陣営へ赴いて、降伏協定に調印しました。国姓爺は城内の者たちが荷造りするために二日間の時間を与え、またファレンティン殿に一揃いの装束を送りました。それは絹糸と黄金の刺繍がされた官服、青と金色に彩られた絹の腰帯、黒と金色に塗られた官靴、それに国姓爺自身が被っているのと全く同じ、褐色で頂きが尖り、縁には黄金が縫い付けられ、白い羽根が一本挿された帽子でした。漢人の慣習において、これは君主が臣下に対して行うことです。それから……」

マイは戸惑いと微笑みの混じった表情を見せた。

「私が国姓爺の陣幕に入っていく時、外に何斌が立っていて、私に手を差し出し、歓迎の意を表してきました。彼は前日にも国姓爺の通訳を務めており、どうやら重用されているようです」

ハンブルクの眼差しに軽蔑の色が浮かんだが、何も口に出さなかった。マイが話を続ける。

「五月六日夕刻、我々は揃って城を出ました。その後に受けた待遇は決して悪いものではありませんでした。国姓爺は有言実行の人で、すべての約束は言葉通りに執行され、しかも一人につき四斗もの米が支給されました。鄭軍の将校でさえも三斗だそうです」

マリアはずっと前にウィリアムが語った「この貴い勧告は必ず実行される」という鄭成功の手紙の一句を思い出した。

「国姓爺が示した寛容さは、それだけではありません。諸羅山に逃れている人々も、ただちに赤崁へ来さえすれば、その後は元々暮らしていた地方へ戻り、この島を離れる日が来るまでそこに留まっていてよいとも言いました。ほかにも私財を売却して金銭に換えてもよいとか、フォルモサ人や彼の配下に奪われた物品があれば法に則って返還されるなど、諸々の約束をしてくれました。実際に麻豆の政務官夫婦は、私物を取りに自宅へ戻っています」

ここでマイは言葉を切り、少し戸惑うようなそぶりを見せてから、ぼそぼそと言った。

「ええと、お話しておきたいことがもう一つありまして。五月五日、ファレンティン殿と私が再度国姓爺の本営に出向いた際、各社の頭人が十六名、陣幕の外で二列に整列しているのを見かけました。めいめいがファレンティン殿が下賜されたものとよく似た、色とりどりの絹糸や金が縫い込まれた青い装束を身に纏い、国姓爺とそっくりの帽子を被っていました。帽子にはまるで王冠のように一枚の黄金も縫い付けられていましたが、帽子に挿されているのは白い羽根ではなく、国姓爺の兵卒が身に付けているのと同じ赤い羽根でした。彼らは、つい先日我々の会社が頭人に任命した、新港、蕭壠、麻豆、ドロゴと目加溜湾社の長老たちでありました。フォルモサ人の大半が敵の傘下に入ってしまったことは、もはや明らかです」

「道理で」ハンブルクも長いため息を吐いた。

「彼らの態度がなぜこんなにも極端に急転したのか、ずっと合点が行かなかった」

◆

翌朝、全オランダ人を震撼させる事件が起こった。けたたましい叫び声と悲鳴が聞こえ、ハンブルクがマリアを伴って様子を見に行くと、城外の広場で、大目降社の学校教師ドリュフェンダールと麻豆社の学校の臨時教師であったクレーンが、首からかけられた縄で両手を後ろに縛られた姿で跪かされていた。彼らの前には本府こと楊朝棟が厳しい顔をして立っており、その側にファレンティンもいた。顔面蒼白で、怒りゆえかはたまた恐れゆえか、組んだ両手が小刻みに震えている。

ファレンティンはハンブルクに気づくと寄っていって事情を話した。麻豆社のあるフォルモサ人がこの二人に脅迫を受けたと密告し、その訴えによると、二人は「来年には竹の葉の数より多くのオランダ人がフォルモサに戻り、国姓爺の兵隊やそのほかの漢人どもを殺して回り、この島から追い出すだろう」などと言ったという。

「謀反の罪により、死刑に処す！」

ほどなくして楊朝棟は大声で告げた。その場を取り巻いていたフォルモサ人たちは歓声を上げ、広場中央に歩み出てきた。彼らが何をしようとしているのかハンブルクには窺い知れなかったが、一人がオランダ語で「もうすぐお前らの神であるイエスと同じように昇天させてやる！」と怒鳴っているのが耳に入った。ドリュフェンダールとクレーンは絶望感漂ううめき声を上げている。マリアは手で顔を覆って城内へ駆け戻り、ハンブルクは口をぽかんと開けたまま二人に目を向けていた。

フォルモサ人の身なりをした民衆は、十字架に磔にされたキリストを真似て、彼らの手足を交差させた長い木の板に大型の釘で打ちつけた上で、高々と掲げた。傷口から地の上に鮮血が滴っている。

ファレンティンが強く抗議したが、普段物腰穏やかな楊朝棟も、この時ばかりは頑として取り合わなかった。

「何ぴとたりとも彼らに近づいたり、食物や水を与えることは許されぬし、ひと思いに息の根を止めるのもあいならぬ。違反者は同刑に処す！」

二人の悲鳴はいつまでも止まず、オランダ人の誰もが涙で顔を濡らした。

ハンブルクがあの哀れな二人を慰めるために儀式を行いたいと楊朝棟に願い出たところ、これは認められた。ハンブルクは辺りに響き渡る大声で祈禱の言葉を唱え、ほかのオランダ人たちも牧師に続いて祈りを捧げた。

その翌朝、二人は十字架に打ちつけられたまま牛車に乗せられ、三時間かけて新港社へ移送され、集落中を引き回された。次の日には、四時間かけて蕭壠社に運ばれ、一時間かけて麻豆社へ、三時間かけて目加溜湾社へ、さらに一時間かけて再び新港社へ戻された。クレーンは新港から蕭壠へ向かう途中で息絶え、ドリュフェンダールは呻吟しながら耐え忍んでいたが、この翌日に死んだ。

マリアの心は、粉々に打ち砕かれた。彼女の心を砕いたものは鄭成功でも彼の軍隊でもなく、十二年間親しく付き合ってきたフォルモサ人たちであった。

◆

オランダ人に対して気前のよさを見せた鄭成功だが、彼の漢人の部下や商人に対する過酷な仕打ちは、しばしばオランダ人を震えさせた。

宣毅後鎮将軍・呉豪は、台湾に来て一か月も経たない内に斬首された。その罪状は大員にある漢人の大商人の屋敷から見つけ出した四、五千両の銀を、独断で配下の者らに褒賞として配ったというものだった。しかしある漢人が秘密裏にオランダ人に語ったところによると、真の原因は別にあった。以前鄭成功が諸将の前で台湾出征の計画を話した際、呉豪は「大員の港は水深浅く、大船が進むのは難しく、かつ当地の水は我らと合わず、疫病も蔓延っている」と異議を唱え、さらに「鹿耳門水道はゼーランディア城の大砲の射程内にある」とも発言した。その後、それが事実でないとわかって鄭成功は激怒したという。大員で治療を受けていた頃の呉豪を憶えているオランダ人も多く、複雑な思いにかられた。

さらに、鄭成功が攻めてくるとコイエットに警告を発したことのある商人も斬首された。大員商館と良好な関係にある大商人の桑兄は、実の娘を鄭成功の側室として召し上げられた。彼は何斌が鄭成功の代理として大員での徴税を任されていた時期、欲しいままに振る舞っているとして彼を告発した人物の一人であった。ほか、盗みをはたらいて捕まった者などはしばしば左手を斬り落とされたり、鼻や耳を削ぎ落とされたりした。こうした刑罰は毎日のように行われていた。

鄭成功は矛盾をはらんだ性格の持ち主であると、オランダ人たちには思われた。賢明で、信義を重んじる反面、すこぶる短気で残酷でもある。配下の者たちは彼を恐れ敬い、異議を口にする度胸もなく、絶対服従を貫いている。こうした関係もオランダ人にしてみれば理解し難いことだった。

# 第四十八章　奉使記

ドリュフェンダールが刑死した二日後、五月二十四日のこと。ハンブルクは楊朝棟に呼び出され、「国姓爺様がそなたとの面会を望んでおられる」と聞いて息を呑んだ。即刻牛車で出立し、赤崁から南下し、海の方角へ曲がり、鯤鯓《こんしん》（内陸から大員に至る砂嘴を七つに分け、大員側から順に一鯤鯓、二鯤鯓と呼んでいた）に広がるアダンの茂みを抜けて羊廄に着いた。ここは大員の町からもさほど遠くない。

鄭成功はすでに陣中で待っていた。謁見する者は跪かされるのが通例だが、鄭成功はハンブルクに対して、椅子に腰かけるよう促し、茶と茶菓子まで用意されていた。これにはハンブルク自身も、傍らにいた漢人の通訳も面食らった。ハンブルクはフォルモサに来たばかりの頃から、人々が鄭成功について語るのをしばしば耳にしてきた。長年戦場を駆け抜け、辛酸を嘗めてきたはずの男なのに、容貌からは微塵もそんな様子が窺えず、想像よりも遥かに若く見えた。マイが言っていた通り、端正な文人の顔立ちだった。髭を蓄えてはいるが清潔感があった。

「そなたは台湾に来て何年になる？」穏やかな口調で鄭成功が訊ねる。

「十三年と少しになります」

今まで数え切れないほどの人間を見てきたハンブルクであるが、怒りに頼らずしてここまで威光を放つ人間に会ったのはこれが初めてだと感じた。

「楊府尹（楊長官）から、そなたはまことに勇敢で、友情に篤く、台湾中のオランダ人から深く尊敬されていると聞いている。同胞が十字架に磔にされた時は、前に進み出て彼らのために大声で祈りを捧げたとか」

「国姓爺様、あれは野蛮極まる行為であります」ハンブルクが正直に不満の意を表しても、鄭成功は機嫌を損ねることなく淡々と答えた。

「あの件は余と関わりがない。原住民がそなたらをひどく憎んでいるがゆえ、ああいう結果になったのだ。今日そなたに足を運んでもらったのも、この点について話を聞きたかったからだ。余はキリスト教徒を敵視しておらぬ。我が父はカトリック教徒であったし、明国もキリスト教を悪くは見ておらぬ。皇太后様（永暦帝の生母）もカトリックを信じておられたし、廈門にいるドミニコ会神父のビクトリオ・リッチは我が友人だ。この名を耳にしたことはおありかな？」

ハンブルクは首を横に振った。「私どもは改革派教会でありますゆえ、カトリック教会とは往来がございません」

「余はキリスト教徒も西洋人も敵と見なしていない。我が姉の夫はアントニオ・ホドリゲスというマカオのポルトガル人だ。姉もキリスト教徒で、ウルソラ・ジ・バルガスという洗礼名を持っている」

ハンブルクの眉が上がった。

「オランダとポルトガルの関係がよくないことは知っている。余はマニラのイスパニヤ人を憎らしく思っておるが、オランダ人に対しては何の悪意もない」

ここまで友好的な態度を示されて、ハンブルクは自分からも善意を示しておくべきと思い、次のように言った。

「国姓爺様が赤嵌にて私どもと交わされた協定を固くお守りくださっていることに、オランダ人を代表して感謝申し上げます」

「はっはっは！」突然、鄭成功が両足で地面を打ちつけながら大笑いしたので、ハンブルクは呆気にとられた。

「ご存じかな。余は兵を興してこのかた、降参してきた敵をかくも寛大に扱ったことはない。辮髪ども〔清兵〕との戦では、敵がもしも我が傘下に入ろうと望むなら、自軍に組み入れて昔の味方と戦わせる。また命が惜しくて武器を捨てはしたが、余に従いたくはない、という者に対しても殺しはしないし、釈放さえしてやる。ただしその前に、鼻または手を斬り落とすことになるがな」

鄭成功は太い声で言った。「余は、殺さずに放してやった者どもが、再び刃向かってくるのを許すことはできぬ。それは道理というものであろう」

ハンブルクは黙っていた。かつてオランダやほかのヨーロッパ諸国が投降者をどう扱ってきたかについて、彼はついぞ考えたことがなかった。

「我々漢人の習いにおいて、敵に降るということは単に武器を手放すだけではない。心をも相手に服従せねばならぬのだ。敵方に仕えるのをよしとせぬなら、自決すべし。一旦敵方に降ったならば、以後は新しい主君に忠節を尽くし、身命を投げ打つべし。二つに一つだ。これが余の考えであり、明国人の考えでもあり、日本の武士の考えでもある。我が母は日本の武士の娘であり、余も幼い頃は日本で育った。

そなたも耳にしていよう。我が父は満州人に降ったが、余はそれを拒んだ。明国に忠義を尽くすためには、孝を捨てて忠を取る以外になかった。余は父と決別することになり、結果として、父のみならず弟たちや一族の者まで、みな牢獄に繋がれてしまった。それでも余は後悔しておらぬ。忠義こそが、人が身を立てる上での大本だからだ。我々が国への忠誠をいかに重んじているかは、そなたらが神に対して忠実であろうとするのと同じだろう」

いつかしら鄭成功の目には赤みが差し、潤いを帯びていた。

「すでに余に降ったからには、そなたらは余に付き従うべきだ。無論、だからといって我が軍と力を合わせて台湾城を攻めよなどとは言わぬ。しかし少なくとも、二度と台湾城を支援してはならぬ。それゆえ余はそなたらが大員へ行くのを許可しなかった。これは寛大さの限度である。

そなたももう我が軍の威容を目にしたであろう。オランダ軍は装備も優れ、台湾城の守りは堅い。しかし我が軍は必ず攻め落とすことができる。ただ時間の問題に過ぎぬ」

鄭成功は急に高々と笑い声を上げたかと思うと、次の瞬間には眼瞼《がんけん》をかっと開き、ハンブルクを睨みつけた。元々大ぶりな眼が、今にも飛び出してきそうなほどだった。そのまま一呼吸置いた後、一語ずつ嚙みしめるようにして述べた。

「戦である限り、犠牲と流血は避けられぬ。だが解ってもらいたい。余の真の敵は満州人であり、オランダ人ではない。余がここへ来たのはただ、父が所有していた土地を取り戻すために過ぎぬ。この目的さえ達成されるなら、余とて双方が無益な犠牲を出し、流す必要のない血を流すのを望みはせぬ」

ハンブルクはうなずいた。

「そなたはオランダ人たちから篤く敬われているそうだが、実のところ数日前に見せた行いには、余も感じ入るものがあった。そこで一つ頼みがある。余の代わりにここにある書状を持ってコイエット長官を訪ね、台湾城の同胞諸君に、現実をはっきり知らせてもらいたいのだ。同意してくれような。この戦、オランダには一分の勝ち目もない。彼らが無益な抵抗をせず、流す必要のない血を流さぬように願うばかりだ。城を明け渡しさえすれば、余は必ず全員を寛大に遇する。このことはすでに証明されておろう」

不要な血を流さぬように、と鄭成功が二度口にしたことにハンブルクは注意を払い、考えた。この男の狙いは、戦闘に至らずして相手の兵を屈服させることにある。まことに侮れない人物だ。

ハンブルクはなおも口をつぐんだままだが、鄭成功はそれを暗黙の内に承諾したものと見なした。

「牧師殿には先に昼食をとられ、しばし休憩されよ。午後に余の側近と赤崁城で書記を務めていたオースウェル、二人の通訳を同行させる。コイエット長官が勧告を受け入れさえすれば、たちまち平和が訪れる。さもなくば余は即刻総攻撃を命じ、城内を蹂躙するであろう。我が軍はすでに準備を整えているが、それは余の望むところではない。ゆえにそなたにこの書状を届けてもらうのだ。そなたが彼らを上手く説き伏せ、彼らが現実を正しく見きわめてくれるのを願っておる」

別室に移ったハンブルクは、痛みと葛藤に心をさいなまれていた。通訳が来て告げる。

「出発は午後四時と決められました。夕刻になればいくらか涼しくなるでしょう」

それから小声で耳打ちした。あと数日経つと、端午節という重要な節日がやってくる。これは二つのことを意味している。一つは本格的な夏が近づいてきていること。もう一つは、鄭成功が端午節の前にゼーランディア城を手中に収めて、当日大いに祝杯を上げたいと望んでいることだ。それゆえ武力を行使すると決まれば、鄭成功は速戦即決を狙うだろう。さもなくば近く猛暑が来て、戦は酷なものになるだろう、と。

一行は四時きっかりに羊廄を出発した。ハンブルクとオースウェルと漢人の将軍は馬に跨がり、李仲、胡興という二人の通訳は徒歩だった。左右を海に挟まれた細長い陸地を進んでいく。海辺にはアダンの叢林がどこまでも広がっていた。

馬の歩みは遅く、太陽が海の向こうに隠れた頃、ようやくゼーランディア城の近くまで来た。海に面して高々とそびえる城壁と赤い瓦屋根が夕陽の余光に照らされ、黄金色に輝いている。通訳が守兵の目に入るよう白旗を掲げた。城郭の旗竿に久しく目にしていない祖国の三色旗が翻っているのをみとめ、ハンブルクの瞳から熱い涙がこぼれ落ちた。彼は思う。

――羊廄からゼーランディア城に至る砂嘴一帯や、その先にある大員市街は、すべて東インド会社が三十数年かけて切り拓き、建設してきたものだ。大員には一軒の救貧院があるが、当初そこには賭博場が建てられることになっていた。しかし漢人のなかに抗議する者があり、彼らから要請されて、自分も長官に対して強く反対意見を唱えた。長官はすんなりと聞き入れてくれ、救貧院を建てることに決まったのだった。

――この土地と人々に対して、オランダ人は何の借りもないはずだ。この土地の主人であるフォルモサ人たちは、集落間でいがみ合ったり、抗争するのを常としていた。そのためどの集落も絶えず危険にさらされてきた。争いのなかで首狩りが行われ、首は家の門口に吊るされ、斬った者は勇士として讃えられる。結果いつまでも人口が増えず、また農耕もせず、文化らしい文化も持たなかった。しかしオランダ人が彼らの暮らしを管轄するようになってから、首狩りの悪習はほとんどなくなったし、母語を文字で書き記すこともできるようになった。数十名もの宣教師が、この土地と人々のために長年献身的に働き、場合によっては生命までも捧げてきた。

ハンブルクは十五年前、デルフトの自宅の応接間でユニウス牧師が語った言葉を思い起こした。それが彼にデルフトを離れ、オランダを離れ、家族を連れてこの万里の彼方にある未開の蛮野へ移り住むことを決心させたのだった。今やフォルモサは未開の蛮野などではない。

七年前の蝗害の時も、五年前の水害の時も、フォルモサ中が深刻な飢饉に陥った。彼はフォルモサ人を飢えから救うために身を粉にして働いた末、病を得て床に臥した。幸い快癒してからは神学校の設立と運営に力を尽くした。

――あの頃は、私の人生で最も充実した日々だった。宣教師や学校教師ばかりではない。各地域の東インド会社職員も、この島のために汗を流してきた。飢饉の際、大員商館は早急に日本国から大量の白米を輸入し、貧しいフォルモサ人に優先支給した。これこそは仁徳というものだ。統治初期にも飢饉があり、その原因を調査した結果、フォルモサ人たちが日々消費される分を超える量の作物を育てようとせず、ましてや商品作物の栽培にはまるきり関心を持たない点が一因に挙げられた。ここは喜望峰ではなくオランダ人の農民を移住させるにはあまりに遠いため、代替策として、唐山の漢人たちの移住を奨励するようになった。ちょうど明国では内乱が激化している時期だったため、おびただしい数の唐山人がやってくるようになった。

――もしも東インド会社がフォルモサ人を管理下に置かず、移民の開墾者たちを保護しなかったとしたら、漢人がこの土地で円滑に米やサトウキビを栽培することなど到底できなかったはずだ。諸羅山で食糧を分け与えてくれた老人が述べていたように、オランダ人は漢人にとって理想の環境を作り上げた。さまざまな制度を定め、治安を守り、公共設備を築いてきた。そうして大員や赤崁は、一文無しで着の身着のままやってきた者にとっても、大富豪にとっても、安心して居住でき、土地を手に入れる機会も得られる海外の新天地となった。徴税も、法律の下に公明正大に行われていた。オランダ人が築き上げてきたのは漢人の開墾地であり、利益を最も多く享受したのは漢人だった、とまで言ってもあながち誤りではあるまい。

――無論のこと会社も彼らから人頭税、贌税、関税などを徴収し、利益を上げてきた。だがルソンのイスパニヤ人などと比べれば、その統治の仕方は、オランダの立国精神である「包容と寛大」が確かに反映されたものだった。オランダ人の為す事が十全に正しかったとは思わないが、少なくとも次のようには言えるだろう。オランダ人と漢人とフォルモサ人は、過去十年から二十年にわたり、互いに支え合い、共に利益を享受し、各自が欲するものを手に入れてきた、と。

ハンブルクはふと、ファイエットこと郭懐一を思い出した。本人に会って話を聞いたことがあるため、ハンブルクは郭懐一に対して少なからず同情の念を抱いていた。

――しかし、あの男が訴えていた重税と抑圧は、話し合いによって解決するのが可能だったようにも思える。遺憾なことに双方は武器を手に争い、あげく漢人に対する虐殺へと発展した。この嘆かわしい事件の渦中において、当時の行政長官は誤った判断をし、悪しき種を蒔き、両民族の間に深刻な不和と不信感を生じさせた。大勢のオランダ人が汗水垂らして積み上げてきた努力はこうしていっぺんに損なわれ、かつ鄭成功に付け入る隙を与えることにもなった。だが、この土地とフォルモサ人、漢人に貢献してきたフォルモサの東インド会社を、武力によって一息に抹殺しようとしている鄭成功をいかに許せるか！　もしも会社がおめおめと敵の武力に屈服するような事があれば、それはオランダ人が過去三十七年にわたり費やしてきた努力への侮辱であり、私自身が半生をかけた仕事に対する侮辱でもある！

ハンブルクはゼーランディア城でどのような話をするべきか、すでにはっきり決めていた。

――国姓爺よ。貴公が明国に忠節を尽くしているように、私もオランダに忠節を尽くすまでだ！

城門はもうすぐそこだ。門の上に刻まれた「T' CASTEEL ZEELANDIA GEBOUND ANNO 1634」の文字もよく見える。門が開き、馬に乗った軍使と武装した一隊がなかから出てきて、ハンブルク一行を出迎えた。

漢人の将軍と二人の通訳は城外に待機し、ハンブルクとオースウェルだけが城内に入っていった。

◆

まる二日経って、憔悴しきった様子のハンブルクが赤崁の住居に戻った。アンナは傍らにいる軍人など目に入らぬかのように顔をくしゃくしゃにして泣き笑いし、マリアは急いで水を持ってきた。

前夜からゼーランディア城周辺で激しい戦闘が交わされており、砲声が絶え間なく轟いている。漢人の負傷兵が大勢赤崁に担ぎ込まれてきて、建物のなかも道ばたも怪我人で溢れかえっていた。五人の西洋人の医師が、食べ物を口に入れる時間もないほどめまぐるしく治療にあたっていた。

ハンブルクは疲労困憊のなか、喉を振りしぼってアンナに伝えた。

「私はゼーランディア城でヘレーナとヘニカ、婿たちに会ってきた。彼らはみな無事でいるから安心しなさい。コイエット長官は降伏を促す国姓爺の書状を評議会で読み上げた。だが長官の意志は堅く、さまざまな戦略を立てている。私自身も徹底的に抗戦すべきだと強く訴えた。そして評議会でも戦いの継続が決められ、私はみなのために祈りを捧げた。

一昨日の夜、私はゼーランディア城に泊まり、ここ三週間ほどの赤崁や各地の集落の状況を城内の者たちに語って聞かせた。昨日午後四時に城を出て国姓爺の本営に戻り、オランダ側があくまでも戦い抜くつもりでいることを本人に報告した」

淡々とそのように述べただけで、城を出ていく際に娘たちがどれほど激しく泣き叫びながら彼を引き留めようとしたかについても、彼がその時勇ましい声音でどのような演説をぶち、人々を落涙させたかについても、妻に語りはしなかった。

「国姓爺は激怒し、日が落ちるのをまって城への砲撃を開始した。しかし砲撃戦となればゼーランディア城が優位であり、漢人に大勢の死傷者が出ているのを目にした。

昨夜、私は帰宅を許されなかった。国姓爺の気性と部下の扱い方から察するに、必ず殺されることになると思い、緊張のあまり一睡もできなかった。そもそも轟音が鳴り響いているのだから、眠るなど不可能だった。だが思いがけないことに、今日の午後に国姓爺は私に帰宅を許し、その上一人の軍人を護衛につけてくれたのだ」

ハンブルクはそこまで話すとすぐ眠りについた。やがて砲声も止んだ。翌朝になると、だいぶ気力が回復した様子だった。

「さっき目が醒めた時に思ったが、国姓爺がもしゼーランディア城を攻め落とせたら、私を殺したりはしない。しかしそうでない場合、おおかた私とオースウェルを殺して怒りを鎮めようとすることだろう！」

「お父様、外の漢人の負傷兵は昨日よりずっと増えているわ」

「どうやらゼーランディア城は攻撃を防ぎきれたようだ。喜ばしいことだ！」

ハンブルクは髭の間からわずかに白い歯を見せた。

「ゆえに、私の身はまだ安全と言えぬ」

## 第四十九章　転変

ハンブルク一家や顔なじみのオランダ人たちが慌てて逃げていった後、麻豆社住民の気持ちは複雑であった。ウーマなど若い世代の者たちはひどく困惑し、寂しさを覚えた。彼らはオランダ式の規律や観念を正しいものと信じ、すっかりそれらに馴染んでいた。マリアと別れの抱擁を交わした日、この逃走劇が新しい時代の始まりを予告するものであることを、ウーマはまだ察知していなかった。

オランダ人が去ってからほんの数時間後、漢人の一群が駆け込んできて、鄭成功の大軍がすでに上陸したと触れて回り、「世直しだ、世直しだ！」と口々に叫んだ。


翌日は日曜日だった。ウーマが礼拝堂の周りをうろうろと歩いていると、日頃から礼拝に参加している若者たちもぽつぽつと集まり、互いに顔色を窺った。言葉は交わさなかったが、どんな思いでいるかはわかっていた。礼拝の時刻を告げるためにこの時間必ず空砲を放っていた二門の小型砲は、黙ったままだ。十三年間礼拝を執り行ってきたハンブルクも、心優しい娘たちも、オランダ兵さえもいなくなってしまった。

一方、齢を重ねた者たちの大半は清々しい笑顔を見せ、最も喜んでいるのは無論、トンエンらイニブスたちだった。リカや年寄りたちは歌をうたい、アワ酒を痛飲して、すっかり解放感に浸っていた。しかし酔いが醒めると、リカは先の見えない将来に不安も覚えはじめた。

そこでリカは十二名の長老を公廨に召集し、会合を開いた。国姓爺・鄭成功の名前や、その男が海の向こうにある明国の大将で、数え切れないほどの船と将兵を従え清国と戦ってきたことは、漢人から聞いて誰もが知っていた。はじめに議論されたのは、漢人とオランダ人の戦いは果たしてどちらが勝つかという点だった。リカは豪快な笑い声を上げて言った。

「論じるまでもない！　オランダ人たちが尻尾を巻いて逃

げていったのを見れば、国姓爺の勝利は疑いようがあるまい。近隣の漢人には今から歓声を上げている者もいる。あの黒ひげの子供らも、小躍りせんばかりではないか」

「それではこの戦、我ら麻豆社はどちらの味方をするべきか」長老の一人が問う。

「漢人の側が優勢なのだから、彼らにつくべきだろう」と別の長老が返す。

「いや、いずれオランダの援軍が来て、形成がひっくり返らないとも限らぬぞ。しばらくは静かに様子を窺うべきだ」と言う者もいる。

またある者は次のように述べた。

「噂では国姓爺は、この土地はすべて父親のものであり、それを取り返しに来たと言ったそうではないか。この土地が大昔から我らのものだったことは明白だ。どうしてそのような国姓爺に、我らが味方せねばならんのだ?」

場は一瞬静かになり、一同は互いに顔を盗み見た。

リカは公廨の壁の隅に飾ってあるオランダ行政長官から授与された藤の杖を見ながら言った。

「俺も正直なところ、必ずどちらかにつくべきだとは考えておらん。まずは中立を保ち、形勢がはっきりした頃にあらためて話し合うのがよいと思うが、みなの衆はいかが思われる?」

多くの者がうなずいた。リカはまた、先に新港社、蕭壠社、目加溜湾社および大目降社に人を派遣して、足並み揃えて行動しようと提案し、みなも同意した。

ほかには礼拝堂への破壊行為を禁じること、牧師を始めとするオランダ人の財産についても管理者を置き、できるだけ現状のままで保管することなどが決定された。

翌日、馬に跨がった漢人の将軍が百名ほどの兵士を連れて麻豆社にやってきた。みな先端に色鮮やかな絹の旗が掛けられた銃を担ぎ、弓矢を入れた籠を背負っていた。近隣に住む漢人がすすんで通訳を務め、またここ数年の間に多少漢語を解するフォルモサ人も増えてきていたので、意思疎通には不便がなかった。将軍は数多くの進物を家来に運ばせてきていて、これは国姓爺様の敬意のしるしであると言い、こうも述べた。

「あなたがたがオランダ人に手を貸したりすることのないよう願う。我が軍の秩序は優れており、決して迷惑はかけない」

一隊は河川敷の草原に野営した。初日と二日目は地元の漢人から食物や水の差し入れを受け、その後数日は兵士たちが食物を探しに出た。鹿を見つけると色めき立ち、銃と弓で三頭仕留めた。麻豆社の人々は気分を害したが、何も言えなかった。

「二、三日の内に、麻豆社の頭人であるあなたを赤崁にお連れして、我らの王である国姓爺様にお引き合わせしたく思います」と将軍がリカに言った。

リカは少し考えてから答えた。

「ほかの社の長老たちと連絡を取り、みなで国姓爺殿に謁見したい」

「それはありがたい。国姓爺様は必ずみな様に多くの礼物を贈られるでありましょう」

リカがこの件を各社に伝えたところ、どの社の長老たちも、国姓爺が善意を示している以上は、我々も礼をもってそれに応えようとリカの誘いに応じた。

二、三日後、リカと長老たちは出立し、やがて鄭成功から下賜された錦の衣、帽子や靴を携えて戻ってきた。その絢爛さはオランダ人の服飾さえも凌ぐほどであった。それからというもの、リカはそれらを身に纏い、誰かに会うたびに浮き浮きした様子で、赤崁で見たり聞いたりしたことを話して聞かせた。

さらに六、七日が経ち、鄭成功自らが麻豆社へ巡視に来るという情報が流れ、住民たちはますます彼に好感を抱くようになった。リカと長老衆が街道の両脇に並んで出迎え、人々は歓呼の声を上げた。オランダ統治期、こんなことは決して見られなかった。当時はただ規則に従ってお辞儀をし、握手を交わすに過ぎなかった。

鄭成功は一同に向けて言った。

「我らは大軍ゆえ、自給のため集落と集落の間にある未開墾の土地を徴収し、穀物を育てるつもりである。そなたたちがすでに開墾を行っている土地については、従来通りそなたたちの所有とする」

衆人はこれを聞いて静まりかえり、リカは嘆息してぼやいた。「どうやら奴らはこの土地に居座るものと決めたらしい」。側にいたウーマとチカランは、今さら言うようなことだろうかと、目を見合わせた。

「オランダ人が去っていったと思ったら、それよりも多い漢人がやってきた」そうささやく声があちこちで聞かれるようになった。

それでもリカら年長の者たちは、喜ばしく受けとめていた。

これからは昔の暮らし方に戻っていけると思ったからだ。

しかし二十年以上もオランダ式、教会式の教育を受けてきた若者たちは、この急激な変化に動揺し、不安を覚えていた。この先オランダ語を使う機会は二度となくなり、学ぶこともできなくなるだろう。では、シラヤ語はどうなっていくのか。若者たちは自分たちの母語をラテン文字で書き記す方法を習い、手紙を書いたり出来事を記録したりすることに歓びを覚えていた。彼らはそれにすっかり慣れ、その便利さを味わい、親しみも感じていた。たとえ将来漢語と漢字を用いることが一般的になっていくにしても、苦労して覚えたシラヤ語の表記法を放棄するのは忍びがたいことだった。

集落の習俗がどう変わっていくかも懸念された。シラヤ族には長老制度があり、長老たちの会合を通して万事が決められる。彼らはみな年寄りで、遠い昔の何ものにも縛られなかった暮らしや、首狩りの興奮を、ひどく懐かしんでいる。オランダの牧師が来てから、首狩りの禁止を始めさまざまな制約を受けてきたので、内心ひどく恨んでいた。昔のやり方がまたできるようになると信じ、諸手を上げて喜んでいる。

オランダ人の道徳観や秩序こそが正しいと信じるウーマら若者衆にとって、過去の暮らしに戻るのは真っ平ごめんだった。しかし大局には抗い難く、今後は長老の言いつけに従わねばならなくなりそうだった。

それにもましてウーマやチカラン、アリンなどが危惧した点は、オランダ人の何倍もの数の漢人、しかも年若い男ばかりが、いちどきにこの土地へ渡ってきた事だ。近くは彼らの住処や食事、遠くは結婚する相手や生まれる子供など、一体どうなっていくのか。また彼らの風習や生活様式に、自分たちも多大な影響を受けることになるのではないか。麻豆社がとてつもなく大きな衝撃を受けるのは火を見るより明らかだった。

加えて、漢人の統治の仕方もまだ全くわからない。オランダ人が来てから従来の暮らし方はすっかり変わった。それが漢人に変わったからといって、本当に年寄りたちが脳天気に考えているように昔通りの生活に戻れるのか、ウーマには疑わしかった。

近く再び、天地のひっくり返るような大変動が起こるのではないか。麻豆社の若者たちは、そんな予感がしていた。

# 第七部

## 一六六一年

# 包囲

# 第五十章

## 女通事

鄭成功から降伏勧告書を渡された時、ハンブルクは死を覚悟していた。それゆえゼーランディア城において同胞たちを前に、あくまでも抗戦を続けるよう訴え、すがりつく二人の娘を振り切って、堂々と敵の本営に戻り報告を行ったのである。

意外なことに、ハンブルクの眼中において暴君にほかならない鄭成功は、殺すどころか護衛までつけて彼を赤崁の住居に送り届けてくれた。ゼーランディア城への攻撃が失敗に終わっても、一言の非難も受けなかった。

ハンブルクは安堵半分、戸惑い半分で、ヨーロッパ人の観点からはあの男の性格を理解することなどできないとも思った。

端午節の日、楊朝棟の使いの者が粽をハンブルク家に届けに来て、ついでに次のことを伝えた。

「数日後、オランダ人の大半が新港社への移住を命じられるでしょう。赤崁に残されるのはファレンティン元省長と測量士および医師のみで、彼らにはそれぞれ任務が与えられることになっております」

端午節の後、鄭成功は赤崁を「承天府」、大員を「安平」と改称した。安平は彼の故郷の名に由来する。またそれまで北路と呼ばれていた地域は「天興県」、南路は「万年県」と改称された。召し使いや奴隷としてオランダ人に仕えていた南洋人の一部は鄭軍に編入され、銃や大刀を与えられた。

鄭成功はマイを含む測量士に辺境の測量を命じ、また兵士たちには野に下って耕作をさせるべく計画を練っていた。諸将はそれぞれ管轄する地域を割り当てられ、その面積は配下の数に基づいて定められた。

ハンブルク一家は赤崁の住居を引き払う準備を整えると、すぐわずかな荷物だけを持ち新港社へ向けて出立した。道中、兵士の監視の下、置きっ放しにしている荷物を取りに麻豆社の自宅に立ち寄った。とはいえつつましい暮らしをしていた一家なので、持ち出すものはせいぜい衣類くらいだった。

新港社に移り住んで数日後。門を叩く音がして、開けると測量士のマイが入ってきた。マリアが飲み物を運んでいくと、マイは困惑気味に訊ねた。

「先ほど私は国姓爺にあることを申し上げたのですが、それがあなたにとって吉となるか、凶となるか……」

「どんなことでしょうか」

「国姓爺から、赤嵌のオランダ人で私以外に最も漢語に通じている者は誰かと訊かれました。それでハンブルク家の次女だと答えたのです。漢文を読むことさえできるし、フォルモサ人の言葉も話せると。

国姓爺はにわかに興味を示し、そう訊ねたわけを聞かせてくれました。目下のところ口頭での通訳にはさして問題がありませんが、書簡や契約書といった文書の翻訳は時として厄介です。漢文の場合、先に呉邁が目を通し、難解な言い回しに適宜説明を加えた上で私がオランダ語に訳しており、これはさほど問題なく、国姓爺も信用しています。しかしオランダ語の文書には呉邁の知らない言葉が多々あり、語気を汲み取るのも容易ではありません。そのため彼が翻訳する際、しばしば私が側で助言を行っています。なので私が測量のために赤嵌を離れると、作業に支障が生じるだろうと国姓爺は考え、代わりを務められるオランダ人を探していたということでした。あの方はしばし考えてから、ハンブルク家の次女にこの仕事を任せられるだろうかと訊ねてきました。私はその発想に内心驚きながらも、必ずご期待に応えられるでしょう、と正直な気持ちを伝えたのです」

マイがその話をしにきた翌日、今度は鄭成功の礼官〔儀式を司る官職〕がハンブルク家にやってきて、鄭成功が明朝に一家全員との会見を望んでいると伝えた。

◆

自分が鄭成功の通事になるなど、マリアは夢にも思ったことがなかった。正式な肩書きを与えられたわけではなく、出勤する必要もなかったが、常に指示に備えておくよう求められた。

鄭成功への謁見は忘れがたい体験になった。以前マイが形容していた通りの端正な体つきで、眉目秀麗ながらも威厳を具えた顔立ちをしていた。その日はしごく穏やかで、興が乗った時には笑顔まで見せた。ただし、ふとした瞬間に眉間に皺を寄せることもたびたびあった。

マリアの目に映ったその男は、豪放磊落な英雄などではなく、さながら支えきれないほどの重荷を懸命に背負う苦行者のようだった。彼女はギリシア神話の、不死でありながら何万年も責め苦を受け続ける男神プロメテウスを思い浮かべた。

鄭成功はあらかじめ五つの椅子を準備しており、丁重に一家の者たちを迎えた。マリアとクリスティーナの姿を目にした時息を呑むような表情を浮かべた。ほんの一瞬のことだったが、マリアはその顔をはっきりと捉えていた。

謁見はごく手短なものだった。鄭成功はまずハンブルク牧師に対して、柔らかい口調で、書状をゼーランディア城に届けてくれたことへの感謝を述べた。望んだ結果に至らず残念だったとは口にしたが、恨みがましさなどは微塵も感じられなかった。次いでピーテルのような子供も含めて一人ひとりに、新しい生活にもう慣れたか、などと言葉をかけた。牧師は家族を代表して謝意を伝え、すべて上手くいっていると言った。

鄭成功は彼らが布教のために十三年も麻豆社に暮らしてきたことに敬意を表した後、先日ハンブルクに対して語ったことをもう一度述べた。「余の父親はカトリック教徒で、ニコラスという洗礼名を持っていた。それゆえ余にはキリスト教を排斥する考えは微塵もない」

それから通訳を介さず、直接マリアに訊ねた。

「そなたは漢文に深く通じていると聞いている。余に代わってオランダ語の文書を書いてくれるか」

マリアは真っ直ぐに視線が注がれているのを感じながら、目を伏せたまま漢語で答えた。

「国姓爺様と私どもオランダ人、双方の平和と利益に役立つものでございましたら、どのようなことでも喜んで務めさせていただきます」

鄭成功は破顔一笑した。

「何斌がそなたを才女と言っておったのもむべなるかな。我らの言葉を達者に口にするばかりか、返答の仕方も的を射ておる！」

何斌の名を耳にしてマリアはぴくりと眉を動かした。果して彼は、自分についてどんな話をしたのか。

「マリア殿が翻訳を引き受けてくれたからには、新港社にいては不便だ。家族全員で赤崁に留まられるがよかろう」

ハンブルクとアンナはこの計らいに感謝を述べた。

別れ際、鄭成功はマリアにある物を手渡した。それは田黄石で作られた印鑑で、すでに「瑪利婭印」という四文字が彫り込まれていた。

「これは極めて珍しい玉石で、唐山でもなかなか手に入らぬものだ。これからよろしく頼むぞ。それにしても愉快なり！　余はマイからハンブルク牧師の次女と聞いていたので、先ほどそなたらがここへ来られた時、クリスティーナ殿、そなただろうと思ったのだ。なんと台湾城に姉と妹がおられたとはな」

◆

マリアの最初の出向はそれから十日と少し経ってからで、鄭成功官邸に呼ばれていった。通事の呉邁もそこにいた。

成功は一通のオランダ語の手紙をマリアに見せた。執務机の上には漢文の手紙が広げられている。呉邁が訳したものだろうとマリアは察した。それは元フォルモサ南部西岸地域の政務官であったノールデンが、元プロヴィンチア省長ファレンティンに書き送ったものだった。

読みながらマリアは感動の色を隠しきれなかった。驚くべきことにその手紙は、赤崁の東方に高々と連なる山脈の、さらに向こう側にて書かれたものだった。四月三十日、至急ゼーランディア城へ戻るよう求めるコイエットからの手紙を受け取ったノールデンは、状況の急激な変動ぶりから見て安全に戻るのが不可能と判断し、フォルモサ人の妻と子供、そのほかの者総勢十一人を連れて南下し、やがて進路を東へ転じ、高山（中央山脈の南端、浸水営古道）を越え、何日も歩き続けた末、ついにフォルモサ島の東岸にまで至った。その後オランダ人と友好関係にあるプユマ族〔卑南族〕の集落にたどり着き、現在も彼ら一行はそこに滞在していると書かれていた。

マリアはかつて最古参のオランダ人であるペーデル大将から、こんな話を聞いていた。二十何年も前、大員商館ではフォルモサ東部の山中に黄金が眠っていると信じられており、デンマーク人医師であるマールテン・ヴェッセリンを探検に向かわせた。結果、金鉱を見つけられなかったばかりか、ヴェッセリンがプユマ族の人々の怒りを買って殺害されてしまったという。マリアには想像も及ばないほど遠くにあるその土地まで、ノールデンはたどり着いたのだ。

ノールデンは移動中、諸羅山でのハンブルク同様に、ファレンティン元省長が書かされた投降勧告の手紙を受け取った。しかし一切心を動かされることなく歩みを続け、卑南に着いてからしたためた返信が、今手にしている手紙である。そこにはやすやすと白旗を掲げ、その上おめおめと敵のためにこのような手紙を書いたファレンティンを、恥さらしだなど強く罵り、非難する言葉が並んでいた。

かくも気概に溢れ、千里の道のりを超えて安全な土地に落ち着いたノールデンに、マリアは尊敬の念を抱いた。

――私たちも、もし諸羅山からあのまま北上を続けていたら、一、二か月後にはきっと淡水にたどり着けたことでしょう。そうしていたら、どんな運命が待ち受けていたかしら。それにしても、国姓爺がこの手紙を私に見せたのはなぜ。まさか私に返信を書かせようとでも？

手紙には「国姓爺は、我々のような取るに足らない人数のために大勢の兵隊を差し向けることはせぬものと信じています」という一節がある。思いを巡らせていると、鄭成功が口を開いた。

「このノールデンという男、女や子供を連れてあんなにも長い道のりを歩き通したとは見上げたものだ。この手紙も痛快なり！」

鄭成功は表情を崩して笑い声を上げた。自分への悪口も書かれているのに、気にしているそぶりは見られない。

「そなたら紅毛人のなかにも俺に敬意を抱かせるほどの立派な男が確かにいる。そなたを呼んだのは、この手紙が今俺の手元にあることを知らせる手紙を書こうかと思ったからだ。それにそなたがこれを読めば、きっと喜ぶだろうとも思った。だが今、返事は書かないことに決めた」

次いで、

「マリアよ」と直に名を呼び、穏やかな口ぶりで語り続けた。

「俺のオランダ人に対する思いと、満州人に対する思いは全く違う。満州人は俺にとって国と家族の仇敵である。しかしそなたらにはそんな感情をいささかも持っておらぬ。ゆえにみな殺しにするようなことはしないし、無益な殺害も極力したくないのだ。

将来はオランダ人と手を組みたいとさえ思っている。俺の最大の敵は満州人だ。コイエットは、食糧が尽きれば自ら投降してくるだろう。台湾城を手に入れた後は、オランダ人たちが俺の治める民の一人としてこの島に留まることができるようにする。いずれは共に満州人どもと戦ってもらいたい。残りたくない者がいれば、バタヴィアに戻ることも許してやる。俺の民は唐山人だけではない。肌の黒い者もいればポルトガル人もいる。オランダ人が加わっても差し支えない。

俺はそなたらオランダ人を通して、西洋の世界や、進歩した技術についてもっと深く知りたいのだ。例えば西洋の外科医術を俺は高く買っており、以前そなたらの医師に廈門まで来てもらったこともある。それに測量術や天文に関する知識も見事なものだ。かつて明の崇禎帝は、アダム・シャールという男を欽天監に任命なさった。彼は湯若望と名乗り、唐山の礼儀作法に従ったり我らの言葉を話すなどして融けこんでいた。我が友人のビクトリオ・リッチ神父も同様だ。そなたのご父君も、かくあれかしと願っておる。

ご父君が台湾城で、俺の意思に沿って降伏を勧めなかったことはむろん知っている。しかし俺は赦した。それはあの時、オランダ人を我が民と見なしていなかったからだ。だが今は考えを改めた。これからはそなたらにも我が民の一人となって働いてもらいたい。俺はそなたらを手厚く遇する。キリスト教の布教も禁止しない。ただ一つの条件は、唐山の言葉を使うことだ。マテオ・リッチ神父や、先ほど話した二人のように。オランダ語を使ってはならぬ。そうされると不愉快だ。この話を、戻ってからご父君やほかの牧師たちに伝えてもらいたい。

双方が協力し合って台湾を切り拓いていけたらよい。ここには未開拓の土地がまだまだ広がっている。俺はマイをカバラン〔噶瑪蘭。東北部の蘭陽平原一帯〕へ測量のため派遣した。それは鶏籠のさらに奥にある、紅毛人がまだ足を踏み入れたことのない土地だ」

鄭成功はそう言ったが、マリアはその地名を聞いたことがあった。何年か前、その地には東インド会社の交易所が設けられていた。国姓爺もオランダ人の活動をすっかり把握しているわけではないらしいと思った。

急に鄭成功は目をかっと見開き、堂々たる声で気焔を揚げた。

「俺は信じる。一年の内に、この島をぐるりと回れる日が来るだろう！」

この男の感情の振れ幅が並み外れて大きいことを、マリアはあらためて感じた。性格も同じで、優しくなったかと思えば不意に凶暴になったりもしてとらえ所がないとは、彼を知る人々がよく口にするところだ。

マリアはずっと目を伏せていたが、一瞬だけ鄭成功の姿を盗み見た。背丈は決して高い方ではなく、漢人の間でも中位の体つきであったが、その気迫は人を畏怖させせずにおかないもので、まるで巨人のように感じられた。

諸羅山への逃避行以来、マリアはずっと鄭成功に敵意を抱いていた。先日自分たち家族が呼び寄せられた際、成功が家族に向けて格別に善意を表するのを見ても、この感情は消えなかった。

しかしこの日この時、憎い敵であるはずの鄭成功が語った言葉に、マリアは少なからず心を打たれ、かすかに敬意さえも抱いたのである。

## 第五十一章
## 屯田

鄭軍の将兵が開墾のために南へ北へと散らばっていった頃、陳澤はなおも宣毅前鎮将軍という職位の下に与えられている配下の者たちと共に北線尾に留まっていた。彼の任務は引き続き台江内海の出入り口にあたる鹿耳門水道一帯を監視することである。戦勝により北線尾は彼にとっても、鄭家全体にとっても縁起のいい場所となった。陳澤はそこに保生大帝を祀る茅葺きの小さな廟を建立し、日夜敬虔に焼香し祈りを捧げていた。

一六六一年六月中旬、鄭成功は大本営を承天府に移した。かつてのプロヴィンチア城である。あわせて腹心の「本督」こと馬信に陸軍を主体とする兵五千を預け、羊廄に司令部を置いた。これはゼーランディア城包囲網の左翼を担うもので、右翼にあたるのは陳澤が指揮を執る、水軍を主とする一千名余りの兵士たちだった。

「濯源よ、俺に代わってしっかり紅毛人を見張っておいてくれ。俺はほかの部下と共に糧食問題の解決にあたる」六月初め、鄭成功は陳澤を呼んでそう述べた。それから後、陳澤は主君の驚くべき企画力と執行力を目のあたりにした。まるでとうの昔から台湾を治める計画を綿密に練っていたかのように迅速で抜かりのないものだった。一貫して厳格かつ効率的にことを進めた。

まず、正規軍およそ一万二千を割り振り、北方辺境の各集落に送り出した。オランダ人は人数が少なかったせいもあり、三十七年の統治を経ても、その影響力はフォルモサ島の中部に位置する虎尾壠の少し北までしか及んでいなかった。その北方を領土とする大肚王は、かつて一度だけ、年一度各集落の頭人を召集して開かれる東インド会社の地方会議に参加したことがあるものの、半ば独立した勢力を持っていた。鄭成功は二か月以内に、新港仔《し》および竹塹《ちくざん》（新港仔は現在の苗栗県後龍鎮新港、竹塹は現在の新竹一帯）にまで屯田地を広げる計画を立てた。それはすでにオランダ人が統治していた範囲の二倍もの距離であった。南方に関しては、鳳山および観音山〔いずれも現・高雄市〕へ合計六千の兵を送り開墾させることにした。

マリアがノールデンの手紙を読んだのは六月末で、七月中旬になって再び呼び出しを受けた。鄭成功の傍らには馬信と楊朝棟に加え、ひと月あまり音信のなかったマイもいた事からマリアは嬉しくなった。全身真っ黒に日焼けしており、身体つきも一回り細くなっていて、今回の任務がいかに過酷なものだったかが窺い知れた。マイが帰ってきた以上もう自分は通訳をしなくても済むだろうと思い、マリアは胸を撫で下ろした。

「マリア」鄭成功は興が乗った時の声音でその名を呼んだ。「今、マイから今回の旅の間に見聞きしたことについて話を聞いていたところだ。この男はずいぶん遠くまで足を運んだ。当初は直接カバランまで行ってもらうつもりだったが、天候に恵まれなかったので、一旦戻ってきて数日休息を取ることを許可したのだ」

鄭成功はマイの話に真剣に聞き入っている。一枚の大きな地図が広げられており、その周りにも何枚か、マイが画いたものと思われる小さな地図が置かれていた。鄭成功はマイに屯田および町造りに適した地点を示させながら、馬信と楊朝棟に意見を求めた。

マイが報告を行うと同時に、別の部下が算盤を使ってさまざまな数字を計算している。マリアはかつて何斌の邸宅でも漢人が算盤を弾いて商いをしているのを見たことがある。話が麻豆社周辺に町を造る計画に及んだ時、鄭成功は指揮棒で地図上の一点を指して訊ねた。

「するとここは河口であり、内海の港湾にあたるのだな?」

「左様でございます」

「ならばここには六百の兵を置く。地名は『海墘《けん》営』がよかろう〔現在の台南下営。墘は水辺の意〕」

成功が馬信に向けてそう言うと、傍らに立つ執事がその言葉を書き留める。間髪を入れずマイに訊ねた。

「東インド会社が麻豆社周辺で管理していた田畑はいかなる状況か」

彼は土地の広さばかりか、海岸までの距離、作物ごとの耕作面積についてまで細かく訊きながら、あてがう人員の数や、将来見込まれる米の収穫量を脳裏で計算している。

マリアはこの男が数字に対し、並外れて鋭敏なのに気がついた。暗算の速さは驚くべきものだった。武人でありながら、これほどまで優れた数学概念を持っていることに、マリアは内心舌を巻いた。

マイの報告と鄭成功による質疑は三時間にも及んだ。マリアはいささか疲れを覚えたが、鄭成功は依然溌剌としている。

一段落つくと、鄭成功は各々に褒美を与えた。マリアが下賜されたのは華やかな装飾が施された二つの箱で、どちらにも光沢を放つ滑らかな白玉の腕輪が収められていた。

「一つはそなたに、もう一つはそなたの妹に授ける」

マリアは気恥ずかしかったが断る勇気もなく、感謝の言葉を述べてから、そそくさとその場を離れた。

鄭成功から呼び出されるのは、この日が最後となった。マイは数日の休息を挟み、再び遠方へ測量の旅に出た。およそひと月後、マイが赤崁に戻ったと聞いたハンブルクとマリアは彼の住居を訪ねた。マイは語り出すと止まらず、話題はみな鄭成功に関わるものだった。

マイの目に映る鄭成功は、軍事の専門家であるのみならず、土地の利用方法や農業計画の立案にかけても並外れた発想力を持つ天才であった。計画の緻密さに加え、執行の上での効率のよさも彼を感嘆させた。それに兵士たちの重労働をも苦にせぬ勤勉さときたら、オランダ人には永久にかなわないものと思われた。

「国姓爺は文武官僚にフォルモサ全土を分割管理させ、周到な計画の下、敵地に軍を展開するのと同様に要所要所に屯田地を構え、開墾を進めています。フォルモサ人の集落の近くは避けながらも、集落から徒歩で一、二時間ほどの距離に、必ず一つの軍事拠点を設けています。また一つの屯田区と別の屯田区の間隔は、ほとんどが徒歩八時間ほどの距離に揃えられています。屯田区の中央に大きな町を造り、官吏を住まわせ、また屯田区の周縁にも比較的小さな町を造り、戦に際しては双方の町が連携を取りながら敵に対抗することができるようにしています。あの方は国土を建設するための概念や知識をふんだんに持っておりますが、それは長年の海上貿易を通じて培われたものかもしれません。

我々測量士たちは、地域ごとに地形を正確に測った上で、町や村を造るのに適した場所を見定めました。地図上の海岸線から徒歩四時間ほどの距離にあり、かつ数百の兵士が無理なく居住できる場所にはすべてしるしをつけ、また実際の道路に、徒歩一時間の間隔ごとに里程標を設置したりもしました」

マリアが先日感じたように、マイもまた、数字に関する鄭成功の優れた能力を賛嘆した。

「マリア殿、あなたがよくご存じの麻豆社を例に取りますと、国姓爺は河口近くの戦略上の要所に町を築き、『港墘営』と名付けました。またそこから東へおよそ徒歩二時間ほどの辺りに広大な原野があるのを確かめた上で、林鳳という将軍に開墾と町造りを命じました。『ここはよい名が思い浮かばぬゆえ、いっそのことそちの名を取って林鳳営とするのがよかろう！』[55] 鄭成功はそう言って笑い、林鳳は大いに感激し、誠心誠意開拓に励むことを誓いました。

　鄭成功は部下に厳しい処罰を下すことがある反面、恩恵や恩賞も惜しみなく与えます。部下たちが彼に心服しているのも当然と言えましょう。マリア殿とクリスティーナ殿に下賜されたという玉の腕輪も、さだめし逸品でしょうな！」

　マリアは顔を赤らめ、話題を変えようとした。

「私は玉の良し悪しについては存じ上げませんわ。マイ様、それはさておき、国姓爺がどんな風に部下たちに開墾を命じたのか、もっとお聞かせくださいませんか。私が危惧しておりますのは、近い将来平地がすべて彼らに占領されたら、フォルモサ人たちは集落のなかに閉じこもるか、山地へ移り住むしかなくなるのではないか、ということです」

「そのご推測は的を射ています。国姓爺はまるでチェスを打つかのように屯田策を進めています。土地はいわば彼が画いた盤であり、兵隊は盤上の駒。フォルモサ人の集落は今や無数の駒に囲い込まれています。フォルモサ人を尊重すると国姓爺は言いましたが、事実上、フォルモサ人たちは移動や活動にひどい制約を課されています。集落間の土地は漢人の天下なので、集落同士が連絡を取り合うことさえできずにいます」

　マリアの顔に失望の色が浮かんだ。マイはマリアから振られた話題について語り続ける。

「国姓爺は我々が測量を済ませた土地に将軍一人と兵士一千を一つの単位としてあてがい、初め平地または山麓の水辺に町を造らせ、次いで百人から二百人が居住できる村落を造らせました。同時に若い兵士も老兵も一緒に精魂込めて畑を耕し、大量の甘藷を育てており、すでに三か月分もの蓄えができています。漢人の土地の活用の徹底ぶりは驚くべきもので、村の外でも内でも作物を植えていない場所は全く見あたらないほどです。あのお方は効率を非常に重んじますが、別の角度から見れば、すこぶるせっかちなお方だとも言えましょうな」

マイの口ぶりと表情からは、彼が国姓爺に心酔していることが容易に見て取れた。

「それにまた、国姓爺は東インド会社が所有していた牛や個人に飼われていた牛を、合わせて一千頭余りも徴収しました。鋤その他の農具も大量にかき集め、これらを屯田兵たちに分け与えて、ただちに耕作に取りかかるよう命じたのです。

開墾を進めると同時に、田畑の生産量を正確に把握できるようにするため、彼はすべての兵士に対して、一人あたり半甲〔約〇・五ヘクタール〕の土地を耕すよう厳命し、違反者は斬首に処すと布告しました。神よ、半甲ですぞ！」マイは両腕を広げて大げさに叫んだ。

「それだけの土地を耕すには少なくとも二人の人手が必要でしょう。国姓爺の部下を務めるのは容易じゃありません。兵士たちはあくせくと働きましたが、不運にも天候に恵まれず、連日の大雨により河が氾濫し、植えて間もない稲は根こそぎ流され、このため稲穂を実らせるに至った田は合わせて四千甲にもなりませんでした」

マイは力なく息を吐いた。

「我々測量士も死にそうな思いをしました。連日終わりの見えない仕事のために数十里を歩いて回り、食糧にも事欠き、半ば飢餓の状態にありました。この身体をご覧ください！　たった一、二か月でこんなにも肌が黒ずみ、痩せ衰えて、至るところ生傷だらけです。それに比べたら、ここ赤崁は天国です！　先日、一旦戻って体力が養えたのは幸いでした。さもなくばおおかたどこかでのたれ死にしていたことでしょう。僻地のかくも過酷な環境に、漢人の兵たちはいかにして耐えているのでしょうか。

ある時私は国姓爺からの手紙を受け取りました。そこに書かれていたのは、誠実かつ勤勉に田畑を測るように、また漢人の農民の誘惑に屈して面積を実際より少なく算出するなどし、税収に損失をもたらすようなことは決して許されない、といったことです。またもしも私がしっかりと仕事をこなせば、多くの褒賞を与えた上、ファレンティン殿と共に暹羅《シャム》経由でバタヴィアへ帰還させてやる。ただし報告に偽りがあれば、今国姓爺から受けている尊重と好意を完全に失うことになる——などとも書かれていました。あのお方はまことに巧みに飴と鞭を使い分けられる！　我々の歴代の行政長官に、彼に匹敵する者はおりますまい」

「投降したオランダ兵も開墾に加わっているそうですな」

ハンブルクが言う。

「それは本当です。ただし……」マイは目を伏せ、少し間を置いてから話を続けた。

「彼らは漢兵から信頼されず、仲間と見なされていません。あの異教徒らは、半ば無理やりにフォルモサ人に食物を提供させていますが、我々の同胞にはそれが平等に分け与えられず、いつも腹を空かせています。病で倒れるのでなければ疲労と空腹で倒れる有り様で、哀れというほかありません」

「フォルモサ人たちは平穏に過ごせていますか？　私たちがいた頃のほうが、今よりもよかったのでは？」とマリアが訊く。

「同感です。フォルモサ人に迷惑をかけてはならないと国姓爺は部下たちに通達しましたが、実際のところ一千からなる部隊全員の腹を満たすのは容易ではなく、フォルモサ人たちに食物の提供を求める以外に方途がありません。甚だしきは、半ば騙したり奪い取ったりすることさえあります！　その上国姓爺は、過去に東インド会社がフォルモサ人たちに貸し与えていた牛もすべて没収し、屯田兵に分配しました。フォルモサ人はむろん納得がいかず、怒りましたが、それを口に出すことはできずにいます」


ハンブルクは銀白の美しい髭に手をあてながら、沈鬱な面持ちでマイの話に耳を傾けている。マリアは「チカラン区」と呼ばれていた、チカランとウーマが経営する広大な田畑を思い出した。今は恐らくあそこも屯田区に変えられていることだろう。

# 第五十二章
## 孤城

七月三十日。ゼーランディア城が包囲されてから丸三か月が経とうとしている。

五月一日に北線尾での戦闘に破れ、城を囲まれた際、コイエットは城内にいる人間の数を確かめた。軍人九百五でその内砲兵が三十五、オランダ人の婦女と子供あわせて二百八十、奴隷とその子供が五百四十七。自身を加えて計一千七百三十三人であった。食糧については前々から備蓄してきたため、米は相当な量があり、干した鹿肉、ホルスタインの牛肉、豚肉も合わせて甕九十個分、さらに八樽の焼酎と五樽のイスパニヤ酒もあった。ただし野菜や果物は不足していた。この三か月間節約してきたので米はまだ十分あったが、肉類は残り少なく、野菜や果物についてはどの者ももう長いこと口にしていなかった。「この土地の果物はかくも豊富なのに、我々の口には入らない」そう人々は嘆いた。

城内の一角ではリョクトウが、強い海風にさらされながらも日に日に背丈を伸ばしている。コイエットがある時ふと思いつき植えさせたものだ。それを眺めながら思案する。

——あと半年だ。少なくともあと半年間守り抜いて、初めて援軍の到来が期待できる。季節風が例年通りなら、早くても年明け頃だろう。もしも長崎やマカオから誰かが大員包囲の消息をマニラまで届けてくれていれば、私が送った手紙よりも早くそれがバタヴィア当局の耳に入るかもしれないが。あの一戦以来行方不明のグラフラン号が援兵を乗せて戻ってきたら素晴らしい。通信船マリア号は小さすぎるため、たとえ戻ってもさほど力にはならないだろう。ハンブルク殿がここに来たのは確か五月二十四日だった。十三年間フォルモサのために身も心も捧げてこられたあの方には前々から敬服してきたが、あの日の行動は圧巻だった。議会で気焔を吐くように振るわれた熱弁を、私は生涯忘れまい——。

「このようなことを言えば処刑されるだろうとは十分承知しております。しかしながら、私は恐怖ゆえに神に対する義務と、会社に対する責務を忘れるわけにはまいりません。たとえ自分自身や妻子の生命を千度も危険に晒すことになろうとも、敵に利用されて神を裏切り、売国の徒に成り下がるのは御免です！」

義侠心溢れるハンブルクの言葉は、コイエット始め一同をいたく感動させた。翌日の午後報告のため戻ろうとする彼を、人々はみすみす犠牲になることはないと言って引き留めようとした。ヘレーナとヘニカの姉妹は父の服を摑みながら大声で泣いた。しかし彼の決心は揺るがず、「敵から敬意を受けるオランダ人になるのだ」と言い、さらに娘たちに問いかけた。「果たして君たちは、私が自分の生命を惜しむがゆえに、同胞たちと、人質になっている君たちの母親と弟、妹を敵に殺されることを望むのかね？」姉妹は答える言葉を持たず、強く父を抱きしめて泣き濡れるばかりで、最後は二人とも地面に崩れ落ちた。誰もが泣いていた。

城を出ていく際、涙を拭って見送る兵士らに告げた。

「同胞諸君！　私は生きて再びここに戻りはしないでしょうが、この決断によってあなたがたと、敵の手にある同胞たちの生命を守ることになればと願っております。それにこうしてこそ、私が城に引っ込んで大勢の敬虔なるキリスト教徒を犠牲にしたなどというそしりを受ける恐れもなくなります。神があなたがたをお守りくださいますように。神は必ずや、あなたがたを危機からお救いになるでしょう。堅忍不抜の精神をもって戦い抜いてください。諦めてはなりません！」

この激励は城内の人々を大いに勇気づけた。翌日、オランダ軍は敵の大砲ものともせず激しい攻撃を浴びせ、鄭成功にフォルモサで初めての敗戦を味わわせたのだった。

そして今日、七月三十日。

――ハンブルク殿はまだ生きているだろうか。処刑されたという報せは入ってきていない。しかし我々の反撃を食らった後、あの残忍な国姓爺が彼の行動を赦すなど、あり得るだろうか。

コイエットが自問していると、慌ただしくドアを叩く音がした。開けると一人の通信兵が飛び込んできて、興奮した面持ちで、声を詰まらせながら言った。

「き、き……来ました、オ、『オランダ号』が……南水道に！」

援軍が来た！　みなが期待していたよりも遥かに早く。城内は歓喜に沸いた。

◆

北線尾を守る陳澤は鄭成功の伝令を受け取り、バタヴィア方面から来た大艦が数日中に姿を現すから注意するようにと配下に告げた。鄭成功からは敵艦から目を離さないようにし、軽々しく攻撃してはならぬと命じられていた。

この情報は、南方に浮かぶ小琉球と呼ばれる島から鄭成功にもたらされたものだった。

その島に住むある漢人がはるばる赤崁までやってきて、鄭成功に次の報告をしたのである。数日前にオランダの軍艦が小琉球に寄港し、水と食物を補給した。その時彼らは土地の人々にゼーランディア城の近況を訊ねたという。さらに船の水夫が口にしたところでは、この船にはお偉いさんが乗っていて、大員で行政長官の職を引き継ぐ手はずになっている。一度はゼーランディア城に近づいたが、戦旗が掲げられるのが望遠鏡から見えていぶかしく思われ、情報収集のため小琉球へ来たということだった。

報せを受け、陳澤は軍船十隻に巡視させた。二日後、果たして一隻の大型艦が洋上に現れた。ゼーランディア城に向かっていたが、その船からも陳澤の船が見えた事だろう。進路を変え、いつまでも巡回するばかり。陳澤は近距離から追尾するよう部下に命じた。

「ぴたりと後について、敵を緊張させるのだ。向こうから砲撃してこない限り、こちらから攻撃を仕掛けてはならぬ。またもしも上陸しようとするそぶりを見せたら、早船で先回りし、進路を塞ぐのだ」

実際のところ、その船は援軍ではなかったし、新任の長官はフォルモサで戦争が起きていることさえ知らなかった。鄭成功は廈門にいると思い込んでいて、双方の友好と通商関係の維持を望む旨を記した、彼宛ての一通の書簡まで携えていたのである。船の名はオランダ号といった。

◆

ぬか喜びも束の間、コイエットは頭を抱えていた。

――援軍がたった一隻だけで来るはずもない。あれは恐らく、事情も知らずにたまたま大員にやってきた商船だろう。もし彼らがのこのこと入港しようとしてきたら、敵の集中砲火を浴びる恐れもある。

そこで警告を与えるため、水先案内役のピータスをサンパン船でオランダ号に遣わした。ピータスは一通の書簡を持って戻ってきた。

コイエットはそれを読み、あの船が援軍でもなければ商船でもなく、自分自身とフォルモサ大員評議会の全議員に対する解任状を届けに来たものだと知って、ほとほとあきれ果てた。ゼーランディア城を除くフォルモサ各地が敵軍に占領されてからもう三か月になるというのに、バタヴィア当局はそれを知らないばかりか、自分と評議員たちを譴責するのにやっきになっている。笑い話のようにさえ思われたが、笑っていられる場合ではなかった。

――おおかた、今バタヴィアの評議員をしているフェルブルフ元長官と、あの名誉欲に駆られたファン・ダー・ラーン司令官が、のべつまくなしに私を中傷したのだろう。上層部の者たちは私の分析に耳を貸さず、あれら小者どもの根も葉もないでっち上げを信じ込んでしまっている。「鼠を飼って袋を破られる」という漢人の諺が今の状況にぴったりだ。だからといって何の役にも立ちはしないが。事ここに至った以上、まずは大人しく引き継ぎを済ませ、それから急ぎバタヴィアに戻って弁明をするしかあるまい。フン、実のところそんな必要もないが。鄭成功が攻めてきたという事実が、私の主張が正しかったのを証明しているのだから。

コイエットは書簡に指令されている通り、長官職の引き継ぎを行うと決めた。ところが当の後任長官であるバタヴィア検察官のファン・オデッセンを乗せたオランダ号は、ゼーランディア城のすぐ近くまで来ているというのに、いつまでも沖合を行ったり来たりするばかりだった。コイエットはそれを見ながら思わず笑った。

――もっともだ。こんな状況下で長官になるなど、誰だって真っぴら御免だろう。

サンパン船が一度ならずゼーランディア城から出てきて大艦と接触するのを陳澤も見守っていた。そして大艦が一向に接岸しようとしないのを彼もいぶかしく思っていた。

船はたった一隻で、どんな目的で来たのか知れない。それに沖合は味方の小型船に不利でもあったので、陳澤は攻撃を加える前に出方を探ることにした。翌日、十隻の小型船を出してその船を包囲する振りをさせると、敵艦は速度を上げ、北の方角へ逃れていった。

「なんと臆病な援軍だ！」陳澤の部下たちは嘲り笑い、オランダ人たちはすっかり気落ちした。

それでも陳澤は部下たちに命じた。「一度目があれば二度目もある。紅毛の船は必ずまたやってくる。みなの者、よくよく気を引き締めよ！」

オランダ号のファン・オデッセンは、大員沖に二日いただけでそのまま日本へ向かい、長崎に二か月も留まってからバタヴィアへ引き返した。「東方漫遊記」とも揶揄される旅だった。

# 第五十三章

## 援軍

承天府の隅々に、鄭成功の怒号がこだました。怒りの矛先は何斌だが、当の本人はその場にいなかった。

鄭成功がまだ廈門にいた時、何斌は彼の前で雄弁に語った。台湾に行きさえすれば、糧食の問題は鉈で竹を割るようにすっぱり片付くと。しかし現実は大いに失望させられるものだった。台湾に来てからわずか七日目にして食糧に事欠くようになったため、正規兵の四人に三人が田を耕したり食物を探したりする必要に迫られ、残る四分の一、約六、七千の兵力でゼーランディア城を包囲している状況だった。

何斌はまた、次のようにも述べていた。バタヴィアの援軍が大員に到着するのは、早くても来年の春であると。しかしこの日、八月十一日の夕刻、陳澤の急使が鄭成功の下に来て、沖合にオランダの艦隊を発見したと告げたのだ。しかも十隻を超える大艦と、一隻の快速船からなる大艦隊だという。鄭成功は何斌を呼びつけたが、何斌はどこかに雲隠れしてしまった。

「あの大法螺吹きめが、見つけ出したらただちに一刀両断にしてくれる!」鄭成功は建物を揺るがさんばかりに叫んだ。

おまけに雨季の最中で、あちこちで河川の氾濫が起きている。兵の多くは南北各地に散らばって開墾しているので、水害に対処するため中央に戻ってくるのは難しい。少し前には、飢えに耐えかねた兵士が帆船を盗んで福建に逃亡した事件まであった。こうしたことは限られた者しか知らない。

フォルモサ人に対する鄭成功の期待も裏切られた。元々彼が最も危惧していたのはオランダと良好な関係にあるシラヤ四社だった。しかし軍勢の上陸から五日も経たない内に、相手の方から誠意を示しにやってきたので、得意気だった。

ところがその後、悪い報せが続いた。二か月前、南部の瑯嶠〔現在の恒春半島〕一帯のフォルモサ人が鄭成功に敵対することを宣言し、七、八百もの漢兵を殺害した。さらに先月には北方にある大肚王国の王・阿徳狗譲《アテコージョン》が幾つもの社と連合し、後鎮と後衛鎮という二か所の屯田地を急襲して、一千四、五百人を殺害したのである。鄭成功はただちに左先鋒将軍・楊祖に討伐に向かわせた。しかし昨日届いた急報によると、討伐兵三千の内生存者はわずかに二百ばかりで、楊祖自身も敵の投げ槍を受けて重傷を負い、余命いくばくもないとのことだった。楊祖は過去数え切れないほどの戦場に繰り出し、常に死を恐れず先陣を切って奮闘し、身体中に刀傷を刻んだ勇士で、鄭家の家臣中、周全斌と馬信に次ぐ第三位の将軍だった。それがまさか清軍ではなく、オランダ軍でもなく、フォルモサ人の手にかかって死ぬことになろうとはなんたる理不尽かと、鄭成功は心を傷め、かつフォルモサ人の頑強な反抗に悩んだ。ちょうどそんな時に、オランダの援軍到来という最も衝撃的な報せが舞い込んできたのだった。

鄭成功にとって、まさに晴天の霹靂だった。一体全体、どうしてこんなにも早く来られたのだろうか。オランダ号が現れた十三日前のあの日、大員の異変に気づいた乗組員たちがバタヴィアに戻って報告し、すぐ援軍が差し向けられたとしても、それが台湾に着くまでには少なく見積もっても四か月はかかるに違いなかった。

しかもこれだけの数が、自軍が最も弱っている時期を見計らうかのようにやってきた。

鄭成功の心は一旦もつれた麻糸のように混乱したが、即座に冷静さを取り戻し、対策を編み出した。

◆

八月十二日の正午近く。元プロヴィンチア省長ファレンティンの下に使いの者が訪れ、「国姓爺様が貴殿のために宴を開かれます」と言った。外には輿と、楽隊までが待機していた。楽隊の先導の下、ファレンティンを乗せた輿が鄭成功の官邸に到着すると、鄭成功自らが門前で彼を出迎えたのである。

こんなにも厚い礼遇を受けたのは初めてだったが、ファレンティンは割り切れない気分だった。というのもここは元々、別荘が立ち並ぶ東インド会社の保養地だった所〔現在の台南市開元寺〕であり、彼は目をつぶっていても歩くことができる。花木のいくつかは彼自身が植えたものだ。

「草も木もあの頃のままだが、人間はすっかり変わってしまった！」

もてなされた嬉しさ、苦々しさ、怒り……など交錯する感情のなかに、わずかな希望も混じっていた。つい二時間ほど前にマイから聞いた話では、今朝一人のオランダ兵がプロヴィンチア城後方の高台から、沖合に少なからぬ巨艦の姿を認めたという。「あれはきっと、バタヴィアからの援軍です！」とその兵は興奮して言ったそうだ。

この報せは彼の心に希望の灯をともした。もし援軍が赤崁を奪回してくれようものなら願ったり叶ったりだと。今、赤崁の守りが手薄なことを彼は知っていた。鄭成功が動かせる人数をマイと共に細かく数えたところ、非戦闘員を加えても三百にも至らない。正規の守備兵が六十二、斬首刑執行人が二十五から三十、ファレンティンらの世話をするポルトガル人が数名。また元はオランダ人に仕えていた褐色の肌の奴隷たちも銃や刀をあてがわれていた。ほかには事務に従事する者が三、四十と召使いといったところだった。

その上、彼らは食糧不足にあえいでいる。

――恐らく国姓爺は艦隊を見て慌てふためき、自分に助けを願おうとしてもてなしているのだろう。こやつらが鹿耳門を渡るのに成功し、プロヴィンチア城を手に入れることができたのは、単に運がよかったからに過ぎぬ。だが、我々はじきに手痛いしっぺ返しを喰らわせるのだ！

ファレンティンはそのように思い巡らすと、がぜん元気づいた。

屋敷内の飾り付けや家具、調度品はすっかり彼らの様式に変わっていた。それが元々の内装よりも遥かに華麗であることを、内心認めざるを得なかった。

鄭成功は親切そうにファレンティンの手を引いて食卓の前まで連れていき、椅子に腰かけさせた。あまりのもてなしぶりに彼は面食らい、戸惑った。

食卓は最高級の木材に精緻な彫刻が施された物で、芳しい香りを放っている。刺繍のされたテーブルクロスが敷かれ、山海の珍味が所狭しと並べられていた。

席に着くと、鄭成功はまずファレンティンに酒を注いだ。

「これは余の故郷に伝わる地酒で、米を発酵させて造られる。さあ召し上がられよ」。それから社交辞令風に、生活にもう慣れたかどうかなどと訊ねたり、ファレンティンが形式ばった答えを返したりする間、鄭成功は絶えず器に酒を注ぎ、二人で杯を酌み交わした。この男がすこぶる酒に強いのをファレンティンは初めて知った。上戸を自負する彼も、だんだん押さえが効かなくなり、身体がふわふわと浮き上がるような感じがしてきた。

鄭成功は頃合いを見て、それとなく、親しげな口調で彼に訊ねた。

「オランダから来る商船は、最も多い場合で一度に何隻ほどであるか」

「せいぜい二隻ですな」

「ならば、一度に十隻も来るようなことは考えられるかね。そなたらの会社は過去にそれだけの商船を派遣したことがあるか？」

ファレンティンは朦朧とするなかでも、この質問が今朝現れたオランダ艦隊を暗示しているのを察し、遠慮せず思うままを答えた。

「会社は毎年沢山の船をフォルモサへ派遣してきますが、あんなにも多くの船が同時に来たことはかつてありません。商売のために来たはずはなく、会社の敵と戦うのが目的であるに相違ありません。しかもですな……」

ファレンティンは酒気を帯びた息を吐きながら、得意げに言う。

「艦上に掲げられている三つの旗は、それぞれ海軍司令官、副司令官、海軍准将が乗船していることを表しておるのです」

「しかし余は、我らが台湾城を包囲していることをバタヴィアの総督がすでに知っているとは思われんのだ。ならば、艦隊を送り込んできた目的は一体何であろう」

続いて鄭成功は二週間前のオランダ号と、小琉球の住民から伝えられた新しい長官が派遣されてくるという情報に言及し、「新任の長官ならば、余に宛てた書簡を携えてきているだろう」とも言った。

ファレンティンは去年ファン・ダー・ラーン司令官が大員で述べていた言葉をふと思い出した。

「私には知る由もございませんが、もしかするとマカオに向かってポルトガル人と戦うつもりかもしれません」

ここで鄭成功は問いかけるのを止め、急に冷めた声になって告げた。

「ファレンティン殿、戻ったらすぐに荷物をまとめられよ。二、三日後にそなたを廈門までお送りする。そして我らが来年の正月を迎える頃に、シャム経由でバタヴィアまでお送りいたそう」

その瞬間ファレンティンは酔いから醒め、緊張のあまり冷や汗が吹き出してきた。――俺は今、こやつの捕虜なのだ。生きるも死ぬもこの男の一存にかかっている。援軍が来たからといって、それが何になるというのか――希望はあっけなく消え、憂鬱な気分に陥った。

これより少し前、鄭成功は赤崁の守備力を補うべく、南洋出身の元東インド会社の奴隷たちにマスケット銃を支給し、「黒人鉄砲隊」を組織していた。が、それでも兵数は三百程度だった。この点に思い至ると、ファレンティンはついに合点がいった。鄭成功は赤崁に残っているオランダ人が援軍に内応するのを恐れるがため、元リーダーである自分を追い払おうとしているのだと。ファレンティンは右も左もわからない廈門などに連れていかれたくはなかった。すっくと立ち上がり、背中を屈めて「どうか私をフォルモサに留まらせてください」と嘆願した。

鄭成功は芝居じみた笑い声を上げ、先ほどとは打って変わった厳めしい顔を見せた。

「ファレンティンよ。そなたも聞いておろうが、余が唐山にいた頃、降伏した敵兵への処遇は、とてもそなたらに対するような生やさしいものではなかった。余の傘下に入るよう命じ、拒否する者には刑罰を与えた。耳を切ったり、鼻を削いだりな。その後は放免してやった。

しかしそなたらの場合には、先に協定が結ばれた。余は約束を違えるような真似は決してしない。それに、余は今やそなたらを一兵卒に至るまで配下の者と見なしている。オランダ兵にも正規の兵に混じって田を耕させているし、有事の際には共に戦ってもらうつもりだ。奴隷だった者たちによる鉄砲隊も編成した。ほかの配下には泳ぎに長けたポルトガル人の一団もある。余に忠誠を誓う者に対して、余は人種や国の区別を設けない。

仮に援軍が来ようとも、そなたはすでに余の配下である以上、どこまでも忠実であらねばならぬ。裏切ることは許されぬ！」

ファレンティンは何か言いたげな顔つきをしながらも、片膝を地面につき、恭しくうなずいた。鄭成功は彼を立たせ、威厳に満ちた眼で射抜くように見た。ファレンティンは頭を垂れたまま震えの止まらない自分の手を見つめていた。

「余は信義を重んじる。たとえばハンブルクだが、与えた任務が失敗に終わっても、罰したりはしなかった。それはあの男が余の信用に応えて戻ってきたからだ」

鄭成功もゆるやかに立ち上がって祭壇へ向かい、神像を三度拝んだ。

「太子爺《たいしや》の前で約束する！　オランダ人が以後も余に忠実であり続けるならば、余はそなたらをこの地に住まわせ、将来はバタヴィアまで送り届けてやる。しかし……」

鄭成功は言葉を短く区切りながら語る。

「二心を抱こうものならば、この鶏と同じ目に遭うだろう！」

祭壇の傍らには侍者が恰幅のいい雄鶏を抱えて立っていた。雄鶏は祭壇の上に押さえつけられ苦しそうに鳴いた。鄭成功は抜刀し、一息に首を斬り落とした。鳴き声が止まり、血しぶきが勢いよく辺りに飛び散った。

ファレンティンは顔面蒼白となり、全身をわななかせながら「はい……はい……はい」と繰り返すばかりだった。

◆

二週間前、オランダ号のファン・オデッセンにぬか喜びをさせられたコイエット及び千七百のオランダ勢であるが、今回こそ本当に大規模な援軍が来たのを知り、嬉しさあまって手を叩き、大笑いし、落涙さえもした。しかしコイエットは腑に落ちない思いもしていた。大員の危機を、バタヴィアはいかにしてこんなにも早く知り得たのか？

救援艦隊の内の一隻であるハッセルト号がゼーランディア城に接岸し、船長が埠頭に下りてきた、コイエットはその男を見てついに合点がいき、駆け寄っていった。

「ベニス、君だったのか！　感謝の至りだ！」

二人はきつく抱擁を交わした。コーネリス・クラース・ベニスは、通信船マリア号の船長として五月一日の北線尾の海戦に参加していた男である。その後ベニスは損傷したマリア号を操り、逆風のなかバタヴィアを目指し、奇跡的に帰還を遂げた。当局は報告を受けて、夢から醒めたかのように危機意識を抱き、ただちに艦隊を救援に向かわせたという次第であった。

◆

大艦隊の到来を受けて、鄭成功の家臣たちも動揺の色を隠せなかった。日頃は従僕を引き連れ、華麗な大傘を頭上に掲げさせながら承天府を出入りしているような重臣も、この時ばかりは一人で城内を駆けずり廻っていた。

降伏したオランダ人たちは興奮の色を隠しきれない。ただ一人、ファレンティンを除いて。彼は鄭成功が彼のために設けた宴がいかに素晴らしいものだったかを誇らしそうに同胞たちに語ったが、鶏の首を叩き斬った件については口をつぐんでいた。

測量士のマイでさえ、鄭成功に重用されたりねぎらいの言葉をかけられたりしてきたこともおかまいなく、ひそかに泳ぎの達者な軍楽隊員のロベルツに発破をかけ、コイエットに次の言葉を伝えるべく、宵闇に乗じて台江内海を泳いで渡らせた。

「今赤崁の守りは薄弱にて、五、六百ばかりの兵を送り込んで町に火を放てば、三百にも満たない守備兵を容易に打ち破れるはずです。神の加護の下に、プロヴィンチア城を奪回できますよう！」

◆

ロベルツは八月十六日、無事ゼーランディア城への潜入を果たした。ところがここ数日の間、情勢に転回があり、オランダ人たちは意気消沈していた。「人間の万の謀《はかりごと》も、神の一つの企てに及び得ない」という漢人の諺があるが、運命の神はやはり鄭成功に向けて微笑みかけているかのように、誰しも感じざるを得なかった。

十二日から大員一帯は激しい風雨となり、一旦ゼーランディア城附近に接岸していた艦隊は座礁の危険を避け、離れた場所へ退避することを余儀なくされた。

その後幾日も荒れ模様が続き、十六日になってようやく好転したが、波は依然として高く、なおも大艦が接岸できる状況にない。座礁を恐れるコイエットは水先案内役の者をサンパン船で艦隊司令官の下へ派遣し、避難と水の補給のため、いったん澎湖諸島に寄港するよう命じた。翌日再び風が勢いを増してきたので、艦隊は大砲を一発だけ放ってから澎湖へ向けて去っていった。

その後、コイエットの恐れていた事態が現実となった。アーク号が台江内海の北方、蕭壠渓の河口にあたる馬沙溝にて座礁し、船員四十二名がみな鄭軍の捕虜となってしまったのである。

元々その一帯の水路はあちこちに浅瀬が潜んでおり、時には船が後ろ向きに進まねばならないほど航行の難しい場所だった。そのためここを「倒風内海」と呼ぶ漢人もいた。

◆

大員沖に救援艦隊が現れたのは八月十二日午前中のこと。鄭成功は冷静かつ極めて迅速に迎撃態勢を整えた。その日の昼にファレンティンを招いて宴を開き、鶏の首を斬って肝を潰し、軽率な言動をとらせないようにした。午後には重臣たちを召集して作戦会議を行った。

陳澤は鄭軍が大員に侵攻した四月三十日以来、自ら編制した部隊と共に北線尾と鹿耳門で防衛拠点を築いていた。鄭成功はこの要所を陳澤に任せ、大員市街と連携し二本の刀として機能させようとした。大員からは主に攻撃を繰り出し、北線尾では主に外洋の動静を監視しつつ台江内海を守る。攻勢を掛けることも可能だ。

作戦会議にて、鄭成功は各地に駐屯する諸将に問いかけた。

「紅毛の勢い盛んなり。誰か良策はあるか」

一同の視線は陳澤に注がれた。北線尾の陸海戦で大勝を収めてからというもの、陳澤は随一の名将と誰もが認める存在になっていた。

ところが陳澤は、生来口べたなのに加えてどもる癖があるため、発言はいつもすこぶる短かかった。この時も「火！」と、一言発しただけだった。

鄭成功は破顔大笑した。

「濯源よ、孔明にでもなったつもりか」

三国志の赤壁の戦いといえば、漢人であれば子供でも知っているが、それはまさに火攻めを駆使することにより寡兵をもって大軍を破った、水上戦の古典である。

漢人は過去に遠洋での海戦を経験していない。鄭軍と清軍の水上戦ももっぱら沿岸付近で行われ、外海にまで出ることはなかった。

一方オランダ海軍の戦闘は、ほとんどの場合河や沿岸ではなく広大な海洋を戦場としてきた。遠距離から大砲を撃ち合ったり、近接し敵艦に乗り込んでこれを奪ったりするもので、漢人とは戦の仕方がまるで異なっていた。北線尾の水上戦で惨敗を喫した一因には、水深の浅い海域で白兵戦を繰り広げることに慣れていなかった点も挙げられる。彼らは「海軍」であり、鄭成功の側は「水軍」なのだ。

陳澤の顔に赤みが差した。早く話そうとするとどもりが出るため、ゆっくりと意見を述べた。

「二十八年前、芝龍様がプットマンスを破られたのも、先の戦にて我らがコイエットに勝利したのも、火攻めによるものでした。我らの船は小さく、敵艦は巨大です。しかし、火は味方の力を無限に大きくしてくれます」

「我が意を得たり！」鄭成功は膝を打って叫んだ。

会議の後、陳澤は急ぎ赤崁一帯にて一万本の竹を集め、それらを組んで筏を作った。筏には苧麻《ちょま》、茅、麻布その他燃えやすい物資を山と積み重ね、その上に硫黄、瀝青《れきせい》、椰子油、火薬などを惜しみなく積み込んだ。

「濯源よ、知っておるか。これら硫黄の一部は、数年前何斌が紅毛の使節として、貿易の再開を求めに来た時の献上品なのだ」部下たちの作業を巡視しながら、鄭成功は愉快そうに言った。生真面目な陳澤も珍しくほがらかに笑って応えた。

「これもまた、一種の『草船借箭《そうせんしゃくせん》の計』〔赤壁の戦い前、諸葛孔明が藁人形を載せた船を用いて曹操軍から大量の矢を得た故事〕ですな！　因果はめぐるもの。我が君の徳は天にも達するほどです」

二人は高らかに笑った。

まことに天は鄭成功に与しているかのようだった。オランダ艦隊は激しい風雨のため幾日も寄港できず、そのまま置き土産を残していずこかへ去っていった。

置き土産とは座礁したアーク号である。船員はすべて生け捕りにされ、拷問を受け、オランダ側の作戦や人数などをこと細かに白状した。蓋を開けてみれば、援軍の数は七百ばかりと判明し、約二千と見積もっていた鄭成功を安堵させた。

コイエットはやきもきしながら救援艦隊の帰還を待ちわびていた。澎湖へ向かってからもう二十日間も経つのに、いまだ何の消息もない。

むしろ鄭軍の方がその動向を詳しく把握していた。鄭成功はある漁民から澎湖で紅毛艦隊を目撃したとの報告を受け、その漁民に恩賞を与え、引き続き艦隊から目を離さないように命じた。不安は払拭され、泰然自若として戦いの準備に専念した。

九月八日、ついに救援艦隊が戻り、翌日司令官ヤコブ・カーオウが威厳をたたえて上陸した。コイエットは岸に兵隊を整列させて出迎えた。軍楽が奏でられ、祝砲が鳴り響く。援兵に加え弾薬、補給物資などもすべて降ろされた。紆余曲折あったものの、城内の人々は暗く長い闇夜に旭光が差し込んだような思いだった。

コイエットにとってにわかに信じがたかったことに、法律家出身のカーオウはこの二十三日間、澎湖の島で山羊や牛、豚などを捕らえていた。城内の人々のために食糧を集めようとしたのだと言う。コイエットは機先を制しようと考えていたので、内心カーオウを激しく罵ったが、表には出せなかった。今度こそ反撃開始だと、城内の士気は天を衝かんばかりに高まった。

# 第五十四章

## 決戦

北線尾の陳澤はひと月近く姿をくらましていたオランダ艦隊を遙か遠くにみとめ、ただちに赤崁へ報告。再度作戦会議が開かれた。

「もしもそなたが紅毛であったら、どう動く?」鄭成功が陳澤に訊ねる。

「作戦は二通り考えられます。一つは、陸地から大員を攻めるもの。ただ敵は数において劣り、戦略としても平凡です。それがしは、コイエットが一船団に赤崁を襲わせ、奪取を図るものと見ております。攻め取るには至らずとも、少なくとも台江内海一帯の制海権を得、我らをその内側に閉じ込めることができましょうから。そうなると優劣が逆転し、長引くほど我らにとって不利となります」

「もっともなり」鄭成功はうなずき、眉間に皺を寄せた。

「北方の大肚の乱をようやく鎮めたと思いきや、ほかの原住民どもも不穏な動きを見せはじめた。紅毛が再び彼らと通じ、謀反を煽るようなことがあってはならぬ。

それにしてもあのコイエットという男は、昨年から余が台湾を攻めることを見越しておった。人多く糧食少ない孤城に立て籠もり、四か月以上も持ちこたえ、なおも高い士気を保ち続けているのは見上げたものだ。奴が相手であるからには、決して油断してはならぬ」

鄭成功の口からこれほどに敵将を讃える言葉が出たのは初めてで、諸将はひどく驚いた。

「前に濯源が火攻めの策を案じ、みなが同意した。すでに準備は万端だ。決戦の場は恐らく台江内海になるだろう。諸君、いかに戦うべきか？」

「台江内海は水深が浅く、敵のフリュート船〔輸送用に設計された大型帆船〕は大きすぎるため、まともに進むことさえできないでしょう。北線尾周辺にも多くの浅瀬や岩礁があります」

陳澤はそう言いながら懐から一枚の地図を取り出した。

「ひと月前から、それがしは毎晩のように手下に船を出させ、北線尾沿岸と台江内海各地の水深を測らせてまいりました。これはそれを記した地図にございます。浅瀬や岩礁の多い場所にはすべてしるしがつけてあります」

鄭成功は陳澤を称讃し、すべての将に地図を写してよく思案するよう命じた。陳澤が若い頃に身に付けた製図技術は、数年前鄭成功から恩賞を賜るほど高い評価を受けていたが、この時になって再び役に立ったのである。

陳澤は言葉を続ける。

「台湾城附近の水深も浅く、大船では不利です。いつぞやそれがしが船で近くを通った折、城のたもとに記念碑が立っているのを見ました。その時知ったのですが、紅毛の最初の指導者は、この地に来たばかりの時、地勢に不慣れだったため船を座礁させ、転覆して死んだそうです。そこで一案ですが、北線尾であれ台江内海のどこであれ、小型の船をなるべく岸辺に近づけて走らせてみてはいかがでありましょう。そうして紅毛の大船を岩礁地帯に誘い込み、大穴を開けてやるのです」

初代フォルモサ行政長官マーチヌス・ソンクが溺死した件

を、陳澤はかつて呉豪から聞いた。その後、呉豪は大員侵攻に反対し、別の理由にかこつけて処刑された。そのことを思い起こすと陳澤は悲嘆の念を禁じ得なかった。

鄭成功はそんな陳澤の心の襞など知るよしもなく、喜び勇んだ様子で告げた。

「聞いたか、みなの者。濯源の策に従い、できるだけ岸寄りを航行するのだ。敵艦をうまく座礁させた暁には、すべての船の兵士を二階級昇進させ、敵艦を奪い取った者たちについては三階級の昇進とする！」

そして兵力が新たに割り振られた。大員と赤崁の戦力は増強した。陳澤は北線尾の防衛に加え、日夜軍船に大員と赤崁の間を巡航させることで赤崁への奇襲に備えた。

◆

ゼーランディア城ではコイエットが評議員たちと共に知恵を絞りながら、決定的な勝利を収めるための策略を練っていた。自軍には快速型八隻、重量型三隻あわせて十一隻の軍艦と、一千を超える兵がいる。勝機は十分あると思われた。

決められた作戦は、総力戦の様相を呈している。初手として陸と海の両面から大員の町に攻撃を仕掛ける。軍艦の砲撃で敵兵を怯ませ、その隙をついて歩兵が出撃し、町を奪い返す。次に秘密兵器を繰り出して赤崁に集結中の敵船を攻撃し、台江内海の制海権を押さえ、大員と赤崁を分断する。最後に各地に分散している敵船を個別に撃破すると同時に、今は承天府となっている赤崁のプロヴィンチア城を陸から奪回し、フォルモサ全土を再び支配下に置く——という画が描かれていた。

海軍こそがオランダの強みであるため、コイエットは海上で決戦を挑もうとしていた。陸上戦については、敵には厄介な鉄人部隊もあり、敢えて正面切って挑むには及ばないと考えた。

秘密兵器とは、小型のボートである。北線尾の戦では自船が大きすぎたせいで小回りが利かず、多大な損害を被ったために戦術を改めた。彼が新たに用意したボートは高速で移動でき、かつ一門ないし二門の火砲が具えられていた。

「敵の包囲を破りさえすれば、新港社などのフォルモサ人に寝返りを勧め、彼らの力を借りて敵軍を逆に包囲し返す事さえ可能だろう！」

形勢を逆転させることにコイエットは自信を持っていた。

九月十五日、コイエットは翌日の満潮の時刻に出撃する旨を発表し、すべての船について任務と進路をこと細かに告げた。まずは快速型のコーカーケン号とアンケフェーン号が、それぞれ大員の北および東南から大員市街と北岸を砲撃する。続いてコルテンホーフ号など三隻のフリュート船と一隻の大型軍艦が、多数の兵士、ボート及び船尾に艪が取り付けられた小型帆船を積載して外洋を北進し、北線尾に至ったところで兵士が小型船に乗り移って台江内海に入り込み、敵の帆船を殲滅する、という具合に。

敵船を焼き払うなり、破壊するなり、拿捕することに成功した部隊には、その大きさに応じて褒賞を与えるとの布告も出され、オランダ兵たちは腕を鳴らして出番を待った。

翌日午前十時、決戦の火蓋が切られた。五隻のオランダ艦が一斉に大員に砲撃を開始し、市街地には砲弾が雨のように降り注いだ。鎧兜を身に纏い、赤崁の承天府から戦況を見つめる鄭成功の下に、次々と報告が入る。

「午の刻〔正午前後〕、大員の砲台二基損壊、各地で出火し、家屋の被害も多数。戦死者およそ百。味方は砲台から敵艦と台湾城に反撃を続け、一隻の船べりに着弾。敵にも死傷者が出ているものと見られます」

「未の刻〔午後二時前後〕、さらに四基の砲台が損壊。弾薬庫が被弾し爆発、戦死者三百！」

成功は顔色を曇らせながら外に出て、二百余りの守備兵を海岸沿いに整列させた。ある年若い兵士が彼の衣裳に身を包み、彼が愛用している赤い絹糸で織られた大きな日傘の下に立っている。本人は目立たない場所にいて、望遠鏡を覗き込みながら戦況を追っていた。

◆

数か月前には水上であれ陸上であれ、兵力と船の数において鄭軍が圧倒的に優勢だったが、今回は形勢がまるで異なっていた。

北線尾での陳澤とペーデルの戦いは、四千対二百五十だった。海戦においても、オランダ軍の船がたった三隻なのに対し、鄭軍は戦闘に加わったものだけでも百を超えていた。

だが今回は、陸上部隊に関しては黄安将軍率いる一千の大員駐留兵を先鋒とし、羊廄の馬信将軍率いる二千近くの兵がその後に続くのみ。鄭成功は三百の鉄砲隊と赤崁を守っている。

船は赤崁に三隊あわせて十五隻あり、それぞれ戎旗左協将軍・陳継美、戎旗右協将軍・朱堯および水軍司令官の羅蘊章が指揮を執っている。陳澤はなおも北線尾にいて、副将の林進紳と共に二十隻余りの帆船を指揮していた。赤崁にも北線尾にも、火攻めに用いる筏がすでに大備蓄されている。軍船の数は全部あわせても五十を少し超えるばかりで、水上部隊の兵数は三千にも満たない。兵員不足を補うため鄭成功は投降したオランダ兵を自軍に編入し、荷運びや船漕ぎなどの補助的な役に就かせていた。

しかしオランダの大型帆船は今や十隻を超えており、前回とは比較にならない。強大な火力に加えて小型船やボートも具え、機動力不足を補っていた。

◆

オランダ軍の行動開始に先立つ数時間前、陳澤は十隻余りの軍船を林進紳に預け、静かにゆっくりと大員の方角へ進ませた。ゼーランディア城の一挙一動を固唾を呑んで見つめてきた彼は、二日前から船や人々の出入りが大幅に増している のに気づき、開戦が目と鼻の先にまで迫っているのを直感したのだった。

午前十一時頃、林進紳は四隻の大型艦が北線尾の南端に泊まっているのを発見した。ちょうど四百前後の兵士が下船し、台江内海から赤崁へ攻め込むための小型帆船とボート、合計十三隻が海上に降ろされたところだった。

林進紳率いる船隊は、さながら餓えた狼が羊の群れに襲いかかるが如く、猛然とこれらの小型船を追いかけ、囲い込み、岸辺へと追いやった。小型船の乗組員たちにとって不運なことに、この時台江内海の方から海流が寄せてきていて、そちらへ逃げ込もうとしても思うようにならなかった。しかも味方の大型艦は座礁を恐れて近づけず、ただ敵の船隊に向けて砲撃を行うばかりだったが、どれも命中しなかった。

そうして二隻の小型船が岸辺に追いやられた末、岩礁に衝突して破損し、別の一隻も敵船に激突され転覆、沈没した。乗組員のなかには泳いで逃げ切った者もいくらかいたが、大半は鄭軍の捕虜となった。大型艦の上の兵士たちは、同胞が逃げまどい、敵に捕らえられたり、大刀で首を刎ねられたりする光景を、ただただ見つめることしかできなかった。

林進紳は大勝利を収め、五、六十名のオランダ兵を捕虜にした。彼は陳澤の指示に従って岸辺近くを航行しながら威風堂々と凱旋し、陳澤に戦績を報告した。

　オランダ側はたちまち形勢不利となり、兵士らの士気も急落した。林進紳の船隊が引き上げていっても、大型艦はそれを追いかける勇気を持たず、また作戦通りに行動するようコイエットに厳しく命じられていたこともあって、指定の位置から大員の砲台を砲撃し、どうにか台江内海に入り込んだ十数隻のボートおよび小型帆船を掩護するだけだった。

◆

　ボート部隊はそのまま赤崁に至り、鄭軍の船団に攻めかかった。彼らにとって輪をかけて不運なことに、この日はほとんど風が吹かなかったため、力を振りしぼってボートを漕いでいく。鄭軍側はそれを悠々と待ち受けていた。

　両軍の船が肉迫すると、二、三十のオランダ兵が手投げ弾を次々敵船に向けて放り投げた。鄭成功は、自軍の帆船が燃え出したり、動きを止めたりするのを、海岸からじっと見つめている。オランダ兵は勇猛果敢に攻め寄せ、速度の落ちた敵船があればたちまちそれを囲い込んだ。そして完全に停止させた後、乗り移って奪い取ったり、焼き払ったりした。

　しかし勇猛さでは鄭軍の兵士も引けを取らない。彼らは射撃に加えて弓の腕にも優れ、多くのオランダ兵を矢で穿ち、海に落とした。投げ込まれた手投げ弾を蓆《むしろ》を使って受け止め、敵のボートに投げ返したりもした。両軍の船が燃え、台江内海のあちこちで黒煙が高々と立ち上った。

　やがて双方入り乱れての白兵戦が始まった。刀や銃弾を受けたりバランスを崩して海に落ちる者もいれば、その後も水中で格闘を続けている者たりもいる。オランダ側は火力で勝り、鄭軍は大刀と弓、そして兵の数を強みとしている。オランダ兵が船べりをよじ登り敵船に突入しても、多勢に無勢で返り討ちに遭ったり、奪い取った後に救援に駆けつけた敵船によって再び取り返されたりした。

　五時間が経ってもなお決着はつかず、双方被害が増していく。鄭成功は額から大粒の汗を噴き出しながら、赤崁の海岸に立ちつくしている。

　北線尾附近の船上から戦況を見つめる陳澤は、フリュート船コルテンホーフ号と快速船コーカーケン号が、海上の要衝である大員を守りながら、陸上の鄭軍の砲台に向けて猛烈な砲撃を浴びせ、なおかつボートの避難先ともなっていることに気づくと、身をひるがえして叫んだ。

「進紳、賊を捕らえるにはまず首領を捕らえよだ！　コーカーケン号はそなたに任せた！」

林進紳は褐色の肌をした元オランダ奴隷二名を含む十数名の部下を伴い、海中に飛び込んでいった。

続いて陳澤は自らが乗る旗艦の進路を一転させ、海流に乗ってコルテンホーフ号の真正面に出た。そしてあたかも挑発するように二発の大砲を撃ち、手投げ弾を投じると、再び大きく転回し、海岸沿いに去っていこうとした。

コルテンホーフ号の乗組員たちは怒りに駆られ、追撃に出た。北線尾の戦の際に命からがら生還した兵が「あれは敵の旗艦で、味方に大打撃を食わした指揮官が乗っているはずだ」と口にしたこともあり、銃や大砲を放ちながら猛追したが、陳澤の船は巧みに敵弾をかわしつつ、どこまでも逃げていく。

海を赤く染めながら水平線に陽が沈み、夜の帳が落ちると、砲火が上空に瞬いた。激戦はすでに八時間を超えている。

陳澤の船は北線尾の岸辺をうねるように進んでいく。コルテンホーフ号の船長は危険を察し、岸に近づかないよう指示した。次の瞬間、耳をつんざくような爆発音が轟き、大員への砲撃を続けているコーカーケン号の船体から、天にも届かんばかりの火柱が闇を切り裂くように吹き上がった。敵も味方も呆気に取られるなか、ひとり陳澤は喜び勇んだ。

「進紳が、見事やりおった！」

海に潜った林進紳の一隊は、コーカーケン号のたもとまで泳ぎ着いてから、闇に紛れて船べりをよじ登り、水を通さない油紙に包んで持ってきた火薬を使い、主砲を爆破したのである。この爆発を受けて死傷するオランダ兵多数、さらに船体も損傷して舵が利かなくなった。そのまま海流に押し流され、鄭軍の砲台の真下の浅瀬にぶつかってしまった。たちまち集中砲火を浴び、オランダ兵は次々海に飛び込んで逃げまどった。

轟音はゼーランディア城にまで届いた。コイエットは不利を悟り、控えさせていた小型帆船の一隊を救援に向かわせた。

岸辺近くで陳澤の船を追走するコルテンホーフ号の乗組員たちも、コーカーケン号の爆発を受けてしばし呆然となり、一瞬の操作を誤ったばかりに自分たちの船までも浅瀬に乗り上げさせてしまった。

陳澤はそれを見ると即座に船を転回させ、艦を奪いにかかった。いくらかのボートと小型帆船が救援に駆けつけたが、数は鄭軍の比でなく、たちまちの内に包囲された。

かくして、勝敗は決した。

コーカーケン号は爆発の後も大砲と火矢を浴び続け、幾度も爆発を起こしながら海に沈んでいった。命からがら海上に逃れた兵士たちのなかには、捕虜になり一命を取り留めた者も少なくなかったが、それ以上の者が巨大な渦に呑み込まれ、二度と浮かび上がることはなかった。

ゼーランディア城から救援に駆けつけたオランダ兵も大半が捕らえられた。コルテンホーフ号の船長は目を涙で滲ませながら小型船で撤退した。無人の巨艦は海流に押し流されるままに漂っていき、北線尾の岸辺に漂着したところで鄭軍に接収された。

両手で顔を覆って嘆息するコイエットの下に、次々に報告が届く。大型船の内アンケフェーン号は敵船を追撃中、北線尾にて座礁しかけたが、幸運にも脱出に成功した。ハッセルト号とドルフィン号は激しく損傷しながらも小型船を連れて撤退した。

林進紳と、水中の妖怪のごとく泳ぎに長けた彼の部下たちは、任務を果たした後無傷でその場を離れ、しかも母艦に引き返す間に海上を漂う数名のオランダ兵を捕獲した。

陳澤は大戦果を収めて戻った林進紳の手を取り、高々と掲げながら、部下たちと共に歓声を上げた。

「進紳よ、そなたは大手柄を上げた。ここに今日捕らえた六、七十名の捕虜がいる。そなたからこの紅毛犬どもを国姓爺様に献じるがよい。必ずや褒賞と昇進を賜るはずだ」陳澤はそう言って林進紳の肩を叩き、笑い合った。

鄭成功は遠くの爆発音を耳にした時、十中八九は部下が敵の軍艦に損害を与えたのだろうと予想した。心の上に長く覆い被さっていた大きな石が、転がり落ちたかのように爽快な気分になった。ほどなくして伝令が陳澤からの急報を告げた。

「紅毛の大船一隻を撃沈し、ほかに大船一隻、小船三隻、紅毛兵六十余りを捕獲いたしました。ただいま林進紳将軍が捕虜を連れてこちらへ向かっております」

亥の刻〔午後十時前後〕、陳澤の将軍号である宣毅前鎮の旗印を掲げた哨戒艦が赤崁に到着した。鄭成功は満面に笑みを浮かべて出迎えたが、奇妙にも下船した兵士たちはみな涙で顔を濡らしており、地面に両手両膝をつけて号泣する者もあった。

「なぜに泣いておるのだ。進紳はどこか？」

兵士の一人が声を絞り出すようにして答えた。

「林将軍は、紅毛に……紅毛に殺害されました！　ご遺体はまだ船に……」

「馬鹿なっ!」

その兵士は涙を拭いつつ、ことの次第を語り出した。

三十名の兵士と捕虜たちを引き連れて赤崁へ向かう間、林進紳はこの日初めて疲労を覚えたため、甲板の欄干に身をもたれ、海風を浴びながら、目を閉じて英気を養っていた。この時一人の男が彼の背後に忍び寄った。彼は鄭軍の兵服を着ていたため、誰も注意を払いはしなかった。すると男は瞬時に刀を抜き、林の腰を横一文字に斬りつけたのである。鋭い叫び声が闇に響き、林は鮮血をほとばしらせながら甲板に崩れ落ちた。

男はすぐ捕虜たちの下へ駆け寄り、オランダ語で何か言葉を交わした。兵士たちが猛然と駆けつけて男を囲み、捕虜たちの身体を強く押さえつけた。男は船べりを背に、大きな笑い声を上げて刀を投げ捨てると、身を翻して欄干を飛び越えていった。たちまちその姿は闇のなかに消えた。

兵士たちは急いで手当てしたが、出血があまりにひどく、林はそのまま息を引き取った。調べたところ下手人は元プロヴィンチア城の守備兵で、投降後鄭軍の船で荷役をしており、この船にも荷役として乗り込んでいた事が判明した。林進紳を殺害後、捕虜たちの解放を目論んだが間に合わず、海に飛び込んで逃亡したのである。

鄭成功はありったけの力を込めて吼えた。その目からは、今にも炎が噴き出しそうだった。遺体が運ばれてくると、身を屈めて頬を撫で、再び叫んだ。

「おのれ、恩知らずの紅毛ども! 進紳、余は汝の仇を必ず討つ!」

鄭成功が口にした言葉は何であれ実行される。捕虜たちに対し、いくつか短い質問をした後、配下に命じて強い酒を無理やり大量に飲ませた。その後、この日の捕虜たちに加え、以前プロヴィンチア城にいた投降兵をも全員斬首するよう命じた。それを聞いたオランダ人たちは絶句した。

大勝利を収めたように見えるが、実際には膨大な犠牲を払っての辛勝であり、鄭成功の気分は決して晴れがましいものでなかった。大員の火薬庫の爆発、軍船の炎上、白兵戦、いずれも多数の戦死者を出した。林進紳の勇敢な行動と、陳澤の臨機応変の戦術がなかったら、勝てていたかどうかもはっきりしない。その勝利の立役者である林進紳が紅毛の謀反人に殺されてしまったのは、鄭成功にとってあまりにも堪えがたい出来事だった。

鄭成功は、投降してきたオランダ人を自分が精一杯の寛容さと道義をもって遇してきたと考えている。しかしながら、それ相応の見返りは何も得られなかった。最近、中部と南部のフォルモサ人も自軍に攻撃を仕掛けているが、それとてもオランダ人が裏で糸を引いているのではないか、という疑念も湧いているところだった。今オランダ人があからさまな忘恩不義の挙動に出た事で、部下たちに対して示しも付かない。彼は腹を固めた。

――紅毛どもが描いている幻想を、徹底的にかき消さねばならぬ。すでに投降した者に対しても、いま命乞いしている者に対しても。

「容赦なく殺せ！」憎しみを込めてそう吐き捨てると、踵を返して自室に戻った。

部屋に籠もっても気分は悪くなるばかりだった。日頃彼が酒を口にするのはほぼ宴の席だけで、一人で飲むことは滅多にないが、この夜ばかりは大きな酒杯で浴びるように米酒を食らった。時に悲憤を露わにし、時に力任せに机を叩いた。侍従たちは慰めようもなく怯えるばかりだった。

傷みと酩酊のなか、机の片隅に置かれた三冊の名簿が目に入り、感覚の鈍った手でそれらを摑み、引き寄せた。一冊目は赤崁に留まっているオランダ人の名簿だった。ひと月以上前ファレンティンの前で鶏の首を斬ったことを思い出し、その場で筆を取り、朱色の墨で「ただちに廈門へ移送せよ」としたためた。次に手にしたのは、新港社など各地方に居住させているオランダ人男性の名簿だった。これの上には「殺殺殺」と大書し、くしゃくしゃに丸め、侍従に向けて放り投げた。最後は各地方に居住する女性と子供の名簿だった。成功はそれをじっと見つめたまま、長いこと身じろぎもしなかった。

# 第五十五章　破滅

コイエットは執務室のなかをぐるぐると歩き回っていた。味方の将兵がかくも必死に戦って敗北を喫したことを、世界最強の大型軍艦が取るに足らない帆船隊に重ねて打ち負かされたことを、到底信じる気になれなかった。ボート戦術は早々に破られ、軍艦はまるで何かに憑り依かれたかのように次々座礁を繰り返した。

八月十六日に起きたアーク号の座礁が、すべての凶兆だった。四十一名の船員はすべて捕虜となり処刑された。ひと月後の九月十六日には、さらにひどい事態が待ち受けていた。

コーカーケン号、座礁ののち沈没。

コルテンホーフ号、座礁ののち拿捕される。

アンケフェーン号も座礁したが、敵の追撃をかいくぐり帰還した。

この度の海戦は膨大な損害を出しただけに終わってしまった。主力軍艦三隻が座礁し、そのほかの艦船もどうにか帰還したものの、火攻めを受けて損傷がいちじるしい。

人員面では司令官が頭部に、副司令官が胸部に重傷を負った。ハッセルト号船長のベニスは戦死。ドルフィン号の操舵長など計百二十八名もの将兵が戦死するか、敵の捕虜となった。水夫にも多くの犠牲者が出ている。

彼の知る限り、ヨーロッパ人が東洋地域において、ここまでの惨敗を喫したことは一度もない。たとえ一王国を相手取った時であれ常に勝利を収めてきた。しかも鄭成功は一国の王などではなく、清国から見れば賊軍の首領に過ぎない。ヨーロッパ人にとって、東洋の領土と言えば獲得するものであり、異民族に奪われた例はない。

「私は……新たな歴史を作ってしまったのか」引きつったような笑みを浮かべてそう言うと、拳を握りしめ、力まかせに机に振り下ろした。

机には一枚の紙があり、隅から隅までベニスの名が書き連ねられていた。コイエットは自分が無意識にそんな動作をしていたのに初めて気づいた。

ベニスに対して気が咎め、許しを乞いたい思いだった。かつて損傷した通信船マリア号を操り、逆風をかき分けながら、奇跡的にバタヴィアへ帰り着いた。そして誰もが予想していなかった早さで大規模な援軍を引き連れ、大員に戻ってきた。生死を賭けた航海の直後だというのに、彼はバタヴィアに留まろうとせず、勇敢にもフォルモサへ舞い戻り、戦いに出た。そして……戦場に散った。

「ベニス、私は君に最大級の感謝と敬意を捧げる！」瞳に涙を一杯に溜めながら、コイエットは叫んだ。

# 第五十六章

## 報復

鄭成功は半日も眠り続け、翌日の申の刻〔午後四時前後〕になってようやく目を醒ました。

昨日は多くの死傷者を出したものの、少なくとも勝利を収めることができた。オランダ勢は当分の間、反撃に出る力も持たないものと思われた。

休息中、執務机には戦果の報告書が山のように積み重ねられていた。しかし彼の新しい妃や側近は、終日指揮を執った後、寅の刻〔午前四時前後〕にようやく眠りについた成功を慮《おもんぱか》り、わざわざ起こすまでもないと考え、馬信総督に処理を委ねることにした。

成功は身だしなみを調えると、林進紳を始めとする戦死者たちを手厚く埋葬するよう、真っ先に命じた。それから机上に積まれた文書をひとしきり手でかき分けた後、オランダ人の名簿三冊を見つけ出すよう侍従に言った。

「ご指示を賜った二冊につきましては、すでに執行するよう取り計らいました」と侍従が答えると、呆気に取られ、少し考えた後、うなずいた。

「ならば、そのようにせよ」

ほどなくして承天府府尹の楊朝棟が目通りを願いに来た。楊はファレンティンに頼まれ、彼への赦しを乞いに来たのだった。成功は笑っているようにも、泣いているようにも見える顔をして、きっぱりと告げた。

「確かに奴は余を裏切っておらぬ。が、ほかの紅毛どもは裏切った。鶏頭を斬った一件を思えば、生かしてやるだけでも恩情である。即刻追い払うべし！　船を用意し、明朝に発たせよ。余は二度と紅毛犬どもの顔を見たくない！」

立ち去ろうとする楊を、成功は呼び止め、付け加えた。

「マイら測量士と医者は生かしておけ。今赤崁にいる者も、各地にいる者も、その場を離れさせてはならぬ。彼らにはまだやらせるべき仕事がある。それから、余は今日この後誰にも会わぬ」

再び静寂に包まれた屋内で、鄭成功は筆を取ったまま、オランダ人の女性と子供の名が記された三冊目の名簿をにらみ、ずいぶん経ってから文字を書きつけた。

# 第八部

一六六一年

# 決別

# 第五十七章

## 諸羅山にて

援軍艦隊が初めて大員に姿を見せた八月十二日の午後。ハンブルク一家の下に、翌日から諸羅山へ転居すべしとの命令が届いた。

その頃なおも赤崁に留まっているオランダ人はごく一握りで、ハンブルクとその家族を除けばファレンティン、五人の測量士、二人の医者及びその家族と召使いのみであった。

「諸羅山ですって、あんな遠いところへ。どうして新港ではないのでしょう？　ほかの人たちはみんな新港にいますのに！」

アンナがそう言うと、マリアはくすりと微笑んだ。

「援軍が来たからよ。国姓爺はこのことを新港社のオランダ人に知らせたくないに決まっているわ」

「それが本当なら、私たちは国姓爺に勝てるかしら？」クリスティーナが興奮気味に言う。

「そうたやすくはいくまい。楽観しすぎてはいけない。ひとまず命令に従うとしよう」ハンブルクはつとめて冷静に答えた。

そうして一家が諸羅山に移り住んでからひと月ほどは、思いの外、ここ数年の内で最も穏やかに過ごせた日々となった。かの地にも屯田兵がいたが、田畑を耕すのに忙しく、一家にかまっている暇はなかった。

以前ハンブルク一行が諸羅山へ逃れ着いた際に面倒を見てくれた老人も、事前に将官の同意を得た上で、時おり様子を窺いにきた。牧師という特殊な身分のためもあってか、将兵も彼らを困らせるようなことは一切しなかった。

ドリュフェンダールの双子の息子たちは、老人に預けられた時まだ父親が死んだことを知らず、それを聞かされた時には声が枯れるほどに泣き叫んだ。老人も心から同情し、二人を実の息子と同様に扱い大人になるまで世話すると、改めてハンブルクに固く約束した。子供らはすでに老人の姓を冠した漢人の名前を持っており、元の名前はオランダ人と話す際にぽつりと口にするくらいだった。

前回諸羅山を離れてからまだ三か月ほどしか経っていないのに、景観が様変わりしているのにマリアは気がついた。正確には、変わったのは赤崁から諸羅山に至る道中の景色である。

　以前はどの集落もばらばらに平野のなかに散らばっていた。逃亡中の彼らは、狭く曲がりくねった道に沿って点在する集落を通りつつ進んだものだった。今や道路は拡張され、曲がっていたのが真っすぐに直されている所も随所にあった。さらに、一時間ほど進む毎に数百の屯田兵が暮らす村落があり、中心部は町の雛形ともいえる体裁を成していた。昔からあるフォルモサ人の集落とこれら新しい村々は、ほぼ等しい間隔を保ちつつ、広大な平野に整然と並んでいた。

　鄭成功の軍隊が来て以来、その人数の多さゆえ、フォルモサにめまぐるしい変化が生じているのをマリアはひしひしと感じ取った。

　マイから伝え聞いたところでは兵の数は二万五千にも及び、その内二万は大員と赤崁以外の地域に駐屯しているが、それは元々フォルモサにいたすべての漢人の労働者にも相当する数だという。その上、ほとんどが若い独身の男たちだ。鄭成功の大規模な開発計画の下、赤崁から諸羅山へ至る道も拡張され、整備され、荒野も開墾されていた。それればかりか、すでに中部の沙轆《さろく》、北部の竹塹、淡水、雞籠、金包里、それに遙か南方にある車城、瑯嶠にまで屯田兵が入植しており、いずれは東部の噶瑪蘭までも開拓するつもりだということだった。

　諸羅山までの道中、鄭成功配下の将軍が管理する麻豆社の近くの屯田区にしばし留まっただけで、麻豆社やウーマの家には行く機会がなかった。

　――フォルモサ人を取り巻く環境も、ずいぶん変わってしまったことでしょう。ウーマたちはどうしているかしら。それに、黒ひげの家族たちは？

　麻豆社に隣接する原野が広大な田畑に変わり、大勢の屯田兵が懸命に土をならしている光景がマリアの目に焼きついた。これもマイから聞いた話だが、鄭成功は兵士一人につき半甲の土地を開墾するよう命じている。もしも二万人が半年以内にこの任務をやり遂げれば、その耕地面積はオランダが管理していた時期の十倍以上にもなるという！

　鄭成功の兵はみな命がけで任務にあたる。戦場において然り、田野においてもまた然り。

　――彼らと比べたら、私たちオランダ人はずいぶんとのんびりしていたものだわ。人数だけでなく、物事にあたる際の真剣さも、彼らは私たちより一枚も二枚も上手みたい。

　出立前、援軍艦隊が来たと聞いた時、妹と弟は興奮と期待の色を露わにしたが、父は何も語ろうとしなかった。マリアは感情を表に出すのを控えながらも楽観的な意見を述べた。しかし大がかりな開墾の様子を目のあたりにして、希望の火はみるみると小さくなっていった。

――彼らがこれほどの人数で効率よく土地を開拓していくなら、フォルモサ人たちはたちまち劣勢に立たされるわ。

過去に移り住んできた漢人は、十人の内一人か二人が女性だった。だが今回は百人中百人ともが働き盛りの男であり、屯田区には女性の姿がただの一人も見あたらない。

――もしも二万人のみながみなフォルモサ人の娘と結婚したら、フォルモサ人男性の半分は伴侶を見つけることができなくなるわ。それに……日に日に数が減っているのに、なおも野原でのんきに草を食んでいる鹿たちを、彼らが放っておくわけがない。

この時彼女ははたと気づいた。ここへ来るまでに狩猟場だった地域をいくつか通ってきたはずだが、鹿の姿がほとんど見あたらないことに。

――なんてこと！　あの子たちは一体どこへ行ってしまったというの。

気がかりな問題は尽きず、思案するほどに気分は落ち込むばかり。

――フォルモサ人たちは将来もシラヤ語を話し続けていけるかしら。漢字を学ぶことが彼らの間で流行り出すのは容易に想像できる。信仰については期待するだけ無駄でしょう。つい二か月前、国姓爺は私に、漢人の言葉を使うならば布教を認めると言っていたけれど、そんな日が本当に訪れるのかしら。……もう考えるのはよそう！　援軍が戦況をくつがえしてくれるのを祈るだけだわ。

諸羅山に着いてからは、外部の消息が滅多に耳に入らなくなった。穀倉に居を構え、それからひと月ほどの間、働きに出る必要もなく、朝から晩まで家族揃って過ごした。近隣の屯田兵たちは自分たちが食うに困っているのにも関わらず、穀物を分け与えてくれ、ドリュフェンダールの息子たちを世話する老人も定期的に米などを送ってきてくれたため、一家はどうにか腹を満たせていた。マリアと妹、弟は家事や畑仕事を手伝わせてほしいと申し出たが、老人は承知しなかった。

戦況がどうなっているか、みな常々気にかけていたが、住まいの周辺は恐ろしいほどの静寂に包まれている。彼らはこの地で唯一のオランダ人家庭であり、外の世界からほとんど断ち切られていた。

# 第五十八章
# 落日

　そんなある日、ハンブルク一家が寝泊まりしている穀倉に、険しい顔つきをした十名ほどの漢兵が押しかけてきた。乱暴をはたらきこそしなかったが、挙動にも敵対心が込められていた。将官の命令下、彼らはハンブルクを後ろ手に縛り上げた。牧師は黙ってなされるがままにしていたが、十二歳のピーテルまでもが両手を背中で縛られたのを見て、初めて叫び声を上げた。

　アンナとマリアは身体を張って父子を兵士らから引き離そうとしたが、兵士の一人によって荒々しく突き飛ばされた。母子はその場に崩れ落ちて泣き叫び、妹は壁際に縮こまって震えていた。牧師とピーテルは一台の牛車に乗せられていった。

　牛車は一路南へ向かう。陽がだいぶ傾いた頃、新しく造られた村で御者が車を止めた。一日の重労働を終えた大勢の漢人が、ある者は立ち、ある者は座り、思い思いに談笑している。父子が車から降りると、将官が近づいてきて、にこやかに「牧師殿もご子息も、お腹を空かせられたことでしょう」と言った。用意された食事は信じがたいほどに豪華なもので、おまけに漢人の米酒まで杯に注がれた。ハンブルクは息子に「ゆっくり食べなさい」と哀れむような声で言い、自らは食べ物が喉を通らず、目を瞑ったまま祈りの言葉を唱え続けた。

　やがて父子は再び牛車に乗せられた。ひとしきり進んだ後、ある清らかな小川のほとりで止まった。辺りには名も知れぬ野の花がいっぱいに咲いている。ハンブルクが顔を上げると、真っ赤な太陽が沈みゆこうとしているところだった。父子は黒い布を頭に被せられ、そのまま川辺まで手を引かれていき、跪かせられた。燃え上がるような落日が、ハンブルクが見た最後の景色となり、さらさらした清流の音が、ハンブルク父子が聞いた最後の音となった。

　それから一時間ほどして、地を蹴り上げる蹄の音が近づいてきた。顔中に大粒の汗を滴らせた伝令が馬から飛び下りて叫んだ。

「国姓爺様からの急報であります！」

手紙を読んだ将官の顔はみるみると青ざめていった。

「なんたることか……わしの命もこれまでだ。処刑はすでに執行してしまった！」
伝令も全身の力が抜けたように地に尻をつけ、わなわなと震えた。急報とはハンブルク父子の処刑を取り消すというものであった。が、赤崁から諸羅山までの道のりはあまりに遠く、必死に馬を疾走させてきたが、紙一重の差で間に合わなかったのである。

# 第五十九章
## 遅れてきた書簡

鄭成功の大軍がフォルモサに上陸すると、フォルモサ人たちのオランダ人に対する態度は一変した。鄭成功に好意的な者のなかには、キリスト教への憎悪を露わにする者も少なからずあり、すべてのオランダ人、とりわけ牧師たちを愕然とさせた。

一六六〇年四月十六日、アムステルダムにあるオランダ東インド会社の最高意思決定機関である十七人紳士会から、大員に宛てて一通の書簡が送られた。大員の評議会がそれを受け取ったのは鄭成功の襲来から三か月以上が経った翌一六六一年八月で、読むことのできた牧師はほとんどいなかった。もしもこれがあと数か月早く大員に届いていたら、フォルモサ人たちの態度はいくらか違ったものになっていたかもしれない。書簡の内容は次の通りである。

〝我々十七人紳士会は、一六五八年三月二日にコイエット長官及び評議会から発送された文書を受け取った。それにはこのように書かれている。「土着民を偶像崇拝の悪習（どれほどやめるように言っても彼らは改めようとしません）から救い出すため、宗教議会の同意の下、禁令の布告を出しました。以後再び偶像を崇めた者には、鞭打ちや追放といった厳格な懲罰を与えることとなります」と。

しかし我々は、このような手段が、かの哀れむべき愚かな者たちに偶像を放棄させ、救済へと導く正しい知識を学ばせるために適切な方法であるとは、全く考えていない。我々は諸君のやり方を嫌悪する。それに彼ら土着民がかくも厳しい懲罰を甘んじて受け入れるとも思えない。およそキリスト教徒たるもの、この種の暴力的手段に訴えるべきではない。宗教議会が同意したという事実にも、我々はひどく驚いている。

仮にそれが土着民たちにキリスト教を信仰させるための手段の一つであるとしても、あまりに厳格かつ残酷である。我々はこの決定に対して不満を持っている。加えてこのようなやり方は、オランダの建国精神や理念にも抵触するものだ。

従って我々は、このような脅迫的な懲罰について修正を加えるよう、強く求めるものである。布告の撤回を公表するには及ばないが、この通りに実施してはならない。〃

十七人紳士会と大員の間の通信は、これが最後となった。まことに歴史は皮肉に満ちている。

## 第六十章

## 再訪

ハンブルク父子が連れ去られた翌々日、またも漢兵が一家の暮らす穀倉にやってきた。

この二日間、牧師とピーテルの行方は杳として知れず、アンナは泣きはらし、クリスティーナは終日何も食べず、話もしなかった。マリアは悲痛の念をこらえながら、気力を振りしぼり母と妹の面倒を見ていた。

この日来た一団には、歳に開きのある漢人の婦人が九人もおり、さらにバンダ人の年かさの女奴隷も一人付き従っていた。奴隷を除いてどの者も美しく着飾っており、マリアは先頭に立つ格別に優雅な装いの婦人を見て、鄭成功の官邸に仕える女性だろうかと思った。後ろの方に立ち、黙ったまま俯いている一人の中年女の顔に、マリアは見覚えがあった。かつて彼女が何斌の屋敷で何斌夫人に漢語を習っていた頃、常に夫人の側にかしずいていた従者だ。オランダ語も片言ながら話すことができた。この女たちの一群のなかでの立場は、ごく低いように見えた。

先頭の華やかな婦人は多くを語らず、もの珍しいものでも見るかのようにマリア姉妹の全身をしげしげと眺め回している。その目元には羨望の色らしきものが浮かんでいた。

「器量のよい娘だこと」妹のクリスティーナを見つめながら、婦人は漢語で呟いた。

何斌家の元侍女が進み出て、片言のオランダ語で、このお方は鄭成功官邸お付きの女官であると紹介した。続いて女官が先に漢語で話し、侍女がそれをたびたびつっかえながらオランダ語で言い直した。女官はハンブルク夫人と二人の娘に荷物をまとめるよう頼み、どうかご安心願いたい、母娘が危害を加えられることは決してないとも言った。さらに、ただし姉妹には赤崁へ行ってもらい、母には新港社に行ってもらってほかのオランダ人婦女と合流することになる。それぞれに身辺を世話する者をつける、などと語った。

母アンナは牧師と息子の行方を繰り返し訊ねたが、女官は我存ぜぬとばかり首を横に振るだけだった。彼女らの任務はただアンナ母娘を迎えに行くことでしかなかった。それ以降女官に加え、アンナと姉妹にもそれぞれ三人ずつ世話役が付けられた。何斌夫人に仕えていた女はマリアに付き、褐色の肌のバンダ人は妹クリスティーナに付いた。しかし母娘が何を言っても、女たちは首を振るばかりで一言さえも答えなかった。

マリアはこれらの女たちが自分たち母娘に対し、二心のない善意をもって接してくれているのを感じて、ようやく落ち着きを取り戻した。母娘は身の回りの物品を簡単に整理しはじめ、マリアはヤンが描かれた絵画とヤンから送られた木笛とを、丁寧に貴重品箱に収めた。

牛車も三台、用意されていた。女官が先頭の牛車に乗り込んだ後、この女官の侍女とおぼしき三人の女がうやうやしく、かつ恐る恐る、クリスティーナの身体を支えて同じ牛車に乗せた。マリアは二両目に乗り込み、この時も元何斌家の侍女がうやうやしく彼女の身体を支えた。マリアはそんな扱いを受けたことがなかったので、ひどく気恥ずかしかった。三両目には母アンナが乗り込んだ。随行する兵士は三十名おり、牛車の前と後に半分ずつ分かれて一行を護送し、馬に乗った将官が絶えず前後を見回っていた。この情景も、母娘にはひどく奇妙に思われた。

隊列が進むのは、一家が諸羅山へ向かう際に通った道と異なる、マリアにとって馴染みの深い旧道だった。諸羅山からドロゴに至り、さらに向こうには麻豆社がある。やがて麻豆社に差しかかると、風景は見違えるほど変わっていた。鹿の狩猟場はほとんど無くなり、見渡す限りに屯田地が広がっている。黒ひげの家の周辺には新しい漢人の家屋がいくつも建っていた。麻豆社は漢人の田畑と住居にすっかり囲まれ、元々境界を接していた蕭壠社や新港社との間にも隔たりができていた。

住み慣れた家に近づくにつれ、マリアは帰郷を控えた人間に特有の、懐かしさと不安が入り混じった感覚に襲われた。

それでも住み慣れた家に帰り、この目で今の様子を見たかった。ただ隊列がこのまま麻豆社の内を通るのか、それとも集落の外縁に沿って進むのかはわからなかった。

そこでマリアは勇気を出して女官に伺いを立てた。

「麻豆社で二時間ほど休息を取り、その間私たち母娘に、以前住んでいた家に立ち寄らせてはいただけませんか」

女官と馬上の将官が話し合い、その提案は受け入れられた。ただし滞在は一時間だけとされた。

ハンブルクが一手で造り上げた礼拝堂が遠くに小さく見えたとき、マリアの胸には嬉しさと同時に悲しみもこみ上げてきた。牛車は礼拝堂の前で止まった。なかに入るのは五か月ぶりだ。数百人を収容できる、改革派の教会としては東洋一であろうこの建物はまた、十三年に及ぶ父の努力を、如実に証するものでもある。

母娘三人は荒廃し、古びた建物の匂いが充満する礼拝堂の内部をひとしきり歩いてから外に出て、校舎や旧居をぐるりと回った。どの建物も破壊の憂き目に遭っていないのを知り、安堵した。

父の心血が染み込み、家族揃って十年以上も暮らしてきたこの場所に、マリアはそっと別れを告げた。彼女の涙はすっかり涸れてしまったが、アンナはなおも止めどなく涙の零れる瞳で旧居を見つめながら、低い声で夫の名を呼び続けていた。

麻豆社の人々は、華麗な装いの漢人の女たちが牛車に乗って来たと聞きつけ、こぞって礼拝堂に寄り集まった。幾人かの婦人や若者が、一団のなかにハンブルク牧師の妻子を見つけ、離れた所から声をかけた。ただ護衛たちが見張っているため、みだりに近づいたり、大きな声を出したり、顔に喜びの色を表すことさえもはばかられた。他方、男や年寄りたちのなかには嘲笑するような眼差しを母娘に向ける者もあった。

マリアは集まってきた人々のなかにウーマとチカランとアリンを探したが見あたらず、再度女官と将官に対してウーマの家に立ち寄らせてほしいと切に頼み、許可された。ウーマとチカランは、突如現れたマリアを見て、半信半疑といった顔で近寄っていった。

「マリア……？　マリアなのね！　戻って来たの、それともまたどこかへ行くの？」

マリアは二人の問いかけに答えず、微笑んだまま首を横に振った。

「ウーマ、ここ数か月の暮らしはどう？」

チカランが答える。

「国姓爺の兵隊どもが来てから、すっかり変わっちまったよ。彼らは、集落のなかに来て悪さをはたらきこそしないが、農地がほとんど取り上げられてしまったし、牛も全部持っていかれた。国姓爺は三度ここへ巡視に来て、最後は三週間ほど前だった。ちょうど収獲の時期で、部下の役人は長老に向かってこんなことをほざいた。『ここはまことに豊かな土地だ。汝らにこれほど広い土地は必要あるまい。それで、一部を我々に耕させてもらう。収穫量はずっと増えるはずだ』とな！ それにまたこうも言った。『汝らの農耕は要領を得ておらぬ。籾米を一粒ずつ収獲するなど、非効率の極みである』。その後兵隊たちがやってきて、俺たちに奴らの農作業の仕方を教え込み、鉄の犁や熊手、鋤などの農具が配られもした。だがな、俺の農地はとっくに取り上げられてしまっているんだ！」

かつて随所で目にされた牛の姿が見あたらないことにマリアも気づいていたが、ようやくその疑問が解けた。以前、オランダ人が疎開していく際に約半数の牛を連れていっており、その後屯田兵がこの土地を開墾するため、残りすべての牛を徴収したのだ。少し前にフォルモサ人の各集落に鄭成功から牛が送られてきたが、たったの一頭だけで、到底用をなさなかったという。

三人の子供らに囲まれたウーマは、ハンブルク一家を懐かしむ気持ちをしみじみとマリアに伝えた。

「チカランや私は今でも、あなたたちから教わった方法で字を書いているわ。それに私たちは将来子供たちにもそれを教えて、後々の世代まで文字を伝えていきたいと思っているの」

マリアは瞳を潤ませた。父やほかの教師らと共に、フォルモサの人々にラテン文字でのシラヤ語表記法を教えていた頃の記憶が蘇ってきた。楽しかった日々が懐かしく思い出されると同時に、自分たちの努力は無駄ではなかったとも感じられた。

ウーマの一番上の子供は、洗礼名をアントニウスという。アントニウス・ハンブルク牧師の名をとったのだ。もう四歳になっている。かつてよくこの子を抱っこしていたマリアは、この時もずいぶん大きくなった身体を抱きしめてつぶやいた。

「将来あなたも文字を書けるようになったら、とても嬉しいわ」

ウーマはやるせない面持ちで、マリアに次のことも話した。

「集落には美しい娘が何人もいたけれど、みんな国姓爺の武官や兵士に嫁いでいったわ。リカの息子には元々好きな娘がいたのに、ある兵士がその娘を奪ってしまった。

傷ついた息子は夜中に彼らの兵舎に潜りこんで、相手を刀で殺そうとしたの。でも失敗して、重傷を負い、捕まえられた後、集落に送り返された。その後、自殺したわ。こういう事件は、これからもっと増えると思う」

ウーマは急いでアンナの大好物である刺仔鶏スープ〔第十二章参照〕をこしらえ、一家三人をもてなした。シラヤ人が鶏を食べないことを母娘は知っているので、ことのほか感激した。時間になり、将官は分け与えられたスープを啜ってから、道を急ぐよう部下たちに指示した。母娘とウーマ一家は名残惜しそうに、幾度も別れの挨拶を交わした。マリアは、生きて再びここに戻ることはあるまいと予感していたので、落涙をこらえようともせず、ウーマを強く抱きしめた。

「さよなら、ウーマ。さようなら、麻豆社」

# 第六十一章
## 花落つる

一路牛車は南へ進み、赤崁と新港社の分かれ道に差しかかったところで止まった。姉妹は車を下り、新港社へ戻る母親と抱擁し別れを交わした。三人の顔には、またも涙の粒がとめどなく滴った。姉妹は漢人の女たちの言葉を信じていたので、身の安全について不安はなかったが、この先にどんな運命が待ち受けているか、いつになれば両親や弟に会えるのか、皆目見当がつかなかった。

姉妹を乗せた牛車はそのまま進み、黄昏時に緑谷という土地に到着した。ここには元々オランダ東インド会社の管理していた庭園がある。花畑に囲まれた立派な屋敷が、目的地だった。マリアはここがかつて、ある名の知れた漢人商人の所有地だったとおぼろげに記憶していた。敷地内には少なからぬ数の兵士がいたが、兵舎のようには見えない。マリアとクリスティーナは、隣り合った二つの大きな客室をあてがわれた。

マリアは自分たちの身に何事が起きているのかさえ知れぬ

まま、終日移動し続けた疲れで、いつしか眠りに落ちた。

空が白んできた頃、マリアは元何斌家の侍女に起こされた。

「お嬢様、これからは私めを阿珠《アズー》とお呼びくださいませ」

阿珠の用意した粥、落花生、惣菜、アーモンド茶、それに「油条」と呼ばれる揚げたパンのようなものなどが並ぶテーブルについた。だが妹の姿は見あたらない。食事が済むと阿珠は湯浴みをするよう勧めてきた。

「妹はどこにいるの？」

「クリスティーナ様は今しがたお身体を洗われたところでございます。次はお嬢様の番ですよ」

底の深い桶一杯に、熱いお湯が張られていた。マリアはそれに浸かり、心地よく垢を落とした。身体を拭こうとして立ち上がると、すぐ両手にタオルを持った阿珠が簾の向こうから入ってきて、恥ずかしがるマリアに言った。

「本日よりこの阿珠は、お嬢様のお側に仕えさせていただきます。お嬢様のご身辺のお世話をいたすことが私の唯一の仕事でございますから、ご入浴なさる時ももちろん外でお待ちいたします」

マリアはますます置かれている状況がわからなくなったが、阿珠に訊ねたところで何にもならないことは察しがついた。

寝室に戻ると、昨日阿珠と同じ牛車に乗っていた三人の女が待機していた。寝台の上には真新しい真紅の漢式のドレスと、煌びやかな冠が置かれていた。マリアが先ほど寝台に置いたオランダの服は、綺麗に畳まれ寝台の隅に置かれていた。

ついにマリアは、自分と妹に待ち受けている運命を悟った。

――私たちは、これから漢人の妾にされるのだわ。

ふたすじの涙が頬をつたった。目の前が真っ白になり、口をひらくこともなくなった。人形のように身じろぎもせず、飾り付けられるがままでいた。侍女たちはマリアをなるべく漢人の女に似せようと務めたが、強い巻き毛のせいで、後頭部はどうにかそれらしき髻《もとどり》が作れたが、前髪はどう見ても奇抜だった。また漢人は纏足を施した小さな足を「三寸金蓮」と讃えて愛でるが、マリアの足は大きい方だった。しかし阿珠は、それにぴったりの新しい靴をすでに用意していた。

三人がかりで二時間あまりも費やし、ようやく着付けが仕上がった。

マリアは両目を閉じたまま一言も発さない。心は灰と化したかのようだった。ところが、ふと壁の向こうから妹の泣き声らしきものが聞こえた。やがてそれはすすり泣きに変わった。突然「クリスティーナ！」と叫んだ。化粧の施された頬を、涙が再びつたい落ちた。阿珠はひどく慌て、マリアの前に跪き、どうかこれ以上泣かないようにと懇願した。

「この部屋の空気は重苦しいので、少し窓辺で深呼吸させて」

そう言って立ち上がり、庭園に面する窓を開けた。窓の下には花嫁を乗せるための花轎《かきょう》と呼ばれる大きな赤い輿が二台置かれている。数人の担ぎ手と二十ほどの楽士が、ある者は立ったまま、ある者は腰を下ろして休憩していた。楽士たちは揃いの服を着て、めいめい銅鑼や笛、二胡と呼ばれる弦楽器などを手にしている。

妹の声は、もう聞こえてこなかった。

マリアにあてがわれたのは、後方の比較的小さな輿だった。わざとゆっくり乗り込みながら、前方の輿に視線を送ったが、妹はすでに輿に乗り込んでいるようだった。楽隊と担ぎ手も準備を整えて列を組んでいる。妹の輿の方が自分のよりも大きくかつ華麗であり、配置された人数も多いことに気がついた。

賑やかな奏楽が鳴り響き、隊列が動き出した。マリアは悲しみと恐れに堪えながら前屈みになり、顔を覆う薄絹を片手でめくり、もう片方の手で帳《とばり》の端をそっと開けて外の様子を窺った。しばらく直進した後、前の隊が右へ曲がったので、妹の輿を目にすることができた。

妹の輿はそのまま右側前方にある豪邸の敷地に入っていった。門の横にオランダ語で書かれた「瑯嶠別館」という字を見て、マリアは衝撃を受けた。ここは元々オランダ東インド会社の上級幹部のための別荘だったが、今では鄭成功の私邸として使われていると耳にしていたからだ。唐突に爆竹がけたたましく鳴り出し、驚きに拍車がかかる。

——妹は国姓爺の妾にされるのだわ！

そう悟ったマリアは、帳を押さえていた手をだらりと下ろし、まるで全身の骨が抜けたように輿の壁にもたれた。

マリアが乗る輿はそのまま直進を続けた。楽士の数が減り、演奏の音も寂しくなった。マリアは目を閉じ、揺れに身を委ねた。

——どこへ連れていかれるかなんて、もうどうでもいいわ。おおかたどこかの老いた将軍の下でしょう！

ほどなくして、ある屋敷の前で輿が地面に下ろされた。マリアは阿珠に身体を支えられつつ外に出て、侍女たちに手を引かれながら邸内の広い客間に導かれた。

「ここは陳澤将軍のお屋敷でございますよ」

阿珠がマリアの耳元に口を寄せてささやいた。

マリアは自分をすでに死人に等しいものと見なし、両目を閉じてじっと椅子に腰かけていた。やがて、落ち着いた気配の足音が近づいてきて、目の前で止まった。不意に両手を握られ、それから面紗《めんさ》がめくり上げられた。次の瞬間、なんとオランダ語の、ささやくような男の声が聞こえてきた。

"**Geen paniek, Ik zal jij zorgen.**"（怖がることはない。私はそなたを手厚く遇する）

マリアは思わず目を見開いた。と同時に、朝から張りつめっぱなしだった緊張の糸がぷつりと切れ、わあ、と声を上げて泣き出した。

## 第六十二章

### 安定

これより少し前のこと。陳澤と馬信が鄭成功に呼ばれて私邸に赴くと、鄭成功は開口一番、二人に告げた。

「そなたらは紅毛の女子《おなご》を娶るがよい。余も一人、側室を迎えようと考えているところだ」

陳澤は初め耳を疑い、次いであれこれと思案を巡らせた。これが主君の長年貫いてきた原則に反する行為だったからだ。鄭成功は過去、戦において無慈悲な殺戮を行うこともあったが、貪欲に財物を蓄えたり、女を略奪したりすることはかつてなかった。

城攻めの際、敵が頑強に抵抗し、自軍に死傷者を出せば出すほど、容赦のない報復を行った。虐殺の数は五、六度にも上り、その都度陳澤は堪えがたい思いでいた。彼は主君が「従う者は生かし、逆らう者は殺す」という信条を持っているものと見なしていた。一度は大胆にも敗者への助命を嘆願したことがあるが、「戦を止めるためには殺さねばならぬ。敵を心底震え上がらせてこそ、味方の犠牲を防げるのだ」と一蹴された。

「濯源よ、覚えておくがよい。敵に情けをかけることは、味方に対して残忍であるのと同じことだ。たとえ民草であろうとも、敵のために働いた者は則ち敵なのだ」

主君のこのような観念に、陳澤は賛同できなかった。陳澤は戦場において勇敢に振る舞ったが、怨恨や愉しみのために人を殺めたことは一度もない。「問わぬでよい罪は問わずにおくべし」が口癖だった。とはいえ主君が厳格な軍律を定め、配下の末端にまでそれを守らせ、物を掠めず、女を奪わず、民に不要な迷惑をかけないことを徹底させている点には敬服していた。そしてそれが、鄭軍が過去十余年の間、たびたび寡勢をもって大勝を収めてこられた理由の一つであると感じていた。それゆえこの時、耳を疑ったのである。

鄭成功は、二人が目を丸くしているのもかまわず言葉を継ぐ。

「余はハンブルク牧師の娘の一人を娶るので、濯源はもう一人の娘を娶るがよい。子玉〔馬信〕はレオナルダス牧師夫人の妹がよかろう」

これはまずい、と陳澤は声には出さずつぶやいた。彼は若い頃船乗りとして西洋人の港にいたこともあるので、牧師という身分が彼らの間でどれほど敬意を払われているかよく知っていた。大員に長く暮らす漢人のなかにも、牧師たちの献身的な精神を褒めちぎり、商館にいる紅毛人とはまるで異なる、と言う者があった。彼らはまた宣教師たちが危険を顧みず台湾の奥地に踏み入り、現地のフォルモサ人のために文字を考案したなど、人の胸を打つ話も陳澤に話して聞かせていた。

陳澤はオランダ人との戦闘において、敵兵を殺すのに手加減はしなかった。それに林進紳が裏切りに遭い殺害された時には、彼も激しい義憤に駆られたものだ。ただしキリスト教徒でない彼も、牧師に対しては一貫して敬意を抱いており、投降したオランダ兵を捕虜と見なしたが、牧師は別物のように思われた。

側室であれ、妻を娶るのは喜ばしいことのはずだが、主君の顔は曇り、寂しささえ漂わせていた。それゆえ馬信と陳澤も頭を下げて感謝を述べつつ、笑顔を見せるのははばかられた。

しばしの沈黙の後、鄭成功が再び口を開いた。

「ファレンティン夫妻と五人の子、家庭教師と下僕、それから当時赤崁城に残っていたレオナルダス牧師とその家族、そのほか四組の家族、合計二十七人の紅毛人を、余はすでに五隻の帆船に分乗させて廈門に送った。年が明けて季節風が吹くようになったら、改めてバタヴィアまで送るつもりだ」

レオナルダス牧師一家がすでに台湾を離れたと聞いて、馬信は内心ほっとした。

「ハンブルク牧師だが……」とまで言ってから鄭成功は陳

澤の顔をちらりと見、少し間を置いて続けた。

「新港に拘留していたほかの牧師、役人、軍人らと共に処刑した。遺族の女と従者は、別の将軍らに与えるつもりだ」

鄭成功は寂しそうに笑い、二人に向けて軽く手を振った。

「そんなところだ。戻って、早々に婚礼の支度をするがよい。そなたらは、長い間陣中で兄弟らと起居を共にしてきた。今や紅毛どもは我々に打ち負かされ、再び抗う力を持たず、せいぜい守りを固めるしかできぬ。そなたらもここらで少し落ち着くがよいだろう」

すでに二人のために邸宅と使用人を用意してある、とも付け加えた。陳澤と馬信は主君の行き届いた配慮に対し、重ねて礼を述べた。

陳澤は、合点がいった。鄭成功が重臣に屋敷を与えるのは配下を労ってのことだが、オランダ人の娘を部下に娶らせるのは、一種の報復を意味していると。オランダ人が一度投降しておきながら、援軍の到来を受けて彼を裏切ったことに対しての報復なのだ。彼らは主君が最も忌み嫌う行為である謀反の罪を犯した。林進紳の殺害はその最たるものであった。元々オランダ人に対してすこぶる寛大であった主君もこれには憤激し、大規模な処刑を行った。

「天地は仁ならず、万物を藁の犬と為す」という老子の言葉を、陳澤は再び思い起こした。近い日に妻となるハンブルク家の娘を思うと、憐れみと、期待と、不幸にして処刑された牧師たちへの哀悼の念とが胸中に交錯した。

兵舎に戻ってから、こうも思った。

――紅毛との戦こそまだ終わってはいないが、五か月もの間続いてきた、この雨風もろくにしのげぬ陣地に寝泊まりする日々から、ようやく解放される。私邸に腰を落ち着けられるばかりか、美しいオランダ娘が側についてくれるとは、望外の喜びだ。

陳澤は舎内に祀っている保生大帝と太子爺の像の前に跪き、天と神々の加護に感謝を申し述べた。

## 第六十三章

## 睨み合い

マリアが陳澤の新居に来て、最初の夜が明けた。

前日、陳澤がいささかたどたどしいオランダ語で「怖がることはない」と告げると、マリアは大泣きに泣き出した。陳澤は言葉を失い、おろおろしながらその背中を優しく叩き、すぐに阿珠を呼びつけて面倒を見るよう命じ、そのまま部屋を出ていった。

阿珠はそれからずっと、マリアにつきっきりでいる。かつて何斌の家に仕えていたこの中年女は、今ではきわめて強い責任感を持って、食事、沐浴から就寝に至るマリアの一切を世話しようと努めた。食事にはオランダの料理もあり、マリアを驚かせた。陳澤はその日の間まったく顔を見せず、就寝時間になると、阿珠がマリアの着慣れているオランダ式の寝巻を持ってきて言った。

「お屋敷のなかでは漢服を着なくともよく、好きなものを着ればよろしいとの旦那様からのお言付けです。旦那様は、お嬢様……いえ、奥様を煩わせたくないとおっしゃり、先に別室にてお休みになりました。このお屋敷には沢山のお部屋がございますのよ」

大きな寝台に、マリアは一人で横になった。阿珠は傍らの藤椅子に腰かけてうつらうつらしている。マリアはそれを見て忍びなく、隣で一緒に寝てほしいと頼んだが、阿珠が大げさに手を横に振ったので、それ以上は求めなかった。

陳澤は言葉通り丁重にマリアを遇し、奉公人らも彼女を女主人と見なして礼儀正しく接したので、マリアの不安は一日の内に取り除かれ、落ち着きを取り戻していった。彼はどうやら善人のようだ、とも感じるようになった。

陳澤が両手で面紗をめくり上げた時、マリアは自分を死人同然と思い目を瞑っており、その後大泣きしたため、相手の顔を仰ぎ見ることなく終わった。ただその声を落ち着いた優しい声だと感じ、それにも増して、オランダ語だったことにひどく驚いた。

阿珠のオランダ語は陳澤よりもずっとおぼつかないが、マリアが漢語に堪能だったので、意思の疎通には支障がなかった。

朝食をとるマリアに阿珠が言う。

「私めもこちらに奉公してからまだ日も浅いですが、旦那様は私のような者にも優しくしてくださいます。旦那様は、国姓爺様から厚い信頼を寄せられている将軍でいらっしゃいますのよ。フォルモサに来られてから、もう幾度も大きな武勲を立てられました」

「彼はどうしてオランダ語が話せるの?」

「私めも存じ上げません。そういえば、うっすら記憶しておりますが、六、七年も前、呉豪将軍が何斌様のお屋敷で療養されていた時、将軍を迎えに来られ、一緒に唐山へ戻っていかれたのが、あのお方でした」

マリアは「武勲を立てた」という阿珠の言葉が引っかかった。

――もしかしたら彼こそが、小さな帆船を巧みに操って世界屈指の巨艦といわれるヘクトル号を撃沈した指揮官ではないかしら。戦場では勇猛でも、普段は至って紳士的という人間もいることでしょう。国姓爺もぱっと見ただけでは青白い書生のように見えて、十年以上も戦場を駆け巡り数多の人間を殺めてきた大将だとはとても思えない。逆に戦死されたペーデル氏は、がっしりした獣のような身体つきで、立ち居振る舞いもずいぶん荒々しかったわ。……戦とは知力を競うものであって、単に力を競うものではないのね。

この日阿珠から聞かされて知ったが、つい一週間ほど前にもオランダの援軍と鄭軍が交戦し、オランダが敗北を喫したという。マリアはふと、数か月前鄭成功がハンブルク一家を招いた際に述べた言葉を思い出した。彼はハンブルクに、彼の三浦按針〔ウィリアム・アダムス。徳川家康の外交顧問を務めたイングランド人航海士〕、フェルディナント・フェルビースト〔清国で布教を行ったイエズス会宣教師〕、あるいはビクトリオ・リッチになってもらいたいと言ったのだ。これらは西洋人でありながら東国の統治者に仕え、外交や貿易の顧問となったり、科学技術を伝授したりした人物である。

――けれど、オランダと国姓爺が融和することは決してないでしょう。そしてオランダはまたしても負けてしまった。私たちは運命に弄ばれているのだわ……。

阿珠がもたらした報せにより、かすかに抱いていた希望も消え失せてしまった。

――きっと私は、この先二度とオランダ人の世界に戻ることができないでしょう。この建物がこの先ずっと死ぬまで抜け出せない牢獄になるというの？　これが私の、フォルモサのカサンドラの運命なの？　生涯、あの男の顔色を窺って過ごさなければならないというの？　そんなのは堪えられない！

深い悲哀が、瞬く間に憤怒に変じた。反抗心がむくむくともたげてきて、陳澤と話し合いたいと思った。ところが陳澤はいつまでも姿を現さず、マリアの怒りは行き場を失った。

正午を過ぎてから阿珠が告げた。

「先ほど使いの者が来て言うには、旦那様は三日ほど留守にされるそうです。理由は何もおっしゃいませんでした」

その日の午後いっぱいマリアは何も手につかず、家族を恋しがるか、さもなければ陳澤と呼ばれている男について想像を巡らせた。反抗すると決めていたが、あの男のことをよく知りたいとも感じ、そんな矛盾する心境に苛立ちを覚えた。

マリアは阿珠に妹の居場所を知っているかどうか訊いた。阿珠は一瞬戸惑い、それから大きく首を横に振った。

――きっと、知っているけれど私に告げるのを止められているのでしょう。

「国姓爺の邸宅にいるのではありませんか?」

「どうかお許しくださいませ……」

「それなら、私の母はどこ?」

「ご母堂様は新港社におわし、私めのような世話係もお側に付いておりいます。ご安心くださいませ」

「そう。じゃあ父と弟は?」

「…………」

阿珠は口を閉ざし、ただ首を振るのみだった。

◆

幾日かして陳澤が戻り、マリアと昼食を共にした。マリアは陳澤の視線をひしひしと感じながらも、始終うつむいていた。陳澤が豚肉をひと塊マリアの皿に載せると、彼女はかぼそく礼を述べたが、なおも彼を正視する勇気が持てずにいた。食事が済むと、陳澤はマリアの元に歩み寄り、その手を取って立ち上がるのを介助しようとした。マリアは慌てて自ら立ち上がり、頭を下げて礼を口にしつつも、手を振って拒否の意思を示した。このやりとりの最中に、初めて両者の目が合った。マリアの目に映った陳澤は年の頃四十前後、浅黒い肌をし、左右の髪には白いものが混じっている。背丈は並外れて高いが、猫背ぎみでもある。とりわけ強い印象を受けたのは微笑んだ時の表情で、独特の温かみと清々しさを感じた。

鄭成功とは何もかもが異なっていると思われた。鄭成功はきわめて厳格で、笑みを見せることは滅多になく、指導者としての威厳を具えている。陳澤はといえば、絶えず微笑みを浮かべている。陳澤の人となりが鄭成功に似たものでなかったことに、安堵を覚えた。

マリアが居室に戻った後、陳澤は再び出かけていった。先ほど昼食を取っている間でさえ、彼は軍服を身につけていた。この屋敷に来てから、マリアを取り巻く環境はずいぶん落ち着きを得た。家族と離ればなれになり孤独ではあったが、行き場なく流浪を続ける苦労や、先の見えない不安を、もう味わわなくとも済んだ。

ヤンが描かれたファブリティウスの絵はなおも行李にしまってあるが、取り出して再び眺める勇気は出なかった。ヤンから贈られた笛も、麻豆社から諸羅山へ逃亡して以来一度も吹いたことがない。諸羅山にいた頃のように、この時もマリアは自分がカサンドラになったように感じた。

――オランダ人と漢人は敵同士だけれど、私的な場面ではそうとも限らないみたい。陳澤が私に示す態度は、敗北した敵に対するようなものではないし、私もあの男に対して敵意を抱く気にはなれない。きっとほかにも、私と同じ境遇に置かれたオランダの女性がいるに違いないわ。けれども漢人の将軍がみな陳澤のように温厚だということがありうるかしら？　とても想像がつかない。……運命とは残酷なもの。私は敵の手に落ちた。けれど、運命は慈悲の心も持ち合わせている。その敵が陳澤だったのだから。

マリアがこの家に来て七日目の夜、陳澤が帰宅した。寝室の扉を何度か叩き、扉越しに漢語で帰ったことを告げた。かんぬきは掛かっていなかったが、マリアは阿珠に扉を開けさせる勇気がなく、陳澤も入ろうとはしなかった。

◆

マリアを囲む小さな世界には平穏がもたらされたが、ゼーランディア城周辺では依然として戦闘が続けられていた。

マリアが陳澤の家に来る少し前のこと。不屈の闘志を燃やすコイエットは、ある日台江内海で海戦を仕掛け、翌日に大胆な作戦を立てた。四百の兵士に陸路から羊廏の敵本営を急襲させるというものだ。鄭成功を生け捕りにできれば最高だが、そうはならずとも、大員の市街地を取り返すことさえできれば、低迷気味の味方の士気も大いに高まると思われた。過去の海戦で二、三百の兵を失いはしたが、まだ戦える兵が一千前後は残っており、奇襲を掛けるには十分だ。積極的に攻撃に出るべきだと、コイエットは考えていた。

ところがフォルモサ評議会の議員たちは、明らかに自信を喪失しており、ほとんどの者がその作戦案に反対を唱えた。陸上では敵方に分があるのは明白だ、というのが言い分であった。オランダ人たちは当初、海上ならば敵を撃破できるものと考えていたが、結果として、死を恐れず戦術にも長けた鄭軍の兵に押される一方でいる。

鄭軍の唯一ともいえる弱みは、後方からの兵糧や武器の補給であった。

食糧の確保は、鄭成功を最も悩ませてきた問題である。しかし賢明な彼は兵農一体の屯田政策を推し進めた。戦力が大幅に割り引かれることとはなったが、それでも五千前後の兵を動かしてオランダ人をゼーランディア城に閉じ込めることができていた。

軍備の補給については、廈門から来る輸送船に頼るしかない。このため評議会の議員たちは、城を出て戦うよりも、鄭軍の海上の補給路をどうにかして断ち切るほうが有効だと判断した。

しかし、オランダ側の企図はまたしても失敗に終わった。廈門からやってきた帆船の数は二十四隻にも上り、すでに戦力を大きく削がれていたオランダ艦隊を統率するヤコブ・カーオウは戦いを挑むことさえせず、遠くから眺めるばかりだった。鄭軍の船団は無傷のまま、陳澤が守る北線尾に隣接する鹿耳門水道を通り抜け、赤崁に到着した。

鹿耳門はオランダ人にとって、災厄の扉となっている。法律家出身のカーオウは、すっかり弱気になっており、本心では、この呪われているかのようなフォルモサの戦場からいかにして脱出するかと思案を巡らせている始末だった。あの燦燦と降り注ぐ陽光の下、大勢の人間が賑やかに行き交う、オランダ人の天国ともいえるバタヴィアに、一日も早く戻りたかった。かの地には漢人の軍隊などおらず、有能な労働者だけがいる。カーオウは彼らが好きだった。しかし軍隊となるとあまりに恐ろしく、とても自分の手に負える相手ではないと感じていた。そこで秘密裏に一計を案じた。

ある日の評議会で、カーオウから一つの提言がなされた。城内にいるすべての女性、老人、子供およそ二百名余りを、先にバタヴィアへ避難させるべきだというものだ。そうすれば彼らの身に危険が及ぶのを避けられるだけでなく、食料の消費も抑えられるからと。最後に、自分が一同を引率するつもりだとも付け加えた。

この提言は多くの議員から賛同を得た。しかし終いまで話を聞いた時、コイエットはたちまちその魂胆を見破った。コイエットは前々からカーオウに対して恨みを抱いていた。それはカーオウが援軍艦隊を澎湖に二十三日もの間停泊させていたせいで、敵の機先を制する機会を失ってしまったことに起因する。過去の鬱憤も手伝い、コイエットは次のように述べた。

「艦隊の総司令官ともあろう方が、退却部隊の隊長などになることもないでしょう。この仕事は、誰か要職に就いていない者に任せるべきです」

この一件以来、両者のしこりはますます大きくなった。カーオウにしてみれば、この危険極まりなく、困難にして得られるところの少ない任務のために、はるばるバタヴィアから赴いてきたというのに、相応に感謝されていない点も不満であった。

船は十月に出航した。ハンブルクの娘、ヘレーナとヘニカの二人もそのなかに乗り込んでいた。

◆

鄭成功は林進紳殺害への報復として多数のオランダ人を処刑した後、怒りを収め、あらためてフォルモサに目を向けた。ゼーランディア城のコイエットを、瀬戸際に追い込まれながら悪あがきしているに過ぎぬと見なし、フォルモサ各地の巡察に出向くことを決めた。新たに獲得した土地の風土について、より深く知りたいと考えたためだ。この島は彼が以前支配していた廈門島、金門島および漳州・泉州の沿岸地区をすべて合わせた面積の、さらに数十倍もの広さを持っている。

それに先立ち、彼は陳澤に海を、馬信に陸路を固く守らせた。両者はオランダ勢力をゼーランディア城に閉じこめておくほか、城に向けて発砲するなどの陽動作戦を頻繁に仕掛けるようにも命じられた。

「紅毛どもを常に緊張状態に置き、士気を下げさせるのだ。我が軍は悠然と英気を養いつつ、奴らがあとどれほど持ちこたえられるか見守ることとしよう。何はともあれ、水が尽きる日は必ず来るはずだ」

鄭成功は馬信と陳澤にそう言い、次のようにも述べた。

「赤崁城は我が軍に抵抗することさえなく、たった四日で降伏した。それに比べて台湾城は、我が方の十分の一にも満たぬ兵力で、幾度も我らに攻撃を仕掛けながら、半年間も持ちこたえている。コイエットという男は、なかなか見上げた奴だ」

鄭軍の将官や兵士らは、軍規は依然として厳しいものの、処罰がずいぶん緩やかになったことに気づいていた。十月からすでに二か月余りの間、処刑された者は一人もいなかった。鄭成功は顔つきも穏やかになり、笑顔を見せることも増え、部下を今まで以上にいたわるようになった。
　鄭成功がある屯田区へ巡視に訪れたある夜のこと。兵舎の方から月琴の音色と、兵士らの合唱する声が流れてきた。

やれ唐山懐かしや、黒水溝渡りゃ故郷だ
百合の蕾がもうじき開く、アイヨー・ウェイ……
娘はほんにべっぴんじゃ、アイヨー・ウェイ……
けれど俺らにゃ縁がない、アイヨー・ウェイ……

やれ唐山懐かしや、黒水溝渡りゃ故郷だ
山に登って川で遊んで、アイヨー・ウェイ……
兄さんほんに男前、アイヨー・ウェイ……
あたしらみんなぞっこんさ、アイヨー・ウェイ……

やれ唐山懐かしや、黒水溝渡りゃ故郷だ
あの娘の家に奉公し、アイヨー・ウェイ……
立派な家よと狙いをつけて、アイヨー・ウェイ……
後先考えずお婿入り、アイヨー・ウェイ……

やれ唐山懐かしや、黒水溝渡りゃ故郷だ
兄弟仲間みな詰めかけて、アイヨー・ウェイ……
子供のできたを祝われる、アイヨー・ウェイ……
子から孫へと血は続く、アイヨー・ウェイ……

　抑揚をつけながら連綿と響いてくる、哀愁を帯びた歌声が、鄭成功の胸に染み込んだ。長年に渡り馬上にあって戦場を闊歩してきた彼は、この時ついに、部下たちが背負う孤独感と、生まれ故郷から遠く離れた土地に身を置くもの悲しさを、はっきりと感じ取ったのだった。
　この夜以降、鄭成功は屯田兵たちが結婚し、家庭を持つことを奨励するようになった。彼らはみな単身、台湾に渡ってきている。年長の将官級の者は妻子を郷里に残してきている者も多かったが、若い兵卒は未婚の者がほとんどだった。「足に挟む卵は一つだけ」と彼らが自嘲するのを、鄭成功も耳にしたことがある。唐山では「親不孝に三つ有り、子孫を絶やすことこその最たるもの也」と昔から言われている。長年鄭軍に付き従い、戦場の野営地に寝泊まりしてきた彼らに、妻を娶り子を成すことなど望みようもなかったが、半軍半農の暮らしを営むようになってから、身を固めたいという願いが、諸兵の心に芽生えはじめていた。

鄭成功にはすでに複数の夫人がいたが、後に馬信、陳澤ら重臣と共に、オランダ人の若い女を新たな側室にした。その行動にはオランダ人に対する懲罰の意味合いが強く含まれていたが、彼らはそれを機に穏やかな生活を享受できるようになった。この夜になって、鄭成功は初めて気づいた。重臣のみならず、数万に及ぶすべての兵が、みなこうした暮らしを求めていることに。そこで、将官たちがフォルモサの漢人またはオランダ人の女を娶ることを勧めると共に、若い兵卒がフォルモサ人の女を妻に迎えることも黙認した。フォルモサ人は、漢人の間では土番などと呼ばれたりもするが、女たちの肌は白く、眉目秀麗で、容姿において漢人の女にも引けを取らない。それに纏足をされておらず、苦労を厭わないので、畑仕事に際しては有能な働き手ともなる。

いつしか将兵たちの間で、祝い事の報せが飛び交うようになった。

鄭成功には近年、これとはまた別の変化も見られた。かつての彼は、神も悪鬼も信じず、孔子や孟子など古代の賢者の思想を尊び、人間の手で成しえぬことは何も無し、との信念を持っていた。明国の知識人の多くがそうであったように、彼もまた、神仏の教えではなく、古代の先哲の思想を行動規範としていた。

五年前、鄭軍の船団が南京攻略を企図して北上中、羊山島沖にて嵐に見舞われた際、部下達は鄭成功に、神に祈りを捧げるよう求めた。一度は拒絶したものの、結局は不本意ながらも儀式を執り行った。不思議にも風雨はたちまちの内に収まった。が、海に投げ出された六人の妃と三人の子供は戻ってこなかった。この一件の後、鄭成功は信心深くなり、何につけ大事を為すにあたっては、香を焚き神に祈りを捧げ、伺いを立てるようになった。移動の道中、廟があれば必ず参拝し、自邸でも三太子《さんたいし》を祀っていた。

大船団が初めて台湾に至り、鄭成功が初めて台湾の土地を踏んだ際、彼が行ったことは二つある。鹿耳門水道の水深を測ることと、媽祖と土地の神に祈りを捧げ、加護を願うことであった。配下の兵たちはその光景を見て士気を高め、潮もなみなみと満ち、その機に乗じて一気に外海から台江内海へ入り込むことに成功したのだった。

上の者の行いに下の者は倣うもので、鄭成功が祀る神を兵士らも拝むようになった。内陸部の屯田区では土地公、三太子あるいは関帝〔関羽〕を奉祀する廟が建立され、海に近い屯田区では航海の守護神である媽祖廟が建立された。台湾が

「瘴癘《しょうれい》の地」と呼ばれるほどに疫病が猛威を振るう土地であることは衆知の事実であることから、医の神である保生大帝〔別名・大道公〕を祀る廟も、陳澤が北線尾に建てたものを手始めに、あちこちで建てられるようになった。

鄭成功は泉州の人であり、武官文官にも泉州出身者が多かったが、兵卒は漳州の者が多かった。そのわけはここ数十年来、漳州の月港が商業港として大いに栄えていたことから、船乗りや水兵が大勢いたためである。

鄭成功に付き従う漳州の水兵には、陳姓の者がことのほか多かった。彼らはみな開漳聖王・陳元光と、その配下の将軍である四大天王を信奉していたので、四大天王の一人である倪聖分将軍を祀る総趕宮という廟も建立した。このほか鄭成功は、赤崁地区の中で最も高く隆起した鷲嶺という場所にあった漢人の病院を徴収し、改築して玄天上帝廟とした。玄天上帝は明国の守護神として崇められてきた神である。

自分たちは神々に守られているのだと、鄭成功は部下たちに信じ込ませようと努めていた。まず味方に自信をつけさせ、しかる後一気にオランダ勢を追い払うというのが彼の戦略であり、意図した通りに運んでいた。オランダ人を殲滅するつもりはなく、ただ彼らがフォルモサから出ていきさえすればそれでよかった。これと合わせて、海外とゼーランディア城の補給線を断ち切る作戦を練った。

十月十九日の夜、鄭成功はジャンク船とサンパン船それぞれ十隻ずつに、土を盛った竹籠を満載し、北線尾へ運搬した。そして破格に大きな砲台を築き、十六門の重砲を設置した。砲身はすべてゼーランディア城北側の海を向いている。オランダ船がゼーランディア城と外海を往来するのを、完全に阻止するための措置であった。

鄭成功は強攻策に出ず、あくまでも降伏勧告を主体としていた。コイエットの側も、守りを固める方針に落ち着いていた。

ところが、少し前に鄭軍の補給船をオランダ側が阻止できなかったのと同じように、鄭軍もまたオランダ勢に同じことを許してしまった。十月二十一日、日本からパン、小麦粉、米や薪などの物資を輸送してきたオランダ号、ドゥ・フィンク号などの大型船が、ゼーランディア城に入港したのである。

こうして両軍、対峙したまま戦うことも和議を交わすこともなく、睨み合いが続けられた。

# 第六十四章

## 人の世

マリアが陳澤邸に来て七日目の夜に帰宅し、寝室の扉を叩いた陳澤は、その翌日またどこかへ出かけていった。マリアは気晴らしに何かをしようと思ったが、何をしたものか思いつかなかった。麻豆社で暮らしていた頃、彼女は父の仕事を手伝うために教会と学校のさまざまな雑務をこなし、授業を行い、暇を見つけては漢語を習ったりしていた。ただ、オランダの娘が必ず習う家事類は苦手だった。それに今は阿珠ら召使いが身の回りのことは何でもやってくれる。終日何もやることのない状況に、マリアはなかなか馴染めなかった。

心は自ずと戦況に向かった。もし赤崁にいたならば、砲声が耳に入りもするだろうが、ここは静寂に包まれている。

――もう私自身の身の上に何を期待するつもりもないけれど、ゼーランディア城にいるヘレーナとヘニカは、どうしているかしら。敵に包囲されながら過ごす毎日は、どんなにか辛いことでしょう。

それに比べ、自分が今置かれている環境はずいぶん恵まれたものだとも思われた。

陳澤が次に戻ったのは、二日後だった。夕食の際、黙々と食べ物を口に運ぶマリアに、陳澤は前回と同様、親切に料理を取り分けてやっていた。戦況について訊ねようとマリアは何度も思ったが、なかなか切り出せずにいた。すると思わぬことに、ほとんど黙っていた陳澤が自ら語り出した。

「この二日間私が留守にしていたのは、ゼーランディア城から大型船が一隻と護衛の船が二隻、外洋に出てきたためだ。私は部下に帆船でその後を追うよう命じた。その後護衛の船はゼーランディア城に戻り、大型船は南へ去っていった。噂によると、その船は二百人以上の婦女や子供を乗せてバタヴィアへ向かったそうだ」

それを聞くとマリアの心は慰められ、小さな声で礼を述べた。

――ヘレーナとヘニカも、その船に乗っているのかしら。

食事を終えてマリアが部屋に戻ろうとすると、陳澤も立ち上がり、いささか迷うそぶりを見せた後、別の部屋に入っていった。

その夜、マリアは寝床の上で何度も姿勢を変えながら、推察を重ねた。

——二人の内、少なくともどちらかは船に乗っているでしょう。以前ゼーランディア城から戻った父が、ヘニカが子供を身ごもっていると話していた。あれは確か五月の末頃だったから、もう四、五か月も前になる。もうだいぶお腹が大きくなっているはず。なのでヘレーナはわからないけれど、ヘニカはきっと乗船していると思う。順調に進めば十二月の初め頃にはバタヴィアに着く。子供は船の上で産むことになるのかしら。

この時、ふと思い当たった。自分が生きている間、二人の姉妹に会う機会は、もう二度と来ないであろうと。無論のこと、生まれてこようとしている甥あるいは姪の顔を見ることもないだろう。

——二人が本当にバタヴィア行きの船に乗っているなら、オランダへ帰れる日も、遠からぬ内に来ることでしょう。

マリアの脳裏にオランダの記憶、デルフトの記憶、そしてヤンとの思い出が次々に浮かび上がった。鼻の奥がむず痒く、枕に顔を押し当て、声を押し殺して嗚咽した。それはごくか細い声だったが、陳澤の耳にまで届いたらしく、すぐにマリアの部屋のドアを開けて入ってきた。ひどくうろたえた様子で、寝台の前に腰かけ、身体をマリアの方に傾けて、オランダ語で優しく声をかけた。

「マリアよ、愛しいマリア、どうしたのかね。何があった？」

マリアは驚き、起き上がろうとしたが、陳澤の身体がすぐ上にあり、彼の頰も耳元に触れそうなほど接していたので、身動きが取れなかった。愛しいマリア、という言葉を聞くとひときわ激しく泣きじゃくり、何でもない、と言う代わりに首を横に振った。

しかし首振りの意味をはかりかねた陳澤は、まるで雨にさらされた花のようなマリアの様子を見て心を傷め、とっさのことでオランダ語も口に出ず、やにわに布団をめくって、隣に潜りこみ、マリアを胸に抱き入れた。

「よい子、よい子だ。泣くのはおよし！」

マリアは突然抱きしめられ、どうしてよいかわからなかった。頰が陳澤の胸に触れ、両腕は弱々しく陳澤の背に垂れている。泣き声はいつしかすすり泣きに変わった。

すっかり泣き止んでからも、陳澤は身を離すのが惜しく、髪に顔を埋めながら強く抱きしめていた。

マリアが息苦しくなり身をよじらせると、陳澤も一度手を離したが、マリアに背中を向けられると、再び後ろから両腕を回し、包み込むようにして抱いた。マリアの身体の柔らかさと、温もりと、芳しさは、陳澤を初めて覚える陶酔に浸らせた。

　マリアの両手もまた、陳澤の腕をじっと抱いていた。

◆

　翌朝、マリアは陳澤の声で目を醒ました。空はまだほのかに光が差しはじめたばかりだったが、陳澤はすでに甲冑に身を包み、出立するところだった。

　目覚めると同時に、マリアの胸中に万感の思いがこみ上げた。甘くもあれば、苦くも感じた。

　——私は人の妻になったんだわ。

　ヤンの訃報に触れて以来、マリアは生涯独身を貫くつもりでいた。両親もその心情を汲み、誰かと結婚させようなどと考えたことは一度もなかった。妹のヘニカが彼女より先に嫁いだのはそのことも関係している。ところがちょうど三十歳になったこの年、運命のいたずらで、マリアもまたある男の夫人となった。

　彼女の胸を締めつけたのは、彼女を妻にした人間がヤンではなく、オランダ人でも、はたまたヨーロッパ人でさえもなく、あろうことか敵方の漢人だという、夢想だにしたことのない事実だった。この屋敷に迎え入れられた日から、己れの定めを見越してはいたが、それが厳然たる事実となった今、再び気分が落ち込んだ。

　慰めは陳澤が善人で、かつ自分を真心から愛してくれていると感じられることだ。「戦利品」として敵の手に落ちながらも、このような巡り合わせになったのは好運だと、よくよく承知していた。少なくとも陳澤は自分を戦利品などと見なさず、丁重に接してくれている。この屋敷に来てからは、まるで貴族の主人のような待遇を受けている。マリアはこのことに感謝していたし、それゆえ陳澤に対して敵意を持つ気にはなれず、むしろ好意さえ抱きはじめていた。

　昨夜陳澤が寝入った後、マリアは初めてその容貌をまじまじと眺める機会を得た。それは彼が確かに武人であることを、ありありと示していた。浅黒く灼けた肌。長年風霜に耐えてきたことを表す両眼の窪み。顔の輪郭は柔らかいが、凜々しさもある。左の耳には、唐山にいた頃に受けたものであろう、小指ほどの長さの古い刀傷が刻まれていた。

　にわかにある疑問が浮かんだ。陳澤は漢人たちが唐山と呼ぶ土地に、妻子を持っているのだろうか？　この屋敷に来てからもう十日余りが経つが、自身と陳澤以外には召使いしかいないせいもあり、ずっとこの点に思い至らなかった。

――彼の年齢からいって、夫人がいないとは考えにくいわ。……どうであれ、私の運命は今のところ、カサンドラよりも遙かに恵まれている。トロイア王女であるカサンドラは、ギリシア連合軍との戦争に破れてから、敵の大将アガメムノンの妾にされるけれど、その前に敵将である小アイアースによって辱めを受けた。しかもその後アガメムノンとカサンドラは、その間に生まれた二人の子もろとも、アガメムノン夫人とその情夫によって殺されてしまうのだから。私は好運だわ。出会ったのがアガメムノンでなく、英雄アキレウスともいえる人物だった。しかもこの東方のアキレウスは、運気も人柄も、ギリシアのアキレウスに勝っているかのよう。私はきっとこれから先も、カサンドラ以上の人生を送れることでしょう。

マリアは黙禱し、神がまだ自分を見放していないことに感謝を捧げた。

何日か前、マリアは西洋式の暦を作った。屋敷には漢人が用いる暦しか置いていなかったためである。それでこの日は日曜日、神に祈りを捧げる日であると思い出した。

――もう二度と教会へ行く機会もないでしょう。

失意を覚えながら、寝台近くの窓に向かって跪き、神に向けて教会へ行けないことへの赦しを乞い、また今後も自分を守り導いてくれるようにと祈った。

# 第六十五章

## 天上

早朝に甲冑姿で出かけた陳澤は、その日の夕方に戻った。蹄の響きを耳にして、マリアは門口まで迎えに出た。陳澤はその様子を見て喜びを露わにし、ねんごろにマリアの手を引いて邸内に入った。

ところが、もはや居ても立ってもいられないという面持ちで、マリアから「父と弟は、今どこにいるのですか」と訊ねられると、うろたえた顔を見せ、うつむいてひととき考えてから、その手を握って答えた。

「私は明日公務があり、どうしても時間を割けない。が、明後日の朝、そなたをご父君と弟の下へ連れていくと約束しよう。それまではこの件について、何も訊かないでくれ」

　そんなにも早く父と弟に再会できる日が来るとは思いもしていなかったので、マリアは小躍りせんばかりに喜んだ。何も質問しないようにと求められたのが、いささか引っかかったが、先んじてそう言われた以上、疑問のすべてを腹の内に収めておくよりほかになかった。

　その晩、陳澤とマリアは遅くまで話し込んだ。陳澤はマリアの生い立ちや家族についてより深く知り、何斌の邸宅で福建語を学んだことも知った。陳澤はマリアに、自分がなぜオランダ語を話せるかについて話し、船乗りとして大員、マニラ、バタヴィア、マカオなどを駆け巡っていた頃の話をした。お互い母語を相手に理解してもらえる喜びも手伝い、話は尽きなかった。

　話が陳澤の過去に及んだ時、マリアは「子供は何人いるの」と試しに訊いてみた。

「子はいない。が、故郷に妻がいる。結婚してもう二十年になる」

　しばし沈黙が流れた。気まずい気配を先に破ったのはマリアの方で、単刀直入に訊ねた。

「国姓爺様には、何人のお妃様がおられるのですか？」

「……知っておったのか」

　マリアの瞳に赤みが差していく。

「国姓爺様は、そなたの妹によくしてくださるものと私は信じておる。心配無用だ」

「けれども噂では、幾人もの夫人をお持ちですとか」

　クリスティーナは、国姓爺様の新しい玩具に過ぎないのでは？　そんな言葉が喉元までせり上がったが、やっとの思いでそれを呑み込んだ。

　陳澤は急に厳めしい顔つきになり、語気に重みを持たせて言った。

「私は国姓爺様の部下である。主君に対して私見を述べることは許されぬ。……しかし、知っておくがよい。あのお方は強い威風をたたえ、常に強気で、時にむごいこともなさるが、その実は一人の不幸な若者なのだ。そなたも、いずれ少しずつわかってくるかもしれぬ。

　元々、正室であられる董夫人のほかに六人の側室をお持ちであった。ところが四年前の出征中、嵐で船が沈没し、不幸にも六人の夫人と三人のご子息は、全員が海中にてお亡くなりになってしまったのだ。国姓爺様は遺体を前にされた時、長い間一言も言葉を発さず、やがて笑っておられるとも、泣いておられるともつかぬ声音で、『埋葬せよ！』とだけ命じられた。ああ、そのお顔の痛ましさといったら……」

この話はマリアにとって初耳だった。陳澤の話にじっと耳を傾けている。

「翌年にも北伐が行われたが、あと一歩というところで勝利を得られなかった。恐らく戦場に身を投じることで、傷ましい記憶を忘れようとされたのだろう。今年五月、赤崁城を攻め落とした後に国姓爺様は桑哥という漢人の大商人の娘を娶り、最近になって、クリスティーナ殿を妃に迎えられた。

あのお方の身の上にはほかにも多くの不憫な事柄がおありなのだが、私が言っておきたいのは、国姓爺様はずいぶん前から、そなたの妹君に好意を寄せておられたということだ。そなたに対してもな。憶えておるだろう、かつてそなたら姉妹に一対の白玉の腕輪を下賜されたことを？　漢人の習いでは、未婚の娘に腕輪を贈ることには特別な意味がある。それは大概、結納品として贈られるものなのだ」

そう聞いて、マリアは驚きのあまり言葉も出なかった。思い返せば、家族みなで鄭成功に謁見したあの日、鄭成功が自分と妹を初めて見た時の表情には常ならぬものがあったため、怪訝な印象を抱いたものだった。

「あるいは国姓爺様は、もしそなたらを二人ともご自身の妃に迎えたとしたら、眉をひそめて非難する者も出てくると案じられ、そなたを私に賜ることにしたのかもしれぬ」

陳澤はそう言ってからマリアを懐に抱き寄せ、マリアには聞こえぬ声で「国姓爺様のお計らいに、私はいたく感謝しておる」とつぶやいた。

そしてマリアの豊かな髪を撫でながら言った。

「私はあのお方にも、家族と暮らす喜びを感じていただきたいのだ。さすればあの火のようなご気性が、少しは和らぎもするだろう。それはそなたらオランダ人にとっても、我々配下の者にとってもよいことだ」

マリアは何かしら合点がいったかのように、黙ってうなずいた。

◆

二日後の早朝、陳澤は約束通り牛車にマリアと阿珠を乗せ、自らは馬に跨がり、数人の護衛を連れて出発した。護衛は陳澤の前を歩き、後ろを牛車がついていく。出発に先立ち、どこで父と弟に会えるのかとマリアが訊ねたが、陳澤は表情をこわばらせて答えなかった。マリアはいぶかしく思いつつ、そのまま牛車に乗り込んだ。

新港社の方角へ進んでいるのにマリアは気づいていた。しかしいよいよオランダ人やフォルモサ人が暮らす集落に近づいた頃、隊列はなぜか集落とは逆の方向へ進路を変えた。徐々に道幅が狭まってゆき、辺りは荒涼としていく。渓流のせせらぎが聞こえてきた。ある所で陳澤が馬を止め、マリアも陳澤に手を支えられて車を下りた。起伏の激しい地形で、その先には道もなく、葦が見渡す限りに茂っている。秋風が吹く度にざわざわとなびく。寂寞とした気配のなか、マリアの身体は震え出した。

陳澤はそんなマリアの様子を見て、何か言葉をかけようとしたが、黙ったまま身を翻し、片手でマリアの手を引き、もう片方の手で葦をかき分けながら、道ともつかない、以前誰かが踏みしめた跡を進んだ。ゆっくりと斜面を下っていく。水流の音にますます近づく。何が起きたのか、おおかた察しのついたマリアは顔面蒼白で、震えが止まらず、両足の力が抜けたようにその場にへたり込んだ。陳澤も何も言わず、その傍らにしゃがみ込んだ。マリアの瞳から涙が溢れ、嗚咽し出した。「ど……どうして。一体どうして、こんな事に……」と絞り出すようにつぶやきながら。

陳澤はマリアの手を握ったまま、事情を説き聞かせた。その声もまた震えていた。

「マリアよ、私も遺憾でならない。これはいわば過失と呼ぶべきものだったからだ。国姓爺様は一度怒りに火が点くや、見境を失ってしまわれる。林将軍が刺殺された日の夜、浴びるように酒を飲まれた上で、オランダ人をいかに処遇するかを名簿に書かれた。赤崁にいる者は測量士と医師を除き、すべて台湾から退去させること。赤崁の外にいる男はすべて処刑すること、とな。この時あのお方は、ご父君と弟君がその少し前に諸羅山へ移り住んでいたことを忘れておられたのだ。後にこの過ちに気づかれ、ただちに早馬を差し向けて執行を中止しようとしたが、紙一重の差で間に合わなかったのだ。

ご父君がムス氏ら三人の牧師と共に処刑されたのは、彼らが牧師だったからでなく、単にその時赤崁にいなかったことによる。赤崁にいたレオナルダス牧師が処刑されていないのがその証拠だ。付け加えれば、五月末にご父君がゼーランディア城でなさったこととも無関係だ。もし国姓爺様がその件でご父君を罰しようとされたならば、九月まで延ばされるはずがないし、ほか三名の牧師を同時に処刑して、レオナルダス牧師だけ生かしておいたことの説明もつかぬだろう。運命は、時としてかくも理不尽なものだ……」

陳澤はきわめて真摯に、ずっと首を横に振りながら啜り泣いているマリアに語る。

「国姓爺様は口を閉ざしておられるが、内心ひどく後悔なさっているはずだ。あのお方が癇癪を起こして極端な振る舞いをなさったのは、決してこれが初めてではない。数年前にも施琅将軍の父君と兄君が、そうして処刑されてしまった。似たようなことはこの先も起こるだろう。あのご気性は、ご自身の生い立ちや来し方とも深く関わっている。家族の温かさを存じ上げぬ、辛い境遇であられたのだ。前にも言ったように、部下である私が、軽々しく評価などすべきでない。しかし私はあのお方に同情の念を禁じ得ず、同時に尊敬申し上げてもいる。あのお方は、両極端なお人だ。剛毅にして意志の強いこと世に稀であるが、短気で衝動的なさまもまた、たぐい稀なものだ。あるいは英雄と呼ばれる人間は、このような極端さがぶつかり合ってこそ生まれるものなのかもしれぬ」

陳澤は眉間に皺を寄せ、深い悲しみを帯びた声で語り続ける。

「私がご父君の訃報に接したのは、そなたが私の屋敷に来る前日のことだった。どれほど狼狽したことか！　私はただちに処刑の執行人らを呼び寄せた。その者らは、ハンブルク父子処刑の命令はその後取り消されたが時すでに遅く、天命だったと考えるしかない、と言った。その後その場所を案内させ、そこの川のほとりに、牧師殿と弟君のご遺体を見つけたのだ。私は心得のある者に頭と胴体を縫い合わさせ、身に付けておられたものも元通りにしてさしあげた。そしてそなたが輿入れした日の翌日、お二人を埋葬するため再びここに来た。幸い私はキリスト教徒が死者をいかに葬るかある程度知っておったので、我らが『紅毛土』と呼んでいる、焼いた石膏に水と砂を混ぜたものを用い、漢字の十の字の形をした墓標を二つ、部下に作らせた。私が三日間家を空けていたのはこのためだ。それに、そなたに合わせる顔もなかった」

兵士が二束の花と果物を持ってきて、墓前に供えた。マリアは墓に向かって両手両膝をついたまま、周囲もはばからずにむせび泣いている。陳澤は煙をくゆらせている三本の香を両手に捧げ持ち、三度拝礼し、マリアの隣に跪いて黙禱した。

——牧師殿、我が舅殿。それがしは貴殿のご令嬢を、これより全力をかけて守ってゆきまする。オランダと我が国の間に戦が起きたことは遺憾でなりませぬが、これも抗いえぬ運命でありましょう。しかしやがて、衝突が過去のものとなる日が必ず来ます。マリア殿とそれがしはすでに家族となり、この先二度と敵同士になることはございませぬ。牧師殿、なにとぞマリア殿をお守りになり、私たち二人を祝福してくださりませ。

風が葦原に蕭蕭と吹き渡り、淀みなき水が流れていく。猛将陳澤も、この時は一心に、愛する女のために祈りを捧げていた。

# 第六十六章

## 聖母

父と弟の墓から戻ってすぐ、マリアは寝室に閉じこもり、三日経っても出てこなかった。気を揉んだ陳澤が、阿珠に食事を部屋へ届けさせた。しかしマリアは一切それに手をつけず、水さえもろくに飲んでいなかった。

脳裏には父との思い出が渦巻いていた。一家全員でデルフトからフォルモサに移住したのはもう十四年も前になる。それ以来一度もオランダに帰らなかった。十四年間、父はいつであれ品行方正に振る舞い、かつ献身的に働いたため、民族の別を問わず、あらゆる人から尊敬されていた。その生涯の締めくくりが、あのような形であってよいものか！

輪をかけて哀れなのは、無辜の弟ピーテルだ。麻豆社で生まれ、フォルモサで育った。オランダ語も一応は話せるが、シラヤ語のほうがずっと達者であり、オランダ人というよりもフォルモサ人と見なすほうがしっくりくるほどだった。彼にとってオランダは未知の土地だった。十一歳になったばかりの、まだ世事にもうとい少年が、ただ両親がオランダ人だというだけの理由で殺されてしまったのならば、道義は一体どこにあろう！

マリアは心底、鄭成功を憎んだ。妹を奪っておいて、その上父と弟を殺害するとは。陳澤は誤解によるものだと言っていたが、そうかといって許せるものでは到底ない。マリアは面と向かって話したことがあるので、その英明さをよく知っていた。いかに癇癪持ちとはいえ、ものの理を忘れるはずがない。それなのに、なぜ父と弟は殺されねばならなかったのか。

ふと、以前下賜された翡翠の腕輪のことを思い出した。今まで一度も身につけたことがなく、そうしようとも思わなかったので、ずっと行李にしまい込んである。

マリアは何事か思い立ったように行李を開けた。腕輪を見つけると、それを高々と掲げ、力任せに床に叩きつけた。腕輪は四方八方に砕け散った。ついで「瑪利婭」と刻印された田黄石の印鑑を取り出し、同じく床に投げつけようとした瞬間、

――これには自分の名前が彫ってある。自分を壊すことになってしまうわ。

そう思い至り、一度は高く振り上げた手をゆっくり下ろした。

無残に散らばった破片を見下ろしている内に、マリアは我に返った。そして、平素つとめて冷静な自分が、突発的にこんなにも乱暴な挙動に出てしまったことに呆然とした。

――もしかしたら国姓爺が私の家族を殺すよう命じた時も、さっきの私のようであったのかもしれない。

いくぶんか怒りはやわらぎ、再び過去の出来事が思い起こされた。鄭成功が父に礼節をもって接していた点については、認めないわけにいかなかった。ことに父がゼーランディア城で彼の意思に背き、徹底抗戦を訴えたことが判明してからも、鄭成功はそれを罪に問わなかった。この度の怒りが、投降したオランダ兵が林将軍を闇討ちにした裏切り行為に発しているのは確かだと思われた。

――敵に降った後でその敵を襲って殺すことは、戦場では正当な行為とされるのかしら、それとも非道な振る舞いなのかしら。

戦争における倫理がどういうものであるか、女の身であるマリアには想像し難かった。

「背中から斬りかかるなど、公明正大な行いであろうはずがない。しかも、一度降伏した兵が将を殺すなど！　国姓爺様のお立場から見て、それは謀反と暗殺が合わさった重大な罪だ」

陳澤はそう言っていた。先に罪を犯したのがオランダ人である以上、鄭成功がオランダ人に報復するのを咎めることはできない、と主張する彼に対して、マリアもつい言葉を返した。

「たとえその兵士の行いが正しくなくても、報復の度が過ぎておりますわ。その男だけを捕まえて罰するべきで、恨みを晴らすために関係のない大勢のオランダ人を殺すなんて、あまりに残忍です！」

「下手人は海へ飛び込み、ゼーランディア城へ逃げ戻った。今そやつをかくまっているのは誰であるか。コイエットはそやつを我々に差し出したかね」

陳澤は苦々しく唇を噛んだ。そして、自分に聞かせるかのようにくぐもった声でつぶやいた。

「戦争とは本来、無情で醜いものなのだ。誰しもひとたび戦場に出れば野獣のようになり、残忍な所業も平然と為すようになってしまう」

この返答は正鵠を射ており、マリアの心の過敏な箇所を突き刺した。

当初有無を言わさず連れてこられたマリアに対して、陳澤がずっと誠実に接してくれていることに、マリアは感謝の念を抱いている。正室に対するに等しい礼をもってもてなし、ねんごろに面倒を見、父と弟を心を込めて供養してもくれた。おかげでマリアは尊厳を保ったまま暮らすことができている。しかしその反面、オランダ軍を敗退させた敵の将がこの男であることも、意識しないわけにはいかなかった。彼の両手にはペーデル大将を始めとする同胞の血がこびりついているかのようにさえ感じられた。陳澤がマリアに対し何かしら親密な動作を見せる度、マリアの内面では心地よく甘美な感覚と、罪悪感とがせめぎ合った。戦死していった同胞たちや、今なおゼーランディア城を堅守している同胞たちを思うと、ひどく気が咎めた。

マリアはこもごもの思いが心の中でもつれ合い、どこから整理をつけたらよいものか見当がつかなかった。陳澤はそんなマリアの煩悶も知らず、言葉を足した。

「残忍というのはな、国姓爺様がかつて唐山におわした頃になさったことをこそ言うのだ。虐殺も一度や二度では済まず、その都度万にも上る無辜の民の命を奪ったものだ」

マリアは怒鳴るように言い返した。

「あなたは、あなたの主君が私たちに対してしたことが、残忍とは言えないとおっしゃるのですか⁉」

温厚な陳澤も、その剣幕に思わずつられて声を張り上げた。

「ならば九年前の郭懐一の乱の時、オランダが行った漢人への殺戮はどうなのだ！」

そう吼えた後、マリアの悲嘆はただ父と弟がいわれなく殺されたことによるのだと思い起こして同情を抱き、すぐに吐いた言葉を取り消して、部屋を出ていった。

しかし一喝されたことで、マリアには胸にストンと落ちるものがあった。以前ドロゴ社での討議中に老兵が語った、オランダ人がかつてマラッカを守るポルトガル人に対して行った無差別殺人や、イスパニヤ人がルソンの漢人に対して行った大虐殺の話も思い出された。「勝者がすべてを支配する」それが戦争の本質であると、マリアはこの時、はっきりと悟った。

——ならば、私が敗者の側に立たされることになってしまったのはなぜ？　オランダは今、世界中で最も豊かで最も強い国だというのに、ここフォルモサではなぜ、こうも敗戦を重ねているの。

陳澤が戻り、マリアと黙って向かい合った。そしてどこから か持ってきた、細かい装飾の施された小箱をマリアに手渡した。マリアが蓋を開けると、なかにはマンゴーの実ほどの大きさの、象牙の聖母マリア像が収められていた。漢人のキリスト教徒の手によるものか、どこか東洋的な顔立ちをしており、きめ細やかに彫り込まれていた。マリアは初めて笑顔を浮かべ、目を輝かせて彫刻に見入った。陳澤は一語一語を噛んで含めるようにして語り出した。

「これは私が昔船乗りをしていた頃、マニラで購ったものだ。当時は単に、精巧な彫り具合が気に入っていた。私はキリスト教徒でないが、この柔和な顔を眺める度に、穏やかな気持ちになれたものだ。それで今までずっと大切にしてきた。まさか十年以上も経ってから、マリアという名の娘と夫婦《めおと》になるとは、あのころ夢にも思わなかった。我々漢人は『縁』というものを強く信じている。そなたと私を縁で結んでくださったことについて、私は我々の神にも、そなたらの神にも感謝せねばならぬ。オランダ語にもこれと似た言葉があるかね」

「知っておりますわ。それはきっとdestinatie〔運命〕でしょう」

マリアはうなずきながら答えた。聖母像に心を奪われているところへ、情け深い言葉をかけられて感極まり、陳澤の手を強く握りしめた。陳澤はマリアを懐に引き寄せ、不安げな声で言った。

「オランダ人はカトリック教徒ほどマリアを崇めていないとは、私も知っておるのだが……」

「関係ありませんわ、私はとっても気に入りました」

「ならばよかった。明日、私は国姓爺様にお伺いしてみようと思う。以後は第一線を引かせてもらい、守備固めに専念させていただけないかとな。城攻めについては、ほかの者に軍功を立てる機会を譲るつもりだ」

マリアは陳澤の言葉から、彼の心のまことを見出した。彼女は陳澤のすべてを受け入れようと決めた。それ以来、象牙の聖母マリア像を、肌身離さず持ち歩くようになった。

◆

十一月に入り、戦況にいささか芝居じみてさえ見えるような変化が起こった。第三者であった清国が介入してきたのである。

九月の末から、鄭成功はゼーランディア城への攻撃をかけることを止め、包囲と、援軍および補給の遮断に徹していた。孫子のいう「戦わずして人の兵を屈する」を目指し、最少の代価により、敵が自ら降伏してくるのを待った。いずれは城内の水と食糧が尽きる。来年の春までは持ちこたえられまい、と見ていた。

しかしオランダ勢は、粘り強く、機転を利かせて抗い続けた。二百名ほどの女性や子供を乗せた船が包囲を脱してバタヴィアへ発ったのは十一月初めで、これにより水と食糧の消費がだいぶ浮くようになった。

十一月六日、コイエットは清の閩浙総督・李率泰からの書簡を受け取った。オランダと力を合わせ、共通の敵である鄭家を打倒したいというもので、それを知った兵士たちは大いに喜び、奮い立った。

それには、あたかも天が糸を引いているかとさえ思わせるようなきっかけがあった。先の海戦でひどく損傷を受けながらもどうにか難を逃れたハッセルト号とアンケフェーン号は、嵐を避けるため対岸の福建へ移った。港にて、船長が船上から李総督の姿をみとめると、下船して多額の金銭や数々の珍しい物品を進呈すると共に、お互いに連携して鄭軍に立ち向かわんとの提言を行った。李総督は、船長らが意外に思うほど快く賛同を示し、七千の清兵を派遣しようと申し出た。

ただし、それには条件がつけられた。李率泰は算盤勘定に長けた男であった。彼はオランダ側に対し、その前にゼーランディア城から福建へ派兵することを求めた。先に鄭家の拠点である廈門を力を合わせて攻略しようというのである。その策は戦略上、理に適っていた。根元を断つことに成功すれば、フォルモサの遠征軍はたちまち浮き足立つに相違なかった。

しかしコイエットにとってこの要求は難題だった。城内の兵力は遠征軍を相手にするだけでも不足しているのに、この上兵を割くなどできようか。だが李率泰の提案は、オランダ勢の食指を動かした。評議会は条件の受諾を決めた。そしてオランダの威光を清国にしかと見せつけるべく、コイエット自ら数百の精鋭を選り抜き、最上の船舶に大量の武器、糧食、その他補給物資を積み込んだ。少し前に「退却船の船長」に志願しながらもなり損ねたカーオウが、清蘭連合軍の蘭軍司令官という栄誉ある役職に抜擢され、ペーデル大将の息子であるウィリアム・ペーデルも、通訳として同行することになった。

十二月三日、精鋭揃いの援軍は威風堂々と出航した。ところが、前に澎湖に長逗留してコイエットの恨みを買ったカーオウは、今回も予想しえない行動に出た。なんと艦隊を廈門ではなく、彼が朝な夕な懐かしんでやまないバタヴィアへ向かわせたのである。

憐れなコイエットと籠城勢は、この背反事件により、兵士、船から武器糧食に至るまで、ごっそりと失うことになってしまった。むろん李率泰の七千の援軍も絵に描いた餅に終わった。

「バタヴィアから派遣されてくる者は、どいつもこいつも役立たずばかりだ。かえって事態を悪化させてくれる！」

コイエットは忌々しそうに拳を振り上げ、机を叩いた。城内の士気はどん底まで落ちこみ、逃亡者までも出はじめた。

彼らにとってさらによくないことに、オランダと清の結束を察知した鄭成功が戦略を練り直し、それまでの消極策を捨て、積極的に攻勢をかけるべく準備を始めていた。

◆

同じ頃、マリアは自分が身ごもっていることに気がついた。陳澤はそれを知るや、躍り上がって喜んだ。四十四になるまで子宝に恵まれたことのない彼は、自分が父親になるのだという思いを初めて噛みしめた。

マリア自身の心境はといえば、嬉しさと戸惑いが半々だった。母親になった女性が等しく味わう喜びをマリアももちろん感じていたが、この出来事はまた、将来オランダ人たちの世界に戻る可能性が完全についえたことをも意味していた。それを思うと気分は沈み、寂しさが胸に押し寄せた。

マリアはこれまで、母以外の妊婦に深く接したことがあまりない。そのなかの一人はウーマで、彼女が妊娠していた頃の様子を思い出そうと努めた。最後に別れを交わしてからもう何か月も経つ。麻豆社の風景が、次々に脳裏に浮かんでは消えた。

第九部

一六六二年

# 運命

# 第六十七章　終戦

戦局は急転直下の展開を迎えた。

ラディスというドイツ人の将官がゼーランディア城から逃亡して鄭家陣営に身を投じ、城内の状況をこと細やかに鄭成功に知らせたのである。彼は鄭成功に重用され、華麗で上等な漢服を身に纏い、侍従を連れて歩く身分になった。この老将は豊富な戦闘経験を持ち、かつゼーランディア城の地形上の特徴を鄭軍の者よりも遥かに深く理解していた。

ラディスの提言を受け、鄭成功は廈門から届いたばかりの大砲と弾薬で、ゼーランディア城の近くに築かれているユトレヒト砦に向けて、一日の内に実に二千五百発もの砲撃を行い、これを全壊させた。また第一線から退いていた陳澤に再度自船を率いさせ、ゼーランディア城に迫り、城外に停泊していた三隻の小型艦を焼き払った。

それは一六六二年一月二十五日のことであった。

ユトレヒト砦は海沿いのやや隆起した場所に築かれ、城壁は大人の男の背丈ほども厚みのある、極めて堅固な造りであった。鄭成功は猛烈な火力をもってそれを打ち砕き、同時にオランダ人の気力をも打ち砕いた。これだけの砲弾を浴びても守備側の死者は至って少なく、十人にも満たなかったが、兵たちは戦意を喪失し、敵前逃亡する者が後を絶たなかった。多くの犠牲者を出したのはむしろ鄭軍の方であった。ユトレヒト砦を放棄する際、オランダ兵らが爆薬の罠を仕掛けたためである。

◆

ともあれ鄭軍は小高い丘にあるユトレヒト砦を占領した。鄭成功が次にどう出てくるか、オランダ側には明白だった。高低差を利用し、その位置から三十六ポンドの大砲をゼーランディア城のアムステルダム稜堡とヘルダーラント稜堡の間の城壁に放ち、大穴を空けようとするに違いなかった。

そこでコイエットは兵士たちに急いで補強工事を行わせた。彼らは何日も夜を徹して帆布をヘルダーラント稜堡の盛り土の上に積み重ねたり、堤を修繕したりした。

ファン・イペレン評議員は疲労困憊の兵士たちを鼓舞しよ

うと思い、仕事の後で全員に酒をたっぷり飲ませてやると言った。しかし兵士らの回答は、もしこの仕事をやらなくてもよいなら手持ちの酒を指し出してもかまわないというものだった。

一月二十六日、再び鄭成功から降伏勧告書が送られてきた。冒頭には今までと同じく

「この土地は汝らの所有地にあらずして、前大師が兵を鍛錬せる場であった。今藩王〔鄭成功の自称〕が来たるはこれを取り戻すためなり」

と書かれ、続いて初めは融和的に、その後威圧的に、降伏を迫っていた。

「祖国から遠く離れた此の土地にて、汝らいずくんぞ永らえん。藩王は遠きを懐柔せしとの心にて、危害を加えるに忍びなく、一つの退路を提示せり。倉庫の物には手を付けてはならぬが、そのほか私有の珍品宝玉の類はすべて持ち帰ることを許す。もしこの上頑迷に勧告を受け容れぬならば、明日我が軍は山海を囲み、油、薪、硫黄、柴を山と積んで総攻撃をかける。船を壊され城が破れてから後悔しても間に合わぬ」

コイエットは吐き捨てるように言った。

「オランダ人は負けていない！　我々は二人の外国人に売り飛ばされたのだ。漢人と、ドイツ人に」

そして議会に再戦を求めたが、ほかの議員たちの心はすでに冷め切っていた。翌二十七日の評議会にて投票が行われ、二十五対四で降伏が決議された。コイエットも従うよりほかなく、九か月に及ぶ包囲戦は、かくして締めくくられることとなった。

# 第六十八章　締結

「マリア、戦争は終わった！」

甲冑姿で出かけていったあの日以来ずっと戻らなかった陳澤は、帰宅するなりマリアにそう告げた。

「一昨日、大砲の音が一日中鳴り響いておりましたわ」

とマリアは無表情で答える。陳澤は彼女が死傷者のことを心配しているのだと察し、急いで言葉を継いだ。

「心配せずともよい。オランダ方の死傷者は少なく、それに国姓爺様は今回、必ずや仁義を尽くされる」

陳澤は、寝返ったドイツ人が鄭成功にゼーランディア城の守りを破る方法を建議したところから、ユトレヒト砦を砲撃したところまで話して聞かせた。

「我らは砲撃前、わざわざ旗を掲げて、攻撃を始める旨を相手方に知らせた。あれは実に強固な砦でな。城壁の厚さといったら、大人が両腕を伸ばした長さほどもあった。しかし我らは大砲のなかでも最大の、三十斤の大砲を六時間も打ち込み続け、ついに壁を撃ち抜いた！　その後、三十ばかりの守兵がゼーランディア城へ撤退していく間、国姓爺様はお情けをかけられ、砲撃を停めて彼らを安全に退避させてやった。それに今朝、私が部下を引き連れて三隻の小型船を焼き払った時にも、我らは船内にいた者を殺したりせず、彼らが城内に戻るのを見逃してやった。……しかし、だ」

陳澤の口調は、急に憤りを帯びた。

「オランダ兵は我らに対し、卑怯で姑息な罠を仕掛けていった。撤退前、奴らは砦の地下室に大量の火薬樽を隠し置いていた。そしていかなる手を用いたか知れぬが、我らが入った後に、大爆発を起こしたのだ。三人の将軍と五十もの兵が死に、馬信都督も危うく巻き添えになるところだった。運よく都督殿は、国姓爺様が開かれた宴に赴いていたので難を逃れたのだ。

……幸い、国姓爺様はこの件でお怒りにならなかった。少し前と比べ、オランダ人に対してずっと寛大になっておられる」

陳澤はこの日、珍しく雄弁だった。

「あのお方は遠からずオランダが降伏してくると察してか、二日ほど前からすこぶる上機嫌であられた。昨日の朝方には、オランダ人たちの目の前で、弓と騎馬の技芸をご披露なさったほどだ。

百《ひゃっ》歩《ぽ》穿楊《せんよう》という言葉を聞いたことがあるかね。百歩離れた距離から柳の葉を射抜くという意味で、弓術の達人を喩えて言う。

国姓爺様が披露なさった技は、その比喩さえも凌ぐほどに見事なものだった。まず初めにマイ殿を伴い、平坦な海辺へ赴かれた。小姓が二尺ほどの木の棒を三本、十丈〔約三十メートル〕ほどの間隔をおいて砂に立てた。それぞれの先端には小さな輪が取り付けてあり、輪の内側には銀貨ほどの大きさの赤い紙が貼られている。これが的になるわけだ。

国姓爺様は腰の矢筒に矢を三本だけ差して、馬に跨がられた。五十丈から六十丈ほども進んでから馬に鞭をあて、加速する馬上から、一つめの的を狙って矢を放ち、命中させた。そのままいささかも速度を緩めず、二つめと三つめの的も見事に射抜かれたのだ！

さらにその後、もう一遍まるまる同じ芸当をご披露され、すべて成功させた。それから馬を下りてマイ殿に、『見たか。そなたも同じことが出来るかね』と訊ねられた。マイ殿は『到底無理でございます。私どもは鉄砲の撃ち方を習いますが、弓については手にしたことさえございません』と答え、こうも言った。『ですがオランダの貴族は、今のに少し似た遊びをいたします。あれと同じくらいの小さな輪を糸に吊るし、長槍を手に、馬を思いきり走らせて、槍で輪を突き通そうとするものです』と。

国姓爺様はすっかり興が乗ったと見え、傍らにおられた黄安将軍にも、騎馬の技を披露するようお命じになった。将軍はすぐ馬に飛び乗り、同じく五、六十丈ほど進んでから馬を全速で走らせ、見物するオランダ兵らの近くまで来ると、手綱から両手を離し、右足を鐙《あぶみ》から外して馬体の左側に回し、左足だけに全体重をかけたままで直立してみせた。さらに左手だけで手綱を握ったまま、見物人らに向かい恭しく礼をした。馬が二十丈ほども駆ける間、ずっとそのままの姿勢を保っていた。馬は終始、飛ぶように駆けておったよ。

しかしなんといっても、国姓爺様の美技に、私は心底感嘆させられた！　書生のご出身でありながら血の滲むような鍛錬を重ね、『百歩穿楊』をも超える、神がかった腕前を身に付けられたのだから」

マリアは武術にさほど興味がなかったが、マイの名を聞くと目を見開いた。

「今、マイとおっしゃいましたか。あの測量士のマイ氏ですか。彼は今もまだここに？」

「うむ。彼は国姓爺様がコイエットと和議を進める上で、主な通事として働いてくれている」

「私はてっきり、彼もファレンティン氏と共に去ったものと思っておりました。国姓爺様はマイ氏を深く信頼なさっているのですね。彼がいれば、和議も上手くいくかもしれません。国姓爺様の出される条件が、あまり厳しいものでなければよいのですが」

「心配無用だ。私の知る限り、あのお方が敵に対してこんなにも寛大なことは滅多になかった」

陳澤が別室へ引き上げてから、マリアの心にこもごもの感情が湧いてきた。

――ゼーランディア城の人々は、本当に降伏したのね。オランダ人は三十八年間も治め、経営してきたフォルモサを放棄して、永久にここを去ることになるのだわ。

　マリアはお腹を優しくさすった。そのなかには、まだ三か月ほどの小さな生命が日々育っている。その身体には、オランダ人と漢人の血が半分ずつ流れている。オランダ人たちはやがてこの土地を去り、彼女はたった独り、漢人の社会のなかで生きていくことになる。自分の人生は新しい世界に入っていくように思われた。

　そこまで考えて、不意に、くすりと笑った。

――今だって、とっくに独りで生きているじゃない。これ以上何を恐れるものがある？　それにしても、クリスティーナはどうしているかしら。国姓爺は優しくしてくれているでしょうか。新しい暮らしには慣れた？　もしかしたら彼女ももう、子供を身ごもっているかもしれない。

　ウーマやチカランら、フォルモサの人々の顔も次々に浮かんできた。

――これから先、彼らは「台湾人《タイオワンラン》」と呼ばれることになるでしょう。「フォルモサ」はなくなってしまうのだから……。

　十年以上もの間、マリアはフォルモサ人との付き合い方を学んできたが、今後は漢人との付き合い方を学んでいかねばならない。それは受け入れられる。漢人の文化は、かつて彼女が敬慕していたものであり、また彼女は決して漢人を毛嫌いしているわけではなく、陳澤のような善良な人間とも巡り会ったのだから。しかし……。

　マリアの胸に一抹の不安がよぎった。オランダ人がこの土地を去った後、再び予想もしえない巨大な変化が起こるのではないか。それは漢人とフォルモサ人の関係に多大な影響を及ぼすかもしれないし、自身の現在の暮らしと身分にも変化を迫るかもしれない。だが今は、そこまで遠い未来について深く考えたくなかった。

　彼女が唯一願ってやまないのは、お腹の子が無事に生まれてきて、すくすくと成長していってくれることだった。そしていつの日か子供たちに、彼らの祖父が家族を連れて、海の彼方のオランダからこの島へやってきた物語を、詳しく話してやり、オランダには漢人と異なる民族が暮らし、異なる文化や生活様式を持っていることを教えてやりたいとも、強く思った。

　二日後、陳澤はマリアに和議の交渉が順調に進んでいることを伝えた。

「国姓爺様はすでにお決めになった。ゼーランディア城のオランダ人たちが、財産を保有したまま、軍服を身にまとい、武器を手に、尊厳を持って帰国船に乗り込むことを許可する、と」

ただ、現在赤崁に留まっているオランダ人を主君がどう処置するつもりでいるかはわからないと言い、その件をあまり話したくない様子でもあった。マリアは気づいた。それは彼女自身と関わりがある故であると。自分がいなくなるのを陳澤がひどく恐れていることが、マリアにはひしひしと感じられた。

子供のためにも、この土地を去ったりはしない。と、彼女はまだ陳澤に伝えていなかった。

その夜、陳澤は言った。

「明日〔二月一日〕の朝、協定が結ばれる手はずになっている」

マリアは夜通し寝つけなかった。

# 第六十九章
## 別れ

二月四日。陳澤の屋敷に予告なく兵士の一団が現れた。ただ敷地に踏み入りはせず、応対に出たマリアに、ある賓客が彼女に会いに来たことを告げたのみだった。

陳澤は不在だった。マリアは急ぎ阿珠に屋内を整理させ、正装の漢服に着替えた。普段オランダ服を着ることを許されてはいたが、位の高い来客を迎える際には、やはりこの方がよいと思われた。

――一体、賓客とは誰かしら。良人《おっと》ではなく、私に会いに来ただなんて。ひょっとして何斌？　……いえ、それは考えられない。あの人の話では、彼は国姓爺の不興を買って、ほとんど隠れるようにして暮らしているとか。

「賓客」が姿を見せると、マリアは驚喜した。それは三か月以上前に離ればなれになった、妹クリスティーナであった。今や彼女は延平王・鄭成功の王妃たる身であった。それにも関わらず、この日も身につけているのはオランダ服だった。

姉の出で立ちを見るや、妹はぷっと吹き出した。そして一も二も無く、きつく抱きしめ合った。

血色よく、明るい妹の顔を見て、マリアはこの三か月の間心にのしかかっていた重い岩が一息に転がり落ちたように感じた。腰を下ろしてから、あらためて見つめ合うと、妹の顔かたちは以前のままに美しいが、表情や振る舞いにはずいぶんと大人びたところが見られ、まるであの輿入れの日から、長い歳月が過ぎ去ったような錯覚さえ受けた。マリアがよく知る天真爛漫な娘は、もうそこにいなかった。何から話しはじめたものか、すぐには思いつかなかった。

先に口を開いたのは、クリスティーナの方だった。

「私は元気でいるわ。あなたは?」

マリアは今なおいささか夢うつつで、少し間を置いてから、はっとしたようにうなずいた。

「マリア、きっとあなたももう知っているでしょう。三日前に和議が結ばれたことを」

マリアはもう一度うなずいた。

「国姓爺様は、私がフォルモサを出ていくことを許してくださったの。だから私はお母様やほかのみんなと一緒に出発するつもり」

「お母様ですって。あなた、お母様に会えたの?」

「ええ。つい昨日お母様の所に行って、この素晴らしい報せを伝えてきたの。今は新港にいて、今日か明日にはゼーランディア城へ出発するそうよ。心配しなくて大丈夫」

マリアは母のことを思うと気持ちが昂ぶり、たちまち涙が溢れてきた。

「国姓爺様に、もう一度私をお母様に会わせていただけないかと、頼んでみてくれないかしら」

クリスティーナは、もうじき一緒になれるというのに、どうして姉がそんなことを言うのか知れず、怪訝な顔をした。

「陳澤将軍は、よくしてくれている？　彼はあなたを放そうとしないかもね」

マリアはそう訊かれたことで、自分が陳澤から深く愛されていることに強い喜びを覚え、ひいては誇らしくさえも思われた。ただし妹には、つとめて平静に答えた。

「手厚く面倒を見ていただいているわ。もし私がオランダに帰ることになったらどうするつもりか、訊ねたことはない。だって……私自身が、帰りたいとは思わないから」

「嘘でしょう、一体どうして!?」

うろたえる妹。マリアは話題を変えようとした。

「私の愛しいクリスティーナ、お館での暮らしをもっと教えてちょうだい。国姓爺様もあなたに優しくしてくださっている？」

「ええ、とても優しく接してくださるわ。どう言ったらいいか……まるで父親が娘を可愛がるかのよう。あの方が何か贈り物をくださったりした時、私はいつも大げさに喜んでいる様子を見せてあげるの。私から何かを求めたり、お願いした時、断られることはほとんどないわ」

クリスティーナははにかむようにして答えた。

「もっと詳しく聞かせて」

「だいぶ前、私たちに翡翠の腕輪をくださったことを憶えているでしょう。あの方がおっしゃるには、本当は私だけに贈りたかったんですって。でもあの場では、あなたにも贈らないわけにいかなかったって」

マリアは内心、安堵した。

「あの方が望まれるから、毎日ずっと身に付けているわ」

高く上げた妹の左腕の袖の下から、白く輝く腕輪が覗いた。

マリアは破顔し、ぺろりと舌を出した。

「私がもらった方は、粉々に叩き割ってしまったわ！」

「度胸があるわね！」クリスティーナも笑って言い、鄭成功の話を続けた。

「あの方は、人前では厳めしい態度を決して崩さないけれど、人の見ていないところでは、まるで子供みたいなところもあって、私が何かしら褒めて差し上げるのを、いつも楽しみにしているのよ。

何日か前には、意気揚々とした様子でお帰りになるなり、マイ氏やオランダ兵の目の前で巧みな騎射の腕前を披露されたことをお話しになったわ。しょっちゅう私に『どうだ、見事であろう？』と言いながら、いつまでも話を止めないの。それでふと思った。自慢話をする目的は、ご自分をひけらかすことじゃなく、私に褒めてもらうことなんじゃないかって。あと、夜にはよくお酒を飲んでから、私に抱かれて眠るのがお好きなの。私を抱くんじゃなくてね。時々、身体の大きな赤ん坊を抱いている母親みたいな気持ちになるわ」

クリスティーナの頬と瞳には赤みが差している。

「それから、お酒といえば……。私が嫁いでから一週間くらい過ぎた頃、あのお方はお酒をだいぶ飲まれた後、突然私を抱きしめて、『許してくれ』と言われた。なぜ、と訊くと、『俺は酒に酔い、誤ってそなたの父君と弟君を殺してしまったのだ』と答えたわ。

私は悲しみと怒りで胸が張り裂けそうだった。でも最後には、こう言ったの。どうかこれからはみだりに人を殺すようなことをお止しになってください。とりわけオランダ人を。もし本当にそうしてくださるのでしたら、天国にいる父もきっと赦してくれるはずです、と」

マリアも、陳澤に連れられて父とピーテルの墓へ行き祈りを捧げたことを話した。二人はしばらく黙ったまま、涙を流した。

「あなたももう、お墓に行ったの?」

「まだなの。実を言うと逃げているんだわ、現実に向かい合うことから。だって彼らの死に方は、あまりにもむごすぎる!」

クリスティーナは涙をぬぐい、言葉を続けた。

「でも、国姓爺様にお願いしたの。私がフォルモサを離れる前に、一度母を連れて、父と弟の墓へ、お別れを告げに行かせてくださいと」

それから姿勢を直し、マリアを真っ直ぐに見つめた。

「あの方は、憐《あわ》れな人なの。一緒に暮らすようになってから、生い立ちについても色々とお聞きしたわ。それであまり責める気にはなれなくなった。それにね、私がさっき言ったお願いをしてから、数か月間、約束を守るためにずいぶん努力してくれている。私の言葉を素直に聞き入れてくれているのが嬉しいわ」

マリアは、前に陳澤も似たようなことを述べていたのを思い出した。

「今、憐れな人と言ったわね。もう少し詳しく聞かせてちょうだい」

「あのお方は七歳になるまでお父上と、その後はお母上と、離ればなれで暮らした。半ば孤児として育ってきたのよ。七歳の時、ひとり日本のお母上の元を離れて、泉州安海にあるお父上、鄭芝龍様の家に引き取られた。というのも、日本では女性が外国へ出ることが許されなかったから。そのまま二十二歳になるまで、お母上とは一度も会えなかった。

家族のなかで、長男ではあっても嫡子ではなかった。漢人の家系では、嫡子に選ばれた子供こそがその家を継ぐことができるのよ。しかも母親が日本人なのはあのお方だけで、初めの頃は唐山の言葉もろくに話せなかった。考えてみて、この民族の違い、それに言葉や文化の違い。

鄭森という名の末の弟を除いては、ほかの誰ともうまく付き合えなくて、継母からも冷たく、きつくあたられたみたい。

それは漢人の大家族ではよくあることだそうよ。重ねて悪いことに、鄭芝龍様は戦いや事業に明け暮れていて、家にいる時間がほとんどなかった。

　あの方はまた、こうもおっしゃった。『俺はひどく孤独で寂しい子供時代を過ごしたから、温もりのある家庭でのびのびと育ってきたそなたが羨ましい』『そなたらは異郷にいても、温かい家があった。俺は父の家にいながらにして、遠い外国にいる思いだった』と……」

　クリスティーナは淡々と語り、マリアも相槌を打ちながら耳を傾けている。

「国姓爺様は幼少の頃から傑出した才能を持っておられたし、それを周囲に知らしめようと努力された。家族から『倭種』と呼ばれて嘲られるなかで、人に笑われないようにするために、自分がほかの兄弟より優れていることを示さなければならなかったの。それで勉学に励み、何事にかけても優秀だった。鄭芝龍様はそれを誇りに思って、あのお方を明の皇帝に謁見させた。皇帝もすぐにその才能を見抜き、大変お気に召されたので、特別に皇族の姓である『朱』を名乗ることをお許しになった。国姓爺、と呼ばれるようになったのはそれからよ。

　日本から安海に渡ったばかりの頃は、漢人の話す言葉も文字もさっぱりわからなかったけれど、十年たらずの内に、どんな学問にかけても周囲から抜きん出るようになった。なかでも書道がお得意だったそうよ。

　そしてこうもおっしゃったわ。『知っておくがよい。この栄光の裏に、どれほどの痛みと努力があったかを。俺は人前で、決して弱さや恐れを見せはせぬ』。それは確かにその通りだけれど、さっきも言ったみたいに、陰では軟弱な一面を見せることもある。もしかしたらこの人は、今でも母親の懐を探しているのじゃないかしら……って思うこともあるわ」

「幼い頃に別れてから、お母上にはもう会えなかったの？」

とマリアが訊ねると、妹は首を横に振った。

「それよりも、ずっとむごかった。別れて十四年経ってから〔一六四五年〕、明国の高官になっていた鄭芝龍様の力で、お母上もついに安海へ渡ることができた。けれども母子が再会を果たしてから一年も経たない内に、満州人が侵略してきたの。

　芝龍様は、降伏することを決めた。それなのに満州人は芝龍様を欺き、お母上を辱めた。そのためにお母上は、自害してしまわれた。日本の武士の気骨をお持ちの方だったのでしょう。

私には、国姓爺様がお母上のそうした性格を受け継いでいるのだと思えるわ。お母上が亡くなられてから、あの方は固く誓われた。『たとえ父との縁を絶とうとも、決して満州人には屈しない』と。それ以来、十五、六年もの間ずっと満州人、すなわち清国と、戦いを繰り広げてこられた。清国の皇帝はいら立ち、芝龍様や弟たちを投獄してしまった。

少し前、国姓爺様の従者が、真実かどうかはわからないと前置きしてから、ある噂話を私に話してくれた。それによると、お母上が満州兵に辱められ、自害なさった後、国姓爺様はその汚辱をそそぐため、ご遺体の腹を割き、内臓や腸をきれいに洗ってから、埋葬されたのだとか。

時々、あのお方はどこかギリシア神話のオイディプスに似ていると思うこともある。オイディプスは母親が原因で父親を憎むようになり、母親がこの世からいなくなってからも、ずっと母の愛を探し求めている……。

言葉にすると可笑しいけれど、国姓爺様は私を、時には母親のように、時には娘のように見ておられる。まるで息子のように私に接する時は、私のことを優しいとか、穏やかだとか言って褒めてくださるし、父親のように接する時は、綺麗だとか、可愛いとか、純真だとかおっしゃる。

そして、聞き分けのいい子供のように、私の言葉を素直に聞き入れてくれる。私がみだりに人を殺めないようにとお願いした後も、ずっとそれを守ってくださっている。ささいなことで部下を処刑していた頃とは別人のようよ。私はまた、ゼーランディア城を手に入れるという目的を除いては、オランダ人の誰をも殺したりはなさらないで、ともお願いした。そうすることで初めて私の父も赦してくださるでしょうし、私もあなた様を好きになれる、と付け加えて。この点も守ってくれているわ。ユトレヒト砦を手に入れた後、私に向かって誇らしげに言ったの。『砲撃こそしたが、できるだけ守備兵を傷つけぬように気を配った。ゆえに向こうの死者は、わずか三、四人ばかりであったぞ』とね。

あの方は弱い面もお持ちではあるけれど、その逆の面、特に一度口にしたことを必ずやり抜こうとする点は、尊敬せずにいられないわ。その胆力は並の人が想像できる範囲を超えている。英雄というに値する人だけれど、悲劇の英雄という方が、より正しいかもしれない」

マリアは、以前自らをギリシア神話の悲劇の王女・カサンドラに重ね合わせていたことを思い出し、かすかに苦笑いを浮かべた。

　クリスティーナは何かに気づいたように立ち上がり、奥の部屋に足を向けた。

「あらマリア、陳澤様もこの神様を崇めておられるのね。国姓爺様も屋敷にいらっしゃる時は、朝晩欠かさず、恭しく拝んでいらっしゃるわ」

「良人も朝と晩必ず拝んでいるけど、私はほとんど気に留めていなかったわ」

「私は訊いてみたの。この神様は子供で、名前を『李哪吒《りなた》』、尊称を『三太子』とか『太子爺』というそうよ。

　国姓爺様はその時、これにまつわる唐山の神話も話してくれた。『封神榜《ほうしんぼう》』という古い物語に出てくるもので、哪吒が生まれたのは黄河という広い河のほとりにある陳塘関《ちんとうかん》という所。東海龍王といわれるドラゴンの、三番目の太子である敖《ごう》丙《へい》が哪吒に殺されたため、怒った東海龍王が軍勢を率いて陳塘関にやってきて、哪吒の父親である李靖《りせい》大将軍に責任を取らせようとした。李靖将軍はことを収めるため哪吒に自害を迫り、哪吒は憤りのなかで自害し、自らの肉を母親に、自らの骨を父親に返すことで、父との関係を断ち切ったことを示した。その後、肉体を取り戻した哪吒は武芸に秀でた武将になり、『中壇元帥』と呼ばれるようになったのだとか。……マリア、何か気づいたことはない？」

　マリアは見当がつかずにいる。答えを待たず、クリスティーナが言葉を継いだ。

「国姓爺様の過去と、この神話の哪吒は似ているのよ。特にどちらも父親に敵対した、勇猛な武将だというところがね」

「つまりあなたは、国姓爺様がこの神様にご自分を重ね合わせていらっしゃると考えているのね。……なるほど。そうすることであの方は、実の父親に刀を向けねばならない罪悪感や葛藤を、多少なりとも減らすことができる……。納得がいったわ！　付け加えるなら、きっと国姓爺様がこの神様を信仰しているからこそ、良人やほかの部下達もそれに倣って拝むようになったのでしょう」

　マリアはそこまで言ってからふと話題を変え、少々不平をこぼした。

「それにしても、国姓爺様は彼のお父上が、ご自分の生まれた年にフォルモサに行っていたことをよく思っていないでしょうに、オランダに対しては何度も、フォルモサは父の練兵の地だったからそれを取り戻しに来たのだと言い張っていたわね」

「鄭芝龍様も、清濁併せ持った人物だと聞いているわ。傑出した才能を持っていて、海賊の出でありながら、唐山の貿易を一手に握るほどの海商組織を作り上げ、ヨーロッパ人たちもみな彼の支援を必要とするようになった。父子が築いた富は、一つの国とも肩を並べられるほどだそうよ。もしも明国のため清国に敵対したりしなければ、国姓爺様もそれはそれは裕福な暮らしを享受できたはず」

「そこのところは、私たちのお父様も少し似ているわね。仮にデルフトに留まっていたら、何不自由のない豊かな暮らしができたのに、すべてを棄ててフォルモサに来たのだから。男の人の考えることは、女とは違うのね。

……ところで、クリスティーナ。国姓爺様はそんなにもあなたを必要としているのに、一体どうして、あなたが去っていくのを許されたの」

妹の口からは、すぐに答えが出てこなかった。マリアは重ねて問いかける。

「国姓爺様には何人のお妃がいらっしゃるの。それと、子供の数は?」

「あのお方は以前、しみじみとおっしゃったわ。私と一緒になる前までは、夫人と共にいる喜びを、心の底から感じたことはなかったって」

マリアは眉を上げ、何か言いかけたが、そっと口を閉じた。妹はきっぱりと言う。

「私はそれが、あのお方の本心なのだと信じているわ。あのお方はほかにも沢山の心の声を聞かせてくださったから。十六歳の時お父上の意思で、姓を董という、二つ年上の名家の娘と結婚させられた。『その女は俺の教育係のように振る舞い、心に描いていた妻の姿とはまるきり違っていた』そう。その後董夫人は三人の男の子をお産みになり、ご長男の錦舎《きんしゃ》様は今年で十九歳になられる。国姓爺様は、その方をとても気に入ってらっしゃるわ。

六、七年ほど前、国姓爺様はごく短期間に複数の女性を妻に迎え入れられた。延平郡王の妃だから、ご夫人方はみな『嬪妃《ひんひ》』と呼ばれた。けれども五年前〔一六五七年〕、六人の嬪妃と三人のお子は、従軍の途上嵐に遭い、全員水死してしまわれた。国姓爺様にとって、どれほど深い打撃だったことでしょう。なのにその翌年には、再び大軍を率いて北伐をされた。あのお方の精神力は想像もつかないわ」

マリアもうなずきながら、まるで自分に向けて問いかけるかのように、小さく口を開いた。

「良人もその話をしてくれたことがあるわ。夫人を六人も迎えられたのは、きっと国姓爺様が、どの女性も心から愛することができなかったからでしょうね」

「そう言えば、こんな話も思い出した。国姓爺様が今まで一番楽しかった時期だったと言って話してくれたことよ。それはあのお方がまだ二十歳前後で、金陵の太学という学校で学んでいた頃のこと〔金陵は現在の南京。太学または国子監は国営の教育機関を指す〕。ある日、妓女《ぎじょ》を連れて町なかを流れる秦淮河を小船で遊んでいる最中、はっきり悟ったというの。賢い女性が見せるもろもろの仕草や、そこから醸し出される優雅さこそ、ご自分が芯から陶酔させられるものだと。その時の感覚は董夫人といる時には味わったことのないものだった。それももっともで、実は秦淮河の高名な妓女たちは、数多くの文人名士からも一目置かれ、敬慕される存在だったのよ」

「妓女が？」

「ええ。漢人の社会には、国姓爺様にとって受け容れがたい矛盾があるとおっしゃるの。漢人は「無才こそ徳」などといって、女性に学問をさせない。なのに文人たちは、詩を詠み歌を吟じるのに長けた聡明な女を好む。そして唯一妓女だけが、小さい頃からそうした訓練を受けられるのよ。あのお方は『名妓』という呼び方が好きではないと。日本人は『芸妓』という言い方をするそうよ。芸の部分に重きを置いているわけ。

『俺はいくら見た目が麗しくとも、中身のがさつな女は好まぬ』とも言われた。金陵の秦淮河で、ご自分が本当に好きになれるのは賢くてかつ美しい女性だと気づかれたのだけど、格式ある漢人の家庭では、息子に『有徳無才の娘』を娶らせるべきものとされていた。

国姓爺様の学問の師であり、東林党という政治的な集団の指導者でもあった銭謙益という学者は、六十歳になってから、秦淮河で最も名の知られた柳如是《りゅうにょぜ》という才色兼備の妓女と結婚したそうよ。これは唐山では極めて大胆な行動だった。真面目くさった人々は、内心羨ましく思いながら、口では厳しく非難したりした。……国姓爺様はもしかすると、ご自分にもいつか師と同じような出会いがあることを、ずっと望んでいらしたのかもしれない。けれど当時のあの方は、妓女と結婚するなど不可能だともわかっていらした。お父上に知られたら、反対されるに決まっているし、さらには無理やり安海へ引き戻されるかもしれなかった。

国姓爺様は聡明な女の例に、柳如是を挙げた。その名前は辛棄疾《しんきしつ》という四百年前の大詩人の作品から取られている。『我見青山多嫵媚、料青山見我応如是』〔我、青山の如何に美しきかを看《み》る。青山も又我を見てかくの如き思いでいよう〕という詩だそうよ。彼女は『如是』と自称することで、自身の美貌と、自信と、博識を巧みに示した。『柳如是のような、眉目秀麗にして知見の広い女人としか、俺は付き合いたくない』とあの方は言われたけれど、お妃のなかにそのような人はいなかったみたい。

　六人のお妃を亡くされてから、清との戦に心血のすべてを注いでおられたけれど、フォルモサに来てからは、五月に蔡という姓の大商人の娘を娶り、九月に私をお迎えになった。『そなたと夫婦《めおと》になれて、まことに嬉しい！』とか、『そなたは漢人の娘たちとは違って、物事をよく知っておる。バタヴィアやオランダや大員のあれやこれやについてそなたと語らうのは実に愉快だ』などとおっしゃった」

「あなた、自分を国姓爺の柳如是だとでも考えているの」

マリアはやや冷ややかな声で訊ねた。

「そうは思っていないわ。ただ確かなのは、国姓爺様が私を大切にしてくださっていて、お願いしたことは誠実に実行してくださっているということ。それが私にはとても嬉しいの。

　今回講和の協定を結ぶ際にも、一つ希望を申し上げたの。『双方とも、過去の怨恨を一切忘れるべきこと』という一文を加えていただけませんかって。するとあのお方は、その通りにしてくださったばかりか、この文言を第一条に据えてくださったのよ！　それはそれは嬉しかったわ」

「なら……さっきの話に戻るけれど、どうしてあなたは彼の元を離れるつもりなの。それに国姓爺様は、どうしてそれを許してくださったの」

　妹の顔に影が差した。

「国姓爺様は私によくしてくださっているけれど、お館にいるほかの人たちはみな、奇異なものを見るような目つきで私を見ているの。自分が漢人の文化に馴染めないことは、自分でわかってる。お館のなかの私はまるで一本の草みたい。国姓爺様が私のために心を尽くしてくださるのは、まるで水を与えられるようなものだけど、それだけでは生きていけない。太陽の光が必要なのよ。もしもあの方が平民だったなら、私も外の光と空気に触れられるでしょうけど、お館は外界から閉ざされていて、陽の当たる所はどこにもない。少しの間なら生きていけるけれど、やがては枯れてしまうに違いないわ。

だから協定が結ばれて、オランダ人が身の処し方を選べるようになった時、私はここを離れようと決心したの。国姓爺様のお気持ちは痛いほどわかっているけれど、正直に言って未練はないわ」

――妹はもうすっかり大人になったのね。とマリアは思った。

「でも、国姓爺様が同意してくださるとは思えなかった。一昨日、やっと勇気を振りしぼって訊いてみたの。私もほかの人たちと一緒にここを離れてもいいですか、って。途端にあの方は暗い顔をして、下唇を強く噛んだまま、何も答えなかった。でも昨日の午後に突然、私におっしゃった。『そなたの思うようにするがよい』と一言だけ。私がさらに、離れる前に母とあなたに会いに行かせてほしいとお願いすると、それもすぐに認めてくださった。私たちオランダ人が引き上げていった後、国姓爺様はきっと廈門にいらっしゃる董夫人をお呼び寄せになると思うわ。あの方が私の願いを聞き入れてくださったのは、そのこととも関係していると思う。

……けれどもマリア、私にはどうしてもわからない。あなたはどうしてオランダへ帰りたいと思わないの？」

マリアはお腹を優しくさすりながら、低い声ではっきりと言った。

「クリスティーナ。私……赤ちゃんを授かったの」

妹はしばし呆然とした後、立ち上がって天井を仰ぎ見た。法律により混血児を本国に連れ帰るのができないことは、彼女も知っていた。

マリアは妹の手を握り、穏やかに語り出した。

「けれど、私が残ると決めた一番の理由はそれじゃない。十四年前、お父様は私たち家族全員を連れて、ここフォルモサに来た。そしてフォルモサに数え切れないほどの貢献をしてきた。お父様が心の底からフォルモサを愛していたことは、あなたもよく知っているでしょう。この土地では三十年以上前から、フォルモサ人とオランダ人、漢人が互いに努力し合って、今の姿を造り上げてきた。この島の土にはお父様の心血と、大勢のオランダ人の心血が染み込んでいるのよ。そしてこの土地のために生命を落としていったオランダ人は、お父様のほかにも大勢いる。だからこそ私は、見たくないの。国姓爺がやってきたせいで、すべてのオランダ人がここから引き上げていく光景を。

お父様はよく口にされていたでしょう。『一粒の麦は、生きていれば一粒のままである。だが地に落ちて死ねば、多くの実を結ぶ』と……。お父様も、ピーテルも、沢山のオランダ人も、死んでしまった。彼らはみな、この島の上で長年懸命に生きてきた。私は彼らの努力も、死も、無駄にはしたくない。ここで子供を生み育むことで、将来この島がフォルモサ、または台湾、或いはほかのどんな名前で呼ばれるにしても、私の血、お父様の血、オランダ人の血を引いた子孫が、そこに居続ける。私たちの血も、流れ続ける。それから私が願うのは、オランダ人の貢献を、お父様の努力を、未来の人々が、ずっと記憶に留めてくれること。オランダ人が撤退していったら、三十八年間の努力が、まるで大きな船が通り過ぎた後の海面のように跡形もなく消えてしまうなんて、そんなの嫌だわ」

いつかしら西日が窓から射し込み、床に二筋の長い影が伸びている。マリアは懐から象牙の聖母マリア像を取り出して妹に見せた。

「綺麗でしょう。良人がくださったの。ずっと昔マニラで買ったものだそうよ。『当時は夢にも思わなかった。自分が将来、マリアという名の西洋の娘と結婚し、子供をもうけるなんて！』って言われていたわ。

漢人は、人と人が『縁』というもので結ばれていると信じてる。もしかすると私と陳澤様の間にも、また私とフォルモサの間にも、本当にそういうものが存在するのかもしれない。漢人の考え方って面白いのよ。誰かと気が合って仲よくなることを『投縁《ダウエン》』と言って、美しい男性のことをその逆の『縁《エン》投《ダウ》』と言うの。『縁のある恋人の目に映る相手の姿は美しい』という考え方が、そこには表れている。こういう言葉の使い方、私は好きだわ。私とこの島には縁があって、この島が大好き。私は今、オランダ人であると同時にフォルモサ人でもある。

だからこそ、私はここに残ると決めたの。私は永遠に麻豆社のマリア、フォルモサのマリア、台湾のマリアでいたい。すでに国姓爺様がオランダと協定を結び、それがあなたの言う通り寛大なもので、オランダ人に尊厳を持って引き上げることを許してくださるのなら、私はもう漢人を敵だとは見なさない。以前オランダとイスパニヤの間にもこういうことがあったでしょう。いつどこであっても、人間のいる所には戦争が起きる。戦争は残酷なもの。オランダ人は世界中で勝利を収めてきたけれど、ここでは敗者の側に立つことになった。

でもこれも神様のお計らいだと考えて、誰も恨まずに、ただ受け容れるしかない。

　宗教は本来、戦争を止めるものでなければならないはず。でも私たち西洋人は、しばしば宗教のために戦争をしてきた。漢人にとっては理解に苦しむことだと思うわ。彼らはキリスト教を信じないけど、独自の道徳観を持っている。それは大昔の賢人たちが説いた哲理で、教義によって定められたものじゃない。別に、東洋がヨーロッパより優れていると言うつもりはないのよ。ただ良人と接するようになってから、東と西の文化の違いがわかってきた。このままここに身を置いていれば、彼らの感じ方や考え方を、より深く理解していけるようにも思うの。

　どのみち、子供を連れては本国に帰れない。バタヴィアに留まって再婚相手を探すよりは、フォルモサに残ることを選ぶわ。良人は本当に私を大切にしてくれているし、あの人の子供を身ごもっているのだから……」

　マリアは一旦席を外し、木笛とファブリティウスの絵を持ってきた。

「愛しいクリスティーナ。この絵は私の一番の宝物だと、あなたも知っているでしょう。それからこの、昔ヤンにもらった笛も。彼と私は深く愛し合い、互いに努力したけれど、どのつまりは縁がなかった。あるいはそれも神様のご意思なのかもしれない。彼が属する場所はオランダで、私が属するのはフォルモサなのだと。

　お願いなのだけど、私の代わりに、この絵をデルフトに持ち帰ってくれない？　この作品もヤンと同じく、オランダに属するものだと思うから。笛はこのまま私が持っておく。そしていつか死ぬ時が来たら、一緒にお墓に入れてもらうの。これは墓の主がオランダからやってきたことの証になるわ。いつかはフォルモサの土になりたい、そう思っていることに最近気がついた。バタヴィアやほかの土地では嫌。私はこの島のオランダ人子孫の、最初の母になるのだわ。両親が私をマリアと名付けてくれたのも、きっとこういう縁があってのことでしょう。

　クリスティーナ、帰ったら国姓爺様に伝えて。私がもう一度だけ、母の顔を見たいと願っていると。お母様もきっとフォルモサを離れる前に私に会いたいと思っているはず」

「マリア、フォルモサのマリア。フォルモサの聖母マリア……」

　クリスティーナは小声で、繰り返しその名をつぶやいた。

窓から射し込む黄金色の光に照らされたマリアの顔は、象牙に彫られた聖母マリアと、不思議なまでに似通っていた。

# 外章　終幕

鄭成功と交誼を結んできたドミニコ会神父ビクトリオ・リッチが、成功の命を受け、廈門から台湾へやってきた。これは成功が画策しはじめた、イスパニヤ統治下にあるルソンへの侵攻計画と関わりがあった。ただ、この計画に対して諸将は戸惑いを覚えずにいられなかった。台湾をようやく平定したばかりの、何事においても道筋のついていないこの時期に、一体何の目的でルソンを攻めねばならないのかと、誰もが釈然としない思いでいながら、敢えて主君に問おうとはしなかった。

リッチ神父が到着したのはオランダ人が引き上げてから二か月と少し過ぎた頃で、新政権には問題が山積していた。廈門の防衛にあたっている嫡子の鄭経はじめ重臣の鄭泰、洪旭、黄廷らは、台湾へ来いとの命令を受けながら、それを引き延ばしている。台湾の食糧問題もいまだ解決に至っていない。屯田のため軍事に動員できる兵数も十分でない。兵少なく、糧食の不足するなかで、鄭成功はルソン攻めの構想を打ち上げたのだった。

それを受けて馬信、陳澤、楊英らは内々に議論し、共通の見解を得た。もしも三年から五年が経ち、台湾がより豊かになり、将兵の心が安んじてからルソンに攻め入るのであれば、それは優れた戦略だ。かの地には台湾よりも多くの漢人がいる。また、オランダ人が台湾に来るよりずっと前からイスパニヤ人の手で開発されており、仮に版図に組み入れることができれば、得られる収益は台湾の二倍にもなる。加えて台湾と相互に連携を取りながら、南洋地域の貿易活動を掌握することも可能になるだろう。

若い頃ルソンに滞在したことがある陳澤には、首都マニラを攻め落とすのはゼーランディア城ほどに困難でなく、戦略的には悪いものでないが、やはり、今この時期の遠征には無理があると思われた。ほかの将たちは、主君には何らかの表に出していない目論見があるのかもしれぬと推量したが、答えは出てこなかった。

過去二、三か月の間、これ以上は想像もできないほどの凶報が、次から次へと鄭成功の下に舞い込んできており、成功は絶えず苦虫を噛みつぶしたような面持ちでいた。

意外にもオランダが降伏するまでの数か月間こそが、成功が最も気分よく過ごすことのできた時期であった。前年〔一六六一年〕九月、林進紳刺殺事件が起きて後、成功は激しい怒りの下に多数のオランダ人捕虜と牧師を殺害し、さらにハンブルク牧師の美しい娘を側室にした。しかし十月からこの年二月初めにオランダ人が引き上げていくまでの間、彼は人が変わったように温和で、穏やかな様子だった。部下をみだりに殺めたり、オランダ人勢に対して無理難題を吹っかけたりすることなく、そればかりかオランダ人の前で彼の「百歩穿環」の弓術や部下の騎馬術を披露したりさえしたほどだった。

とはいえ、それも長くは続かなかった。オランダ人が撤収した西暦二月九日から十日も経たぬ内に、漢人たちの正月である春節を間近に控えながら、再び殺生を始めたのである。

承天府尹・楊朝棟、小型の升を使い米の配給量をごまかした廉《かど》により、公の場で打ち首となり、一族全員も処刑される。

万年県知県〔万年県は現在の台南市南部から高雄市にあたる地域の行政区。知県は首長を指す〕・祝敬も同一の罪名により公開斬首、一族は流刑。

台湾の行政区画は一府二県しかないのに、その首長が二人も同時期に処刑された。台湾侵攻時における楊朝棟の功績は誰もが認めるものだった。それから一年も経たない内にこのような最期を迎えようとは、誰が予想しただろう。

日頃から鄭成功の挙動を目ざとく観察しているある侍従が、仲間内でつぶやいた。「国姓爺様はオランダ人が去っていった日を境に、ふさぎの虫に取り憑かれてしまわれた」

オランダ人撤退の日の夜、「王城」と改称されたゼーランディア城において、華々しい祝いの宴が開かれた。酒杯を汲み交わしながら興奮冷めやらぬ諸官をよそに、鄭成功だけは始終辛気くさい面持ちでおり、早めに場を退いた。翌朝早く、お触れが下された。鄭成功が一群の兵を伴い屯田区と原住民集落の視察に赴くので、随行する者は十日分の糧食を用意するように、との内容だった。これに驚かぬ者はなかった。というのも、この日は明の暦で十二月二十日だったためである。「まさか我が君は、台湾に来て最初の正月を、安平〔大員〕で迎えるおつもりがないのだろうか」と誰もが訝しんだ。

集落における鄭成功の観察は、極めて細かく念入りなもので、臣下一同にあらためて敬意を抱かさせずにいなかった。鄭成功は政《まつりごと》にかけて一分の隙もなく、片時とても気を緩ませない。この度の巡視は、承天府すなわちかつてのプロヴィンチア城から出発して、新港、目加溜湾、蕭壠、麻豆、大目降、大武壠から他里霧《たりむ》社〔現・雲林県斗南〕を経由し、半線社〔現・彰化市〕にまで至る、台湾上陸以来、最も長い行程となった。

「国姓爺様は、政に徹することで心中の苦悩を忘れようとしておられるのだろう」と言う側近もいた。「苦悩とは何に因るものか」「国姓爺様はどうも、人にそれを知られまいとされているようじゃ」などともささやき合った。道中で鄭成功が口にするのはもっぱら屯田と開墾、フォルモサ人の懐柔のことばかりで、眉間には常に皺が寄っていた。

「国姓爺様は突然ふさぎ込まれることがあり、夜中にしょっちゅう目を醒ましては、長く押し黙っていらっしゃる」とつぶやく侍従もいた。

春節の過ぎた西暦二月末、衝撃的な悲報が届けられた。前年末、父・鄭芝龍はじめ異母兄弟の鄭世忠、鄭世恩、鄭世蔭、鄭世黙ら十一名が、清国皇帝に即位したばかりの幼き康熙帝の命により、北京の柴市口において処刑された、というものだった。

この消息が耳に入ると、鄭成功は流言飛語の類として叱りつけ、表向き真に受けなかった。ただ侍従の内緒話によると、夜半に身を起こして哀哭しては、北方を向いて「子の言を聞き入れておれば、殺されるはずのなかったものを！」などと吼えることがあるそうだった。

このとき以後、それまでも鬱々、悶々としていた鄭成功はなおのこと不機嫌になり、怒りを爆発させることもしばしば起きるようになった。

鄭芝龍一同処刑の報から数日も経たない内に、清の朝廷は清に寝返った黄梧将軍の提言を容れ、鄭家の墳墓を掘り起こし、先祖の亡骸を辱めたという新たな報告が入ってきた。鄭成功は憤怒に全身を震わせ、西方に向かい歯ぎしりしながら黄梧を罵った。

「たとえ生者に恨みがあろうとも、死者に仇をなして何とする。かくの如き所業に出たる汝を、生かしてはおかぬ！余が西に兵を興した日には、汝の肉を生きながら削いでみせる。さもなくばいかで男子と言えようか！」

黄梧はさらに「平海五策」なる献策をし、朝廷はこれを徹底的に実施した。山東、江蘇、浙江、福建、広東の海岸線から三十里〔約十七キロメートル〕以内の地帯に住むすべての民に対して、布告からわずか数日以内に内陸へ移住することを強要し、一夜にして数百万にも上る民衆が家を失い、流浪の民となった。

この報せを聞いた鄭成功は、「余が頭髪を伸ばそうと欲する〔清の習慣である辮髪を拒否する〕ばかりに、故郷の民にかくも辛酸を嘗めさせた！」と吼え、嘆き、また憤った。

そして、まだその先にも、輪をかけて不幸な事態が彼を待ち構えているのだった。

◆

長年鄭成功と連携して清軍に対抗してきた明の名将・張煌言は、鄭成功の台湾侵攻に当初から反対し、皮肉っていたが、この時期からは容赦なく痛烈な批判を浴びせるようになった。

遡って一六六一年四月、鄭成功率いる大軍が台湾へ向かう途上で澎湖諸島に寄港した折、張煌言は次のような書簡を送っている。

「貴公の軍は、進みはしても、戻ることは二度とあるまい。今台湾に入るのは、ただ貴公が天下を治めたいがゆえであろう」

翌一六六二年の年初、すなわち鄭成功がオランダと講和を結ぶ少し前、雲南にまで逃れている永暦帝がいよいよ危機に陥り、張煌言は幾度も使者を鄭成功の下に送った。初めの書簡は、強い口調で台湾攻めを諌めるものだった。

「何の必要があって、海の外で紅毛と雌雄を決せねばならぬのか。……生きて知恵なく、死してまた忠節なし。惜しむべきかな！」とも、「古人曰く『死に一寸近づこうとも、生き延びるために一尺退くことなかれ』。貴公が台湾を占領せんとするは、これ退歩にほかならず」とも記されていた。

その後、鄭成功がこうした諌言を一顧だにせず、あくまで台湾を攻め取ろうとしていると見ると、それまでの詩情も感じさせていた文体は、諧謔の気味を帯びるようになった。

「もしも徐福の行方を訊ね、盧敖《ろごう》の故に倣うのであれば、一時の安寧をむさぼることができようとも、千年先まで嘲笑われ、そしりを受けることになろう」などと。

そしてオランダ人の撤収後、張煌言の筆は烈しく鄭成功を非難するようになった。

「清秋、井戸の傍らの梧桐《ごとう》の老木に蕭蕭と風が吹く。斉の襄王《じょうおう》は莒《ろ》の国にあって涙乾かず。七十二城を望みながら、兵を挙げぬは田単なり」

　長年の盟友からもこうした圧力を受けながら、鄭成功はかたくなにルソン遠征の作戦を練っていた。リッチ神父を台湾へ呼び寄せたのもその一環である。リッチは王城に着いてから、初めて自分が担うことになる任務を知った。それはイスパニヤのルソン総督に、一通の書簡を届けることであった。リッチは、ルソンのイスパニヤ当局が長年にわたり明国の商船を妨害してきたことに対し、鄭成功が憤慨しているのを知っていたが、それでも書簡の文面を読み、顔が引きつった。それは罪状を糾問するようなものではすでになく、ほとんど宣戦布告に等しいものだったからである。

「……汝らは小国の分際にして、あの野蛮なるオランダと違う所なく、我が商船に危害を加え、騒乱の元を作っている。余はすでに台湾を平定し、数十万の精鋭と一千隻の軍艦を擁するものなり。この度、余自ら軍を率い、征伐に向かう。……もし汝らがただちに非を悟り、頭を垂れて朝貢に来るならば……余は恩情を施し、過去の罪を赦す。……だがもし、なおも狡猾で卑怯な振る舞いを続けるならば、我が艦隊が火の如く攻め寄せ、汝らの町に貯め込まれた金銀財物は跡形もなく燃やし尽くされるであろう。そうなってから後悔しても遅い。オランダはその前例なり。前方の車が転倒するのを見て、後方の車はよくよく警戒すべし」

　リッチは恐れ、うろたえた。彼が知る鄭成功は、戦場においては確固たる自信を持ちながらも軽挙を慎み、丹念に策略を練り上げてから実行に移す人物であり、このように傲慢な語り口と物事のなし方をするはずがなかった。唯一金陵の役においては､気の緩みのゆえに敗北を喫することとなったが、それとても軽率な行動に出たがためではなかった。

　鄭成功のヨーロッパ人への対し方は、オランダ人に送った数々の書簡から見てとれるように、驕りたかぶることも、へりくだることもなく、常に「理」に則ったものだった。時折は道理を欠く感情的な行動に出ることもあったが、このルソン総督に宛てた書簡のように、脅迫一辺倒などということは一切なかった。

　一年前、台湾のオランダ勢力に戦いを仕掛けるにあたっても、どれほど慎重に、小心翼々と駒を進めていたことか。いの一番に地勢を把握し、兵の士気を上げるべく香を焚いて天に祈りを捧げもした。それらに先立ち、オランダ側が鄭成功のフォルモサへの野心を探ろうとして書簡を送った際には、そのような意図は全くないと、相手に信じ込ませることにも成功した。なのにこの度は、戦力もまだ整っていない内から、かくも盛大に鳴り物を打ち鳴らしている。これはみすみす敵方に準備の時間を与え、万全の布陣を敷いて味方を迎え撃ってくれと言っているに等しい。これがなんで用兵の道に則っていると言えようか。

——よもや国姓爺殿は、世界最強といわれるオランダ人を打ち負かしたがゆえに、ヨーロッパ人を軽く見ておられるのでは？　いやいや、そんなはずはなかろう。二万の大軍でわずか二千に満たぬオランダと戦いながら、九か月もの時間を要し、かつオランダ側の数倍に上る戦死者を出したのだから、楽な戦いでは決してなかったはずだ。しかもイスパニヤは一五六四年にセブを、一五七〇年にマニラを占領し、百年近くもかの地を治めている。領土も相当に広い。攻略は「朽ち木を引き倒すように容易い」と言われるが、そう上手くいくものか。あのお方は、一体どうしてしまわれたのだろうか……。

リッチがいくら思案を巡らしても、その疑問は解けなかった。

リッチは将軍たちの話から、鄭成功が以前オランダ人牧師に降伏勧告書を持たせてゼーランディア城へ遣わした件も知った。

——国姓爺殿は、宣教師を遣いにやるのがお好きと見える。そう思って苦笑し、自分もこの件を引き受けざるを得まいと覚悟した。

——断ることは不可能だが、自分の身をどうにかして守らねばならぬ。オランダ人牧師が同胞の下に派遣されたのと違って、イタリア人の私が、イスパニヤ人の元へこのような最後通牒を届けるのだから。一つ間違えばこの首が飛び、両国の外交問題に発展する恐れもある。

他方において、ルソンに暮らす数万もの漳泉地方出身者に危害が及ぶことも危惧された。かつてリッチが福建語を習った相手はマニラの漳州人であり、現在の宣教活動の拠点である廈門などは、まさに漳泉人の都市だった。彼は懸命に祈った。

——天にまします父よ。この手に余る使命を上手く果たすことができるよう、どうかお知恵をお授けくだされ……。

鄭成功の近頃の挙動を訝しく感じているのは将兵たちも同様で、兵卒の間ではひそひそ話が絶えなかった。

「次から次に悪い報せが入ってきたせいで、国姓爺様のお気持ちはどん底にまで落ち込んでしまわれた。唯一、戦を続けることだけが、悩みを忘れさせてくれるのだろうて」

と言う者もあれば、ある兵卒などは笑いながら、

「国姓爺様はオランダ人の妾が出ていってからというもの、恋しゅうてならず、夜もろくに眠れておらぬ。ルソンを攻めに行くのは、また別の紅毛の女を抱きたいからなのさ」

と大それたことを言った。ほどなくしてその男は、別の罪名により打ち首となった。

一六六二年四月末、リッチ神父は将軍十名の同行の下、十隻の大型帆船に分乗し、表向きは堂々と、内心では恐々としながら、安平からマニラへ向けて旅立った。

◆

ルソン遠征の準備中、鄭成功は廈門にいる尚書・唐顕悦《とうけんえつ》からの書簡を受け取った。唐顕悦は成功の子・鄭経の正室の祖父であったため、親族としての格は成功より上だった。なお正室の父親は数年前、清軍からの逃亡中、不幸にも清兵に殺害された。

この少し前には、鄭経の長男が誕生したとの報告が廈門から届いていた。それは続けざまに凶報が舞い込むなかで、唯一の喜ばしい報せであり、祖父となった鄭成功は全軍に褒賞を与えてこの吉事を祝った。ゆえに唐顕悦の書簡が届いた時も、彼は初め、唐が眷属の長老として祝辞を送ってきたのに相違ないと思い込んだ。

それを読み終えた鄭成功が卒倒せんばかりに怒り狂うとは、誰が予想し得ただろう。そこに書かれていたのは祝辞どころか、糾問のために台湾に兵を差し向けるというものだった。

唐の訴えるところでは、成功の孫は鄭経と彼の弟の乳母が私通して産まれた子供であった。

「乳母は『三父八母〔三父は同居している継父、同居していない継父、および継母の再婚相手を指し、八母は嫡母、継母、養母、慈母、嫁母、出母、庶母、乳母を指す〕』の一つなり。貴殿は令息が不義の子をなしたというのに、譴責せぬばかりか祝儀を配るとは！」

と書かれ、さらには成功に対しても「家を正しく治めることもできずして、安《いずく》んぞ国を治め得よう」などと非難の矛先を向けていた。

鄭成功は幼い頃を除いて、このように誰かから激しく罵られるようなことがついぞなかった。いわんや彼の鼻先に指を

突きつけているのは、親族の長老である。さらにまずいことに、成功には反論する術がなかった。息子の教育が行き届いていなかったのは事実であり、それについては誰をも咎め立てできなかった。成功自身、長年戦場を転々としていたため、鄭経は幼少期から曾祖母の黄氏に溺愛されて育った。通称を「錦舍」と言ったが、その名の通り、箱入りにされた坊ちゃんそのものであった。世間知らずのぼんぼんを閩南語で「阿舍」と呼ぶが、その言葉もぴったりだった。

書簡を握る成功の手は、わなわなと震えていた。ただちに使者に令箭《れいせん》〔昔の軍隊において命令の証拠として用いられた、矢に似た形の木板〕を授けて廈門へ遣わした。命令は従兄の鄭泰に向けられており、四名を処刑するよう求めていた。四名とは、鄭成功の実子である鄭経、孫とその母親、そして正室の董夫人であった。董夫人までもが含まれているのは、子への躾が甘かったという理由による。

鄭泰はとても信じられず、いかに対処すべきか判断しかねた。自らこれらの人々を手にかけるなど、到底できるものではない。どう考えても、そこまで重い罪だとは言えないし、それに後になってから、主君が後悔の念にさいなまれないとも限らない。

鄭泰はそのように考え、結果として乳母、すなわち赤子の母親だけを処刑した。しかし成功の怒りは収まらず、残る三名の処刑をかたくなに求め、監視のために高位の将軍である周全斌を廈門に送りさえした。

廈門の諸将は、軍法では主君を制止し得ないと察し、窮余の策ながら、家法を持ち出して反論を試みた。鄭泰は鄭成功の従兄にあたるので、家法に則れば、兄は弟の要求を拒むことができる、と。そして「この命令は筋が通っておらず、服することは不可能なり」との一語で押し切り、周全斌を拘禁してしまった。

鄭成功は、不幸のどん底に転がり落ちていく最中にいるかのようだった。半生、反清復明の英雄を自任してきたが、突如として万事が立ち行かなくなり、盟友からも親族からも非難を浴びせられ、心身共に疲弊しきっていた。

そこへ泣き面に蜂とばかりに、この上なく残酷な報せが、立て続けに三つも飛び込んできた。その衝撃の重さを喩えれば、駱駝の背に載せられた稲藁どころでなく、一千斤の重さを持つ三つの鼎《かなえ》にも等しいものだった。

一つめの鼎は、六月初めにルソンからやってきた。イスパニヤのマニラ総督は、リッチ神父が携えてきた鄭成功の書簡を読んだことで、自領内の漢人――それも特に明の支持層――に対して、にわかに疑心暗鬼になった。そして機先を制すべく、彼らを虐殺しにかかった。犠牲者の数は数万にも上ったという。たった一通の書簡が、成功と同郷の移住者たちの間に、とてつもない悲劇を引き起こしてしまったのである。

二つめの鼎は、廈門に発する。金門・廈門両島の将兵は、大胆にも特使の周全斌を拘禁した後、連名で「主君の恩には報いるが、命には従えず」との声明を発し、鄭経を処刑するようにとの命令を拒否した。それが意味するところは、嫡子・鄭経が一軍を統べて独立し、公然と父に刃向かい、対等な関係を求め始めたということである。この状態が長引けば鄭家の勢力が二つに分裂し、海を隔てて対峙することになるのは必然だった。

三つめの、最も重たい鼎は雲南からやってきた。鄭成功が一縷の希望を繋ぎとめていた永暦帝が、前年末に清の名将・呉三桂により生け捕られ、四月二十六日に太子と妃共々絞殺されたというものだった。これをもって、明王朝は完全に滅びることとなった。

十七年間にわたり「反清復明」の旗印を掲げ、鉄人の如く明王朝を支えてきた鄭成功は、ついに心の骨が折れたかのように、がくりとその場に倒れ込んだ。身体の病状はさほど重くなかったかもしれないが、心はもはや虫の息だった。長年燃やしてきた志も消え、六月十六日以後は終日床に伏すようになった。

三十九年間、彼は計り知れぬ苦難に耐えてきた。生まれる前に父親が母の下を去って台湾へ渡り、幼少期に家族の温もりを存分に味わうことがなかった。後に成功も母と別れて父の家庭に入ったが、継母や異母兄弟らから冷遇され、嘲られ、無慈悲な眼差しを浴びせられた。彼は学問に奮励して自らの優秀さを示し、ついに父の寵愛と、明の皇帝を始めとする他者からの高い評価を勝ち取った。

しかし満州人の猛然たる侵攻を前にして、父子は永久に反目し合うことになる。ようやくにして再会を果たせた母親は、清兵の陵辱を被って自害。それから十数年が過ぎた今、北京に囚われていた父親と異母弟たちも自らが原因で処刑され、今や近親者は弟の鄭淼を残すばかりとなった。

忠孝並び立たず。孝を移して忠を作《な》す。そう口にするのは容易いが、実行に移した結果、一族は離散し、多くの者が死に、残された者の心も憔悴しきってしまった。哪吒三太子を模範にもした成功であったが、志を遂げるのは一筋縄ではいかなかった。

仮に永暦帝の安全を確保し、明王朝の命脈を繋ぎとめていられたら、孝を移して忠を作《な》したことで慰めにもなっただろう。鄭成功が台湾を獲得し、「東都」の建設に励んでいるのは、まさに帝《みかど》をここへ迎え入れたいと願ってのことだった。その帝が崩御したことで、「東都」の意義も失われてしまった。

しかし、だからといって元号までをも改めるわけにはいかない。「余は延平王として、永久《とこしえ》に明の正朔《せいさく》〔暦。転じて、天子の統治〕を奉ずる」として、永暦の元号を用い続けると決めた。

十六年に及んだ過酷な戦争は、軍兵は言うまでもなく、無辜の民にも夥《おびただ》しい犠牲者を出した。十年前の漳州府包囲戦では七十万近くの住民を死なせ、その後の戦役においても虐殺を重ね、その都度膨大な死者を出した。この度も、まだ軍を動かしてもいない内から、すでに万に上るルソンの同胞の生命を奪うことになった。

「天よ！　成功の罪の深さはいかばかりか！」

三十九年の間、彼はずっと自惚《うぬぼ》れてきたといってよい。忠・義・節・孝を一身に背負っていると信じてきたが、今、そのすべてが空虚なものになってしまった。父母に孝を尽くすことも叶わず、父と弟を巻き添えにし、その上実の子と孫、夫人をも殺害しようとしている。自分で自分が堪えがたかった。臣下は命に服さず、子も妻も自分を見捨て、故郷にちなんで付けた「安平」の地名も今やむなしく響く。奮闘の目標に据えてきた明王朝は滅亡し、先代の皇帝に対しても、永暦帝に対しても面目が立たなかった。張煌言の批判は正しかったのかもしれない。明が滅んだことで、鄭成功の東征は物笑いの種となってしまった。生涯の目標が失われた今、このまま生きていくことに何の意義があろうかと、成功は自問した。父・芝龍が清に降ってから、彼は内心、永暦帝を父親のようにも思っていた。結果として、彼は二人の父親に対して大きな不孝をなしてしまった。

五代十国時代の南唐の王・李煜《りいく》の詩に曰く、「往事は已に空と成りしが、いまだ夢のなかにいるが如し」。希代の英雄を自負してきた鄭成功だが、今や宋の侵攻を受けて国を失った李煜とも重なる境遇にあった。

鄭成功は生涯、成功を収めることができなかった。それゆえ自らの名に対しても恥じらいを覚えた。唯一、祖先の霊に堂々と報告できるのは、台湾を手に入れ、数万の大軍をそこに安住させたことである。しかし彼はまた、張煌言から浴びせられた「三千の女は五百の烈士に遠く及ばず[56]」という厭味も思い出した。

　成功は少しずつ、ある決心を固めていった。彼の身体には母親から受け継いだ日本人の血が流れている。日本の武士は辱めを受けた際、それに甘んじはしないものと考えられている。父は死に、君は亡く、臣は抗い、民は殺された今、このまま生きながらえることは、屈辱以外のなにものでもない。

「天よ！　この鄭成功、かくも無様に恥をさらし、なんで生をむさぼれよう！」

　――かつて俺は、父の意思に従って辮髪の徒に降るをよしとしなかった。そして今、我が子が我が命に背き、いくら呼びつけても台湾に来ようとせぬ。これも報いというものであろう。錦舎があくまで来ぬのなら、父子が海を挟んで対峙することになる。いずれは俺が一軍を率いて廈門を攻めねばならなくなる日も来よう。そんなことになれば、鄭家はいよいよ天下の笑いものだ。事ここに至れば、父子がこれ以上に傷つけ合うのを避けるためにも、また俺自身の面目を保つためにも、残された道はただ一つ。父は、俺のせいで死んだ。俺もまた同じように――

　意は、決した。おもむろに寝台から身を起こし、順序立てて準備に取りかかった。

　まず遺書を書いた。自害すると決めた今でさえ、子の錦舎に対しては、入り混じった愛憎の念が拭えなかった。心の奥底では、彼をもう許していたが、憎らしくもあった。

　――錦舎に一国を統べる器はない。台湾の、この土地の未来は、弟の鄭淼に任せよう。

　末弟の淼は長年成功に付き従っており、その言行は礼節をそなえ、誠実さがあった。成功は筆を取り、すばやく紙に書きつけた。

「子・経は不肖にして、重責に堪えかねる。文武各官、末弟を台湾王に推挙し、よくよく補佐すべし」

　それから食事をとらずに沐浴し、官服を纏い、帯を締め、冠を被った。何日も床に臥せっていた主君がついに身を起こしたと聞きつけ、歓喜して居室の外に駆けつけてきていた臣下らは、この時を待って、成功に恭しく拝謁した。

　人生の最後に至っても、成功はなお息子と夫人を諦めきれず、二人が考えを改めて台湾に来る姿を一目でも見たかった。心を奮い起こし、側近に支えられながら、望遠鏡越しに水平線を覗き込み、臣下にも訊ねた。

「澎湖から船は来ておらぬか」

答えは「否」。奇蹟が起こらなかったと知ると、彼はかすかに笑い、寝台の上で休みながら、かつて舟山群島沖で水難に遭った六人の側室と三人の幼い息子たちを思った。

——黄泉にて再び見《まみ》えん！

また、クリスティーナのことも思った。彼女と共に過ごした百余日と、金陵の太学に学んでいた時期は、彼の生涯でただ二つの、はかなくも楽しい日々だった。

馬信も息を弾ませながら入室した。主君が鄭経のことで頭を痛めているのを知っている彼は、一番に慰めの言葉をかけた。

「若様は確かに過ちを犯されました。なれど、天にまで聞こえるほどの大罪ではございませぬ。なにとぞお怒りをお収めになり、処刑のご命令をお取り消しくださいませ」

だが、鄭成功は何の反応も示さなかった。彼の内心の決意を知る者は誰もなかった。鄭成功は侍従に酒を注がせ、襟を正し、背筋を伸ばして坐り、「太祖祖訓」〔明の太祖・朱元璋によって編まれた後世の皇帝への遺訓〕を朗々とした声で読み上げた。一帙《いっちつ》読み終える毎に酒を一杯飲み干し、束の間に三杯飲んだ。祖訓は残されていても、明王朝はすでに無い。彼自身もまた、人生の幕を下ろそうとしている。

この時、都督・洪秉誠《こうへいせい》が薬を献じた。鄭成功が何日も床に伏していたのは身体の病によるものと推し量り、特別に調合した薬だった。

「汝らは何も解っておらぬ！」

成功は怒号を飛ばし、寝台の上から薬を床に放り投げた。薬水が勢いよく床に飛び散った。洪秉誠は驚きと恐れに駆られ、その場に跪いた。

鄭成功は再び立ち上がり、ゆっくりと息を吐いた後、よく通る声で言葉を発した。

「我が国の零落以来、枕辺に武器を置き、血の涙を流すこと十と七年。流浪を続けながら、日に日に罪を重ねてゆくばかり。今日、辺境に身を隠し、人の世を去らんとす。忠孝何れも虧《か》き、死んでも死にきれぬ。天よ、天よ！　なにゆえ孤臣をかくまで追い詰めたまいしか！」

臣下らはこれを聞いて仰天した。てっきり主君は病のため伏せっているとばかり思っていたところ、この日酒を口にし、書物を読み上げ、その上薬の器を力一杯投げつけたりもしたのを見て、心身とも本来の調子を取り戻されたのだと、いっときは喜んだ。ところが続けざまに「死んでも死にきれぬ」などという不吉な言葉を口にしたのだから。それはあたかも遺言を伝えているかのようにも見えた。

困惑して自分を見つめる無数の顔をよそに、成功は再度、鋭く叫んだ。

「先帝と亡き父に、会わせる顔が無い！」

いつから懐に忍ばせていたものか、成功の手には匕首《あいくち》が握られていた。

次の瞬間、思いきりそれを顔面に突き刺したかと思うと、返した刀を首にも刺した。そしてオランダ人が残していった西洋風の寝台の上に、仰向けに倒れた。鮮血が泉のように吹き出していた。

一同は、この信じがたい一幕に驚愕しながら、転がるように寝台に駆け寄った。目は丸く開き、手足はしばし激しく震え、やがて完全に動きが止まった。

馬信はただちに赤緞子《どんす》を取ってきて遺体にかぶせ、無惨に傷の刻まれた顔を覆い、慟哭しながら、かすれる声で言った。

「藩王様が……ご逝去なされた！」

その場にいた者たちも、みな床に手をついてむせび泣いた。

馬信は居室の一角に遺言状が置いてあるのを見つけ、黙読した。身体が震えてくる内容だったが、国の大事に関わることにて、躊躇なくその場で宣読《せんどく》した。それは末弟・鄭淼を「台湾王」とする旨の宣布であった。

続けて馬信は、安平を守る黄昭と北線尾を守る陳澤に、警戒と備えを一層固め、身元不明の船は一切近づけないようにとの伝令を送った。そして今後のことを思案した。

——国姓爺様は、永暦帝崩御の報に接したがゆえに、殉死なさったのだ。それは崇高な行為といえる。しかしながら台湾が嵐の渦中にある今、これをそのまま公にするのはまずい。いま一つには、この事実が素直に信じられるとは限らない。いま一つには、継承をめぐる騒動に火が点き、危機的な状況を招くこと必定であるから。鄭家内部の騒動に加えて、清軍も攻勢を仕掛けてこよう。

そこで馬信は軍令を発し、この時邸内にいたすべての者に対し、鄭成功が国に殉じるため自害した件を決して外部に漏らさないよう、きつく命じた。

後日、鄭成功が「急病により世を去った」という噂が広まると、それを信じた将兵は涙し、哀悼した。一方で「顔を引っ掻いて死んだ」などという、耳にしただけでは理解しがたい言説も広まっていった。

馬信は自邸に戻った後、ひどく呵責を覚えた。主君のすぐ側におりながら自害を制止できなかったことが、悔やんでも悔やみきれなかった。また主君の生涯を思うにつけ、悲しくてならなかった。生涯を戦いに捧げた英雄でありながら、寂しい黄昏を迎え、最期は悲憤の内に世を去ることとなってしまった。加えては局勢の悪化を懸念するあまり、国に殉じた主君の猛々しい行動を目のあたりにしながら、公表するのを控えざるを得なかった。こうした思いから、馬信もまるで匕首で胸をえぐられるような悲痛にさいなまれ、連日涙を流し続け、鄭成功の死後七日目に、自らもその後を追った。

◆

鄭成功は「剛」に徹した生涯の最後に、剛の極みとも、はたまた柔弱の極みとも見なしうる死に方を選んだ。時は永暦十六年五月八日未の刻、西暦では一六六二年六月二十三日、午後一時頃のことだった。

　幾多の艱難と内心の葛藤を経験してきた一個の傑出した魂は、ただ死ぬことによってのみ、苦難と矛盾に満ちたその時代から、抜け出すことが可能だった。

　鄭成功は屈辱を感じながら死んだ。死の間際には、台湾に来たことはやはり誤りであった、失敗であったと考えた。「反清復明」の悲願も破れ去った。それゆえ彼は、後世の人々が三百年以上にもわたって自らを英雄として仰望し、神として祭り上げようとは、想像だにしなかっただろう。成功は死後、民間において「開台聖王」と尊称され、高位の者からは「創格完人」と評された。

　鄭成功は、オランダ人が初めてフォルモサに来た年に生を受け、オランダ人がそこから引き上げた年に世を去った。まるで、台湾のためにこの世に舞い降りたかのような生涯だった。彼はそれまで三つの民族が混在する世界だったフォルモサを大きく変容させ、「台湾人」という新しい集団を出現させた。そうして台湾の歴史、東アジアの歴史を、大きく動かした。

# 第七十章　その後

（一）

一六六二年二月九日……太鼓の音が空の高みまで響くな

か、正装したコイエット以下五百名を超えるオランダ人が、隊列を組み、歩調を揃えてゼーランディア城を引き払い、大型帆船に乗り込んだ。そして三十八年間治めてきたフォルモサを離れ、バタヴィアへの航路に就いた。ただしコイエットが知る限りでは、四百余りのオランダ人が行方不明になっていた。

ハンブルク夫人アンナは、新港社からゼーランディア城までたどり着いた時、気力を使い果たしており、出港間際に船上にて死去した。コイエットは遺体をゼーランディア城たもとの水道のほとりに埋葬した。

二月末……北京で鄭芝龍とその息子ら十一名が清皇帝の命により処刑された、との報せが台湾に届く。

四月末……明王朝最後の皇帝である永暦帝・朱由榔《ゆうろう》、清国に寝返った呉三桂により処刑される。

六月二十三日……鄭成功、オランダ人がフォート・ゼーランディアと呼び、自ら「王城」と改称した城塞の、海を望む居室にて急死。オランダ人がフォルモサに入植した年に生まれ、フォルモサを離れた年にこの世を去った。

十月末……オランダ東インド会社バダヴィア商館が、アムステルダム本社の最高意思決定機関である十七人紳士会に次の報告を送る。「我々はコイエット氏について、よい見方をしていない。氏の手紙を何通か読み、その本心はスウェーデンにあると知った」

一六六二年から一六六四年にかけ、オランダ東インド会社は清国を支援するため三度にわたり艦隊を派遣し、金門と廈門において鄭経の軍を攻撃した。

一六六四年七月……オランダ軍が台湾北部の鶏籠を再度占領する。

一六六四年……フランスにて、フランス東インド会社が設立される。要人にはコイエットの義弟であり、フォルモサ行政長官も務めたフランソワ・カロンも加わっていた。仕える先をオランダから母国フランスに鞍替えしたのである。

一六六六年……コイエット、バンダ諸島へ無期追放の判決を受ける。

一六六七年……第二次英蘭戦争終結。新大陸におけるオランダ植民地ニューアムステルダムがイングランド領となり、オランダは引き替えに香辛料の産地であるバンダ諸島のラン島を得た。前者は今日のニューヨーク・マンハッタンとなり、その反面、後者はほとんど忘れられている。

一六六八年……オランダ人は自主的に鶏籠から撤収し、同時に台湾への執着も断ち切った。

一六七三年……フランソワ・カロン、リスボン沖にて海難事故のため死去。

一六七四年……コイエットの家族が二万五千ギルダーを納め、コイエットが恩赦を受ける。

一六七五年……コイエット、バタヴィアを経てオランダ・デルフトへ帰還を果たす。帰国船隊の隊長は政敵フェルブルフで、船にはフェルブルフの資産三十五万ギルダーも積まれていた。

一六七五年……『見棄てられたフォルモサ』と題する書籍がオランダで出版される。著者は明示されていないが、コイエットによって書かれたと伝えられている。書中では、オランダがフォルモサを失う原因を作った罪人として、ファン・ダー・ラーン、カーオウ、ファレンティン三者の名が挙げられている。

一六八三年……三十一年前に父と兄を鄭成功に処刑されたことから清の陣営に走った将軍・施琅が水軍を統率し、鄭成功の孫・鄭克塽《こくそう》と戦い、決定的な勝利を収める。後、ほぼすべての鄭家の子孫が大陸へ移送された。今日、台湾に住む施琅の子孫は鄭成功の子孫より遥かに多い。

オランダ人がフォルモサに勢力を持った時期は三十八年間（一六二四～六二）で、鄭家が清国と戦った期間も三十八年（一六四六～八三）であった。

一六八四年五月二十七日……台湾が正式に清国の領土に組み入れられる。

一六八四年……施琅、鄭家により新港社に監禁されていたオランダ人数十名を釈放。最後のオランダ人捕虜の一団は、講和成立から二十二年を経て、ようやくバタヴィアへ帰還した。

ユニウスらオランダ人牧師が考案したラテン文字によるシラヤ語表記法は、その後も継続して用いられた。これによって書かれた契約文書は「新港文書」と呼ばれ、今日も博物館などで見ることができる。現存する最後の新港文書とされているのは一八一八年に書かれた、オランダ勢がゼーランディア城を明け渡した一六六二年から百五十六年も後のものである。

一八二三年七月……巨大台風に伴って七夜にわたり豪雨が降り続き、漚汪渓《おうおうけい》（一六二九年、麻豆社の人々がオランダ兵を殺害した大河。今日の曾文渓。第三章参照）では上流から押し流されてきた大量の土砂により形状が変化した。外海に接していた河口が、台江内海に接するようになったため、以後沖積作用により徐々に海岸線が西へと後退していった。一八四二年（道光二十二年）には、かつて台江内海の内陸部から突き出すようにして伸び、先端にゼーランディア城と大員の町が築かれていた砂嘴（七鯤鯓）もすっかり消失し、「滄海《そうかい》転じて桑田となる」の喩えそのままに、辺り一帯は塩田になった。かつては海岸に面していた麻豆社も、今日では海岸から二十キロも離れている。台江内海があった地域で、今でも残っている水域は四草湖と、大小の養殖池である。そこでは鄭成功が最も好み、かつ現代の台南市民に最も好まれている「虱目魚《サバヒ》」という魚が養殖されている。

一八七四年……清の同治帝（愛新覚羅載淳）により鄭成功の名誉が回復され、当時の赤崁（現在の台南市中西区）に鄭成功を祀る「延平郡王祠」が建立される。

一九五六年……台湾北部で確認されていた最後の鹿が、フォルモサ人の射撃により死亡。

一九六九年……台湾東部で確認されていた最後の鹿が行方不明となり、野生の鹿は絶滅した。

二〇〇六年……スウェーデンに住むコイエットの十四代目の子孫が台湾を訪問し、鄭成功の霊前に詣でる。子孫はスウェーデン国籍を取り戻していた。

鄭成功の来台以後も、主として漳州・泉州地方の漢人が、台湾へ多数移住した。現在（二〇一一年当時）台湾の人口はおよそ二千三百万人であるが、このうち政府から「原住民族」として認定を受けているのは四十数万人だけである〔二〇二二年の人口は約二千三百五十万人で、認定された原住民族は約五十八万人となっている〕。

現代の台湾人は、漳泉地方出身者の子孫が七割強を占めるが、無論のことそのなかの相当数が平埔族（平地原住民族）の血筋も引いている。なおかつ、長い歳月が過ぎ去ったといえども軽視できないのが、オランダを始めとする西ヨーロッパ人の血筋である。

かつて、シラヤ族を含めた十ほどの平埔族が台湾南北に広く分布して暮らしていたが、今日ではその大半が漢人に同化してしまっている。シラヤ族の子孫たちは、台湾原住民族としての身分を回復するべく、政府への働きかけを長年続けてきている。

シラヤ語は一八三〇年以後、ほぼ失われてしまった。しかし二〇一〇年、シラヤ人の子孫であるUma Talavan（萬淑娟）女史と、その夫であるフィリピン人Edgar L. Macapili（萬益家）

氏の二人が、十七世紀にダニエル・グラヴィウス牧師が書き残した『新港語マタイの福音書』を解読して『シラヤ語彙序説』（原題『西拉雅詞彙初探』）を編纂した。これはシラヤ語の復活に向けて踏み出された尊い第一歩である。

（二）

陳澤は一六七四年に没した。彼が最期を迎えたのは台湾ではなく、廈門の思明という所である。その年、鄭経は大陸に向けて反攻の兵を挙げ、五十七歳の老将となっていた陳澤も、鄭経について廈門へ渡った。死は急病によるものだった。遺体は廈門の蔡坑山に葬られた。

陳澤が保生大帝を祀るために北線尾に建てた小さな廟（第四十三章参照）は、地元の人々から「龍虎宮《リンホーギン》」と呼ばれた。陳澤が赤崁地区の新居に落ち着いてからほどなくして、この廟も赤崁の南寧坊と西定坊の間に移設された（坊は区画の単位。現在の府前路と西門路の交差点に位置する）。長年の内に閩南語の音が転じ、今日では「良皇宮《リョンホンギン》」という名になっているが、依然として保生大帝が奉祀されている。保生大帝は民間において「大道公」とも呼ばれることから、この一帯は「下大道」という地名がついている。

台湾が清領に組み入れられてから長い歳月が過ぎたある時、北線尾の古戦場の一角に茅葺きの小さな廟が現れた。当時の人々は、この新しく建てられた廟は「鎮海大元帥」とその四人の兄弟をお祀りするものだと言った。

また、次のような話も伝えられた。鎮海大元帥は生前の名を陳酉《ちんゆう》といい、朱一貴の乱[57]の際、清朝に功を立てた武将である。しかし唐山に凱旋した後、濡れ衣を着せられて自害し、遺体がこの地にまで流れ着いた。住民たちはそれを知って憐れに思い、廟を建てて祀ったのだと。

ところが奇妙なことに、清朝の公式文書に、陳酉なる人物は存在していないのである。

土地の人々はこの小廟を「大将廟」と呼んだ。改修を重ねるにつれて構えが大きくなり、装飾もきらびやかになっていった。また、いつの頃からか定かでないが、文書においては「大衆廟」と書かれるようになった。ただし民衆が奉祀する主神は鎮海大元帥のままである。なお、「大将」と「大衆」の発音は、閩南語において完全に一致している。

一九七一年、この大衆廟において、驚くべき出来事が起きた。大将爺と通称される鎮海大元帥の託宣の下に信徒が廟の傍らを掘り進めたところ、百名にも上る先人の遺骸が掘り出されたのである。「大衆」廟の名称が、実態にも一致した。

鎮海大元帥の元の名は、陳澤だった可能性もある。しかし陳酉なのか陳澤なのかは、信徒にとって重要ではない。人々はそれについて関心を寄せていないし、神の本名は畏れ多くて口にするのもはばかられる。彼らがお祀りしているのは、あくまでもその土地の守護神である「鎮海大元帥」なのだ。

これは一つの民間信仰である。信仰の考証はまことに難しい。例えば「哪吒三太子」のモデルとなった人物が実在したかどうかについても同様だ。それに、証明されたからといって人々の信仰がより厚くなるわけでもない。

台南市の赤崁楼、すなわちかつてのプロヴィンチア城から徒歩十分ほどの所に、「陳徳聚堂」という名の史跡が建っている。台南に住む陳家の子孫の話によれば、ここは鄭経の治世に彼を補弼《ほひつ》した名臣・陳永華の旧居「総制府」の遺址だという。陳徳聚堂から名刹「天公廟」に通じる細い路地は、今でも地元の人々から「統領巷」という通称で呼ばれている。沿路には相当に古い赤レンガの壁も残る。

一六七四年、陳永華は「東寧総制使」の官職に封じられた。一方、陳澤の官職名は「統領」であった。

二〇〇〇年前後、歴史学者が考証を経て出した結論は、陳徳聚堂が陳永華ではなく、陳澤の旧居だというものだった。また研究者によると、陳永華の旧居は現在の台南公園に位置していた。旧居は後に「黄蘗寺」という名の寺として用いられたが、清代に焼き払われてしまった。その理由は陳永華が創設した「天地会」という秘密結社と関わりを持っている。

陳澤の正妻である郭夫人は長らく子を成さず、陳澤は晩年になって、ついに初めての子を授かった。それが郭夫人との間に生まれた子であるかは不明である。陳澤が五十一歳の時に生まれたことから「五一」と名づけられ、家系図にもそう記されている。しかし、陳澤が一六七四年に病死した時点で、子供は一人もいなかった。これは五一がその後（あるいは正式な命名さえなされない内に）夭逝したためと考えられる。陳澤には三人の弟がおり、それぞれ陳丑《ちゅう》、陳亥《がい》、陳拱《きょう》といった。陳亥の長男である陳安が、陳澤の養子となり後を継いだ。

しかし一般に、夭逝した子は家系図に名が記されないものだ。また、当代の名将であった陳澤の子孫が、先祖と陳永華を混同しているのも、常識的には考えにくい。何かしら、他人に知られては不都合な出来事があったのかもしれない。

史跡は、考証が可能である。

考証は、歴史学者の仕事である。
そして物語を書くのは、小説家の仕事である。

(三)

今日に至るまで、かつてオランダが統治していた地域の北端にあたる嘉義や、南端にあたる屏東に暮らす台湾原住民族にはしばしば、彼らの古い先祖の一人はオランダ人男性であると主張する人々が見られる。また、台南の町に代々暮らしてきた「福佬人《ホーローラン》」（漳泉地方出身者）の子孫にあたる人々について、彼らの台湾における最初の先祖を調べると、しばしばそれが、一人のオランダ人女性だと判明するのである。
「台湾福佬人のオランダ人祖母」に、謹んで本書を捧げる。

二〇一一年四月十六日午前六時三十九分　初稿完成

【注】

（1）Delft はハーグとロッテルダムの間に位置する古都。オランダ建国の父とも言われるオラニエ公ウィレム一世は、一五八四年この地で暗殺され埋葬された。

（2）Batavia はインドネシアの首都・ジャカルタの旧称。一六一九年にオランダ東インド会社が占領し、改称。総督府が設置され、東アジアにおける海上貿易およびジャワ植民地を管轄した。

（3）Georgius Candidius（一五九七～一六四七）、最初期のフォルモサ宣教師。プファルツ選帝侯領（現・ドイツの一部）に生まれ、戦禍を逃れてオランダへ移住。一六二七年から十年間フォルモサに滞在した。

（4）Pierter Nuyts（一五九八～一六五五）、第三代フォルモサ行政長官。タイオワン事件（後述）に際し人質として日本へ赴いた。

（5）「タイオワン事件」は一六二六年から十一年間続いた、貿易をめぐる江戸幕府とオランダ間の紛争。朱印船の船長だった浜田は、明の商人から商品を買い付けたが、大員長官から船の借用と明への渡航を禁じられ、受け取ることができなかった。翌年新港社のフォルモサ人十六名と漢人の通訳二名を連れて帰国し、オランダ人がフォルモサ人を弾圧していると幕府に訴えた。後にノイツ長官が日本に渡ったが、幕府に接見を断られる。一六二八年、浜田が再度フォルモサに到達すると、同行していた原住民と通訳が投獄される。六月二十九日、浜田と部下たちはゼーランディア城に乗り込んでノイツを拉致し、その上で協約の締結と人質の交換を求めた。その後オランダ人の人質を連れて帰国し、前約を破って人質を投獄し、平戸のオランダ商館を閉鎖した。一六三二年、オランダはノイツを人質にして日本に使節を派遣、交易の再開を求め、同意を得た。一六三六年になってノイツが解放され、事件は落着した（『台湾史小事典』中国書店を参照）。

（6）台江内海東岸地区の通称。閩南語では Chhiah-kham（チャカム）と発音され、オランダの文献には Sakkam と記されている。元は原住民集落を指す語と見られているが、異説もある。台南のほか、南投や澎湖、さらには中国や東南アジアにも同名の土地がある。字義は「傾斜のある赤褐色の土地」（翁佳音教授の説）。

（7）バンダ諸島（Banda Islands）は香料の一大生産地であり、オランダの植民地だったモルッカ諸島の一部。

（8）カンガン（cangan）は木綿生地の一種。一六二五年、オランダ人は十五匹（匹は長さの単位）のカンガン布と引き替えに、赤崁（プロヴィンチア）付近の川辺の土地を新港社から取得した。以降、双方には長く友好的な関係が築かれた。

（9）「閩」は福建地方の略称。「百越」と総称される中国大陸南方の諸民族の一つである閩越人が居住していたことに由来する。閩南は主として福建南部の漳州・泉州・廈門・金門を指す。閩南の汀州などには客家人も多く居住するが、彼らが閩南人と呼ばれることはない。

(10) ジャンク（junk）は船を表す閩南語Chun（ジュン）に由来すると思われる。十九世紀の英中辞典では「商船」と訳されている。なお当時の帆は布でなく、蓆《むしろ》と竹で作られたもので、これを篷《とま》と呼んだ。史料には「篷船」と記されている。台湾で帆に布を用いるようになるのは十九世紀末以後の事である（中央研究院翁佳音教授の説）。

(11) 一般にはこれをもって明朝の滅亡とし、その後明の皇族と遺臣によって南方に立てられた政権は「南明」として区別されるが、本作では南明が正統な亡命政権として扱われている。

(12) 現在の台南市中心部の西側にはかつて海が広がっており、長く突き出た砂嘴と幾つもの砂州によって外海と隔てられていた。この海域を「台江内海」（略称台江）、長く突き出た砂嘴は「七鯤鯓」と呼ばれた。ゼーランディア城と大員の町は、この砂嘴の先端に築かれていた。その後土砂の沖積が進み、現在では大部分が陸地になっている。

(13) 現在の高雄市岡山付近に存在した平地原住民マカタオ族の集落。オランダ人によって現在の屏東市阿猴社へ追いやられた。

(14) 台北内湖の碧山巌には開漳聖王の騎馬像がある。また台南市中正路一三一巷内の総趕宮には倪聖分が祀られている。

(15) 陳澤が鄭成功の陣営に帰属したのは一六四八年から五〇年の間と思われる。

(16) 当時オランダ兵の大部分は文盲であり、他方フォルモサ人はキリスト教に入信しさえすれば読み書きを習うことができた（十九世紀後半にフォルモサで布教を行ったスコットランド人宣教師ウィリアム・キャンベルの著述による）。それゆえフォルモサ人の識字率はオランダ兵のそれを抜いていたものと考えられる。近代国家において義務教育が実施される以前、通常は教会が教育機関の役割を負っていた。フォルモサはオランダ本国と同じ教会主導の教育制度が採り入れられ、かつ広く普及していた。これは同時代の西ヨーロッパでもできなかったことである。

(17) Daniel Gravius（一六一六〜八一）。一六四七年にフォルモサへ来たオランダ人宣教師。彼の最大の貢献は水牛を持ち込み、農耕技術を向上させたことである。言語の才能に長け、聖書やキリスト教教義の一部をシラヤ語に翻訳した。それらは今日シラヤ語研究の重要資料となっている。

(18) Carel Fabritius（一六二二〜五四）。レンブラントの優秀な弟子でありながら、独自の画風を探究した。十数点の作品が現存する。夫人の名はAgatha van Pruyssen。ただし実際にはヤンという人物の親戚だったわけではない。

(19) 笨港は現在の雲林県北港、打狗は高雄市、堯港は高雄市茄萣付近。魍港の位置については諸説ある。日本統治期の学者は台南の北門または嘉義の東石であるとし、戦後には嘉義県布袋鎮好美里と主張する研究者もいたが、史料には「麻豆渓（急水渓）の南」と記されていることから、現在の台南市北門周辺と考えられる（翁佳音教授の説）。

(20) 顔思斉は漳州海澄出身の、東アジア海域でよく知られた海賊の首領。鄭芝龍とは義兄弟の契りを交わしていた。魍港を拠点とし、フォルモサで病死。後に部下はみな鄭芝龍の傘下に入った。

(21) 一六三七年に落成したが、イスパニヤ人のフォルモサ撤退後、荒廃した。一六四四年オランダ人がこの付近にアントニー要塞を築いた。現在の淡水紅毛城である。

(22) Jacques Specx（一五八五～一六五二）。日本で二十年近く暮らした後、東インド総督を務めた。

(23) Martinus Sonck。初代フォルモサ行政長官、任期一六二四年～二五年。ゼーランディア城はこの時期に着工、当初はオラニエ城（Fort Orange）と呼ばれていた。

(24) 虎尾壠は現在の雲林県虎尾、土庫、褒忠一帯。二林は彰化県二林一帯。

(25) Gilbetus Happartius。一六四九年～五二年および五三年フォルモサに滞在し、同年現地で没した。彼が作成した虎尾壠一帯に住むフォルモサ人言語の辞書とキリスト教問答集は貴重な資料となっている。

(26) 当時の史料によると、一六四九年に納税を行った漢人は一万一千三百三十九人。オランダに帰順したフォルモサ人の集落は三百十五あり、人数は六万八千六百七十五人だった。

(27) オランダ東インド会社会社は原住民に対して課税をせず、原住民集落を含む定められた区域内で独占的に商業行為を営む権利を漢人に与え、引き替えに税を納めさせていた。この制度を贌社（オランダ語Pacht、閩南語pak）と呼ぶ。

(28) オランダ人によってフォルモサに持ち込まれた農作物および果物には、マンゴー、グアバ、トマト、唐辛子、茶樹（チャノキ）、ジャスミン、釈迦頭、蓮霧（レンブ）、銀合歓（ギンネム）などがある。

(29) オランダの史料によると、フォルモサへ移住した漢人の女性は一六四六年に二名、翌年九月に十七名と極めて少なかったが、一六四八年には福建地方の戦乱により数が増え、五百名ほどとなっている（江樹生教授の論文より）。

(30) 一六七五年フェルブルフがバタヴィアからオランダに帰国する際、三十五万ギルダーの財産を運んだ。東インド会社の高級役員の年収でも、せいぜい六百ギルダーであった。

(31) François Caron（一六〇〇～七三）。第八代フォルモサ行政長官を務めたフランス人。任期一六四四年～四六年。

(32) ライデン大学にて神学を学んだ後、布教のためフォルモサに渡る。後に蕭壠神学校の副校長に就任。

(33) フォルモサ開拓初期の指導者は、漢人でもほとんどの者がカトリックまたはプロテスタントのキリスト教徒だった。かつて鄭芝龍も仕えた貿易商人であり海賊の首領だった李旦も、Andreaという洗礼名を持っていた。なおフォルモサでオランダ改革派教会が主流だった一方、明朝と清朝ではカトリック教会が主流だった。明朝（南明）最後の皇帝となった永暦帝の生母もカトリック教徒であり、救援を請う書簡をローマ教皇に送っている。

（34）プロヴィンチア城（現・赤崁楼）は郭懐一事件後に築城されたとされるが、それ以前にも小規模な砦が存在したと考えられる。

（35）この時代にこの歌はまだ存在しなかったと思われるが、歌詞に深い集団意識が表れているため特別に引用した。

（36）第十一代フォルモサ行政長官 Cornelis Caesar。任期一六五三〜五六年。

（37）朱由榔《ゆうろう》（一六二三〜六二）。崇禎帝の従弟にあたり、桂王とも称する。崇禎帝の自殺後に南方で樹立された南明の第四代皇帝に即位、清と抗戦を続けたが、次第に劣勢になり、放浪を続けた。

（38）Johannes Vermeer（一六三二〜七五）。終生をデルフトで過ごした。よく知られた『真珠の耳飾りの少女』『牛乳を注ぐ女』のほか、一六六〇年頃のデルフトの街並みを描いた『デルフトの眺望』という作品もある。

（39）Joost van Bergen van Damswijk。一六三四年からフォルモサに滞在し、短い間にシラヤ語を身に付け、通訳を務めたり、カンディディウス牧師の布教活動を手助けしたりした。フォルモサ人集落の政務官も務めた。

（40）鄭泰（一六一二〜六三）は鄭成功と同じ祖父をもつ従兄にあたり、長年にわたり戸官（財務責任者）として鄭家の貿易商業組織の財務を管理した。何斌は鄭泰から少なからぬ金を借りていた。

（41）Martino Martini（一六一四〜六一）。一六四三年、中国に来たイタリア人イエズス会修道士。ヨーロッパと中国の科学文化交流において、マルコ・ポーロとマテオ・リッチに次ぐ貢献を成した。

（42）Nicholas Vermeer。自由商人の身分でフォルモサに滞在し、私有のジャンク船を操って大員、澎湖、淡水などを行き来した。フォルモサ各地を訪れた数少ないオランダ人の一人。

（43）鄭成功の兄弟は五行思想に基づいて命名されている。鄭成功の幼名は森であり、焱、垚、鑫、淼と続く。

（44）大員の北にあった砂州で、現在の四草大衆廟周辺。台江内海の沖積作用により今では内陸になっている。旧称は北汕《さん》尾。「汕」は砂州の高みを表す。

（45）一六二七年着工、三一年に落成した Redoudt Zeeburch。三層構造で壁の厚さ二・五メートル、六門の大砲を備えていた。正確な位置はわかっていない。

（46）漢字では放索人と書かれる平地原住民族。現在の高雄周辺に居住していたが、一六三五年にオランダ人がダカリヤン社のマカタオ族を現在の屏東方面へ離散させた際、彼らも屏東へ追いやられた。

（47）当時、オランダ東インド会社の一般労働者の月給は約十ギルダーだった。

（48）一六〇九年、アムステルダム証券取引所が世界初の証券取引所として設立され、そこで最初に上場した企業がオランダ東インド会社だった。

（49）朱以海は明の初代皇帝朱元璋の第十子・朱檀の九代目の子孫。

張煌言、鄭成功ら明の臣と共に南攻する清軍に抗った。拠点の舟山諸島が敵の手に落ちてからは金門島に逃れ、その地で没した。鄭成功が台湾に渡ってからも張煌言は浙東地方に留まり、清兵に捕らえられ、投降を拒否して処刑された。

(50) Hendrick Noorden。彼の一六六一年から六二年にかけての日記には、鄭成功のフォルモサ侵攻に関する出来事が詳細に書かれている。

(51) Victorio Ricci(一六二一～八五)はイタリア人のドミニコ会神父。一六五五年に廈門へ赴く。鄭成功は彼を幕僚の一人とし、たびたびイスパニヤ人との交渉のためマニラへ送った。一六七三年に出版した『中華帝国におけるドミニコ修道会の活動』(英題 *"Acts of Order of Preachers in the Empire of China"*)は鄭成功研究上の貴重な史料である。

(52) 今日の台南市永康区洲仔尾。鄭成功率いる大軍が初めて上陸した地点。

(53) ギリシア神話にて、トロイアの王女カサンドラはアポロンから預言の能力を授かったが、アポロンの求愛を拒んだことで、預言が誰にも信じられなくなる呪いをかけられた。その後カサンドラは木馬がトロイア城に入ったら国が滅びると預言したが、誰もその言葉を信じなかった。

(54) 鄭成功はさらに赤崁地区を「東都明京」と改称し、北部に天興県、南部に万年県という行政区域を定めた。

(55) 別の説によると、鄭成功直属の将に林鳳という名の者はいなかった。成功に重用された勇衛将軍・黄安の配下には同姓同名の将がおり、一六六六年鶏籠のオランダ勢を攻めた際に戦死している。しかし地名の由来がこの人物にあるとは考えにくい。他方、長年東南アジアで活動した海賊の首領にも同姓同名の者がいた。一五七四年前後、二度に渡ってマニラを攻撃し、イスパニヤ人と何日にも及ぶ激戦を繰り広げたが勝利には至らなかった。彼がかつてこの地を避難港としていたことに由来している可能性もある。

(56)「三千の女」は秦の始皇帝の時代、不老不死の薬を求めるという名目で三千の若者を連れ東方へ旅立った徐福一行を指し、「五百の烈士」は前漢初期、斉王の一族である田横が劉邦に召し出されて洛陽へ向かう途上自害したのを受け、殉死した五百の家来を指す。ここでは東方の安寧の地へ向かった者たちよりも、主君に殉じた者たちのほうが尊いという意味合いを持つ。

(57) 一七二一年、役人の腐敗に対し不満を抱く民衆による大規模武装蜂起事件。反清秘密結社・天地会のメンバーである朱一貴を首謀者として高雄に発し、一時は西部の大部分を制圧したが、福建から派兵された官軍により鎮圧された。

# エピローグ

台湾、台南市、安平。二〇〇四年。

一面に広がる緑地と養殖地のなかに、壮麗な四草大衆廟が屹立している。三百年前、この一帯は台江内海に面する砂地で、北線尾と呼ばれていた。当時この廟は竹で組まれた壁に稲藁をかぶせただけの、至って簡素な造りだったが、現在はサッカー場一つ分ほどにも広く、高さもビルの六階か七階に相当し、絢爛たる色彩を帯びている。

真新しい黒のセダンの車列が、バイクに導かれて市街地の方角から現れ、廟の門前に次々と横付けした。早くから待機していた廟の関係者や地元の名士たちが出迎えるなか、前オランダ王国首相、駐台湾オランダ大使に続き、随行する多数の代表処〔大使館に相当する機関〕職員や台南市政府役員、記者たちが広場に降り立った。四月の朝ながら、南台湾の太陽は地上を強く照りつけている。スーツに身を包んだオランダの来賓や市の役員たちのなかには、こらえきれずハンカチで汗を拭う者もいた。

前首相は廟を仰ぎ見、感嘆の表情を浮かべながらしばしの間たたずんでいた。この廟はオランダにあるほとんどの教会よりもずっと大きい。前日、彼はゼーランディア城址に残る城壁を見に行った。斜陽を浴びてオレンジに映える赤レンガ造りの城垣は、昔の名残を留めていたが、周囲には民家が林立し、海岸線も遠ざかっている。ここが熾烈な海戦と陸戦の交わされた古戦場だとは、彼には想像もつかなかった。その後、当時台江内海を挟んで対岸に位置していたプロヴィンチア城にも訪れた。現在は大通りに貫かれ、中華式の楼閣に造り替えられて「赤崁楼」と呼ばれている。ゼーランディア城に輪をかけて、オランダ統治期の痕跡が失われていた。なお赤崁とは、当時のこの地域一帯の呼び名である。

ゼーランディア城址も、プロヴィンチア城址も、思いえがいていた規模よりずっと小さかったのに、この廟は逆に想像を凌駕する大きさであることが、彼にはひどく不思議に思われた。ここで祀られているのは、たかだか「国姓爺」鄭成功幕下の海軍司令官だった人物に過ぎないのではないか。

彼がオランダからはるばるフォルモサ（今では「台湾」と改称し、電気通信技術の先進国となっている）までやってきたのは、ひとえにこの廟を見るためであった。きっかけは駐台オランダ大使から、この廟の傍らにはゼーランディア城攻防戦において戦死したオランダ人兵士の遺骨が多数、埋葬されているという話を耳にしたことだった。聞けば遺骨が掘り出されたのは一九七一年のことだったが、その後の三十年間、前任の大使はこの件に注意を払ってこなかった。それがつい二年前（二〇〇九年頃）、歴史を愛する学者タイプの現任大使が着任すると、ひたむきな態度で、十七世紀の三十八年間にオランダ東インド会社がフォルモサで展開した事柄の研究に着手した。地元住民から「紅毛」と呼ばれてきたオランダ人の遺跡も当然見逃さず、一つ一つ丹念に調査して回った。この大使とかねてから親しい間柄だった前首相は、その話にいたく感動をおぼえた。国政を司る人間が、歴史に対する感受性を持たないことは許されない。しかしこの話を聞いた時、彼はまだ首相の座にあり、国際政治の都合上、ただちに台湾を訪問することはできなかった。任期終了をまってすぐに台湾を訪れ、三百年間異郷の土に埋められてきた英雄たちの魂に向けて祈りを捧げたのだった。

一行が廟内に足を踏み入れるや、古典的な楽器の音色が響きわたり、建物全体が厳かなムードに包まれた。キリスト教徒である前首相は、廟の管理者から手渡された三本の大きな香を両手に捧げ持ち、音楽と香の薫りのなか、郷に入らば郷に従えと、主神である「鎮海大元帥」に向かってうやうやしく三度拝礼した。かつてオランダ軍と鄭成功の軍隊が最初に戦火を交わした際、オランダ側が大敗を喫し、それが後にフォルモサを失う主たる原因になったこと。そしてその時の相手側の大将こそ、この「鎮海大元帥」であったことを、彼は知っていた。

大使の案内の下、前首相は左側の門から外に出て、裏手にひっそりと立つ、高さ約一メートル、直径七、八メートルほどの、セメントで造られた円柱型構造物の前に来た。説明が書かれた立て札などはなく、ただ「荷蘭人骨骸塚〔オランダ人納骨塚〕」

と漢字で書かれた札が嵌め込まれているのみだった。

彼はそこで改めて香を上げ、腰をゆっくりと深く折り曲げて敬意を表した。彼が身を起こした時、両の頬に涙が伝っていたことに、目のいい人は気づいただろう。

しばらくの間、そのまま微動だにしなかった。墓が、彼が想像していたより遙かに粗末だったこともあり、万感の思いが胸にこみ上げてきた。

——あの時代、オランダは新興国でありながら黄金時代のただなかにあった。オランダ東インド会社と西インド会社は、向かうところ敵なしの勢いで、四海を縦横にかけ巡っていた。ところが一六六二年、鄭成功に敗れてフォルモサを失った。それはオランダが海外諸国との戦争で喫した最初の敗北だったと言える。オランダ人にとっては考えるのも辛いことだが、その二年後にはイギリスにも敗れて北米大陸のニューアムステルダムを失い、さらに一六七二年、フランスがオランダに侵攻し、黄金時代は終焉を迎えたのだ。

オランダ東インド会社がゼーランディア城の建設を始めた一六二四年は、鄭成功が生まれた年でもある。そして一六六二年二月にオランダ人は投降しフォルモサを去ったが、その半年後の夏、鄭成功もこの世を去った。

「確かに、運命というものは存在する」と彼は小さくつぶやいた。

台南市役員の一人が祭文を詠み上げ始めた。かつて鄭成功の軍隊が詠んだ時と同じ、語尾を長く伸ばす、閩南語特有のイントネーションで。前首相は朗唱を聴きながら、当時二千足らずの軍勢をもって、万を超す敵から、孤立した城を九か月もの間守り抜いた最後の行政長官であるコイエットに、思いを馳せていた。

——過去には恐らく、彼を記念すべくこの土地を訪れた人もいることだろう。

『見棄てられたフォルモサ』という書物を、彼は読んだことがあった。それは降伏後、オランダ当局からその責任を負わされ、海外に十年以上も監禁されたコイエットが、出獄後の一六七五年に匿名で出版したとされる書物だ。とりわけ強く心を動かされたのは、コイエットが臨終の際、「鄭成功殿に感謝いたさねばならぬ。あの方は、わしが二十年以上力を尽くしたオランダにも増して、手厚くわしを遇してくださったのだから」と子孫に言い残したとされる話だった。

なお、まさにこの遺言のゆえに、前首相の訪問から二年後、コイエットの後裔もスウェーデンから台湾を訪れ、先祖代々の宿望として、鄭成功に祈りを捧げた。こんな逸話は人類の戦争史を通しても、極めて稀なものだろう。

——この「鄭蘭の役」は、両英雄の行動と、後世に及ぼした影響の重さに鑑みて、古代の叙事詩にも劣らぬ格調とスケールを具えた戦争だったと言えるだろう。

前首相はそう思い、それから前日に市の役員が見せてくれた文献に記されていた、ここに眠る遺骨がたどった、にわかには信じがたいエピソードを思い出し、かすかに笑みを浮かべもした。

一九七一年のこと。ここ大衆廟で祈安建醮《しょう》と呼ばれる道教の大規模な儀式を開催することになり、各コミュニティを代表する信徒たちが集まり、鎮海大元帥に指示を仰いだ。鎮海大元帥はタンギー〔神の言葉を伝える役職〕を通じて、廟の傍らに無数の人間が埋葬されていることを伝え、さらにタンギーに剣で地面を叩かせ、位置までも明確に示した。そしてこれらの遺骨を骨壺に納めて魂を慰めるよう、信徒たちに求めたのだった。

その場にいた信徒代表たちは半信半疑だった。というのも鎮海大元帥がお示しになった場所には、ヒルギモドキやヒルギダマシ〔いずれもマングローブの一品種〕が密生しており、墓があるとは思えなかったから。しかし彼らが元帥から指定された日に樹木を伐採し、土を掘りはじめると、数尺も掘らない内に、白骨を納めた甕が出てきた。その数の多さといったら、誰もが言葉を失うほどだった。この他、清朝嘉慶年間〔一七九六年〜一八二〇年〕に廟の修繕が行われたことを記す碑なども掘り出された。鎮海大元帥から指示された場所は全部で五つあり、不思議なことに、祟りを恐れない信徒がそれ以外の場所をどんなに掘ろうとも、何も出てはこなかった。

掘り出された骨の大きさはまちまちで、刀傷や弾痕が見られたことから、戦死者であることは一目瞭然だった。地理条件を鑑みて、鄭蘭戦争期の兵士たちだと考えられ、さらに刀傷のある骨はその多くがオランダ兵で、銃弾で穿たれている骨はその多くが漢人であろうとも推察された。

前首相は感慨に浸りつつ、想像を巡らせる。

――ある権威ある学者によれば、オランダ人の骨がここ四草に埋められたことは史料によって考証されている。一九七一年は、戦火のもっとも激しかった一六六一年から数えて三一〇年後にあたる。地上を赤く染めるほどの白兵戦の後、戦場を片付けた人々は、どのみち戦いはもう過ぎたことだからと、両陣営の兵士の遺骸を一緒くたに埋葬したのだろう。以来今日までの三五〇年間、国のために命を捧げた両軍の英霊たちは、同じ墓のなかで眠らされてきたし、これからも永遠にそうあり続けるのだ……。

西洋人がFormosaと呼び、漢字では美麗島とも書かれるこの島は、オランダ人がやってくるまで、ほとんど外界から隔絶された世界だった。これは奇跡的な事象とさえいえる。島の西海岸から中国大陸までは一六〇キロも離れていない。その間には、今日台湾海峡と呼ばれ、往年には漳泉地方〔福建省漳州と泉州〕の人々から「黒水溝」と呼ばれた海域が広がっている。対岸の泉州は、十二、三世紀にはすでに雲のように商船が連なる国際港湾都市だった。十五世紀には鄭和が西方の海洋を探検し、中国大陸南部からインド洋、さらにはアフリカにまで足を踏み入れたが、ほとんど目と鼻の先にあるこの島には訪れなかった。十七世紀に至るまで、中国の歴代王朝はこの島を明確に把握せず、所有しようともしなかった。この島を命名したことを明確に示す史料は存在しない。

三国時代の呉国は、東方の島を「夷洲」と記述し、隋朝は「流求」「琉球」「瑠求」などの名称を用いているが、それらが台湾本島を指したものであるかどうかは明証されていない。元代になって、「流求」がおおむね台湾本島を指すようになった。しかしその後の明代になると、「琉球」は今日の琉球諸島を意味するようになり、台湾は「小琉球」として区別されるようになった。

日本と琉球も、この島とは長きにわたって往来がなかった。ゆえにこの島はずっと「化外《けがい》の地」〔文明の外にあって、教化の及ばない土地〕であり続けてきた。十七世紀に入った頃から、中国大陸に根城を置く海賊や日本の浪人などが滞在するようになったが、彼らにとってはあくまでも一時的な寄港地に過ぎず、原住民と付き合いながら開拓したり長く暮らそうと考える者はいなかった。

十六世紀から十七世紀にかけて、明王朝はこの島を「東番」と称しているが、この字は明がここを「化外の地」と見なしていたことを示している。江戸幕府が野心を見せたこともあるが、成就しなかった。そして後からやってきたオランダ人が、かえって先手を取ることになったのは、歴史の番狂わせともいえる。この土地で最初に苦心して諸制度を打ち立て、探検し、開拓したのは、一年におよぶ航海を経てようやくたどり着けるほどの遠くに住むヨーロッパ人たちだった。この島を初めて正式に命名したのも、最初の地図を製作したのも彼らだった。東洋でいう「縁がある」とは、まさにこのことだろう！

この島の歴史は、その始まりからして世界史の一部だった。開発史の最初の三十八年間は、オランダ人あるいは広義のヨーロッパ人と原住民と閩南人、この三つの民族が、共に作り上げたものだ。このように幾多の民族が共同してある地域を開発した例は、世界でもそう多くないだろう。鄭成功の渡来後は、大勢の閩南人の移民たちが原住民と通婚し、彼らを自分たちに同化させてきた。それゆえ今日台湾に暮らす人々の多くは、フォルモサ原住民の血統をも受け継いでいる。さらに興味深いことに、ある医者が現代台湾人の遺伝子を研究して推論したところでは、およそ八パーセントの人がヨーロッパ人の血を受け継いでいるという。オランダ統治は遠い過去となり、その血もだいぶ薄まり、外見からも西洋人の血統を認めることはほぼできないが、しかし否定しえない事実のようだ。

前首相は、前日に大使から聞いた言葉を思い出した。

「この島の、とりわけ南部の山間地にある集落では、容貌に西洋人の特徴を具えた人々に出会うことができますし、島の各所には我々の先祖の遺跡や遺物が、少なからず眠っています。その上、当時のオランダ人宣教師が原住民のために考案したアルファベットによる言語表記法は、少なくとも一九世紀初頭、すなわちオランダ人がこの島を去ってから一五〇年後まで、依然として契約文書に用いられてきました。名称一つとってみても、「台湾」（Taiwan）とは、当時の漢人がゼーランディア城の隣の町を指して呼んだ「大員」（Tayouan）という名が由来となっているのです」

大員といえば、前首相は以前ライデン大学の図書館にて、大員とアムステルダムの間で交わされた書簡も目にしたことがあった。

――近年、北米大陸でも初期のオランダ系移民に関する歴史が着目されてきている。これまでアメリカ人がもっぱら関心を寄せてきたのは、一六二一年のイギリス人移民を乗せたメイフラワー号であったが、一六〇九年にオランダ西インド会社が今のマンハッタンに上陸し、フォルモサでゼーランディア城の建設に取りかかった一六二四年、かの地にニューアムステルダムを建設した史実にも、公平を期すために目を向けなければならないと主張する声が聞かれるようになった。

「台湾原住民族とオーストラロイド（オーストロネシア語族）が血縁関係にある」と論じる報道記事を一つならず読んでいた前首相は、続けて考えた。

――だとしたらこの島の住民たちは、アジアのモンゴロイド、オセアニアのオーストラロイド、さらにヨーロッパ系コーカソイドという三つの民族の血をあわせ持っていることになる。世界の歴史でもとりわけユニークなケースだろう！

彼は抑えがたい好奇心と興奮を抱きながら、想像力を羽ばたかせる。

――大航海時代の入植事業の下に出会うことになった三者は、文化の衝突のなかで、互いをどのように見ていたのだろうか。三つの民族が共存する社会とは、どれほど人類の知恵と勇気が試される場であったことか！

これこそ歴史だ。人類史は、あい異なる民族集団が入り混じりながら進んできた。その尊さは、民族間の調和にこそあり、決して戦争には無い。しかし不幸なことに、往々にして調和は、戦争を経た後に初めて実現されるものだった。民族間の衝突から戦争が起こり、最後には勝者と敗者が融合することで、新しい秩序が生み出されてきたのだ。前首相は、静かに息を吐いた。それぞれ広大な地域に分布する三つの民族が、共に刻んだ台湾開拓史こそは、十七世紀という海洋型グローバリズムの興隆期における、文明の進歩と変容を象徴する、極めて独特な縮図と言えよう！

# あとがき
## ——私はなぜ『フォルモサに吹く風』を書いたか
## および医師の視点から論じる鄭成功の精神分析と死因について

私が本書を書いたのは、台湾の開拓史を、本来の姿に戻したいという強い思いがあったからです。今日一般に語られる台湾史では、オランダ統治期の三十八年間があまりにも簡略化されており、まるで何事も成されていかったかのように見なされています。また鄭成功がオランダ勢力を台湾から放逐した過程についての言及も欠け、まるで神兵が下界に降りたがごとく容易に成しとげられた風に語られています。しかし実際にはそんなことはありませんでした。こうした現象は台湾に限ったことでなく、ヨーロッパ人によって書かれるアメリカ史でも、しばしばイギリス人のメイフラワー号が重視される一方で、オランダ人がニューアムステルダムを建設した件が軽視されているといった例があります。

### 家系を遡ることから始まって

私は前々から、自分の一族が家系図を有していないのをずっと惜しいと感じていました。しかし七、八年ほど前〔二〇〇三年頃〕、墓参のため故郷の台南に戻った折、先祖の祠を熱心に管理してくれている七十を過ぎた叔父から「我々の初代のご先祖は、オランダの女性だったのだ」と聞かされて、びっくり仰天したことがあります。けれども、私自身の縮れ髪、濃い体毛、もみあげと一連なりになった濃い髭、そして父親の大柄な身体などを思えば、家族にヨーロッパ人の血が流れていることは、確かに信じるに足りました。物事には万事理由があるものです。

その女性が何という名前であったか興味津々の私は、翌年の清明節〔台湾ではこの時期に墓参りをする慣例がある〕に再び帰省した際、祖先がオランダ人だったことを示す史料があれば見せてもらえないか、と叔父に頼みました。ところが、返ってきた言葉は「わしはそんなこと言ったかね?」というものでした! ルーツを知りたいという私の長年の熱望は、ちらりと糸口が見えたかと思いきや、たちまち暗礁に乗り上げてしまいました。

この件をきっかけに構想したのが、この「台湾人の先祖となったオランダ人女性の物語」です。遙か昔の十七世紀、一人のオランダ人の少女が、理想に燃える父に伴われ、当時フォルモサと呼ばれていた台湾にやってきた。その後、時代の荒波にもまれた末に、現代の一部の台湾人の祖先となったという話を、初期の台湾開拓史と重ね合わせて書きました。

本書で私は、ハンブルク牧師の次女マリアという虚構の人物を通して時代の流れを描いていますが、その他の人物に関しては、できる限り史実に基づいて描くように努めました。本書がただの「歴史小説」の枠を越え、「小説化された歴史」となり得ることが私の願いです。少なくとも全体的な方向性としては、そう言っても差し支えないでしょう。台湾史研究の権威である翁佳音教授および江樹生教授も、本作にそうした期待を寄せてくださっていました。両先生方は原稿を一字一句丁寧に読まれた上、私に替わって数多くの細部を訂正してくださいました。この場をもって厚く御礼申し上げます。特に翁佳音教授のご協力とご声援、図版提供などがなかったら、本書が完成することはなかったでしょう。

幸運なことに、およそ二〇〇五年頃から、オランダ統治期の台湾史に関する書籍が次々と台湾で出版されるようになりました。なかでも江樹生教授が訳出された、全四巻からなる大著『熱蘭遮城日誌』(ゼーランディア城日誌)および『梅氏日記』(オランダ東インド会社の土地測量士 Philippus Daniel Meij van Meijensteen の日記)を読み、オランダ人がこんなにも豊富な一次史料を残してくれていたことに驚喜したものです。

オランダ統治下の台湾史を調べていく内に、オランダ人の血を引いている台湾人は我々が想像するよりも遙かに多いはずだ、と確信するようになりました。そしてその源流には、主に二つの情況があったと考えられます。

一、オランダ人男性を祖先にもつ場合——オランダの統治期間中、平地原住民(主にシラヤ族)女性と結婚して、ないしは未婚のままで子供をつくったオランダ人男性の数は、決して多くなかったものの、その血統は過去三百五、六十年間を通してかなりの域にまで広がっていることでしょう。また統治末期、鄭成功の侵攻を受けた際、一部のオランダ人男性は山間部へ逃れていきました。北へ向かった者は諸羅山（現・嘉義）を通り原住民ツォウ族の暮らす土地へ、南へ向かった者は打狗（現・高雄）を抜けてルカイ族やパイワン族の暮らす土地へと。元駐台オランダ大使のグートハート（Menno Goedhart）氏も、この説の考証を行っています。

二、オランダ人女性を祖先にもつ場合――鄭成功が台湾に来た時、その軍勢はオランダ側に防備を整える時間も与えぬまま赤崁に上陸し、プロヴィンチア城およびシラヤ族の各集落に散らばって暮らしていたオランダ人の家族二、三百名を捕虜にしました。一部の者は処刑され、一部の者は解放され（降伏と同年の一六六二年にバタヴィアへ帰還）、一部の者は投獄され、一六八三年、鄭氏政権が清国の水軍提督施琅により打倒された後、ようやく釈放されてバタヴィアへ引き揚げることができました。そしてこの他、側女や奴隷にされたオランダ人女性が数十名ほどおりました。鄭成功本人および重臣の馬信がオランダ人を娶ったことを記した史料が残っています。まだ記録が見つかってはいないものの、同様のケースは他にもあったに違いないと私は信じています。彼女たちの子孫は、同時に、鄭成功に従っていた将官の子孫でもあるでしょう。

私は時折、少々のユーモアをまじえて次のように言うことがあります。「現代の台湾には、よく知られた四大民族集団〔台湾原住民、福建人、客家人、外省人〕以外に『台湾の新しい子供たち』と呼ぶべきグループがある。そこに含まれるのは、東南アジア諸国出身の女性たちの子女である第五のグループと、オランダ人の血を引いている第六のグループだ」と。オランダ人という部分をより厳密に言うならば、ヨーロッパ系コーカソイドです。当時のオランダ東インド会社は、実力主義により人を用いたため、西欧、北欧一円から多数の有志がその旗の下に集っていました。台湾長官を務めた十人のなかでも、フランソワ・カロンとフレデリック・コイエットは外国人でした。中央研究院台湾史研究所の翁佳音教授によれば、オランダ東インド会社の雇用者の少なくとも三分の一以上が、オランダ以外のヨーロッパ国家の出身だったそうです。

以上から言えるのは、もし台湾原住民のなかで西洋人の血統を持つ人がいれば、その多くは西洋人男性の子孫であり、台湾の福佬系漢人（中国大陸福建地方および広東地方からの移民の子孫）の場合には、その多くが西洋人女性の子孫だということです。

二〇〇九年四月、台湾某所で催されたオランダ建国記念パーティーに出席しました。そこで強く感銘を受けたのは、上述のグートハート氏夫妻が台湾原住民の伝統装束を身にまとって登場されたことと、賓客全体のおよそ四人に一人が原住民族だったことです。会場では原住民料理であるイノシシ肉が焼かれたり、原住民のダンスを踊ったりもしました。グートハート氏は事ある毎に「台湾原住民は私にとって身内も同然」と口にしており、ある時など、私が彼に「故郷は台南です」と伝えると、「Me, too」と返されたものです。そしてこの言葉は、単なる軽口ではありませんでした。退職後、彼は実際に台南市新化、すなわちかつて「新港社」というシラヤ族の集落があった場所に定住したのです。

そんなグートハート氏の熱意に打たれたこともあって、私は本書を書くにあたり、読者が次の点に着目してくれることを願いました。それは、台湾開拓史の黎明期は、台湾原住民（オーストロネシア語族）、漢人（モンゴロイド）、ヨーロッパ人（コーカソイド）が協働し、努力して築いたものだという事実です。それぞれが広大な地域に分布する三つの人種のこのような混成は、人類の歴史上、唯一無二のものといえるでしょう。これによる影響として、現代の台湾人の内、少なからぬ割合の人々の体内に、南方系漢人（百越人）、平地原住民、さらにヨーロッパ系コーカソイドの血が混じり合っています。私がヒト白血球型抗原（HLA）の分析に基づいて算出したところでは、台湾の住民の内およそ百万人がヨーロッパ人の血筋を引いています。とはいえその純度は、わずかに一〇二四分の一（第十代）だったり、四〇九六分の一（第十二代）だったりするのですが。

このように、本書は台湾の歴史および人類学のために書いたものであり、決して政治のためではありません。「台湾のために歴史を残し、歴史のために台湾を記す」という豪気な言葉を巻頭に掲げたのも、この目的を明確に示すためです。

## 渉猟した史料に基づき

オランダ統治期の台湾史に関する文献を読み漁る内に、私はある重大な問題に気がつきました。それは、私たち台湾人が現在認識している歴史において、オランダ時代がはなはだしく軽視されるか、無視されており、そのうえ鄭氏政権期の歴史的事実さえも、多くが故意にあるいは無意識にヴェールで覆い隠されている、という問題です。幸いオランダ統治時代に関しては、オランダ東インド会社の大員商館が『ゼーランディア城日誌』などの極めて詳細な史料を残しているので、真相を究明するのはそれほど難しくありません。その反面、鄭氏政権期に著された『従征実録』『台湾外志』『海上見聞録』『靖海誌』『台湾鄭氏始末』といった書物は、しばしばあまりに簡略化されすぎている上、事実と異なる記述も散見されます。

また鄭氏が台湾を治めていた二十三年間には、権力をめぐる闘争が関係して、重大事件でさえも数々の真相が闇に葬られています。鄭氏王朝における二度の王位継承は、いずれも政変により終結を迎えています。そのなかには世間に公表するのに都合の悪い事情も少なからずあったはずです。たとえば、鄭成功はどのようにして亡くなったのか。鄭成功は死去する前、長男の鄭経ではなく弟の鄭淼《びょう》を後継者として指名したのではないか。鄭経の庶出の長男だった鄭克壓《こくぞう》はどんな境涯だったのか。……などなど、今となってはどれも検証困難です。おまけに鄭王朝の滅亡後、当時存在したほとんどすべての文物は、清の朝廷から敵意をもって消滅させられ、民間においては工夫を凝らして包み隠されることになりました。当時台湾に残っていた鄭氏の遺臣たちは、互いに疑心暗鬼になり、密告を恐れて口をつぐみました。こうした事情のため、現在では真相の解明が極めて難しくなっているのです。

鄭氏政権期については、鄭成功の治世に楊英という文官により著された『従征実録』という一次史料があり、軍中の大事について、よく要所を押さえて書かれています。ただし『ゼーランディア城日誌』との間には若干の食い違いが見られます。後の鄭経の治世になると、残された記録はいっそう乏しく、断片的になります。

「礼を失わば野に求むるべし」〔社会の上層で礼儀道徳が失われた時には、民間の人々から学ぶのがよい。孔子が言ったとされる〕という言葉は、歴史についてもあてはまります。しかしながら今日、台湾の民間にて書かれたり語られたりしている鄭氏時代の事跡は、ほとんど信じるに値しません。たとえば鄭成功にゆかりがあると民間に伝えられている鶯歌石や剣潭池などは、どれも鄭成功が訪れたはずのない場所に位置していたりします。

閩南地方の人は軍民を問わず、廟を建立するのを好みます。しかし三百年以上も経つ内に、廟の関係者の間で伝承されてきた廟の歴史は、それが口承によるものであるがために、しばしば本来の様相を失ってしまっています。

台南の廟でもっとも名高い、四草大衆廟もその一例です。元々この廟に祀られていたのは、北線尾の合戦でオランダの陸海軍から勝利を得た陳澤でした。しかし清の統治下に入ると、鄭家の大将たる人物を公然と祀るのがはばかられるようになったため、表向きの名が「鎮海大元帥」と抽象化され、陳澤本人に関する記述もすべて「陳酉」と改変されました。加えて廟の名も、元来は「大将廟《ダイジョンビオ》」と称していたのが、同じ理由により、同音の「大衆廟《ダイジョンビオ》」に変えられたという次第です。そうは言っても、奉祀する神はなお「鎮海大元帥」と明示されており、主神は一尊だけですので、「大将廟」と呼ぶのがふさわしいことは明白なのですが。なお現在（二〇一一年）この廟が公表している資料には、清朝を扶《たす》けて朱一貫の乱（注（57）参照）の平定に功績があった陳酉《ちんゆう》が主神とされています。つまり祭祀の対象は、「反清復明」の旗印の下に戦った将軍である陳澤から、朱一貫および反清秘密結社「天地会」による反乱を平定した清朝の武将とされる人物に置き変えられているわけです。役柄の転倒もはなはだしいと言えましょう。そもそも、正史のなかに「陳酉」なる人物の記載は一切見当たりません。廟の刊行物に記されたその生涯にも矛盾が見られます。二〇〇六年版では府城（台南）の防衛にあたる「提督」とのみ書かれていたのが、二〇一一年版では「台湾総兵（総司令官）」および「広西提督」と昇格しており、どちらも「稗官の語る野史（稗官は世間のうわさや民間伝承を君主に話して聞かせる役職）」に過ぎないことは明らかです。

台南市にある祠「陳徳聚堂」も、類似した例に挙げられます。かつて、ここが果たして陳澤の旧居なのか、それとも陳澤と同じく鄭成功に仕えていた陳永華の旧居なのかをめぐって、議論がたたかわされたことがありました。陳徳聚堂で奉祀されている位牌には「永華公諱澤字濯源謚文正」ならびに「洪氏太夫人、一品郭夫人」と書かれていますが、これは明らかに陳永華と陳澤を合体させたものです。陳永華の諡号《いごう》〔高位の人物が死後に付けられる名前〕は文正であり、夫人の姓は洪。そして陳澤の字《あざな》〔別名〕は濯源で、夫人の姓は郭でした。

しかし、奉祀されている神が「開漳聖王」であることから、ここは陳澤の旧居であったと推論されます。陳澤は漳州、海澄霞寮の人で、陳永華は漳州と隣り合う泉州南安の人です。陳永華の旧居に「開漳聖王」の字と遺訓が受け継がれているとは考えにくいですから。

そういうわけで、正史にしろ、廟や民間の伝承にしろ、鄭氏に関する史料は、すべからく努力してそれを発掘し、かつ丹念に考証していくことが求められます。今日もう十分に難しくなっているのですから、このまま「稗官語り」が続くようならば、将来はさらに困難になることでしょう。

**英雄・鄭成功の全貌を描き出し**

しばしば台湾史上の英雄として語られる鄭成功ですが、私は本書のなかで、明るい面も暗い面も併せもった人間像を描き出そうと務めました。

明末清初のあの悲惨な時代、皇帝や国王〔崇禎、南明の諸王、ホンタイジ、順治〕にせよ、一勢力の長や将軍たち〔鄭芝龍、鄭成功、張煌言、李定国、洪承疇《ちゅう》、三藩、ひいては施琅や、古くは袁崇煥《えんすうかん》、満桂など〕にせよ、誰もが心に深い傷を負っていました。戦火と海禁政策により離散させられた福建・広東地方の民衆については言うまでもありません。それに比べれば、オランダ統治下のフォルモサや、鄭経が大陸へ西征する前の台湾は、この世の楽土にも見えることでしょう。

誰もがみな陰鬱な気分で過ごした時代、鄭成功も余人に輪をかけて陰鬱な傑物でした。その生涯は紆余曲折に満ち、性格は猜疑心が強く癇癪持ちである一方、不撓不屈の精神力を具え、賢明で決断力があり、種々の才能に恵まれていました。西洋と東洋の史料を比較すると、西洋サイドは彼をすこぶる醜く描き、逆に東洋サイドは彼を神格化している傾向が見られます。それゆえ、悲劇のヒーローではなく、血と肉を持った生身の人間としての彼の姿は、なかなか浮かび上がってきません。

オランダの古い文献には、鄭成功が血も涙もない残虐な暴君として描かれています。たとえば同時代のある芝居の脚本には、「ハンブルク牧師は国姓爺の言いつけに従わず、ゼーランディア城へ降伏勧告をしに行かなかった。このため国姓爺は激しく怒り、ハンブルク本人ばかりか、フォルモサのすべての牧師と多数のオランダ人を処刑した」という一節があります。その後この作り話は巷間に流布し、これを主題とした絵画も画かれて一層世の中に広まりました。台湾の著名画家である顔水龍氏さえもこの話を信じ、それを元に一九三五年に画いた『ハンブルク決別の図』は、現在に至るまで赤崁楼（プロヴィンチア城址）の壁に飾られています。

しかしながら、事実は異なります。鄭成功が降伏勧告のためハンブルクをゼーランディア城へ差し向けたのは一六六一年五月二十四日であり、ハンブルクら牧師が処刑されたのは、およそ四か月後の九月十二日、二回目の海上戦が行われた後のことでした。降伏勧告が功を奏しなかったのを知った鄭成功は、すぐゼーランディア城に砲撃を加えましたが、ほどなくして兵を退かせ、その後も支配下にあるオランダ人への待遇は寛大なままでありました。しかし八月にバタヴィアの援軍が到着し、九月両軍は再び矛を交え、鄭軍は辛勝したもののおびただしい死傷者を出し、陳澤の副将の林進紳も投降したオランダ兵により暗殺されてしまいます。その上楊祖将軍と約一千名の兵士も、台湾中部に勢力を持つ大肚王国との合戦で皆殺しの憂き目に遭い、鄭成功はオランダ人が陰で大肚王国を扇動したのではないかと疑いました。

こうしたなか、彼は殺戮を始めます。ただ私の思うところを正直に言うなら、同時代にイングランドとオランダが南洋で繰り広げていたつばぜり合いの激しさと比べ合わせると、鄭成功が台湾で行った殺戮は、むろん非道なことには違いありませんが、突出した規模のものではありませんでした。ただ、この時処刑されたのが軍人ではなく、長年フォルモサのために誠心誠意尽くしてきた宣教師たちであったがために、後々まで悪評をふりまかれることになったのです。

当時のオランダの文献には、鄭成功がハンブルクを処刑してのち、水もしたたる美しさで知られる十六歳の娘を側女にした、と記してあるものが少なからず存在します。この話はまたたく間に、ヨーロッパばかりかアジアにまで広がりました。それにも関わらず、漢文で書かれた史書にはまったく見当たりません。その理由はおそらく、「軍を厳正に治め、民に迷惑をかけない」という英雄像を保つためであったでしょう。中国の古い文献によく見られる「貴人の名を畏《おそ》れはばかる」がゆえの偽善です。このエピソードには続きがあり、オランダ人の記録によれば、講和成立後、鄭成功は約束を守り、側室にしたハンブルクの娘を母国へ帰してやりました。これは敬意を表するに値する点といえます。近年、最後のフォルモサ行政長官コイエットの子孫が、鄭成功の霊前に詣でるためにはるばる台湾までやってきましたが、それも理由があってのことなのです。

## 英雄の死を分析する

「鄭成功の死」は、私が最も感慨深く、かつ最も興味をそそられる議題です。それはあまりにも唐突で、とてつもない影響を与えるものでした。もしも彼の死があと一年遅ければ、イスパニヤの植民地だったルソンへ出征していたとも思われますし、長男の鄭経は鄭家の軍隊を統率する機会が得られなかったでしょう。台湾史、ひいては東アジアの歴史は、大きく変容したものになっていたはずです。

何にもまして謎めいているのが、その死因です。政府筋および民間における史料の記述をまとめると次のようになります。

『清代官書記明台湾鄭氏亡事』――康熙元年、賊に内乱ありて、成功父子仲違いす。成功、錦〔鄭経の別名〕を殺害すべく人を送り、錦も又挙兵す。成功激高して発狂、剣を持ってこさせ、顔を斬って死す。

『大清聖祖仁皇帝実録』清朝家臣の靖南王・耿継茂《こうけいも》による断片的報告。――海の逆賊鄭成功は、子の鄭錦が諸侯に擁立され挙兵、反逆したため、憤怒抑えがたく、狂気を発し、五月八日に指を嚙んで死せり。

夏琳『閩海紀要』——人、謎の病にて重態に陥る。都督洪秉誠《こうへいせい》が薬を処方するも、成功これを地に投げ捨てる。足を踏みならし、胸を打ち叩き、大声を上げて絶命す。

劉献廷『広陽雑記』——賜姓〔鄭成功の異名〕の死は、顔面中を掻き破ったがため。曰く、我先帝と思文帝にお見せする顔を持たず。

梅村野史『鹿樵《ろくしょう》紀聞』——顔面を激しく掻き破った。

江日昇『台湾外記』の記述は最も詳しい。——五月一日の日中、成功は突如として寒気を覚えながらも無理を押して将台に登り、千里鏡を手に澎湖の方角を眺め、船の有りか無きかを確かめる。八日、再び台に登り遠くを望む。書室に戻り正装し、太祖〔朱元璋〕の遺訓を読み上げる。儀礼の後、胡床に座し、侍従に酒を注がせ、書を読んでは酒を飲み干し、三冊めに至って「我いかなる顔で先帝にお目見えできようか！」と嘆いて言い、両手で顔面を掻きむしって逝去す。

林時對『荷閘叢談』——手の指を嚙み砕いて死す。

李光地『榕村語録続集』——傷寒。

沈雲『台湾鄭氏始末』――「病肝急」と記した上で、黄安が鄭成功に対し鄭経の件で怒らないよう進言したとし、続けて「成功は怒りに駆られ、走り回る。八日、指を噛んで死す。齢三十九」と書いている。馬信も「慟哭止まざるなかで死す」とある。

徐鼒《だい》『小腆《てん》紀年』――金廈《きんか》〔金門島と廈門〕の諸将に命令を拒まれ、苛烈な怒りと恨みを抱き、重態に陥る。日中無理を押して将台に登る。両手で顔を覆って死す。

『清史稿』――怒り狂って指を噛む。

楊英『従征実録』は最も信頼の置ける史料だが、惜しいことに同年四月までしか書かれていない。五月の文は消失したのか、故意に隠されたのか。いずれにしても、すこぶる妙である。

鄭成功が何の病気であったかはさておき、その死去前の情況に関して、上記の間で比較的一致しているのは次の点です。

◆旧暦五月一日頃から容態が悪くなり、寝台の上で数日過ごす。五月八日に死去。当日は意識も体調も数日前と比べて良くなっていた。病が快方に向かっていたと見られ、悪化したとは考えにくい。

◆死去当日の朝、長時間座って明の太祖の遺訓を唱えることができ、酒も飲むことができた。その上、部下から進められた薬を地面に投げ捨てている。すなわち意識が明晰で、食欲もあり、かつ力もあった。床の上で臨終を迎える重病人の様子とは似ても似つかない。

◆多くの悩みを抱えていた鄭成功は、死去の数日前より、金門・廈門からの報せを心待ちにしていた。息子の鄭経に対しては、怒る反面、気にかけてもいる。

◆鄭成功の死は、わずか数分の内に起きた。

◆死去当日、家臣たちの誰一人、鄭成功の身体の状況を見て、彼がその日に世を去ろうとは想像していなかった。しかし成功が死の間際に発した言葉は遺言のように受け取れる。

◆馬信も鄭成功の死を間近で見とどけた。そして死後、ただちに赤い緞子で遺体を覆った。

鄭成功の死因をめぐる近年の憶測では、主に肺炎、マラリア、傷寒、肝炎などの病名が挙げられています。かつて台湾は「瘴癘《しょうれい》の地」とも呼び表されていました。瘴癘とはいわゆるマラリア、デング熱、赤痢、腸チフスなどの伝染病を指します。後世の人々の多くは、鄭成功の死がこれら伝染病のどれかによるものだったと推測しています。しかし、内科医を数十年勤めてきた私の経験から言えば、そうした説はどれも的外れです。第一に、これらの細菌、ウイルスあるいは原虫によって引き起こされる感染症は、ほとんどの場合数日間高熱を発しますが、鄭成功が発熱したという記録はまったく見られません（「突如として寒気を覚えた」という記述は発熱していないことを示しています）。

さらに詳しく見ていきましょう。肺炎による死亡例のほとんどは呼吸不全が原因ですが、その場合血液中の酸素がいちじるしく欠乏しているため、死亡当日に飲酒したり、書物を読み上げたり、碗を投げたりすることは不可能です。

マラリアで死亡する場合はほとんどが貧血、高熱、ショックによりますが、鄭成功が死去の直前にショックを起こした様子はなく、高熱を発したという記録もありません。

傷寒という言葉は、現代の西洋医学において腸チフスを指しますが、中国医学においては、デング熱や赤痢なども含まれていました。しかし鄭成功は発熱しておらず、筋肉痛や皮下出血（いずれもデング熱の症状）も、下痢や血便（赤痢または腸チフスの症状）も起こした形跡が見られません。従って、どれにもあてはまりません。

最後に肝炎や急性肝炎について言えば、その死亡例の多くは重度の黄疸《おうだん》が引き起こす肝性昏睡が原因となっています。鄭成功に黄疸の症状が出たという記録はなく、また上記と同様、肝不全で死を迎えようとしている人は、鄭成功が当日の朝に見せたような激しい感情の表出などはできません。

他方、死亡直前の動作の描写には「顔を掻きむしって死んだ」「指を噛んで死んだ」「顔を覆って死んだ」などがあります。ただし医学的に見ると、顔を引っ掻いたり指を噛んだりしただけでは出血量はたかが知れており、ショック死を引き起こすことも決してありません。どうしたらそれによって数分以内に死ねるのでしょうか。また上述の肺炎、マラリア、肝炎、傷寒、あるいは後述する心筋梗塞、脳卒中などの場合、いずれも死の間際に顔を引っ掻いたり、指を噛んだりといった動作を行うことは困難です。

五分以内に死に至り得るのは、心臓病（心筋梗塞）や脳卒中です。しかし彼の年齢や史料の記述を鑑みると、これらの可能性は考えにくいでしょう。しかも鄭成功が臨終に言いのこしたとされる次の言葉は、まさしく遺言に他なりません。

「国家〔明王朝〕の零落以来、枕元に武器を置き血の涙を流すこと十七年。いたずらに流浪を続け、罪を重ねるばかり。今なお辺境に身を隠し、にわかにこの世を去る。忠孝いずれをも欠き、死んでも死にきれぬ。天よ、天よ、なにゆえ孤臣をかくまで追い詰められたまいしか！」

鄭成功本人は、自らの死をはっきり予見していたはずです。心臓病または脳卒中で死ぬ人であれば、臨終にこれほど長い言葉を口にしたり、感情を強く表したりすることはできません。かつ心臓病で死ぬ時には、胸部や心臓部の痛みのため、胸部に手をあてるはずで、手で顔を覆うということはあり得ません。また脳卒中の人は半身不随になりますが、顔を覆うのは両手で行う動作です。

したがって、私は鄭成功が熱病や感染症、または上述の疾病のいずれかにより亡くなったとは、基本的に考えていません。心筋梗塞や脳卒中の線も考えにくい。それでは、他にどんな可能性があり得るでしょうか。

私が最も有力な線だと考えているのは「自刃」です。鄭成功の死の間際の精神状態、家族史、性格、烈しい悲憤などを鑑みると、自刃を遂げたと見るのは、極めて合理的な推測と思われます。馬信が急いで鄭成功の遺体に赤い布を被せたのはなぜでしょうか。流血と傷口を隠すためであったことは明らかだと思われます。そして奇妙なことに、その七日後には馬信自身も突如として世を去っています。七日といえば、閩南地方には「頭七」といって、死後七日目に故人の魂が家族や近しい人の下に戻ってくるという伝承があります。これは果たして偶然でしょうか。ある史料には、馬信は慟哭して死んだとあります。しかし慟哭しただけで死に至るものでしょうか。「慟哭死」などという医学用語は存在しません。強い悲痛の念が、心臓の疾病や脳卒中を引き起こすという可能性はありますが、偶然というには度が過ぎています。私の推測は、馬信も主君の後を追って自害したのではないか、というものです。

鄭成功の死因を自殺とする説は、実際のところ最も理に適っています。なおかつ、いくつかの史料に記載されている遺言めいた言葉についても、合理的な解釈を可能にするでしょう。

## 悲劇の英雄・鄭成功のプロファイル

以下では鄭成功が自殺した可能性について、精神分析の角度から考察してみたいと思います。台湾の三太子《さんたいし》信仰は、福建省を含む中国大陸と比べて遥かに盛んです。これは鄭成功自身の信仰と関わりがあります〔第六十三章参照〕。私は以前、鄭成功が祀られている台湾各地の廟に足を運んだことがありますが、どこでも必ず、古めかしい三太子の神像が、しばしば一尊のみならず何尊も祀られていました。そこから私が推断したのは、鄭成功は「中壇元帥哪吒《なた》三太子」と尊称されるこの神を篤く信仰していたに違いない、ということです。鄭成功は一面において、哪吒三太子の神話を通して、実父鄭芝龍と袂を分かった己れを慰め、他方において、哪吒が持つ軍神のイメージをもって、己れを奮い立たせていたのではないかと考えられます。この点にも、鄭成功が内面に抱えていた葛藤と矛盾が反映されています。「ハムレット」「リア王」「オセロ」といったシェークスピアの悲劇さえも、鄭成功の悲劇性には遠く及びません。鄭成功の生涯は、脚本家の想像力を凌駕する悲劇にいろどられていたと言えます。

私は以前、カリフォルニア大学ロサンゼルス校の著名な精神医学教授であり、台湾大学医学院の先輩にも当たる林克明氏と議論したことがあります。林教授は「鄭成功にはオイディプス・コンプレックス、すなわち父親を殺して母親と結婚したギリシア神話の人物・オイディプスにちなんで命名された心理状況の傾向が見られる」と言われ、私もその説に大いに賛同したものでした。現在、林教授も鄭成功を主題にした小説を執筆中ですので、ご期待ください〔二〇一六年、『天涯海角熱蘭遮――一個荷裔福爾摩沙人的追憶』という書名で印刻出版より刊行〕。

鄭成功がオイディプス・コンプレックスの持ち主だったと私たちが考えた理由は、次の通りです。

鄭成功は生まれてから七歳になるまで日本人であり、日本人の母親の手一つで育てられました。この間、父親の鄭芝龍は全く姿を現していません。ところが七歳の時、芝龍の計らいにより泉州は安海にあった彼の住まいに連れていかれたことで、成功が母親と共に過ごす時間は奪い取られてしまいました。

もっと悪いことに、芝龍がほとんど不在であったため、成功は父の愛情を直接的に感じられず、また言葉の壁もあり、おじやいとこたちからいじめられ、いっそう日本の母を恋しがるようになりました。清の時代、江日昇によって書かれた『台湾外志』には「兄弟からしばしば困らされていた」とか、彼が「母を懐かしみ、心はふさぎ、夜になると必ず東の方角を向いていた」などの記述があります。おそらくその頃、身近な大人たちのなかで比較的成功を評価し、目にかけていたのは、鄭芝龍の弟であり文人の素養をいくらか具えた鄭鴻逵《こうき》くらいだったでしょう。また同世代の若者のなかで比較的気が合ったのは、いとこの鄭泰と、小さな弟の鄭淼だったと思われます。

鄭芝龍は、確かに成功を深く愛していました。しかしその愛は家庭生活ではなく、もっぱら著名な教師を雇ったり、高等教育機関で学ばせたり、人脈を作らせたりといった形態をとって成功の身の上に注がれたのでした。成功が十五歳の時、芝龍の郷里に隣接する町・恵安一の名門で「礼部侍郎」の官位を持つ董颺先《とうようせん》の姪を妻に迎え入れたことも、そんな父の思いをよく表しています。こうした「望子成龍〔子が龍になるよう望む〕」式の英才教育は、むろん成功に大きな影響を与え、ポジティブな効果をもたらしました。しかしその反面、父の息子に対する要求は自ずと高くなり、時には度を過ぎていただろうことも、容易に推察されます。さまざまなことが重なって、鄭森〔成功の幼名〕の少年期は暗い時代であったはずです。父に対する感情は、恨みが愛に勝っていたでしょう。その上鄭芝龍はその後、あろうことか清国に投降するという、明国の遺臣としてあるまじき行動をとり、この時、親子間の長きにわたる感情のしこりと、理念の衝突とが、一気に噴出したのです。

偶然かそれとも必然か、叔父の鄭鴻逵、いとこの鄭泰、弟の鄭淼らは、いずれも清に降るのをよしとせず、成功の側に付きました。成功が父と異なる決断をし、「忠孝相成らず」の道を歩むことになった背景には、父に対する不満に加えて、少年期に受けた孔子や孟子などの儒教教育や、日本人の血を半分引いているがゆえの忠君思想の影響もあったかもしれません。

事ここに至って、鄭成功は「哪吒三太子」を自らに重ね合わせ、この百戦百勝の「中壇元帥」に与って自らを鼓舞するようになったのです。

中国の神話「封神榜」〔封神演義〕において、父親の李天王に対する哪吒の反抗は、父の地位と名声に影響を及ぼしていませんが、成功の父との決別は、やがて父と弟たちの拘禁、そして処刑という結果をもたらす結果となりました。一六四六年、清に投降した父と決別した時の成功の盛んな意気込みは、一六六二年に至り、父親が自らのせいで処刑されたことに対する深い後悔と自責の念に変わりました。鄭芝龍処刑の報を聞いた成功は、口では信じないと言いつつも、深夜に寝床から起き上がってはむせび泣いたといいます。これもオイディプスの物語とよく似ています。ギリシア神話で、テバイ王の座についたオイディプスは、自分が知らずして父親を殺し、母親を妻にしたことを悟った後、深い後悔と罪悪感にさいなまれ、最後には自ら両眼をえぐり取り、王位を棄てて流浪の旅に出ていくのです。

## 鄭成功をめぐる結末

そのオイディプスにも増して、鄭成功の生涯は不幸でした。一六六二年二月末に父の訃報に接し、続く五月末か六月初めには追い打ちをかけるように、長年支えてきた南明〔明国崩壊後の亡命政権〕最後の皇帝である永暦帝の訃報がもたらされます。さらに息子の鄭経と決別するという、屈辱であり空前の危機をも招く事態を迎えるに至って〔成功にとってはこれが現世の報いという思いもあったでしょう〕、ついに重圧に絶えかねて自刃した、と推測するのは理に適っています。そしてただこう推論することによってのみ、鄭成功の急死や、史料にある「顔を覆って死す」「顔を掻きむしって死す」といった記述、さらに馬信が赤い緞子を遺体に被せた理由の説明がつくのです。

享年三十九。天寿を全うしたとは言えませんし、幸福な人生でもありませんでした。漳泉地方の習俗ではめでたいものとされている赤緞子を被せるはずがありません。この行動の最も合理的な解釈は、彼が自らを傷つけた際に吹き出た鮮血を隠すためだった、というものです。そして顔を覆うかまたは掻きむしって死んだと書かれていること、加えて「先帝と思文帝にお見せする顔を持たぬ」という死の直前に発したとされる言葉は、傷口が顔の辺りであったことを示しています。「指を噛んで死す」はおそらく虚飾でしょう。

以上を踏まえて、私は次のように考えています。鄭成功は刀剣を使った自害の際に一般に採られる、首を切りつける方式〔通常一刀のみ〕ではなく、激しい衝動に駆られ、自傷的に顔をめった刺しにしたのだと。刃物による自傷行為では、複数回にわたって刺す場合がよく見られます。顔の形は損なわれ、傷口は多く、かつ深く、それゆえ出血も多量となり、即死に至ったのでしょう。「顔面中を掻き破った」という記述もこれと符合します。

では鄭成功が自殺したものとして、それが公にされなかったのはなぜでしょうか。この理由には、政治的なものと個人的なものの二つが考えられます。前者に関して、鄭成功はただ遺言のみをのこし、遺書は書かなかったものと私は見ています。仮に遺書が存在したとしても、その真偽をめぐって争いが引き起こされたことでしょう。またもしも鄭成功が自殺したことを不用意に表沙汰にすれば、それを信じようとしない台湾と金門・廈門方面にいる家臣たちは、こぞって騒ぎを起こしたに違いありません。ましてや台湾は平定されてまだ日も浅く、息子の鄭経は台湾にいないばかりか、廈門にて重臣と精鋭を従え、海を隔てて父親と対立している最中でしたからなおさらです。たとえ鄭成功が、鄭経を廃して弟の鄭淼を後継者に立てることを明文化していたとしても、情況をより複雑にするばかりで、解決策の施しようもないまま、やがては双方が激戦を交わすことになっていたでしょう。

前述の通り、鄭成功の生涯最期の瞬間は激情をほとばしらせたものだったため、馬信ら側近たちは、主君の自殺は尊厳を欠き、荘厳とも言えないものだったと感じたことでしょう。加えて「貴人を畏れはばかる」という昔からの習わしも作用し、鄭成功の死をめぐる真相は黒いヴェールに包まれたまま、白日の下にさらされることなく、永久の謎として歴史に刻まれることになったのです。

しかしながら、歴史はパラドックスに満ちています。屈辱を受けたと感じ悲憤の内に死んだ鄭成功ですが、後世の人々の目には「漢民族の英雄」として映りました。そればかりか、清朝の大臣・沈葆楨《しんほてい》の言葉を引けば「創格完人（新しい基準の創造者）」であり、すでに「欠点を諸天地に還《かえ》した」人とされています。

国姓爺・鄭成功の死因に定説が生まれることは永久にないでしょう。私はここで医者としての専門知識をもって、この大いなる謎を解き明かそうと試みました。推論にもしも誤りがあれば、あの世の国姓爺にお詫び申し上げねばなりません。幸いにして当たっていたなら、国姓爺は「よくぞ真相を明らかにしてくれた」と言って喜んでくださるでしょうか。それとも「秘密を漏らしおって」とお怒りになられるでしょうか。それは国姓爺のみぞ知るところですが、私たちは少なくとも次のように断言できます。たとえ国姓爺の死が自殺によるものであったとしても、彼が歴史に占める立ち位置と、後世の人々による追憶と敬慕の念は、いささかも損なわれはしない、と。

（二〇一一年執筆）

# 訳者解説

## 概要

本小説は、二〇一二年に台湾で出版された『福爾摩沙《フォルモサ》三族記』（遠流出版）の日本語訳である。台湾で初めて骨髄移植を成功させるなど、血液疾患を専門とする医師として活躍してきた陳耀昌の作家としてのデビュー作であり、日本では『フォルモサに咲く花』（原題『傀儡花』下村作次郎訳、東方書店）に次ぐ二作目となる。その年の台湾文学奨にノミネートされ、約十年を経た二〇二一年にも、オンライン書店最大手である博客来の年間売れ筋ランキングで八十位に入るほどのロングセラーとなっている。

物語の主な舞台は、十七世紀の台湾西南部（現・台南市）だ。この地域を中心に展開された、三十八年に及ぶオランダ統治期から、鄭成功の率いる軍隊がオランダ勢力を破り政権を樹立するまでの激動の時代、悠久の昔からこの島で鹿と共につつましく暮らしてきた台湾原住民族、オランダ人、および漢民族のたどった道が、三人の主要登場人物の視点を通して描き出されている。画家のヨハネス・フェルメールやカレル・ファブリティウスゆかりの地としても知られる古都デルフトからやってきた、アントニウス・ハンブルク牧師の次女マリア、シラヤ族の集落・麻豆社の長老の娘ウーマ、漳州出身の船乗りで後に鄭成功麾下の将軍となった陳澤である。

日本では江戸幕府第三代将軍家光から第四代将軍家綱の治世下で、鎖国令が敷かれた頃にあたる。学校の歴史の授業で、オランダと明と朝鮮だけが長崎の出島を窓口として貿易を行うことが許されていた、と習った憶えのある人も多いだろう。大方の日本人のイメージのなかで、この時代における日本と外国のつながりが長崎止まりなのに対し、本作は長崎からヨーロッパに至る、台湾、中国大陸沿岸部、東南アジアを含めた広大な範囲での諸国の活動が折に触れて記されており、読者の知見を大きく広げてくれる。

## 読者と過去を媒介する存在

おびただしい作中人物の多くは実在した人で、それぞれの行動も『ゼーランディア城日誌』に代表される一次史料に依拠している。他方マリアとウーマ、および庶民に属する漢人と原住民は作者が造り出したものだ。史料に対して極力忠実に物語を構成しながら、架空の人物をそのなかに紛れ込ませ、生き生きと活動させる手法は、陳耀昌のその後の歴史小説にも一貫して引き継がれている。

その効果の一つは、物語の舞台へのより強い親近感と臨場感を読み手に抱かせてくれるというものだ。陳耀昌の過去の小説はすべて台湾原住民族の世界を描いたものだが、これは大部分の台湾人からしても馴染みが薄く、とっつきにくい。しかし本作のマリアや『フォルモサに咲く花』の蝶妹《ティアモエ》に代表される年若い女性が持つ、みずみずしい感受性と明晰な意識にその世界が映し出されることで、台湾人ばかりか外国人でも、それを身近なものとして感じることができる。二〇二一年には『フォルモサに咲く花』を原作とするテレビドラマ『斯卡羅』（英題『SEQALU: Formosa 1867』）が公共電視台より上映され、開局以来の最高視聴率を記録するほどに注目を浴びたが、この手法もそのヒットに一役買っていたことと思う。

また、本作にはところどころに日本に関係する記述があり、それらも日本の読者に親近感を抱かせてくれる。オランダ人が初めて台湾に来た時、大員には百人以上の日本人が商売を営んでおり酒場まであったという話。朱印船船長の浜田弥兵衛が関税に抗議し、フォルモサ行政長官ピーテル・ノイツらオランダ人を捕縛したタイオワン事件。長崎平戸のオランダ商館でコックを務め、日本人女性と結婚し、二十年も日本で暮らした後フォルモサ行政長官となったフランソワ・カロンなどなど。極めつけは、鄭成功その人だ。

平戸藩士田川七左衛門の娘・マツの長男として生まれ、幼少期を平戸で過ごした鄭成功の物語は、一七一五年初演の人形浄瑠璃で後に歌舞伎化された「国性爺合戦」から近年の歴史小説まで、日本でもしばしば文芸作品の題材とされてきた。本作においては主人公でなく、むしろオランダ人から見ての侵略者の親玉という色合いを帯びているが、その特異な生い立ちと人物像については随所で言及されており、陳耀昌の関心の高さが窺える。「あとがき」でも鄭成功の死因をめぐる、医学と精神分析の知見を踏まえたユニークな推理が展開されている。

## 民族混成の共同体

物語の流れは、第五部までと第六部以降に大きく分けられる。前半は主としてオランダ東インド会社の主導の下、オランダ人と台湾原住民族および漢民族（唐山人）が協働してフォルモサを開拓していく過程であり、後半は十一か月に及ぶ抗戦の末にオランダ勢力がフォルモサから去り、鄭成功が新たな支配者の座に就くも、ほどなくして死を迎えるまでの過程である。「台湾開拓史の黎明期は、台湾原住民、漢人、ヨーロッパ人が協働し、努力して築いたもの（中略）。三つの人種のこのような混成は、人類の歴史上、唯一無二のものといえるでしょう」と作者は述べる。ただしそれを理想化することなく、民族間および同胞同士の騙し合い、搾取、抑圧、思想的弾圧、さらには自然環境の破壊などの負の側面についても言及している。

一六二四年、台江内海沿岸に入植したオランダ東インド会社は、中国大陸沿岸部にて労働力となる漢人を募り、城と町を建設させ、その後中継貿易や漢人からの徴税により大きな利益を上げた。牧師たちは原住民族の集落に教会や学校を建て、聖書をラテン文字によって現地の言語に翻訳したりもした。原住民たちは、交易や耕作を通して生活水準が向上し、学校で西洋的知識を習い、飢饉に際しては優先して食糧を支給されたりもしたが、伝統的信仰に対する抑圧（第十六章のイニブス追放事件など）、習俗への干渉（鹿狩りや首狩りの禁止）、狩猟中心から農耕中心の生活への移行など、好むと好まざるとに関わらず大きな変化を余儀なくされた。漢人の男たちは明と清の戦乱渦巻く大陸からこの平和で肥沃な土地へ移り住み、農民も労働者も商人も、東インド会社の定める制度の下で懸命に働き、原住民の女性と家庭を築いたりもした。

## 現代への警鐘

初めの内は三色の糸がうまく織り合わさっているかに見えたが、いつしかあちこちでほころびが露わになっていく。その最たるものが郭懐一事件だ。一六五三年、「万々歳ならぬ万々税」と揶揄される重税や低賃金への不満から漢人が蜂起し、鎮圧され、四、五千ともいわれる人数が虐殺された事件である（第十八章）。「オランダ人は牧師に美しい化粧をほどこすことで、商人や役人たちの醜い顔を包み隠しているのだ」と、ウーマの弟アリンは感じた。

別のほころびは、漢人の商業行為と人口増加が、自然環境および原住民の生活に、深刻な破壊的影響を及ぼしたことだ。それに関する記述は、現代世界への警鐘とも読み取り得る。

鹿は、原住民の生活に不可欠の存在だった。「秋にだけ狩り春には狩らぬ、二頭だけ狩りそれ以上は狩らぬ」（第十一章）と歌われるように、狩猟に際しては時期と数が厳格に定められていた。さらにはオランダ人にとっておぞましい習わしでしかない首狩りや堕胎も、人間と鹿のバランスを保つための一種の知恵だったのだと、自らも姑に堕胎させられた経験を持つウーマは思い至る（第二十七章）。しかし鹿皮が貿易市場においてフォルモサの特産品として位置づけられたことから、東インド会社から狩猟権を購った漢人が罠や落とし穴を仕掛け、一度の狩りで少なくとも数十頭、多い時には数百頭を捕らえるようになる。当然個体数は急減し、やがて群れの姿を目にすることもなくなってしまう。その後、二十世紀まで細々と命脈を保ってきたが、野生の個体が最後に確認されたのは一九六九年で、今では絶滅したものと見なされている。

漢人の移住者については、ほぼすべてが働き盛りの男であり、黒ひげ（第三章）のように原住民の女性と結婚し、一家で農業を営む例も多かった。シラヤ族は母系社会であるため、結婚することで土地と財産が実質的に漢人の夫のものになってしまうという現象が起きた。農家は働き手を必要とするため、多くの子を成した。子供らは原住民らしい顔立ちをしてはいても閩南語を話し、漢人の服を着て暮らした（漢化）。

「もしも麻豆社に来て耕作する漢人の数が、君たち麻豆社人の十分の一にまで増えたとしたら、子沢山で働き者の彼らのことだ。その後三十年も経たない内に、麻豆社の女性と土地の大半は漢人のものになってしまうだろう」（第十五章）。小カロンがウーマに語ったこの予測は、やがて現実となっていく。

### みなぎる過去への探究心

二〇二二年現在、アミ族、パイワン族など十六の民族集団が台湾政府から「台湾原住民族」に認定されているが、シラヤ族は、当事者たちの長年にわたる懸命の訴えにも関わらず、いまだこのなかに含まれていない（台南市は二〇〇五年に認定している）。平地に居住してきたシラヤ族を含む原住民（山地の原住民と区別して平埔《へいほ》族と総称される）は、早期から漢人との婚姻、漢化の荒波に打たれ続けてきたせいで、言語さえも大部分が消失してしまっている。

本作にも書かれているように、オランダ人牧師によってラテン文字によるシラヤ語表記法が考案され、学校を通じて普及し、シラヤ族の人間が契約を交わす際の文書として、実に十九世紀まで用いられてきた。これは最初の学校が建設された新港社の名を取って「新港文書」と呼ばれており、博物館などで現物を見ることもできる。また当時作成された『マタイによる福音書』のシラヤ語・オランダ語対訳本も現存している。

近年では、百年以上前に消失したといわれるシラヤ語を研究し、復活させていこうとする試みも見られる。その旗手はシラヤ文化協会理事長ウマ・タラバン（萬淑娟）女史とフィリピン人ビサヤ族の音楽家エドガー・マカピリ氏夫妻だ。エドガー氏は母語であるビサヤ語とシラヤ語の間にかなりの類似性が見られる事実を知り、対訳『マタイによる福音書』を手がかりに研究を重ね、千百七十五ページにも及ぶ大著『西拉雅《シラヤ》詞彙初探』に成果をまとめた。夫妻はまた日頃から音楽活動や学校での授業などを通じ、シラヤ語の発信にも務めている。

オランダ統治期の台湾を知る上で最大の手がかりとなる一次史料は『ゼーランディア城日誌』（De Dagregisters van het Kasteel Zeelandia, 日本語訳なし）である。一六二九年から一六六二年にかけての出来事が克明に記録されたこの文書は、オランダ・台湾・

日本の歴史研究者が二十年以上かけて編纂し、台湾でも一九九九年から二〇一〇年にかけて江樹生教授の翻訳による繁体字中国語版が出版された。

本書「あとがき」で、二〇〇五年頃からオランダ統治期に関する書籍が次々と出版されはじめたと陳耀昌は述べているが、本書の初版発行年と同じ二〇一二年から台湾で生活している私も、日頃から台湾の人々の、自分たちの過去に対する関心の強さをひしひしと感じている。どこの書店でも台湾の歴史・文化に関するコーナーがひときわ存在感を放っているし、映画でも『セデック・バレ』『KANO』などの魏徳聖《ウェイダーション》監督作品を始め、台湾史を扱ったものが非常に多い。先史時代や歴史を主題とする博物館もずいぶん増えた。

戦後の台湾では、（オランダ統治期間と同じ）三十八年間にも及んだ戒厳令と言論統制の下、華夷思想的な歴史観が押しつけられ、「中国数千年の歴史に比べたら、台湾史など取るに足りないもの」とされた。しかし民主化が進むと共に、「台湾人意識」の高まりのなかで、かつて数学者パスカルが「無限には宇宙につながる大きな無限とミクロの無限の二つがある」と指摘したが如く、人々はちっぽけなものと見なされてきた自分たちの過去に、実際には限りなく豊かで、多様で、唯一無二の世界が広がっていることを、発見したのである。

## オランダのマリアから台湾のマリアへ

故郷という根を失い、時に郷愁を覚えたり、胸が引き裂かれるほどの辛い体験をしながらも、やがて台湾を終の棲家に定め、この土地で生きていくことを決意する。それは多くの登場人物に共通する点だ。マリア、黒ひげ、ドリュフェンダール（第二十四章）、鄭成功、陳澤、それからオランダ東インド会社の募集に応じたり、鄭成功に付き従って台湾へ渡ってきた数多《あまた》の漢人たちである。

十六歳の少女マリアは父親の決断により、恋人のヤンがいる住み慣れた古都・デルフトを不本意ながら離れてフォルモサに来た。ヤンとはその後も文通が続けられたが、ある出来事をきっかけに、失意の底に沈む。しかし折しもフォルモサは次々に災害に見舞われており、いつまでも悲しんでいる暇はなく、再び前を向いて動き出した。生涯この土地で暮らすことになるかもしれない、ともこの頃から予感しはじめる。この時彼女のアイデンティティは「オランダのマリア」から「フォルモサのマリア」へと変容したと言える。やがて鄭成功がオランダ勢力を放逐し、この島の呼び名はフォルモサから台湾へ変わった。マリアはとてつもない喪失を経験しながらも、涙を拭った後、妹クリスティーナにこう語る。

「私とこの島には縁があって、この島が大好き。私は今、オランダ人であると同時にフォルモサ人でもある。だからこそ、私はここに残ると決めたの。私は永遠に麻豆社のマリア、フォルモサのマリア、台湾のマリアでいたい」

そして彼女は、未来の台湾人の先祖となる。陳耀昌の医学的知見に基づく見解によると、現代台湾人のおよそ四、五パーセントにあたる約百万人が、ヨーロッパ人の血を多少なりとも受け継いでいるという。現代台湾人の先祖となった実在のオランダ人女性たちに、本作は捧げられている。

## 訳出にあたって

地名の表記にはかなり悩んだ。原住民とオランダ人と漢人でそれぞれ異なる呼び方をしていたからである。『ゼーランディア城日誌』によると、麻豆社はシラヤ語でToekapta（ドエカプタ）であるが、漢人は麻豆《モアタウ》と呼び、オランダ人も漢人に倣ってMattauと呼んでいる、といった具合に。原住民同士の会話に漢字の地名を用いるのも、漢人同士の会話に原住民の呼称を用いるのもいささか不自然だ。だからといって場面ごとに切り換えるのは読者に対して不親切である。最終的に、認知のしやすさから漢字表記を優先することにした。違和感を持たれる場面もあるかもしれないが、ご海容を願う。なお、ごく一部の地名・施設名には複数の呼称を使い分けている。ゼーランディア城と台湾城、プロヴィンチアと赤崁など。

原書では鄭成功と国姓爺、フォルモサ人と原住民という表記が併用されている。前者については地の文を鄭成功、台詞中の表記を国姓爺とした。『ゼーランディア城日誌』ではほとんどがCoxinja、Kocxinjaなどと記載されており、これが一般的な呼び名だったと考えられるためである。後者については原則としてフォルモサ人に統一し、漢人の台詞中のみ原住民とした。

原書には作者による注釈が数多く付されているが、本書では日本の読者にとって特に有益と思われるものに絞った上で本文中に括弧で示し、比較的長いものは後注にまとめた。また原書巻頭の推薦文および巻末のコラム「三太子と鄭成功」は割愛させていただいた。

## 終わりに

私が台南で日本蕎麦のレストランを営んでいた頃、陳耀昌氏が度々食事に訪れてくださった。陳氏は普段台北にお住まいだが、台南生まれで陳澤の子孫にあたる。台南市内にある陳澤の旧居で、古蹟にも指定されている陳徳聚堂の管理委員も務めておられる。二〇二〇年夏のある日、陳氏から直接、本作翻訳のご依頼をいただいた。この町をよく知る日本人に翻訳してほしいと考えておられ、私が中国語で書いたエッセイ『遊歩台南』(皇冠文化出版)を読んでくださっていた。私はいただいた原書にざっと目を通し、これは大変な作業になるぞ、とまず思った。だが第一部を読み終える頃には、物語のスケールの大きさ、当時の諸状況に関する緻密かつ平易な叙述、十人十色の登場人物たちにすっかり圧倒され、ありがたく引き受けることにした。

せっかく翻訳するからには、どうにか出版までこぎつけたい。折良く『フォルモサに咲く花』を訳出された下村作次郎教授に台南で面識を得、教授に東方書店編集部の家本奈都さんをご紹介いただいた。そうして出版企画が固まってから、コツコツと作業を進め、およそ一年半かけて校了に至った。この間、筆まめな陳氏はどんな質問にも丁寧にご回答くださり、家本さんや下村教授からも度々的確なアドバイスやご声援を賜った。またシラヤ語の発音についてはウマ・タラバン氏とエドガー・マカピリ氏に、オランダ語の発音についてはLeon van der Post氏にご教示いただいた。原書の版元である遠流出版の方々や翁佳音教授にも資料の提供などでお世話になった。この場を借りて皆様に御礼を申し上げたい。

二年後の二〇二四年は、鄭成功の生誕、オランダ人の台湾上陸およびゼーランディア城の着工から、ちょうど四百年の節目にあたる。その前後にはきっと台湾やオランダ、また鄭成功ゆかりの地である長崎でも、さまざまな記念イベントが催されることだろう。

読者のみな様にとってこの本が、日本とも少なからずつながりのあった十七世紀のフォルモサ――台湾について、いっそう関心と理解を深めるきっかけになれば、訳者としてこれほど嬉しいことはない。

出版に際し、台湾政府文化部から二〇二〇年翻訳出版助成を受けました。厚く御礼申し上げます。

二〇二二年二月二七日
カレル・ファブリティウス受洗四百年の日に
大洞 敦史

**著者略歴**

陳耀昌（ちん・ようしょう、チェン・ヤオチャン）

1949年台湾台南市生まれ。国立台湾大学医学部卒業。ラッシュ大学、東京大学第三内科で研修。1983年台湾ではじめて骨髄移植を成功させる。現任、国立台湾大学医学部名誉教授、台湾細胞医療協会理事長。文学関係主要著作には、『生技魅影　我的細胞人生』（財訊出版社、2006年）、『冷血刺客之台湾秘帖』（前衛出版社、2008年）、『福爾摩沙三族記』（遠流出版、2012年）、『島嶼DNA』（印刻文学生活雑誌出版、2015年。巫永福文化評論奨受賞）、『傀儡花』（同、2016年。台湾文学奨図書類長篇小説金典奨受賞）、『獅頭花』（同、2017年。新台湾和平基金会台湾歴史小説奨佳作奨受賞）、『苦楝花Bangas』（同、2019年）があり、日本語訳書に『フォルモサに咲く花』（下村作次郎訳、東方書店、2019年）がある。

**訳者略歴**

大洞敦史（だいどう・あつし）

1984年東京生まれ。明治大学大学院理工学研究科修了。台湾の人々や風土、歴史に惹かれ、2012年台南市へ移住。日本語塾勤務、日本そば店「洞蕎麦」を5年間経営後、「鶴恩翻譯社」設立。沖縄三線の演奏、手打ちそば普及活動、法廷通訳なども手がける。土地の人々との交流を通して、古さ・遅さ・小ささに価値を認め守ってきた庶民の思想を探究している。著書『台湾環島 南風のスケッチ』（書肆侃侃房、2014年）、翻訳小説『君の心に刻んだ名前』（湛藍著、幻冬舎、2022年）、中国語著書『遊歩台南』（皇冠文化、2019年）。「nippon.com」にも台湾に関するコラムを掲載。ブログ「素描南風」http://nan-feng.blogspot.com/

『福爾摩沙三族記』
陳耀昌著
遠流出版事業股份有限公司
2012年

# フォルモサに吹《ふ》く風《かぜ》

## オランダ人《じん》、シラヤ人《じん》と鄭成功《ていせいこう》の物語《ものがたり》

二〇二二年九月三〇日　初版第一刷発行

著者●陳耀昌
翻訳・編集協力●大洞敦史
発行者●山田真史
発行所●株式会社東方書店
東京都千代田区神田神保町一—三 〒一〇一—〇〇五一
電話〇三—三二九四—一〇〇一
営業電話〇三—三九三七—〇三〇〇
装幀●加藤浩志（木曜舎）
印刷・製本●ダイヤモンド・グラフィック社

定価はカバーに表示してあります

ISBN978-4-497-22213-8　C0097